Linnea Holmström

Elche im Apfelbaum
Sommerglück auf Reisen

Die Autorin

Linnea Holmström liebt die Weite und die Vielfalt Schwedens. Wenn sie nicht gerade durchs Land reist oder ihre Erlebnisse in einem Roman verarbeitet, steht sie am liebsten in der Küche und probiert neue Rezepte aus. Sie ist gleichermaßen begeistert von den verschneiten Wäldern im Winter und von den langen Sommerabenden, an denen die Sonne niemals unterzugehen scheint.

Linnea Holmström

Elche im Apfelbaum
Sommerglück
auf Reisen

Zwei Romane in einem Band

Weltbild

Besuchen Sie uns im Internet:
www.weltbild.de

Genehmigte Lizenzausgabe für Weltbild GmbH & Co. KG,
Werner-von-Siemens-Straße 1, 86159 Augsburg
Elche im Apfelbaum
Copyright der Originalausgabe © 2015 by Bastei Lübbe AG, Köln
Sommerglück auf Reisen
Copyright der Originalausgabe © 2014 by Bastei Lübbe AG, Köln
Umschlaggestaltung: www.buerosued.de
Umschlagmotiv: plainpicture, Hamburg (© Folio Images/Doris Beling)
Satz: Datagroup int. SRL, Timisoara
Druck und Bindung: GGP Media GmbH, Pößneck
Printed in the EU
ISBN 978-3-95973-416-5

2020   2019   2018   2017
Die letzte Jahreszahl gibt die aktuelle Lizenzausgabe an.

Linnea Holmström

Elche im Apfelbaum

Roman

Weltbild

Prolog

Vor einer Woche hatte es noch geschneit, aber jetzt waren die Temperaturen gestiegen. Ein heftiges Wintergewitter fegte über das kleine Dorf an der Ostsee hinweg und brachte Unmengen Regen mit sich.

Liv konnte nicht schlafen. Es beunruhigte sie, dass Lennart immer noch nicht zu Hause war. »Spätestens zum Abendessen bin ich da«, hatte er bei seinem letzten Anruf gesagt. Das war bereits mehrere Stunden her, aber er war immer noch irgendwo da draußen mit seinem Wagen unterwegs.

Mehrmals hatte Liv versucht, ihn auf dem Handy zu erreichen, aber es meldete sich immer nur die Mailbox. Sie hatte ihm jedes Mal eine Nachricht hinterlassen, ihm mitgeteilt, dass sie sich Sorgen machte, und um einen Rückruf gebeten.

Lennart meldete sich nicht.

Inzwischen war Liv hellwach. Sie stieg aus dem Bett, ging auf Zehenspitzen die Treppe hinunter, um die Kinder nicht zu wecken, und betrat die Backstube. Backen war für sie schon immer die beste Methode gewesen, sich abzulenken. Sie schaltete die kleine Lampe über dem Tisch ein, auf dem sie den Teig für ihre Brote und Kuchen knetete. Ein heller Lichtschein zeichnete sich auf der Arbeitsplatte ab, der Rest des Raumes war erfüllt von dunklen Schatten.

In vier Wochen war Weihnachten, und Liv war bisher noch nicht dazu gekommen, die Elche zu backen.

Die fünf Ausstechformen gab es schon seit zwei Generationen in ihrer Familie. Sie zeigten Elche in verschiedenen Positionen: stehend, liegend, in Bewegung, den Kopf nach vorn, den Kopf nach hinten. Zwei große und drei kleine, wobei eine der großen Metallformen bereits an zwei Stellen eingerissen war. Mit ihr ging Liv besonders behutsam um.

»Die Formen passen genau zu unserer Familie«, hatte Lennart erst letzte Woche gescherzt, als Liv die Elche zum Backen bereitlegte. »Mama Elch, Papa Elch, und die drei Elchkinder.«

Zwei ihrer Elchkinder lagen zum Glück im Bett und schliefen trotz des Unwetters tief und fest. Das dritte Kind in ihrem Bauch strampelte heftig. Es schien Livs Unruhe zu spüren.

»Ganz ruhig«, sagte sie leise. Sie streichelte über ihren Bauch und hinterließ Mehlspuren auf der gestreiften Schürze.

Liv hatte die Außenbeleuchtung für Lennart eingeschaltet. Dadurch wurde nicht nur der Parkplatz, sondern auch der Garten neben dem Haus beleuchtet. Durch das Fenster der Backstube konnte Liv den Apfelbaum sehen. Der Sturm rüttelte heftig an seinen Ästen. Blitz und Donner folgten in immer kürzeren Abständen.

Liv knetete den Teig, rollte ihn aus und hielt gerade die große beschädigte Elchform in der Hand, als ein gewaltiges Krachen das ganze Haus erbeben ließ.

Sie schrie erschrocken auf, trat einen Schritt zurück, ließ die Form fallen und bekam kaum mit, dass sie auf dem Steinboden in zwei Teile zerbrach. Wie gebannt starrte sie aus dem Fenster.

Der Blitz hatte den Apfelbaum gespalten. Eine Seite ragte hoch in den Himmel, die andere kippte langsam zur Seite.

Liv presste beide Hände vor den Mund, ihr Herz klopfte wie verrückt. Ihr war kalt, und sie zitterte am ganzen Körper. Hinterher hätte sie nicht sagen können, wie lange sie da gestanden und nach draußen gestarrt hatte.

Und dann klingelte das Telefon.

Drei Jahre später

– 1 –

»Das ist nicht dein Ernst!«

Frederika Nyström zog die Augenbrauen hoch. »Das ist mein voller Ernst«, versicherte sie.

Björn starrte seine Agentin fassungslos an und tippte sich gegen die Stirn. »Ich gehe nicht in die Wildnis. Nicht mal für einen Tag, geschweige denn für mehrere Wochen.«

Frederika lächelte. Es war dieses Lächeln, von dem Björn wusste, dass es keine Kompromissbereitschaft signalisierte, sondern feste Entschlossenheit.

Nun gut, er war ebenso fest entschlossen, sich nicht auf diese dämliche Idee einzulassen.

»Denk darüber nach«, schlug Frederika vor. »So wild ist die Wildnis dort auch wieder nicht. Es gibt durchaus so etwas wie Zivilisation.« Sie grinste.

Von mir aus, dachte Björn, ich komme trotzdem nicht mit. Gleichzeitig war er neugierig. »Was ist das für ein Haus?«, fragte er. »Und wo genau ist es überhaupt?«

»Mein Elternhaus«, erwiderte sie knapp. »In Ångermanland. Norrfällsviken, um genau zu sein.«

Irrte er sich, oder schwang da ein ganz besonderer Ton in ihrer Stimme mit? So etwas wie Sehnsucht? Okay, dann sollte sie eben dort hinfahren. Aber ohne ihn.

»Am Arsch der Welt!« Björn nickte grimmig. »Was soll ich da?«

»Die Landschaft ist dramatisch schön«, sagte Frederika. »

Das Haus liegt abgelegen, du hast dort alle Ruhe zum Schreiben.«

»Hast du dir schon mal Gedanken darüber gemacht, dass Ruhe eher kontraproduktiv sein könnte? Ich bin ein Stadtmensch, ich brauche den Trubel, ich brauche Menschen um mich, damit ich arbeiten kann«, behauptete Björn.

»Davon habe ich bisher nichts bemerkt«, konterte Frederika. »Du hast einen Vertrag zu erfüllen, der Abgabetermin ist längst überschritten, und lange gelingt es mir nicht mehr, den Verlag hinzuhalten. Die wollen entweder ein Manuskript oder den Vorschuss zurück.«

»Na und? Dann zahle ich den beschissenen Vorschuss eben zurück«, erwiderte Björn ungerührt, wandte ihr den Rücken zu und trat ans Fenster.

Obwohl Björn in den letzten Jahren nichts mehr geschrieben hatte, verdiente er noch ganz gut an seinen Tantiemen. Er wohnte in einem der Prachtbauten am Strandvägen, der exklusivsten Adresse Stockholms, mit wundervollem Blick aufs Wasser. Durchs Fenster konnte er einen der großen Ausflugsdampfer sehen, der gerade gemächlich vorbeizog. Er wartete darauf, dass Frederika in seinem Rücken etwas sagte oder, besser noch, dass sie sich einfach verabschiedete.

Sein Handy klingelte. Er griff in die Tasche seiner Jeans, zog es hervor und warf einen Blick auf das Display: Mia, seine derzeitige Affäre, die sich allmählich als ziemlich lästig entpuppte.

Als er das Gespräch nicht annahm, schickte sie ihm gleich darauf eine SMS: *Muss dich unbedingt sehen!*

Er runzelte entnervt die Stirn. Er wollte Mia schon seit Wochen loswerden. Eigentlich sollte ein kurzer Anruf oder besser noch eine SMS genügen, um die Sache zu erledigen. Wenn Mia nur nicht so unberechenbar wäre! Sie glänzte nicht durch besondere Intelligenz, aber sie war eine absolute Dramaqueen, die sich meisterhaft auf tränenreiche Szenen verstand, und er traute ihr durchaus zu, dass sie dafür einen Moment in der Öffentlichkeit wählen würde, wenn sie sicher sein konnte, dass die Presse anwesend war.

Vielleicht war dieses Norrfällsviken doch keine so schlechte Idee. Einfach ein bisschen am Wasser chillen, sich ausruhen und vielleicht, ja vielleicht tatsächlich mal wieder etwas schreiben. Und wenn es nur die SMS an Mia war, in der er mit ihr Schluss machte.

Ein schlechtes Gewissen hatte er dabei nicht. Für ihn war Mia nicht mehr als eine Affäre, genau wie die vielen Frauen vor ihr, und daraus machte er auch keinen Hehl. Aber irgendwie schien Mia zu glauben, dass sie ein Paar waren, und das verkündete sie auch bei jeder sich bietenden Gelegenheit. Sie klammerte, tauchte immer wieder bei ihm auf und brach bei jeder ruppigen Bemerkung in Tränen aus.

»Okay«, sagte Björn spontan und drehte sich zu Frederika um. »Wäre wahrscheinlich ganz gut, mal eine Zeitlang aus Stockholm zu verschwinden.«

Offensichtlich durchschaute ihn Frederika. Die Tatsache, dass er das Gespräch nicht angenommen hatte, und wahrscheinlich auch die düstere Miene, mit der er die SMS gelesen hatte, verrieten ihn.

»Mia?«, fragte sie nur.

Björn zuckte mit den Schultern und nickte dann knapp.

»Wenn sie mir sympathisch wäre, hätte ich sogar Mitleid mit ihr«, sagte Frederika trocken.

»Du solltest vielmehr Mitleid mit mir haben«, stellte er erbost fest. »Ich kann machen, was ich will, ich werde diese Frau einfach nicht los.«

»Wie wäre es mal mit einem klaren, offenen Wort?«, erwiderte Frederika.

Björn betrachtete seine Agentin aufmerksam. Er kannte sie seit vielen Jahren. Sie war die einzige Vertraute in seinem Leben, seit Eivor ihn verlassen hatte.

Frederika war bei ihm gewesen, als er sich nach seinen Alkoholexzessen die Seele aus dem Leib gekotzt hatte. Sie hatte seine Wuttiraden auf Eivor ausgehalten, seine schlechte Laune ertragen und immer wieder mit dem Verlag verhandelt, wenn ein Abgabetermin verstrichen war. Sie versuchte sogar, seinen Ruf in der Öffentlichkeit zu retten, aber das war nach den vielen Eskapaden, die die Presse ausgeschlachtet hatte, ein sinnloses Unterfangen. Alkohol, Frauen, deren Namen er nicht mehr kannte, und Skandale, in die er nicht nur verwickelt war, sondern die er selbst provoziert hatte, hatten aus dem einst gefeierten Schriftsteller Björn Bjerking Schwedens meistgehassten Bad Boy gemacht. Aber Frederika hatte immer zu ihm gehalten.

Bisher hatte er es als selbstverständlich betrachtet, dass sie für ihn da war. Aber was wusste er eigentlich über Frederika, außer dass sie eine sehr erfolgreiche Literaturagentur betrieb?

Er hörte zum ersten Mal, dass sie ein Haus in Ångermanland, einer ländlichen Provinz an der schwedischen Ostküste, besaß. Er wusste, dass sie alleine lebte, und hatte sie auch schon mehrmals in ihrer großen, modernen Wohnung in Vasastan besucht, aber das hatte ihm nichts über ihr Leben verraten.

Hatte es je einen Mann in ihrem Leben gegeben? Oder Kinder? Wieso sprach sie nie über ihre Familie?

Auch wenn Björn selbst sehr sparsam mit Informationen über seine Vergangenheit war, wurde ihm klar, dass Frederika viel mehr über ihn wusste als er über sie. Vielleicht war es sogar ganz spannend, mit ihr gemeinsam auf diese Reise zu gehen. Jedenfalls spannender als die Gesellschaft von Mia, die ihm gerade wieder eine SMS schickte und ihren Besuch ankündigte.

Björn nahm es zur Kenntnis, ohne darauf zu antworten. Er steckte das Handy ein und nickte Frederika zu.

»Versuchen wir es«, sagte er schmunzelnd. »Wenn es mit dem Schreiben nicht klappt, kann ich das Projekt ja sofort wieder abbrechen.«

»Gar nichts wirst du abbrechen. Du wirst dort arbeiten!«, erwiderte Frederika bestimmt. »Ich werde nämlich da sein und auf dich aufpassen.«

»Na toll.« Björn verzog das Gesicht. »Meine Agentin erklärt sich zu meiner Babysitterin.«

»Nur für ein paar Tage«, sagte Frederika beschwichtigend. »Ich will das Haus verkaufen und muss dafür alles in die Wege leiten. Entrümpeln, saubermachen, den Garten in Ordnung bringen und so weiter. Wäre nett, wenn du nach meiner Abreise hin und wieder Kaufinteressenten durchs Haus führen könntest.«

Björn hob beide Hände und ließ sie wieder fallen. »Offensichtlich hast du mich schon fest eingeplant. Wir fahren mit meinem Wagen«, bestimmte er.

»Damit du abhauen kannst, wenn es dir nicht passt?«

Björn bestritt es weder, noch gab er es zu. Er grinste sie nur an.

»Pack deine Sachen«, forderte Frederika ihn auf. »Wir fahren heute Nachmittag los.«

Björn sah sie überrascht an. »Heute schon? Du handelst doch sonst nicht so spontan.«

»Es war keine spontane Entscheidung«, sagte Frederika. »Ich denke schon seit Wochen darüber nach.«

»Wie nett, dass du mich so zeitig informierst!«, erwiderte er sarkastisch.

Frederika klopfte ihm auf die Schulter. »Du hättest es dir bestimmt anders überlegt, wenn ich dir genug Zeit zum Nachdenken gelassen hätte.«

»Wahrscheinlich«, gab Björn zu.

»Du holst mich also in zwei Stunden ab?«, vergewisserte sie sich.

Björn nickte.

»Dann bis gleich«, sagte Frederika und wandte sich ab, aber Björn hielt sie zurück.

»Wieso?«, fragte er. »Du hast nie von diesem Haus in Norrfällsviken gesprochen. Warum willst du da jetzt unbedingt hin?«

Frederika drehte sich langsam wieder zu ihm um, antwortete aber nicht sofort. Ihr Gesicht verriet nicht, was sie dachte oder fühlte, aber das war typisch für Frederika.

»Wie ich eben sagte, denke ich schon eine ganze Weile darüber nach. Ich glaube, dass jetzt der richtige Zeitpunkt ist, um mit Norrfällsviken für immer abzuschließen«, sagte sie.

»Verstehe.« Björn nickte, obwohl er gar nichts verstand.

»Bis gleich«, verabschiedete sie sich ein weiteres Mal.

»Ich werde da sein«, sagte Björn und schaute ihr nachdenklich hinterher, als sie das Zimmer verließ. Kurz darauf hörte er die Wohnungstür ins Schloss fallen.

Eine Stunde später bereute Björn seine Zusage bereits. Frederika hatte recht: Wenn sie ihn mit ihrem Plan nicht so überrumpelt hätte, wäre er ganz bestimmt nicht mitgefahren.

Norrfällsviken in Ångermanland! Das klang nach tiefster Provinz. Nein, das war nichts für ihn!

Björn hielt das Handy bereits in der Hand, um Frederika anzurufen und ihr wieder abzusagen, als es an der Tür klingelte. Während er nach Frederikas Nummer suchte, öffnete er die Tür.

Mia fegte an ihm vorbei. In der Hand hielt sie mehrere Einkaufstüten, auf denen die Namen angesagter Boutiquen standen.

Björn steckte das Handy zurück in die Tasche. Genervt folgte er Mia ins Wohnzimmer, wo sie gerade die Tüten zu Boden und sich selbst theatralisch in einen Sessel fallen ließ. Die Beine in den engen Designerjeans baumelten über der Armlehne.

Mia verschränkte die Arme hinter dem Kopf. »Mann, war das ein Tag heute!«

»Ja, shoppen kann so anstrengend sein«, erwiderte Björn ironisch.

Mia zog einen Schmollmund. »Du nimmst mich nicht ernst«, beklagte sie sich ganz zu Recht. »Aber was beschwere ich mich? Du bist eben ein Modemuffel.« Ihr Blick glitt abschätzig an ihm hinab, was dazu führte, dass auch Björn an sich hinabschaute.

Er trug Jeans, genau wie sie, aber ihm war egal, ob es sich um ein Markenprodukt oder eine No-Name-Jeans handelte. Hauptsache, sie saß gut und war bequem. Das ehemals schwarze T-Shirt darüber war verwaschen und wirkte inzwischen dunkelgrau.

In seinem Kleiderschrank hingen auch elegante Anzüge, die er für den ein oder anderen öffentlichen Auftritt benötigte. Beim Kauf hatte ihn Frederika beraten. Es war jedes Mal eine ziemlich langweilige Angelegenheit gewesen. Ganz anders als damals mit Eivor.

Björn presste die Lippen fest aufeinander. Wie oft hatte er sich geschworen, nicht mehr an Eivor zu denken. Nie wieder! Und dann passierte es doch wieder, und der Gedanke an sie erfüllte ihn jedes Mal mit dieser grenzenlosen Wut, die er seit der Stunde empfand, in der sie ihn verlassen hatte. Hörte das denn nie auf?

Björn versuchte, sich abzulenken, indem er sich auf Mias Geplapper konzentrierte.

»... neue Kollektion ist traumhaft, und ich konnte das Kleid zum Schnäppchenpreis kaufen. Natürlich kannten die mich in dem Laden von meinen Fotos.« Mia lächelte selbstgefällig. »Manchmal macht es sich eben bezahlt, wenn man berühmt ist.«

Das aber auch nur, weil sie ein paar Mal an seiner Seite fotografiert und in Illustrierten abgebildet worden war. Björn schluckte eine entsprechend gehässige Bemerkung hinunter.

»Du wirst das Kleid ja heute Abend sehen«, sagte sie.

»Heute Abend?« Überrascht schaute er sie an.

Mia machte erneut ihren Schmollmund. »Ich dachte, du

führst mich heute schick zum Essen aus«, sagte sie mit bettelnder Kleinmädchenstimme. Sie stand auf, kam auf ihn zu und schmiegte sich an ihn.

Björn schluckte. Ihr Körper war aufsehenerregend – solange sie die Klappe hielt.

»Wir wäre es mit dem *Kristinas?*«, hauchte sie ihm ins Ohr.

Das *Kristinas* war ein hervorragendes Restaurant im Rålambshovsparken. Björn aß gerne dort. Alleine, in völliger Ruhe, gerne auch in kultivierter Gesellschaft. Auf einen Abend mit Mia, die sowieso nur darauf hoffte, dass irgendein Journalist sie zusammen sah, verspürte er überhaupt keine Lust. Gut, dass er Frederika nicht abgesagt hatte. Ein paar Wochen in der »dramatisch schönen« Landschaft von Ångermanland, wie sie sich ausgedrückt hatte, würden ihm guttun. Vielleicht konnte er in Norrfällsviken wirklich wieder mit dem Schreiben beginnen, und die Sache mit Mia wollte er von dort aus auf jeden Fall mit einer kurzen SMS beenden. Ohne großes Theater, ohne sich mit ihr persönlich auseinanderzusetzen.

Er wusste, dass er ein Feigling war, und musste über sich selbst grinsen. Er war gerne feige, wenn er sich dadurch eine tränenreiche Szene ersparte. Wenn er in ein paar Wochen aus diesem Kaff in Ångermanland zurückkehrte, wäre er Mia los.

»Ich kann heute Abend nicht«, sagte er. »Ich kann überhaupt nicht in nächster Zeit. Ich verreise heute noch.«

»Davon hast du mir gar nichts gesagt«, beschwerte sie sich.

Björn zog die Stirn in Falten und verkniff sich die Bemerkung, dass er ihr keine Rechenschaft schuldete. »Es hat sich sehr plötzlich ergeben«, sagte er stattdessen.

»Ich hätte Zeit«, sagte sie. »Ich könnte dich begleiten.«

Auch das noch!

»Es wird dir nicht gefallen«, erwiderte er und war sich sicher, dass er damit sogar richtiglag. Die Provinz war schon nichts für ihn, aber Mia konnte er sich dort noch weniger vorstellen. »Ich wüsste jedenfalls nicht, dass du auf Survival Training in der Wildnis stehst.« Björn grinste.

Mia machte sich von ihm los und trat einen Schritt zurück. »Nein«, stimmte sie zu, »aber seit wann stehst du auf so was?«

»Ganz so ist es nicht«, gab er zu. »Ich fahre mit Frederika in ein Kaff in Ångermanland, um da zu schreiben.«

»Okay«, sagte sie gedehnt. »Ich werde dich vermissen.«

Björn schwieg. Was hätte er darauf auch antworten sollen? Er würde sie nicht vermissen, er wollte sie loswerden. Er sah ihr an, dass sie auf eine Antwort wartete.

»Ich muss jetzt packen«, sagte er lahm.

Mia kam wieder auf ihn zu. Sie schlang beide Arme um seinen Hals, küsste ihn und drängte sich an ihn. Vielleicht spürte sie seinen inneren Widerstand, denn sie ließ ihn ziemlich schnell wieder los.

»Na dann, viel Spaß«, sagte sie. Es klang gleichgültig.

»Dir auch«, erwiderte er ebenso emotionslos.

Björn hatte sie bereits vergessen, als er ins Schlafzimmer ging, um seine Reisetasche zu packen. Der Raum war ebenso teuer eingerichtet wie alle anderen Zimmer seiner Wohnung. Weiß, steril, kalt.

Als er seine Reisetasche vom Kleiderschrank zog, flatterte etwas zu Boden. Björn hob es auf und starrte auf das Bild. Eine schöne junge Frau lachte ihn an.

Eivor, ein paar Tage nach ihrer Hochzeit! Damals hatten sie ihre Flitterwochen auf einer einsamen Schäreninsel verbracht. Nur sie beide in einem kleinen Fischerhaus.

So viel Zeit war seitdem vergangen. Es kam ihm vor, als wäre das in einem anderen Leben, als wäre es ein anderer Mann gewesen, der dieses Glück erfahren hatte.

Björn schüttelte entschieden den Kopf. Er wollte sich daran nicht mehr erinnern. Eivor spielte keine Rolle mehr in seinem Leben. Warum nur hatte er das Foto die ganzen Jahre auf seinem Schrank liegen lassen?

Björns Gesicht wurde hart und kantig, als er tat, was längst überfällig war: Er zerriss das Foto in kleine Fetzen, bis nichts mehr zu erkennen war. Die Papierschnipsel brannten in seiner Hand. Er eilte in die Küche und warf sie in den Mülleimer. Besser fühlte er sich danach nicht.

– 2 –

»Liv, du hast vergessen, neues Mehl zu bestellen.«

Liv folgte der Stimme ihres Vaters ins Badezimmer und sah, dass er sich suchend umblickte. Sie griff nach seinem Arm. »Nein, Papa, das Mehl ist schon in der Backstube«, sagte sie sanft.

Villiams Miene entspannte sich. Widerspruchslos ließ er sich von seiner Tochter in das kleine Büro neben dem Wohnzimmer führen und setzte sich an den Schreibtisch. Er starrte aus dem Fenster aufs Meer, aber Liv war sich nicht sicher, ob er überhaupt etwas wahrnahm. Seine Fingerspitzen bewegten sich über die Schreibtischplatte, in einem Rhythmus, den er wahrscheinlich selbst nicht mehr steuern konnte.

Liv betrachtete ihren Vater gerührt und strich ihm übers Haar.

Villiam sah zu ihr auf. »Es wird bald Weihnachten, such schon mal die Elche raus.«

Liv biss sich so fest auf die Unterlippe, dass es wehtat. Aber den Schmerz tief in ihr überdeckte es nicht. Sie musste schlucken, bevor sie in der Lage war, ihrem Vater zu antworten. »Bis Weihnachten dauert es noch, Papa. Es ist doch erst Mai.«

Villiam zog unwillig die buschigen Augenbrauen zusammen. »Widersprich mir nicht«, sagte er streng und wechselte dann unvermittelt das Thema. »Ich muss die Rechnungen kontrollieren«, sagte er.

»Ja.« Liv nickte und griff nach dem Papierstapel auf der Fensterbank. Obendrauf lag ein Taschenrechner.

Villiam strahlte, als Liv den Stapel vor ihm ablegte. Er nahm den Taschenrechner, schaltete ihn ein und begann mit der sogenannten Rechnungsprüfung. Nach einem System, das Liv nicht begriff, aber das spielte auch keine Rolle. Ihr Vater war für die nächsten Stunden beschäftigt, und wenn es ihm das Gefühl gab, dass er sich nützlich machte, war das umso besser. Auch wenn die Rechnungen uralt und längst beglichen waren.

Liv schaute ihrem Vater ein paar Sekunden lang zu, bevor sie aus dem Zimmer ging. Auf dem Flur lehnte sie sich gegen die Wand und schloss die Augen. Es machte sie völlig fertig, ihren Vater in diesem Zustand zu sehen, und das Wissen, dass es niemals besser, sondern immer schlimmer werden würde, trieb ihr die Tränen in die Augen.

»Mama?«

Liv öffnete die Augen. Sie straffte sich und rang sich ein Lächeln ab. Ihre Tochter Jonna stand vor ihr und musterte sie besorgt. Sie musste gerade aus der Schule gekommen sein.

»Alles in Ordnung«, sagte Liv schnell, obwohl ihre Tochter gar nicht gefragt hatte.

»Wirklich?«, vergewisserte sich Jonna. Für eine Fünfzehnjährige war sie erstaunlich einfühlsam. Aber auch viel zu still und nachdenklich, wie Liv fand.

»Wirklich«, versicherte sie. »Es ist nur das Übliche. Opa hat im Bad nach Mehl gesucht, aber jetzt arbeitet er.«

Jonna wusste, was damit gemeint war. »Es wird immer schlimmer mit ihm.« Ihre Stimme klang wehmütig. Im

25

Gegensatz zu den beiden Kleinen konnte sie sich noch an den kraftvollen Mann erinnern, der ihr Großvater früher gewesen war. Ein Mann, den nichts aus der Bahn warf, der gerne mit seiner Enkeltochter spielte und der im Dorf angesehen war, als Nachbar und als Bäcker.

Jonna hatte recht, Villiams Krankheit wurde schlimmer. Anfangs waren es nur Kleinigkeiten gewesen, die niemandem aufgefallen waren. Dinge, die er vergaß, sei es eine Rechnung, die bezahlt werden musste, oder auch nur der Hausschlüssel. Dann vergaß er die Namen von Kunden und die Rezepte der Brote und Kuchen.

Und dann war der Tag gekommen, an dem er das Grab ihrer Mutter besucht und von dort aus nicht mehr heimgefunden hatte. Nachbarn, die ihn verwirrt auf der Straße herumirren sahen, hatten ihn nach Hause gebracht.

Liv hatte darauf bestanden, dass ihr Vater zum Arzt ging. Die Diagnose war niederschmetternd gewesen: Alzheimer!

Liv hatte damals noch nicht viel über diese Krankheit gewusst, außer dass es keine Heilung gab und sich der geistige Zustand ihres Vaters zunehmend verschlechtern würde. Dr. Ivarsson hatte diese Prognose bestätigt.

Anfangs hatte ihr Vater oft klare Momente gehabt, aber sie wurden immer seltener. Dr. Ivarsson hatte ihr geraten, ihn in ein Heim zu geben, aber das wollte Liv auf keinen Fall. Ihr Vater hatte sie nach dem frühen Tod der Mutter alleine großgezogen. Liv verdankte ihm so viel. Allein der Gedanke, ihn abzuschieben – und genau so würde sie es empfinden, wenn sie ihn in ein Heim brächte –, war unvorstellbar für sie.

»Kann ich etwas für dich tun?«, fragte Jonna.

Liv schüttelte den Kopf. »Nein. Denk einfach mal nur an dich, triff dich mit deinen Freunden, und hab ein bisschen Spaß.«

Jonna öffnete den Mund, und Liv erkannte bereits am Gesichtsausdruck ihrer Tochter, dass sie ihr widersprechen wollte. Doch bevor Jonna etwas sagen konnte, klingelte das Telefon.

»Hast du gehört?«, sagte Liv hastig und lief in die Küche, wo das tragbare Telefon lag.

»Ja!«, rief Jonna ihr nach. »Genau das hab ich vor. Ich gehe heute Abend mit den anderen zum Fest auf dem Campingplatz.«

»Schön!«, rief Liv zurück.

»Svea und ich wollen anschließend bei Hanna übernachten«, ergänzte Jonna vom Flur aus.

»Einverstanden«, erwiderte Liv laut genug, um das Klingeln des Telefons zu übertönen. Dann nahm sie endlich das Gespräch an.

»Hier ist Ylva«, hörte Liv am anderen Ende der Leitung die Frau sagen, die sie mehr hasste als irgendwen sonst auf dieser Welt, obwohl sie ihr noch nie persönlich begegnet war.

»Lass mich endlich in Ruhe!«, fuhr Liv sie an und beendete das Gespräch.

Jonna war ihr gefolgt. »War das wieder diese Frau?«

Liv nickte. Jonna hätte nie von Ylva erfahren, wenn sie deren Anrufe nicht selbst schon zweimal angenommen hätte.

»Was will sie von dir?«, stellte Jonna die übliche Frage.

»Jonna!«, sagte Liv gereizt. Sie konnte ihrer Tochter diese

27

Frage nicht beantworten. Niemals! Und sie hatte Jonna oft genug klargemacht, dass sie nicht über Ylva reden wollte, also sollte sie endlich aufhören zu fragen.

Jonna schaute sie verletzt an.

Liv atmete tief durch. Es war nicht richtig, ihren Ärger an Jonna auszulassen, aber wenn sie sich jetzt versöhnlich zeigte, würde Jonna weiterfragen. »Gehst du bitte mit Knut raus? Ich muss in die Backstube«, murmelte sie und ließ ihre Tochter einfach stehen.

Vom Flur ihres Wohnhauses aus führte eine Tür direkt in die Backstube. Die Hitze der Öfen schlug ihr entgegen. Im Winter war es hier angenehm warm, aber im Sommer konnte die Hitze unerträglich werden. Der Duft von frischem Backwerk lag in der Luft.

Mats sah kaum auf, als sie den Raum betrat. »Ich probiere das neue Brotrezept, ein Roggenmischbrot«, sagte er. »Mal sehen, wie es bei den Kunden ankommt.«

Das schwedische Brot hatte sich in den letzten Jahren zu einem eher traurigen Kapitel entwickelt. Inzwischen war das Interesse an gutem Brot aber gewachsen, und viele Bäcker versuchten sich an ausländischen oder traditionellen schwedischen Rezepten, die in Vergessenheit geraten waren. Villiam selbst hatte sich nur zögerlich daran gewagt, als er noch in der Backstube gestanden hatte, aber Mats war sehr experimentierfreudig, und das kam bei den Kunden gut an.

»Okay«, sagte Liv. »Dann beginne ich mit den Torten für den Laden und das Café.« Sie liebte es, sich um die süßen Backwaren zu kümmern, während Mats hauptsächlich für das Brot zuständig war. Heute aber konnte sie keine Begeisterung aufbringen, und Mats schien das zu spüren.

Er sah auf, ein prüfender Blick aus tiefblauen Augen traf sie. »Was ist los?«, fragte er.

»Nichts.« Sie schüttelte den Kopf.

Mats kannte sie inzwischen viel zu gut, um ihr zu glauben. »Dein Vater oder die Kinder?«, hakte er nach.

»Diese Ylva hat schon wieder angerufen«, sagte Liv tonlos. »Warum lässt sie mich nicht einfach in Ruhe?«

»Vielleicht solltest du dir einfach mal anhören, was sie zu sagen hat«, schlug Mats vorsichtig vor.

Liv spürte heftige Wut in sich aufsteigen. Auf Ylva? Oder auf Mats, weil er ihr diesen ungeheuerlichen Vorschlag machte?

Sie wusste es nicht. Sie wusste nur, dass sie mit dieser Frau nicht reden wollte. Sie wollte noch nicht einmal *über* sie reden.

»Ich muss mich jetzt wirklich um die Torten kümmern«, erwiderte sie barsch.

Mats sagte kein Wort mehr, aber ihre Gedanken ließen sie trotzdem nicht zur Ruhe kommen. Automatisch schüttete sie alle Zutaten in die Rührschüssel und bemerkte gerade noch rechtzeitig, dass sie statt des Zuckers nach dem Salz gegriffen hatte. Auch Mats hatte es bemerkt.

»Sprich mit ihr«, sagte er noch einmal und redete weiter auf sie ein, obwohl Liv ihn finster anstarrte. Sie wollte einfach nichts mehr von dieser Frau hören, und das wusste Mats genau. »Möglicherweise hilft es dir, mit der Vergangenheit abzuschließen, wenn du mit ihr sprichst.«

Liv holte tief Luft. »Ich will nicht mit der Vergangenheit abschließen!«, fuhr sie ihn an. »Ich will und werde nie vergessen, was diese Frau mir angetan hat.«

»Lennart war daran nicht ganz unbeteiligt«, erinnerte Mats sie.

Das wusste Liv nur zu gut. Nicht einmal schöne Erinnerungen waren ihr geblieben, weil sie seit dieser schrecklichen Nacht vor drei Jahren wusste, dass alles, was ihr Glück ausgemacht hatte, nur Lug und Trug gewesen war.

Liv knallte die Butter in die Rührschüssel und schaltete die Maschine ein. Das laute Motorengeräusch erfüllte die Backstube und machte jede weitere Unterhaltung unmöglich.

Liv und Mats mussten sich wie so oft ranhalten, um die ganze Arbeit in der Backstube zu schaffen, und Ulrika, die im Laden und Café bedienen sollte, ließ sich mal wieder nicht blicken. So blieb Liv nichts anderes übrig, als den Service auch noch zu übernehmen. Sie rannte zwischen Backstube, Laden und Café hin und her, um gleichzeitig zu backen und die Kunden zu bedienen.

»Kann ich euch noch etwas bringen?« Obwohl sie sich gestresst fühlte, lächelte Liv die beiden älteren Damen, die auf der Terrasse des Cafés Platz genommen hatten, freundlich an. Das Wetter war traumhaft, und das Wasser glitzerte in der Sonne.

Liv atmete tief durch. Alles war gut. Ihre Kinder waren gesund, ihr Geschäft lief gut, und sie lebte in einem Ort wie aus dem Bilderbuch, wo andere gerne ihren Urlaub verbrachten.

Norrfällsviken lag direkt an der Ostsee. Einige der alten Fischerhäuser mit den roten Holzwänden und den schwarzen Dachschindeln waren auf Stegen über dem Wasser erbaut. So auch das Haus, in dem Liv mit ihrer Familie lebte. Ihr Großvater war noch zur See gefahren, deshalb stand in der Bäckerei ein altes Modellsegelschiff zwischen den Brotkörben hinter der Theke.

In einem gläsernen Anbau vor der Backstube wurden die Backwaren verkauft. Im Winter und bei schlechtem Wetter konnten die Gäste hier auch ihren Kaffee trinken und Kuchen essen. Bei schönem Wetter saßen sie auf der Veranda mit der weißen Reling, die den Eindruck vermittelte, auf einem Schiff zu sitzen. Das Rauschen der Wellen lag über allem, und die Luft schmeckte nach Salz und Tang.

Nicht nur die Einheimischen kehrten hier gerne ein. In der Feriensaison kamen viele Touristen aus den umliegenden Ferienhäusern oder vom Campingplatz, um bei Liv ihr Brot zu kaufen oder auf der Terrasse eine Kaffeepause einzulegen und die köstlichen Torten zu probieren.

Clara Jönsson, eine der beiden Damen, legte ihre Hand auf Livs Arm. »Danke, Liv, die Mandarinen-Sahne war köstlich, aber ich kann nicht mehr.«

Ihre Begleiterin, Marita Hallonkvist, nickte zustimmend. »Du hast dich mit der Torte mal wieder selbst übertroffen. Ich möchte ein Stück für Gustav mitnehmen.«

Liv nickte. »Ich packe es dir ein«, sagte sie.

Die beiden Frauen wollten direkt bezahlen. Liv kassierte und ging zurück in den Laden, wo Mats gerade die Regale mit frischen Broten befüllte, die er eben erst aus dem Backofen geholt hatte.

»Hat sich Ulrika noch nicht gemeldet?«, fragte Liv nervös.

Ihre Servicekraft hätte eigentlich schon seit dem Vormittag

da sein müssen. Gleichzeitig Torten zu backen und die Kunden im Laden und im Café zu bedienen, das war einfach zu viel für Liv. Mats konnte ihr auch nicht helfen, da er neben dem normalen Tagesgeschäft einen Großauftrag für das Fest heute Abend auf dem Campingplatz zu erledigen hatte.

»Wir schaffen das schon«, redete Mats ihr gut zu.

»Was bleibt uns auch anderes übrig, wenn sie nicht kommt?«, erwiderte Liv verärgert. Während sie sprach, zog sie ihr Handy aus der Tasche ihrer Jeans und wählte Ulrikas Nummer. Es klingelte nur dreimal, dann war es still in der Leitung.

Liv nahm das Handy vom Ohr, schaute fassungslos darauf und sah anschließend Mats an. »Sie hat mich einfach weggedrückt.«

»Tja«, Mats hob ratlos die Schultern. »Was soll ich dazu sagen?«

Obwohl sie sich über Ulrika ärgerte, musste Liv schmunzeln. Mats war kein Mann großer Worte. Er packte lieber zu, wenn es nötig war. So wie jetzt.

Den Rest des Nachmittags redeten sie kaum miteinander, sondern arbeiteten schweigend Hand in Hand. Zwischendurch musste Liv immer wieder nach ihrem Vater sehen, mit der Angst im Nacken, dass er etwas angestellt hatte oder sogar das Haus verließ und sich in seinem eigenen Heimatort verlief. Solange er in Norrfällsviken blieb, war es nicht weiter schlimm, da kannten ihn alle. Aber wenn er sich draußen in den Wäldern verlief, konnte es gefährlich für ihn werden.

Als Liv an diesem Abend den Laden schloss, waren sie und Mats ziemlich geschafft.

»Bis morgen«, verabschiedete sich Mats. Dabei balancierte er die beiden gefüllten Brotkörbe für den Campingplatz auf seinem Fahrrad.

»Wenn das mal gut geht«, sagte Liv. »Und ich kann dir nicht helfen, ich muss die beiden Kleinen aus dem Kindergarten holen.«

Sie drehte sich um, als sie Stimmen vernahm. Jonna kam mit ihren beiden Freundinnen Hanna und Svea aus dem Haus. Alle drei Mädchen trugen Jeans, deren Beine abgeschnitten waren, und darüber luftige Shirts. Liv hatte ihre Tochter schon lange nicht mehr so ausgelassen gesehen.

Die drei Mädchen hatten sie und Mats noch nicht bemerkt. Sie unterhielten sich über einen Jungen aus ihrer Klasse, der Folke hieß und den sie gleich auf dem Campingplatz treffen wollten. Dabei sollte das Fest erst gegen zwanzig Uhr beginnen.

Als Jonna und ihre Freundinnen Liv und Mats bemerkten, verstummten sie und blieben stehen.

»Wollt ihr jetzt schon zum Campingplatz?«, fragte Liv überflüssigerweise. Sie hatte es ja bereits gehört.

Jonna nickte und schaute sie dabei bittend an. Liv verstand nur zu gut, was dieser Blick zu bedeuten hatte: *Bitte, bitte, sag nichts Falsches! Blamier mich nicht vor meinen Freundinnen!*

Liv lächelte. »Dann wünsche ich euch viel Spaß!«

Sie registrierte das erleichterte Aufatmen ihrer Tochter und überlegte noch, ob sie die Mädchen um Hilfe bitten konnte, als Jonna sich bereits an Mats wandte. »Sind das die Brote für den Campingplatz?«

Mats nickte.

»Wir helfen dir«, sagte Jonna. Sie und ihre Freundinnen packten sofort zu und hielten die Brotkörbe auf dem Fahrrad fest, während Mats es schob.

Lächelnd sah Liv der Gruppe nach, bevor sie sich umdrehte und in Richtung Kindergarten ging.

Emelie und Nils warteten bereits auf sie. Hand in Hand standen sie vor dem Kindergarten, zusammen mit ihrer Betreuerin Klara. Liv registrierte mit schlechtem Gewissen, dass ihre Kleinen wieder die Letzten waren, die abgeholt wurden.

Sobald sie ihre Mutter sahen, ließen Emelie und Nils sich los, liefen auf sie zu und drückten sich fest an sie.

Liv beugte sich hinunter, umarmte die beiden und küsste sie zur Begrüßung. Klara kam langsam näher und lächelte Liv freundlich an.

»Tut mir leid, dass ich schon wieder zu spät bin«, entschuldigte sich Liv.

»Kein Problem, das habe ich dir schon ein paar Mal gesagt. Es waren doch nur ein paar Minuten.«

Liv bedankte sich und beschloss, Klara am nächsten Tag ein paar Brötchen oder eines von Mats' Broten mitzubringen. Auch wenn Klara immer wieder beteuerte, dass es ihr nichts ausmache, wenn Liv ein paar Minuten zu spät kam, so freute sie sich doch sehr, wenn Liv ihr dafür hin und wieder ein Brot oder einen Kuchen schenkte.

Auf dem Heimweg plapperten die beiden Kleinen munter drauflos und erzählten von ihrem Tag im Kindergarten. Vor allem Nils hatte seiner Mutter etwas Wichtiges zu berichten. Er und seine Kindergartengruppe hatten heute einen Ausflug in den Wald gemacht.

»Im Wald ist ein Bär gelauft«, berichtete Nils aufgeregt. Er war vor zwei Monaten drei geworden.

»Gelaufen«, berichtigte ihn die fünfjährige Emelie sofort. »Aber das stimmt nicht, da war kein Bär.«

»War doch!«, sagte Nils.

»Nein, da war kein Bär.« Emelie grinste. Es bereitete ihr größtes Vergnügen, ihren kleinen Bruder bis zur Weißglut zu reizen.

Nils zog seine Hand aus Livs und blieb stehen. Wütend stampfte er mit dem rechten Fuß auf, die kleinen Hände zu Fäusten geballt.

»Blöde Kuh!«, schrie er seine Schwester an. »Ich hab den Bär geseht, und der Leif, der hat den auch geseht.«

Mit der Grammatik hatte Nils es noch nicht so, aber das war im Augenblick Livs kleinstes Problem. Sie hasste es, wenn die Geschwister sich stritten.

Meistens waren ihre beiden Jüngsten ein Herz und eine Seele. Sie spielten viel miteinander und verstanden sich gut – bis auf die Momente, in denen Emelie ihre altersmäßige Überlegenheit ausspielte und ihren Bruder ärgerte.

»Das heißt gesehen«, berichtigte Emelie auch prompt und fügte hinzu: »Aber ihr habt keinen Bären gesehen.«

Nils' Augen wurden dunkel vor Wut. Die blonden Locken standen von seinem Kopf ab, und sein rundes Gesicht leuchtete hochrot. Er wollte sich auf seine Schwester stürzen, aber Liv fing ihn rechtzeitig ab.

»Schluss jetzt!«, sagte sie streng und hielt den zappelnden Jungen fest. »Und du hörst auf, deinen Bruder zu ärgern!«, sagte sie zu Emelie.

»Dann soll er nicht immer von Bären reden, die es nicht gibt«, erwiderte Emelie trotzig.

»Es gibt Bären in Schweden«, erwiderte Liv, verschwieg aber, dass die Tiere den Menschen meistens aus dem Weg gingen, wenn sie sie rechtzeitig bemerkten. Probleme gab es nur bei Begegnungen, die für den Bären und den Menschen gleichermaßen überraschend waren.

Zweifellos würde ein Bär eine laute Kinderschar nicht nur hören, sondern rechtzeitig das Weite suchen. Deshalb war sie nicht besonders beunruhigt und glaubte nicht so recht, dass ihr Sohn wirklich einen Bären gesehen hatte. Vielleicht war es ein Elch gewesen, ein anderer Spaziergänger, möglicherweise auch einfach nur ein Schatten. Doch sie hütete sich davor, das laut zu sagen, weil Emelie dann triumphiert hätte und Nils erst recht wütend geworden wäre.

Dafür triumphierte jetzt Nils, was Liv eigentlich auch nicht beabsichtigt hatte. »Sag ich doch«, kreischte er in Emelies Richtung. »Und wenn der Bär wiederkommt, sag ich dem, dass der dich fresst.«

»Deine Schwester wird nicht gefressen! Und ihr hört jetzt auf, euch zu streiten!« Liv schlug einen Ton an, den beide Kinder verstanden und auf den sie sofort hörten. Jedenfalls für den Augenblick.

Nils hörte auf zu zappeln, und Emelie, die den Mund schon wieder geöffnet hatte, um ihren Bruder weiter zu reizen, schloss ihn schnell. Beide Kinder schwiegen beleidigt und weigerten sich, ihr die Hand zu geben, als sie weitergingen.

Liv ließ sie gewähren. Sie wusste aus Erfahrungen, dass

dieser Zustand nicht lange anhielt, und auch diesmal dauerte es nicht einmal fünf Minuten, bis die Kinder wieder munter drauflosplapperten.

Emelie schien heute jedoch ihren streitsüchtigen Tag zu haben. Noch bevor sie zu Hause ankamen, hatte sie Nils zu einem weiteren Wutausbruch gebracht. In seinen blauen Augen, die Liv so sehr an Lennart erinnerten, blitzte es wütend.

»Du blöde Kuh!«, beschimpfte er seine Schwester erneut. »Dafür werd ich mich rechnen.«

»Rächen heißt das«, kam es sofort von Emelie zurück. »Lern erst mal richtig reden, du Trottel.«

So ging es weiter, bis sie endlich zu Hause waren, wo sie von Mischlingshund Knut schwanzwedelnd begrüßt wurden. Allerdings hatte Knut eine Überraschung für Liv, und zwar eine von der unangenehmen Sorte.

Jonna war offensichtlich nicht mit ihm rausgegangen, und sie selbst hatte nicht daran gedacht, ihn mitzunehmen, als sie Emelie und Nils aus dem Kindergarten abholte. Die Bescherung lag jetzt gut sichtbar im Flur, aber ihr Vater hatte sie offenbar nicht gesehen oder einfach nicht darauf geachtet, war hineingetreten und hatte alles noch weiter verteilt, wie sie an den Fußspuren erkennen konnte.

»Immerhin weiß ich jetzt, wo Opa ist«, seufzte Liv.

Sie manövrierte ihre Kinder um die Spuren herum, sah nach ihrem Vater und sorgte dafür, dass er saubere Schuhe anzog, bevor sie Knuts Spuren beseitigte. Dann kochte sie für ihre Familie, und nach dem Abendessen brachte sie die beiden Kleinen ins Bett, las ihnen noch etwas vor und vergewisserte sich, dass auch ihr Vater zur Ruhe gekommen war.

Sie hatte sich gerade müde in einen Sessel fallen lassen, als Knut winselnd vor ihr stand.

»Du schon wieder.« Liv beugte sich vor und kraulte das dunkle Fell des Hundes. Knut stupste sie auffordernd mit der Schnauze an. Ein deutliches Zeichen, dass er wieder rausmusste.

Liv erhob sich stöhnend. Es wäre schön, einfach mal nur ruhig sitzen bleiben zu können und die Stille zu genießen. Solche Momente waren selten genug, aber sie wollte es nicht riskieren, Knuts Hinterlassenschaften noch einmal wegwischen zu müssen. Der arme Kerl konnte ja nichts dafür, wenn niemand mit ihm rausging.

Als sie erst einmal mit dem Hund draußen war, fand Liv es nicht mehr so schlimm. Die Luft war mild und salzig. Sie nahm das Rauschen der Wellen ganz bewusst wahr. Es war immer da, aber schon so sehr Bestandteil ihres Lebens geworden, dass sie es meistens nicht mehr hörte.

Lange wollte sie nicht draußen bleiben. Sie hatte keine Ruhe, wenn sie ihren Vater und die beiden Kleinen alleine im Haus wusste. Sie hatte Knut von der Leine gelassen, und er schnüffelte eifrig herum, markierte alle wichtigen Stellen und wedelte jedes Mal mit dem Schwanz, wenn er in ihre Richtung blickte, bis wieder etwas anderes seine Aufmerksamkeit erregte. Schließlich erledigte er sein Geschäft, und Liv konnte sich auf den Heimweg machen. Sie musste nicht nach Knut schauen, sie wusste auch so, dass er ihr folgte.

Sie betrat die schmale Straße, die sich durchs Dorf wand. Und dann war da plötzlich das aufheulende Motorengeräusch, und ein dunkles Geschoss fegte um die Kurve.

Schreckerstarrt blieb Liv stehen. Sie erkannte die Gefahr, aber da war es bereits zu spät. Ein heftiger Schlag traf ihren Körper, sie wurde durch die Luft geschleudert. Hart schlug sie auf dem Asphalt auf, eine Schmerzwelle raste durch ihren Körper, und dann wurde alles schwarz.

»Wer alle Tage Kuchen isst, sehnt sich nach Brot.«
(Sprichwort)

Roggenmischbrot

Zutaten:

1000 g Roggen
200 g Weizenmehl
50 g Sauerteig
20 g Hefe
850 ml Wasser
20 g Salz
½ TL Anis
1 EL Fenchel, ungemahlen
1 EL Koriander, ungemahlen
1 EL Honig

Zubereitung:

Am Vortag 340 g Roggen von den 1000 g abnehmen und fein
schroten. Davon 160 g abwiegen und mit dem Sauerteig und
160 ml warmem Wasser verrühren. Mit Mehl bestäuben und
an einem warmen Platz etwa 4 Stunden stehen lassen.

Den restlichen Roggenschrot und etwa 220 ml Wasser dazugeben und zu einem dicken Brei vermengen. Über Nacht
warm stellen.

Am nächsten Morgen den restlichen Roggen mahlen und in eine Knetschüssel geben. Eine Mulde ins Roggenmehl drücken und den Sauerteig hineinschütten. Am Rand der Schüssel Salz, Honig und Gewürze verteilen und mit etwa 450 ml warmem Wasser in den Teig kneten.

Die Hefe mit etwas Wasser und Mehl verrühren und zusammen mit dem Weizenmehl zum Teig geben. Alles ausgiebig durchkneten.

20 Minuten ruhen lassen. Dann zwei Laibe formen, auf ein mit Backpapier ausgelegtes Blech legen und noch einmal 30 Minuten gehen lassen. Bei 250 °C 20 Minuten backen, dann auf 180 °C herunterschalten und weitere 30 bis 40 Minuten backen.

– 3 –

Was für eine Schnapsidee, irgendwo mitten in der Wildnis einen Roman zu schreiben! Auf so etwas konnte nur Frederika kommen. Björn machte keinen Hehl aus seiner schlechten Laune, als er seine Agentin zu Hause abholte.

Frederika wohnte in einer zum Loft umgebauten ehemaligen Fabrikhalle in der Gyldéngatan. In der unteren Etage war ihre Agentur, oben wohnte sie.

Er klingelte kurz, setzte sich wieder ins Auto und half ihr nicht mit dem Gepäck, als sie kam. Er sprach kein Wort, als er nach Nordwesten in Richtung Odengatan startete.

Im Stadtverkehr von Stockholm ging es nur langsam voran. Björn spürte, dass Frederika ihn von der Seite betrachtete, aber er wandte nicht einmal den Kopf zu ihr um. Stur schaute er nach vorn, die Lippen fest zusammengepresst.

Spannung lag in der Luft, die sich irgendwann entladen würde. Björn wartete nur darauf, dass Frederika etwas sagte, dass sie genau das Falsche sagte, aber sie schwieg eisern, und das machte ihn erst recht wütend. Er brauchte ein Ventil, um seinen Ärger abzulassen.

Er nahm die Autobahnauffahrt mit hoher Geschwindigkeit und registrierte zufrieden, dass Frederika sich mit beiden Händen an den Türgriff klammerte. Knapp vor einem Lastwagen schoss er auf die Autobahn. Die Lichthupe des Wagens hinter ihm quittierte er mit erhobenem Mittelfinger und trat noch fester aufs Gaspedal.

Die Tachonadel neigte sich immer weiter nach rechts,

und endlich reagierte Frederika. »Muss das sein?«, herrschte sie ihn an.

Björn wusste, dass sie bei hohen Geschwindigkeiten Angst hatte. »Ja«, erwiderte er barsch, nahm aber trotzdem den Fuß vom Gas.

Er sah Frederika noch immer nicht an, nahm aber aus dem Augenwinkel ihr blasses Gesicht wahr. Er wusste, dass er rücksichtslos war, doch er konnte sich jetzt keine Schwäche erlauben. Die Wut war ihm lieber, sie machte ihn stark und unverwundbar, das hatte er schon vor einiger Zeit festgestellt. Wenn er wütend war, kam kein anderes Gefühl an ihn heran, und nichts konnte ihn verletzen.

Auf der Höhe von Söderhamn fuhr er eine Tankstelle mit angeschlossener Raststätte an. Während er tankte, besorgte Frederika zwei Becher Kaffee. Björn nahm den Becher, den sie ihm reichte, und presste ein brummiges »Danke« hervor.

»Bist du irgendwann wieder besser drauf?«, fragte Frederika.

»Das war eine Scheißidee von dir«, erwiderte er, anstatt ihre Frage direkt zu beantworten.

Frederika zuckte mit den Schultern und trank einen Schluck. Auch Björn probierte den Kaffee, der für eine Raststätte überraschend heiß und gut war.

Ihre Blicke begegneten sich, und Björn zog die Augenbrauen zusammen. In ihm brodelte es noch immer. Schuld daran war nicht nur dieses verdammte Norrfällsviken; er war in dieser Stimmung, seit er Eivors Foto gefunden hatte. Jede Erinnerung, jeder Gedanke an sie verursachten dieses Gefühl in ihm. Grenzenlose Wut, die sich kaum bezähmen ließ.

Nach zehn Minuten setzten sie ihre Reise fort, weiterhin schweigend. Björn merkte, dass er sich allmählich entspannte. Die Landschaft war wirklich atemberaubend: tiefe Schluchten, bewaldete Berge, die bis ans Meer reichten, Fjorde und kleine Inseln in der tiefblauen Ostsee, Felsen, die senkrecht aus dem Wasser zu wachsen schienen.

Björn nahm das alles kaum zur Kenntnis und sagte kein Wort, bis sie auf die Högakustenbron fuhren, eine spektakuläre Hängebrücke, die über den Ångermanälven führte.

»Wahnsinn!«, entfuhr es ihm.

»Schön, dass es doch noch etwas gibt, was dir ein Wort entlockt«, sagte Frederika trocken.

Björn wandte kurz den Kopf, grinste sie sogar an und konzentrierte sich dann wieder auf die Straße. Die Stimmung kippte jedoch erneut, als sie kurz vor Norrfällsviken von der Autobahn abfuhren. Sie passierten ein Hinweisschild, das die Entfernung nach Östersund angab.

Kurz und heftig tippte Björn auf die Bremse, dann trat er sofort wieder aufs Gas. Der Wagen ruckte und schoss nach vorn.

Eivor lebte in Östersund. Das hatte er durch Zufall erfahren, als nach der Scheidung ein Brief ihres Anwalts irrtümlich bei ihm gelandet war. Nachdem er zwei Monate lang vergeblich versucht hatte, ihre Adresse herauszufinden, war es ein erhebendes Gefühl gewesen, dass sie ihm durch Zufall in die Hände fiel. Frederika hatte ihn damals daran gehindert, sich sofort auf den Weg zu machen und Eivor weiter nachzustellen, so wie er es schon in Stockholm gemacht hatte. Irgendwann hatte er tatsächlich eingesehen, dass es nichts brachte, aber die Wut in ihm war geblieben.

Jetzt reichte alleine der Name eines Ortes, den er mit Eivor in Verbindung brachte, um alles hochzukochen. Björn schlug mit der flachen Hand aufs Lenkrad und trat das Gaspedal noch fester. Dabei waren sie schon gar nicht mehr auf der Autobahn, sondern auf einer schmalen Straße, die sich eng und kurvig durch die Landschaft wand. Sanft abfallende Hügel mit Wiesen und Wäldern wechselten sich mit schroffen Felswänden ab.

»Verdammt, fahr endlich langsamer!«, fuhr Frederika ihn an. »Deine Raserei ist lebensgefährlich.«

» Hängst du so sehr an deinem bisschen Leben?«, knurrte er unfreundlich.

Frederika schien es kurz die Sprache zu verschlagen. »Ja, ich lebe gern«, sagte sie dann entschieden. »Und ich finde es ziemlich unverschämt, dass du nicht nur dein eigenes, sondern auch mein Leben gefährdest.«

»Ich habe dich nicht zu dieser Reise gezwungen«, erwiderte Björn und spürte tief in sich das altbekannte Pochen.

Diese Reise stand unter keinem guten Stern. Sie waren seit mehr als fünf Stunden unterwegs, die Fahrt war anstrengend gewesen, und trotzdem überlegte er, ob er nicht sofort umkehren sollte, sobald er Frederika in Norrfällsviken abgesetzt hatte.

Sie sagte nichts mehr, aber er konnte ihre Angst und Wut spüren. Die Stimmung im Wagen war explosiv. Er fuhr weiter mit überhöhter Geschwindigkeit, raste am Ortsschild von Norrfällsviken vorbei und nahm rasant die nächste Kurve.

Der Schatten war ganz plötzlich vor seinem Wagen. Instinktiv trat er hart auf die Bremse und riss gleichzeitig das Lenkrad herum, aber es war zu spät.

Neben ihm schrie Frederika laut auf, die Reifen quietschten, ein harter Schlag traf den Wagen, der Schatten draußen flog durch die Luft, und dann war alles still. Totenstill!

– 4 –

Liv war, als würde ihr Kopf explodieren. Ein gewaltiger Schmerz machte es ihr unmöglich, die Augen zu öffnen. Also ließ sie es.

Allmählich wurde ihr klar, dass nicht nur ihr Kopf schmerzte. Es kam ihr vor, als würde sie jede Stelle ihres Körpers spüren. Vor allem ihr rechtes Bein tat höllisch weh.

»Ich glaube, sie wacht auf.«

Liv hörte die Worte, ohne ihren Sinn zu erfassen. Ein Sturm tobte in ihrem Schädel, und sie hatte das Gefühl, dass er mit jeder Sekunde heftiger wurde.

»Liv?« Die Stimme, die ihren Namen rief, war ganz nah, und diesmal schaffte sie es, die Augen zu öffnen.

Alles war verschwommen, ein heller Fleck erschien direkt über ihrem Kopf. Als ihr Blick klarer wurde, erkannte sie das Gesicht einer Frau.

»Liv, wie geht es dir?«, fragte sie.

Liv war sich nicht sicher, ob sie die Frau kannte. Ihr fiel kein Name zu dem Gesicht ein, und doch kam es ihr vage bekannt vor.

»Ich bin es, Frederika«, sagte die Stimme über ihr.

Frederika? Da klingelte etwas, ganz hinten in ihren Erinnerungen. Sie würde später darüber nachdenken, wenn ihr Kopf nicht mehr so wehtat.

Liv schloss die Augen wieder, aber gleich darauf hörte sie eine zweite Stimme, die sie nicht zur Ruhe kommen ließ.

»Liv!« Diesmal war es ein Mann, der sprach. Er klang fordernd.

Liv hielt die Augen geschlossen. Sie wollte nichts hören, wollte nichts sehen. Was war überhaupt los mit ihr? Wieso hatte sie so schreckliche Schmerzen?

Und dann kehrte die Erinnerung zurück: Knut, der Spaziergang, der dunkle Schatten, der rasend schnell auf sie zukam, der Aufprall ...

Liv riss die Augen auf.

»Ganz ruhig«, sagte die männliche Stimme. Das Gesicht dazu konnte sie nicht sehen, weil sich die Frau namens Frederika jetzt wieder über sie beugte.

»Du hattest einen Unfall«, sagte sie. »Und jetzt bist du im Krankenhaus. Das ist Dr. Norberg.« Frederika wies auf den Mann, der neben ihr stand. Sie griff nach Livs Hand und streichelte sie. »Alles ist gut«, sagte sie.

Nichts war gut! Ihre Kinder und ihr Vater waren alleine zu Hause. Und was war mit Knut? Selbst um ihren Hund machte Liv sich Sorgen. Sie versuchte sich aufzurichten und stöhnte laut, als das Pochen in ihrem Kopf unerträglich wurde.

Frederika drückte sie sanft zurück aufs Kissen. »Du musst liegen bleiben«, sagte sie besorgt.

»Das kann ich nicht«, stammelte Liv verzweifelt. »Meine Kinder, mein Vater! Ich kann sie nicht alleine lassen.«

»Ich werde mich um alles kümmern«, versprach Frederika, und bei diesem Satz hatte Liv auf einmal das Bild einer jungen Frau vor Augen: Frederika vor vielen, vielen Jahren.

So lange war das alles schon her! Liv war damals noch ein Kind gewesen. Frederika, die immer so nett zu ihr gewesen war, die versprochen hatte, sich um sie zu kümmern – und die dann plötzlich weg gewesen war. Von einem Tag auf den anderen.

»Das geht nicht.« Liv wollte den Kopf schütteln, aber selbst die kleinste Bewegung verursachte ein hartes Pochen unter ihrer Schädeldecke. »Das hast du schon einmal gesagt«, sagte sie so leise, dass Dr. Norberg sie nicht hörte.

»Natürlich geht das«, sagte Frederika beschwichtigend. »Du musst dir um nichts Gedanken machen. Deinen Kindern wird es an nichts fehlen, das verspreche ich dir.« Hastig fügte sie hinzu: »Und dieses Mal werde ich mein Versprechen halten.«

»Jonna ist fünfzehn, die kommt schon klar«, sagte Liv. »Aber Emelie und Nils sind noch so klein. Und mein Vater hat Alzheimer.« Das Erschrecken in Frederikas Augen entging ihr nicht. »Er muss ständig beaufsichtigt werden, und ausgerechnet diese Nacht ist Jonna nicht zu Hause.«

»Ich werde mich um alles kümmern«, versprach Frederika noch einmal. »Und ich werde dich ständig auf dem Laufenden halten, damit du weißt, was zu Hause passiert.«

Liv war immer noch besorgt. Sie wollte so schnell wie möglich nach Hause, aber Dr. Norberg erklärte ihr, dass sie gleich am nächsten Morgen wegen eines komplizierten Bruches am rechten Wadenbein operiert werden müsse.

Liv war völlig fertig. Sie musste operiert werden, während zu Hause drei Kinder und ihr Vater auf sie warteten. Heiße Tränen liefen ihr über die Wangen.

»Nicht weinen«, bat Frederika, aber ihre Stimme klang, als würde sie selber gleich in Tränen ausbrechen. »Ich habe dir versprochen, dass ich für deine Familie sorgen werde, und du kannst dich auf mich verlassen.«

»Ich gebe ihr jetzt ein Beruhigungsmittel.« Die Stimme Dr. Norbergs klang gedämpft und schien sich immer weiter zu entfernen. »Sie braucht jetzt vor allem Ruhe und ...«

Den Rest bekam Liv schon nicht mehr mit. Etwas schien sie einzuhüllen, ihr die Schmerzen zu nehmen und sie mit tiefer Ruhe zu erfüllen.

– 5 –

Unruhig tigerte Björn den Krankenhausgang auf und ab. Sobald er sich auf einen der Stühle im Wartebereich setzte, sah er wieder den Schatten vor seinem Wagen auftauchen, glaubte er wieder den Aufprall zu hören und nahm erneut seine unruhige Wanderung auf.

Der Schock in ihm saß tief. Im ersten Augenblick, als er die Frau vor sich auf der Straße liegen sah, war er davon überzeugt gewesen, dass sie nicht mehr lebte. Er hatte einen Menschen totgefahren! Der Gedanke war so ungeheuerlich, dass er ihn lähmte und ihm den Atem nahm.

Frederika war vor ihm aus dem Wagen gesprungen. Er selbst hatte eine ganze Weile gebraucht, bis er ebenfalls aussteigen konnte. Als er es endlich schaffte, seinen Sicherheitsgurt zu lösen und die Tür auf seiner Seite zu öffnen, hatten sich bereits die ersten Schaulustigen aus dem Dorf eingefunden und Frederika hatte über ihr Handy den Notdienst gerufen.

Im ersten Moment war Björn erleichtert gewesen, weil die Frau doch nicht tot war, aber das Gefühl hielt nicht lange an. Die Angst, dass sie es nicht schaffen und auf dem Weg zum Krankenhaus sterben würde, hatte ihn nicht mehr losgelassen.

Er bekam nur am Rande mit, dass einige der Schaulustigen Frederika von früher kannten und ihr sagten, wer die Frau war, die er angefahren hatte. Frederika hatte sehr erschrocken gewirkt. Ihm gegenüber war sie kühl und abwei-

51

send gewesen. Und sie hatte allen Grund dazu, schließlich hatte er mit seiner sinnlosen Raserei eine Frau in Lebensgefahr gebracht.

Seitdem hatte Frederika kaum noch ein Wort mit ihm gewechselt. Sie war mit der Verletzten ins Krankenhaus gefahren, und er hatte nichts anderes machen können, als dem Rettungswagen zu folgen und hier auf Neuigkeiten zu warten. Er wusste nicht, wie lange er schon hier herumlief. Es mochten wenige Minuten oder auch viele Stunden vergangen sein.

Endlich kam Frederika, und sie war offensichtlich immer noch wütend auf ihn.

»Wie geht es ihr?«

»Den Umständen entsprechend.«

Björn zog finster die Augenbrauen zusammen. Mit dieser Antwort konnte er überhaupt nichts anfangen. »Aber sie lebt?«, knurrte er.

»Was nicht unbedingt dein Verdienst ist.«

»Verdammt, Frederika, es tut mir leid, was passiert ist, aber kannst du mir endlich sagen, was mit ihr ist?«

»Sie hat eine schwere Gehirnerschütterung und einen komplizierten Beinbruch.« Frederikas Stimme klang sachlich, und gerade das bereitete ihm Unbehagen. Mit ihrer Wut konnte er besser umgehen als mit dieser kühlen Sachlichkeit, die eine deutliche Distanz zwischen ihnen schuf.

»Okay«, sagte er, »ich werde ihr morgen einen Blumenstrauß schicken.«

Frederika schaute ihn nach wie vor mit unbewegter Miene an. »Sie muss operiert werden«, ergänzte sie.

Björn seufzte tief auf. »Ist ja gut, ich werde mich entschuldigen.«

»Du wirst weitaus mehr tun als das, mein Lieber«, sagte Frederika, und diesmal klang ihre Stimme dumpf und bedrohlich.

Er hob hilflos die Hände. »Was genau erwartest du von mir?«

»Liv ist alleinerziehend. Sie hat drei Kinder.« Frederika machte eine kurze Pause, als wolle sie diese Worte erst auf ihn wirken lassen, bevor sie zum entscheidenden Schlag ausholte: »Und um die wirst du dich kümmern, bis Liv dazu wieder selbst in der Lage ist.«

Er sollte sich um drei Kinder kümmern? Björn musste sich verhört haben, das konnte Frederika nicht von ihm verlangen! Er schüttelte nur den Kopf, immer wieder, bis ihm klar wurde, dass sie es tatsächlich ernst meinte.

»Ich hasse Kinder!«, stieß er hervor.

Frederika überhörte seinen Einwand einfach. »Diesmal wirst du ausbaden, was du angerichtet hast«, sagte sie und pikste ihm bei jedem Wort mit dem Zeigefinger in den Bauch.

Er trat bei jedem Pikser einen Schritt zurück, bis er mit dem Rücken an der Wand stand. »Du kannst mich nicht dazu zwingen.«

Frederika wirkte mit einem Mal sehr müde. »Nein, das kann ich nicht«, gab sie zu. »Aber wenn du dich nicht um diese Kinder kümmerst, werden sich unsere Wege hier und jetzt für immer trennen. Ich will dich dann nicht mehr sehen und nie wieder etwas mit dir zu tun haben.«

Björn erschrak und wunderte sich gleichzeitig darüber, wie sehr ihm diese Drohung zusetzte. Frederika war immer für ihn da gewesen, sie war in den letzten Jahren zu einer

Selbstverständlichkeit in seinem Leben geworden. Der einzige Mensch, dem er noch vertraute, fast eine Art Freundin. Er hätte ihr gern gesagt, dass sie sich zum Teufel scheren sollte, aber er brachte die Worte nicht über seine Lippen.

»Fahren wir«, sagte Frederika. »Ich hoffe, die Kinder haben noch nicht bemerkt, dass ihre Mutter nicht da ist.«

»Kannst du dich nicht um die Kinder ...« Björn brach ab, als er Frederikas Blick bemerkte.

Gleich darauf hatte er eine, wie er glaubte, geniale Idee. »Ich stelle jemanden ein, der sich um sie kümmert«, sagte er eifrig und zog schon sein Handy aus der Hosentasche.

Frederika hielt seinen Arm fest. »So einfach machst du es dir diesmal nicht«, sagte sie sehr bestimmt. »Du kümmerst dich um die Kinder, und ich werde ein Auge darauf haben, dass es den dreien gut geht.«

Frederika drehte sich um und ging. Sie gab ihm damit deutlich zu verstehen, dass die Diskussion beendet war.

Björn folgte ihr. Seine Miene verfinsterte sich, als er die Beule vorn in seinem Wagen sah. Er beugte sich hinab und strich mit dem Finger darüber. Als er sich wieder aufrichtete, sah er direkt in Frederikas Gesicht. So wütend hatte er sie noch nie angesehen.

Liv und ihre Familie wohnten in einem der rot gestrichenen Holzhäuser direkt am Wasser. Daran angebaut war ein weiteres Gebäude, in dem sich eine Bäckerei und ein Café befanden.

Eine Treppe führte zum Wohnhaus. Als Björn davor parkte, sah er einen älteren Mann, der auf den Stufen vor der Haustür hockte. Neben ihm saß ein schwarzer Hund, der leise knurrte, als Björn und Frederika aus dem Wagen stiegen.

Der Mann starrte sie an. Als sie näher kamen, sagte er mit weinerlicher Stimme: »Ulla ist nicht da.«

»Wer ist Ulla?«, wollte Björn wissen.

»Seine Frau«, erwiderte Frederika leise. »Sie ist vor fünfundzwanzig Jahren gestorben.«

»Du lieber Himmel!«, stieß Björn hervor. »Warum habe ich mich auf diesen ganzen Mist nur eingelassen?«

Möglicherweise war es der verärgerte Klang seiner Stimme, vielleicht konnte der Hund ihn auch einfach nicht leiden, was durchaus auf Gegenseitigkeit beruhte. Jedenfalls verstärkte das Tier sein Knurren und fletschte die Zähne. Björn schielte hinter sich und schätzte die Entfernung zwischen sich und seinem Wagen ab, durchaus bereit, Frederika diesem Köter und damit ihrem Schicksal zu überlassen. Schließlich hatte sie ihn in diesen ganzen Schlamassel hineingezogen.

»Ist ja schon gut«, sagte Frederika und streckte dem Hund die Rückseite ihrer Hand entgegen.

Der Hund hörte auf zu knurren, stand auf, zögerte noch einen Moment und kam dann langsam auf sie zu. Er schnupperte an ihrer Hand, winselte leise und begann mit dem Schwanz zu wedeln. Er ließ zu, dass Frederika zu dem alten Mann trat.

Sie beugte sich zu ihm hinunter und strich ihm über das graue Haar. »Hej, Villiam«, sagte sie leise. »Kennst du mich noch?«

Villiam schaute sie an, er schien ihre Frage verstanden zu haben. »Ja«, sagte er, »du bist die Frau von Sverker.«

»Nein«, sagte Frederika und schüttelte den Kopf. Björn konnte ihr Gesicht nicht sehen, weil sie ihm den Rücken zuwandte, aber er hörte, dass ihre Stimme traurig klang.

»Ich bin Frederika«, sagte sie. »Ich bin wieder da.«

»Aber Ulla ist nicht da«, sagte Villiam.

»Ich weiß.« Frederika nickte. »Aber ich bin jetzt da und werde mich um dich kümmern.«

Der alte Mann schien einverstanden zu sein. Er ließ sich von Frederika ins Haus bringen.

Björn folgte den beiden und wartete unten im Hausflur, während Frederika den alten Mann nach oben brachte. Er und der schwarze Hund beäugten sich misstrauisch. Dann wandte Björn den Blick ab und sah sich interessiert um. Besonders elegant wohnten diese Liv und ihre Kinder nicht.

Der Flur war weiß gestrichen, ein bunter Läufer lag auf den Holzdielen. Neben der Tür standen Schuhe in unterschiedlichen Größen. An der Garderobe hingen Mäntel und eine Hundeleine.

Die Tür geradeaus stand weit offen und gab den Blick ins Wohnzimmer frei. Auch dieser Raum war einfach eingerichtet, mit weißen Möbeln und bunten Teppichen. Nichts, was Björns Anspruch genügt hätte – bis auf den Blick durch die Glasfront am Ende des Wohnzimmers. Hinter einem großen Fenster und einer gläsernen Tür befand sich eine Veranda, die genau über dem Wasser lag.

Björn hätte sich das gerne näher angesehen, aber als er einen Schritt nach vorn machte, knurrte der Hund ihn wieder an und zeigte seine Zähne.

»Halt die Klappe«, zischte Björn, wagte es aber nicht, sich vom Fleck zu bewegen.

Es dauerte mindestens eine halbe Stunde, bis Frederika wiederkam und ihm mitteilte, dass die beiden Kleinen in ihren Betten lagen und schliefen und auch Villiam jetzt zur Ruhe gekommen war.

»Jonna, Livs fünfzehnjährige Tochter, ist heute Nacht nicht da«, fügte sie noch hinzu. »Ich bin dann jetzt weg.« Sie wandte sich zum Gehen. »Bis morgen.«

Björn spürte Panik in sich aufsteigen. »Bitte, lass mich hier nicht allein!«, bat er.

»Ich bin morgen ganz früh wieder da«, sagte sie.

»Ich kann das nicht«, stieß er hervor.

Frederika, die schon an der Tür stand, drehte sich langsam um. Der Ausdruck in ihren Augen war unerbittlich. »Schon gut, dann bleibe ich«, sagte sie, doch bevor er erleichtert aufatmen konnte, fuhr sie fort: »Aber du kennst die Konsequenzen. Du kannst verschwinden, und unsere Wege trennen sich für immer.«

»Nimm wenigstens den Köter mit«, sagte Björn flehend. Das schwarze Untier grummelte immer noch und zeigte die Zähne, sobald Björn ihn anschaute. Er war davon überzeugt, dass dieses Vieh ihn bei der erstbesten Gelegenheit beißen würde.

»Der Hund gehört den Kindern, und den werde ich ihnen nicht auch noch wegnehmen, nachdem du schon ihre Mutter außer Gefecht gesetzt hast. Sei nett zu ihm, dann ist er auch nett zu dir.«

Björn sah den Hund an, und der fletschte die Zähne. Es sah aus, als würde er ihn anlächeln, aber Björn spürte die Abneigung, die ihm entgegenschlug und die er aus vollem Herzen erwiderte.

Überraschend lenkte Frederika ein. »Also gut«, sagte sie, »heute Abend nehme ich ihn mit. Nicht deinetwegen«, fügte sie hinzu, »sondern weil der arme Hund heute schon genug mitgemacht hat.«

Sie ging, und als sie den Hund lockte, folgte er ihr sofort. Dann war Björn allein und hatte endlich Gelegenheit, sich in aller Ruhe im Haus umzusehen.

Rechts ging es in die Küche. Auch hier war die Einrichtung nicht sonderlich spektakulär. Björn verzog geringschätzig das Gesicht. Ein alter Herd, darüber ein Regal, in dem Töpfe gestapelt waren, keine Dunstabzugshaube. Die Stühle, die um den Tisch gegenüber gruppiert waren, passten nicht zueinander. Alles war sauber, aber nicht besonders ordentlich. Offensichtlich ließ Liv zu, dass ihre Sprösslinge ihre Spielsachen überall im Haus verteilten. An einer Wand hingen Bilder, die wahrscheinlich die Kinder gemalt hatten.

Björn öffnete den Kühlschrank. Besonders üppig gefüllt war er nicht, aber es gab Käse und Wurst, und in einem Schrank neben dem Kühlschrank fand er Brot, das überraschend gut und frisch schmeckte. Er trank ein Glas Wasser und machte sich dann auf die Suche nach einer Schlafstätte.

Das Sofa im Wohnzimmer war viel zu kurz und zu schmal. Er ging nach oben, schob vorsichtig eine Tür auf, die ohnehin nur angelehnt war, und stand offensichtlich im Schlafzimmer der Frau, die er über den Haufen gefahren hatte. Ein Kleid hing auf einem Bügel am Kleiderschrank, auf der Kommode lagen zarte Dessous.

Björn hatte dafür keinen Blick. Das weiße Bett sah einladend und gemütlich aus. Er ging noch einmal nach unten, holte seine Reisetasche aus dem Wagen und zog sich in Livs

58

Schlafzimmer zurück. Mit seinem Pyjama bekleidet legte er sich ins Bett.

Danach lag er lange wach. Immer wieder holte ihn das Erlebte ein, sah er diesen Schatten vor seinem Wagen, hörte er den dumpfen Aufprall. Irgendwann schlief er vor Erschöpfung ein.

Björn wusste sofort, wo er war und weshalb er in diesem ungewohnten Bett lag, als er durch Kinderstimmen geweckt wurde.

»Emelie, da liegt ein fremder Mann in Mamas Bett!«

Die Stimme war ganz nah, das Kind musste sich unmittelbar vor ihm befinden.

Nils, drei Jahre alt, und Emelie, fünf, resümierte er in Gedanken. Das war alles, was er über die Kinder wusste. Gesehen hatte er sie noch nie, und dieses erste Kennenlernen wollte er so lange wie möglich hinauszögern, deshalb hielt er die Augen fest geschlossen.

»Was macht der da?«, hörte er Emelie rufen. »Schmust der mit Mama?«

»Mama ist nicht da«, rief Nils zurück.

Nein, die Mama der beiden Kinder war nicht da. Sie lag im Krankenhaus, und er war daran nicht ganz unschuldig.

Tappende Kinderfüße waren zu hören. Sie kamen näher und blieben vor dem Bett stehen.

»Glaubst du, das ist ein Verliebter von Mama?«, fragte Nils.

»Nein«, hörte Björn das Mädchen antworten, »dazu ist der viel zu hässlich.«

»Aber warum liegt der dann in Mamas Bett?«

»Weiß ich doch nicht«, sagte Emelie.

Björn hätte es erklären können, aber er stellte sich weiterhin schlafend und haderte innerlich mit sich selbst. Wenn er vor vierundzwanzig Stunden auch nur ansatzweise geahnt hätte, was alles passieren würde, hätte er sich nie auf Frederikas dämlichen Vorschlag eingelassen.

Es blieb eine ganze Weile still vor dem Bett. Dennoch wusste Björn genau, dass die Kinder immer noch dastanden und wahrscheinlich auf etwas warteten. Außerdem spürte er, dass sie ihn anstarrten. Es war ein unangenehmes Gefühl, und es fiel ihm immer schwerer, die Augen geschlossen zu halten.

»Wann wird der endlich wach?«, fragte Emelie schließlich. »Ich will wissen, wo Mama ist.«

»Ich hab Pipi in der Hose«, sagte Nils weinerlich.

Björn wurde heiß und kalt. Er hatte erwartet, dass diese Gören zumindest stubenrein waren.

»Und ich hab Hunger«, sagte der Junge. »Wo ist Mama?«

»Frag ihn mal!«, forderte Emelie ihren Bruder auf.

»Der schlaft doch noch«, sagte Nils. »Wenn Mama die Augen zuhat, dürfen wir sie auch nicht wecken.«

»Vielleicht ist der tot«, überlegte Emelie. »Ich glaube, wenn die Leute tot sind, liegen sie auch einfach nur rum, und irgendwann stinken sie, hat Jonna mal gesagt.«

Etwas berührte Björns Gesicht, dann vernahm er ein schnüffelndes Geräusch, und was auch immer ihn berührt hatte, entfernte sich wieder.

»Nein, der stinkt nicht«, sagte Nils. »Der lebt noch.«

»Aber du stinkst«, erwiderte Emelie ohne jeden Vorwurf in der Stimme. »Ich glaube, da ist nicht nur Pipi in deiner Hose.«

Björn roch es jetzt auch, ihm wurde übel.

Wieder blieb es eine ganze Weile still, und dann spürte Björn kleine Finger auf seinem Gesicht, die sein rechtes Lid nach oben zogen.

»Der hat ein Auge auf«, sagte der Junge. »Der ist halbwach. Kann ich ihn jetzt fragen, oder muss ich warten, bis der ganz wach ist?«

Björn kapitulierte. Es hatte keinen Zweck, noch länger zu warten und darauf zu hoffen, dass Frederika kam. Er musste sich der Situation und besonders diesen Kindern stellen. Er öffnete die Augen.

»Ich bin ganz wach«, knurrte er.

Die beiden Kinder betrachteten ihn eher interessiert als eingeschüchtert.

»Wenn er die Augen aufhat, ist er nicht ganz so hässlich«, sagte Emelie.

»Ist mir egal, wie der ausseht«, erwiderte Nils. »Ich will wissen, wo meine Mama ist.«

»Aussieht«, berichtigte Björn den Jungen, nicht aus erzieherischen Gründen, sondern um Zeit zu gewinnen.

Nils ignorierte den Einwand und stampfte mit dem Fuß auf. »Ich will meine Mama!«

Björn setzte sich auf. »Tja«, sagte er gedehnt und klang ziemlich hilflos, »da gibt es ein kleines Problem. Oder vielmehr ein ziemlich großes.«

Verdammt, wie sollte er zwei kleinen Kindern klarmachen, dass ihre Mutter im Krankenhaus lag? Und dass sie das ihm zu verdanken hatten?

Okay, den zweiten Teil konnte er getrost unterschlagen, das musste er den Kindern nicht unbedingt auf die Nase binden.

Björn hätte gerne ein paar Minuten Zeit für sich gehabt, um sich die passenden Worte in Ruhe zurechtzulegen. Er war Schriftsteller, ihm würde schon das Richtige einfallen.

»Ich habe eine gute Idee«, sagte er zu den beiden. »Ich gehe ganz schnell unter die Dusche, ihr bereitet inzwischen das Frühstück vor, und dann erzähle ich euch genau, was passiert ist.«

Leider fanden die Kinder seinen Vorschlag nicht so gut wie er.

Emelie schüttelte den Kopf. »Das können wir nicht«, sagte sie. »Wir haben noch nie Frühstück gemacht, das macht immer Mama.«

»Scheiße!«, entfuhr es Björn.

Emelie starrte ihn vorwurfsvoll an, aber Nils schlug die Hand vor den Mund und kicherte.

»Er hat Scheiße gesagt.« Nils schien sich richtig darüber zu freuen.

»Das sagt man nicht«, empörte sich Emelie.

»Scheiße! Scheiße! Scheiße!« Nils sang das Wort und drehte sich dabei im Kreis.

»Nils!« Emelie stemmte beide Hände in die Hüften und schaute ihren Bruder strafend an.

Kleine Wichtigtuerin, dachte Björn und ahnte zu diesem Zeitpunkt noch nicht, wie sehr sich das in der nächsten Zeit bestätigen sollte.

»Er hat das gesagt, nicht ich«, verteidigte sich Nils und zeigte mit dem Finger auf Björn.

»Du hast das sogar dreimal gesagt«, stellte Emelie richtig. Dann zeigte sie ebenfalls auf Björn. »Und nur weil der da

62

das gesagt hat, heißt das nicht, dass du das auch sagen darfst.«

»*Der da* heißt übrigens Björn«, brummte Björn. »Und *der da* möchte jetzt gerne unter die Dusche. Danach erzähle ich euch, wo eure Mama ist.« Vor allem wollte er dem Gestank entfliehen, den der kleine Junge verströmte.

»Ich will aber jetzt wissen, wo meine Mama ist!«, begehrte Nils weinerlich auf.

»Ein paar Minuten wirst du wohl noch warten können«, sagte Björn streng.

»Nee, kann er nicht«, mischte Emelie sich ein. »Riechst du das denn nicht? Jemand muss ihm den Popo sauber machen und ihm eine andere Hose anziehen.«

Björn brach der Schweiß aus, weil er ahnte, was da auf ihn zukam. »Kannst du das nicht machen?«, wandte er sich hoffnungsvoll an Emelie.

Das Mädchen sah ihn entsetzt an, wich einen Schritt zurück und hob abwehrend beide Hände. »Ich mach die Nilsstinke nicht weg.«

Nils stand neben seiner Schwester und ließ den Kopf hängen. »Ich mach nicht mehr in die Hose«, sagte er. Eine dicke Träne rollte über seine Wange, und Björn spürte, wie peinlich dem kleinen Jungen dieses Malheur war.

Plötzlich tauchte ein Bild vor seinem inneren Auge auf: er selbst als kleiner Junge, der vor Unsicherheit seine Hosen vollgemacht hatte, obwohl er dafür eigentlich schon zu alt war. Älter sogar als der Kleine vor ihm.

Björn verspürte Mitleid mit Nils. Er schob die Decke beiseite, schwang seine Beine über die Bettkante, stand auf und legte eine Hand auf die Schulter des Jungen, wohl wis-

send, dass die Aufgabe, die vor ihm lag, ihn all seine Über-
windung kosten würde. »Wir Männer, wir schaffen das
schon, nicht wahr?«, sagte er aufmunternd.

Nils blickte zu ihm auf, fühlte sich offensichtlich geschmeichelt und nickte vertrauensvoll. Zusammen zogen
die beiden ab ins Bad.

– 6 –

Die Operation sollte im Laufe des Vormittags stattfinden, aber Livs Sorge um die Kinder war stärker als ihre Angst.

Sie hörte kaum zu, als der Arzt ihr den Eingriff erklärte. Obwohl es noch früh am Morgen war, hatte Dr. Norberg schon wieder Dienst. Oder war er immer noch da?

Livs Kopf fuhr herum, als die Tür zu ihrem Krankenzimmer geöffnet wurde.

»Mama!« Jonna flog auf sie zu und umarmte sie.

Über die Schulter ihrer Tochter hinweg sah Liv Frederika, die langsam näher kam, während Jonna in ihren Armen laut aufschluchzte.

»Ich komme später noch einmal«, verabschiedete sich der Arzt und verließ das Zimmer.

»Ist schon gut.« Liv strich ihrer Tochter über das blonde Haar.

»Jonna kam gerade von der Freundin, bei der sie übernachtet hatte«, erklärte Frederika. »Wir haben uns vor deinem Haus getroffen. Ich habe ihr erzählt, was passiert ist, und da wollte sie sofort zu dir. Ich habe mir übrigens dein Fahrrad geliehen, um zusammen mit Jonna hierherzufahren.«

Liv nickte. Das Krankenhaus lag nur fünf Kilometer von Norrfällsviken entfernt im Nachbarort, aber Frederika schien die Fahrt ganz schön angestrengt zu haben. Ihr Gesicht war hochrot.

»Wie geht es den beiden Kleinen und meinem Vater?«, wollte Liv wissen.

65

»Ich war nur kurz im Haus«, berichtete Frederika. »Da war noch alles ruhig. Wir bleiben auch nicht lange und fahren gleich zurück. Ich komme dann später noch einmal vorbei.« Frederika lächelte. »Du musst dir keine Sorgen machen. Björn ist bei den Kindern, und ich unterstütze ihn natürlich.«

Jonna hob den Kopf und sah Frederika fragend an. »Björn? Ist das der Mann, der Mama über den Haufen gefahren hat?« Ihre Stimme klang wütend.

Frederika wirkte hilflos, zuckte mit den Schultern und nickte dann. »Es tut ihm schrecklich leid.« Ihre Stimme klang beschwichtigend, und sie schaute Liv an, obwohl Jonna die Frage gestellt hatte. »Ich gebe zu, Björn war zu schnell, aber du bist so plötzlich auf der Straße gestanden, selbst ich habe dich erst im letzten Moment gesehen, und dann war es auch schon passiert.«

»Ich kann mich nicht erinnern«, sagte Liv. »Ich weiß nur, dass ich mit Knut spazieren gegangen bin, und als ich wieder aufgewacht bin, lag ich im Krankenhaus.« Angstvoll schaute sie Frederika an. »Glaubst du wirklich, dass meine Kinder bei diesem Mann gut aufgehoben sind?«

»Ja, ganz bestimmt. Ich würde mich selbst um sie kümmern, aber was ist dann mit der Bäckerei? Erinnerst du dich noch an meinen Käsekuchen, den du als Kind so gerne gegessen hast, Liv? Ich werde dir heute Nachmittag ein Stück mitbringen. Und wenn ich in der Backstube stehe, ist deine Familie ja direkt nebenan.«

»Und ich bin doch auch noch da«, ergänzte Jonna und nahm ihre Mutter ganz fest in den Arm. Ihre Stimme klang kriegerisch, als sie fortfuhr: »Ich passe schon auf, dass Emelie und Nils nichts passiert.«

»Du musst dir keine Sorgen machen«, versicherte Frederika. Sie beugte sich vor und strich über Livs Schulter. »Es wird alles gut. Denk jetzt nur an dich, umso schneller wirst du gesund.«

Als ob das so einfach wäre. Liv konnte ihre Gedanken nicht einfach so abstellen, und die drehten sich nun einmal ausschließlich um ihre Kinder und ihren Vater.

»Mein Vater ...«, fing sie an, aber diesmal ließ Frederika sie nicht aussprechen.

»Ich weiß«, fiel sie ihr ins Wort. »Ich habe gestern schon bemerkt, dass er ziemlich verwirrt ist. Er hat mich nicht erkannt.«

»Die meisten Menschen erkennt er nicht mehr«, sagte Liv. »Und dich hat er ja schon seit vielen Jahren nicht mehr gesehen.«

»Ich weiß«, erwiderte Frederika. Ihre Stimme klang belegt, ihre Miene wirkte betroffen. Sie sah Liv nicht an, als sie fortfuhr: »Es ist traurig, ihn so zu sehen. In meiner Erinnerung ist er immer noch der starke Mann von früher, den nichts aus der Bahn werfen konnte.«

Warum bist du damals so plötzlich verschwunden? Die Frage lag Liv auf der Zunge, doch sie kam nicht dazu, sie auszusprechen. Frederika wechselte abrupt das Thema.

»Du willst bestimmt ein paar von deinen Sachen haben. Was sollen wir dir mitbringen, wenn wir dich heute Nachmittag besuchen?«

»Ja, Mama.« Jonna richtete sich auf, blieb aber auf der Bettkante sitzen. »Du brauchst doch bestimmt Nachthemden, Unterwäsche, deine Zahnbürste. Soll ich dir ein Buch mitbringen oder ein paar Zeitschriften besorgen?«

Liv fuhr sich mit beiden Händen durchs Gesicht. »Als ob ich mich darauf jetzt konzentrieren könnte.«

»Schon gut.« Jonna tätschelte ihr den Arm. »Ich packe einfach ein paar Sachen ein.«

Liv nickte mutlos. »Pass bitte gut auf deine Geschwister auf«, bat sie.

»Du kannst dich auf mich verlassen.« Jonna sah zu Frederika hinüber. »Und auf Frederika auch, da bin ich mir ganz sicher, auch wenn ich sie eben erst kennengelernt habe.«

Liv sagte nichts dazu. Sie konnte Frederika ihr Vertrauen nicht aussprechen, weil diese Frau sie schon einmal bitter enttäuscht hatte, vor etwas mehr als zwanzig Jahren: Frederika war damals ohne Erklärung verschwunden, hatte die Wunde wieder aufgerissen, die der Tod der Mutter bei ihr hinterlassen hatte.

Immer wieder hatte Liv gefragt, warum sie gegangen war. Nicht nur sich selbst, sondern vor allem ihren Vater, der es doch eigentlich wissen musste, weil er von morgens bis abends mit Frederika zusammengearbeitet hatte. Aber auch er hatte es nicht gewusst, oder zumindest hatte er das behauptet.

Irgendwann hatte Liv aufgehört zu fragen, ihr Leben ging weiter. Sie begann ihre Ausbildung als Bäckerin, lernte Lennart kennen und verliebte sich in ihn. Dann kamen die Kinder und schließlich die schreckliche Nacht, in der sie Lennart für immer verlor ...

»Wir müssen die Patientin jetzt zum Röntgen bringen.« Zwei Krankenschwestern waren ins Zimmer gekommen. Eine der beiden stellte sich ans Fußende des Bettes und löste mit dem Fuß die Bremspedale an den Rädern.

Jonna war aufgestanden, hielt Livs Hand aber ganz fest, als wolle sie sie nie wieder loslassen. In den Augen des Mädchens schimmerten Tränen.

»Es wird alles gut«, versprach Liv, obwohl sie selbst Angst hatte. Vor der Operation, vor der Ungewissheit – ach, da war ein ganzer Wust an Gefühlen, die sie nur mühsam unter Kontrolle halten konnte.

Jonna hielt ihre Hand weiter fest, ging neben dem Bett her, als Liv zur Tür geschoben wurde. Erst als Frederika dazukam und eine Hand auf die Schulter des Mädchens legte, ließ Jonna sie los.

Liv lächelte, obwohl ihr eher nach Weinen zumute war. Das alles hatte sie nur diesem Raser zu verdanken, und ausgerechnet dieser Mann, der sich schon durch seine Fahrweise als absolut verantwortungslos erwiesen hatte, sollte sich um ihre Kinder kümmern.

»Liv«, sprach eine der Krankenschwestern sie an. »Alles in Ordnung?«

Liv nickte, obwohl überhaupt nichts in Ordnung war.

Die Krankenschwestern schoben das Bett aus dem Zimmer.

Liv fühlte sich schrecklich hilflos. Es gab nichts, was sie tun konnte.

»Wenn sie kein Brot mehr haben, sollen sie doch Kuchen essen.«

(Jean-Jacques Rousseau, *Bekenntnisse*)

Käsekuchen aus Småland

Zutaten:

4 Eier
50 g Zucker
100 g gemahlene Mandeln
50 g Mehl
400 g Hüttenkäse
300 g Schlagsahne
Butter
Kompott oder Schlagsahne nach Geschmack

Zubereitung:

Die Eier schlagen, den Zucker dazugeben und so lange rühren, bis eine cremige Masse entstanden ist. Nach und nach die gemahlenen Mandeln, das Mehl und den Hüttenkäse einrühren.

Die Sahne steif schlagen und unter den Teig heben. Eine Springform (26 cm) mit Butter einfetten und den Teig hineingießen.

Den Käsekuchen im vorgeheizten Backofen bei 175 °C ca. eine Stunde backen, bis die Oberfläche angebräunt ist.

Serviert wird der Kuchen warm mit Kompott und geschlagener Sahne.

– 7 –

Es war wirklich widerlich gewesen. Als Björn endlich unter der Dusche stand, glaubte er immer noch den Gestank in der Nase zu haben und musste einen Würgereflex unterdrücken.

Nils war es sehr peinlich gewesen, dass er sich von einem fremden Mann den Po abwaschen lassen musste. Björn hatte den Jungen einfach komplett ausgezogen, in die Badewanne gestellt, von Kopf bis Fuß abgeduscht und ihm die frische Unterwäsche angezogen, die Emelie ihm gebracht hatte. Jetzt stand er selbst unter der Dusche und versuchte, die letzte schreckliche halbe Stunde zu vergessen. Schlimmer konnte es kaum noch kommen – glaubte er zumindest.

Björn hinterließ das Bad so, wie er es von zu Hause gewohnt war, und dachte in dem Augenblick gar nicht daran, dass es hier keine Haushaltshilfe gab, die hinter ihm herräumte.

Es war still im Haus, und leider roch es so gar nicht nach Kaffee. Den würde er wahrscheinlich auch selbst kochen müssen. Er betrat das Wohnzimmer – und blieb abrupt stehen.

Frederika saß neben einem jungen Mädchen auf dem Sofa vor dem Fenster, das den herrlichen Ausblick nach draußen auf die Ostsee bot.

Das Mädchen – es musste sich um Livs älteste Tochter Jonna handeln – hatte Nils auf dem Schoß, der gerade ungeniert in der Nase bohrte. Emelie stand daneben. Und leider hatte Frederika auch den schwarzen Köter wieder mitgebracht. Alle fünf starrten ihn finster an.

Björn starrte zurück. Zwischen ihnen schien eine Wand zu stehen, unsichtbar, aber spürbar eisig.

Der kleine Nils brach als Erster das Schweigen: »Du hast meine Mama kaputt gefahrt«, sagte er böse und schien völlig vergessen zu haben, dass Björn ihm eben noch den Hintern abgewaschen hatte. Undankbares Balg!

»Gefahren«, korrigierte Emelie sofort, wobei sie Björn nicht aus den Augen ließ. »Ich finde dich ganz, ganz doof!«

Angesichts der fünf Augenpaare, die ihn unfreundlich musterten, wagte Björn es nicht, sich seinen eigenen Ärger anmerken zu lassen. »Es tut mir leid«, murmelte er unbehaglich.

»Damit hilfst du jetzt auch niemandem«, sagte Frederika kühl. »Liv wird übrigens heute operiert.«

»Das tut mir auch leid«, sagte Björn und meinte es diesmal sogar ernst.

Frederika sagte nichts mehr. Sie stand auf und ging zur Tür. »Ich schaue mal nach Villiam«, sagte sie, mehr zu den Kindern gewandt als zu Björn.

Der verrückte Alte! Björn durchfuhr es abwechselnd heiß und kalt, weil er Livs Vater völlig vergessen hatte.

Es dauerte nicht lange, bis Frederika wieder nach unten kam. »Villiam ist weg!«, stieß sie hervor.

Die Kinder schien das nicht weiter zu beunruhigen.

»Wahrscheinlich ist er im Arbeitszimmer und kontrolliert Rechnungen«, sagte Jonna. »Ich schau mal nach.«

Sie ging an ihm vorbei, so nah, dass sie ihm mit der Schulter einen Stoß verpassen konnte.

73

Björn schaute ihr nach, und als er sich wieder umdrehte, hatte Emelie die Hände in die Hüften gestemmt. »Ich habe Hunger«, sagte sie.

»Ich auch!«, stimmte Nils seiner Schwester zu.

Björn sah Frederika auffordernd an. Wenn sie schon einmal da war, konnte sie sich auch gleich ums Frühstück kümmern.

Frederika war da offensichtlich anderer Ansicht. »Was stehst du da noch rum? Du hast doch gehört, dass die Kinder Hunger haben. Und wenn du schon dabei bist, ich könnte auch einen anständigen Kaffee vertragen.«

Björn hob hilflos die Schultern. Kaffee bekam er gerade noch hin, den kochte er sich zu Hause selbst, literweise sogar, aber was zum Teufel sollte er den Kindern servieren? Er selber ging zum Frühstücken immer ins *Café Östermalm*, nur wenige Schritte von seiner Wohnung entfernt.

»Kannst du nicht ...?«, sagte er zögerlich, aber Frederikas unerbittlicher Blick brachte ihn zum Schweigen. Er zuckte hilflos mit den Schultern, wandte sich dann aber an Emelie: »Was esst ihr denn morgens so?«

Emelies Augen blitzten auf. »Schokoladenkuchen«, sagte sie schnell. »Den musst du nur nebenan aus der Bäckerei holen.«

Das klang einfach. Björn atmete erleichtert auf, aber leider mischte sich Frederika ein: »Ich bin mir ganz sicher, dass eure Mutter euch keinen Schokoladenkuchen zum Frühstück serviert«, sagte sie bestimmt. »Die Kinder brauchen gesunde Nahrung«, ergänzte sie an Björn gewandt.

Er wusste nicht, was ihn mehr verunsicherte: ihr strenger Blick oder diese Ansage.

»Havregrynsgröt«, schlug Frederika vor, »mit Milch und Apfelmus. Ich weiß, dass es das früher immer hier gab.«

»Ich mag keinen Haferbrei.« Emelie verzog das Gesicht.

»Ich schon«, sagte Nils. »Mama macht das auch immer.«

»Siehst du, dann wäre das ja geklärt«, sagte Frederika zu Björn.

»Und was macht deine Mutter für dich?«, wollte Björn von Emelie wissen.

Emelie schwieg und zuckte trotzig mit den Schultern, offensichtlich beleidigt, weil das mit dem Schokoladenkuchen nichts wurde.

»Opa ist nicht im Arbeitszimmer!« Jonna kam zurück ins Wohnzimmer und starrte Björn so böse an, als wäre er für das Verschwinden des Großvaters verantwortlich. »Er ist überhaupt nicht im Haus, ich habe in allen Zimmern nachgesehen.«

Frederika wirkte plötzlich sehr beunruhigt. »Hoffentlich ist ihm nichts passiert«, murmelte sie.

»Opa lauft immer weg«, sagte Nils.

»Das heißt läuft! Und dem passiert nix.« Emelie hatte wohl beschlossen, dass sie lange genug beleidigt geschwiegen hatte, und mischte sich wieder in das Gespräch ein. »Irgendeiner bringt ihn dann nach Hause.«

Frederika schüttelte sichtlich besorgt den Kopf. »Darauf verlasse ich mich lieber nicht. Ich mache mich auf die Suche nach ihm. Und du machst den Kindern Frühstück.« Auffordernd sah sie Björn an.

»Für mich nicht«, sagte Jonna bissig, »ich frühstücke in der Schule.« Noch vor Frederika verließ sie den Raum.

Frederika ging ebenfalls zur Tür, und zu Björns Erleichterung trottete der Hund hinter ihr her. Sie nickte Björn noch einmal zu. »Du weißt ja jetzt, was du zu tun hast.« Dann war auch sie weg, und Björn sah zwei Kindergesichter erwartungsvoll auf sich gerichtet.

»Okay, Frühstück«, sagte er. »Ich kümmere mich darum, und ihr wartet hier brav, bis ich fertig bin.«

Zwei unschuldige Engelsgesichter schauten ihn an und nickten folgsam. Irgendwie hatte er trotzdem kein gutes Gefühl, als er in die Küche ging. Im Schrank fand er Knäckebrot und eine halbvolle Packung Haferflocken, auf deren Rückseite das Rezept für den Haferbrei aufgedruckt war.

Björn atmete erleichtert auf. So schwer schien das nicht zu sein. Wasser mit den Haferflocken und etwas Salz aufkochen, anschließend Milch und Apfelmus darüber, das war wirklich kein Problem.

Neben den Haferflocken stand eine Packung Kakao. Perfekt! Vielleicht akzeptierte Emelie das als Ersatz für den gestrichenen Schokoladenkuchen, und glücklicherweise stand auch auf der Kakaopackung, was zu tun war: Milch aufkochen lassen ...

Ein lautes Scheppern aus dem Wohnzimmer, gefolgt von heftigem Gebrüll, ließ ihn herumfahren.

Björn ließ alles stehen und liegen und rannte nach nebenan. Auf dem Boden lagen Scherben, Emelie blickte ihn schuldbewusst an, während Nils immer noch brüllte. Dicke Tränen liefen über seine Wangen.

»Der ist schuld«, sagte Emelie und zeigte auf ihren Bruder.

»Bin ich nicht!« Nils stampfte mit dem Fuß auf. »Die

blöde Kuh«, jetzt zeigte er auf seine Schwester, »hat an dem Teller gezieht, den ich in der Hand hatte. Dann ist der runtergefallen und war kaputt. Und ich wollte doch nur den Tisch decken.« Der Junge weinte noch lauter.

»Mit Mamas gutem Porzellan! Ich hatte Angst, dass er den Teller fallen lässt«, verteidigte sich Emelie. »Und das hat er ja auch.«

»Weil du dran gezieht hast. Deshalb ist der runtergefallen.«

»Gefallen, Nils! Er ist runtergefallen, weil du noch ein Baby bist.«

»Ich bin kein Baby«, kreischte Nils. »Ich …«

»Schluss jetzt!«, brüllte Björn dazwischen.

Beide Kinder starrten ihn an, Nils hörte schlagartig auf zu weinen. Dafür zitterte Emelies Unterlippe verdächtig, und zu allem Überfluss breitete sich auch noch der Gestank nach etwas Verbranntem aus.

»Mist!« Björn drehte sich um und rannte in die Küche. Die überkochende Milch zischte auf der Herdplatte, der Gestank wurde stärker. Björn griff automatisch nach dem Topf und schrie laut auf. »Verdammte Scheiße!«

»Das sagt man nicht.«

Björn fuhr herum. Die beiden Kinder waren ihm in die Küche gefolgt. Ihren Disput wegen des zerbrochenen Tellers hatten sie angesichts der neuen Katastrophe vergessen.

Nils freute sich und nutzte auch jetzt wieder die Gelegenheit, das verbotene Wort zu wiederholen. »Er hat verdammte Scheiße gesagt.« Der Junge kicherte und wiederholte es gleich noch mal: »Verdammte Scheiße, hast du das gehört? Verdammte Scheiße!«

Emelie stieß ihn in die Seite. »Lass das!« Ihr strenger Blick richtete sich wieder auf Björn. »Du hast noch kein Brot geholt. Mama holt morgens immer frisches Hefebrot aus der Backstube.«

Frisches Hefebrot, Kakao, Haferbrei – was denn noch alles? Die zwei Kinder, die ihn und sein Tun unablässig beobachteten und kritisierten, gaben ihm das Gefühl, nichts richtig zu machen. Er drohte bereits jetzt zu verzweifeln, dabei ahnte er, dass noch viel Schlimmeres auf ihn zukommen würde. Er brauchte Kaffee, stark und schwarz, mindestens eine ganze Kanne. Er brauchte Ruhe und einen strategischen Plan.

»Zieht euch an, Kinder«, sagte er. »Ich lade euch zum Frühstück in ein Café ein.«

Nils schüttelte den Kopf. »Ich kann mich noch nicht allein anziehen«, sagte er mit kläglichem Stimmchen.

– 8 –

Nach dem Röntgen wurde Liv zurückgebracht. Ihr blieben noch ein paar Stunden bis zur Operation, die für elf Uhr angesetzt war. Sie war allein im Zimmer, und die Schmerzen waren so weit auszuhalten, dass sie sich nicht ausschließlich darauf konzentrierte. Sie lag in dem Bett am Fenster, das Bett nebenan wirkte unbenutzt, und Liv empfand es als Luxus, das Zimmer ganz für sich allein zu haben.

Auf dem Nachtschränkchen rechts neben ihrem Bett stand ein Telefon. Liv musste sich strecken, um es zu erreichen, und dadurch verstärkte sich der Schmerz, der von ihrem Bein her durch die ganze rechte Seite ihres Körpers zog. Sie biss die Zähne zusammen, griff nach dem Hörer und tippte ihre eigene Telefonnummer ein. Bereits nach dem zweiten Klingeln wurde abgehoben.

»Meine Mama ist nicht da«, sagte Nils am anderen Ende.

Liv spürte, wie ihr Tränen der Rührung in die Augen stiegen. »Deine Mama ist hier«, sagte sie zärtlich.

»Nein, das stimmt nicht«, sagte Nils. »Meine Mama ist im Krankenhaus.«

»Ich bin deine Mama, Nils«, sagte sie. »Ich rufe aus dem Krankenhaus an.«

Sekundenlang blieb es still. Nils musste diese Mitteilung wahrscheinlich erst verarbeiten, und Liv konnte sich seinen angestrengten Gesichtsausdruck genau vorstellen, bis er offensichtlich zu dem Schluss kam, dass die Frau am anderen Ende der Leitung die Wahrheit gesagt hatte.

»Kommst du bald wieder nach Hause?«, wollte er wissen. »Der Björn, der kann nämlich kein richtiges Frühstück machen.«

»Heißt das, ihr habt noch nichts gegessen?«, fragte Liv besorgt.

»Doch, im Café, aber nicht bei Mats, und das hat überhaupt nicht geschmeckt. Das Brot war ganz trocken. Und der Björn weiß nicht, wie Haferbrei gekocht wird.« Nils senkte die Stimme, als verriete er ein Geheimnis: »Ich glaube, der kann überhaupt nicht kochen.«

»Kannst du mir Björn mal ans Telefon holen?«, bat Liv.

»Das geht nicht«, sagte Nils. »Der kriegt nämlich gerade ziemliche Schimpfe von der Frederika, weil er Opa verliert hat.«

Liv stockte der Atem. Sie hatte gewusst, dass das nicht gut gehen würde. »Dann holst du jetzt Frederika ans Telefon«, verlangte Liv energisch.

»Okay«, hörte sie Nils antworten, dann folgten ein Knacken und das Besetztzeichen. Nils hatte einfach aufgelegt.

– 9 –

»Du hast ihn nicht gefunden?« Eine überflüssige Frage, wie Björn selbst wusste, weil Frederika ohne den alten Villiam zurückkam.

Frederika schüttelte den Kopf und presste die Lippen aufeinander. Sie sah blass aus.

Björn fühlte sich schuldig, ohne zu wissen, worin seine Schuld eigentlich bestand. Er hatte nicht gewusst, dass der alte Mann extra beaufsichtigt werden musste, und selbst wenn er es gewusst hätte, konnte er nicht vierundzwanzig Stunden am Tag aufpassen und sich nebenher noch um die Kinder kümmern. Er fragte sich, wie Liv dieses Kunststück fertigbrachte.

»Ich kann nichts dafür«, verteidigte er sich, obwohl Frederika noch kein Wort gesagt hatte.

Sie runzelte die Stirn. »Wer denn sonst?«, fuhr sie ihn an. »Du hast doch gestern gehört, dass Villiam Alzheimer hat. Wahrscheinlich irrt er irgendwo da draußen umher. Verwirrt und voller Angst.« Sie brach ab, und kurz hatte Björn das Gefühl, dass sich ihre Augen mit Tränen füllten.

Nein, das hatte er sich nur eingebildet. Frederika weinte nicht. Frederika weinte nie.

Sie wandte den Blick nicht von ihm ab, starrte ihn verärgert an. Er hörte, dass irgendwo ein Telefon klingelte, reagierte aber ebenso wenig darauf wie Frederika. Er bekam auch nur am Rande mit, dass Nils aus dem Zimmer lief, während Emelie weiterhin mit neugieriger Miene dem Gespräch zwischen ihm und Frederika folgte.

»Es tut mir leid«, entschuldigte sich Björn. Wahrscheinlich würde das in den nächsten Tagen sein Standardsatz werden. »Wir werden den Mann schon finden«, versuchte er sich zuversichtlich zu geben. »So groß ist das Kaff ja nicht.«

»Genau«, sagte Frederika mit blitzenden Augen. »Das Dorf ist nicht besonders groß, eingerahmt von der Ostsee und einem riesigen Wald. Wenn Villiam sich da verlaufen hat ...«

Sie brachte den Satz nicht zu Ende, aber das war auch nicht nötig. Björns Fantasie arbeitete bereits auf Hochtouren, gaukelte ihm die Bilder vor, die offensichtlich auch Frederika zu schaffen machten.

Nils kam zurück ins Wohnzimmer. »Mama hat angeruft«, sagte er und wurde sofort von seiner Schwester verbessert.

»Angerufen!«

»Mama hat angerufen«, wiederholte der Junge und schaute dabei Frederika an. »Sie wollte mit Björn sprechen, aber ich hab ihr gesagt, dass du ihn erst ausschimpfen musst, weil er Opa verliert hat.«

»Verloren!«, rief Emelie.

Björn und Frederika stöhnten gleichzeitig auf.

»Auch das noch«, sagte Frederika und schaute Björn wütend an. »So kurz vor der Operation ist diese Aufregung nicht gut für Liv.«

Daran war er jetzt also auch noch schuld! Langsam reichte es Björn. »Gibt es sonst noch etwas, was du mir vorwerfen willst?«, fragte er aufgebracht.

»Ich werde jetzt erst einmal mit Liv sprechen und versuchen, sie zu beruhigen«, sagte Frederika und wandte ihm den Rücken zu.

Sie öffnete die Tür zum Flur, als gleichzeitig die Verbindungstür zur Backstube geöffnet wurde. Ein Mann, den Björn nicht kannte, brachte Villiam ins Haus.

Villiam strahlte, während der Mann neben ihm sehr gereizt wirkte. »Könnt ihr nicht auf ihn aufpassen? Er hat die ganze Backstube verwüstet.«

Das glückliche Lächeln auf Villiams Gesicht verschwand. Die Worte des Mannes neben ihm schienen in sein Bewusstsein gedrungen zu sein. »Vorsichtig, Bürschchen!«, warnte er. »Das ist immer noch meine Backstube, und da backe ich, wann ich will.«

Immerhin wussten sie jetzt, wo Villiam seine Zeit verbracht hatte.

»Wer bist du denn? Und was hattest du in der Backstube zu suchen?«, wandte sich Frederika an Villiams Begleiter.

»Das ist doch der Mats! Der backt zusammen mit Mama«, mischte Emelie sich ein, bevor der Mann etwas sagen konnte.

»Genau«, sagte der knapp.

»Und wieso hast du Villiam jetzt erst bemerkt?«, wollte Frederika wissen und wirkte dabei ebenso gereizt wie Mats.

»Weil ich mich um den Verkauf kümmern musste«, erwiderte Mats mit erhobener Stimme. »Wo ist Liv? Ich brauche Hilfe, in der Backstube und auch im Laden und im Café. Und wer seid ihr überhaupt?«

»Mama ist im Krankenhaus«, rief Nils dazwischen, offensichtlich froh, dass er die Neuigkeit zuerst verkünden konnte.

Der ärgerliche Ausdruck auf dem Gesicht des Mannes machte Betroffenheit Platz. »Oh«, sagte er. »Hoffentlich nichts Schlimmes.«

»Wie man's nimmt«, erwiderte Frederika trocken und schaute Björn wieder mit diesem kühlen Blick an, den sie in den letzten Stunden ausschließlich für ihn reserviert zu haben schien. »Gehirnerschütterung, komplizierter Beinbruch, Operation«, zählte sie kurz die Fakten auf.

»Mist!«, fluchte Mats und schaute in die Runde. »Ich habe keine Ahnung, wie es ohne Liv in der Bäckerei weitergehen soll. Ich bin eigentlich nur Bäcker, der Service liegt mir nicht besonders. Und Ulrika hat sich mal wieder nicht blicken lassen.«

Ulrika? Björn blickte langsam überhaupt nicht mehr durch, und auch Frederika schien nicht zu wissen, um wen es sich handelte. Auf ihre Nachfrage hin erklärte Mats, dass Ulrika im Laden und Café bediente, wenn sie denn mal zur Arbeit kam.

»Wir brauchen dringend eine neue Aushilfe«, sagte Mats. »Die Backstube schaffe ich schon. Hoffe ich jedenfalls.«

»Ich kümmere mich jetzt erst einmal um Villiam, danach helfe ich dir in der Backstube«, sagte Frederika. Sie klärte Mats kurz darüber auf, wer sie und Björn waren.

Björn war froh, dass sie ihn nicht auch noch als den *Mann, der Liv über den Haufen gefahren hat,* vorstellte. Er machte große Augen, als er hörte, dass Frederika Villiam und Liv von früher kannte und vor über zwanzig Jahren eine Ausbildung in Villiams Backstube gemacht hatte. Er hatte nicht gewusst, dass seine Agentin auch backen konnte!

Frederika griff nach Villiams Hand und schaute Björn

84

herausfordernd an. »Du erklärst Liv, dass ihr Vater in meiner Obhut ist«, bestimmte sie. »Danach kümmerst du dich endlich um die Kinder.«

Sie sah zu den beiden Kleinen, und ein Lächeln glitt über ihr Gesicht. Sie wurde jedoch schnell wieder ernst. »Müsstet ihr nicht längst im Kindergarten sein?«, fragte sie Emelie.

»Doch«, sagte Emelie und zeigte anklagend auf Björn. »Aber der hat uns nicht hingebracht, und alleine dürfen wir nicht.«

Der Gedanke war so verführerisch, dass Björn ihm kaum widerstehen konnte. Er war kurz davor, sich einfach umzudrehen, aus dem Haus zu rennen, sich in seinen Wagen zu schmeißen und zu verschwinden. Zurück nach Stockholm, zurück in sein altes Leben ...

»Jetzt mach schon«, drängte Frederika. »Liv macht sich Sorgen um ihren Vater, die Kinder müssen in den Kindergarten, und ich muss mich um Villiam kümmern und in der Backstube helfen.« Sie zog den alten Mann an der Hand aus dem Zimmer und überließ Björn sich selbst.

Er schaute auf die beiden Kinder, die erwartungsvoll zu ihm aufsahen. »Und jetzt?«, fragte er hilflos.

»Ich hab Hunger«, sagte Nils prompt.

»Aber du hast doch eben erst gegessen«, rief Björn aus.

»Ja, aber jetzt hab ich eben wieder Hunger.«

Das Telefon klingelte erneut, Nils vergaß seinen Hunger, stürmte los und war vor Björn am Apparat. Er riss den Hörer aus der Ladeschale, presste ihn an sein Ohr und meldete sich mit: »Hallo, hier ist Nils.«

Dann lauschte er kurz, bevor er verkündete: »Opa ist

wieder da, der Mats hat ihn gefunden, aber Frederika hat ihn wieder mitgenommen.«

Kurze Pause.

»Ja, der Björn ist da.«

Nils reichte ihm den Hörer. Björn nahm ihn und meldete sich.

»Was ist mit meinem Vater?«, hörte er Liv am anderen Ende der Leitung sagen. Ohne Gruß, ohne jede höfliche Floskel. Ihre Stimme klang verärgert, und Björn musste sich in Erinnerung rufen, dass sie heute operiert werden sollte, um nicht im gleichen Tonfall zu reagieren.

»Es geht ihm gut«, erwiderte er knapp und sachlich. »Frederika kümmert sich um ihn.«

»Sie haben mir versprochen, auf meinen Vater und auf meine Kinder aufzupassen«, sagte sie anklagend.

Genau genommen hatte Frederika das versprochen. Er selbst hatte mit Liv bis zu diesem Telefonat noch kein Wort gewechselt.

»Ihren Kindern geht es gut«, erwiderte er steif.

Daraufhin blieb es still in der Leitung. Sie sagte nichts mehr, und er wusste nicht, was er sagen sollte. Er räusperte sich, aber sie sagte noch immer nichts.

»Wie geht es Ihnen?«, fragte er, um dieses unangenehme Schweigen zu unterbrechen.

»Wie soll es mir schon gehen?«, gab sie mit bitterer Stimme zurück. »Kurz vor einer Operation, die nur deshalb erforderlich ist, weil mich ein Idiot über den Haufen gefahren hat.«

Björn hatte an dieser Antwort schwer zu schlucken und verschluckte sich gleichzeitig fast an der Bemerkung, die ihm auf der Zunge lag. Musste ihm denn immer wieder vorgehalten werden, dass er an diesem ganzen Mist schuld war?

Das Schweigen in der Leitung wurde allmählich peinlich. Björn räusperte sich wieder einige Male, aber auch das ermunterte Liv nicht zum Sprechen. Warum hatte sie dann überhaupt angerufen?

Plötzlich wurde Björn von Unbehagen erfasst. Nils war nicht mehr im Zimmer! Er hatte nicht einmal mitbekommen, dass der Junge den Raum verlassen hatte. Außerdem war es sehr still im Haus. Zu still – oder etwa nicht? Er hatte so gar keine Erfahrung mit Kindern.

Da hörte er die Haustür ins Schloss fallen.

»Ich muss jetzt Schluss machen«, sagte er hastig. »Frederika kümmert sich um Ihren Vater, und ich muss jetzt wieder nach den Kindern sehen.«

»Ja, das rate ich Ihnen auch«, antwortete sie scharf.

Björn legte auf, ohne sich zu verabschieden. Zum einen, weil er sich immer noch ärgerte. Über sich selbst, über Liv, über Frederika, die ihn überhaupt erst hierhergeschleppt hatte. Dazu kam aber etwas Neues, was er bisher noch nicht kannte: Er machte sich wirklich Sorgen um die Kinder.

Björn erwischte die beiden am Ende der Straße. Hand in Hand gingen sie auf die Kreuzung zu.

»Stehen bleiben!« Seine Stimme war so schneidend, dass die beiden Kinder abrupt innehielten. Mit wenigen Schritten hatte Björn sie eingeholt. Die beiden standen immer noch wie angewurzelt da und drehten sich nicht einmal zu ihm um.

Björn umrundete sie und stellte sich vor sie hin. »Wo wollt ihr hin?«, fragte er mit drohendem Unterton.

»In den Kindergarten«, erwiderten sie unisono.

»Ich hab Hunger«, sagte Nils mit kläglichem Stimmchen.

»Im Kindergarten gibt es was zu essen«, sagte Emelie kriegerisch. »Du gibst uns ja nix mehr.«

»Okay, gehen wir zum Kindergarten«, stimmte Björn zu. Er war froh, dass er die beiden erst einmal abschieben konnte und sie in den nächsten Stunden auch nicht füttern musste. Er brauchte dringend einen Plan, eine Idee, irgendetwas, was ihm half, diese Situation zu überstehen. Dummerweise war niemand bereit, ihm zu helfen. Weder Jonna, die große Schwester der beiden kleinen Quälgeister, die ihn offensichtlich hasste, noch Frederika.

In diesem Moment klingelte das Handy in der Tasche seiner Jeans. *Mia*, las er auf dem Display.

Ausgerechnet ...

Obwohl, vielleicht war sie ja gerade seine Rettung?

Also meldete sich Björn, und das bedeutend freundlicher, als er in den letzten Wochen auf ihre Anrufe reagiert hatte. »Mia, wie schön!« Ihm fiel selbst auf, wie überschwänglich seine Stimme klang. So hatte er Mia noch nie begrüßt, nicht einmal in den ersten Tagen ihrer Affäre. Es schien sie zu irritieren, jedenfalls sagte sie erst einmal nichts.

»Dir scheint es in der Einöde ja gut zu gehen«, kam es irgendwann spitz zurück.

»Traumhafte Landschaft«, erwiderte Björn, obwohl er noch nicht viel von Norrfällsviken gesehen hatte. »Und nette Menschen.« Er schaute auf die beiden Kinder hinunter, die ihn ihrerseits finster anstarrten und unzufrieden wirkten, weil es nicht weiterging.

Mia sagte nichts.

»Warum kommst du nicht einfach hierher?«, schlug Björn vor und erweckte damit ganz offensichtlich Mias Misstrauen.

»Warum sollte ich?«, fragte sie gedehnt.

»Um dich selber zu überzeugen, wie schön es hier ist«, sagte er laut, während er sich fragte, ob Mia kochen konnte.

Mia schwieg wieder sekundenlang. »Tut mir leid«, sagte sie dann, »aber deine plötzliche Begeisterung fürs Landleben überzeugt mich nicht. Ich denke darüber nach, aber du solltest nicht wirklich mit mir rechnen.«

»Okay, dann eben nicht«, sagte er sauer und beendete das Gespräch kurz angebunden. »Ab in den Kindergarten«, sagte er zu den Kindern.

Björn hoffte auf einen ruhigen Tag, wenn er Emelie und Nils erst einmal abgegeben hatte. Leider machte ihm die Erzieherin einen Strich durch die Rechnung.

Björn erklärte ihr, weshalb er die Kinder brachte und was mit Liv passiert war, wobei er geflissentlich seine eigene Beteiligung am Unfall verschwieg.

»Das tut mir leid«, sagte Klara. »Bei all der Aufregung hat Liv wahrscheinlich nicht daran gedacht, dass wir heute Nachmittag geschlossen haben. Die Kinder müssen um eins abgeholt werden.«

Björn starrte sie entsetzt an. Um eins? Da blieben ihm gerade mal zwei Stunden.

Klara zuckte mit den Schultern. »Dringende Renovierungsarbeiten«, erklärte sie. »Wir haben das den Eltern schon vor Wochen mitgeteilt.«

Björn fuhr sich mit beiden Händen durchs Gesicht. »Okay«, sagte er. »Ich hole die Kinder rechtzeitig ab.«

Als Björn ganz alleine in Livs Haus war, fühlte er sich wie ein Eindringling. Dabei war er dazu gezwungen worden, hier zu sein. Fast wünschte er sich die Kinder herbei, damit sie die Stille mit ihrem Geplapper vertrieben.

Langsam ging er durchs Haus und ließ wie am Abend zuvor jeden Raum auf sich wirken. Ihm fiel auf, dass nirgendwo das Foto eines Mannes zu sehen war, obwohl ganz viele Bilder von den Kindern an den Wänden hingen. Die Frau daneben war wohl ihre Mutter.

Björn hatte Liv gestern nur kurz gesehen, als sie auf der Straße lag und dann in den Rettungswagen geschoben wurde. Er hatte nicht auf ihr Gesicht geachtet und würde sie wahrscheinlich nicht wiedererkennen, wenn er ihr irgendwo begegnen würde.

Aber was war mit dem Vater der Kinder? Waren er und Liv geschieden? Lebte er woanders? Und wenn ja, wieso kümmerte er sich jetzt nicht um seine Kinder?

Er ging in die Küche, öffnete den Kühlschrank und schnitt sich ein Stück Wurst ab. Als er sich wieder umdrehte, stand der Hund – Knut, wie Björn inzwischen wusste – hinter ihm und zeigte ihm die Zähne. Ein drohendes Knurren kam aus seiner Kehle. Verdammt, den Köter hatte er völlig vergessen!

»Hör zu, Kumpel«, sagte Björn. »Mir gefällt das auch nicht, aber du wirst dich wohl oder übel mit mir abfinden müssen.«

Knut hörte auf zu knurren, fletschte aber immer noch die Zähne.

»Hat dir schon mal jemand gesagt, dass das ziemlich albern aussieht?«, fragte Björn.

Knut schien das nicht zu gefallen, und er ließ erneut ein dumpfes Grollen hören, das ganz und gar nicht albern, sondern ziemlich gefährlich klang. Björn hatte keine Ahnung, wie er Knut abwehren sollte, wenn der ihn tatsächlich angriff. Es brachte bestimmt nichts, wenn er ihn mit dem Wurststück in seiner Hand bewarf.

Die Wurst! Björn ging in die Hocke und streckte sie dem Hund vorsichtig entgegen.

Zuerst schien Knut seine ausgestreckte Hand als Drohung aufzufassen, sein Knurren wurde lauter. Dann roch er offensichtlich, dass Björn da einen besonderen Leckerbissen in der Hand hielt. Langsam kam er näher, blieb wieder stehen und hob schnuppernd die Nase, traute sich aber wahrscheinlich nicht dichter an Björn heran. Er hatte aufgehört zu knurren.

»Du spielst also nur den großen, bösen Hund«, sagte Björn leise. »In Wirklichkeit bist du ein ziemlicher Feigling.« Er legte die Wurst direkt vor seine eigenen Füße und richtete sich auf. »Wenn du die haben willst, musst du schon kommen«, sagte er.

Knut zeigte ein erstes, zaghaftes Schwanzwedeln.

»Braver Hund«, lobte Björn. »Komm her!« Er ging wieder in die Hocke, streckte dem Hund den Handrücken hin, so, wie er es bei Frederika gesehen hatte.

Knut kam tatsächlich näher. Langsam zwar, mit steifen Beinen, aber schon sehr viel zutraulicher. Er schnupperte an Björns Hand. Dann schnappte er schnell nach der Wurst und schlang sie hinunter. Danach sah er Björn erwartungsvoll an.

»Okay«, sagte Björn, »noch ein Stück, aber auch nur, da-

mit wir beide die nächsten Tage miteinander klarkommen.«
Er öffnete den Kühlschrank, schnitt noch ein Stück Wurst ab
und streckte es Knut entgegen. Ein bisschen komisch war
ihm dabei schon zumute, aber der Hund schnappte nach der
Wurst, schlang sie erneut mit einem Happs hinunter und erwartete danach ganz offensichtlich ein weiteres Stück.

»Lieber nicht.« Björn schüttelte den Kopf. »Später vielleicht.«

Knut schien zu verstehen, dass es keine weiteren Leckerbissen gab. Er drehte sich um und trottete aus der Küche.

Als Björn seine Tour durchs Haus fortsetzte und in den
Flur kam, sah er Knut ausgestreckt auf dem Läufer liegen.
Der Hund blieb ganz ruhig, knurrte ihn nicht mehr an und
schien auch nichts dagegen zu haben, dass Björn das ganze
Haus begutachtete.

Björn stieg die Treppe hinauf ins Obergeschoss und warf
nacheinander einen Blick in die Zimmer der Kinder. Zuletzt ging er in Livs Schlafzimmer, in dem er in der vergangenen Nacht geschlafen hatte. Gestern Abend war er einfach nur müde gewesen, froh über einen Platz zum Schlafen. Heute war alles ganz anders.

Björn fühlte sich nicht wohl in dem Zimmer. Es lag nicht
am Raum selbst oder an der Einrichtung, sondern vielmehr
an dem Gefühl, dass er hier nichts zu suchen hatte. Er
stopfte seinen Pyjama und alles andere, was er gestern
Abend und heute Morgen herausgezerrt hatte, in die Reisetasche und beschloss, sich für die kommenden Nächte nach
einer anderen Schlafgelegenheit umzusehen. Notfalls würde
er die Matratze aus Livs Bett hinunter ins Wohnzimmer tragen.

Das Klingeln des Telefons riss ihn aus seinen Überlegungen. Er eilte nach unten, nahm den Hörer ab und meldete sich.

»Bei ...« Er verstummte, weil ihm jetzt erst einfiel, dass er nicht wusste, wie Liv mit Familiennamen hieß. »Bei Liv«, sagte er einfach. »Björn Bjerking hier.«

Am anderen Ende blieb es sekundenlang still.

»Björn Bjerking?«, vernahm er dann eine Frauenstimme. »*Der* Björn Bjerking? Der bekannte Schriftsteller?«

»Ja«, sagte Björn unfreundlich und rechnete mit weiteren Fragen zu seiner Person.

Doch die Frau wechselte schnell das Thema. »Hier ist Ylva«, sagte sie. »Kann ich Liv sprechen?«

»Liv ist nicht da«, sagte Björn und überlegte, ob er der Frau sagen sollte, dass Liv im Krankenhaus lag. War sie eine Verwandte oder eine gute Freundin?

»Okay«, sagte die Fremde. »Ich versuche es später noch einmal.« Sie legte auf, bevor Björn zu einer Erklärung kam. Na gut, er konnte es ihr ja sagen, wenn sie später wieder anrief.

Doch die Frau namens Ylva rief nicht mehr an. Nicht an diesem und auch nicht an einem der nächsten Tage.

– 10 –

Sie schwebte irgendwo zwischen den Welten, hörte jemanden ihren Namen rufen, fühlte sich gestört, wollte einfach in Ruhe gelassen werden.

»Liv!«

Die Leichtigkeit ließ nach. Hatte sie geträumt?

Liv konnte sich nicht erinnern.

»Liv!«, vernahm sie erneut eine Stimme, die erst weit entfernt und dann ganz dicht neben ihr zu sein schien, und jetzt fühlte sich ihr Körper auch nicht mehr leicht, sondern bleischwer an.

»Mach die Augen auf«, sagte die Stimme sehr energisch.

»Schmerzen«, stöhnte sie. Sie tobten irgendwo auf ihrer rechten Seite. Komplizierter Bruch des rechten Wadenbeines, erinnerte sie sich. Sie war operiert worden. Gestern oder heute? Sie wusste es nicht, der Schmerz betäubte jeden konzentrierten Gedanken.

»Liv!« Die Stimme wurde streng. »Augen auf!«

»Kann nicht«, stöhnte sie. »Schmerzen.«

»Es gibt sofort etwas gegen die Schmerzen.«

Liv spürte, wie sich jemand an ihrem Arm zu schaffen machte. Dort, wo vor der Operation eine Infusion gelegt worden war. Tatsächlich ließen die Schmerzen kurz darauf nach.

Liv blinzelte in das grelle Licht des Aufwachraums.

»So ist es gut«, wurde sie gelobt.

Sie brachte ein schwaches Lächeln zustande. Sie war so unendlich müde, wollte einfach nur schlafen.

Als sie das nächste Mal erwachte, war sie wieder in ihrem Krankenzimmer. Eine Krankenschwester war bei ihr und lächelte sie an. »Hallo Liv, ich bin Schwester Hilla. Alles in Ordnung?«

»Ich habe Durst«, sagte Liv. Ihre Kehle war völlig ausgetrocknet, ihre Zunge fühlte sich pelzig an und erschwerte ihr das Sprechen. »Kann ich etwas trinken?«

Schwester Hilla schüttelte den Kopf. »Damit solltest du noch ein bisschen warten. Versuch lieber, noch eine Weile zu schlafen.«

Jonna saß an ihrem Bett, als sie die Augen wieder aufschlug. Ihre Tochter lächelte, aber Liv erkannte, dass sie geweint hatte.

»Ist zu Hause etwas passiert?«, stieß sie erschrocken hervor.

Jonna schüttelte den Kopf und presste die Lippen fest aufeinander. Beruhigend griff sie nach Livs Hand. »Es ist alles in Ordnung«, versicherte sie.

Liv versuchte, im Gesicht ihrer Tochter zu lesen. »Du hast doch geweint«, sagte sie.

Prompt füllten sich Jonnas Augen mit Tränen. »Ja«, schluchzte sie. »Weil ich so froh bin, dass du die Operation überstanden hast. Jetzt wird alles wieder gut.«

»Ja, alles wird wieder gut«, versicherte Liv und drückte die Hand ihrer Tochter so fest sie konnte, um ihr eine Zuversicht zu vermitteln, die sie selbst nicht empfand. Trotzdem schien sie auf Jonna überzeugend zu wirken, denn ihre Tochter lächelte schon wieder.

»Ich muss los«, sagte Jonna. Sie stand auf, ließ die Hand

ihrer Mutter aber nicht los. »Schule«, fügte sie mit einem verlegenen Grinsen hinzu. »Ich habe Geschichte geschwänzt, weil ich wissen wollte, wie es dir geht. Übrigens soll ich dir von Schwester Hilla sagen, dass du jetzt einen Schluck Wasser trinken darfst.« Sie wies auf das Wasserglas auf dem Nachttisch, das zu einem Drittel gefüllt war.

Gierig griff Liv nach dem Glas und trank einen Schluck, bevor sie ihre Tochter ermahnte: »Du sollst wegen mir nicht die Schule schwänzen!«

»Nur Geschichte, Mama. Bis Mathe anfängt, bin ich wieder in der Schule.« Jonna beugte sich über sie, um ihr einen Abschiedskuss zu geben.

Jonna war eine gute Schülerin, und Liv wusste, dass ihre Tochter sehr zuverlässig war. Trotzdem ließ sie das Gefühl nicht los, dass sie ihren Kindern gegenüber auf der ganzen Linie versagte. Sie lag hier und hatte keine Ahnung, was zu Hause los war.

»Rufst du mich bitte sofort an, wenn du zu Hause bist?«, bat sie ihre Tochter.

Jonna, die bereits an der Tür stand, drehte sich um und nickte. »Versprochen«, sagte sie, »aber das dauert noch. Ich habe jetzt erst noch zwei Stunden Mathe. Danach gehe ich mit den anderen etwas essen, und heute Nachmittag habe ich Sportunterricht. Ich kann dich also erst am späten Nachmittag anrufen.«

Liv wusste, dass sie warten musste, und wünschte sich, sie könnte wieder einschlafen. Sie versuchte, sich keine Sorgen zu machen, aber die Szenarien, die sich in ihrem Kopf abspielten, wurden immer schlimmer. Wie sollte sie die nächste Zeit im Krankenhaus nur aushalten?

»Wer aus dem Weizen einen Kuchen haben will, muss das Mahlen abwarten.«
(William Shakespeare)

Schwedisches Hefebrot

Zutaten:

320 ml Milch
1 Würfel Hefe
500 g Mehl
1 TL gemahlener Kardamom
1 EL Zucker
6 EL Olivenöl
Salz
1 Eigelb
Puderzucker zum Bestäuben

Zubereitung:

Die Milch erwärmen und die Hefe darin auflösen. Mehl, Kardamom, Zucker, Olivenöl und 1 Prise Salz dazugeben, alles zu einem glatten Teig verkneten und zugedeckt an einem warmen Ort eine Stunde gehen lassen.

Den Teig zu einem länglichen Brotlaib formen und noch einmal 20 Minuten gehen lassen. Den Backofen auf 175 °C vorheizen.

Das Eigelb mit etwas Wasser verrühren und das Brot damit bestreichen. Ca. 25 bis 30 Minuten backen. Herausnehmen und sofort mit Puderzucker bestäuben.

Schmeckt köstlich mit frischer Marmelade.

– 11 –

Nach dem seltsamen Anruf stand Björn etwas ratlos in Livs Wohnzimmer. Sein Blick fiel durch die gläserne Terrassentür auf das hölzerne Geländer der Terrasse und das glitzernde Wasser dahinter.

Neugierig öffnete er die Tür und sog tief die frische Salzluft ein, bevor er nach draußen ging. Er trat ans Geländer und sah sich fasziniert um.

Norrfällsviken lag in einer geschützten Bucht der Ostsee. Die roten Häuser des Dorfes schmiegten sich ans Ufer, und viele Terrassen waren direkt über dem Wasser erbaut, genau wie die, auf der Björn gerade stand. Boote dümpelten an den Anlegestegen.

Für einen Stadtmenschen war die Stille ungewohnt. Nur das Rauschen der Wellen war zu hören, aber es wirkte nicht störend, sondern beruhigte und entspannte ihn ungemein. Er umfasste das Geländer mit beiden Händen, lauschte den Wellen und genoss die warmen Sonnenstrahlen auf seiner Haut. Und auf einmal spürte er unsagbare Lust, sich auf diese Terrasse zu setzen und zu schreiben. Ein Gefühl, das ihm in den letzten Jahren völlig abhandengekommen war.

Er wandte sich um und lief zielstrebig zu seinem Gepäck, das immer noch in Livs Schlafzimmer stand. Neben der Reisetasche lehnte die Tasche mit seinem Notebook an der Wand. Er öffnete den Reißverschluss, zog das Notebook heraus und ließ die Tasche achtlos fallen. Zurück auf der Terrasse setzte er sich an den Tisch, schaltete den Computer ein und begann zu tippen.

In den letzten Jahren hatte das Notebook stets auf seinem Schreibtisch gestanden, und er hatte es jeden Morgen eingeschaltet. Stundenlang hatte er dann davor gesessen, doch anstatt an einem Roman zu schreiben, surfte er im Internet oder sah über das Notebook hinweg hinaus auf den Nybroviken, die Bucht vor seinem Fenster. Wenn er überhaupt ein paar Zeilen zustande brachte, dann verwarf er sie spätestens am nächsten Tag wieder.

An diesem Morgen schaute er nicht ein einziges Mal auf. Den Blick fest auf den Bildschirm geheftet, schrieb er alles auf, was ihm durch den Kopf ging. Es waren Ideen, grobe Skizzen, die noch keine feste Gestalt annahmen, und doch wusste er, dass irgendwann der Moment kommen würde, in dem sie sich zu einer Story zusammenfügten.

Bei seinen ersten beiden Büchern war das ganz genauso gewesen, beide waren Bestseller geworden. Doch seit der Trennung von Eivor hatte er das nie wieder erlebt.

Nicht darüber nachdenken! Einfach nur diese Phase ausnutzen!

Björn vertiefte sich wieder in seine Notizen, bis auf einmal ein penetrantes Geräusch seine Gedanken störte. Zuerst runzelte er nur unwillig die Stirn, nicht bereit, sich ablenken zu lassen, dann begriff er, dass es das Telefon war.

Ylva! Diese Frau, die wieder anrufen wollte, musste ihn ausgerechnet jetzt stören. Er ärgerte sich, weil er nicht dazu gekommen war, ihr zu erklären, dass Liv im Krankenhaus lag. Er versuchte, das Klingeln zu überhören, was sich als äußerst schwierig erwies. Endlich brach es ab.

Erleichtert lenkte Björn seine Konzentration erneut auf den Bildschirm. Da klingelte das Telefon schon wieder!

»Verdammter Mist!« Er stand auf, ging ins Haus und gab sich keine Mühe, seinen Ärger zu verbergen, als er den Hörer abnahm und sich knapp meldete.

»Hier ist Klara!« Die Frau am anderen Ende der Leitung klang genau so, wie er sich fühlte: ungeduldig und ziemlich genervt. »Emelie und Nils sollten heute pünktlich abgeholt werden.«

Björn stöhnte laut auf und gab zu: »Oje, die beiden habe ich völlig vergessen!«

Klara schnappte nach Luft. »Wie kann man Kinder einfach vergessen? Ich möchte wissen, was Liv dazu sagen würde.«

Es fehlte ihm gerade noch, dass Liv oder Frederika davon erfuhren! Heute Morgen war ihm der Opa abhandengekommen, jetzt hatte er die Kinder vergessen.

»Es kommt nicht wieder vor«, sagte er hastig. »Ich hole sie sofort ab.«

Klaras Miene war eisig, als Björn am Kindergarten eintraf. Sie schnitt seine wortreiche Entschuldigung mit einer Handbewegung ab. »Liv weiß, dass es normalerweise kein Problem ist, wenn die Kinder ein paar Minuten später abgeholt werden, aber heute ist es sehr wohl ein Problem, und die beiden hätten schon vor einer Stunde abgeholt werden müssen.«

»Tut mir leid!«, entschuldigte sich Björn zum wiederholten Mal, aber Klara wollte offensichtlich keine Entschuldigung mehr hören. Wortlos drehte sie sich um und holte die Kinder.

Als sie mit Emelie und Nils zurückkam, registrierte Björn, dass die Erzieherin trotz ihres offensichtlichen Ärgers sehr freundlich mit den Kindern umging. Es erfüllte ihn mit Erleichterung, dass sie ihren Ärger nicht an den Kleinen ausließ, und das wiederum überraschte ihn. Eigentlich waren ihm diese fremden Kinder doch völlig egal – ganz abgesehen davon, dass er sich aus Kindern ohnehin nichts machte.

Die beiden schienen sich jedoch darüber zu freuen, ihn zu sehen, und sosehr er sich dagegen wehrte, es rührte ihn. Zumindest bis Emelie fragte: »Was hast du gekocht?«

»Gekocht?« Björn sah in zwei Kindergesichter, die erwartungsvoll zu ihm aufschauten.

Er war überhaupt nicht auf die Idee gekommen, dass die Kinder schon wieder Hunger haben könnten. Er konnte nicht kochen, und regelmäßige Mahlzeiten kannte er schon lange nicht mehr. Wenn er Hunger hatte, schob er sich ein Fertiggericht in die Mikrowelle oder ging ins Restaurant.

Genau, das war *die* Idee!

»Kinder, ich lade euch ins Restaurant ein«, sagte er.

»Was ist ein Restero?«, wollte Nils wissen.

»Da gibt es was zu essen, du Dummkopf«, beantwortete Emelie die Frage ihres Bruders. »Das ist aber ganz doll teuer.« Sie hob den Kopf und schaute Björn streng an. »Und deshalb können wir uns das nicht leisten, hat meine Mama gesagt.«

»Ich kann mir das leisten«, sagte Björn und merkte selbst, dass er gerade ziemlich überheblich klang.

Nils schaute mit großen Augen zu ihm auf. »Bist du reich? Hast du so viel Geld?«

Emelie kam ihm auch diesmal mit der Antwort zuvor: »Mama hat gesagt, Reichtum hat nichts mit Geld zu tun.«

Nils wirkte verständnislos, aber Björn machten die Worte des Mädchens nachdenklich. Er hatte mit seinen Bestsellern sehr viel verdient, bis heute lebte er davon sehr gut, aber das ganze Geld hatte sein Leben nicht wirklich reicher gemacht, und seit Eivor nicht mehr da war ...

Eivor! Immer wieder Eivor! Warum konnte er nicht endlich mit ihr abschließen?

»Habt ihr Hunger?«, fragte er, vor allem, um sich selbst auf andere Gedanken zu bringen.

Beide Kinder nickten gleichzeitig.

»Und weiß einer von euch, wo wir was zu essen bekommen?«

Emelie packte seine Hand und zog daran. »Komm mit!«

Nils griff nach seiner anderen Hand.

Björn war gerührt über so viel Zutrauen, das er mit seinem bisherigen Verhalten sicher nicht verdient hatte. Diese Kinder weckten Gefühle in ihm, die ihm völlig fremd waren, eine Mischung aus Rührung und Beschützerinstinkt. Er war fast erleichtert, als Emelie ihn nach ein paar Metern losließ und vorauslief, woraufhin auch Nils seine Hand aus Björns zog und seiner Schwester im Laufschritt folgte.

Das *Fischerhaus* lag direkt am Wasser, nicht weit von Livs Bäckerei entfernt.

»Warst du schon mal hier?«, wollte Björn von Emelie wissen.

»Nö.« Sie schüttelte den Kopf.

»Und woher hast du gewusst, dass das hier ein Restaurant ist?«

»Weil die von Mama Brot bekommen, und ich hab ihr schon ein paar Mal geholfen, es hierherzubringen.« Ihre Stimme klang stolz, und sie ließ es sich nicht nehmen, nachdem sie den Weg hierher gewusst hatte, vorauszugehen und einen Platz auf der Außenterrasse auszusuchen.

»Kann ich Pizza?«, krähte Nils, als eine Kellnerin sich nach ihren Wünschen erkundigte.

Die Kellnerin schüttelte bedauernd den Kopf. »Das hier ist ein Fischrestaurant.«

Nils zog eine Schnute, strahlte aber wieder, als die Kellnerin ihm Nudeln mit Tomatensoße vorschlug. »Die machen wir sogar extra für dich«, sagte sie zu Nils.

»Kann ich auch welche haben?«, bat Emelie.

»Natürlich.« Die Kellnerin nickte, und ihr fragender Blick richtete sich auf Björn, der das Tagesgericht, eine Fischplatte, bestellte.

Es schmeckte ausgezeichnet, und Björn war blendender Laune, was sich auf die Kinder übertrug. Als die beiden nach dem Hauptgericht Eis bestellten, ließ er sie gewähren.

– 12 –

Liv hatte es nicht mehr ausgehalten und wählte immer wieder ihre eigene Nummer. Niemand ging ans Telefon. Sie versuchte es alle paar Minuten. Nichts!

Schließlich öffnete sich die Tür, und Frederika und Villiam kamen herein. Frederika brachte den versprochenen Käsekuchen mit sowie einen riesigen Blumenstrauß und eine Vase, die sie sich bereits von der Schwester hatte geben lassen. Zuerst platzierte sie Villiam in einem Stuhl neben Livs Bett, dann den Kuchen und die Blumen auf dem Nachttisch.

»Wie geht es dir?«, fragte Villiam, obwohl Liv den Eindruck hatte, dass er überhaupt nicht wusste, dass er sich in einem Krankenhaus befand und seine Tochter operiert worden war. Liv war froh, dass er einen recht entspannten und gelassenen Eindruck machte.

»Gut, Papa«, sagte sie leise. »Und wie geht es dir?«

»Sehr gut«, sagte er und schaute an ihr vorbei aus dem Fenster. Liv hatte keine Ahnung, ob er das wirklich so meinte oder einfach nur automatisch geantwortet hatte.

»Was ist mit den Kleinen?«, fragte sie Frederika.

»Alles bestens«, beteuerte Frederika. »Beim nächsten Mal bringe ich sie mit.«

»Ich mache mir so große Sorgen um die beiden«, sagte Liv bedrückt.

»Ich habe dir versprochen, dass ich mich um alles kümmern werde, und darauf kannst du dich verlassen.«

»Du hast mich schon einmal im Stich gelassen«, sagte Liv leise. Sie hätte das nicht sagen sollen. Die Worte waren heraus, bevor sie darüber nachdenken konnte. Sie schlug eine Hand vor den Mund. »Das wollte ich nicht sagen.«

»Doch.« Frederika nickte. Obwohl sie lächelte, wirkte sie traurig. »Du wolltest das sagen, und du hast recht, ich habe dich damals im Stich gelassen. Schon alleine deshalb kannst du dich diesmal hundertprozentig auf mich verlassen. Wirklich Liv, ich mache wieder gut, was ich damals versäumt habe.«

»Ich habe nie begriffen, warum du von einem Tag auf den anderen verschwunden bist. Ohne Abschied, ohne ein Wort der Erklärung.«

Eine Erklärung bekam Liv auch jetzt nicht. Frederika starrte unbehaglich auf den Boden und murmelte: »Die Umstände ... Ich konnte einfach nicht anders.« Dann wechselte sie schnell das Thema. »Ich werde dafür sorgen, dass die Kinder dich nachher anrufen, damit du beruhigt bist. Und morgen bringe ich sie mit ins Krankenhaus.«

Liv nickte, obwohl sie wusste, dass sie nicht zur Ruhe kommen würde, bevor sie ihre Kinder gesehen hatte.

Frederika blieb nicht lange und entschuldigte sich damit, dass sie Mats in der Backstube helfen wollte. »Ich soll dich herzlich von ihm grüßen und dich fragen, ob er eine neue Aushilfe einstellen kann. Diese Ulrika scheint überhaupt nicht mehr zu kommen.«

»Natürlich.« Liv seufzte tief auf. »Hoffentlich findet er jemanden.«

»Ganz bestimmt«, versicherte Frederika. »Und wenn er jemanden gefunden hat, der für die Arbeit infrage kommt, wird der- oder diejenige sich bei dir im Krankenhaus vorstellen.«

Liv nickte, obwohl ihr die Bäckerei im Moment völlig egal war.

Frederika schien das zu spüren. »Du musst dir wirklich keine Sorgen machen«, versicherte sie noch einmal. »Ich bin da, und Björn ist sehr zuverlässig.« Sie schmunzelte, als sie hinzufügte: »Auch wenn ihm das selbst noch nicht bewusst ist.«

»Du erwartest nicht ernsthaft, dass ich diesem Mann vertraue?«, fragte Liv bitter. »Es ist seine Schuld, dass ich überhaupt in diese Situation gekommen bin.« Sie schüttelte leicht den Kopf. »Ich mag diesen Mann nicht, und das liegt nicht nur an dem Unfall. Es reicht schon völlig, was in der Presse über ihn berichtet wird.«

Frederika schien nicht zu wissen, was sie darauf sagen sollte, und wirkte erleichtert, als Villiam plötzlich aufstand.

»Ich muss in die Backstube«, sagte er, ging zur Tür, öffnete sie und stolzierte hinaus.

»Du hörst von mir und den Kindern«, rief Frederika Liv zu und hastete eilig hinter Villiam her.

Liv schaute den beiden seufzend nach. Um ihren Vater musste sie sich keine Sorgen machen, aber es wäre ihr lieber, Frederika würde sich auch um die Kinder kümmern.

– 13 –

»Nils kotzt!«

Björn hob den Kopf und starrte über seinen aufgeklappten Laptop hinweg auf Emelie, die vor dem Tisch stand, die Hände in die Hüften gestützt, und ihn herausfordernd anschaute.

»Warum?« Etwas Besseres fiel ihm nicht ein.

»Weil du ihm so viel Schokoladeneis gegeben hast.« Emelies Blick und ihre ganze Haltung zeigten Björn, dass sie ausschließlich ihm die Schuld gab.

»Und was soll ich jetzt machen?« Björn hatte mal wieder keine Ahnung, wie er mit der Situation umgehen sollte, und inzwischen nervte es ihn, dass er für alles verantwortlich gemacht wurde.

Emelie zuckte mit den Schultern. Vielleicht hatte sie selbst keine Ahnung, vielleicht wollte sie auch einfach nur mit ihrem kotzenden Bruder nichts zu tun haben. Dieser Verdacht stieg in Björn auf, als er das Zimmer des Jungen betrat.

Nils saß auf seinem Bett, Tränen liefen über seine Wangen, das Erbrochene tropfte von seinem T-Shirt auf den Boden. Das Schlimmste aber war der Gestank.

Björn begann selbst zu würgen. Am liebsten hätte er sich auf dem Absatz umgedreht, um zu flüchten.

»Ich will meine Mahahama!«, weinte Nils.

»Ich wünschte auch, sie wäre hier«, stimmte Björn dem Jungen zu. *Und ich selber ganz weit weg*, fügte er in Gedanken hinzu.

108

»Du musst das da ausziehen.« Björn wies auf das vollgekotzte T-Shirt. Um nichts in der Welt wollte er dem Jungen zu nahe kommen. Vorsichtshalber trat er noch einen Schritt zurück und hielt sich eine Hand vor die Nase.

»Ich will meine Mama!« Der Junge schluchzte herzzerreißend.

»Was ist denn hier schon wieder los?« Frederika stand plötzlich hinter Björn.

In einer Mischung aus Erleichterung und Schuldbewusstsein drehte er sich zu ihr um. »Ich habe keine Ahnung, was ich machen soll«, gestand er.

»Ist ja schon gut.« Frederika ging auf den weinenden Jungen zu, obwohl ihr deutlich anzusehen war, dass auch sie sich vor dem Gestank ekelte. »Du kannst deine Mama gleich anrufen, und morgen besuchen wir sie alle zusammen.«

Nils war damit nicht zufrieden. »Ich will meine Mama nicht besuchen«, weinte er. »Ich will, dass sie kommt.«

Frederika streckte die Hand nach ihm aus, aber Nils schlug sie weg. Er sprang von seinem Bett, machte einen Bogen um Frederika und lief zu Björn. Bevor Björn ihm ausweichen konnte, war der Junge schon bei ihm und umklammerte seine Beine mit beiden Händen.

Na toll, jetzt hatte er die Kotze auch auf seiner Jeans!

Björn schluckte den Fluch hinunter, der ihm auf der Zunge lag, als Nils den Kopf hob und ihn anschaute. Verzweifelt wehrte er sich gegen das Gefühl, das die flehenden Augen des Jungen in ihm auslösten.

Ich kann Kinder nicht ausstehen, rief er sich selbst in Erinnerung, also empfinde ich auch kein Mitleid mit ihnen.

»Holst du meine Mama?«, bat Nils.

Björn seufzte tief und strich dem Jungen über die blonden Locken. »Ich kann deine Mama nicht holen«, sagte er, »aber wenn du dich jetzt waschen und umziehen lässt, können wir sie gleich besuchen gehen.«

Verdammt, er hatte gehofft, heute noch ein bisschen arbeiten zu können!

Immerhin hatte er es geschafft, ein Lächeln auf Nils' Gesicht zu zaubern. Der Kleine sah süß aus, wie er zu ihm aufschaute, immer noch mit Tränen in den Augen, und ihn anlächelte. Wieder spürte Björn dieses Gefühl der Rührung, gegen das er sich ebenso verzweifelt wie vergeblich wehrte.

»Kommst du auch mit?«, fragte er Frederika, weil er das Gefühl hatte, etwas sagen zu müssen, um seinen Gefühlen nicht mehr so hilflos ausgeliefert zu sein, und weil er dieser Liv nicht alleine gegenübertreten wollte.

Frederika schüttelte den Kopf. »Ich kann Mats in der Backstube nicht alleine lassen«, sagte sie. »Aber ich finde es gut, dass du mit den Kindern ins Krankenhaus fahren willst. Nicht nur für die beiden, sondern vor allem wegen Liv. Sie macht sich schreckliche Sorgen, und es ist gut, wenn sie sich selbst davon überzeugen kann, dass alles in Ordnung ist.«

Björn nickte, aber zufrieden war er nicht. Verdammt, warum war er gestern nicht langsamer gefahren?

»Übrigens habe ich beschlossen, Villiam mit zu mir nach Hause zu nehmen«, informierte ihn Frederika. »Ich bin eigentlich nur hier, um ein paar Sachen für ihn zu holen.« Sie zögerte kurz und fragte dann: »Soll ich Knut auch mitnehmen?«

Björn war erleichtert, dass ihm wenigstens die Verantwortung für den alten Mann abgenommen wurde. Das war auch ganz praktisch, da konnte er in Villiams Zimmer ziehen, solange er hierbleiben musste.

Knut, der wahrscheinlich seinen Namen gehört hatte, kam schwanzwedelnd ins Zimmer. Er setzte sich vor Björn und schaute ihn erwartungsvoll an. Vermutlich hoffte er auf eine weitere Wurstration.

»Nicht nötig.« Björn schüttelte den Kopf. »Knut und ich kommen inzwischen ganz gut miteinander aus.«

»Ich will zu Mama!«, bettelte Nils, und Emelie, die ebenfalls ins Zimmer gekommen war und wegen des Gestanks eine angewiderte Miene zog, stimmte flehentlich in die Bitte ihres Bruders mit ein.

Björn zog Nils aus, wusch ihn – schon das zweite Mal an diesem Tag – und zog ihm frische Kleidung an. Danach zog er sich selbst um, weil Nils' Umarmung Spuren auf seiner Jeans hinterlassen hatte.

Björn zögerte die Fahrt hinaus, solange es ging. Er hatte überhaupt keine Lust darauf, diese Frau zu sehen. Schon gar nicht nach dem Telefonat mit ihr.

111

– 14 –

Der Arzt hatte Liv ermahnt, sich nicht aufzuregen. Ihr Blutdruck war zu hoch, ihre Stimmung dafür ziemlich weit unten. Die Sorge um ihre Kinder machte sie völlig fertig.

Und dann ging plötzlich die Tür auf, und ihre geliebten kleinen Monster stürzten auf sie zu.

»Mama, Mama!« Bevor ihn jemand daran hindern konnte, war Nils auf ihr Bett gehopst und bedeckte ihr Gesicht mit feuchten kleinen Küssen.

Ein heftiger Schmerz zog durch Livs Bein. Sie unterdrückte ein Stöhnen und bemühte sich um ein strahlendes Lächeln.

»Mein Schatz!« Sie umarmte Nils, der sich ganz fest an sie drängte und seinen Kopf auf ihre Schulter legte.

Eifersüchtig drängelte Emelie sich von der anderen Seite des Bettes an sie. »Mama, ich hab dich so vermisst!«, sagte sie.

»Hab dich auch vermisst«, nuschelte Nils an ihrer Schulter.

»Und ich habe euch beide vermisst!« Liv drückte Nils an sich und streckte den anderen Arm aus, um ihre Tochter zu umarmen. Ihr Blick fiel auf den Mann, der an der Tür stand und sie unsicher ansah.

Liv sah Björn zum ersten Mal, aber sie hatte sich längst ihre Meinung über ihn gebildet. Er war groß, schlaksig, hatte ein hageres Gesicht, einen Dreitagebart und blonde Haarstoppeln, die viel zu lang von seinem Kopf abstanden.

Unwillig runzelte Liv die Stirn. Am liebsten hätte sie ihn weggeschickt, um mit ihren Kindern alleine zu sein. Es war bitter, dass sie ihm auch noch dankbar sein musste, weil er die Kinder hierhergebracht hatte.

Björn kam näher. Seine Augen wirkten dunkel, fast schwarz. Erst als er nur noch wenige Meter von ihrem Bett entfernt war, erkannte Liv, dass sie dunkelblau waren. Seine Gesichtszüge wirkten hart und kantig. Seine ganze Haltung drückte dieselbe Abneigung aus, die auch sie empfand. Unfassbar, dass sie einem solchen Menschen die Verantwortung für ihre Kinder überlassen musste!

»Wie geht's?«, presste er hervor.

»Wie soll es mir schon gehen?«, erwiderte Liv gereizt.

Er blieb stehen, stand jetzt mitten im Raum, und es war ihm deutlich anzusehen, wie unbehaglich er sich fühlte.

»Wir sind Zug gefahrt«, berichtete Nils ganz stolz, bevor Björn noch etwas sagen konnte.

»Quatsch!«, sagte Emelie und vergaß dabei, die Grammatik ihres Bruders zu korrigieren. »Wir sind mit Björns Auto gekommen.«

»Wir sind wohl Zug gefahrt«, beharrte Nils. »Hier im Krankenhaus.«

Emelie tippte sich gegen die Stirn, Björn allerdings schien den Kleinen zu verstehen. »Du meinst den Aufzug«, sagte er.

Nils hob den Kopf von Livs Schulter und strahlte über das ganze Gesicht. »Sag ich doch, ein Zug.« Nils wandte sich seiner Mutter zu. »Aber der fahrt nur nach oben und unten, und man kann da auch nicht drin sitzen so wie in dem Zug, mit dem wir nach Stockholm gefahrt sind.«

Die Zugfahrt nach Stockholm in den letzten Ferien war für die Kinder ein ganz besonderes Erlebnis gewesen, vor allem für Nils.

»Und Björn musste für den Zug auch nix bezahlen«, berichtete der Junge aufgeregt weiter.

» Das ist doch kein richtiger Zug, du Blödmann«, sagte Emelie. »Das ist nur ein Aufzug, damit kannst du nur in einem Haus von unten nach oben fahren.«

Nils, wahrscheinlich immer noch gefangen von den neuen Eindrücken, überhörte den Einwand seiner Schwester. Bittend schaute er Björn an. »Können wir nachher noch mal mit dem Zug fahren?«

»Klar«, sagte Björn. »Wenn du möchtest, fahren wir ein paar Mal rauf und runter.«

Nils strahlte glücklich und schmiegte sein Köpfchen wieder an Livs Schulter.

Zum ersten Mal, seit sie im Krankenhaus lag, fühlte Liv sich etwas entspannter. Sie spürte, dass es ihren Kindern gut ging, auch wenn sie diesem Mann immer noch nicht traute. Vorsichtshalber hakte sie noch einmal nach.

»Ist alles in Ordnung mit euch?«, fragte sie und schaute dabei Emelie an, weil sie wusste, dass sie von ihrer Tochter genauere Auskünfte bekommen würde als von Nils. »Geht es euch gut?«

»Jaaaa«, sagte Emelie gedehnt. Ein unausgesprochenes *Aber* schwang mit.

»Ganz bestimmt?« Liv ließ nicht locker. Wenn etwas nicht stimmte, wollte sie es wissen.

»Der Björn ist ja ganz nett«, kam Emelie auf den Punkt, »aber ich glaube, der kann nicht kochen.«

»Ihr bekommt nichts Ordentliches zu essen?«, fragte Liv und warf Björn einen eisigen Blick zu. Streng sagte sie: »Ich lege großen Wert auf eine gesunde Ernährung meiner Kinder.«

»Wir haben im Restaurant gegessen«, sagte Emelie und fügte stolz hinzu: »Aber da musste ich dem Björn erst mal zeigen, wo eins ist, der wusste das nämlich nicht. Und dann hat der Björn den Nils gaaaanz viel Schokoeis essen lassen.« Emelie breitete die Hände aus, um die Menge zu demonstrieren, und redete dabei weiter wie ein Wasserfall. »Und dann hat der Nils gekotzt, und das hat furchtbar gestunken, und der Nils hat geweint, und der Björn musste den Nils abwaschen.«

Liv ballte die Hände zu Fäusten, öffnete sie wieder und atmete erst einmal ganz tief durch. Dann bat sie die Kinder: »Könnt ihr mal kurz aus dem Zimmer gehen, ich habe mit ...« – sie zögerte, weil es ihr schwerfiel, den Namen auszusprechen, und wies deshalb mit der Hand in Björns Richtung – »... mit ihm etwas zu besprechen.«

»Oje!«, sagte Emelie und bedachte Björn mit einem fast schon mitleidigen Blick. Beide Kinder gehorchten widerspruchslos.

»Pass auf deinen Bruder auf!«, rief Liv Emelie nach, woraufhin diese Nils' Hand ergriff. Gemeinsam gingen die Kinder zur Tür.

»Kriegt der Björn jetzt geschimpft?«, hörte Liv ihren Sohn fragen und bekam auch noch Emelies Antwort mit.

»Bestimmt«, erwiderte Emelie im Brustton der Überzeugung und ohne ihren Bruder zu berichtigen.

Liv wartete, bis sich die Tür hinter den Kindern geschlossen hatte. Dann wandte sie sich mit zusammengezogenen Brauen Björn zu, doch der kam ihr zuvor.

»Es tut mir leid«, sagte er hastig, »aber ich wusste nicht, dass Nils kein Schokoladeneis verträgt.«

»Das kommt ganz auf die Menge an. Offensichtlich war es zu viel.« Liv wollte seine Entschuldigung nicht akzeptieren. »Ich lege großen Wert auf eine gesunde und ausgewogene Ernährung meiner Kinder«, wiederholte sie mit mühsamer Beherrschung. »Nils' Magen ist ein bisschen empfindlich. Heute Abend geben Sie ihm am besten nur noch etwas Knäckebrot.«

»Ich werde daran denken.« Björns Miene blieb undurchdringlich. Liv war sich nicht einmal sicher, ob er sie überhaupt ernst nahm.

»Ich erwarte, dass es meinen Kindern gut geht«, fuhr sie mit erhobener Stimme fort. »Zumindest das schulden Sie mir, nachdem ich Ihnen das hier verdanke.« Sie wies auf ihr Bein, das in einer Gipsschale hochgelagert war.

Sie duzte ihn nicht, so wie es in Schweden normalerweise üblich war, und zeigte ihm damit besonders deutlich und bewusst ihre Abneigung.

Arrogant hob er eine Augenbraue. »Ich gebe mein Bestes«, sagte er von oben herab. »Und deshalb fahre ich jetzt auch mit den Kindern nach Hause, damit sie pünktlich ins Bett kommen.«

Er verzog die Lippen zu einem schmalen Lächeln. Nicht der geringste Anflug von Schuldbewusstsein, kein Anzeichen von Mitleid, nur pure Arroganz.

»Ich warne Sie«, sagte Liv mit gefährlich leiser Stimme. »Wenn meinen Kindern etwas passiert, ...« Sie ließ den Satz unbeendet, weil ihr keine passende Drohung einfiel.

Björn wirkte nach wie vor völlig unbeeindruckt. »Ich

werde es berücksichtigen«, gab er zurück und lächelte dabei immer noch.

Dieses Lächeln und der Ausdruck in seinen Augen machten sie rasend. Was für ein widerlicher, aalglatter Mistkerl! Er nahm sie tatsächlich nicht ernst, und sie verspürte den Wunsch, ihm deutlich ihre Meinung zu sagen. Ihre eigene Hilflosigkeit verstärkte ihre Wut noch mehr.

»Ich kann Sie nicht leiden!«, presste sie hervor.

»Dann haben wir doch wenigstens etwas gemeinsam«, erwiderte Björn und grinste dabei immer noch. »Ich kann Sie nämlich auch nicht ausstehen.« Damit wandte er sich um und ging einfach aus dem Zimmer.

Liv starrte ihm fassungslos hinterher.

»Mit Brot ist kein Kummer eine Not.«
(Spanisches Sprichwort)

Knäckebrot

Zutaten:

150 g Dinkelvollkornmehl
½ TL Salz
2 EL Rapsöl
500 ml Wasser
120 g Haferflocken
60 g Kürbiskerne
60 g Sesamsamen
60 g geschälte Sonnenblumenkerne

Zubereitung:

Das Dinkelvollkornmehl mit dem Salz, dem Rapsöl und dem Wasser verrühren.

Die Haferflocken mit den Kürbiskernen, dem Sesamsamen und den Sonnenblumenkernen vermischen. Einen Teil davon für die spätere Verzierung beiseitestellen. Den Rest zu der Mehlmischung geben und alles gründlich verrühren.

Den Backofen auf 160 °C vorheizen.

Backpapier auf zwei Backblechen ausbreiten und den Teig
dünn darauf streichen. Die restliche Körnermischung darüberstreuen.

In den Backofen geben, nach einer Viertelstunde herausnehmen und in Scheiben schneiden. Danach eine weitere
Dreiviertelstunde lang backen lassen.

– 15 –

Björn schaffte es, die Tür leise hinter sich zu schließen und das Grinsen auf seinem Gesicht beizubehalten, bis sie ihn nicht mehr sehen konnte.

Was für eine blöde Ziege!

»Ich kann Sie nicht leiden«, äffte er Livs Worte in gehässigem Tonfall nach. »Wenn meinen Kindern etwas passiert ...«

Kinder?!

Björn blieb abrupt stehen, wandte sich um und schaute suchend den Gang zurück, dann wieder nach vorn. Keine Kinder weit und breit – und tatsächlich hatte er sie in seinem Ärger über Liv völlig vergessen.

Schon zum zweiten Mal heute!

Im Laufschritt legte er den Weg bis zu der Glastür zurück, die das Treppenhaus vom Gang mit den Krankenzimmern trennte. Links führte eine Treppe nach unten, rechts nach oben, und dazwischen befanden sich zwei Aufzüge.

Eine der Aufzugtüren schloss sich in dem Moment, als Björn durch die Glastür trat, und er konnte gerade noch sehen, wie Emelie und Nils Hand in Hand nebeneinander in der Kabine standen.

Auf der Anzeige sah er, dass der Aufzug nach oben fuhr. Er eilte die Treppe hinauf, nahm zwei Stufen auf einmal, schaffte es aber trotzdem nicht rechtzeitig. Als er schwer atmend oben ankam, schloss sich die Aufzugtür gerade wieder vor seiner Nase, und die Kinder, immer noch Hand in

Hand, winkten ihm mit ihren freien Händen begeistert zu. Diesmal fuhr der Aufzug nach unten.

»Verdammt!«, fluchte Björn und nahm erneut die Verfolgung auf.

Er hätte es geschafft, ganz sicher, wenn nicht hinter der nächsten Biegung die alte Dame vor ihm auf der Treppe gewesen wäre.

Björn konnte gerade noch rechtzeitig bremsen. Um ein Haar wäre er voll gegen die Frau geprallt, die sich mit ihrem Gehstock von Stufe zu Stufe quälte. Er stöhnte erschrocken auf und hatte sofort das Bild einer weiteren Frau vor Augen, die wegen ihm verunglückte.

Das fehlte ihm gerade noch! Möglicherweise hatte sie einen alten, verfressenen Mops zu Hause, für den er dann auch noch sorgen musste, oder einen debilen Ehemann oder ...

»Immer langsam, junger Mann!«, sagte die alte Frau, die sich mit großer Mühe zu ihm umgedreht hatte, unwillig.

»Tut mir leid«, murmelte Björn und fragte sich im Stillen, warum die Frau nicht einfach mit dem Aufzug nach unten fuhr.

Es waren nur wenige Sekunden, die ihn dieser Vorfall kostete, aber er kam trotzdem zu spät. Dieses Mal sah er die Kinder nicht, sondern erkannte an der Anzeige des Aufzugs, dass sie schon wieder auf dem Weg nach oben waren.

Björn atmete tief durch. Noch einmal wollte er dem Aufzug nicht nachjagen. Er würde hier unten warten und die Kinder in Empfang nehmen, sobald der Aufzug wieder unten ankam. Er drückte auf den Knopf und wartete ungeduldig.

Das Krankenhaus hatte fünf Etagen, der Aufzug hielt auf jeder einzelnen. Auch das konnte Björn an der Anzeige sehen. Als der Aufzug in der fünften Etage angekommen war, kam er – ganz wie Björn gehofft hatte – wieder nach unten, hielt in der dritten, in der zweiten, in der ersten Etage und dann direkt vor ihm. Die Metalltür schob sich auf.

Der Aufzug war leer.

Björn war fassungslos. Er starrte in die leere Kabine, bis sich die Tür wieder schloss.

Auf welcher Etage waren die Kinder ausgestiegen? Warum waren sie überhaupt ausgestiegen? Freiwillig? Oder hatte sie jemand mitgenommen?

Ihm brach der kalte Schweiß aus, und dann sah er, dass der zweite Aufzug auf dem Weg nach unten war. Er hoffte darauf, dass Emelie und Nils einfach nur umgestiegen waren.

Als der Aufzug unten ankam und die Tür sich öffnete, eilte ein Mann im Arztkittel hinaus, gefolgt von einer jungen Frau. Sonst war niemand in der Kabine.

»Entschuldigung!« Björn hielt die Frau auf, die schnell an ihm vorbei wollte. »Ich suche zwei Kinder, einen Jungen und ein Mädchen.«

»Die habe ich gesehen«, sagte die Frau. »Die beiden sind in der dritten Etage aus dem anderen Aufzug gestiegen.«

In der dritten Etage war Livs Krankenzimmer, es war also nicht schwer zu erraten, wohin die Kinder wollten. Es gefiel ihm überhaupt nicht, dass er noch einmal zu Liv ins Zimmer musste. Und was sollte er sagen, falls die Kinder nicht bei ihr waren?

Diesmal fuhr Björn mit dem Aufzug nach oben. Seine

Schritte wurden immer langsamer, je näher er Livs Zimmer kam. Vorsichtig klopfte er an.

»Herein!« Selbst durch die geschlossene Tür klang Livs Stimme hart und verärgert.

Björn öffnete die Tür und trat ein. Sein Blick fiel auf die beiden Kinder, die neben Livs Bett standen und sich offensichtlich freuten, ihn zu sehen. Ganz im Gegensatz zu ihrer Mutter.

»Ist Ihnen inzwischen aufgefallen, dass meine Kinder nicht mehr da sind?«

Er war müde, er war außer Atem, er war gefühlte tausendmal die Treppe hinauf- und wieder hinuntergelaufen. Er hatte sich Sorgen gemacht, und er wurde permanent für alles kritisiert, was er tat. Dabei war er diesmal wirklich nicht schuld.

»Sie haben die Kinder doch selbst aus dem Zimmer geschickt«, sagte er mit zusammengezogenen Brauen und einer Stimme, in der ganz deutlich die Warnung mitschwang, dass sie es nicht zu weit treiben sollte.

Liv schien diese Warnung nicht zu bemerken, vielleicht wollte sie sie auch überhören.

»Wir sind nur mit dem Zug gefahrt«, sagte Nils. Der Junge blickte hilflos zwischen Björn und seiner Mutter hin und her. Es war ihm anzusehen, dass er die Spannung in der Luft spürte und die Situation ihn verwirrte.

Emelie stöhnte genervt auf. »Mit dem Aufzug, du Trottel!«

Nils trat seiner Schwester heftig gegen das Schienbein. »Ich bin kein Trottel!«, schrie er aufgebracht.

Emelie heulte los, und Nils stimmte sofort mit ein.

»Da sehen Sie, was Sie angerichtet haben.« Liv starrte Björn böse an.

»Ich?« Björn wies mit dem Zeigefinger auf sich. Jetzt reichte es ihm endgültig. Weil er das Geheule der Kinder übertönen musste, brüllte er: »Sie haben doch nicht alle Tassen im Schrank!«

Die Kinder verstummten augenblicklich. Wahrscheinlich hatte es noch nie jemand gewagt, so mit ihrer Mutter zu reden. Aber Björn war noch nicht fertig.

»Ihr verdammtes Herumgezicke geht mir auf die Nerven!«, schrie er. »Sie haben die Kinder aus dem Zimmer geschickt. Es ist nicht meine Schuld, dass sie einfach zu den Aufzügen gegangen sind. Und was den Unfall betrifft: Wer so dämlich ist, sich mitten auf die Straße zu stellen, muss damit rechnen, dass er von einem Auto angefahren wird. Ich lasse mich nicht länger wie ein Schwerverbrecher behandeln!«

»O-Ooo«, machte Emelie, hielt es aber offensichtlich für angeraten, nichts weiter zu sagen. Selbst Nils war still und schaute nur zwischen seiner Mutter und Björn hin und her.

»Verschwinden Sie!«, sagte Liv heiser. »Sehen Sie zu, dass Sie hier rauskommen.«

Das ließ Björn sich nicht zweimal sagen. »Kommt, Kinder«, sagte er. Er hielt den beiden, die ihm schweigend folgten, die Tür auf, sah sich aber nicht mehr um.

Auf dem Weg zum Parkplatz hing Björn seinen Gedanken nach. In ihm brodelte noch immer die Wut auf Liv, und es fiel ihm noch eine ganze Menge mehr ein, was er ihr hätte sagen können.

Irgendwann bemerkte er, dass es hinter ihm still war. Erschrocken wandte er sich um. Fast rechnete er damit, dass die Kinder schon wieder verschwunden waren, aber die beiden trotteten brav hinter ihm her. Hand in Hand, so wie eben im Aufzug, aber jetzt sah es so aus, als würden sie sich gegenseitig Halt geben.

Die beiden wirkten wie eine Einheit: Emelie und Nils gegen den Rest der Welt. Sie wichen seinem Blick nicht aus. Nils wirkte ängstlich, Emelie eher trotzig.

Björn hatte das Gefühl, die beiden beruhigen zu müssen, und lächelte ihnen zu. Der Gesichtsausdruck der Kinder blieb unverändert.

»Was ist los mit euch?«, fragte er, obwohl er das ganz genau wusste.

»Du warst ganz schön gemein zu unsrer Mama«, sagte Emelie böse.

Das ließ Björn nicht auf sich sitzen. »Eure Mama war ganz schön gemein zu mir«, widersprach er und kam sich gleich darauf ziemlich kindisch vor. »Ist schon gut«, sagte er beschwichtigend. »Eure Mutter und ich waren eben nicht einer Meinung, das kommt schon mal vor. Hin und wieder hast du doch auch Streit mit Nils, und dann vertragt ihr euch wieder.«

Beide Kinder nickten.

»Macht euch keine Gedanken«, sagte Björn und fragte sich, warum es ihm so wichtig war, dass die beiden ihm vertrauten. »Alles wird gut.«

Inzwischen hatten sie seinen Wagen erreicht. Er öffnete die hintere Tür, ließ die Kinder einsteigen und half ihnen beim Anschnallen. Dabei fiel ihm ein, dass er für die beiden eigentlich Kindersitze bräuchte.

Björn richtete sich auf. Was passierte hier gerade mit ihm? Er war doch der *personifizierte Kinderhasser*. Zumindest hatte Eivor ihm das an den Kopf geworfen, kurz bevor sie ihre Koffer gepackt hatte und gegangen war.

Und er selbst? Er hatte ihr nicht widersprochen, war sogar davon überzeugt gewesen, dass sie recht hatte. Er hatte nie Kinder gewollt, und obwohl er sonst alles für Eivor getan hätte, konnte und wollte er ihr diesen Herzenswunsch nicht erfüllen.

Und jetzt waren da zwei völlig fremde Kinder, ein kleines Mädchen und ein noch kleinerer Junge, die sein Herz berührten und die Entscheidung, die er vor Jahren getroffen hatte – ganz allein, völlig egoistisch und mit der Konsequenz, dass sie seine Ehe zerstörte –, infrage stellten.

Verwirrt setzte sich Björn hinter das Lenkrad und startete den Wagen. Die Rückfahrt verlief schweigend. Hin und wieder sah er in den Rückspiegel und bemerkte dabei, dass die Kinder sich auch jetzt wieder an den Händen hielten. Das war gut, vor allem für den armen kleinen Nils. So hatte er wenigstens nicht das Gefühl, ganz alleine zu sein.

Die schmale Straße wand sich in Kurven durch ein Waldstück. Nur noch zwei Kilometer bis Norrfällsviken.

Plötzlich schrie Nils laut auf.

Björn trat hart auf die Bremse, schlingernd kam der Wagen zum Stehen, der Motor erstarb. Zum Glück fuhr niemand hinter ihnen, und es kam ihnen auch kein anderes Fahrzeug entgegen.

Björn drehte sich um, der Schreck war ihm in alle Glieder gefahren. »Was ist?«

Nils hatte die Hand seiner Schwester losgelassen und

presste die Nase gegen die Scheibe. Er zeigte mit dem Finger zu den Baumstämmen am Straßenrand. »Da war der Bär.«

Björn atmete tief durch und spürte, wie sein Puls sich langsam wieder beruhigte. »Du meinst, du hättest einen Bären gesehen, und hast deshalb so laut geschrien?«

Emelie machte eine wegwerfende Handbewegung. »Der sieht immer Bären, wo keine sind.«

»Da ist ein Bär gelauft«, schrie Nils.

»Das heißt gelaufen«, sagte Emelie und verdrehte die Augen. »Und außerdem habe ich nichts gesehen.«

»Weil du nicht hingeguckt hast, du doofe Kuh.«

Björn fasste sich mit beiden Händen an den Kopf. Dieser Tag überforderte ihn allmählich.

»Björn«, beklagte sich Emelie. »Der Nils hat *doofe Kuh* zu mir gesagt.«

»Das habe ich gehört«, erwiderte Björn mit geschlossenen Augen.

»Das darf der aber nicht«, sagte Emelie streng. »Du musst ihm das sagen.«

»Nils, sag nicht *doofe Kuh* zu deiner Schwester«, sagte Björn lustlos. Er hatte keine Kraft mehr, fühlte sich völlig am Ende.

»Aber die Emelie ärgert mich immer.« Nils' Stimme klang weinerlich.

»Tu ich gar nicht«, sagte Emelie von oben herab.

Björn öffnete die Augen wieder und sah Emelie an. »Na ja, du könntest es deinem Bruder wirklich ein bisschen netter beibringen, wenn er etwas Falsches sagt. Stell dir mal vor, Nils würde dich immer so verbessern, wie du es mit ihm machst. Würde dir das gefallen?«

127

Einen Moment lang war es ganz still. »Nein«, sagte Emelie dann ziemlich kleinlaut.

»Könnt ihr euch dann bitte vertragen?«, bat Björn müde. »Es wäre doch schön, wenn wir alle miteinander auskommen, oder?«

Die Kinder nickten gleichzeitig.

»Okay«, sagte Björn und startete den Wagen wieder. Er schaute in den Rückspiegel, sah sein eigenes Gesicht und musste plötzlich grinsen. Du bist der geborene Kinderflüsterer, dachte er.

»Da war wohl der Bär!«, schrie Nils auf dem Rücksitz.

»War er nicht«, sagte Emelie ganz leise, wohl in der Hoffnung, dass Björn sie vorne nicht hören konnte.

Er stöhnte laut auf, dann schaltete er das Radio ein. Freddy Mercury röhrte: »We will, we will rock you!«

Björn drehte den Lautstärkeregler bis zum Anschlag auf und sang lauthals mit.

– 16 –

»Ich will nicht, dass sich dieser Mann um meine Kinder kümmert«, rief Liv erbost ins Telefon.

Frederika antwortete nicht sofort, aber Liv hörte sie tief seufzen.

»Okay, Liv«, sagte sie betont ruhig. »Wie sollen wir das regeln? Soll ich Björn in die Backstube stellen und mich selbst um die Kinder kümmern? Ich glaube kaum, dass das funktioniert.«

Nach Björns letztem Auftritt war Liv für solche Argumente nicht zugänglich. Er hatte sich unmöglich aufgeführt.

Aber sie selbst auch. Das musste sie im Nachhinein zugeben.

Lass mich in Ruhe!, brachte sie ihr Gewissen zum Schweigen. Jedenfalls für den Augenblick.

Frederika hatte noch immer keine Antwort bekommen. »Was soll ich machen?«, hakte sie nach. In ihrer Stimme schwangen Ungeduld und Unverständnis mit.

»Keine Ahnung«, erwiderte Liv und merkte selbst, dass sie sich wie ein trotziges Kind anhörte.

»Hast du das Gefühl, dass es deinen Kindern nicht gut geht?«, fragte Frederika.

»Nils hat sich übergeben, weil dieser Mann zugelassen hat, dass er sich mit Schokoladeneis vollstopft«, klagte Liv. Ihr eigener Tonfall erinnerte sie an Emelie an besonders quengeligen Tagen.

129

»Ich bin sicher, das wird Björn nicht noch einmal zulassen«, erwiderte Frederika trocken. »Und was hast du sonst noch gegen ihn einzuwenden?«

Alles!, schoss es Liv durch den Kopf, ohne dass sie es genau definieren konnte. Jetzt, da sie darüber nachdachte, fiel ihr nichts ein, was sie noch gegen ihn vorbringen konnte. Mal abgesehen davon, dass er sie über den Haufen gefahren hatte. Aber sie hatte selbst das Gefühl, dass sich dieses Argument allmählich abnutzte.

»Glaubst du, dass die Kinder ihn nicht mögen oder sogar Angst vor ihm haben?«, bohrte Frederika nach.

Liv musste zugeben, dass es nicht so war. Ganz im Gegenteil, sie hatte sogar das Gefühl, dass Emelie und Nils diesem Mann vertrauten. Wie er mit Jonna zurechtkam, wusste sie nicht, aber ihre größte Sorge galt ohnehin den beiden Kleinen. Jonna war kein hilfloses Kleinkind mehr, sie würde schon klarkommen.

»Liv?«, hakte Frederika nach, weil sie immer noch schwieg.

»Nein«, erwiderte Liv gedehnt, »die Kinder haben keine Angst vor ihm.«

Diesmal war es Frederika, die schwieg. So lange, bis Liv das Gefühl hatte, etwas sagen zu müssen.

»Ich kann diesen Mann einfach nicht leiden«, wiederholte sie das, was sie auch schon zu Björn Bjerking gesagt hatte.

»Vielleicht könntest du dich eher mit ihm abfinden, wenn du ihn nicht immer als *diesen Mann* bezeichnen, sondern ihn einfach beim Vornamen nennen würdest«, schlug Frederika vor.

Liv hatte keine Ahnung, ob Frederika sie nur aufzog oder es wirklich ernst meinte. Ihr wurde bewusst, wie fremd sie sich geworden waren. Früher waren sie sehr vertraut gewesen, aber die Frederika von heute konnte Liv nicht einschätzen. In den letzten zwanzig Jahren hatten sie sich beide sehr verändert.

Liv fragte sich, ob Frederika das auch bemerkte, ob es sie überhaupt interessierte, was sie, Liv, empfand. Vielleicht fühlte Frederika sich auch einfach nur verpflichtet, Liv nicht noch einmal im Stich zu lassen. Weil sie damals einfach gegangen war. Weil sie mit im Auto gesessen hatte.

Die Vorstellung, dass sie für Frederika möglicherweise nicht mehr als eine lästige Pflicht war, setzte Liv sehr zu.

Liv war in ihrem bisherigen Leben vor allem von den Menschen enttäuscht worden, die sie geliebt hatte, und sie wusste selbst, dass sie zur Verbitterung neigte. Manchmal konnte sie sich nicht dagegen wehren, dass die schlimmen Erinnerungen sie mit Macht überkamen. Dann neigte sie dazu, ungerecht zu werden und selbst die Menschen vor den Kopf zu stoßen, die es gut mit ihr meinten.

Auch Frederika hatte sie schon einmal bitter enttäuscht. Trotzdem nahm Liv sich vor, die Gründe für ihre Hilfsbereitschaft nicht infrage zu stellen, auch wenn es ihr nicht leichtfiel.

Liv hielt noch immer den Hörer in der Hand, und langsam war es an der Zeit, mal wieder etwas zu sagen. Ohne auf Frederikas letzten Einwand einzugehen, wechselte sie das Thema: »Dr. Norberg meint, dass ich übernächste Woche nach Hause kann. Dann werde ich mich wieder selbst um alles kümmern.«

Liv hörte Frederika lachen. »Genau«, kam es gleich darauf ironisch zurück. »Sobald du aus dem Krankenhaus kommst, versorgst du deine Kinder und deinen Vater, kümmerst dich um den Haushalt, arbeitest in der Backstube – und das alles mit einem Gipsbein.«

»Ich hasse das alles«, sagte Liv leise. »Ich hasse es, auf andere angewiesen zu sein.«

»Ja, das kann ich verstehen«, sagte Frederika, und diesmal war Liv sich ganz sicher, dass keine Ironie in ihrer Stimme lag. »Aber du solltest trotzdem zulassen, dass wir dir helfen.« Frederika machte eine kleine Pause, bevor sie weitersprach: »Und gib Björn eine Chance. Er ist nicht so, wie er sich nach außen hin zeigt, und wenn ich ihm vertraue, kannst du das auch.«

Liv war nicht überzeugt, und Frederika schien das zu spüren, denn bevor Liv etwas sagen konnte, fuhr sie fort: »Ich habe übrigens eine Stellenanzeige aufgegeben. Ich hoffe, dass wir ganz schnell jemanden für den Service finden, dann kann ich mich auch ein bisschen mehr um die Kinder kümmern. Nur zu deiner Beruhigung«, fügte sie schnell hinzu, »und nicht, weil ich es für erforderlich halte.«

Liv bekam ein schlechtes Gewissen. »Glaube bitte nicht, dass ich deine Hilfe nicht zu schätzen weiß«, sagte sie. »Es ist nur so ...« Sie brach ab, weil sie nicht wusste, wie sie erklären sollte, was sie empfand.

»Ich weiß.« Frederika lachte. »Du kannst Björn nicht leiden. Ich gebe zu, es ist schwer, ihn zu mögen, wenn man ihn nicht richtig kennt. Aber Emelie und Nils bringen dieses Kunststück offenbar fertig.«

Liv konnte ein leises Lachen nicht unterdrücken. Das war typisch Frederika, so kannte Liv sie noch von früher: Sie hatte schon immer die Fähigkeit besessen, andere aufzuheitern.

– 17 –

»Da ist wohl ein Bär gewest, ein ganz großer!«, brüllte Nils.

Emelie schüttelte den Kopf. »Du spinnst!«

»We will, we will rock you!«, schmetterten Björn und Freddy Mercury.

»Du doofe Kuh!« Diesmal übertönte Nils' kreischende Stimme sogar Björns schräge Gesangskünste.

Björn ignorierte die Kinder und atmete erleichtert auf, als er vor Livs Haus parkte.

»Björn, der Nils hat schon wieder *doofe Kuh* zu mir gesagt«, beschwerte sich Emelie.

»Du bist ja auch eine doofe Kuh«, beharrte Nils.

»Bin ich nicht.« Emelie schlug nach ihrem Bruder, der das sofort mit einem lauten »Aua!« und anschließendem Geheule quittierte.

In aller Ruhe stieg Björn aus dem Wagen, öffnete die hintere Tür auf Nils' Seite und löste dessen Gurt. Er hob den heulenden Nils aus dem Auto, stellte ihn auf den Boden und strich ihm liebevoll übers Haar. »Schon gut, Kleiner.«

»Da war wohl ein Bär!« Das schien Nils immer noch mehr zu beschäftigen als der Klaps seiner Schwester. »Aber keiner glaubt mir.«

»Ich glaube dir«, log Björn mit ernster Stimme.

Nils hörte augenblicklich auf zu weinen, sein Gesicht leuchtete auf. Er steckte den Kopf durch die Wagentür zu Emelie, die noch immer auf der Rückbank saß. »So, der Björn glaubt mir, du doofe Kuh.«

134

»Dann ist der genauso blöd wie du«, sagte Emelie beleidigt.

Als Björn auf die andere Seite des Wagens ging, um Emelie
ebenfalls beim Aussteigen zu helfen, wurde ihm klar, dass
sie jetzt vor allem auf ihn sauer war.

»Ich kann das allein!« Sie schlug seine Hand weg, als er
den Sicherheitsgurt lösen wollte.

»Okay!« Björn richtete sich auf und hob abwehrend die
Hände.

Emelie nestelte an dem Gurt herum, und es dauerte eine
ganze Weile, bis sie ihn aufbekam. Sie kletterte aus dem
Wagen, warf Björn einen bitterbösen Blick zu und stolzierte
hoch erhobenen Hauptes an ihm vorbei.

Was für eine kleine Zicke, dachte Björn amüsiert grinsend. Offensichtlich kommt sie genau nach ihrer Mutter.

Beim Gedanken an Liv sank seine Laune rapide. Dieser
Auftritt, den sie heute im Krankenhaus hingelegt hatte, war
wirklich das Allerletzte gewesen. Warum ließ er sich das gefallen? Warum setzte er sich nicht einfach in seinen Wagen
und fuhr wieder nach Hause?

Eine kleine Hand schob sich in seine. Ein vertrauensvol-
les Jungengesicht schaute zu ihm auf. »Spielst du was mit
mir?«

»Klar«, sagte Björn und drängte alle Gedanken an eine
Abreise energisch zurück, auch wenn es ihm nicht leichtfiel.
Seine Wohnung in Stockholm lockte, die Stille dort, die
Einsamkeit ...

Lockte ihn das wirklich?

Björn schüttelte unwillig den Kopf. Er hatte jetzt keine
Zeit für solche Gedanken.

135

Zusammen mit Nils folgte er Emelie zum Haus. Sie war schon die Treppe zur Tür hochgestiegen, wartete dort mit beleidigtem Gesichtsausdruck und sah weder ihn noch Nils an, als sie nach oben kamen. Hinter der Tür winselte Knut.

»Komm, Emelie«, sagte Björn, »sei nicht mehr böse!«

Emelie wandte ihm den Rücken zu.

»Emelie.« Björn sang ihren Namen. »Sei nicht mehr böse!«

»Ich will rein.« Emelie rüttelte an der Tür. Knut bellte von innen. Er konnte offensichtlich nicht verstehen, dass die drei nicht hereinkamen.

»Ich schließe die Tür erst auf, wenn du nicht mehr böse auf mich bist.« Björn grinste.

»Ich bin immer, immer, immer böse auf dich, weil du dem Nils glaubst, obwohl da wirklich kein Bär war.« Emelie setzte sich auf die oberste Stufe der Treppe und stützte ihr Kinn in eine Hand. So starrte sie vor sich hin und schaute auch nicht auf, als Björn sich neben sie setzte.

»Emelie«, sagte er weich und legte einen Arm um ihre Schultern. »Vielleicht hat Nils ja wirklich einen Bären gesehen.«

»Hab ich.« Nils setzte sich auf der anderen Seite neben Björn und nickte eifrig.

Emelie beugte sich vor und schaute um Björn herum zu ihrem Bruder. »Hast du nicht«, sagte sie, aber diesmal klang es nicht mehr wütend oder provozierend, sondern ganz kläglich und traurig. Sie schien sich missverstanden und allein zu fühlen, weil sie glaubte, dass Björn zu ihrem Bruder hielt.

»Vielleicht sieht Nils ja etwas, was wir nicht sehen können«, sagte Björn versöhnlich.

136

»Das war ein richtiger Bär, den kann jeder sehen«, protestierte Nils.

Björn legte seinen anderen Arm um Nils' Schultern. »Jeder, der die Fähigkeit hat, einen Schutzbären zu sehen«, sagte er und beglückwünschte sich in diesem Moment selbst zu seiner Fantasie. »Denn genau das ist dieser Bär ganz bestimmt, den du immer siehst: dein Schutzbär. Und deshalb kannst nur du ihn sehen.«

»Was ist denn ein Schutzbär?«, wollte Emelie wissen, während Nils Björn mit großen Augen ansah.

»So was wie ein Schutzengel«, sagte Björn schnell. »Der passt auf, dass Nils nichts passiert.«

»Das finde ich gemein.« Emelie runzelte die Stirn. »Warum hat der Nils einen Schutzbären und ich nicht?«

»Weil du doof bist«, sagte Nils.

Oh Mann, war das schwer, beiden gerecht zu werden! Zum Glück fiel Björn auch diesmal schnell eine passende Antwort ein. »Deine Schwester ist nicht doof«, sagte er ernst zu Nils. »Sie ist ein kluges Mädchen und ein bisschen älter als du. Deshalb braucht sie keinen Schutzbären.«

Björn spürte, wie Emelie sich entspannte, und auch Nils schien seine Erklärung völlig einzuleuchten.

»Ich brauch aber kein Schutzbär«, sagte Nils und schmiegte seinen Kopf an Björns Oberarm. »Ich hab doch dich.«

»Keinen Schutzbären«, verbesserte Emelie automatisch. Plötzlich lachte sie laut auf. »Jetzt weiß ich, wer dein Bär ist, Nils. Björn bedeutet doch Bär, und den sehe ich auch. Dann ist der auch mein Schutzbär.« Sie schmiegte sich nun ebenfalls an ihn und schaute bittend zu ihm auf. »Du beschützt mich doch auch, oder?«

»Klar beschütze ich dich auch. Euch beide«, sagte Björn, drückte die Kinder fest an sich und versuchte krampfhaft, nicht darüber nachzudenken, was gerade mit ihm vorging. Es wurde ihm leicht gemacht, weil Jonna nach Hause kam und vor der Treppe von ihrem Fahrrad stieg.

Sie schaute die drei an, und ihre Miene verfinsterte sich, als sie Björn ins Gesicht schaute. »Was soll das denn werden?«, fragte sie barsch.

»Björn ist unser Schutzbär«, krähte Nils begeistert. »Weil er uns beschützt, solange Mama im Krankenhaus ist.«

»Quatsch!«, sagte Jonna. »Ohne den«, mit spitzem Finger wies sie auf Björn, »läge Mama gar nicht im Krankenhaus.«

Björn stand auf und stieg langsam die Stufen hinunter. Dabei sah er Jonna fest ins Gesicht. »Ich kann nur immer wieder betonen, wie leid es mir tut, Jonna«, sagte er. »Aber ich kann es nicht mehr rückgängig machen. Es wäre schön, wenn wir alle das Beste aus der Situation machen, bis deine Mutter wiederkommt.«

»Die Kleinen lassen sich vielleicht mit dämlichen Geschichten über den Schutzbären Björn beeindrucken«, sagte Jonna giftig. »Ich aber nicht.« Sie schob ihr Fahrrad neben sich her, als sie um das Haus herumging.

»Ich glaube, die Jonna kann dich nicht leiden«, stellte Emelie fest.

»Echt? Darauf wäre ich nie gekommen«, sagte Björn.

Emelie war noch zu klein, um die Ironie in seiner Stimme zu erkennen. »Dann ist es ja gut, dass ich dir das gesagt habe.«

Knut winselte immer noch und wieselte wie verrückt um sie herum, als Björn endlich die Tür aufschloss. Björn wollte sich bücken, um ihn zu streicheln, als er die Bescherung sah.

»Knut!«, rief er streng.

Der Hund duckte sich und sah schuldbewusst zu ihm auf.

»Knut kann nichts dafür«, sagte Jonna ebenso streng. »Wenn niemand mit ihm Gassi geht, kackt er eben in die Diele.«

Björn wies auf den Hundehaufen. »Könntest du vielleicht ...«

»Auf keinen Fall!«, fiel Jonna ihm ins Wort. »Es ist nicht meine Schuld, also mache ich das auch nicht weg.« Sie ging an Björn vorbei in die Küche. Auch Emelie verdrückte sich ganz schnell, als hätte sie Angst, dass Björn ihr die unangenehme Arbeit aufdrücken würde.

»Sieht so aus, als müssten wir beide das machen«, sagte Björn zu Nils.

Nils schüttelte den Kopf. »Ich weiß nicht, ob ich das kann.«

Björn strich dem Jungen über den Kopf. »Ich mach das schon«, sagte er.

»Ich lass dich nicht allein«, versprach Nils.

Björn musste lachen und war gleichzeitig gerührt. Als er damit begann, Knuts Hinterlassenschaft zu entfernen, entdeckte er ein paar Meter weiter die nächste unangenehme Überraschung.

Eine riesige Pfütze!

Er war noch damit beschäftigt, die Schweinerei zu beseitigen, als das Telefon klingelte. Jonna, ein Glas Wasser in der Hand, ging gerade an ihm vorbei.

»Kannst du wenigstens mal ans Telefon gehen?«, fragte Björn gereizt.

Jonna zuckte nur mit den Schultern und ging weiter, aber ein paar Sekunden später hörte Björn, wie sie sich meldete.

Kurz darauf kam sie wieder zurück. »Da war eine Kerstin am Telefon«, sagte sie in einem Ton, als wäre es eine Zumutung für sie, überhaupt mit ihm zu reden. »Sie hat wegen der Stellenanzeige angerufen und kommt morgen, um sich vorzustellen.«

»Was für eine Stellenanzeige?«, wollte Björn wissen.

»Woher soll ich das wissen?«, erwiderte Jonna und ging nach oben.

»Ich weiß es auch nicht«, sagte Björn. Dann zuckte er mit den Schultern und beendete seine unangenehme Aufgabe.

»He, Bursche, was hast du hier zu suchen?«

Björn schlug die Augen auf und sah direkt ins Gesicht eines alten Mannes. Villiam! Er hatte sich über ihn gebeugt, sein Gesicht war zornesrot, und die rechte Hand, in der er die Wasserflasche hielt, die Björn gestern Abend auf den Nachttisch gestellt hatte, war drohend erhoben.

Auch wenn er gerade erst aus dem Tiefschlaf gerissen worden war, erkannte Björn sofort, dass die Situation alles andere als harmlos war. Der Alte war nicht zurechnungsfähig, und Björn befürchtete, dass er jeden Moment zuschlagen würde.

»Ich schlafe hier nur«, sagte er und hoffte, dass Villiam sich beruhigte. »Ich bin doch hier, um auf die Kinder aufzupassen.«

»Papperlapapp! Du hast in meinem Haus nichts zu suchen, du Schurke!«

Verdammt, wo war Frederika? Sie wollte sich doch um den Alten kümmern.

Björn überlegte, ob er eine Chance hatte, aufzuspringen und den alten Mann zu überwältigen. Doch William war sehr groß, und trotz seiner gebeugten Schultern und seines verwirrten Gesichtsausdrucks wirkte er kräftig. Außerdem stand er über ihm, und Björn fühlte sich im wahrsten Sinne des Wortes unterlegen.

Oder konnte es ihm gelingen, aus dem Bett zu springen und zu flüchten, bevor Villiam mit der Flasche zuschlug?

Björn schob sich ein Stück auf die Bettkante zu, was den alten Mann sofort dazu bewog, mit der Flasche in seiner Hand noch weiter auszuholen. »Wage es nicht, dich zu bewegen, bevor die Polizei da ist!«, sagte er mit drohender Stimme.

»Opa, was machst du da?« Jonna stand in der Tür.

Villiams Kopf fuhr herum, seine Miene wirkte verständnislos, und Björn hatte das Gefühl, dass der Alte nicht einmal seine Enkelin erkannte.

»Geh weg, Kind!«, sagte Villiam dann aber. »Ich habe einen Einbrecher erwischt.«

Jonnas Blick flog zwischen ihrem Großvater und Björn hin und her, dann verzog sie das Gesicht zu einem gehässigen Grinsen. Sie wandte sich tatsächlich ab, als wollte sie das Zimmer verlassen.

»Jonna!«, brüllte Björn.

Er hatte nicht wirklich damit gerechnet, aber das Mädchen wandte sich wieder um und kam langsam näher. Behutsam griff sie nach dem Arm ihres Großvaters, den er immer noch erhoben hielt. »Ist schon gut, Opa«, redete sie beruhigend auf ihn ein. »Das ist kein Einbrecher, das ist nur der Typ, der Mama über den Haufen gefahren hat.«

Villiams Blick drückte pure Verständnislosigkeit aus, aber er ließ den Arm tatsächlich sinken.

»Wie dumm von mir«, sagte Jonna kühl. »Ich hätte ihn zuschlagen lassen sollen.«

Björn zog finster die Augenbrauen zusammen. »Ich wollte mich gerade für deine Hilfe bedanken.«

»Geschenkt!« Jonna grinste ihn frech an. »Ich hab's nur für Opa gemacht, damit der keine Schwierigkeiten bekommt.«

»So ungefähr habe ich mir das gedacht«, murmelte Björn und stieg aus dem Bett. Frederika konnte was erleben! Gestern hatte sie ihm selbst noch Vorwürfe gemacht, weil der Alte verschwunden war.

Björn nahm sich die Zeit für eine ausgiebige Dusche, bevor er nach unten ging. Eigentlich hatte er gehofft, dass Jonna mitsamt dem Alten verschwunden war, aber die beiden saßen in der Küche am gedeckten Frühstückstisch. Jonna schaute ihn finster an, Villiam wirkte misstrauisch, hatte den Vorfall von eben aber offenbar schon wieder vergessen.

»Wer ist das?«, fragte er und wies mit dem Finger auf Björn.

»Das ist Björn.« Frederika kam in die Küche, in der Hand hielt sie einen Korb voller frisch gebackener Brötchen. Es duftete verführerisch. »Björn passt auf die Kinder auf.« Sie stellte den Korb auf den Tisch und strich liebevoll über Villiams Schulter.

Jonna zog eine Grimasse. »Was gar nicht nötig wäre, wenn er Mama nicht ...«

»Ja, Jonna, das wissen wir alle«, fiel Frederika ihr ungeduldig ins Wort. »Und es hilft uns nicht weiter, wenn du immer wieder darauf herumreitest.«

Frederika wandte sich um und nahm das kochende Wasser vom Herd. Vorsichtig goss sie es in den mit Kaffee gefüllten Filter auf der Kaffeekanne. Der Duft, der jetzt durch die Küche zog, war noch weitaus besser als der Brötchenduft.

Björns Laune besserte sich schlagartig. Er freute sich auf den Kaffee und darüber, dass er endlich einmal Rückendeckung gegen diesen renitenten Teenager bekam. Er beschloss, Frederika wegen des Vorfalls mit Villiam keine Vorwürfe zu machen, um sie nicht gleich wieder gegen sich aufzubringen.

Jonna sagte kein Wort mehr, aber der Blick, mit dem sie ihn anschaute, sprach Bände.

Björn grinste sie an und wandte sich dann an Frederika, die gerade mit der gefüllten Kaffeekanne zurück an den Tisch kam. »Wo sind die Kleinen?«, fragte er.

»Die sind schon im Kindergarten.«

Björn drehte sich erschrocken um und schaute auf die Uhr neben der Küchentür. »Schon fast zehn!«, rief er entsetzt aus.

»Ich habe dich heute extra ausschlafen lassen«, sagte Frederika nachsichtig lächelnd.

Björn hob eine Augenbraue. »Womit habe ich das verdient?«

»Das frage ich mich auch«, murmelte Jonna.

»Wieso bist du eigentlich noch nicht in der Schule?«, erkundigte sich Björn mit einem boshaften Unterton.

»Weil ich die ersten beiden Stunden freihabe«, erwiderte sie giftig. »Aber erstens geht dich das nichts an, und zweitens brauche ich kein Kindermädchen.«

»Da bin ich mir nicht so sicher«, sagte Björn süffisant.

Jonna sprang auf. »Der Typ ist nicht zum Aushalten!«, schmetterte sie Frederika entgegen und lief wutschnaubend aus der Küche.

»So etwas Ähnliches hat ihre Mutter gestern auch gesagt.« Frederika lächelte.

»Ich wünschte, ich hätte mich nie auf deine Idee eingelassen«, sagte Björn. »Ich hätte nie nach Norrfällsviken fahren dürfen.«

»Ich weiß«, antwortete Frederika leise. Ihr Blick fiel auf Villiam, der immer noch am Tisch saß, jetzt ganz friedlich wirkte und von all dem, was um ihn herum geschah, offensichtlich nichts mitbekam.

Björn wartete darauf, dass sie weitersprach.

»Kaffee?« Frederika hielt die Kanne hoch.

Björn nickte, und sie schenkte ihm ein. Er wartete, bis sie sich an den Tisch gesetzt hatte. »Darf ich dich etwas fragen?«

»Ich möchte nicht darüber reden«, sagte Frederika unmissverständlich.

Björn blieb nichts anderes übrig, als das zu akzeptieren. Auch wenn sie gar nicht wissen konnte, was er sie hatte fragen wollen. Stattdessen wiederholte er seine Frage von eben. »Womit habe ich das verdient?« Er wies über den Tisch. »Warum hast du mich ausschlafen lassen und die Kleinen selbst in den Kindergarten gebracht?«

»Ich habe gestern Abend noch lange nachgedacht und

bin zu dem Schluss gekommen, dass ich an der ganzen Situation nicht ganz unschuldig bin. Wenn ich nicht von dir verlangt hätte, dass du mitkommst, wäre das alles nicht passiert. Deshalb wollte ich dich heute Morgen erst einmal in Ruhe lassen. Die nächsten Tage werden noch hart genug, und ich habe mir gedacht« – sie machte eine kurze Pause und sah ihn bittend an – »dass wir gemeinsam alles viel besser schaffen. Wenn du aber unbedingt fahren willst, werde ich dich nicht zwingen, länger hierzubleiben.«

Björn war überrascht. Damit hatte er wirklich nicht gerechnet. Noch vor vierundzwanzig Stunden hätte er das Angebot sofort angenommen. Was ließ ihn jetzt zögern?

In zehn Minuten konnte er reisefertig, in ein paar Stunden wieder in Stockholm sein.

»Ich bleibe«, sagte er.

»Prima.« Frederika strahlte ihn an, als hätte sie genau diese Antwort erwartet. »Dann lass uns mal in Ruhe frühstücken, bevor wir uns wieder an die Arbeit machen.«

Björn musste Frederika zugutehalten, dass sie es ihm wirklich leichter machen wollte, auch wenn ihre Hilfe sich darauf beschränkte, ihm zu sagen, was er zu tun hatte.

Ihm wurde klar, dass sich weder das Bad noch die Küche von selbst aufräumten und putzten. Und die Wäsche, die er heute waschen musste, stellte eine echte Herausforderung für ihn dar. Er hatte zwar selbst eine Waschmaschine in seiner Wohnung, aber nach Eivor hatte sich seine Haushaltshilfe um die Wäsche gekümmert. Björn liebte Unterhaltungselektronik, aber jede Art von elektrischer Haushaltsmaschine war ihm unheimlich.

Knut folgte ihm auf Schritt und Tritt. Björn war sich nicht ganz sicher, ob der Hund einfach nur nicht allein sein wollte oder ob er ihm immer noch misstraute und aufpasste, dass Björn sich nicht am Eigentum seiner Familie vergriff.

Er stopfte die ganze Schmutzwäsche, die er finden konnte, in die Maschine. Seine eigene Wäsche packte er gleich dazu. Außerdem das rote Kleidchen, das Emelie gestern getragen hatte, und Nils' vollgekotztes Shirt.

Bis hierhin war alles ganz einfach. Ziemlich schnell fand er das Fach, wo das Waschmittel hineinkam, und füllte es randvoll. Danach stand er nachdenklich vor der Maschine und kratzte sich das Kinn. Und jetzt? Auf welche Temperatur sollte er die Maschine einstellen? Mit Vorwäsche oder ohne?

Wenn er an das Shirt von Nils dachte, erschien ihm eine Kochwäsche mit Vorwäsche durchaus sinnvoll, und zwar möglichst heiß, damit auch alles richtig sauber wurde. Genau so stellte er die Maschine ein und war richtig zufrieden mit sich. So schwer war das eigentlich gar nicht gewesen.

Danach räumte er den Tisch in der Küche ab und stellte das Geschirr in die Spülmaschine. Keine Arbeit, die ihm besonderes Vergnügen bereitete, trotzdem war Björn stolz auf sich. Vielleicht sollte er ein Sachbuch schreiben, über die Tücken des Haushalts und wie Mann damit fertig wurde. Viel besser nämlich, als Frau es ihm zutraute. Vielleicht auch als Kolumne, das kam bestimmt gut an.

Er ging in die Küche und ließ sich dabei schon einzelne Formulierungen durch den Kopf gehen. Heute Mittag konnten die Kleinen im Kindergarten bleiben, er musste sie also nicht durchfüttern und hatte Zeit zu schreiben.

Wann Jonna aus der Schule kam, wusste er nicht, aber das war ihm auch egal. Sie hatte ihm deutlich gesagt, dass sie seine Hilfe nicht brauchte, also würde er für sich alleine ein Mittagessen zubereiten.

»Spiegelei und Brot«, murmelte er vor sich hin. Das musste reichen. Er hatte schon einmal zugesehen, wie Spiegeleier gebraten wurden. Allzu schwer erschien ihm das nicht.

Knut wedelte zustimmend mit dem Schwanz und winselte leise.

Björn stellte eine Pfanne auf den Herd, ließ Butter heiß werden und schlug zwei Eier hinein. Die konnten in Ruhe vor sich hinbrutzeln, während er sich der nächsten Herausforderung im Haushalt stellte: Staubsaugen!

Knut folgte ihm in den Flur und bellte empört, als Björn den Staubsauger aus der Abstellkammer holte.

»Schon gut, Kumpel«, sagte Björn. »Ich klaue das Ding bestimmt nicht.«

Er schaltete das Gerät ein. Knut machte einen Satz nach hinten, bellte jetzt erst recht, knurrte und zeigte dem Staubsauger die Zähne. Er hatte also keine Angst, dass Björn das Ding stahl, er konnte es einfach nicht leiden.

»Da musst du jetzt durch«, sagte Björn laut in Richtung des Hundes, »genau wie ich.«

Der Staubsauger funktionierte einwandfrei. Zu gut, wie Björn feststellte, als ein kleines Spielzeugauto in dem Saugrohr verschwand. Er schaltete das Gerät aus, hörte die Waschmaschine gurgeln und grinste. Na also, er hatte doch alles im Griff. Nur das Spielzeugauto musste er irgendwie wieder aus dem Staubsauger befördern.

Es dauerte, bis Björn herausgefunden hatte, wie er an den Staubsaugerbeutel kam. Er pulte ein wenig mit den Fingern in der Öffnung herum, glaubte schon, das kleine Spielzeugauto zu fühlen, als Knut zum Angriff überging. An den Staubsauger hatte er sich nicht herangetraut, also griff er stellvertretend den Beutel an.

»Knut, hör auf!«

Björn hielt den Beutel fest, Knut zog am anderen Ende. Der Beutel riss auf, und der ganze Dreck ergoss sich auf den frisch gesaugten Boden.

Björn blieb der Fluch im Halse stecken, als er den Geruch nach Verbranntem wahrnahm. Er rannte in die Küche, gefolgt von Knut, der immer noch bellte, und blieb so abrupt stehen, dass der Hund nicht mehr rechtzeitig bremsen konnte und gegen seine Beine prallte.

Über dem Herd stand eine Qualmwolke, und in der Pfanne befand sich nur noch ein schwarzer, undefinierbarer Klumpen. Aber was Björn viel mehr entsetzte, war das komische Verhalten der Waschmaschine. Überall quoll dichter Schaum hervor. Aus dem Waschmittelfach, aus der geschlossenen Tür, selbst unter der Maschine schob sich die schäumende Masse langsam nach vorn.

Sekundenlang verharrte Björn wie erstarrt, wusste nicht, was er zuerst machen sollte. »Tief durchatmen«, sagte er laut zu sich selbst.

Knut war ein paar Schritte zurückgewichen. Die weiße Masse, die sich aus Richtung Waschmaschine näherte, machte ihm offensichtlich Angst.

Björn eilte zum Herd, zog die Pfanne von der Platte und schaltete sie aus. Danach rannte er ins Badezimmer, gefolgt von Knut. Björn setzte im Flur mit einem Sprung über den geplatzten Staubsaugerbeutel hinweg, während der Hund mittendurch lief und den Dreck noch weiter verteilte.

Björn packte alle Handtücher, die er finden konnte, und lief zurück in die Küche. Knut, der sich wahrscheinlich über das seltsame Verhalten des Zweibeiners wunderte, folgte ihm bis zur Küchentür. Dort blieb er stehen und starrte wie hypnotisiert auf den Schaum, der sich inzwischen noch weiter ausgebreitet hatte.

Es war ein sinnloses Unterfangen, dem Schaum mit drei Handtüchern und einem Badetuch Einhalt gebieten zu wollen, und ausgerechnet jetzt klingelte es auch noch an der Tür.

Björn ließ einfach alles stehen und liegen, ging zur Tür und öffnete sie.

Eine junge Frau lächelte ihn an. Ihre langen, dunklen Haare hatte sie zu einem Zopf geflochten, ihre dunklen Augen und der leicht gebräunte Teint gaben ihr ein südländisches Aussehen. Sie war so schön, dass Björn trotz des Dramas, das gerade hinter ihm lag, unwillkürlich lächelte.

»Hallo, ich bin Kerstin«, sagte sie.

»Liv ist nicht da«, sagte Björn automatisch.

Sie schien überrascht. »Eigentlich bin ich mit einer Frederika verabredet. Ich habe bei ihr ein Vorstellungsgespräch.«

»Aha.« Björn machte eine einladende Handbewegung. »Frederika ist in der Backstube. Du kannst durchs Haus dahin.« Er entschuldigte sich für das Chaos im Flur und erzählte ihr, was ihm in den letzten Stunden passiert war.

Kerstin lachte, als sie an der Küchentür angekommen

149

waren und sie die schäumende Waschmaschine sah. Sie ging an ihm vorbei in die Küche, marschierte mitten durch den Schaum zielstrebig auf die Maschine zu und schaltete sie aus.

»Gibt es hier irgendwo Essig?«, fragte sie dann. »Damit kann der Schaum neutralisiert werden.«

»Keine Ahnung.« Björn zuckte mit den Schultern. »Ich kenne mich hier nicht aus.«

Gemeinsam durchsuchten sie die Schränke. Kerstin fand eine Flasche Essig, schüttete etwas davon ins Waschmittelfach, und kurz darauf hörte die Maschine auf zu schäumen.

»Vor einer halben Stunde wollte ich noch einen Haushaltsratgeber für Männer schreiben«, sagte Björn grinsend und schaute sich um. »Ich glaube, das lasse ich lieber.«

Kerstin lachte laut auf. »Am besten machen wir hier erst einmal sauber«, sagte sie.

»Und dein Vorstellungsgespräch mit Frederika?«, wandte Björn ein.

Kerstin winkte ab. »Ich bin sowieso zu früh.« Fröhlich zwinkerte sie ihm zu. »Außerdem helfe ich nicht so ganz uneigennützig. Ich hätte die Stelle im Café nur zu gerne.«

Björn zuckte mit den Schultern. »Darauf habe ich keinen Einfluss«, sagte er, zwinkerte ihr aber ebenfalls zu. »Aber ich werde alles tun, um Frederika zu überzeugen.«

Nachdem Kerstin ihm beim Putzen geholfen hatte, war Björn erst recht entschlossen, dafür zu sorgen, dass sie die Stelle bekam. Kerstin war nicht nur bildschön und hilfsbereit, sie war auch fröhlich und hatte ihn zum Lachen gebracht. So unbeschwert hatte er sich schon lange nicht mehr gefühlt.

Inzwischen war die Waschmaschine fertig. Björn öffnete sie und holte die Wäsche heraus. Das Lächeln auf seinem Gesicht fror ein. Die ganze helle Wäsche hatte einen blassrosa Farbton angenommen. Die Handtücher, Nils' Shirt und sogar seine eigenen Unterhosen.

– 18 –

Liv war es nicht gewohnt, tagsüber im Bett zu liegen. So sehr gelangweilt hatte sie sich schon lange nicht mehr. Die erzwungene Ruhe machte sie fertig. Heute wäre es ihr sogar egal, wenn Jonna die Schule schwänzen würde, um sie zu besuchen – zumindest fast egal, auch wenn sie ihre Tochter wenigstens der Form halber rügen müsste.

Jonna kam nicht. Frederika kam auch nicht, obwohl sie es bei dem Telefonat gestern noch versprochen hatte. »Morgen ganz früh bin ich bei dir«, hatte sie gesagt, und jetzt war es schon kurz vor Mittag.

Als es an der Tür klopfte, schaute Liv erwartungsvoll auf, aber es war nur Schwester Hilla, die kam, um ihre Wunden neu zu verbinden.

»Alles okay?«, fragte sie.

»Geht so«, erwiderte Liv und konnte dabei sogar ein bisschen über sich selbst lachen. »Ich weiß nicht, wie oft ich mir in den letzten Jahren gewünscht habe, mich einfach ein paar Tage ruhig ins Bett zu legen und gar nichts zu tun. Oder mal wieder ein Buch zu lesen.« Liv wies auf den Roman auf ihrem Nachttisch. »Und jetzt hätte ich die Gelegenheit dazu und wünsche mir mein stressiges Leben zurück.«

»So ist das, wenn Wünsche in Erfüllung gehen.« Schwester Hilla schmunzelte.

Kurz darauf war Liv wieder sich selbst und ihrer Langeweile überlassen. Sie nahm das Buch vom Nachttisch, schlug es auf, kam aber nicht über die ersten Zeilen hinaus.

Frederika hatte ihr den Roman von zu Hause mitgebracht. Liv hatte ihn vor einem halben Jahr gekauft, als er die Bestsellerlisten gestürmt hatte. Sie hatte ihn lesen wollen, war aber bisher nicht dazu gekommen – und jetzt hatte sie einfach keine Lust.

Vielleicht hätte sie sich ein Buch von Björn Bjerking besorgen sollen.

Sie schüttelte den Kopf. So ein Blödsinn! Sie wollte überhaupt nichts von diesem Menschen lesen. Es reichte ihr schon, dass sie seine Anwesenheit in ihrem Haus dulden musste.

Sie zuckte richtig zusammen, als es wieder an der Tür klopfte, und stieß gleich darauf einen erfreuten Schrei aus, als Mats den Kopf ins Zimmer streckte. In einer Hand hielt er einen Blumenstrauß, in der anderen einen Korb mit frischen Brötchen.

»Weil es in Krankenhäusern doch angeblich nie etwas Vernünftiges zu essen gibt«, sagte er und platzierte Blumenstrauß und Brötchen auf dem Nachttisch, bevor er sich zu ihr herabbeugte und sie auf die Wange küsste. »Tut mir leid, dass ich erst jetzt komme«, entschuldigte er sich.

»Schon in Ordnung«, sagte Liv. »Wie klappt es in der Backstube?«

»Ohne Frederika würde ich es nicht schaffen. Sie kann richtig gut backen. Diese Brötchen sind zum Beispiel von ihr. Zwischendurch hat sie auch im Café serviert. Ausgerechnet jetzt haben wir eine Menge zu tun, weil so viele Leute kommen, um zu fragen, wie es dir geht, und dann gleich zu Kaffee und Kuchen bleiben. Ich soll dir Grüße bestellen von Gunnila, Dagmar und Erik. Ach ja, Christina war auch da. Sie will dich im Krankenhaus besuchen.«

»Schön! Aber noch lieber wäre es mir, ich könnte einfach wieder nach Hause«, sagte Liv.

»Du musst dir keine Sorgen machen.« Mats griff nach ihrer Hand. »Es läuft alles ganz gut. Frederika und ich haben die Bäckerei im Griff. Dein Vater ist tagsüber auch bei uns in der Backstube. Wir müssen ihm nur ein Stück Teig geben, dann ist er beschäftigt.« Mats grinste, als er fortfuhr: »Und Björn kümmert sich um die Kinder.«

»Ja, und genau darüber mache ich mir die ganze Zeit Gedanken«, stieß Liv heftig hervor. »Dass meine Kinder diesem Typen ausgeliefert sind.«

Das Grinsen auf Mats' Gesicht wurde breiter. »Ich habe eher das Gefühl, dass er ihnen ausgeliefert ist.« Er sah ihr aufmerksam ins Gesicht und schien zu erkennen, dass sie nicht wirklich überzeugt war. »Es ist alles gut, Liv«, versicherte er.

Liv zögerte kurz, dann fragte sie: »Was für ein Mensch ist dieser Björn Bjerking eigentlich?«

Mats zuckte mit den Schultern. »Keine Ahnung«, sagte er. »Ich kenne ihn ja nicht wirklich, aber er scheint in Ordnung zu sein. Frederika ist jedenfalls überzeugt von ihm. Und sie macht einen sehr vernünftigen Eindruck auf mich. Warum fragst du sie nicht, wenn du etwas über ihn wissen willst?«

»Weil Frederika in allem, was diesen Mann betrifft, voreingenommen ist«, ereiferte sich Liv.

Mats wirkte verwundert. »Hast du ein Problem mit ihm?«

»Das fragst du noch?« Aufgebracht wies Liv auf ihre Beinschiene. »Wegen ihm liege ich hier.«

»Aber das hat er doch nicht absichtlich gemacht«, erwiderte Mats verständnislos.

»Das wäre ja auch noch schöner!« Liv bemerkte selbst, dass sich ihre Stimme fast überschlug. Sie hielt inne, holte tief Luft. »Lass uns nicht über diesen Mann reden«, sagte sie. »Das regt mich nur auf.«

»Ich muss sowieso schon wieder gehen«, sagte Mats und stand auf. »Gleich kommen Frederika und Kerstin, und irgendwer muss sich ja um die Backstube kümmern.«

»Wer ist denn Kerstin?«, fragte Liv verwundert.

Mats machte ein geheimnisvolles Gesicht. »Das wirst du dann schon selbst sehen.«

»Jetzt komm, Mats, du kannst mich doch nicht so auf die Folter spannen.«

Mats fuhr mit den Fingern über seine Lippen, als würde er einen Reißverschluss zuziehen. »Frederika will es dir selbst sagen, und ich habe ihr versprochen, die Klappe zu halten.«

»Was dir wunderbar gelungen ist«, sagte Liv ironisch.

Mats lachte nur, gab ihr einen Abschiedskuss auf die Wange und war schon wieder weg.

Frederika und Kerstin kamen erst nach dem Mittagessen. Das Erste, was Liv auffiel, war die positive Ausstrahlung der jungen Frau, auch wenn das freundliche Lächeln auf ihrem Gesicht ihre Unsicherheit nicht überspielen konnte. Liv mochte sie sofort.

»Kerstin würde gerne in deinem Café arbeiten«, sagte Frederika. »Ich habe sie mitgebracht, damit ihr euch kennenlernt.«

Liv wollte wissen, ob Kerstin schon als Kellnerin gearbeitet hatte.

155

»Ja, zuletzt in einem Eiscafé«, bestätigte Kerstin.

»Gut. Aber der Verkauf in der Bäckerei kommt auch noch dazu«, sagte Liv.

Kerstin nickte eifrig. »Das macht bestimmt Spaß. Ich habe Frederika einen Probetag versprochen. Danach könnt ihr gemeinsam entscheiden, ob ich bleiben darf.«

»Wenn alles gut klappt und dir die Stelle gefällt, würde ich dich sehr gerne einstellen«, sagte Liv. Sie streckte Kerstin die Hand entgegen. »Herzlich willkommen in meiner Bäckerei!«

»Danke, das freut mich sehr!«, sagte Kerstin.

Erst später, als die beiden Frauen sich längst verabschiedet hatten, fiel Liv auf, dass Kerstin eigentlich überhaupt nichts von sich erzählt hatte. Sie hatten über ihre zukünftigen Aufgaben, die Arbeitszeiten und die Bezahlung gesprochen, aber Liv wusste nicht, wo ihre neue Kraft herkam, ob sie verheiratet war, ob sie Familie hatte. Liv hatte sich durch ihre Sympathie leiten lassen.

Vielleicht wusste Frederika mehr über Kerstin. Liv wollte sie bei der nächsten Gelegenheit fragen. Jedenfalls schien sie Kerstin zu vertrauen, und eigentlich teilte Liv diese Einschätzung. Aber Frederika vertraute auch Björn …

Verflixt, wieso musste sie jetzt schon wieder an diesen Kerl denken? Er ging ihr permanent auf die Nerven, selbst dann, wenn er überhaupt nicht anwesend war.

»Man stehe stets so vom Tisch auf, als könne man noch ein kleines Brötchen essen.«
(Joyce Grenfell)

Schwedische Brötchen

Zutaten:

25 g Hefe
2 TL Zucker
¼ TL Salz
50 ml Öl
125 ml Wasser
250 g Mehl
15 g Mohn
15 g Sesam
1 Eigelb

Zubereitung:

Mehl auf eine Arbeitsfläche sieben, eine Vertiefung hineindrücken und das Öl, 100 ml lauwarmes Wasser, Zucker,
Salz und die zerbröselte Hefe hineingeben. Alles zu einem
geschmeidigen Teig verkneten. Mit einem Küchenhandtuch bedeckt an einem warmen Ort eine Stunde gehen lassen. Den Backofen auf 200 °C vorheizen.

Aus dem Teig längliche Brötchen formen und auf ein mit Backpapier ausgelegtes Backblech legen. Mit einem Messer oben eine Kerbe einschneiden.

Die Brötchen mit Eigelb bestreichen und mit Mohn oder Sesam bestreuen. Auf der mittleren Schiene ca. 10 bis 15 Minuten backen.

– 19 –

Björn saß auf der Terrasse und starrte auf sein Notebook. Ausnahmsweise spielten Nils und Emelie friedlich miteinander. Es war ganz still im Haus, und Björn hegte die Hoffnung, dass es noch eine Weile so bleiben würde. Erfahrungsgemäß gerieten Nils und Emelie jedoch selbst im schönsten Spiel irgendwann in Streit.

Es blieb still, länger als sonst, und Björn wollte die Gelegenheit nutzen, um mit seinem Manuskript voranzukommen. Er hatte immer noch das Gefühl, dass die Story in ihm steckte, aber je mehr er danach stocherte, umso weniger kam dabei heraus. Er skizzierte einen düsteren Thriller, aber er war nicht zufrieden damit. Es war nicht das, was er schreiben wollte.

Verdammt, wann kam endlich der Durchbruch?

Alles war sehr viel entspannter, seit Kerstin nebenan im Laden und Café arbeitete. Frederika hatte seither mehr Zeit und half Björn im Haushalt und mit den Kindern. Nicht zuletzt, damit er Zeit zum Schreiben fand.

Björn hatte sich angewöhnt, immer dann eine Pause einzulegen, wenn auch Mats gerade Zeit hatte. Sie setzten sich auf die Terrasse, tranken einen Kaffee miteinander und unterhielten sich. So erfuhr Björn einiges über Liv, auch dass ihr Mann vor drei Jahren bei einem Unfall ums Leben gekommen war. Sie tat ihm leid, aber sympathischer wurde sie ihm dadurch nicht.

Björn hatte Liv seit seinem Besuch vor einer Woche nicht

mehr gesehen. Er bedauerte es nicht. Die Fronten waren ge-klärt, eine weitere Begegnung, so fand er, war unnötig.

Frederika und Kerstin besuchten Liv regelmäßig im Krankenhaus und nahmen die Kinder mit, sodass Björn sich nicht dazu verpflichtet fühlte, ihr weitere Besuche ab-zustatten.

Mit den Kleinen kam er erstaunlich gut zurecht. Nils klebte förmlich an ihm, wenn er aus dem Kindergarten kam, und zu Björns eigener Verwunderung störte ihn das nicht. Ganz im Gegenteil, er war gerne mit dem Jungen zu-sammen, beantwortete ernsthaft dessen Fragen, auch wenn er insgeheim manchmal lachen musste, und genoss die Zeit mit Nils.

Emelie war weniger anhänglich. Sie bereitete Björn über-haupt keine Mühe, war sehr selbstständig für ihr Alter und konnte sich gut alleine mit ihren Spielsachen beschäftigen.

Nur Jonna brachte ihm immer noch die gleiche Feindse-ligkeit entgegen wie am Anfang. Björn hatte es aufgegeben, mit ihr klarzukommen. Er ignorierte sie und ihr schlechtes Benehmen einfach, genau wie sie ihn ignorierte. Trotzdem hatte er das Gefühl, dass sie noch mürrischer geworden war und sogar ihre Geschwister kurz angebunden behandelte.

Björn hatte die ganze Zeit auf den Monitor gestarrt, war aber mit den Gedanken nicht bei der Sache. Es war immer noch nichts zu hören, trotzdem hatte er plötzlich das Ge-fühl, beobachtet zu werden. Als er den Kopf hob, sah er Emelie und Nils einträchtig nebeneinander am anderen Ti-schende stehen. Die beiden schauten ihn unverwandt an.

»He, ihr beiden, was wollt ihr denn?«

»Hast du eine Frau?«, wollte Emelie wissen.

Björn schüttelte den Kopf. »Nein. Warum fragst du?«

Nils und Emelie schauten sich an, dann wieder zu ihm.

Björn griff nach seiner Kaffeetasse und trank einen Schluck.

Die beiden Kinder grinsten, und Nils rief laut: »Dann kannst du dich doch mit unserer Mama verheiraten, die hat nämlich auch keinen Mann, und dann kannst du immer bei uns bleiben.«

Björn verschluckte sich an seinem Kaffee. Er gurgelte, prustete, stellte die Tasse ganz schnell ab. Mit hervorquellenden Augen starrte er die Kinder an. Das konnten die nicht ernst meinen.

Doch, es war ihnen völlig ernst damit, musste er gleich darauf erkennen.

»Wir wollen nämlich, dass du bei uns bleibst«, erklärte Nils.

»Ja.« Emelie nickte zustimmend. »Und ich kann dich ja nicht heiraten, weil du schon so alt bist. Und verheiratete Leute müssen sich ja küssen.« Sie verzog angewidert das Gesicht. »Das finde ich eklig.«

»Das wird sich ändern, wenn du erwachsen bist«, sagte Björn amüsiert.

»Nie«, behauptete Emelie im Brustton der Überzeugung und schüttelte den Kopf.

»Sollen wir Mama mal fragen, ob sie dich heiratet?«, fragte Nils, den das Gespräch übers Küssen sichtlich langweilte.

»Bloß nicht!«, sagte Björn so schnell und heftig, dass die Kinder ganz erschrocken wirkten. »Das geht nicht so einfach«, versuchte er zu erklären. »Wenn zwei Menschen heiraten, dann müssen sie sich kennen und lieb haben. Eure Mutter und ich, wir haben uns nur ein Mal gesehen.« *Und wir haben uns kein bisschen lieb*, fügte er in Gedanken hinzu. *Ganz im Gegenteil.*

Für die Kinder schien das kein Problem zu sein. »Ihr könnt euch doch kennenlernen«, sagte Emelie. »Mama kommt doch bald aus dem Krankenhaus.«

Das war Björn neu. Er hatte sich keine Gedanken darüber gemacht, wann Liv aus dem Krankenhaus kommen und wie es dann weitergehen würde. Eigentlich war es doch ganz einfach: An dem Tag, an dem sie nach Hause kam, konnte er zurück nach Stockholm fahren.

»Wann kommt eure Mutter denn nach Hause?«, wollte er wissen.

Beide Kinder zuckten ahnungslos mit den Schultern. »Bald, hat sie gesagt«, erwiderte Nils.

»Wenn sie wieder laufen kann«, ergänzte Emelie. »Jetzt kommt nämlich jeden Tag der Psychotherapeut zu ihr und zeigt ihr, wie sie mit den Stöcken und dem Gips laufen kann.«

Psychotherapeut? Björn runzelte nachdenklich die Stirn – obwohl er insgeheim fand, dass Liv den durchaus gebrauchen könnte –, dann kam ihm die Erleuchtung. »Du meinst Physiotherapeut«, stellte er richtig.

Nils lachte und zeigte mit dem Finger auf Emelie. »Du hast das falsch gesagt.« Er freute sich richtig, dass seine Schwester korrigiert worden war.

Emelie wurde rot vor Verlegenheit und Wut. »Na und«, giftete sie ihren Bruder an. »Das ist ja auch ein schweres

Wort. Du Blödmann sagst ja sogar die ganz leichten Wörter falsch.«

Bevor die Stimmung zwischen den Geschwistern kippen konnte, mischte Björn sich ein. »Nicht streiten!« Beschwichtigend hob er beide Hände. »Wie wäre es, wenn wir zusammen etwas unternehmen?«

»Eis essen«, sagte Nils.

»Schwimmen gehen«, rief Emelie gleichzeitig.

Björn nickte zustimmend. »Wir machen beides«, sagte er. »Zuerst gehen wir schwimmen, dann essen wir ein Eis.« Er schaute Nils an und hob warnend den Zeigefinger: »Ein *kleines* Eis, Nils!«

Nils grinste.

Gott sei Dank, er hatte sie von diesem Heiratsthema abgebracht! Zumindest glaubte Björn das. Er wusste nicht, dass Kinder sehr hartnäckig sein können, wenn sie sich einmal etwas in den Kopf gesetzt haben, und eine fixe Idee nicht so schnell verwerfen, auch wenn etwas dazwischenkommt, was sie für den Moment ablenkt.

An diesem Abend saß Björn völlig erschöpft auf der Terrasse des Cafés. Stundenlang hatte er mit den Kindern im Wasser geplantscht, und Nils hatte dabei nicht eine Sekunde lang aufgehört zu plappern – zumindest kam es Björn so vor. Frederikas Angebot, die beiden Kleinen ins Bett zu bringen, hatte er dankend angenommen.

Mats kam mit zwei dampfenden Kaffeetassen aus dem Café und setzte sich zu Björn. Kurz darauf kam auch Kerstin dazu, wie immer bildschön.

»Wie gefällt es dir hier?«, fragte Björn.

Kerstin strahlte. »Ich liebe Norrfällsviken.«

»Und wie gefällt dir die Arbeit bei uns?«, fragte Mats.

»Ich bin rundum glücklich und zufrieden«, sagte Kerstin und lehnte sich entspannt zurück. Sie schloss die Augen und ließ die Sonne auf ihr Gesicht scheinen.

Björn bemerkte, dass Mats die junge Frau fasziniert musterte und den Blick nicht von ihr lassen konnte. Er verstand ihn nur zu gut. Kerstin war nicht nur wunderschön, sie war ein liebenswerter Mensch.

Sie schlug die Augen auf, sah Björn direkt ins Gesicht und lächelte. »Ich spüre das, wenn du mich so anstarrst«, sagte sie.

Dabei war es gar nicht er, der sie unverwandt angestarrt hatte, sondern Mats. Das allerdings verriet Björn ihr nicht. »Wundert dich das?«, fragte er. »Als du das erste Mal vor der Tür gestanden hast, habe ich dich für eine Südländerin gehalten.«

Kerstin warf den Kopf zurück und lachte laut auf. »Und dann habe ich mich als waschechte Schwedin entpuppt. Warst du sehr enttäuscht?«

Björn schüttelte den Kopf. »Wie könnte ich? Ich bin froh, dass du hier bist.« Sein Blick fiel auf Mats. »Wir sind alle froh«, sagte er schnell.

Mats nickte zustimmend. »Soll ich dir auch einen Kaffee holen?«, fragte er sie.

»Nein, danke.« Kerstin schüttelte den Kopf und lächelte verschmitzt. »Fürs Kaffeeholen bin ich hier zuständig.« Nur kurz sah sie zu Mats, dann schaute sie wieder Björn an. »Meine Eltern und meine beiden Schwestern sind übrigens strohblond. Es gab in der Familie meiner Mutter irgendwann mal spanische Vorfahren, deren Gene bei mir durchgeschlagen sind. Ich vermute aber, dass meine Eltern sich insgeheim trotzdem manchmal fragen, ob ich nicht im Krankenhaus vertauscht wurde.«

Es war das erste Mal, dass Kerstin etwas von sich selbst erzählte. Bisher war sie allen Fragen nach ihrer Vergangenheit und ihrer Familie ausgewichen.

Björn nutzte die Gelegenheit, um nachzuhaken. »Lebt deine Familie in der Nähe? Siehst du sie oft?«

Es war, als würde Kerstin in diesem Moment klar, dass sie schon zu viel von sich preisgegeben hatte. Ihr Gesicht verschloss sich. Sie schüttelte den Kopf und stand auf. »Ich mache dann mal Feierabend. Soll ich euch vorher noch etwas bringen? Ein Stück Kuchen vielleicht?«

Björn und Mats lehnten beide ab.

Björn ärgerte sich über sich selbst, weil er Kerstin bedrängt hatte. Gleichzeitig wurde sein Interesse an ihr noch größer. Er spürte ganz deutlich, dass sie ein Geheimnis hatte. Oder war es seine schriftstellerische Fantasie, die gerade mit ihm durchging?

»Bald kommt Liv aus dem Krankenhaus«, sagte Mats in seine Gedanken hinein.

Björn zuckte zusammen. Die Kinder hatten das auch schon erwähnt, und es gefiel ihm nicht besonders. Er fing gerade an, sich hier wohlzufühlen. Eigentlich gab es nichts, was ihn zurück nach Stockholm zog.

Er hatte sich gestern Abend vor dem Einschlafen sogar bei dem Gedanken ertappt, dass er auf dem Land leben könnte. Was hinderte ihn eigentlich daran, seine teure Wohnung in Stockholm aufzugeben, sich irgendwo am

Wasser ein Häuschen zu suchen und dort in aller Ruhe zu schreiben?

Ruhe? Einsamkeit? War es das, was er wollte?

Nein. All das, was ihm hier ans Herz gewachsen war, würde es an keinem anderen Ort der Welt geben.

Vielleicht hätte sein Leben mit Eivor so aussehen können. Irgendwo auf dem Land, in einem hübschen Häuschen, mit zwei Kindern wie Emelie und Nils ...

Das war der Punkt, an dem Björn seiner Fantasie Einhalt gebot. Der Gedanke an Eivor tat immer noch weh. Doch zum ersten Mal dachte er ohne Groll und Bitterkeit an sie, dafür aber mit ganz viel Traurigkeit. Und es war bestimmt kein Trost, dass er sich die Zukunft mit ihr selbst kaputtgemacht hatte.

Björn war so in Gedanken versunken, dass ihm Mats' Schweigen nicht auffiel.

– 20 –

Liv wusste immer noch nicht viel mehr über Kerstin, obwohl sie fast jeden Tag mit den beiden Kleinen zu ihr ins Krankenhaus kam. Liv war ihr sehr dankbar für diese Besuche. So konnte sie ihre Kinder sehen, ohne die Anwesenheit dieses Menschen ertragen zu müssen.

Auch an diesem Nachmittag kam Kerstin wieder zu Besuch, gefolgt von den Kindern. Für Nils war es noch immer etwas ganz Besonderes, mit dem Aufzug zu fahren, sodass er Liv immer gleich davon erzählen musste.

»Die Kerstin ist einmal mit uns ganz nach oben gefahrt, und dann ganz nach unten, und dann dahin, wo du gerade wohnst. Und dann sind wir ausgestiegen, und der Aufzug ist mit ohne uns weitergefahrt.«

»Gefahren, Nils! Und außerdem machen wir das doch immer. Mama weiß das schon.« Emelie winkte ab. »Wir müssen dir was ganz anderes erzählen, Mama.« Emelie tat sehr wichtig, und Nils nickte mit feierlichem Gesichtsausdruck.

Liv lachte, ohne zu ahnen, dass ihr das Lachen gleich im Halse stecken bleiben würde. »Gut, was müsst ihr mir denn sagen? Hoffentlich etwas Schönes.«

»Etwas ganz Tolles!«, rief Emelie begeistert aus.

»Richtig toll!« Nils nickte. »Du heiratest nämlich den Björn.«

»Wie bitte?«, rief Liv entsetzt aus, während Kerstin in lautes Lachen ausbrach.

»Wir haben das dem Björn auch schon gesagt.« Emelie schien verunsichert, weil ihre Mutter diese Idee alles andere als begeistert aufnahm.

Liv zog die Augenbrauen zusammen. »Und was hat dieser …« Sie brach ab. Vor den Kindern wollte sie nicht schlecht über den Mann reden, der zurzeit auf sie aufpasste. Nicht seinetwegen, sondern ausschließlich wegen der Kinder, denen die veränderte Situation wahrscheinlich schon genug zu schaffen machte. »Was hat Björn dazu gesagt?«, korrigierte sie sich.

»Der hat gesagt, dass sich nur Verliebte verheiraten können.« Nils hatte die Stirn gerunzelt, weil ihm das offensichtlich nicht ganz einleuchtete. »Und dass sich nur Leute verlieben können, die sich kennen.«

Emelie nickte zu den Erklärungen ihres Bruders.

»Aber du kennst den Björn doch schon«, fuhr Nils verständnislos fort. »Und wenn du den nicht küssen willst, musst du das ja nicht. Ich glaub nämlich auch, dass das eklig ist.«

Kerstin bekam einen solchen Lachanfall, dass sie sich kaum noch beruhigen konnte, während Liv die Idee ihrer Kinder alles andere als lustig fand.

»So einfach ist das nicht.« Liv schüttelte den Kopf und suchte nach den richtigen Worten, was ihr durch Kerstins Lachen erschwert wurde. »Und lustig ist das erst recht nicht«, sagte sie leicht angesäuert zu Kerstin.

»Das ist sogar extrem lustig.« Kerstin nickte bestätigend zu ihren eigenen Worten und bekam einen neuen Lachanfall. »Deine Kinder wollen dich ausgerechnet mit …« – sie machte eine kurze, sehr wirkungsvolle Pause und schloss mit Livs eigenen Worten – »… *diesem Mann* verkuppeln.«

In den vergangenen Tagen hatte wohl auch Kerstin mitbekommen, dass Liv und Björn sich überhaupt nicht leiden konnten. Liv war froh, dass sie im Beisein der Kinder keine entsprechende Bemerkung machte. Eigentlich hatten sie noch nie direkt über Björn gesprochen, aber Livs abfälliger Gesichtsausdruck, wenn er erwähnt wurde, verriet wohl ihre Gefühle. Und auch Kerstin musste aufgefallen sein, dass Liv nur von *diesem Menschen* oder *diesem Mann* sprach, wenn von Björn die Rede war.

Liv machte kurzen Prozess. »Björn und ich werden niemals heiraten«, sagte sie zu den Kindern.

»Aber ...«, wandte Emelie ein, doch Liv ließ sie nicht aussprechen.

»Kein Aber«, sagte sie streng. »Schlagt euch diesen Unsinn ganz schnell aus dem Kopf!«

Emelie stieß ihren Bruder an. »Hab ich dir doch gesagt, die Erwachsenen kapieren das nie, dabei wäre alles ganz einfach.«

Nils nickte. »Ich will nie erwachsen werden«, sagte er und schaute Liv dabei trotzig an, während Emelie schmollend die Unterlippe vorgeschoben hatte.

»So einfach, wie ihr euch das vorstellt, ist das nicht«, sagte Liv hilflos. Entgegen aller Vernunft wurde ihr Ärger auf diesen Mann noch größer. Was hatte er gemacht, um ihre beiden Kleinen so einzuwickeln, dass sie ihn für immer in Norrfällsviken behalten wollten, dass sie sogar auf die Idee kamen, sie solle ihn heiraten?

»Doch, es ist ganz einfach!«, widersprach Emelie und verschränkte die Arme vor der Brust. Nils tat es ihr nach, und Kerstin, die sich gerade erst beruhigt hatte, begann erneut zu lachen.

Es klopfte, und Jakob kam ins Zimmer. »Soll ich später wiederkommen?«, fragte er.

»Nein, ist schon in Ordnung«, sagte Liv schnell und zum ersten Mal erleichtert, dass sie ihren Besuch verabschieden konnte. »Jakob ist mein Physiotherapeut«, sagte sie erklärend zu Kerstin. »Er bringt mir das Gehen auf Krücken bei.«

Jakob nickte und sah Kerstin dabei interessiert an. Genau die gleiche Reaktion hatte Liv auch schon bei Dr. Norberg gesehen, als er vor zwei Tagen in ihr Zimmer gekommen und Kerstin gerade bei ihr zu Besuch gewesen war. Die Männer waren ausnahmslos fasziniert von ihrer neuen Aushilfe – und wer konnte es ihnen verdenken?

Kerstin selbst schien das nicht zu bemerken. Sie nahm die beiden Kinder an die Hand. »Wir kommen morgen wieder«, versprach sie zum Abschied. »Und keine Sorge, Liv«, fügte sie grinsend hinzu, »ich werde dafür sorgen, dass deine Kinder in der Zwischenzeit nicht das Aufgebot für dich und Björn bestellen.«

Liv warf ihr Kissen nach Kerstin, aber die duckte sich rechtzeitig und verließ lachend das Zimmer mit den immer noch beleidigten Kindern an der Hand. Liv hörte Emelie noch fragen: »Was ist ein Aufgebot?«, dann schloss sich die Tür hinter ihnen.

»Du willst heiraten?«, fragte Jakob interessiert.

»Nein, will ich nicht«, erwiderte Liv schärfer als beabsichtigt. »Sorry«, entschuldigte sie sich gleich darauf. »Meine Kinder haben sich da etwas in den Kopf gesetzt, und ich kann es ihnen nicht wieder ausreden.«

»Ja, das kenne ich von meinen eigenen.« Jakob nickte

verständnisvoll und reichte ihr die beiden Krücken, die er mit ins Zimmer gebracht hatte. »Heute versuchen wir es mit der Treppe«, sagte er.

Obwohl Liv Angst davor hatte, weil sie sich auf den Krücken noch nicht sicher fühlte, nickte sie. Schließlich musste sie so schnell wie möglich wieder auf eigenen Beinen stehen.

Jakob blieb an ihrer Seite und erklärte ihr genau, was sie machen musste. Es ging besser, als sie erwartet hatte.

Auf dem Rückweg zu ihrem Zimmer kam Schwester Hilla auf sie zu. »Hast du einen Augenblick Zeit für mich?«, fragte sie Jakob.

Jakob zögerte.

Liv wies auf die Sitzecke am Fenster. »Ich kann mich doch da einen Moment hinsetzen, bis ihr fertig seid.« Sie fand es sogar ganz angenehm, sich mal woanders aufzuhalten als in ihrem Krankenzimmer.

»Wenn es dir wirklich nichts ausmacht.« Jakob blieb an ihrer Seite, bis sie zu den Sesseln gehumpelt war und sich hingesetzt hatte. Danach folgte er Hilla ins Schwesternzimmer.

Zuerst war es ganz nett, aber nach ein paar Minuten begann Liv, sich zu langweilen. Keine anderen Patienten kamen vorbei, nur ein Mann in einem dunklen Anzug hastete mit einem Blumenstrauß in der Hand an ihr vorüber. Er schenkte ihr keine Beachtung.

Liv griff nach einer der Zeitschriften, die auf dem kleinen Beistelltisch lagen, und schlug sie lustlos auf. Die Illustrierte war mindestens ein Jahr alt, und die Klatschgeschichten darin interessierten Liv sowieso nicht. Sie blätterte weiter und wollte die Zeitschrift schon weglegen, als ihr ausgerechnet Björn Bjerkings Gesicht entgegenlachte. Er trug auf dem Foto einen dunklen Abendanzug und hatte rechts und links je eine sparsam bekleidete Blondine im Arm.

Jetzt verfolgte der Kerl sie sogar hierher! Liv schlug die Zeitung zu, aber die Neugierde siegte. Sie schlug sie wieder auf, suchte die Seite und befürchtete, dass Jakob zurückkehrte, bevor sie den Artikel gelesen hatte.

Was in dem Bericht über Björn Bjerking stand, entsprach dem Bild, das sich Liv von ihm gemacht hatte: Dieser Kerl war ein Weiberheld und ein Trinker, der sich auf dem Erfolg zweier Bestseller ausruhte und sich offensichtlich einbildete, der Nabel der Welt zu sein. Sein rücksichtsloser Fahrstil passte doch perfekt dazu.

Liv schlug die Illustrierte wieder zu. Es wurde Zeit, dass sie wieder nach Hause kam und ihre Kinder nicht länger dem schädlichen Einfluss dieses Menschen ausgeliefert waren.

– 21 –

Jonna schaute Björn finster an und ging wortlos an ihm vorbei zur Haustür.

»Dir auch einen schönen Tag!«, rief Björn ihr nach.

Jonna drehte sich um und warf ihm einen letzten bitterbösen Blick zu.

»Schon gut.« Björn hob abwehrend beide Hände.

Jonna verließ das Haus und schlug die Tür laut hinter sich zu, woraufhin Knut neugierig in den Flur kam und laut bellte.

»Ganz ruhig, Kumpel.« Björn beugte sich hinab, um den Hund zu streicheln. »Sie hat einfach nur schlechte Laune, wie immer.«

Knut rannte zur Tür und scharrte mit den Pfoten daran. Ein deutliches Zeichen, dass er hinausmusste, wie Björn inzwischen wusste.

Eigentlich hätte er die freie Zeit, bis er die Kleinen aus dem Kindergarten abholen musste, gerne zum Schreiben genutzt, obwohl er immer noch nicht richtig vorankam. Er hatte wieder Lust zu schreiben, eine Lust, die ihm in den letzten Jahren völlig gefehlt hatte, aber da war immer noch diese Blockade in ihm.

»Gehen wir, Kumpel!« Er machte die Leine an Knuts Halsband fest und folgte ihm aus dem Haus. Er überließ es Knut, die Route auszuwählen.

Knut zog es hinunter zum Strand, genau die Strecke, die auch Björn am liebsten ging. Ein breiter Weg führte zwischen den Dünen zum Sandstrand. Rechts und links wuchsen Kiefern, deren typischer Duft sich mit dem Geruch von Salzwasser vermischte.

Vor ihnen lag die Ostsee. Das Licht war samtig weich und ließ das Meer und die gegenüberliegende Landzunge blau schimmern. Auf einem Baum zwitscherte eine Amsel ihr Lied und übertönte sogar das Rauschen der Wellen.

Knut zog immer heftiger an der Leine. Er musste etwas wittern, was Björn noch nicht sehen konnte. Plötzlich wechselte der Hund die Richtung, er wollte die Düne hoch. Neugierig ließ Björn ihn gewähren, hielt ihn aber vorsichtshalber an der kurzen Leine.

Kerstin hatte ihm erzählt, dass sie vor ein paar Tagen einen ziemlich großen Schatten zwischen den Bäumen in den Dünen gesehen und vermutet hatte, dass es sich um einen Elch handelte. Es gab sicher Elche in den Wäldern rings um Norrfällsviken, aber Björn hatte keine Ahnung, ob sie so nahe an den Strand kamen. Gut, dass Nils davon nichts mitbekommen hatte. Er musste in seinem Glauben an den Bären, der in seiner Fantasie um Norrfällsviken herumschlich, nicht noch bestärkt werden.

Björn konnte aber auch auf die Begegnung mit einem Elch gut verzichten, und er hatte keine Ahnung, wie Knut auf ein solches Zusammentreffen reagieren würde. Noch weniger wusste er, was ein Elch mit Knut anstellen würde, wenn der kleine schwarze Mischling ihn ankläffte.

Ein paar Meter weiter konnte Björn zwischen den Baumstämmen wieder das Meer sehen, und dann entdeckte er Jonna. Sie hatte sich halb hinter einem Stamm versteckt und starrte angestrengt zum Strand hinunter. Björn folgte ihrem Blick und sah einen Jungen und ein Mädchen, beide in Jonnas Alter, die sich zärtlich küssten.

Knut zog es jetzt mit aller Macht zu Jonna. Wahrscheinlich war es das Hecheln des Hundes, das sie verriet. Oder vernahm Jonna doch Björns Schritte auf dem sandigen Boden?

Jedenfalls fuhr sie herum, Schrecken zeichnete sich auf ihrem Gesicht ab, der sich sofort in Wut wandelte, als sie Björn erkannte. Trotzdem war deutlich zu sehen, dass sie geweint hatte.

»Spionierst du mir nach?«, fuhr sie ihn an, aber nicht in der üblichen Lautstärke, sondern sehr gedämpft, weil sie, wie Björn vermutete, von dem Paar am Strand nicht gehört werden wollte.

»Sorry«, entschuldigte sich Björn. Sosehr ihm Jonna sonst auf die Nerven ging, jetzt tat sie ihm leid. »Ich hatte keine Ahnung, dass du hier bist. Es war Knut, der unbedingt hierher wollte.«

»Lasst mich in Ruhe«, murmelte Jonna und stapfte davon.

Knut setzte sich neben Björn in den Sand und sah ihr leise winselnd nach. Dann hob er den Kopf und schaute Björn an.

»Was soll ich jetzt machen?«, fragte Björn. »Soll ich ihr nachgehen und versuchen, mit ihr zu reden?«

Knut erhob sich, sah Björn auffordernd an und wedelte mit dem Schwanz.

»Du stellst dir das so einfach vor«, fuhr Björn in seinem Zwiegespräch mit dem Hund fort. »Aber es liegt nicht nur an Jonnas Benehmen mir gegenüber, dass mir solche Gespräche schwerfallen.«

Es gefiel Knut offensichtlich, dass Björn mit ihm sprach. Der Hund wedelte immer noch mit dem Schwanz.

»Schwanzwedeln hilft mir auch nicht weiter, Kumpel«, sagte Björn resigniert. Er beschloss, seine Runde mit Knut zu gehen und danach Frederika um Rat zu fragen. Oder Kerstin. Sie war eine junge Frau, die vielleicht wusste, was Jonna im Moment brauchte.

Bevor Björn sich mit Knut auf den Weg machte, schaute er noch einmal zu dem jungen Paar am Strand hinunter. Die beiden schienen so versunken, dass sie nichts und niemanden um sich herum wahrnahmen. Arme Jonna, dachte er. Nichts tut so weh wie unerfüllte Liebe, und Sprüche wie »Der Schmerz vergeht schon« oder »Irgendwann kommt ein anderer« waren da ganz bestimmt nicht hilfreich.

Kerstin hatte zu viel zu tun, und Frederika war im Krankenhaus bei Liv, sodass Björn nur Mats um Rat fragen konnte. Aber der zuckte hilflos mit den Schultern, als Björn ihm sein Problem schilderte.

»Ich habe keine Ahnung von Kindern«, sagte er und knetete derweil einen Brotteig, »aber ich glaube, dass der Umgang mit Teenagern immer schwierig ist.«

»Also hat Liv auch Probleme mit Jonna?«, hakte Björn nach. Wenn selbst die Mutter mit ihrer Tochter nicht klarkam, hätte er selbst nicht das Gefühl zu versagen.

»Keine Ahnung«, erwiderte Mats und ließ deutlich erkennen, dass er Björn nicht weiterhelfen konnte. »Ich glaube nicht. Gesagt hat sie jedenfalls nichts, und ich muss jetzt ein paar Brote backen. Die Kinder sind dein Problem.«

Knut, der nicht mit in die Backstube durfte und den

Björn deshalb draußen angebunden hatte, stieß ein Freudengeheul aus, als Björn nach draußen kam.

»Das war wohl nix«, sagte Björn leise zu ihm.

Er ging mit Knut ins Haus und ließ ihn von der Leine. Der Hund rannte sofort in die Küche zu seinem Wassernapf, während sich Björn auf die Suche nach Jonna machte. Er klopfte an ihre Zimmertür, wartete, klopfte noch einmal, erhielt auch diesmal keine Antwort und öffnete einfach die Tür.

Jonna war nicht in ihrem Zimmer, und auch im restlichen Haus fand Björn sie nicht. Fast empfand er Erleichterung. Er hatte das Gefühl, etwas tun zu müssen, wusste gleichzeitig nicht, was er machen oder sagen sollte, und war froh, dass Problem erst einmal aufschieben zu können. Vielleicht ging es Jonna ja schon viel besser, wenn sie wieder nach Hause kam. Möglicherweise sprach sie sich gerade mit einer Freundin aus oder war bei ihrer Mutter im Krankenhaus, und er konnte später einfach so tun, als hätte es die Episode am Strand nie gegeben.

Knut hatte genug getrunken und verlangte sein Futter. Björn hatte auch Hunger, aber er beschloss, gleich nebenan im Café einen Kaffee zu trinken und sich dazu ein Stück Torte zu gönnen. Er öffnete die Dose mit dem Hundefutter und verzog angewidert das Gesicht. Er mochte Knut inzwischen wirklich, aber an den Geruch des Futters würde er sich nie gewöhnen können, und als er Knuts Napf füllte, spritzte auch noch ein wenig von der Flüssigkeit auf sein Shirt.

Björn ging nach oben, um sich umzuziehen, und wollte das Zimmer gerade wieder verlassen, als er über sich ein Geräusch vernahm. Verdutzt schaute er nach oben, und dann hörte er es wieder: Jemand befand sich über ihm auf dem Speicher.

Björn war noch nie dort oben gewesen, und er hatte sich noch keine Gedanken darüber gemacht, was sich auf dem Speicher befinden mochte. Intuitiv wusste er, wer sich dort oben verkrochen hatte: Jonna. Weil sie ihm ebenso aus dem Weg gehen wollte wie er ihr?

Ich hätte nichts gehört, wenn ich nicht in Villiams Zimmer gegangen wäre, sagte er sich. Ich kann es einfach ignorieren.

Er verließ das Zimmer und schaute unwillkürlich die Treppe zum Speicher hoch, bevor er die ersten beiden Stufen nach unten nahm.

Verdammte Schriftstellerfantasie! Er sah Jonna da oben sitzen, auf einem stockdunklen, verstaubten Speicher, völlig alleine mit sich und ihrem Kummer, und keiner war da, der sich um sie kümmerte.

Er hätte sich mehr bemühen können, um mit diesem Mädchen klarzukommen, aber er hatte sich fast nur um die beiden Kleinen gekümmert. Sie waren unkompliziert, und – was er nie erwartet hätte – er hatte sogar großen Spaß mit ihnen. Und jetzt saß da oben ein Mädchen und weinte sich die Augen aus, weil der Junge, den sie liebte, sich für eine andere interessierte. Er kannte dieses Gefühl der Einsamkeit, der Verlassenheit nur zu gut.

Björn drehte sich um und lief die Treppe hinauf. Die Tür zum Speicher war nur angelehnt. Als er sie öffnete, mussten sich seine Augen erst an das Dämmerlicht gewöhnen.

Die alten Dachbalken lagen frei, ein Querbalken zog sich

so tief durch den Raum, dass er sich bücken musste. Ein alter Läufer durchschnitt den ganzen Speicher. Rechts davon standen alte Möbel: zwei Stühle, denen Beine fehlten, ein dritter ohne Lehne und ein Schaukelstuhl, der völlig unversehrt aussah. Daneben standen eine Truhe mit einem Karton darauf und ein alter Kleiderschrank, dessen Türen schräg in den Angeln hingen.

Links neben dem Läufer war ein Indianerwigwam aufgebaut. Björn wunderte sich darüber, dass er hier oben stand und nicht unten in einem der Kinderzimmer.

Es war kein Mensch zu sehen.

»Jonna«, sagte Björn. »Ich weiß, dass du hier bist.«

Keine Antwort.

Björn blieb stehen, wartete einfach ab.

Schließlich kam ihre zaghafte und verweinte Stimme aus dem Wigwam: »Verschwinde!«

Björn ließ sich Zeit mit der Antwort. »Nein«, sagte er dann. »Das kann ich nicht, weil ich genau weiß, wie du dich fühlst.«

»Du weißt überhaupt nichts.«

»Für dich bin ich nur ein doofer alter Knacker, aber ich habe auch schon geliebt, Jonna, und bin schwer enttäuscht worden. Ich weiß, das tröstet dich jetzt nicht, aber wenn der Junge dich nicht will, hat er dich auch nicht verdient.«

»Das ist doch nicht nur wegen Folke«, schluchzte Jonna im Zelt.

Wieder verstummte sie, und Björn hörte sie leise weinen. Er wartete geduldig, weil er spürte, dass es besser war, sie in diesem Moment in Ruhe zu lassen.

»Es ist auch wegen Svea«, fuhr sie irgendwann fort.

»Svea ist das Mädchen, das du zusammen mit Folke am Strand beobachtet hast?«, hakte Björn nach.

»Ja«, sagte Jonna. »Sie ist … Nein«, verbesserte sie sich, »*war* meine beste Freundin. Und sie wusste, dass ich Folke mag.«

Ja, so kam es manchmal. Während seiner Schulzeit hatte Björn sich auch einmal in ein Mädchen verliebt, das sich dann für einen seiner Freunde entschied. Die Beziehung zwischen den beiden dauerte nur ein paar Wochen, die Freundschaft aber war unwiderruflich zerstört gewesen.

»Ja, so etwas sollte eine gute Freundin nicht tun«, sagte Björn zu Jonna.

Jonna öffnete den Wigwam einen Spalt breit, sodass er ihr verweintes Gesicht sehen konnte. Prüfend schaute sie ihn an. »Meinst du das wirklich ernst?«

»Ja«, sagte er und nickte bestätigend. »Für die beste Freundin ist der Junge, den du liebst, absolut tabu. Das gilt übrigens auch umgekehrt.«

Sie schien abzuwägen, ob sie ihm glauben konnte. »Hast du das auch schon erlebt?«

»Meine Freundschaft mit Eric ist daran zerbrochen«, sagte er.

»Und war das auch die unglücklichste Zeit in deinem Leben?«, wollte Jonna wissen.

Björn ließ sich mit der Antwort Zeit. Unmöglich konnte er einem erst fünfzehnjährigen Mädchen erzählen, dass diese Erfahrung aus seiner Schulzeit nicht vergleichbar war mit dem, was er durchgemacht hatte, als Eivor ihn verließ. Es war ein Gefühl gewesen, als wäre ihm das Herz herausgerissen worden. Die Intensität dieses Schmerzes wurde ihm erst jetzt bewusst. All die Jahre hatte er sich hinter seiner Wut versteckt, um den Schmerz nicht spüren zu müssen.

»Du wirst dich wieder verlieben, Jonna«, sagte er und wich damit einer direkten Antwort aus. »Und dann wirst du feststellen, dass Liebe nicht nur wehtut, sondern sogar sehr schön sein kann.«

Während er sprach, hatte er das Gefühl, als würde in ihm etwas zerspringen, als könne er plötzlich freier atmen.

»Kommst du wieder mit nach unten, Jonna?«, bat er und streckte ihr die Hand entgegen. Jonna ergriff sie und ließ sich von ihm hochziehen.

Dann standen sie voreinander, und sie schaute zu ihm auf. »Danke«, sagte sie leise und senkte den Kopf.

»Es wird alles gut, Jonna«, sagte er freundlich und wechselte schnell das Thema, um es für sie beide einfacher zu machen. »Warum steht der Wigwam eigentlich hier oben auf dem Dachboden?«, fragte er. »Das wäre doch ein prima Spielzeug für Nils und Emelie.«

»Keine Ahnung«, sagte Jonna. »Papa hat ihn für Nils gekauft, weil er sich so auf seinen ersten Sohn gefreut hat. Daran erinnere ich mich noch. Aber seit seinem Tod steht er hier oben. Vielleicht weil Mama nicht ständig an Papa erinnert werden wollte.«

Das leuchtete Björn ein. Er wandte sich um und betrachtete den Schaukelstuhl. »Und was ist damit? Der wäre doch perfekt für die Veranda. Es muss traumhaft sein, da drin zu sitzen und leise zu schaukeln, während unter einem das Meer rauscht.«

Probehalber setzte sich Björn, schaukelte leicht, und

dann hörte er ein lautes Krachen. Er verlor den Halt, ruderte wie wild mit den Armen, konnte den Sturz aber nicht mehr verhindern.

Jonna schrie unterdrückt auf, als der Schaukelstuhl unter ihm zusammenbrach.

In dem verzweifelten Versuch, sich festzuhalten, riss Björn den Karton von der Truhe neben sich, und alles, was sich darin befand, verteilte sich auf dem Boden. Völlig verdattert saß Björn in den Trümmern des ehemaligen Schaukelstuhls. Er hatte noch nicht so recht registriert, was gerade mit ihm passiert war, als ein leises Kichern an sein Ohr drang.

Jonna hatte die Hand vor ihren Mund gepresst und versuchte, ihr Lachen zu unterdrücken. Björn musste ebenfalls lachen, und sie stimmte mit ein, konnte sich kaum noch beruhigen.

»Jetzt weiß ich, warum der Schaukelstuhl hier oben stand«, sagte Björn. Noch auf dem Boden sitzend begann er damit, die Sachen, die überall verstreut herumlagen, wieder in den Karton zu packen.

»Was ist das denn?« Er hielt ein Metallgebilde in die Höhe, das die Form eines Elchs hatte.

»Einer der Elche!«, stieß Jonna andächtig hervor. »Hier sind die also.« Sie durchsuchte den ganzen Kleinkram, der aus dem Karton gefallen war, bis sie sechs Metallteile vor sich liegen hatte: vier ganze und zwei halbe Elche. »Der hier ist zerbrochen«, sagte sie und hob die beiden halben Elche auf.

Björn rappelte sich auf und nahm sie ihr aus der Hand. Er drehte die Teile hin und her. »Was macht man damit?«

»Das sind Backformen«, erklärte Jonna. »Die sind noch von meinem Uropa, und ich kann mich daran erinnern, dass Mama jedes Jahr zu Weihnachten Elche gebacken hat, als ich ein Kind war.«

Björn nahm die letzten Worte schmunzelnd zur Kenntnis. So ganz war Jonna den Kinderschuhen noch nicht entwachsen, auch wenn sie das nicht wahrhaben wollte. Er machte aber nicht den Fehler, sie damit aufzuziehen. Stattdessen hielt er die Teile des zerbrochenen Elchs aneinander und sagte nachdenklich: »Ich glaube, das kann repariert werden.«

»Glaubst du wirklich?« Jonna klatschte begeistert in die Hände. »Mama würde sich so freuen. Als ich klein war, habe ich sie mal gefragt, warum es die Elche nicht mehr gibt, und da hat sie gesagt, sie hätte die Backformen verloren.«

Björn überlegte kurz, und dann glaubte er zu wissen, wie er zweierlei gleichzeitig in Ordnung bringen konnte. Mit Jonna, das wusste er, würde er von nun an klarkommen. Und dieses beginnende Einvernehmen konnte er noch vertiefen, indem er mit ihr zusammen etwas für ihre Mutter machte. Vielleicht kam er dann auch endlich mit Liv ein bisschen besser zurecht. »Was hältst du davon, wenn wir zusammen Elche backen und sie deiner Mutter ins Krankenhaus bringen?«, schlug er vor.

Jonna sprang auf. »Das ist eine tolle Idee!«, rief sie aus, dann verdüsterte sich ihr Gesicht. »Aber der große Elch ist noch nicht repariert.«

»Wenn wir die Teile aneinanderhalten und so in den Teig drücken, wird es schon gehen«, sagte Björn. »Ich habe weitaus größere Bedenken, was das Backen betrifft. Davon habe ich nämlich überhaupt keine Ahnung.«

»Aber ich«, sagte Jonna stolz. »Ich bin schließlich eine Bäckerstochter.«

»Sehr gut!« Björn grinste sie an. »Gemeinsam schaffen wir das.«

Jonna schaute auf die Elchformen. »Eigentlich werden die Elche aber nur zu Weihnachten gebacken. Mit Pfefferkuchenteig.«

Björn zuckte nur mit den Schultern.

Als sie zusammen zur Tür gingen, sagte Jonna: »Es tut mir übrigens leid, dass ich die ganze Zeit so doof zu dir war.« Sie wollte wahrscheinlich beiläufig klingen und zeigte schon dadurch, dass ihr die Entschuldigung nicht leichtfiel.

»Schon vergessen«, sagte Björn ebenso beiläufig, und dann gingen sie zusammen nach unten.

– 22 –

»Ich will endlich nach Hause«, sagte Liv genervt, als Dr. Norberg ihr den weiteren Behandlungsplan erklärte. »Anfang der Woche hieß es noch, in ein paar Tagen könne ich vielleicht entlassen werden. Und letzte Woche war es genauso.«

»Das hätte auch geklappt, wenn die Infektion nicht dazugekommen wäre«, sagte Dr. Norberg. »Wir müssen mit der Entlassung warten, bis die Entzündungswerte wieder im Normalbereich liegen.«

Liv nickte deprimiert. Als sie vorgestern die Diagnose bekommen hatte, war sie den Tränen nahe gewesen. Seit drei Wochen war sie im Krankenhaus, und die Zeit kam ihr allmählich endlos vor.

Selbst Frederikas Besuch eine Stunde später heiterte sie nicht auf. »Ich will nicht mehr hier sein!«, stieß sie hervor. »Ich will nicht mehr im Bett liegen! Ich will endlich mein altes Leben zurück!«

Frederikas Blick war nachdenklich. »War dein altes Leben wirklich so toll?«

Liv war sekundenlang sprachlos, dann füllten sich ihre Augen mit Tränen. Es traf sie bis ins Mark, dass Frederika etwas aussprach, was sie sich selbst nie eingestanden hätte.

Frederika schaute sie prüfend an. »Du sprichst nie über Lennart. Warst du nicht glücklich mit ihm?«

Liv schüttelte den Kopf, nickte gleich darauf. »Ich weiß es nicht«, seufzte sie. »Eigentlich war ich davon überzeugt,

185

dass wir beide glücklich sind. Mir hat es in unserer Ehe nie an etwas gefehlt.«

»Aber ihm?«

Liv zuckte mit den Schultern. »Muss wohl, sonst hätte er mich nicht mit einer anderen Frau betrogen, als ich mit Nils schwanger war.«

»Das tut mir leid«, sagte Frederika betroffen und legte ihre Hand auf Livs. »Das habe ich nicht gewusst.«

»Ich auch nicht«, sagte Liv mit tränenerstickter Stimme. »Ich habe es erst in der Nacht erfahren, als er tödlich verunglückt ist. Während ich zu Hause war, Elche gebacken und auf ihn gewartet habe, war er mit seiner Geliebten unterwegs.«

»Ich mag mir nicht einmal vorstellen, was du in dieser Zeit durchgemacht hast.« Frederika schüttelte den Kopf. »Was für ein Mistkerl!«

»Ja, und auch wieder nein«, sagte Liv. »Ich begreife bis heute nicht, wie er sich so verstellen konnte. Bis zu jener Nacht war ich davon überzeugt, dass ich den besten Ehemann der Welt habe. Ich habe ihn geliebt, und ich war sicher, dass er mich auch liebt. Er war ein hingebungsvoller Vater, und nichts deutete darauf hin, dass er ein Doppelleben führte.«

»Und was ist mit der Frau, mit der Lennart dich betrogen hat?«, wollte Frederika wissen. »Ist sie bei dem Unfall auch ums Leben gekommen?«

Liv presste die Lippen zusammen und schüttelte den Kopf.

»Hast du sie je kennengelernt?«

Liv zögerte. »Nicht persönlich«, sagte sie dann. »Ylva ruft

ständig an und will mit mir sprechen. Aber ich will von dieser Frau nichts wissen!«

Frederika schwieg einige Sekunden und sagte dann vorsichtig: »Vielleicht würde es dir aber helfen, mit ihr zu sprechen, um mit der Vergangenheit abzuschließen.«

Liv entzog Frederika ihre Hand. »Niemals«, sagte sie bestimmt. »Ich will diese Frau nicht sehen, und ich will nicht hören, was sie zu sagen hat.«

»Schon gut, Liv«, versuchte Frederika sie zu beschwichtigen. »Wenn du das partout nicht willst, werde ich auch nicht versuchen, dich zu überreden.«

Liv schüttelte den Kopf, Tränen liefen über ihre Wangen. »Ich kann diese Nacht einfach nicht vergessen«, sagte sie. »In meinen schlimmsten Träumen sucht sie mich immer wieder heim. Das schwere Gewitter, meine Angst um Lennart, der irgendwo da draußen war, dann der Blitzeinschlag in den Apfelbaum, die zerbrochene Elchform ...« Sie brach ab und wischte sich mit der Hand die Tränen aus dem Gesicht. »Nein!«, sagte sie entschlossen. »Ich will nicht darüber reden, ich will nicht mehr daran denken. Es ist vorbei.«

Frederika stand auf. »Es tut mir leid«, entschuldigte sie sich, »aber ich muss wieder in die Backstube. Mats hat eine Großbestellung vom Campingplatz bekommen und schafft das nicht alleine.«

Sie ging zur Tür, wandte sich aber noch einmal um. »Aber du irrst dich, Liv, es ist noch nicht vorbei«, sagte sie. »Es wird erst vorbei sein, wenn du lernst, zu verzeihen und wirklich mit allem abzuschließen.«

Liv sagte kein Wort.

Nach Frederikas Besuch schweiften Livs Gedanken immer wieder zurück in die Vergangenheit. Zurück zu dieser verhängnisvollen Nacht. Hätte sie doch bloß nicht mit Frederika darüber gesprochen!

Liv hielt es alleine in ihrem Zimmer nicht mehr aus. Sie hatte schon oft mit den Krücken geübt, und zu Hause musste sie auch alleine damit zurechtkommen, also umfasste sie mit beiden Händen das Gipsbein, hob es über den Bettrand und zog das andere Bein nach. Die Krücken lehnten am Fußteil des Bettes. Liv griff danach und wollte gerade aufstehen, als die Tür aufging und Jonna ins Zimmer kam.

Livs Gesicht leuchtete kurz auf, ein paar Augenblicke nur, bis dieser Mensch ihrer Tochter folgte.

»Hej«, sagte Björn und wirkte dabei verlegen. Glaubte Liv zumindest. Er war seit seinem unglückseligen Besuch vor etwas mehr als zwei Wochen nicht mehr da gewesen, weil er wahrscheinlich ebenso wenig Wert darauf legte, sie zu sehen, wie sie ihn.

»Hej«, erwiderte Liv steif.

Jonna kam auf sie zugelaufen, umarmte sie stürmisch, ließ sie wieder los und trat einen Schritt zurück.

Liv betrachtete ihre Tochter prüfend. »Ist alles in Ordnung mit dir?«

»Ja, klar«, sagte Jonna so hastig, dass Liv misstrauisch wurde.

»Ist wirklich alles okay?«, hakte sie nach.

Jonna senkte den Kopf, wischte sich mit der Hand über die Augen, dann schaute sie wieder auf und nickte. »Du musst dir wirklich keine Sorgen machen.«

Liv spürte, dass sie log. Mit Jonna stimmte etwas nicht. Ob das mit diesem Menschen zusammenhing?

Liv warf Björn einen bösen Blick zu und bemerkte erst jetzt, dass er etwas in den Händen hielt, das mit einem Handtuch bedeckt war.

Offenbar war Jonna ihrem Blick gefolgt. »Björn hat dir etwas ganz Tolles mitgebracht!«, rief sie und wirkte in ihrer sichtlichen Vorfreude wieder so unbekümmert und fröhlich, wie Liv sie am liebsten sah. »Du wirst überrascht sein.«

Björn kam langsam näher, drückte ihr eine der runden Tortenschachteln aus Pappe in die Hand, die sie in der Bäckerei benutzten, und zog das Handtuch hinunter.

Jonna hatte recht, sie war überrascht – und zwar ziemlich unangenehm überrascht. Auf einmal war alles wieder da, die Erinnerung überrollte sie regelrecht.

Die Nacht! Der Sturm! Der zerbrochene Elch! Lennarts Tod ...

Liv hatte beide Hände vor den Mund gepresst. Langsam löste sie sich aus ihrer Erstarrung, und eine unsagbare Wut auf diesen Menschen überflutete sie. Er zerstörte ihr ganzes Leben.

Sie packte die Schachtel mit den gebackenen Elchen mit beiden Händen. »Raus!«, brüllte sie Björn an. »Verschwinden Sie aus diesem Zimmer! Aus meinem Leben!«

Mit einer heftigen Bewegung schleuderte sie die Elche nach ihm. Die Kekse fielen auf den Boden und zerbrachen. Es war ihr völlig egal, dass nicht nur dieser Mensch, sondern auch Jonna sie entgeistert anstarrten.

Björn trat einen Schritt zurück, sein Blick glitt von ihrem Gesicht langsam zu den zerbrochenen Keksen auf dem Boden, dann drehte er sich abrupt um und verließ wortlos das Zimmer.

Erst als Liv zu ihrer Tochter schaute, wurde ihr klar, was sie angerichtet hatte.

Jonna war schneeweiß, Tränen liefen über ihre Wangen. Plötzlich stampfte sie wütend mit dem Fuß auf. »Du hast alles kaputt gemacht!«, schrie sie Liv an. »Wir haben uns so gefreut, weil wir dachten, wir machen dir eine Freude. Du bist richtig ... richtig ...«, sie stampfte noch einmal mit dem Fuß auf, »... richtig doof!« Damit stürmte auch sie aus dem Zimmer. Laut knallend ließ sie die Tür hinter sich zufallen.

Jetzt hatte dieser Mann auch noch Jonna auf seine Seite gebracht! Liv ballte die Hände zu Fäusten. »Oh, wie ich diesen Menschen hasse!«, stieß sie hervor.

Ihr Blick fiel auf die zerbrochenen Elchkekse auf dem Boden. Langsam lösten sich ihre Fäuste, sie spürte, wie sich ihre Augen mit Tränen füllten, und dann weinte sie, weinte um das, was schon vor Jahren in ihr zerbrochen war, und um alles, was Lennart und seine Geliebte für immer zerstört hatten.

»Einen Kuchen, den man verschenken will, zerbricht man nicht.«
(Schwedisches Sprichwort)

Pepparkakor
(zum Beispiel in Elchform)

Zutaten:

1,5 dl Sirup
3 dl brauner Zucker
3 dl Butter
2 Eier
½ kg Weizenmehl
1 ½ TL Bikarbonat (Natron)
1–2 TL Nelken
1 TL geriebene, ungespritzte Apfelsinenschale

Glasur:
2 dl Puderzucker
½ Eiweiß
Einige Tropfen Milch oder Wasser

Zubereitung:

Zucker mit der Butter verrühren, Sirup aufkochen und darübergeben. So lange rühren, bis die Masse abgekühlt ist. Eier und Gewürze dazugeben.

Das Bikarbonat in etwas kaltem Wasser lösen, das Mehl nach und nach zufügen. Alle Zutaten zu einem Teig verkneten und über Nacht ruhen lassen.

Den Teig ausrollen und Figuren ausstechen. Bei 200 bis 225 °C ca. 5 bis 7 Minuten backen.

Für die Glasur Puderzucker, Eiweiß und Flüssigkeit verrühren. Muster und Figuren auf die Pfefferkuchen spritzen.

– 23 –

Björn hatte das Krankenhaus sofort verlassen, war zum Parkplatz gegangen und hatte sich in sein Auto gesetzt. Er zitterte am ganzen Körper und begriff immer noch nicht, was er jetzt schon wieder falsch gemacht hatte. Je mehr er sich bemühte, umso schlimmer wurde die Situation zwischen dieser Frau und ihm.

Jonna kam kurz nach ihm. Sie öffnete die Beifahrertür, setzte sich und starrte wie er erst einmal aus dem Fenster.

»Es tut mir leid«, sagte sie irgendwann.

Björn wandte ihr den Kopf zu und bemühte sich um ein Lächeln. »Du kannst doch nichts dafür.«

»Du aber auch nicht«, erwiderte sie heftig. »Ich weiß überhaupt nicht, was mit Mama los ist. Wir wollten ihr doch nur eine Freude machen.«

Björn zuckte mit den Schultern. Seit Jonna neben ihm saß, kam er allmählich zur Ruhe. Ihm dämmerte, dass die Elche nicht zufällig in dem Karton auf dem Dachboden gelegen hatten.

»Ein Blumenstrauß wäre vielleicht besser gewesen.« Er grinste schwach. »Noch besser wäre es, wenn ich mich überhaupt nicht mehr im Krankenhaus blicken lasse. Mach dir keine Gedanken, Jonna, es war nicht deine Schuld. Deine Mutter und ich ...« Er brach ab, weil er nicht wusste, wie er sich ausdrücken sollte.

Auf keinen Fall wollte er vor Jonna schlecht über ihre Mutter reden, auch wenn Liv es eben geschafft hatte, seine

Abneigung ihr gegenüber noch zu steigern. Dabei hätte er nach seinem letzten Besuch im Krankenhaus nicht geglaubt, dass das möglich wäre. Er hatte in seinem ganzen Leben noch keinen Menschen getroffen, der ihm so zuwider war wie die Mutter der Kinder, die er zurzeit betreute. Unglaublich, dass diese Frau drei so reizende Kinder hatte! Sie mussten alle drei nach dem Vater kommen – zum Glück!

»Björn?«, drang Jonnas zaghafte Stimme in seine Gedanken. Sie wirkte eingeschüchtert. »Du siehst auf einmal schrecklich böse aus.«

»Ich bin nicht böse«, versicherte Björn. »Jedenfalls nicht auf dich. Sollen wir nach Hause fahren, oder möchtest du noch einmal zu deiner Mutter? Ich warte dann so lange im Auto.«

»Heute nicht mehr.« Jonna schüttelte den Kopf. »Lass uns fahren.«

Björn erwähnte den Vorfall im Krankenhaus nicht mehr. Er hatte keine Ahnung, ob Frederika von Jonna oder Liv davon erfahren hatte. Sie kam abends zu ihm auf die Terrasse, als die beiden Kleinen schon im Bett lagen. Jonna hatte die letzte Gassirunde mit Knut übernommen.

Björn saß vor dem aufgeklappten Notebook und bemühte sich, aus den Fragmenten in seinem Kopf eine Story zu basteln, als Frederika sich zu ihm gesellte. Sie schien nicht einmal zur Kenntnis zu nehmen, dass er tatsächlich arbeitete. Oder es zumindest versuchte.

Sie ging um den Tisch herum und setzte sich ihm gegenüber. »Was war das heute wieder zwischen dir und Liv?«, fragte sie.

»Liv spinnt«, erwiderte er. In den letzten Stunden hatte er

sich immer wieder Gedanken darüber gemacht, dass er mit seiner Aktion möglicherweise alte Wunden aufgerissen hatte. Aber Livs Reaktion war trotzdem vollkommen daneben gewesen.

»Erzähl«, forderte Frederika ihn auf.

Björn lehnte sich grinsend zurück und verschränkte die Arme hinter dem Kopf. »Wozu?«, fragte er provozierend. »Offensichtlich kennst du die Geschichte doch schon. Liv hat wohl keine Zeit verloren und sich bei dir über mich beschwert.«

»Jonna hat es mir erzählt«, sagte Frederika kühl.

Björn nahm die Arme herunter und sagte knapp und ebenso kühl wie sie: »Ich wollte Liv eine Freude machen, aber das kam offensichtlich nicht gut an. Das war's.«

Frederika sagte nichts, schaute ihn nur an.

»Was ist?« Björn fühlte sich unbehaglich und ärgerte sich darüber, dass Frederika dieses Gefühl in ihm auslöste. »Ich verspreche dir, ich werde nie wieder versuchen, ihr eine Freude zu machen. Ist die Sache damit erledigt?«

Frederika ging nicht auf ihn ein, sondern wechselte das Thema. »Wir müssen uns überlegen, wie es weitergeht, wenn Liv nach Hause kommt.«

»Was gibt es da noch zu überlegen?«, brummte Björn unwillig. »An dem Tag, an dem diese Frau über die Schwelle marschiert ...« – er setzte ein gehässiges Grinsen auf und verbesserte sich – »... oder vielmehr humpelt, packe ich meine Sachen und haue ab nach Stockholm.«

»Und die Kinder?« Genau damit traf sie seinen wunden Punkt, und ihre funkelnden Augen verrieten, dass sie das genau wusste.

»Die Kinder haben ja dann ihre Mutter wieder und brauchen mich nicht mehr«, erwiderte er betont gleichgültig.

Frederika zog eine Augenbraue in die Höhe. »Das ist nicht dein Ernst, mein Lieber. Es wird noch eine Weile dauern, bis Liv nicht mehr auf Hilfe angewiesen ist.«

Björn holte tief Luft, weil er so ruhig wie möglich antworten wollte. »Diese Frau und ich, wir können einfach nicht miteinander, Frederika. Wie stellst du dir das vor? Soll ich weiter in diesem Haus bleiben? Wir sind schon bei den kurzen Begegnungen im Krankenhaus aneinandergeraten. Glaubst du wirklich, dass wir vierundzwanzig Stunden am Tag unter einem Dach leben können, ohne dass es zu einer Katastrophe kommt?«

»Ich weiß keine andere Lösung«, sagte Frederika leichthin. »Aber du kannst dich natürlich auch in deinen Wagen setzen und einfach verschwinden. Das wäre die einfachste Lösung.«

»Die für mich einfachste Lösung«, sagte Björn aufgebracht. »Das willst du doch damit sagen.«

Frederika schüttelte den Kopf. »Nein, für dich wäre es keine einfache Lösung, sondern nur die naheliegendste. Du musst selbst wissen, was du tust.«

Björn starrte sie an. »Was soll ich denn jetzt mit dieser Antwort anfangen? Weißt du eigentlich, dass du dich völlig verändert hast, seit wir in Norrfällsviken angekommen sind?«

Frederika lächelte sanft. »Ich bin zum ersten Mal seit vielen Jahren wieder ganz ich selbst, und ich habe das Gefühl, dass auch du hier langsam zu dir selbst findest. Aber vielleicht brauchst du noch eine Weile, um das zu bemerken.«

Verwirrt starrte Björn sie an. Er wusste nicht, was er darauf sagen sollte.

»Natürlich kannst du nach Stockholm zurückkehren.« Frederika stand auf und schob den Stuhl, auf dem sie gesessen hatte, unter den Tisch. Dabei sah sie ihm unverwandt in die Augen. »Wenn du glaubst, dass dich das Leben, das du dort geführt hast, glücklich macht, halte ich dich nicht auf. Es ist deine Entscheidung.«

»Mit den entsprechenden Konsequenzen«, sagte Björn bitter. »Du willst dann nichts mehr von mir wissen und wirst nicht mehr als meine Agentin arbeiten.«

»Ich werde sowieso nicht mehr als deine Agentin arbeiten.« Frederika schaute ihm offen ins Gesicht. »Ich werde in Norrfällsviken bleiben und die Leitung der Agentur meiner Assistentin überlassen. Sie wird zukünftig auch dich betreuen, sofern du irgendwann mal wieder ein Manuskript ablieferst.«

Björn brauchte einen Moment, um diese Information zu verdauen. »Du gibst die Agentur auf?«, fragte er ungläubig. »Weil du hier deine Bestimmung als Bäckerin wiederentdeckt hast?«

»Weil ich festgestellt habe, dass es nichts bringt, mit der Vergangenheit zu hadern und sich immer wieder zu fragen, was gewesen wäre, wenn sich alles anders entwickelt hätte. Und weil ein Leben nicht sehr viel Sinn hat, wenn man immer nur dem Erfolg hinterherjagt und es keinen Menschen mehr gibt, der sich mit einem über das, was man erreicht hat, freuen kann.«

»Herzlichen Glückwunsch«, sagte Björn ironisch, »obwohl ich wirklich nicht weiß, wozu ich dir eigentlich gratulieren soll. Du hattest alles in Stockholm ...«

»Ich hatte nichts in Stockholm«, fiel Frederika ihm ins Wort. »Alles, was ich brauche, habe ich hier.«

Ein liebevolles Lächeln zeichnete sich auf ihrem Gesicht ab, als sie an Björn vorbei zur Verandatür schaute. »Villiam, mein Lieber, da bist du ja!«

Der alte Mann strahlte sie an. »Frederika«, sagte er, was Björn verwunderte. Er hatte nur wenig Kontakt mit Livs Vater gehabt, aber meistens erkannte der alte Mann nicht einmal seine Familie.

»Die Backstube ist sauber«, sagte Villiam. »Können wir jetzt gehen?«

Frederika nickte. Sie ging um den Tisch herum und griff nach Villiams Hand. »Wir gehen nach Hause«, sagte sie und warf Björn noch ein kurzes »Gute Nacht« zu.

Björn drehte sich um und sah den beiden nach, wie sie Hand in Hand das Haus betraten. Irgendwie rührte ihn das Bild, während Frederikas Worte in ihm nachklangen. Dann schüttelte er den Kopf und versuchte, sich wieder auf seine Arbeit zu konzentrieren.

Es gelang ihm nicht.

Er starrte auf den Monitor, schrieb einen Satz, löschte ihn wieder. Dann schrieb er den nächsten Satz, aber es führte zu nichts. Diese Story wollte einfach keine Gestalt annehmen.

»Verdammt, Frederika!«, fluchte er leise. »Warum machst du das mit mir?« Verzweifelt starrte er auf den letzten geschriebenen Satz, ohne ihn wirklich wahrzunehmen.

»Nils weint!«

Emelie stand vor ihm, in ihrem niedlichen Nachthemd, einen Teddybären fest an sich gepresst. Björn brauchte eine Weile, um den Sinn ihrer Worte zu erfassen.

»Warum?« Er stand bereits auf, während er fragte.

»Nils sagt, der Bär wäre in seinem Zimmer gewesen.«

Nils und der Bär! Björn seufzte tief, folgte dem Mädchen aber zum Zimmer des Jungen.

Nils hatte sich die Decke bis über den Kopf gezogen. Er weinte so herzerweichend, dass sein ganzer kleiner Körper zitterte.

Björn setzte sich auf den Rand des Bettes und zog die Decke vorsichtig vom Gesicht des Jungen. »Hier ist kein Bär«, sagte er sanft.

»Er war aber da«, schluchzte Nils. Seine Nase lief, sein Gesicht war tränenverschmiert.

»Quatsch!«, sagte Emelie grob. Natürlich war sie Björn gefolgt, schon aus Neugierde. Sie stand in der Tür, ihren Teddybären immer noch an sich gepresst, und grinste ihren Bruder überheblich an. Sie hob den Teddy mit beiden Händen hoch. »Oder meinst du meinen Bären?« Sie kicherte. »Du Dummkopf!«

Björn packte zu, als der Junge aus dem Bett klettern wollte, um sich auf seine Schwester zu stürzen, und hielt das zappelnde Bündel fest. »Hör auf, deinen Bruder zu ärgern!«, sagte er streng zu Emelie, die daraufhin beleidigt schmollte. »Und du bleibst ganz ruhig liegen«, forderte er Nils auf. Der Junge gehorchte tatsächlich.

Björn zog sein Taschentuch aus der Hosentasche, wischte ihm die Tränen aus dem Gesicht und putzte ihm sogar die Nase, trotz des leichten Ekels, den er dabei empfand. Wenn ihm das jemand vor ein paar Wochen gesagt hätte ...

Ich habe das Gefühl, dass auch du hier langsam zu dir selbst findest. Aber vielleicht brauchst du noch eine Weile, um das zu bemerken. Frederikas Worte ließen Björn keine Ruhe.

Verdammt, Frederika, lass mich in Frieden!, antwortete er in Gedanken und versuchte, sich wieder ganz auf die Kinder zu konzentrieren.

»Ihr beide geht jetzt schön wieder ins Bett«, sagte er so ruhig wie möglich. »Wenn du willst«, fügte er an Nils gewandt hinzu, »lasse ich die Tür auf und das Licht im Flur brennen.«

Nils nickte zaghaft. Er schluchzte leise und fragte: »Kannst du mal gucken, ob sich der Bär unter meinem Bett versteckt hat?«

Björn holte ganz tief Luft, dann ließ er sich auf dem Boden nieder und schaute unter das Bett. »Kein Bär da«, versicherte er, als er sich wieder aufrichtete.

»Und im Kleiderschrank?«, fragte der Junge mit ganz kleiner, ängstlicher Stimme.

Björn sah, wie Emelie wieder zu grinsen begann und ihr Mund sich öffnete. Mit einem Blick brachte er sie zum Schweigen, bevor sie etwas sagen konnte. Er stand auf und öffnete die Türen des Kleiderschranks so weit, dass auch Nils von seinem Bett aus reinschauen konnte. »Siehst du, es ist kein Bär da.«

Nils nickte und kuschelte sich ganz tief unter seine Bettdecke.

»Kannst du jetzt wieder schlafen?«, fragte Björn.

Der Junge schüttelte den Kopf.

Björn unterdrückte einen entnervten Seufzer. »Was kann ich denn noch für dich tun?«, fragte er. »Soll ich dir etwas zu trinken holen?«

Nils schüttelte den Kopf und richtete sich dabei leicht auf. »Kannst du mir eine Geschichte erzählen?«

Auch das noch! Er konnte schon lange keine Geschichten mehr erzählen, und inzwischen war er nicht mehr einmal sicher, ob er das überhaupt je wieder können würde.

»Was soll ich dir denn erzählen?«, fragte er, um Zeit zu gewinnen.

»Erzähl ihm doch was über Bären«, witzelte Emelie.

Björn fuhr herum, warf ihr einen scharfen Blick zu, weil sie ihren Bruder schon wieder aufziehen wollte, und gleichzeitig entstand die Idee in seinem Kopf. Klar und deutlich hatte er die Geschichte vor Augen.

Björn wandte sich wieder Nils zu. »Okay«, sagte er, »ich erzähle dir etwas von einem Bären.« Er setzte sich zu Nils auf die Bettkante und schaute den Jungen an.

»Wie heißt der Bär?«, fragte Nils mit großen Augen.

»Björn, der Bär«, sagte Emelie im Hintergrund, und es klang immer noch so, als wolle sie sich über Nils und jetzt auch über Björn lustig machen.

»Genau«, griff Björn diesen Vorschlag auf. »Der Bär heißt Björn, und er ist ein Schutzbär.«

»Schutzbär! So ein Quatsch«, sagte Emelie.

Björn schaute sie mit erhobenen Brauen an. »Erzähle ich die Geschichte oder du?«

Emelie grinste nur frech.

Björn wandte sich wieder Nils zu. »Also, es geht um Björn, den Schutzbären, der immer dann auftaucht, wenn ein kleiner Junge Hilfe braucht ...«

»Wie heißt der Junge?«, wollte Nils wissen.

»Blödmann, der heißt natürlich Nils!«, sagte Emelie aus dem Hintergrund.

Björn ignorierte diesmal den Einwand des Mädchens, weil es Nils zu gefallen schien, dass der kleine Junge in Björns Geschichte seinen eigenen Namen tragen sollte.

»Ja?«, fragte er begeister. »Heißt er Nils, so wie ich?«

»Okay«, sagte Björn und begann zu erzählen. Von dem kleinen, vaterlosen Nils, der sich oft einsam und verloren fühlte und den alle auslachten, weil er immer einen Bären sah, den andere nicht wahrnahmen. Und dann plötzlich tauchte der kleine Nils in eine Abenteuergeschichte ein.

Der echte Nils hing an Björns Lippen.

Auch Emelie hörte gebannt zu. »Darf ich zu dir ins Bett?«, fragte sie Nils, als Björn eine kurze Atempause machte. »Meine Füße sind ganz kalt.«

Nils nickte und rutschte zur Seite.

Emelie legte sich neben ihn und deckte sich selbst und ihren Bruder fürsorglich mit der Decke zu. »Erzähl weiter«, forderte sie Björn auf.

Björn vergaß während des Erzählens alles um sich herum. Und die Geschichte war immer noch nicht zu Ende erzählt. Irgendwann bemerkte er, dass Jonna am Türrahmen lehnte und ebenfalls zuhörte.

Schließlich schliefen die beiden Kleinen ein. Ein seliges Lächeln hatte sich auf Nils' Gesichtchen ausgebreitet. Emelie war halb aus dem Bett gerutscht. Sie hielt mit der einen Hand immer noch den Teddybären umklammert und hatte den Daumen der anderen in den Mund gesteckt.

Björn hob sie vorsichtig hoch und trug sie in ihr Zimmer, während Jonna das Licht in Nils' Zimmer ausschaltete und leise die Tür schloss. Er brachte Emelie in ihr Bett und ging auf Zehenspitzen zurück in den Flur, wo er mit Jonna zusammentraf.

»Das war eine richtig spannende Geschichte«, sagte sie. »Schade, dass die Kleinen eingeschlafen sind, bevor sie zu Ende war.«

Björn lächelte. »Ich bin selbst überrascht«, sagte er.

»Frederika hat mir erzählt, dass du Schriftsteller bist«, sagte Jonna. »Was schreibst du denn für Bücher?«

»In den letzten Jahren habe ich überhaupt nicht mehr geschrieben«, gab er ehrlich zu. »Davor waren es düstere Thriller, massenhaft Morde und literweise Blut. Also nichts für junge Mädchen wie dich«, neckte er sie.

Jonna schaute ihn ernst an. »Warum schreibst du keine Kinderbücher?«, fragte sie. »Oder Bücher für Jugendliche? Sogar ich würde das Buch vom kleinen Nils und dem Schutzbären lesen.«

Björn starrte sie an. Das Setting, an dem er jetzt schon seit Wochen feilte, war gut, selbst einige der Charaktere, die er in den letzten Wochen entworfen hatte, mochte er. Nur die Geschichten, die er skizzierte, hatten allesamt nicht gepasst.

Björn legte Jonna beide Hände auf die Schultern. »Danke, Jonna!«, stieß er überwältigt hervor. »Du bist ein Genie! Und dieser Typ, der mit deiner Freundin rumknutscht, ist ein richtiger Idiot, weil er nicht begriffen hat, was für ein tolles Mädchen du bist.«

»Ich habe ihn schon fast vergessen«, rief Jonna ihm leise nach, als er die Treppe hinuntereilte.

Björn hatte nur noch ein Ziel: Raus auf die Veranda, wo

sein Notebook auf ihn wartete. Er begann zu schreiben, kaum dass er saß. Nur das Rauschen der Wellen und das Klackern der Tastatur waren zu hören. Das Mondlicht zauberte silberne Reflexe auf die Wasseroberfläche, die sich zerteilten, wenn die Wellen sich fortbewegten.

Björn sah es nur gelegentlich, wenn er den Kopf hob, um über eine seiner Formulierungen nachzudenken. Es war, als würde das Wasser seine Gedanken forttragen, auseinanderpflücken und wieder zusammensetzen, bis er den Kopf wieder über die Tastatur beugte und weiterschrieb. Er vergaß Raum und Zeit um sich herum.

– 24 –

Da durfte sie endlich wieder nach Hause und sollte ausgerechnet mit Björn Bjerking unter einem Dach leben! Am liebsten hätte Liv ihn telefonisch aufgefordert zu verschwinden.

»Nur zu«, ermunterte Frederika sie, »wenn dir dein Egoismus wichtiger ist als das Wohlergehen deiner Kinder.«

»Wie kannst du mir so etwas unterstellen?« Liv starrte Frederika ein paar Sekunden wütend an und fügte dann hinzu: »Ich zum Beispiel würde nie einfach weggehen und ein kleines Mädchen im Stich lassen.«

Frederika schien diese Anspielung nur zu gut zu verstehen. »Ich bin nicht deine Mutter, Liv«, sagte sie leise. »Ich wusste, dass es dir bei deinem Vater gut geht. Ich habe dich also nicht im Stich gelassen.«

»Ich habe es aber so empfunden«, sagte Liv hart. »Erst du, dann Lennart ...« Sie brach ab.

»Du stellst mich mit deinem Mann auf eine Stufe?« Frederika schaute sie verletzt an. »Okay, womöglich habe ich das verdient, ich weiß es nicht. Aber vielleicht tröstet es dich ja, zu hören, dass ich mit meiner Entscheidung damals nicht glücklich geworden bin.«

Livs Wut wich einem schlechten Gewissen. Es war nicht fair, ihren Ärger an Frederika auszulassen. »Es tut mir leid«, sagte sie leise. »Es ist nur so ... Ich weiß auch nicht, wie ich es ausdrücken soll ... Wenn ich an diesen Menschen denke, mit dem ich demnächst zusammenwohnen soll, wird mir richtig schlecht. Und offensichtlich bin ich die Einzige, die erkennt, was das für ein Typ ist. Die Kleinen sind leicht zu beeinflussen, aber selbst Jonna fährt inzwischen voll auf den ab. Björn hier, Björn da«, äffte Liv ihre Tochter nach.

Frederika runzelte die Stirn. »Vielleicht bist du auch die Einzige, die nicht erkennt, dass Björn völlig in Ordnung ist.«

Liv wollte dieses Argument nicht gelten lassen. Sie wagte es aber auch nicht, ihrem Ärger über Björn Bjerking weiter Luft zu machen, denn Frederika wirkte zunehmend gereizt. »Vielleicht verschwindet er ja ganz von selbst«, sagte sie hoffnungsvoll. »Ich kann mir nämlich nicht vorstellen, dass er große Lust auf ein Zusammenleben mit mir hat.«

»Hat er auch nicht«, erwiderte Frederika prompt. »Daraus macht Björn überhaupt keinen Hehl. Es geht ihm ausschließlich um die Kinder. Er hängt an ihnen, und sie hängen an ihm. Vielleicht kann dich das ja dazu veranlassen, über deinen Schatten zu springen.«

»Du schaffst es wirklich, dass ich mich schuldig fühle, obwohl sich dieser Mann mir gegenüber völlig unmöglich benommen hat«, sagte Liv aufgebracht.

»Wenn du die Sache mit den Elchkeksen meinst, finde ich dein Verhalten ihm gegenüber allerdings auch unmöglich.«

Liv lachte freudlos auf. »Natürlich! Er ist sofort zu dir gerannt und hat es dir erzählt.«

»Björn hat überhaupt nichts gesagt«, erwiderte Frederika mit einer Ruhe, die Liv erst recht aufbrachte. »Ich weiß es von Jonna«, fuhr Frederika fort. »Das Mädchen war ziemlich verstört.«

Seit dieser Mensch in ihr Leben getreten war, schwankte Liv zwischen Wut und schlechtem Gewissen. Aber plötzlich war da noch ein drittes Gefühl, das sie wie ein wildes Tier ansprang: Panik! Morgen würde sie zu Hause bei ihren Kindern sein – zusammen mit diesem unmöglichen Typen!

»Wie soll das alles funktionieren?«, brach es aus ihr heraus. »Wie soll ich mit diesem Menschen klarkommen? Ich wüsste nicht einmal, worüber ich mit ihm reden soll.«

»Oh Mann, Liv, jetzt beruhige dich doch erst einmal!«, fuhr Frederika sie an. »Warum lässt du nicht einfach alles auf dich zukommen?«

Liv schüttelte nur den Kopf und verfiel in trübsinniges Schweigen.

»Okay, Liv«, sagte Frederika. Offensichtlich verlor sie allmählich die Geduld. »Ich hole dich dann morgen ab. Du kannst mich ja noch anrufen und mir die genaue Zeit mitteilen. «

Liv nickte und schaute Frederika beklommen nach, als diese zur Tür ging. Sie hätte ihr gerne noch etwas Versöhnliches nachgerufen, aber der Kloß in ihrem Hals war so dick, dass sie kein Wort herausbrachte.

Liv war fertig. Inzwischen kam sie mit ihren Krücken so gut zurecht, dass sie sich alleine waschen und anziehen konnte. Auch ihre Reisetasche hatte sie gepackt, und jetzt saß sie auf dem Bett und wartete darauf, abgeholt zu werden.

Sie hatte in der vergangenen Nacht kaum geschlafen und immer wieder versucht, sich vorzustellen, wie es ab heute zu Hause sein würde. Die Bilder, die sich in ihrem Kopf abspielten, waren alles andere als erfreulich, und sie verbat sich weitere Überlegungen – um dann wieder von vorn anzufangen.

Irgendwie musste es ihr gelingen, in den nächsten Tagen mit diesem Menschen klarzukommen, der sich in ihrem Haus eingenistet hatte. Liv wurde klar, dass seine Anwesenheit sie nicht nur störte, weil er ihr unsympathisch war. Selbst wenn sie ihn auf einmal nett finden würde – was natürlich völlig ausgeschlossen war –, würde ihr seine Anwesenheit missfallen.

Seit Lennarts Tod, oder vielmehr, seit sie von seinem Verrat erfahren hatte, war ihr Haus ihr Bollwerk gegen alles gewesen, was von außen kam und ihre Familie bedrohte. Nur sie, ihre Kinder und ihr Vater gehörten in dieses Haus. Nie wieder wollte sie einen anderen Menschen dort auch nur dulden. Schon gar keinen Mann. Nie wieder Schmerz und Verletzung zulassen ...

Obwohl Liv schon gewartet hatte, zuckte sie erschrocken zusammen, als es an der Tür klopfte.

Frederika kam ins Zimmer, lächelte freundlich und ließ sich nicht anmerken, dass sie gestern voller Ärger das Krankenhaus verlassen hatte. »Bist du bereit?«, fragte sie.

»Ja«, sagte Liv.

Nein!, schrie alles in ihr, aber das wagte sie nicht zu sagen. Sie wollte keine weitere Diskussion mit Frederika über diesen angeblich ach so tollen Björn. Sie wollte den ersten, besonders unangenehmen Moment des Zusammentreffens mit ihm so schnell wie möglich hinter sich bringen. Sobald sie dazu in der Lage war – und Liv war fest entschlossen, diesen Zeitpunkt in ganz naher Zukunft herbeizuführen –, würde sie sich artig bei ihm bedanken und ihn bitten, ihr Haus zu verlassen. Vielleicht nächste Woche schon?

»Woran denkst du?«, fragte Frederika.

»An nichts«, log sie, stützte sich auf ihre Krücken, während Frederika ihre Reisetasche vom Bett nahm, und humpelte zur Tür. Von Dr. Norberg und Schwester Hilla hatte sie sich bereits gestern verabschiedet, die beiden hatten an diesem Samstag keinen Dienst.

Auf dem Parkplatz führte Frederika sie zu einem Wagen, den sie nicht kannte.

»Dein Auto?«, fragte Liv.

Frederika schüttelte den Kopf. »Björn hat es mir geliehen.«

Liv sagte nichts dazu. Um zur Beifahrertür zu gelangen, musste sie vorn um das Auto herumgehen, und dabei sah sie die Beule. Genau da musste der Wagen sie erwischt haben. Sie blieb stehen, starrte darauf und spürte die Gänsehaut auf ihrem ganzen Körper.

»Was ist?« Frederika hatte Livs Reisetasche inzwischen im Kofferraum verstaut und stand neben der geöffneten Fahrertür. »Soll ich dir beim Einsteigen helfen?«

»Ich schaffe das schon«, murmelte Liv und humpelte zur Beifahrerseite. Sie konnte die Tür öffnen, schaffte es, sich auf den Sitz fallen zu lassen, und hob umständlich ihr verletztes Bein in den Wagen. Nur die Krücken waren im Weg.

Frederika kam um den Wagen herum, nahm die Krücken und legte sie auf den Rücksitz. Dann beugte sie sich zu ihr herunter und sagte: »Verdammt, Liv, jetzt nimm endlich einmal Hilfe an, wenn sie dir angeboten wird! So schwer kann das doch nicht sein.«

Bevor Liv etwas sagen konnte, hatte Frederika die Beifahrertür zugeschlagen.

Der Empfang zu Hause war überwältigend. Die Kinder hatten den Eingangsbereich mit bunten Bändern und Blumen geschmückt. *Herzlich willkommen!* stand auf einem großen Pappschild an der Tür, umrankt von gemalten Blumen und Zeichnungen, die eindeutig als die Werke der beiden Kleinen zu identifizieren waren.

Liv stand vor dem Haus und kämpfte mit Tränen der Rührung. Plötzlich wurde die Tür aufgerissen, und alle drei Kinder stürmten nach draußen, voran die beiden Kleinen, die sich auf sie stürzten, gefolgt von Jonna. Dazwischen Knut, der winselnd und bellend um Liv herumlief und immer wieder versuchte, an ihr hochzuspringen.

»Endlich, Mama!«, rief Emelie.

»Endlich, Mama!«, wiederholte Nils die Begrüßung seiner Schwester, aber so laut, dass ihn garantiert auch die gesamte Nachbarschaft hören konnte.

Jonna kam zögernd näher. »Schön, dass du wieder zu Hause bist«, sagte sie und umarmte Liv, ließ sie aber ganz schnell wieder los.

Seit dieser Sache mit den Keksen war das Verhältnis zwischen ihnen angespannt. Sie bemühten sich beide, sich nichts anmerken zu lassen, aber es war etwas zwischen sie getreten, was sich nicht so einfach beiseiteschieben ließ. Auch daran war dieser Mensch schuld.

Liv schüttelte diesen Gedanken ganz schnell wieder ab, bevor erneut Bitterkeit in ihr aufstieg. Zumindest das erste Wiedersehen mit ihren Kindern sollte ungetrübt bleiben.

Björn ließ sich in diesen ersten Minuten ihres Nachhausekommens nicht blicken. Erst als Liv ins Haus humpelte, umringt von Kindern und Hund, tauchte er auf. Er kam aus der Küche und blieb in der Tür stehen. Seine Miene war unergründlich, aber die Spannung, die sofort in der Luft lag, war mit Händen zu greifen.

»Hej«, grüßte Björn.

»Hej« war auch alles, was Liv darauf antwortete.

Dann machte sich betretene Stille breit. Selbst Knut schien zu spüren, dass etwas nicht stimmte. Er setzte sich auf sein Hinterteil und betrachtete aufmerksam die Gesichter der Menschen um ihn herum.

Frederika brach als Erste das Schweigen. »Das duftet ja köstlich«, sagte sie. »Habt ihr auch alle so einen Hunger wie ich?«

Nils umklammerte Livs unverletztes Bein und brachte sie damit fast zu Fall. Er schaute zu ihr auf. »Der Björn hat Köttbullar für dich gekocht«, krähte er und vertraute ihr dann in geheimnisvollem Ton an: »Das ist nämlich das Einzige, was der Björn richtig gut kochen kann, und die Kerstin hat ihm geholfen.«

»Geholfen«, verbesserte Emelie automatisch. »Aber das stimmt, was der Nils sagt. Das schmeckt nicht alles, was der Björn kocht.«

»Verhungern mussten wir trotzdem nicht«, sagte Jonna schnell. »Ein bisschen kochen kann ich ja auch schon.«

Es beunruhigte Liv, dass ihre Große offensichtlich das Gefühl hatte, diesen Menschen in Schutz nehmen zu müssen. Oder war es noch viel schlimmer, als sie befürchtet hatte?

211

Sie bemerkte, dass Jonna und er sich zulächelten. Konnte es sein, dass ihre Tochter sich in ihn verliebt hatte? Sie war ein junges, beeinflussbares Mädchen, und Björn Bjerking, was immer für ein Typ er auch war, sah ganz gut aus. Das musste selbst Liv zugeben. Außerdem – das hatte sie der Illustrierten entnommen – schien er sich sehr gut darauf zu verstehen, junge Frauen für sich einzunehmen ...

... und auszunutzen!

Sie würde die beiden keine Sekunde aus den Augen lassen, das nahm Liv sich fest vor. Sie atmete ganz tief durch und hatte das Gefühl, dass das Lächeln auf ihrem Gesicht, um das sie sich vor allem wegen der Kinder bemühte, inzwischen ziemlich verkrampft und aufgesetzt wirken musste.

»Mats und Kerstin kommen auch zum Essen«, sagte Frederika. »Das Café und die Bäckerei bleiben zur Feier des Tages über die Mittagszeit geschlossen.« Fragend wandte sie sich an Liv. »Das ist dir doch recht?«

Natürlich war es ihr recht. Je mehr Leute heute dabei waren, umso leichter wurde es ihr gemacht. Sie nickte zustimmend.

Kurz darauf kamen Mats und Kerstin. Beide umarmten sie und brachten ihr einen wunderschönen Blumenstrauß mit.

Jonna hatte den großen Tisch auf der Veranda gedeckt. Sie saß direkt neben Björn Bjerking, sodass Liv, die genau gegenüber platziert wurde, die beiden gut beobachten konnte. War da etwas zwischen ihnen? Hatte Jonna sich wirklich in den Schriftsteller verliebt? Und was war mit ihm? Würde er nicht einmal davor zurückschrecken, sich einem Teenager zu nähern?

Nein, wenn Liv ehrlich war, fiel ihr nichts Verdächtiges auf. Die beiden unterhielten sich, lachten ungezwungen miteinander, aber nichts deutete auf ein engeres Verhältnis hin.

Links neben Björn saß Nils, Emelie rechts neben Jonna.

Liv saß ihnen gegenüber, zwischen Frederika und Kerstin. Mats und Villiam hatten an den Kopfenden Platz genommen. Ihr Vater hatte Liv nicht erkannt, wirkte aber ziemlich zufrieden und schien zumindest zu wissen, wer Frederika war.

Der Tisch war ebenso mit Blumen und bunten Bändern geschmückt wie der Eingangsbereich. Die Sonne schien von einem tiefblauen Himmel, das Meeresrauschen, das so allgegenwärtig war, dass Liv es normalerweise nicht mehr hörte, bildete die perfekte akustische Kulisse, untermalt vom Lachen ihrer Freunde und der Kinder. Alles könnte so schön sein, wenn nicht ...

Ja, was eigentlich?

Es reicht, Liv, ermahnte sie sich selbst. Alles ist in Ordnung, und du musst jetzt keine Probleme schaffen, wo keine sind. Sie lehnte sich zurück und versuchte sich zu entspannen.

»Ich habe mir überlegt, dass ich in den nächsten Tagen zu dir rüberkomme, wenn es im Café ruhig ist«, sagte Kerstin. »Falls du Hilfe brauchst, bin ich für dich da.«

»Danke«, sagte Liv überwältigt. Sie hatte so große Angst vor dem Nachhausekommen gehabt, aber jetzt war alles in bester Ordnung.

Am späten Nachmittag verabschiedeten sich Mats und Kerstin.

Nach der ganzen Zeit im Krankenhaus hatte der Trubel der letzten Stunden Liv erschöpft. Wahrscheinlich war ihr das auch anzusehen, denn Frederika sagte besorgt: »Willst du dich nicht etwas hinlegen? Björn hat dein Gepäck schon nach oben gebracht.«

Es war das erste Mal an diesem Tag, dass Björn das Wort direkt an Liv richtete – einmal abgesehen von seinem knappen *Hej*: »Ich kann Sie nach oben tragen.«

Liv spürte wieder die Abneigung gegen ihn in sich aufsteigen. Die Vorstellung, dass er sie berührte, flößte ihr Ekel ein. Sie musste sich bemühen, wenigstens höflich zu bleiben. »Danke«, sagte sie steif, »aber in mein Schlafzimmer gehe ich alleine.« Sie hatte im Krankenhaus besonders das Treppensteigen geübt und war sicher, dass sie es schaffen würde.

Es war schwieriger als angenommen. Liv hatte nicht bedacht, dass die breiten Steinstufen im Krankenhaus mit den Krücken leichter zu bewältigen waren als die schmalen Holzstiegen in ihrem Haus, die auch noch bei jedem Schritt leicht nachgaben. Sie hatte das Gefühl, dass es eine Ewigkeit dauerte, bis sie oben ankam, aber sie war zu stolz, um Hilfe anzunehmen.

Völlig erschöpft kam sie schließlich in ihrem Zimmer an. Die Reisetasche stand auf dem Bett. Liv nahm sie herunter und beschloss, später auszupacken. Jetzt brauchte sie einfach nur Ruhe. Sie streckte sich auf dem Bett aus, ihr Körper entspannte sich, und mit ihm ihre Seele.

Sie befand sich bereits in einem Zustand zwischen Wachen und Träumen, als eine flüsternde Stimme sie zurückholte. »Schläfst du schon, Mama?«

Liv öffnete die Augen. Nils stand neben ihrem Bett und strahlte sie so freudig an, dass sie ihm nicht böse sein konnte.

»Noch nicht«, sagte sie im gleichen Flüsterton wie er.

»Der Björn hat nämlich gesagt, dass ich dich schlafen lassen soll, aber wenn du noch wach bist, isses ja nicht so schlimm.«

Björn! Immer wieder dieser Björn!

»Hier bist du.« Die Tür zu ihrem Zimmer wurde aufgeschoben, und er streckte den Kopf herein. »Ich habe dir doch gesagt, dass du deine Mutter schlafen lassen sollst, Nils.«

»Die Mama hat nicht geschlaft«, behauptete Nils knapp an der Wahrheit vorbei.

Liv richtete sich auf. »Meine Kinder können zu mir kommen, wann immer sie wollen«, sagte sie scharf.

»Okay!« Björn zog sich augenblicklich zurück. Ohne mit ihr zu diskutieren oder auch nur den Versuch zu unternehmen, Nils aus ihrem Zimmer zu bugsieren.

Nils hatte das Köpfchen zur Seite geneigt. »Bist du böse auf den Björn?«

»Nein«, behauptete Liv.

»Aber du hast ihn ganz böse angeguckt. So.« Nils versuchte, ihren Gesichtsausdruck zu imitieren, indem er die Augen zusammenkniff, die Lippen vorschob und die Stirn runzelte.

Liv musste lachen und erkannte gleichzeitig, dass sie vorsichtig sein musste. Sie durfte sich ihre Abneigung diesem Menschen gegenüber nicht anmerken lassen, weil das ihre Kinder, vor allem die beiden Kleinen, verwirren würde.

»Du darfst nämlich nicht mit dem Björn böse sein«, sagte Nils. »Der Björn, das ist mein bester Freund, und außerdem ist er mein Schutzbär.«

»Dein Schutzbär?« Liv hatte keine Ahnung, was ihr Sohn meinte.

»Björn bedeutet doch Bär«, versuchte Nils zu erklären. »Und in der Geschichte, die der Björn erzählt, ist er der Bär, der kleine Jungen beschützt. Und weil ich der Nils bin, bin ich der kleine Junge.«

Du lieber Himmel, was spielte sich in diesem Haus ab? Es kam Liv so vor, als wäre sie Jahre weg gewesen und hätte ein wichtiges Kapitel im Leben ihrer Kinder verpasst.

»Was ist das denn für eine Geschichte?«, hakte Liv nach. Sie war plötzlich wieder hellwach.

»Das ist doch die Geschichte in dem Buch vom Björn.« Nils schüttelte mit verständnisloser Miene den Kopf. »Du weißt aber auch gar nix, Mama.«

»Ja, das Gefühl habe ich auch«, sagte Liv. »Aber du kannst mir ja jetzt alles erzählen.«

»Keine Zeit«, erwiderte Nils und wanderte zur Tür. »Der Björn will mit uns an den Strand gehen, damit du schlafen kannst, und dann will er mit uns eine richtige Burg im Sand bauen.«

Liv widerstand der Versuchung, ihren Kleinen aufzuhalten, nur weil sie diesem Menschen eins auswischen wollte. Damit würde sie vor allem Nils und Emelie den Spaß verderben.

Hoffentlich ist es bald vorbei, dachte sie, als sie ihren Kopf wieder auf das Kissen bettete. Hoffentlich werden wir Björn Bjerking ganz schnell los.

Als Liv aufwachte, fiel ihr Blick auf den Wecker auf ihrem Nachttisch. Schon kurz vor neun!

Durch das Fenster fiel immer noch helles Licht. Nächste Woche war Midsommar, und zu dieser Jahreszeit, der Zeit der *weißen Nächte*, wurde es nachts kaum dunkel.

Liv setzte sich auf, hob zuerst das verletzte Bein über den Bettrand und danach das andere. Dann lauschte sie.

Im Haus war nichts zu hören. Wo waren die Kinder? Immer noch am Strand mit diesem Menschen? Irgendwo unten im Haus? Oder lagen sie bereits in ihren Betten, wo sie um diese Zeit hingehörten? Jedenfalls die beiden Kleinen.

Liv griff nach ihren Krücken, die am Fußende ihres Bettes lehnten, und stand auf. Sie humpelte zur Tür, öffnete sie, und dann vernahm sie eine Männerstimme, ohne jedoch die einzelnen Worte zu verstehen. Sie ging den Flur entlang und bemühte sich dabei, möglichst leise zu sein, was mit Krücken und Gipsbein gar nicht so einfach war. Aber niemand schien das leise Klacken ihrer Schritte wahrzunehmen.

Als Liv zu Nils' Zimmer kam, stand die Tür weit offen, und sie sah ihre beiden Kleinen in Nils' Bett liegen. Jonna saß auf dem Fußboden und hatte die Beine angewinkelt. Ihr Kinn ruhte auf ihren Knien, während ihre Augen ebenso an Björn Bjerkings Lippen hingen wie die ihrer kleinen Geschwister.

»... Auf dem Weg nach Hause kam Nils auf eine Idee«, hörte Liv Björns Stimme. Er selbst saß auf einem Stuhl neben dem Bett, sein Gesicht konnte sie nur im Profil sehen.

Gegen ihren Willen rührte Liv dieses Bild, es vermittelte ihr aber auch das Gefühl, nicht dazuzugehören.

»... aber zuerst wollte Nils mit seinem Schutzbären darüber reden«, fuhr Björn fort. »Dabei gab es nur ein Problem: Wo sollte Nils nach einem Bären suchen, den außer ihm niemand sah und der auch bei ihm nur dann auftauchte, wenn Nils selbst nicht damit rechnete?«

Björn verstummte.

»Weiter!«, drängte Emelie.

»Nicht aufhören!«, bettelte Nils

Und selbst Jonna beschwerte sich: »Gerade jetzt, wo es so spannend wird.«

»Morgen geht es weiter.« Björn erhob sich.

Liv zog sich hastig zurück, damit niemand sie bemerkte, und humpelte so leise wie möglich zurück in ihr Zimmer. Sie setzte sich auf ihr Bett und lauschte auf die Geräusche im Haus. Schritte waren zu hören, Türen, die leise zugezogen wurden, wahrscheinlich, um sie nicht zu wecken, flüsternde Stimmen. Jonna und dieser Mann?

Liv wusste nicht, wie lange sie einfach nur dasaß und lauschte. Irgendwann bekam sie Hunger. Da alles still war, vermutete sie, dass alle längst in ihren Betten lagen. Das war ihr nur recht so, denn gerade diesem Schriftsteller wollte sie nicht begegnen, wenn sie nach unten ging – oder vielmehr humpelte –, um in der Küche etwas zu essen.

Es war schon schwierig genug gewesen, die Holztreppe hinaufzusteigen, nach unten war es eine echte Herausforderung. Stufe für Stufe kämpfte Liv sich hinunter und glaubte schon, dass sie es gleich geschafft hätte, als Knut auftauchte.

Der Hund bellte, stürmte auf sie zu, sprang an ihr hoch,

wuselte zwischen ihren Beinen hindurch, und Liv, die gerade dabei war, die vorletzte Stufe zu nehmen, verlor den Halt.

Knut sprang erschrocken zur Seite, während Liv die Krücken fallen ließ, verzweifelt versuchte, sich am Treppengeländer festzuhalten, und dennoch ins Bodenlose stürzte.

Plötzlich waren da zwei Arme, die sie auffingen und festhielten.

Liv war so geschockt, dass sie zuerst nicht begriff, was eigentlich passiert war. Dann erst wurde ihr klar, dass sie in den Armen dieses Mannes lag, sein Gesicht so nah an ihrem, dass sie direkt in seine tiefblauen Augen schaute. Er schien genauso erschrocken wie sie selbst.

Liv versuchte, sich aus seinen Armen zu befreien. »Lassen Sie mich los!«, fuhr sie ihn an.

Er kam ihrem Wunsch sofort nach. Sie schwankte ein wenig, blieb aber stehen und sah zu, wie er sich bückte, um ihre Krücken aufzuheben.

Er reichte ihr die Krücken, schaute sie arrogant an und sagte leise: »Keine Sorge, das passiert nie wieder. Das nächste Mal lasse ich Sie fallen.«

– 25 –

Björn hatte Liv einfach stehen lassen und war zurück auf die Veranda gegangen. Eigentlich hatte er sich nur etwas zu trinken holen wollen. Er war gerade noch rechtzeitig gekommen, um die stürzende Liv aufzufangen.

»Undankbares Frauenzimmer!« Er sagte die Worte nicht nur leise vor sich hin, sondern hämmerte sie auch wütend mit der Tastatur mitten in die Geschichte vom kleinen Nils und seinem Schutzbären hinein.

Gleich darauf löschte er die beiden Worte wieder und versuchte, sich erneut auf die Geschichte zu konzentrieren. Ohne Erfolg.

Es war so schön gewesen! Die letzten beiden Wochen mit den Kindern hatte er richtig genossen. Eigentlich hätte es für immer so bleiben können, er hatte sich selten so wohl gefühlt. Aber jetzt war Liv wieder da. Ein Störfaktor, die sprichwörtliche Schlange im Paradies.

Björn seufzte laut. Es hatte alles keinen Zweck, heute Abend würde er sich nicht mehr konzentrieren können. Er beschloss, einen ausgedehnten Spaziergang zu machen, um den Kopf wieder freizubekommen.

Er klappte das Notebook zu und betrat vorsichtig das Haus. Mit gespitzten Ohren blieb er stehen. Er hatte keine Lust auf eine weitere Begegnung mit Liv, zumal er genau wusste, dass er einen weiteren Angriff von ihr nicht kommentarlos hinnehmen würde.

Okay, ihre letzte Attacke hatte er auch nicht schweigend

hingenommen, aber die Wut in ihm wurde immer stärker, und es war besser, wenn sie vorerst nicht mehr aufeinandertrafen. Jedenfalls nicht heute Abend.

Liv kam ihm nicht mehr in die Quere, dafür freute sich Knut, als er sah, dass Björn auf die Haustür zusteuerte.

»Na gut«, sagte Björn. »Komm mit!«

Auf dem Weg zum Strand kam ihm Kerstin entgegen. Sie schien völlig in Gedanken versunken zu sein und bemerkte ihn nicht sofort.

»Hej!«, rief Björn.

Kerstin schrak zusammen, erkannte ihn und lächelte. »Hej«, grüßte sie zurück.

»Kannst du nicht schlafen?«, wollte Björn wissen. »Oder was treibt dich durch die Nacht?«

Kerstin wies zum hellen Himmel. »Das ist immer eine schlimme Zeit für mich.«

Sie lächelte immer noch, aber Björn erkannte die Traurigkeit in ihren Augen, und er ahnte, dass sie mit ihrer Bemerkung nicht die Helligkeit der Nächte meinte, sondern mit dieser Jahreszeit etwas verband, was ihr zu schaffen machte.

Er fragte nicht nach. Er mochte Kerstin, aber sie kannten sich nicht besonders gut, und er wusste nicht, wie sie auf allzu persönliche Fragen reagieren würde. »Willst du dich uns anschließen?«, bot er stattdessen an.

»Gerne.« Kerstin nickte und ging neben ihm her, während Knut, den Björn von der Leine gelassen hatte, vorauslief und jede Ecke ausgiebig beschnüffelte, bevor er das Bein hob.

Knut bestimmte den Weg, und wie immer, wenn er die

Wahl hatte, zog es ihn an den Strand. Björn und Kerstin folgten ihm. Beide gingen schweigend nebeneinanderher, und dann begannen beide gleichzeitig zu sprechen.

»Was für eine schöne warme Nacht«, sagte Björn.

»Hoffentlich regnet es nächste Woche zu Midsommar nicht«, sagte Kerstin.

Sie schauten sich an und brachen beide in Gelächter aus.

»Wollen wir wirklich über das Wetter reden?«, fragte Björn.

Kerstin schüttelte den Kopf, noch immer lachend. »Ich finde es komisch, dass wir beide nicht wissen, was wir sagen sollen. Wenn wir zusammen einen Kaffee trinken, haben wir damit doch auch kein Problem.«

»Eigentlich ist das überhaupt nicht komisch«, widersprach Björn. »Normalerweise treffen wir uns auf vertrautem Terrain. Aber das hier ...« – er machte eine weit ausholende Handbewegung und schmunzelte, als er weitersprach – »... eine helle Sommernacht, das Meer, der Strand, eine schöne Frau, ein ... äh ... nicht ganz uninteressanter Mann ...« Er lachte, aber Kerstins Miene blieb unbewegt.

»Ja«, sagte sie leise. »Manche Geschichten fangen so an und zerstören dann ein ganzes Leben. Oder gleich mehrere ...« Sie brach ab und starrte aufs Meer hinaus.

»Tut mir leid, wenn ich mit meiner Bemerkung eine unangenehme Erinnerung geweckt habe«, sagte Björn betroffen.

»Schon gut.« Kerstin winkte ab, schaute ihn an und lächelte traurig. »Du hast die Erinnerung nicht erweckt, sie ist allgegenwärtig.«

Sie gingen ein Stück weiter den Sandstrand entlang, wichen dem Spiel der Wellen aus, bis Björn stehen blieb. Er griff nach Kerstins Hand und lächelte sie an.

»Schau dir das Meer an«, sagte er. »Seit ich hier bin, habe ich gelernt, dass die Natur sehr heilsam sein kann.« Seine Hand drückte ihre ganz fest. »Ich weiß, was Kummer ist«, sagte er leise. »Ich weiß, was es heißt, einen Menschen zu lieben und ihn trotzdem zu verlieren.«

Björn ließ ihre Hand los, zeichnete mit der Schuhspitze ein großes Herz in den Sand, und dann sahen sie beide zu, wie die Wellen es allmählich verwischten.

Danach zeichnete Björn eine Träne in den Sand, und auch sie wurde von den Wellen weggespült, bis der Sand glatt vor ihnen lag, als hätte es die Träne nie gegeben.

»Siehst du«, sagte Björn zu Kerstin. »Alles ist vergänglich, selbst der Schmerz.« Er sagte es nicht nur, er empfand es tief in sich.

»Wenn das alles so einfach wäre«, sagte Kerstin bedrückt.

»Es ist ganz einfach«, erwiderte Björn. »Wenn du den Schmerz erst einmal zulässt, kannst du ihn irgendwann auch loslassen.«

»Manchmal gehört eben mehr dazu«, sagte Kerstin und ging langsam weiter.

Björn blieb an ihrer Seite, schaute sie während des Gehens an und dachte, dass sie selbst jetzt, tieftraurig wie sie war, wunderschön aussah.

»Manchmal setzt Loslassen Verzeihen voraus«, fügte Kerstin hinzu.

»Willst du darüber reden?«, traute sich Björn nun doch zu fragen.

Kerstin schien kurz darüber nachzudenken. Sie blieb

wieder stehen, dann schüttelte sie den Kopf. »Nein. Nicht, weil ich dir nicht vertraue«, sagte sie, »sondern weil ich dich nicht mit etwas belasten will, das dich möglicherweise in einen Gewissenskonflikt bringen würde.«

»Okay, ich verstehe«, sagte er, obwohl er überhaupt nichts verstand. Aber es war nun einmal Kerstins Entscheidung.

Als sie weitergingen, griff Björn nach ihrer Hand und hielt sie ganz fest. Sie lächelte ihn dankbar an und ließ ihre Hand in seiner.

Björn war froh und dankbar, dass er sie an diesem Abend getroffen hatte. Den Ärger mit Liv hatte er darüber völlig vergessen.

– 26 –

Der Appetit war Liv gründlich vergangen. Nachdem Björn ihr die Krücken gereicht hatte, sah sie, wie er durch das Wohnzimmer auf die Veranda ging. Er bewegte sich mit einer Selbstverständlichkeit in ihrem Haus, als gehöre es inzwischen ihm, während sie sich immer mehr als Fremde, ja, sogar als Eindringling, fühlte.

Liv stand wie versteinert am Fuß der Treppe und kämpfte mit sich selbst. Er musste weg! Dieser Mensch musste endlich aus ihrem Leben verschwinden.

Sie setzte sich schon in Bewegung, wollte ihm nach, um ihn aufzufordern, ihr Haus auf der Stelle zu verlassen, als sie vor ihrem geistigen Auge das Bild sah, wie er in Nils' Zimmer gesessen hatte, umringt von den Kindern, die gespannt seiner Geschichte lauschten.

Die Kinder würden es ihr nicht verzeihen, wenn sie ihn jetzt wegschickte.

Liv drehte sich um und ging in die Küche. Sie trank einen Schluck Wasser, setzte sich an den Küchentisch und starrte vor sich hin. Das Ticken der Uhr zerteilte ihre Gedanken und ihre Gefühle in winzig kleine Stücke, bis nichts mehr übrig blieb, sie sich nur noch leer und ausgebrannt fühlte.

Mühsam erhob sie sich und schleppte sich zurück. Die Treppe hinauf, bis in ihr Zimmer.

Liv wusste, dass sie jetzt nicht schlafen konnte. Sie ging ans Fenster, öffnete es weit und ließ frische Luft ins Zimmer. Tief atmete sie durch, versuchte die letzte Stunde aus ihrem

Gedächtnis zu löschen. Irgendwie musste es ihr gelingen, mit diesem Menschen auszukommen. Nur ein paar Tage, vielleicht ein oder zwei Wochen. Die letzte Röntgenaufnahme hatte gezeigt, dass ihr Bruch gut verheilt war. Es konnte nicht mehr lange dauern, bis die Gipsschale entfernt werden konnte. Und dann wäre sie wieder die Herrin ihres eigenen Haushalts.

Liv schrak auf, als sie hörte, wie die Haustür unten ins Schloss gezogen wurde. Von ihrem Schlafzimmerfenster aus konnte sie bis zum Sandstrand schauen, der in der Dämmerung noch gut zu erkennen war.

Auch wenn sie aus der Entfernung die Gesichter nicht sehen konnte, so wusste sie doch, dass es der Schriftsteller war, der eine Viertelstunde später in Begleitung einer Frau am Strand auftauchte. Sie erkannte es vor allem an Knut, der vor dem Mann und der Frau hersprang.

Liv kniff die Augen zusammen. Die langen, dunklen Haare, die im Wind flatterten, die schlanke Gestalt, der Gang ... Sie war sich sicher, dass es Kerstin war, die sich da mit Björn Bjerking am Strand traf.

Ein zufälliges Treffen? Oder ein Rendezvous?

Liv hatte keine Ahnung, aber es verletzte sie, dass Kerstin sich heimlich mit diesem Mann traf. Sie hatte das Gefühl, dass sich zwischen ihr und Kerstin so etwas wie eine Freundschaft entwickelte. Sie konnte ihrer neuen Aushilfe natürlich nicht vorschreiben, mit wem sie sich traf, es störte sie nur, dass es in dieser Heimlichkeit geschah.

Wirklich?, fragte diese kleine, hässliche Stimme in ihr, die immer dann auftauchte, wenn Liv sie am wenigsten brauchen konnte. *Ist es dir egal, was Kerstin von Björn hält?*

»Lass mich doch in Ruhe!«, fauchte Liv und versuchte, einfach nicht mehr hinzuhören.

Aber die Stimme blieb hartnäckig: *Dich stört es doch nur, dass alle anderen diesen Björn mögen, weil du ihn nicht ausstehen kannst.*

Ja, vielleicht war das so, musste Liv sich eingestehen. Aber für sie stand nach wie vor fest, dass sie als Einzige das wahre Gesicht dieses Mannes erkannt hatte, während die anderen sich von ihm blenden ließen. Und weil er wusste, dass sie ihn durchschaute, mochte er sie auch nicht.

Am nächsten Morgen wurde Liv durch Emelies Geschrei geweckt.

»Björn!«, rief das Mädchen laut und in heller Aufregung. »Jonna lässt mich nicht ins Bad.«

Schritte waren auf der Treppe zu hören, gefolgt von gemurmelten Worten, die Liv nicht verstehen konnte.

»Aber ich muss doch mal ganz dringend«, hörte sie Emelie dann wieder rufen. Außerdem war das Geplapper von Nils zu hören sowie ein Klopfen, vermutlich an der Tür zum Badezimmer, Jonnas empörter Aufschrei und dann eine Tür, die irgendwo ins Schloss fiel.

Der ganz normale Wahnsinn, den Liv vor ihrem Unfall jeden Morgen erlebt hatte. Es hatte sich nichts verändert, bis auf die Tatsache, dass im Leben ihrer Kinder jetzt jemand anders ihre Rolle übernommen hatte.

Sie fühlte sich austauschbar, und das tat weh.

Liv quälte sich aus ihrem Bett. Sie hatte gestern lange nicht einschlafen können und sich danach unruhig hin und her gewälzt. Immer wieder war sie aufgewacht und hatte

227

vergeblich versucht, sich eine Strategie für die nächsten Tage zurechtzulegen.

Als Liv sich schließlich dazu aufraffen konnte, das Zimmer zu verlassen, war es still im Flur, aber sie vernahm Stimmen und Gelächter unten aus der Küche.

Sie ging ins Bad, brauchte wegen der Krücken länger als gewöhnlich, bis sie fertig war, und als sie schließlich nach unten kam, war auch die Küche leer. Jonna war in der Schule, die beiden Kleinen wurden wohl gerade von diesem Mann in den Kindergarten gebracht. Jedenfalls war er nicht da, und auch Knut war nirgendwo zu sehen.

Der Tisch war noch nicht abgeräumt. Benutztes Geschirr stand herum. Ein angeschnittenes Brot lag im Brotkorb, daneben stand eine Platte mit Käse und Aufschnitt. Zumindest die hätte er in den Kühlschrank stellen können, schoss es Liv durch den Kopf.

Und dann musste sie plötzlich über sich selbst lachen. Dieser Mann würde es ihr nie recht machen können, egal, wie sehr er sich anstrengte, und wenn sie sich in den nächsten Tagen nicht immer wieder mit ihm bekriegen wollte, musste sie solche Sticheleien für sich behalten. Wäre er jetzt da gewesen, hätte es bestimmt wieder Streit zwischen ihnen gegeben.

Liv hatte seit gestern Mittag nichts mehr gegessen und war entsprechend hungrig. In der Kaffeekanne war sogar noch warmer Kaffee. Sie humpelte durch die Küche, holte sich ein frisches Gedeck und ließ es sich schmecken.

Sie war noch nicht fertig, als Björn zurückkam. Liv hörte, wie er die Tür aufschloss, und ihr Herz schlug vor Aufregung schneller. Sie vernahm seine Schritte im Flur, und dann war plötzlich Knut da, sprang an ihr hoch und bettelte, so wie er es immer tat.

Liv fütterte ihn mit einem Stück Wurst, beugte sich zu ihm hinunter, um ihn zu streicheln, und war froh, dass sie Björn so nicht ansehen musste, als er in die Küche kam. Sie hörte nur, wie er stehen blieb, als er sie sah.

»Hej«, grüßte er nach ein paar Sekunden des Schweigens knapp.

»Hej«, sagte auch Liv und richtete sich wieder auf.

Björn stand im Türrahmen und musterte sie mit zusammengezogenen Augenbrauen. Liv ahnte, dass ihr Blick nicht freundlicher war.

»Kann ich etwas für Sie tun?«, erkundigte er sich steif.

»Nein, danke«, erwiderte sie ebenso steif.

»Okay, wenn Sie etwas brauchen, können Sie sich ja melden. Ich bin auf der Veranda.«

»Danke«, sagte Liv in unfreundlichem Tonfall.

Er drehte sich um und ging. Das war alles. Keine Vorwürfe, kein Geplänkel, das die unangenehme Situation überspielen sollte. Liv atmete tief durch. Genau so wollte sie es haben, solange sie seine Anwesenheit noch ertragen musste.

Sie sah den Schriftsteller erst wieder, als er die beiden Kleinen aus dem Kindergarten abgeholt hatte. Er hatte den ganzen Tag auf der Veranda vor seinem Notebook verbracht, sodass Liv das Haus für sich hatte. Sie hatte in der Zwischenzeit ein Abendessen zubereitet und zum Nachtisch ihre berühmte Mandarinen-Sahne-Torte gebacken und war stolz, dass sie mit den Krücken so gut zurechtkam.

»Mama! Mama!« Die beiden Kleinen stürmten auf sie zu, umarmten sie, und Liv musste aufpassen, dass die Kinder sie nicht zu Fall brachten.

Björn, der dabeistand und das ganz offensichtlich bemerkte, sagte kein Wort. Okay, er hatte ja bereits gestern angekündigt, dass er keinen Versuch mehr unternehmen würde, sie zu retten.

»Vorsicht, ihr Süßen!«, sagte Liv. »Ich bin noch nicht ganz standfest.«

Nils betrachtete interessiert ihr Gipsbein. »Hast du jetzt immer so ein komisches Bein?«, wollte er wissen.

»Nein. Das ist nur eine Gipsschale«, erklärte Liv. »Sobald der Knochen in meinem Bein zusammengewachsen ist, kommt der Gips ab.«

»Die Torte im menschlichen Antlitz ist einer der bedeutendsten Einfälle des internationalen Humors.«
(Loriot)

Mandarinen-Sahne-Torte

Zutaten:

80 g Mehl
80 g Zucker
80 g Butter
2 Eier
½ Päckchen Backpulver
2 Becher Sahne
2 Päckchen Vanillezucker
1 Becher Schmand
4 kleine Dosen Mandarinen
1 Päckchen weißer Tortenguss

Zubereitung:

Backofen auf 200 °C vorheizen.

Das Mehl zusammen mit den Eiern, der Butter, dem Zucker und dem Backpulver in einer Schüssel vermengen und zu einem lockeren Teig verarbeiten.

Den Teig in die eingefettete Springform füllen und ca. 15 Minuten backen. Den Tortenboden danach in der Form auskühlen lassen.

Die Sahne mit dem Vanillezucker steif schlagen. Danach vorsichtig den Schmand unter die Masse heben und verrühren.

Den Belag auf dem abgekühlten Tortenboden verteilen und glattstreichen. Die Mandarinen gut abtropfen lassen und auf der Sahne-Schmand-Masse verteilen.

Tortenguss nach Anleitung zubereiten und abschließend über die Mandarinen gießen. Abkühlen lassen.

– 27 –

Björn genoss Kerstins Gesellschaft mehr als die aller anderen Frauen. Und das nicht, weil sie schön war – schöne Frauen, die ihn langweilten, hatte es in den letzten Jahren genug in seinem Leben gegeben –, sondern weil sie klug, nett und sensibel war. Sie schien zu spüren, was er nicht aussprechen konnte, und er glaubte auch ohne Worte zu wissen, wie es ihr gerade ging.

Sie hatten es sich zur Gewohnheit gemacht, abends, wenn die Kinder im Bett lagen und Kerstin Feierabend hatte, am Strand spazieren zu gehen. Sie konnten schweigend nebeneinander hergehen, sich an der Hand halten, weil diese Berührung für sie beide etwas Tröstliches hatte, und keiner von ihnen hatte das Gefühl, dieses Schweigen brechen zu müssen.

Heute lief Knut wie so oft vor ihnen her, schien selbst vollkommen zufrieden mit allem, wandte sich nur hin und wieder einmal um, um sich zu vergewissern, dass die beiden Menschen ihm folgten.

Beide blieben stehen, als das Handy in Björns Gesäßtasche klingelte. Er ließ Kerstins Hand los, zog das Handy hervor, stöhnte laut auf, als er Mias Namen auf dem Display sah, nahm das Gespräch aber trotzdem an. Er war gerade in der Stimmung, etwas zu klären, was längst geklärt werden musste.

»Björni, Schatzi«, schrillte Mias Stimme in sein Ohr.

Björn verzog schmerzhaft das Gesicht. Ihre Kosenamen gingen ihm ebenso auf die Nerven wie ihre Stimme.

»Hej, Mia«, antwortete er.

»Du fehlst mir so«, sagte sie, und er konnte sich genau den Gesichtsausdruck vorstellen, den sie dabei machte. Bestimmt zog sie einen Schmollmund wie ein kleines Kind, weil sie, aus welchen Gründen auch immer, der Ansicht war, das wirke anziehend auf das andere Geschlecht.

Mia ließ einige Sekunden verstreichen, erwartete wahrscheinlich die Antwort, dass auch sie ihm fehle, aber Björn schwieg.

»Es ist so viel los in Stockholm«, plapperte sie schließlich drauflos. »Jede Menge Events, zu denen ich alleine gehen muss. Björni, Schatzi, ...«

Er verzog erneut schmerzhaft das Gesicht.

»... wann kommst du endlich nach Hause?«

»Das weiß ich nicht, aber es spielt auch keine Rolle«, sagte er ernst, aber nicht unfreundlich. »Weißt du, Mia, ich bin mir hier über vieles klar geworden. Wir beide, das passt einfach nicht. Wir haben völlig unterschiedliche Interessen, und so richtig habe ich uns beide auch nie als Paar gesehen. Jedenfalls nicht so wie du.«

»Was willst du damit sagen?« Ihre Stimme hatte jeden kleinmädchenhaften Ton verloren, sie klang geradezu bedrohlich ruhig.

»Ich weiß nicht, was an meinen Worten so schwer zu verstehen war«, gab er zurück. »Lass uns einfach unserer eigenen Wege gehen. Und ruf mich bitte nicht mehr an.«

Sekundenlang war es still am anderen Ende. »Du Schwein!«, stieß sie schließlich hervor. »Das wirst du mir büßen.«

»Willst du mich mit deinen Designerschuhen erschlagen?«, fragte Björn belustigt, obwohl er wusste, dass Mia ihre Drohung durchaus ernst meinte.

Wieder war es still in der Leitung, und erst nach ein paar Sekunden begriff Björn, dass Mia das Gespräch einfach beendet hatte.

Er zuckte mit den Schultern, steckte das Handy zurück in die Hosentasche und bemerkte Kerstins Blick. Sie wirkte neugierig und amüsiert zugleich.

»Das war ...« Er zögerte, wusste nicht, als was er Mia bezeichnen sollte.

»Deine Freundin?«

»Himmel, nein!«, stieß er entsetzt hervor. »Oder vielleicht doch«, schränkte er gleich darauf ein. »Jedenfalls schien sie das zu glauben, im Gegensatz zu mir.«

»Jetzt hat sie es wohl kapiert.« Kerstin lachte. »Und du siehst aus, als würdest du dich vor den Konsequenzen fürchten.«

»Mia sagt, das werde ich ihr büßen, und ich traue ihr vieles zu. Sie ist unberechenbar, aber eigentlich ist es mir egal, und ich glaube, das weiß sie auch. Mein Ruf ist sowieso ruiniert, Mias Drohung schreckt mich also nicht sonderlich.«

»Du solltest dich in Zukunft von Frauen wie Mia fernhalten«, neckte Kerstin ihn.

Björn nickte und sah sie plötzlich in gespielter Verzweiflung an. »Du hast dich doch hoffentlich nicht auch in mich verliebt? Denn sonst muss ich mich von dir fernhalten. Verstehe das bitte nicht falsch, ich stelle dich nicht mit Mia auf eine Stufe. Ganz bestimmt nicht! Mia ist mir egal, aber du bist mir in der kurzen Zeit, die wir uns kennen, wichtig geworden.«

Kerstin lachte, schüttelte den Kopf und griff nach seiner Hand. »Keine Sorge, ich habe mich nicht in dich verliebt. Für mich bist du ein guter Freund, und ich bin froh, dass ich dich kennenlernen durfte.«

»Mir geht es umgekehrt genauso. Komisch, wir kennen uns kaum, und trotzdem bist du mir so vertraut. Ich genieße unsere abendlichen Spaziergänge und die Gespräche mit dir. Ich mag dich sehr gerne, Kerstin.«

Ihr Gesicht nahm den traurigen Ausdruck an, den er schon so oft bei ihr gesehen hatte. »Wenn du wüsstest, was ich getan habe, könntest du mich nicht mehr leiden«, sagte sie bedrückt.

Björn konnte sich das zwar nicht vorstellen, aber er spürte, dass sie gerne darüber reden wollte und sich wahrscheinlich nur deshalb nicht traute, weil sie Angst hatte, seine Freundschaft zu verlieren. Deshalb beschloss er, sich ihr anzuvertrauen.

Er erzählte von Eivor, von seiner großen Liebe und was er alles gemacht hatte, um diese Liebe, seine Ehe und nicht zuletzt sein eigenes Leben zu zerstören.

Kerstin hörte ihm aufmerksam zu. »Was ist aus Eivor geworden?«, fragte sie, als er fertig war.

»Keine Ahnung«, sagte Björn. »Anfangs, nachdem sie sich von mir getrennt hatte, wohnte sie noch in Stockholm.« Er schluckte schwer. »Ich fürchte, ich habe keine Gelegenheit ausgelassen, ihr nachzustellen, um sie zu demütigen. Ich habe sie regelrecht gestalkt, habe ihr das Leben zur Hölle gemacht, und dann war sie plötzlich nicht mehr da.«

»Du hast keine Ahnung, wo sie jetzt lebt?«

»Doch, in Östersund. Aber ich habe sie seitdem nicht mehr gesehen.«

»Und du hast ihr nie sagen können, dass du sie noch immer liebst?« Kerstin wirkte erschüttert.

Björn war stehen geblieben. Er bedeckte sein Gesicht mit beiden Händen, ließ sie wieder fallen und schüttelte verzweifelt den Kopf. »Nachdem sie aus Stockholm verschwunden war, habe ich mit dem Leben begonnen, über das die Presse sich so gerne auslässt.«

»Ich habe es nicht in allen Einzelheiten verfolgt.« Kerstin nickte. »Aber ich wusste natürlich von Anfang an, wer du bist.«

»Mein schlechter Ruf eilt mir voraus.« Björn brachte ein schwaches Lächeln zustande. »Und in Wirklichkeit ist alles noch viel schlimmer, als es in der Presse dargestellt wird.«

»Dann hast du dich hier sehr verändert«, stellte Kerstin nachdenklich fest. »Der Björn, von dem du mir eben erzählt hast, und der Björn, den ich kenne, das sind zwei völlig verschiedene Menschen.«

»Du kennst eben nur den Björn aus Norrfällsviken«, erwiderte er. »Aber der Björn aus Stockholm, der steckt auch noch irgendwo tief in mir, und glaube mir, der ist kein besonders angenehmer Kerl.«

»Das ist die Kerstin aus Ullånger auch nicht«, sagte sie leise. »Die unterscheidet sich auch sehr von der Kerstin, die du hier in Norrfällsviken kennengelernt hast.« Sie schluckte schwer, aber dann erwiderte sie sein Vertrauen und erzählte ihm ihre Geschichte.

– 28 –

Auch wenn Liv sich dagegen wehrte, das Bild des händchenhaltenden Paares am Strand ließ sie nicht mehr los.

Sie konnte noch immer nicht begreifen, dass die Menschen in ihrer Umgebung, die ihr selbst wichtig waren, ihre Abneigung gegen diesen selbstgefälligen Schriftsteller nicht teilten. Gerade Kerstin hätte sie nicht zugetraut, sich auf einen solchen Weiberheld einzulassen. Aber eigentlich kannte sie die junge Frau ja kaum.

Allmählich kam Liv sich ziemlich einsam vor. Einsam und ausgegrenzt. Es war dieser Gips, dieser Klotz an ihrem Bein, der sie behinderte. Der verhinderte, dass sie aktiv am Leben teilnahm.

Sie erledigte den Haushalt, soweit es ihr möglich war, ansonsten langweilte sie sich, und ihr blieb viel zu viel Zeit, über alles Mögliche nachzudenken. Sie konnte ihren Gedanken und Gefühlen nicht mehr ausweichen.

Niemand hatte Zeit für sie. Frederika und Mats verstanden sich glänzend, waren ein eingespieltes Team und sehr beschäftigt. Kerstin hatte sich gut in Café und Laden eingearbeitet, und die Kunden liebten sie. Die beiden Kleinen waren tagsüber im Kindergarten, ihre Große in der Schule. Wenn sie nach Hause kamen, musste sie sich die Aufmerksamkeit ihrer Kinder mit Björn teilen.

Selbst Villiam wirkte sehr beschäftigt. Tagsüber »arbeitete« er im Büro, wo Frederika ihn hinbrachte, bevor sie in die Backstube ging, damit er sich mit seinen alten Rechnungen beschäftigen konnte, was er auch ausgiebig tat. Hin und wieder, an etwas klareren Tagen, konnte Villiam sogar in der Backstube mithelfen. Das waren Tage, die ihn besonders glücklich machten.

Abends nahm Frederika ihn mit zu sich nach Hause. Er ging immer widerspruchslos mit, schien sich so wohlzufühlen wie schon lange nicht mehr. Am meisten wunderte Liv sich darüber, dass ihr Vater kaum jemanden erkannte, bis auf Frederika. Ihr Name fiel ihm immer sofort ein, wenn er sie erblickte.

Sogar der Schriftsteller wirkte zufrieden und war immer sehr beschäftigt. Tagsüber erledigte er die Hausarbeiten, zu denen Liv mit ihren Krücken nicht in der Lage war, danach saß er stundenlang auf der Veranda und hämmerte auf die Tastatur seines Notebooks ein, wie Liv durch die Terrassentür beobachten konnte.

Sie fühlte sich nutzlos und überflüssig, wusste nicht einmal, wo sie sich im Haus aufhalten sollte. Sie hatte keine Lust, den ganzen Tag oben in ihrem Schlafzimmer oder in der Küche zu sitzen. Im Wohnzimmer fühlte sie sich nicht wohl, weil ihr Blick unwillkürlich immer wieder auf die Terrasse wanderte. Sie wollte diesem Mann aber nicht den Eindruck vermitteln, sie beobachte ihn. Auf der Veranda selbst konnte sie erst recht nicht sitzen, solange er sich dort aufhielt.

So humpelte Liv wieder einmal ruhelos zwischen Küche und Schlafzimmer hin und her. Die Treppe hinauf, anschließend wieder nach unten. Sie spürte, dass die zunehmende Belastung für ihr Bein zu viel wurde. Es wäre gut, wenn sie zur Ruhe käme, aber sie wusste nicht, wie sie das anstellen sollte.

Kurz nach Mittag beschloss sie, nach nebenan ins Café zu gehen, wo um diese Zeit noch kaum Betrieb war. Bis auf ein junges Paar, das ganz am Ende der Außenterrasse saß, waren noch keine Gäste da. Die beiden hielten sich an den Händen und schauten sich verliebt in die Augen.

Urlauber, vermutete Liv. Sie kannte die Bewohner von Norrfällsviken, aber diese beiden hatte sie noch nie gesehen.

»Süß, nicht wahr?« Kerstin war zu ihr an den Tisch getreten und ihrem Blick gefolgt.

»Nun ja, vielleicht«, sagte Liv. »Zum Glück wissen die beiden nicht, was auf sie zukommt. Viel zu oft endet die große Liebe nur in Schmerz und Enttäuschung.« Wehmütig beobachtete sie das junge Paar.

»Da hast du wahrscheinlich recht«, sagte Kerstin nach einer ziemlich langen Zeit. Dann wechselte sie abrupt das Thema. »Soll ich dir etwas bringen?«

Liv bat um einen Kaffee und eine Zimtschnecke. Kerstin brachte beides an ihren Tisch.

Liv bedankte sich. »Magst du dich nicht zu mir setzen?«, fragte sie. »Ist doch sowieso gerade nichts los.«

»Dann hole ich mir auch einen Kaffee«, stimmte Kerstin zu, und kurz darauf saßen sich die beiden Frauen gegenüber.

Liv biss in ihre Zimtschnecke und trank einen Schluck Kaffee. »Du machst deine Arbeit hier sehr gut«, lobte sie Kerstin. »Ich bin wirklich froh, dass wir dich eingestellt haben.«

Kerstin errötete. »Danke«, sagte sie. »Ich bin gerne hier und fühle mich sehr wohl in Norrfällsviken.«

»Wo wohnst du eigentlich?«, fragte Liv neugierig.

»In den ersten Tagen habe ich bei Frederika gewohnt, aber inzwischen habe ich ein kleines Ferienhaus gemietet. Der Besitzer, ein ehemaliger Schulfreund von Frederika, hat es mir zu einer sehr günstigen Miete überlassen.«

»Und wo hast du vorher gewohnt?«, wollte Liv wissen. »Was hast du früher gemacht?«

Kerstin zögerte sekundenlang, bevor sie antwortete: »Ich habe vorher in einem Eiscafé gearbeitet, aber das war nicht so schön wie dein Café, und die Kollegen waren auch nicht so nett wie Mats und Frederika.«

Erst später fiel Liv auf, dass Kerstin ihre Frage nach ihrem früheren Wohnort nicht beantwortet hatte, weil ihre eigene Neugierde sie dazu trieb, dem Gespräch eine andere Richtung zu geben.

»Ich habe dich neulich zufällig am Strand gesehen«, sagte sie. »Zusammen mit diesem ... Ich meine ...«, verhaspelte sie sich, »... mit diesem Schriftsteller.«

Kerstin starrte sie an, legte plötzlich den Kopf in den Nacken und lachte laut auf. »Sag bloß, du kommst immer noch nicht mit Björn zurecht?«

Liv zuckte mit den Schultern. »Es geht«, sagte sie dann. »Aber ich bin froh, wenn er endlich aus Norrfällsviken und damit aus meinem Leben verschwindet.«

»Björn ist sehr nett«, sagte Kerstin mit aller Bestimmtheit.

Liv öffnete den Mund, aber Kerstin ließ sie nicht zu Wort kommen.

»Ich weiß, du verdankst ihm das da.« Kerstin wies auf Livs Gipsbein. »Es war ein Unfall, Liv, irgendwann musst du ihm das doch verzeihen können.«

»Muss ich?«, erwiderte Liv scharf.

»Ja, musst du«, gab Kerstin ebenso scharf zurück. »Weil er sich selbst erst verzeihen kann, wenn du es getan hast.«

»Ich habe nicht die Absicht, ihm jemals zu verzeihen«, fauchte Liv sie an. »Ich bin nicht gut darin, anderen zu verzeihen. Und ich weiß wirklich nicht, was dich das angeht.«

Kerstin stand auf. Ihr Gesicht war schneeweiß. »Es tut mir leid, wenn ich dir zu nahegetreten bin«, sagte sie. »Es ist wohl besser, wenn wir das Gespräch beenden.« Sie nahm ihre Tasse, aus der sie noch keinen Schluck getrunken hatte, und ging davon.

Wie versteinert blickte Liv ihr nach und versuchte, das Geschehene zu verarbeiten. War sie zu grob gewesen? Oder hatte Kerstin überreagiert? War es in ihrem Gespräch wirklich noch um Björn Bjerking gegangen?

Liv war der Appetit vergangen. Sie griff nach ihren Krücken, stand ebenfalls auf und folgte Kerstin, die im Laden hinter der Theke stand und sehr bedrückt wirkte.

»Es tut mir leid, Kerstin«, entschuldigte sich Liv jetzt ihrerseits. »Lass uns einfach nicht mehr über Björn Bjerking sprechen. Ich weiß ja, dass du und er ...« Sie brach ab und fragte sich, ob sie nicht schon wieder zu weit ging. »Ich verstehe, dass du meine Abneigung gegen ihn nicht akzeptieren willst«, fuhr sie fort. »Ich habe ja gesehen, dass zwischen euch ...«

Kerstins Augen wurden groß. »Zwischen Björn und mir ist überhaupt nichts«, unterbrach sie Liv hastig. Sie schüttelte vehement den Kopf. »Wir sind nur gute Freunde.«

»Aber du und er ... Ich habe doch gesehen, wie ihr ...« Liv brach hilflos ab.

»Kann es sein, Liv, dass du immer nur das siehst, was du sehen willst?«

»Ich weiß nicht«, murmelte Liv.

Kerstins Worte trafen sie, und es tat ihr leid, dass es zu dieser Unstimmigkeit zwischen ihnen gekommen war. Sie wusste nicht einmal, was überhaupt der Anlass gewesen war. Doch, natürlich, wieder dieser Mensch ...

Sie hat recht: Du siehst nur das, was du sehen willst, flüsterte die wohlbekannte Stimme tief in ihr. Diese Stimme, der sie auch jetzt nicht zuhören wollte.

»Lass es uns einfach vergessen, Kerstin«, bat Liv. »Ich bin wirklich sehr froh, dass du bei uns bist, und ich mag dich sehr.«

»Okay, schon vergessen«, sagte Kerstin und lächelte, aber Liv spürte, dass sie sich zu diesem Lächeln zwingen musste und die übliche Ungezwungenheit zwischen ihnen noch nicht wiederhergestellt war.

Warum nur wurde alles immer noch komplizierter?

Das Zusammenleben mit Björn Bjerking und den Kindern pendelte sich allmählich ein. Sie ging ihm aus dem Weg, und ihre Gespräche beschränkten sich auf das Notwendigste. Auch mit Kerstin hatte Liv seit dem Vorfall im Café keine längeren Gespräche mehr geführt. Sie grüßten sich, wenn sie sich begegneten, und wechselten hin und wieder ein paar belanglose Worte miteinander, aber das war es auch schon.

Liv fehlte ein Mensch, mit dem sie sich austauschen konnte. Frederika hatte keine Zeit. Mit der Arbeit in der Backstube und der Pflege von Livs Vater war sie vollkommen ausgelastet.

Selbst Mats, ihr früherer Vertrauter, hatte kaum noch Zeit für sie. Zweimal hatte Liv ihn gefragt, ob er nach Feierabend Lust hatte, zu ihr zu kommen, damit sie sich mal wieder in Ruhe unterhalten konnten. Beide Male hatte Mats abgelehnt, weil er angeblich irgendeinen wichtigen, unaufschiebbaren Termin hatte.

Es musste ihr doch gelingen, zu den Menschen, die ihr wichtig waren, wieder einen engeren Kontakt herzustellen, wieder zu einem ungezwungenen Umgangston zu finden. So kam ihr die Idee, mit allen zusammen Midsommar zu feiern.

– 29 –

»Ziemlich blöde Idee«, murrte Björn genervt. Er kam gut voran mit seinem Buch und ließ sich von der allgemeinen Vorfreude auf Midsommar nicht anstecken.

»Ich finde die Idee super«, widersprach Kerstin und stieß ihn mit dem Ellbogen leicht in die Seite. »Midsommar ist fast so schön wie Weihnachten.«

»Weihnachten finde ich genauso ätzend«, brummte Björn. »Von mir aus kann diese Frau ja auch feiern, aber dann soll sie das gefälligst selbst organisieren. Ich habe keine Lust, für sie den Handlanger zu spielen.«

»Komm, Björn, sei kein Spielverderber!«, sagte Frederika, die gerade mit einem Tablett voller frischer Brötchen in den Laden kam und seine letzten Worte mitbekommen hatte. »Es ist doch ein gutes Zeichen, dass Liv dich dabeihaben will. Also lass uns alle zusammen feiern. Ich freue mich schon sehr darauf.«

»Ich auch«, stimmte Kerstin zu. »Und du bist doch nur so mufflig, weil du deinen Roman weiterschreiben willst.«

Frederika wollte die Brötchen gerade in einen der bereitstehenden Körbe schütten, hielt bei Kerstins Worten aber inne und sah interessiert auf. »Du schreibst?«

Kerstin schlug sich mit der Hand vor den Mund und sah Björn erschrocken an. »Hätte ich das nicht sagen sollen? Tut mir leid!«

»Kein Problem.« Björn grinste. »Irgendwann hätte ich meiner Agentin ohnehin schonend beibringen müssen, dass sie aufhören kann, kleine Brötchen zu backen.« Bezeichnend schaute er auf das Backblech in Frederikas Hand. »Es wird Zeit, dass sie zur Vernunft kommt und sich wieder ihrer eigentlichen Aufgabe widmet.«

Björn hatte nicht vergessen, dass Frederika ihre Agentur aufgeben und nicht mehr nach Stockholm zurückkehren wollte, aber vorstellen konnte er sich das noch nicht.

Sie schaute ihn an, zog eine Augenbraue hoch, kommentierte seine Bemerkung aber nicht. »Ich würde gerne lesen, was du geschrieben hast«, sagte sie.

Björn spürte plötzlich, wie sein Herz schneller schlug. Er war so aufgeregt wie damals, als ganz junger Schriftsteller, als er um seine ersten Erfolge gekämpft hatte. »Ich bin mir nicht sicher, ob es dir gefällt«, sagte er unsicher.

»Das werden wir ja dann sehen«, erwiderte Frederika in ihrem Agentinnentonfall. »Passt es dir heute Abend?«

»Es ist ganz anders als alles, was ich bisher geschrieben habe.« Björn hatte das Gefühl, sie vorwarnen zu müssen. »Und es ist nicht das, was der Verlag haben wollte.«

»Ich würde es trotzdem gerne lesen.« Ihr Blick war unergründlich.

»Ich bin noch nicht ganz fertig.«

»Ich komme, sobald ich für heute genug kleine Brötchen gebacken habe«, sagte sie. »Und wie du weißt, reicht mir eine Leseprobe.« Sie drehte sich um und ging zurück in die Backstube.

»Tut mir leid«, entschuldigte sich Kerstin noch einmal. »Ich dachte, als deine Agentin wüsste sie über dein neues Buch Bescheid.«

»Sie erwartet einen Thriller, kein Kinderbuch«, sagte Björn

mit einem schiefen Lächeln. »Aber es ist nicht so schlimm, dass du geplaudert hast, Kerstin, ganz im Gegenteil. Ich will ihr schon seit Tagen von meinem neuen Manuskript erzählen, aber ich wusste nicht, wie ich ihr beibringen soll, dass es etwas völlig Neues ist. Außerdem war ich mir auch nicht sicher, ob es sie überhaupt noch interessiert.«

»Ich wünsche dir viel Glück!«, sagte Kerstin lächelnd. »Und ich verspreche dir, dass ich dein Buch ganz bestimmt kaufen werde.«

»Wenn es überhaupt erscheint«, sagte Björn mit düsterer Miene, »bekommst du selbstverständlich eines meiner Belegexemplare, vom Autor persönlich signiert.«

Auf einmal hatte Björn es eilig, wieder an seinen Arbeitsplatz zurückzukehren, und ließ Kerstin im Laden allein. In den nächsten Stunden versuchte er, seine Geschichte weiterzuschreiben, noch ein paar Seiten hinzuzufügen, aber die Konzentration dazu fehlte ihm völlig.

Er war den ganzen Tag über nervös. Dieses neue Buch war sein Baby, ein sehr persönliches Werk. Ihm lag weitaus mehr daran als an den beiden Bestsellern, die er geschrieben hatte. Auch das waren gute Bücher gewesen, die ihn aber viel weniger berührt hatten. Die Thriller hatte er mit einer gewissen Distanz geschrieben, sich nicht selbst beteiligt gefühlt. Das war bei der Geschichte des kleinen Nils ganz anders, da steckte ganz viel von ihm selbst drin.

Was mache ich, wenn Frederika das Manuskript ablehnt?, fragte er sich. Bewahre ich es auf, oder biete ich es in Eigenregie einem Verlag an? Und wenn sie es ablehnt, schaffe ich es dann überhaupt noch, mich aufzuraffen und wieder etwas ganz anderes zu schreiben?

Er musste sich ablenken, irgendwie. Ruhelos wanderte er durch das Haus, über die Veranda und schließlich durch den Garten. Sein Blick fiel auf den Apfelbaum, der in der Mitte gespalten war. Eine Hälfte wuchs hoch in den Himmel, während die andere Hälfte abgeknickt und abgestorben war.

Der Baum fiel Björn nicht zum ersten Mal auf, war ihm aber bisher egal gewesen. Eigentlich war er ihm immer noch egal, abgesehen davon, dass er sich an ihm abreagieren und die Zeit totschlagen konnte.

In dem Schuppen am Ende des Gartens fand er eine Axt und eine Säge. Mit beidem bewaffnet wandte er sich dem Baum zu und wollte gerade ans Werk gehen, als er eine empörte Stimme hörte. »Was machen Sie denn da?«

Björn wandte sich um. Liv stand oben an einem der Fenster, es musste Emelies Zimmer sein, und lehnte sich ziemlich weit heraus. Ihr Gesicht war vor Wut verzerrt.

Björn war sich keiner Schuld bewusst, aber inzwischen hatte er gelernt, dass das bei dieser Frau nichts zu bedeuten hatte. Er blieb ganz ruhig, zumindest nach außen hin. »Ich will diesen abgestorbenen Teil entfernen«, sagte er und wies auf den Apfelbaum.

»Nein!«, sagte sie hart. »Der Baum bleibt so, wie er ist.«

»Aber ich ...«

»Ich habe mich klar und deutlich ausgedrückt«, wies sie ihn zurecht. »Mischen Sie sich nicht in Angelegenheiten ein, die Sie nichts angehen!«

»Dann eben nicht!« Sollte sie mit diesem verdammten halb toten Baum im Garten doch glücklich werden. Vielleicht starb ja irgendwann auch noch die andere Hälfte ab, und dann hatte sie zwei vor sich hinfaulende Apfelbaumteile im Garten. Bitte, wenn es ihr gefiel ...

Björn brachte Axt und Säge zurück in den Schuppen. Weil er Liv nach dieser Aktion vorerst nicht begegnen wollte, ging er nicht zurück ins Haus, sondern nach nebenan ins Café und – da Kerstin alle Hände voll zu tun und keine Zeit für ihn hatte – direkt weiter in die Backstube.

Mats grinste ihn an.

»Diese Frau!«, stöhnte Björn. »Sie macht mich wahnsinnig. Ich kann ihr nichts recht machen.«

Mats wies auf das offene Fenster der Backstube, das zum Garten hinausging. »Ich habe jedes Wort gehört«, sagte er.

Björn tippte sich gegen die Stirn. »Die hat sie doch nicht alle!«

Mats' Miene wurde ernst. »Lennart starb genau in der Minute, als der Baum durch einen Blitz gespalten wurde.«

Björn trat betroffen ans Fenster und schaute auf den halb toten Baum. Er verstand, und auch wieder nicht.

Er drehte sich wieder um und sah Mats an. »Diese Baumhälfte ist seit Jahren tot, genau wie Livs Ehemann. Wie soll sie jemals in ein normales Leben zurückfinden, wenn sie immer wieder an diese Nacht erinnert wird?«

Mats betrachtete ihn aufmerksam. »Du weißt Bescheid über Lennart?«

»Ja.« Björn nickte. Er musste an die Geschichte denken, die Kerstin ihm am Strand erzählt hatte und die ihm seither nicht mehr aus dem Kopf ging. Die junge Frau wurde von ihrer Schuld aufgefressen und würde erst damit fertig werden, wenn ihr verziehen wurde. Aber dafür war die Zeit wohl noch nicht reif.

»Es war eine schlimme Zeit für Liv«, sagte Mats.

»Es ist immer noch eine schlimme Zeit für Liv«, sagte Björn bitter. »Und das wird sich auch nicht ändern, solange sie nicht mit der Vergangenheit abschließen kann.«

Björn hatte nicht bemerkt, dass Frederika in die Backstube gekommen war. Offenbar hatte sie seine letzten Worte gehört. Sie trat neben ihn, legte ihre Hand auf seinen Oberarm. »Niemand von uns sollte sie deshalb verurteilen«, sagte sie sanft. »Wir wissen doch alle, wie schwer Erinnerungen die Gegenwart belasten können.«

Natürlich begriff Björn sofort, dass Frederika auf seine eigene Geschichte mit Eivor anspielte. Auf das Verhalten, das er nach der Trennung an den Tag gelegt hatte. Auf die grenzenlose Wut, die den Schmerz überdecken sollte. Zu seiner Überraschung konnte er zum ersten Mal darüber nachdenken, ohne Wut und Hass zu empfinden. Auch der Schmerz war verschwunden, da war nur noch ein leichter Hauch von Wehmut.

Björn nahm sich Frederikas Worte zu Herzen und gab sich alle Mühe, sich bei der nächsten Begegnung mit Liv nichts anmerken zu lassen. Das war schon wegen der Kinder sehr wichtig, und er glaubte, in Livs Augen Erleichterung zu sehen.

Nach dem Abendessen kam Frederika zu ihm auf die Terrasse. Villiam folgte ihr. Auf ihr Geheiß hin setzte er sich ans Geländer. Seine Augen folgten dem Spiel der Wellen, seine Miene wirkte zufrieden und ausgeglichen.

»Darf ich es lesen?«, fragte Frederika.

Björn nickte beklommen, klappte das Notebook auf und

überließ Frederika seinen Stuhl. Er nahm ihr gegenüber Platz und beobachtete nervös ihr Gesicht, während sie las. Doch Frederika hatte ihr Agentinnengesicht aufgesetzt, und er konnte ihrer Miene nicht entnehmen, ob ihr gefiel, was sie las, oder ob es sie entsetzte, dass ein Thrillerautor sich plötzlich an eine Kindergeschichte wagte.

War es ein gutes Zeichen, dass sie weiterlas?

Björn sah, dass sie immer wieder nach unten scrollte, wenn sie eine Seite zu Ende gelesen hatte. Sie las schnell, und trotzdem kam ihm die Zeit endlos lang vor.

»Und?«, fragte er drängend.

Sie sah nicht auf, hob nur kurz die Hand und las weiter, Seite um Seite.

Endlich wandte sie ihm den Blick zu, aber ihrer Miene war immer noch nichts zu entnehmen.

»Und?«, fragte Björn ein zweites Mal.

»Das ist großartig!« Frederika verzog das Gesicht zu einem breiten Lächeln.

Der Druck in ihm entwich so schlagartig, dass Björn im ersten Moment das Gefühl hatte, in sich zusammenzusacken. Grenzenlose Erleichterung erfasste ihn. Diese Geschichte war ihm so wichtig, dass er ein vernichtendes Urteil nur schwer verkraftet hätte.

»Aber der Verlag erwartet etwas ganz anderes«, sagte er.

»Der Verlag hat auch eine Kinderbuchabteilung. Und da passt das« – Frederika zeigte auf den Bildschirm – »richtig gut ins Programm. Schreib die Story fertig, und ich werde dann alles mit dem Verlag regeln.«

»Ich dachte, du willst nicht mehr als Agentin arbeiten«, sagte Björn grinsend.

251

»Es wird meine letzte Arbeit als Agentin sein.« Frederika
wollte aufstehen, aber Björn hielt sie zurück.

»Warum?«, fragte er. »Was hält dich hier, Frederika? Und
was verbindet dich mit diesem alten Mann?« Sein Blick flog
zu Villiam und richtete sich dann wieder auf Frederika.

Kurz sah es so aus, als würde Frederika doch aufstehen
und die Frage unbeantwortet lassen, aber dann lehnte sie
sich zurück und schaute ihm fest in die Augen: »Das, was
ich dir erzähle, bleibt unter uns.«

Björn nickte und beugte sich gespannt vor. Es war das
erste Mal, dass Frederika bereit war, etwas aus ihrem Leben
zu erzählen. Aber wenn er ehrlich zu sich selbst war, musste
er zugeben, dass ihn bis vor Kurzem alles, was nicht unmittelbar mit seinem eigenen Leben zu tun hatte, nicht sonderlich interessiert hatte. Auch nicht das Leben seiner Agentin.

»Ich bin hier in Norrfällsviken aufgewachsen«, begann
Frederika. »Ich kenne Villiam also bereits mein ganzes Leben lang. Du kannst dir das heute vielleicht nicht vorstellen, aber er war ein überaus attraktiver, großer und starker
Mann.« Ein zärtliches Lächeln umspielte ihre Lippen. »Damals, als er noch gesund war.« Ihr Blick wurde ernst. »Als
ich meine Bäckerlehre bei ihm begann, war Livs Mutter
schon ein paar Jahre tot. Ich verliebte mich ziemlich schnell
in Villiam, ich liebte Liv wie meine Tochter, obwohl ich
selbst noch sehr jung war, und ich war der glücklichste
Mensch auf der Welt, als ich bemerkte, dass Villiam meine
Gefühle erwiderte.« Sie brach ab und starrte an Björn vorbei aufs Wasser.

»Was ist passiert?« Björn wollte jetzt alles wissen. »Warum hast du Norrfällsviken verlassen?«

»Weil ich jung, dumm und ungeduldig war.« Schmerz zeichnete sich auf Frederikas Gesicht ab. »William konnte sich nicht dazu durchringen, sich öffentlich zu mir zu bekennen. Wegen des Altersunterschieds zwischen uns beiden und weil ich bei ihm in der Lehre war. Vielleicht, wenn ich nur ein paar Jahre gewartet hätte ...« Wieder brach sie ab, schwieg ein paar Sekunden.

Björn sah sie erwartungsvoll an, hakte aber nicht nach.

»Der Rest ist schnell erzählt: Ich stellte ihm ein Ultimatum, das er verstreichen ließ, und daraufhin machte ich ernst. Ich brach meine Ausbildung kurz vor dem Abschluss ab, ging nach Stockholm und bekam eine Stelle in der Agentur, die ich später selbst übernahm. Ich heiratete einen erfolgreichen Manager, obwohl ich ihn nicht liebte, und das Ergebnis war, dass unsere Ehe nach zwei Jahren geschieden wurde. Alles ging schnell, kurz und schmerzlos. Wir hatten keine Kinder, aber beide eine Karriere vor uns und haben uns nach der Scheidung nie wieder gesehen. Ich weiß nicht einmal mehr, wie dieser Mann ausgesehen hat. Weißt du, was er mir bei unserer Scheidung vorgeworfen hat?«

Björn schüttelte den Kopf.

Frederika lächelte. »Er hat gesagt, dass ich mich im Grunde nicht verändert habe. Ich wäre immer noch die kleine Bäckerin aus Norrfällsviken und es würde mir nie gelingen, mich davon zu befreien.«

»Und du hast es ihm gezeigt, indem du so erfolgreich geworden bist«, sagte Björn.

»Nein.« Frederika schüttelte den Kopf. »Ich habe es mir selbst gezeigt, weil ich beweisen wollte, dass ich mich längst von Norrfällsviken und meiner Vergangenheit befreit habe.

Ich war nie wieder hier, nicht einmal zur Beerdigung meiner Eltern. Ich hatte immer Angst vor dem, was die Erinnerungen mit mir machen, wenn ich wieder herkomme.«

»Aber warum wolltest du ausgerechnet jetzt zurückkehren?« Björn erinnerte sich, dass er diese Frage bereits vor ihrer Abreise in Stockholm gestellt hatte.

Frederika hob beide Schultern und ließ sie wieder fallen. »Der Mieter meines Hauses hatte gekündigt. Ich wollte das Haus verkaufen, weil ich dachte, dass ich damit endgültig einen Schlussstrich unter Norrfällsviken ziehen kann. Wie du siehst, ist es mir nicht gelungen. Villiam ist die große Liebe meines Lebens, ich habe ihn nie wirklich vergessen.«

»Es macht dir nichts aus, dass er krank ist? Dass er nie wieder gesund wird?«

»Doch, natürlich!« Frederika nickte traurig. »Es macht mir sogar eine ganze Menge aus, aber trotzdem kann ich ihn nicht mehr verlassen. In guten wie in schlechten Zeiten«, zitierte sie, »bis dass der Tod uns scheidet. Ich brauche kein amtliches Siegel, damit diese Worte für mich Bedeutung haben. Ich liebe Villiam, und ich werde ihn nicht mehr alleine lassen.«

Plötzlich stand der alte Mann bei ihnen am Tisch. Björn hatte nicht bemerkt, dass er aufgestanden und näher gekommen war. Er legte eine Hand auf Frederikas Schulter und lächelte zu ihr hinab. »Ich liebe dich auch«, sagte er.

Frederika streichelte seine Hand, schaute Björn wieder an. »Ich weiß, dass es nicht leicht wird, aber das ist einer dieser ganz besonders kostbaren Momente, für die es sich lohnt.« Sie stand auf und hängte sich bei Villiam ein. »Noch etwas, Björn«, sagte sie. »Urteile nicht zu hart über Liv. Ich weiß, ihr beide versteht euch nicht besonders gut, aber sie hatte es nicht leicht. Ihre Mutter ist früh gestorben, dann habe ich sie verlassen, als sie gerade glaubte, dass sie in mir einen Mutterersatz gefunden hatte. Und ihr Ehemann ...« Frederika brach ab, als hätte sie bereits zu viel gesagt.

»Ich weiß«, Björn winkte ab. »Ich habe schon alles über Lennart gehört. Keine Sorge, Frederika, ich werde nett zu Liv sein, auch wenn sie mich immer wieder zur Weißglut treibt.«

»Du sie wahrscheinlich auch.« Frederika lächelte. »Ich kenne euch beide lange genug, um das zu beurteilen. Schade eigentlich, dass ihr euch nicht besser versteht.« Damit verabschiedete sie sich von ihm und verließ zusammen mit Villiam die Veranda.

Björn schaute den beiden versonnen nach, ließ das, was Frederika ihm erzählt hatte, noch einmal Revue passieren. Es rührte ihn und warf ein ganz neues Licht auf seine Agentin, die er als kühl und distanziert kennengelernt hatte.

Bevor er sich in Grübeleien verlieren konnte, wechselte er den Platz und setzte sich hinter sein Notebook. Die Geschichte vom kleinen Nils und dem Schutzbären war noch nicht zu Ende erzählt.

– 30 –

Liv stand am Fenster und starrte hinaus auf den Apfelbaum. Vielmehr auf den Teil davon, der kein Leben mehr enthielt und von dem sie sich trotzdem nicht trennen konnte. Sie wusste selbst nicht genau, warum eigentlich.

Als sie Björn mit Axt und Säge bewaffnet zum Baum hatte gehen sehen, ahnte sie, was er vorhatte. Es versetzte ihr einen eisigen Schrecken, so als würde sie einen Teil ihrer selbst verlieren.

Natürlich wusste sie, dass der umgeknickte Baumteil tot war, nichts würde ihn je wieder zum Leben erwecken. So wie Lennart gestorben war und ihr damit die Möglichkeit genommen hatte, ihn zu fragen, warum er sie betrogen hatte. Warum er in jener Nacht mit dieser Frau unterwegs gewesen war, die – wie sie später der Mailbox und dem SMS-Speicher seines Handys entnommen hatte – schon lange seine Geliebte gewesen war.

Warum?

Liv wandte sich vom Fenster ab. Sie konnte den Anblick des abgestorbenen Baumteils nicht mehr ertragen, aber die Vorstellung, ihn entfernen zu lassen, war ebenso unerträglich.

Der Tag verging quälend langsam, und der Gedanke an das nächste Zusammentreffen mit Björn verursachte ihr Unbehagen. Wie sollte sie sich verhalten? Sollte sie sich entschuldigen? Aber setzte eine Entschuldigung nicht zwangsläufig auch eine Erklärung voraus? Und wie sollte sie etwas erklären, was rein emotionale Gründe hatte und deshalb nur schwer in Worte zu fassen war?

Umso größer war ihre Erleichterung, als sie abends mit Björn in der Küche zusammentraf und er so tat, als wäre nichts gewesen. Er scherzte mit den Kindern, half ihr zusammen mit Jonna dabei, das Essen aufzutragen, und räumte hinterher mit ihrer Ältesten die Küche wieder auf, während Liv mit den Kleinen nach oben ging und sie bettfertig machte.

Später kam Björn nach oben, nahm seinen Platz in Nils' Zimmer ein und erzählte weitere Abenteuer des fiktiven Nils und seines Schutzbären.

Liv blieb noch eine Weile auf der Bettkante sitzen. Als Björn ihr während seiner Erzählung kurz zulächelte, fühlte sie sich zum ersten Mal in dieser abendlichen Runde nicht mehr als Außenseiterin. Trotzdem zog sie sich bald zurück.

Als sie in ihrem Bett lag, wälzte sie sich unruhig hin und her. Die Sache mit dem Apfelbaum ließ sie immer noch nicht zur Ruhe kommen. Und wenn sie ihn einfach gelassen hätte?

Der Gedanke verursachte ihr einen solchen Stich, dass sie leise aufstöhnte. Dieser Baum war untrennbar mit der schrecklichen Nacht verbunden. Sie konnte sich einfach nicht davon lösen, nicht solange noch so viele Fragen unbeantwortet waren. Fragen, die ihr niemand beantworten konnte. Niemand, außer …

… Ylva!

Vielleicht solltest du dir einfach mal anhören, was sie zu sagen hat, hatte Mats vor gar nicht allzu langer Zeit vorgeschlagen. Ob diese Frau ihr all ihre Fragen beantworten konnte?

Liv hatte keine Ahnung, aber sie wusste ganz sicher, dass sie die Gegenwart von Lennarts Geliebter niemals ertragen könnte. Sie wollte sie nicht sehen, wollte kein Bild von der Frau vor Augen haben, die Lennart ihr vorgezogen hatte, wollte sich nicht vorstellen, wie er die andere küsste, wie er sie in den Armen hielt, wie er mit ihr im Bett lag ...

Plötzlich fiel Liv auf, dass Ylva sich schon eine ganze Weile nicht mehr gemeldet hatte. Hatte sie endlich verstanden, dass Liv nichts mit ihr zu tun haben wollte? Oder hatte sie inzwischen einen anderen Mann gefunden, möglicherweise wieder einen Familienvater?

Liv spürte, wie ihr bei diesem Gedanken die Luft wegblieb. Ihr Brustkorb war wie zugeschnürt, und das Atmen fiel ihr schwer.

Nur langsam beruhigte sie sich wieder. Sie hatte keine Ahnung, was mit dieser Frau war, und das war auch gut so. Liv hoffte, dass Ylva sich nie wieder bei ihr meldete, nie wieder die Wunde aufriss und sie selbst irgendwann zur Ruhe kam.

In den nächsten Tagen hatte Liv mit den Vorbereitungen für das Midsommarfest allerhand zu tun und kaum Zeit für weitere Grübeleien. Endlich konnte sie sich wieder nützlich machen, und es gab sogar Momente, in denen sie sich richtig entspannt, fast schon glücklich fühlte. Alle freuten sich auf das Fest, und alle packten mit an.

Liv hatte beschlossen, das Fest nicht in ihrem Garten zu feiern, vor allem wegen des Apfelbaums, sondern vor ihrem Haus. Alle Nachbarn waren eingeladen, und natürlich ihre Freunde.

Björn kümmerte sich zusammen mit Marten und Gunnar, zwei Männern aus der Nachbarschaft, um das Aufstellen des geschmückten Baumstammes, der Majstång. Nils konnte den Männern stundenlang dabei zusehen. Obwohl Björn keinen Hehl daraus gemacht hatte, dass er auf das Fest wenig Lust verspürte, schien er jetzt doch Gefallen an den Vorbereitungen zu finden.

Die Majstång war mit bunten Bändern und Blumen geschmückt, und oben an der Spitze hing ein großer Kranz, an dem ebenfalls bunte Bänder flatterten. Der Schnaps floss bereits heute tüchtig, alle waren bester Stimmung.

Die Frauen stellten auf dem freien Platz vor dem Haus Tische und Stühle auf. Auch hier wurde nicht mit Bändern und Blumen gespart.

Liv war zufrieden. Genau so hatte es ausgesehen, als sie das letzte Mal Midsommar bei sich zu Hause gefeiert hatten. Damals war Lennart noch am Leben gewesen, und das ganze Leben lag vor ihr.

Auch Jonna war ziemlich aufgeregt, und Liv bekam mit, dass ihre Tochter plante, in der Midsommarnacht zusammen mit ihrer Freundin Hanna über die Wiesen zu ziehen. Das hatte Liv auch einmal gemacht, in dem Sommer, bevor sie Lennart kennenlernte. Zusammen mit ihren Freundinnen war sie losgezogen, um sieben verschiedene Sorten wilder Blumen von sieben verschiedenen Wiesen zu pflücken. Der Legende nach träumten junge Frauen, wenn sie diese Blumen nachts unter ihr Kopfkissen legten, von dem Mann, den sie einmal heiraten würden.

Sie erzählte Jonna davon, und ihre Große schaute sie fragend an. »Hast du in der Nacht von Papa geträumt?«

259

Liv schüttelte den Kopf, was Jonna ziemlich zu enttäuschen schien. »Vielleicht liegt es ja daran, dass wir beim Pflücken absolut still hätten sein sollen«, sagte Liv und grinste. »Aber wir haben die ganze Zeit gekichert und geplappert.«

Jonna lachte. »Ich werde Hanna sagen, dass wir ganz still sein müssen.«

»Und hinterher darfst du niemandem erzählen, von wem du geträumt hast«, ergänzte Liv. Dann fiel ihr etwas ein. »Was ist eigentlich mit Svea?«, wollte sie wissen. »Ich habe sie schon lange nicht mehr gesehen, und du sprichst auch nicht mehr über sie.«

Jonna winkte mit verbissener Miene ab. »Svea ist eine blöde Kuh!« war alles, was sie sagte. Offensichtlich wollte sie nicht darüber reden.

Liv zuckte mit den Schultern und beschloss, nicht weiter nachzufragen.

»Vielleicht gab es ja auch einen anderen Grund, weshalb du nicht von Papa geträumt hast«, gab Jonna zu bedenken. »Du warst ja nicht lange mit ihm verheiratet, weil er gestorben ist. Kann doch sein, dass du einmal einen ganz anderen Mann kennenlernst, mit dem du alt wirst.«

Die Theorie ihrer Tochter machte Liv sprachlos. Nie hatte sie nach Lennarts Tod auch nur mit dem Gedanken gespielt, dass es in ihrem Leben noch einmal einen Mann geben könnte. Sie war sich sicher, dass ihre Fähigkeit, eine Beziehung zu führen, zusammen mit Lennart gestorben war.

»Kannst du dich denn noch daran erinnern, von wem du in dieser Nacht geträumt hast?«, bohrte Jonna weiter.

»In der Nacht habe ich geträumt, dass mich ein Bär durch Norrfällsviken jagt«, sagte Liv trocken. »Und weit und breit war kein Prinz zu sehen, der mich retten wollte. Also funktioniert das nicht so ganz mit dem magischen Zauber der Midsommarnacht, oder es lag doch am Reden und Lachen.«

»Wir werden ganz still sein«, sagte Jonna und legte den Zeigefinger auf ihre Lippen.

Obwohl der Midsommarafton, der Freitag vor dem Midsommardag, kein offizieller Feiertag war, blieben an diesem Tag die meisten Geschäfte geschlossen. Auch Livs Bäckerei und das Café blieben zu, was einige der Nachbarn nicht daran hinderte, bei Liv zu Hause zu klingeln und zu fragen, ob sie nicht doch noch ein Brot oder ein paar frische Zimtschnecken haben könnten. Liv kannte das aus den Vorjahren, und so hatten Frederika und Mats entsprechend vorgesorgt.

Abends war alles vorbereitet. Zum Essen gab es die ersten Jungkartoffeln, serviert mit Hering, Sauerrahm und Schnittlauch. Auf allen Tischen standen Körbe mit Knäckebrot und Käseplatten. Für die Erwachsenen durfte auch der Nubbe, der klare Schnaps, der zum Essen getrunken wurde, nicht fehlen, ebenso wenig wie Öl, das schwedische Bier. Im Kühlschrank standen frische Erdbeeren und Sahne bereit, die später zum Nachtisch gereicht werden sollten.

Jonna war schon seit einer Stunde außer Haus. Sie traf sich mit Hanna und wollte später mit ihrer Freundin zum Essen kommen. Die beiden Kleinen waren aufgeregt und voller Vorfreude, weil sie heute Abend so lange aufbleiben

durften, wie sie wollten. Danach würden sie bei Frederika
übernachten, damit Liv ungestört mit Freunden und Nachbarn feiern konnte.

Liv trug ebenso wie ihre beiden Töchter ein weißes Kleid.
Ihre langen Haare hatte sie aufgesteckt und mit Blüten geschmückt. Sie fand selbst, dass sie gut aussah an diesem Tag,
was möglicherweise an ihrer eigenen Vorfreude lag. Der bit-
tere Zug um ihren Mund war verschwunden.

»Vorsicht«, warnte Björn, als Liv wieder zum Schnapsglas
griff. »Das Zeug ist nicht ganz ungefährlich.«

Liv sah ihn mit funkelnden Augen an und kippte den
Nubbe in einem Zug hinunter. Erst brannte er im Hals,
dann wärmte er den ganzen Körper von innen.

»Na gut«, sagte Björn und machte es ihr nach. Dann ließ
er sich von Gunnar mit zur Majstång ziehen, um zu *Små
grodorna*, dem Lied der kleinen Frösche, im Kreis zu tanzen.

Niemals hätte Liv ihm so etwas zugetraut. Sie saß auf der
Bank, schaute zu und lachte, bis ihr die Tränen kamen.

Björn war ebenso wie die anderen Tänzer in die Hocke
gegangen und imitierte die hüpfenden Sprünge eines Frosches. Bei den Liedstellen, in denen die fehlenden Ohren
oder der fehlende Schwanz des Frosches besungen wurden,
wackelten alle mit den Händen an den entsprechenden
Körperstellen.

Schwer atmend ließ Björn sich nach dem Tanz wieder
neben Liv nieder. »Ich bin zu alt für so was«, sagte er.

»Armer alter Mann!« Liv füllte erst sein Schnapsglas,
dann ihr eigenes und prostete ihm zu.

»Ich finde«, sagte Björn mit reichlich schwerer Zunge,

»wir sollten uns langsam duzen. Ich glaube, wir beide sind die einzigen Schweden weltweit, die sich siezen.«

» Einverstanden«, sagte Liv spontan und vertraute ihm dann mit auch nicht mehr ganz sicherer Zunge an: »Weißt du, Björn, eigentlich kann ich dich ja nicht leiden, aber heute finde ich dich ganz erträglich.«

»Ich mag dich auch nicht.« Björn prostete ihr wieder zu. »Aber heute bist du ganz nett. Lass uns darauf noch einen trinken!«

Liv dachte an ihre beiden Kleinen, die irgendwo im Getümmel steckten. Nils und Emelie waren mit Björn und den anderen Erwachsenen um die Majstång gehüpft. Björn hatte sogar mit Emelie getanzt, weil sie das so gerne wollte, und ebenso wie Liv hatte er immer ein Auge auf die beiden gehabt. Und jetzt, in einem einzigen unachtsamen Augenblick, waren Nils und Emelie verschwunden.

»Frederika ist mit den beiden gegangen«, sagte Björn beruhigend, als Liv nervös nach ihnen rief. »Nils war bereits auf ihren Armen eingeschlafen, und Emelie konnte auch nicht mehr. Es ist alles gut.«

Liv war beruhigt, beschloss aber, keinen Alkohol mehr zu trinken. Wenn sie schon so weit war, dass sie ihre Kinder aus den Augen ließ, wenn auch nur für einen ganz kurzen Moment, reichte es einfach.

»Tanzt du mit mir?«, bat Björn.

»Ich kann nicht.« Liv schüttelte den Kopf. »Ich habe ein Gipsbein, schon vergessen?«

»Na und?« Björn stand auf und zog sie hoch. Er nahm sie in die Arme, bewegte sich mit ihr auf der Stelle leicht hin und her. »Siehst du«, sagte er leise. »Das geht doch.«

Er war ihr ganz nah, seine Arme vermittelten ihr Halt und Geborgenheit. Seine tiefblauen Augen strahlten sie an, auf seinem markanten Gesicht hatte sich ein zufriedenes Lächeln breitgemacht.

Liv lehnte ihren Kopf gegen seine Schulter und schloss die Augen. Sie fühlte sich wohl, alles war gut, und sie wünschte, diese Nacht würde nie vorübergehen.

»Kuchens Wert recht zu bemessen, musst du selber davon essen.«
(Jüdisches Sprichwort)

Schwedische Zimtschnecken

Zutaten für den Teig:

300 ml Milch
45 g Hefe
700 g Mehl
150 g Butter
1 Ei
½ TL Salz
125 g Zucker
1 TL gemahlener Kardamom

Zutaten für die Füllung:
75 g Butter
100 g Zucker
2 EL Zimt

Zum Bestreichen:
1 Ei
Hagelzucker

Zubereitung:

Milch erwärmen, eine Tasse davon abnehmen und die Hefe darin auflösen. Einen EL Mehl einrühren und 15 Minuten gehen lassen.

In der restlichen Milch die Butter zerlassen und lauwarm werden lassen. Das restliche Mehl, Ei, Zucker, Salz und Kardamom dazugeben und alles verkneten. Zusammen mit dem Vorteig zu einem Teig kneten. Den Teig mit einem Küchenhandtuch abdecken und mindestens eine Stunde an einem warmen Ort gehen lassen.

Für die Füllung die Butter zerlassen, mit Zimt und Zucker mischen. Den Backofen auf 250 Grad vorheizen.

Den Teig noch einmal durchkneten, in zwei Portionen teilen und jeweils zu 5 mm dicken Rechtecken ausrollen. Mit der Füllung bestreichen, aufrollen, in kleine Schnecken schneiden und diese auf ein mit Backpapier ausgelegtes Backblech legen. Noch einmal abdecken und eine halbe Stunde gehen lassen.

Die Zimtschnecken mit verquirltem Ei bestreichen und mit Hagelzucker bestreuen. 5 bis 10 Minuten backen.

- 31 -

Björn schwebte auf einer Wolke der Glückseligkeit. Dazu passten die rosaroten Nebelschwaden, die alles in ein unwirkliches Licht tauchten, die sphärischen Gesänge und die wohlige Wärme, die ihn umgab. Ganz und gar nicht passte der laute Schrei dazu, der alles zerstörte.

»He!« Grob rüttelte jemand an seiner Schulter.

Björn öffnete mühsam die Augen und starrte direkt in Livs aufgebrachtes Gesicht.

»Was haben Sie hier zu suchen?«, schrie sie ihn an.

Björn begriff nicht sofort, starrte sie immer noch verständnislos an und versuchte, einen klaren Kopf zu bekommen. Das war ziemlich schwer, denn sein Schädel brummte.

Livs Gesicht war wutverzerrt, ihre hochgesteckten Haare hatten sich teilweise gelöst und hingen ihr wirr in die Stirn. Die Wimperntusche war verschmiert.

»Irgendwie haben Sie gestern besser ausgesehen« war das Erste, was Björn einfiel, und es war das Falscheste, was er überhaupt sagen konnte, wie er im nächsten Moment feststellen musste.

Das ganze Bett zitterte, als Liv sich aufrichtete.

Das Bett?

Endlich registrierte Björn, wo er sich befand: Er lag in Livs Bett, direkt neben ihr. Kein Wunder, dass sie so wütend war.

»Ich habe keine Ahnung, wie ich hierhergekommen bin«, stieß er hastig hervor.

»Ich habe Sie ganz bestimmt nicht in mein Bett gezerrt«, gab sie aufgebracht zurück.

Björn wusste genau, dass es schon wieder die falschen Worte waren, aber er konnte sich einfach nicht beherrschen. Sein Gesicht verzog sich zu einem breiten Grinsen. »Ist das so ausgeschlossen?«

»Verschwinden Sie!«, zischte Liv. »Sofort!«

Björn hob vorsichtig das Laken. Gott sei Dank, er trug wenigstens noch seine Unterhose. Leider ausgerechnet die, die er vor Wochen zusammen mit Emelies Kleidchen gewaschen hatte. Irgendwie wurde die ganze Situation jetzt ziemlich peinlich. Er stand auf, versuchte sich in das Laken zu wickeln, mit dem auch Liv zugedeckt war, aber das ließ sie nicht zu.

Mit einem heftigen Ruck riss sie an dem Laken, während Björn gleichzeitig aus dem Bett sprang, und dann stand er in seiner rosa Unterhose vor ihr.

Liv starrte ihn an, und ihre eben noch wütende Miene veränderte sich. Er sah, wie sich ihre Lippen kräuselten, und dann brach es aus ihr heraus. Zuerst versuchte sie noch, ihr Lachen als Hustenanfall zu tarnen, aber dann konnte sie nicht mehr an sich halten. Sie lachte, bis ihr die Tränen kamen, und auch Björn, der erst noch verlegen war, stimmte in ihr Lachen ein.

Als sie sich beide ein bisschen beruhigt hatten, entschuldigte sich Björn. »Ich weiß wirklich nicht, wie ich in Ihrem Bett gelandet bin. Wir haben gestern beide zu viel getrunken. Wahrscheinlich habe ich Ihnen nach oben geholfen und bin dann auch hier eingeschlafen.«

»Nachdem Sie Ihre Hose und Ihr T-Shirt ausgezogen hatten«, konterte Liv.

Björn zuckte mit den Schultern. »Ich ziehe mich immer aus, bevor ich ins Bett gehe«, sagte er hilflos, worauf sie erneut in Lachen ausbrach.

»Haben wir gestern nicht beschlossen, uns zu duzen?« Liv wischte sich die Lachtränen aus den Augen.

»Zumindest daran können Sie ... Ich meine, daran kannst du dich erinnern«, sagte Björn. Ihre Stimmungsschwankungen verwirrten ihn. Eben noch stocksauer, jetzt lauthals lachend ...

Liv schien zu ahnen, was er dachte. »Kann es sein, dass du mich für ziemlich bescheuert hältst?«

»Manchmal schon«, gab er zu und korrigierte sich gleich darauf selbst. »Eigentlich sogar ziemlich oft. Du bist eine ziemlich komplizierte Frau, Liv.« Er zögerte kurz, bevor er leise hinzufügte: »Aber ich weiß auch, dass dein Leben nicht besonders ...«

»Stopp!«, fiel sie ihm ins Wort, und er verstummte augenblicklich. »Ich will nicht darüber reden«, bat sie mit eindringlicher Stimme. »Ich will einfach alles vergessen, was einmal war.«

Björn nickte, obwohl er davon überzeugt war, dass sie nie vergessen würde, solange sie an allem festhielt, was sie an den Schmerz in ihrem Leben erinnerte.

Gegen Mittag kam Frederika mit Villiam und den beiden Kleinen, die ganz begeistert von Frederikas Haus waren.

»Das liegt ganz im Wald«, kreischte Nils.

»Und der da«, Emelie wies auf ihren Bruder und verdrehte die Augen, »hat schon wieder seinen Bären gesehen.«

269

»Hab ich auch«, sagte Nils stolz. »Und du hast den nicht geseht, weil das mein Schutzbär ist.«

»Du hast den nicht gesehen«, verbesserte Emelie sofort.

»Nein!« Nils stampfte mit dem Fuß auf. »*Du* hast den nicht geseht. *Ich* hab den geseht.«

Bevor es wieder zum Streit zwischen den beiden kommen konnte, wechselte Björn ganz schnell das Thema. »Ich habe übrigens noch nie dein Haus gesehen«, sagte er zu Frederika. »Ich weiß nicht einmal genau, wo du wohnst.«

»Wie wäre es, wenn wir nächsten Sonntag ein Picknick bei mir hinterm Haus machen und dazu auch noch Mats und Kerstin einladen?«, schlug Frederika vor.

Die Kinder stimmten ein Jubelgeschrei an, wodurch sich jede mögliche Ablehnung durch die Erwachsenen erledigte.

Nur Liv hatte etwas einzuwenden. »Am Dienstag werde ich meinen Gips los«, sagte sie, als die Kinder wieder ruhig waren. Sie schaute Björn an. »Ich bin dann also nicht mehr auf Hilfe angewiesen, und du kannst endlich wieder nach Hause fahren.«

Er hatte gewusst, dass dieser Tag kommen würde, und nun traf es ihn doch überraschend. Björn war erstaunt darüber, wie schwer ihm der Gedanke an den bevorstehenden Abschied fiel. An die Rückkehr in seine einsame Stockholmer Wohnung. Er würde gerne noch bleiben, aber er wusste auch, dass Liv ihn so schnell wie möglich loswerden wollte.

»Björn muss mit zum Picknick«, sagte Emelie bettelnd.

»Was für ein Picknick?« Jonna war ins Wohnzimmer gekommen und schaute fragend in die Runde.

»Frederika macht nächsten Sonntag ein Picknick hinter ihrem Haus für uns«, sagte Emelie, »aber der Björn soll vorher nach Hause fahren, weil Mama dann kein kaputtes Bein mehr hat.« Unvermittelt brach sie in Tränen aus. Sie umklammerte Björns Bein. »Ich will nicht, dass du wegfährst!«

Nils machte es seiner Schwester nach. Er umklammerte Björns anderes Bein, fing ebenfalls an zu weinen und rief: »Will auch nicht, dass du wegfährst!«

»Auf keinen Fall!« Jonna schüttelte entschieden den Kopf. »Du bleibst. Was sollen wir denn ohne dich machen?«

– 32 –

Auf einmal waren alle Blicke auf sie gerichtet, und Liv
wurde klar, dass von ihr eine Entscheidung erwartet wurde.
Aber was sollte sie sagen? Sie wusste doch, dass Björn nur
auf den Tag wartete, an dem er endlich hier verschwinden
konnte. Zurück in sein altes Leben.

»Björn war so lange hier«, begann sie lahm. »Er ist bestimmt froh, wenn er wieder nach Hause kann.«

»Björn soll nicht fahren.« Emelie presste sich ganz fest an
ihn, als wolle sie ihn daran hindern, auf der Stelle abzurei-
sen.

Nils schaute seine Mutter mit funkelnden Augen an.
»Der Björn fahrt nicht, der bleibt hier«, sagte er bestimmt.

»Fährt«, schluchzte Emelie.

»Tja, eigentlich ...«, begann Björn gedehnt und lenkte
damit die Aufmerksamkeit auf sich, »... muss ich noch nicht
zurück nach Stockholm. Wenn es dir nichts ausmacht,
bleibe ich gerne noch bis zum Wochenende.« Dabei schaute
er Liv an.

»Die Kinder würden sich sehr freuen«, erwiderte sie
spontan, während sie sich fragte, was sie selbst davon hielt.

Björns Blick verriet ihr, dass er sich die gleiche Frage
stellte. Dann wandte er sich den beiden Kleinen zu. »Ihr
hört jetzt auf zu weinen, okay?«

Emelie und Nils nickten eifrig.

»Ich freue mich auch, wenn du noch bleibst«, sagte Jonna.
»Aber warum nur bis zum Wochenende? Was wird danach?«

»Irgendwann muss ich ja zurück.« Wieder schaute Björn Liv fragend an.

Sie wusste nicht, wie sie seinen Blick deuten sollte, was er von ihr erwartete. Vielleicht war er genauso unsicher wie sie, oder er wollte in Wirklichkeit gar nicht länger bleiben und wünschte sich einfach nur weg von hier.

Genau das hatte sie sich in den letzten Wochen auch gewünscht: dass sie endlich wieder mit ihren Kindern alleine war und ihr altes Leben wiederaufnehmen konnte.

Und jetzt?

Es war ein komisches Gefühl, dass seine Abreise so kurz bevorstand. Und Liv war sich inzwischen auch nicht mehr sicher, ob sie ihr altes Leben tatsächlich zurückhaben wollte.

Am Dienstag nach Midsommar brachte Björn sie ins Krankenhaus. Die beiden Kleinen waren dabei, weil sie unbedingt noch einmal mit dem Aufzug fahren wollten.

Björn erzählte Liv unterwegs von dem Tag, an dem Nils und Emelie ihm entwischt waren und er von Etage zu Etage gelaufen war, um sie aus dem Aufzug zu fischen.

Liv musste laut lachen und erinnerte sich nur zu gut daran, wie unfreundlich sie sich ihm gegenüber benommen hatte. Sie betrachtete den Mann neben sich am Lenkrad verstohlen von der Seite.

Er war ein wichtiger Teil im Leben ihrer Kinder geworden, und – das gab sie aber nur vor sich selbst zu – sie empfand seine Anwesenheit auch nicht mehr als unangenehm. Es war schön, wenn er bei den gemeinsamen Mahlzeiten dabei war und wenn er den Kindern vor dem Einschlafen Abenteuer von Nils und dem Schutzbären erzählte. Und sie fand es sogar angenehm, wenn es ganz still im Haus wurde, er auf der Veranda saß und schrieb und sie ihm Gesellschaft leistete, still an einem Glas Rotwein nippte und las. Ihr gemeinsames Leben hatte sich eingependelt, und jetzt konnte sie sich nicht mehr vorstellen, wie es sein würde, wenn er plötzlich nicht mehr da war.

»Schön, dass du noch bis zum Wochenende bleibst«, sagte Liv aus diesen Gedanken heraus.

Björn wandte kurz den Kopf und lächelte sie an, bevor er sich wieder auf die Straße konzentrierte.

Im Krankenhaus wurde die Gipsschale entfernt, unter der interessierten Beobachtung von Emelie und Nils. Danach wurde das Bein noch einmal geröntgt.

»Alles in Ordnung«, sagte Dr. Norberg und bat Liv aufzustehen.

Liv war noch unsicher auf den Beinen. Sie hatte Angst, dass die plötzliche Belastung zu viel für den frisch verheilten Knochen sein könnte. Erst als Dr. Norberg sie ein zweites Mal aufforderte, stand sie vorsichtig auf. Sie ging einen zögernden Schritt, dann noch einen und begriff, dass sie wieder fast normal laufen konnte. Die Muskulatur ihres verletzten Beines hatte sich zurückgebildet, aber auch das würde sich innerhalb von kurzer Zeit wieder normalisieren.

Liv war glücklich.

Die Kinder auch. Zusammen mit Liv und Björn durften sie mehrmals mit dem Aufzug hinauf- und hinunterfahren, danach spendierte Björn ihnen allen ein Eis.

Als sie nach Hause kamen, saß Jonna zusammen mit einem Jungen auf der Treppe zum Haus. Beide wirkten sehr verlegen, und der Junge verabschiedete sich hastig.

»Folke?« Fragend sah Björn ihre Tochter an.

Liv sah, dass Jonna nickte und leicht errötete. Offensichtlich gab es da etwas, über das Björn Bescheid wusste, sie aber nicht. Es gefiel ihr nicht, aber sie bemerkte, dass sie dieses Mal nicht Björn die Schuld gab. Es tat ihr einfach nur weh, dass ihre Tochter sich ihr nicht anvertraut hatte.

Liv hatte keine Ahnung, ob Björn ahnte, was in ihr vorging. Er kam später zu ihr, als die Kleinen im Garten spielten und Jonna schon wieder unterwegs war.

»Das mit Jonna und Folke ...«, begann er unsicher.

»Ja?« Aufmerksam schaute Liv ihn an.

Björn seufzte tief. »Es tut mir leid, Liv, aber ich kann dir nichts erzählen. Ich möchte Jonnas Vertrauen nicht missbrauchen.«

»Ich wünschte, sie hätte mir vertraut«, sagte Liv bitter.

Björn lächelte. »Sie hätte mir auch nichts erzählt, wenn ich nicht zufällig bemerkt hätte, was mit ihr los ist.«

Liv betrachtete ihn aufmerksam. »Ich hätte dir nie zugetraut, dass du so gut mit Kindern umgehen kannst. Meine drei lieben dich offensichtlich.«

Björns Gesicht verschloss sich. Hatte sie etwas Falsches gesagt?

»Ich bin selbst überrascht«, sagte Björn nach einer kurzen Pause. »Denn weißt du, Liv, meine Ehe ist vor allem gescheitert, weil ich keine Kinder wollte und meiner Frau damals ihren sehnlichsten Wunsch versagt habe.«

Liv war erschrocken, und Björn schien ihr das anzusehen.

»Du hättest mir deine Kinder wahrscheinlich nie anvertraut, wenn du das vorher gewusst hättest, nicht wahr?«

»Bestimmt nicht.« Liv schüttelte den Kopf.

»Ich bin dir dankbar, dass du es getan hast.« Björn kam näher und sah ihr direkt in die Augen. »Ich habe hier so viel über mich selbst erfahren, Liv. Ich bin hier zu einem anderen Menschen geworden. Ich liebe deine Kinder. Ich hätte nie gedacht, dass ich dazu fähig wäre. Ich wünschte, ich hätte früher gewusst, dass es so sein kann. Dass ich so sein kann.«

Liv war erschüttert. Sie wusste nicht, was sie dazu sagen sollte, aber Björn schien auch keine Antwort zu erwarten.

Jonna kam am nächsten Tag zu ihr. »Ist es schlimm, wenn ich am Sonntag nicht mit zu dem Picknick komme?«

»Es wäre sehr schade«, sagte Liv. »Frederika hat uns alle eingeladen.«

»Ich würde ja auch gerne mitkommen«, begann Jonna, »aber die anderen wollen alle zum Strand. Und ...« Hilflos brach sie ab.

»Und Folke ist auch da«, kam Liv ihrer Tochter zu Hilfe.

»Ja.« Jonna nickte, verdrehte schwärmerisch die Augen. »Er ist so süß. Und er hat sich gerade von Svea getrennt.«

»Er war mit Svea zusammen?« Liv runzelte die Stirn.

»Sie hat sich an ihn rangeschmissen, weil sie wusste, dass ich ihn gut finde«, sagte Jonna aufgebracht. »Ist das nicht mies?«

Liv sagte nichts dazu. Eigentlich mochte sie Svea, die vor ihrem Unfall noch Jonnas beste Freundin gewesen war. Schade, dass die Freundschaft der Mädchen an der ersten Liebe der beiden zerbrach. Liv kannte Svea und zweifelte daran, dass es ihr wirklich nur darum gegangen war, Jonna den Schwarm auszuspannen. Und was war mit diesem Folke? Nutzte er die Schwärmerei der beiden Mädchen nur aus?

Liv wusste, dass sie ihre Kinder nicht vor allen Verletzungen, vor allem Schmerz bewahren konnte, aber das änderte nichts daran, dass sie sich Sorgen um ihre Tochter machte. »Ich weiß nicht«, sagte sie gedehnt. »Frederika wäre bestimmt sehr enttäuscht, wenn du am Sonntag nicht mitkommst.«

»Du willst nur nicht, dass ich Folke treffe«, erwiderte Jonna aufgebracht. »Hätte ich dir doch nichts erzählt!«

Liv schloss ihre Tochter in die Arme. »Es war gut, dass du es mir erzählt hast«, sagte sie leise. »Und du hast recht, ich habe Angst um dich. Versprich mir, dass du gut auf dich aufpasst!«

Jonna befreite sich aus ihren Armen und strahlte sie an. »Heißt das, ich darf mit den anderen an den Strand?«

Liv nickte, woraufhin Jonna ihr um den Hals fiel.

»Danke! Danke! Danke!«, rief sie immer wieder aus. »Und du musst dir keine Sorgen machen, ich passe bestimmt gut auf mich auf.«

Liv wusste, dass das unmöglich war. Sie selbst hatte auch einmal geglaubt, unverwundbar zu sein, weil sie liebte und sich wiedergeliebt glaubte. Nichts konnte so grausam sein wie der Sturz aus dem so hochgelobten siebten Himmel. Aber sie konnte ihre Tochter nicht warnen. Nicht nur, weil Jonna nichts von dem Verrat ihres Vaters wusste – niemals wollte Liv die Erinnerung ihrer Kinder zerstören –, sondern auch, weil Jonna ohnehin nicht auf sie gehört hätte.

Ihre Tochter musste ihren eigenen Weg gehen, ihre eigenen Erfahrungen machen, so schwer es Liv auch fiel, sie loszulassen.

– 33 –

Björn gefiel Frederikas Haus. Es lag nicht direkt am Wasser wie das von Liv, dafür aber mitten im Wald. Das Haus der nächsten Nachbarn war nicht zu sehen, ebenso wenig das Meer, aber das Rauschen der Wellen war selbst hier zu vernehmen.

Bis auf die abgeschiedene Lage unterschied sich Frederikas Haus kaum von den anderen Häusern in Norrfällsviken. Es war aus rot gestrichenem Holz, eine Treppe führte zum Eingang und zur Veranda, die von einem Balkon im Obergeschoss überdacht wurde. Auf der Rückseite gab es einen verglasten Wintergarten. Frederika hatte die Türen weit geöffnet, um Luft und Licht ins Haus zu lassen.

Hinter dem Wintergarten begann eine Wiese voller Wildblumen, die sich bis zum Waldrand erstreckte. Dort hatte Frederika auf dem Boden Decken ausgebreitet. Nur für Villiam hatte sie einen bequemen Gartenstuhl hingestellt, weil er nicht mehr so gut vom Boden aufstehen konnte.

Für die beiden Kleinen war das Picknick ein richtiges Abenteuer, und auch die Erwachsenen waren bester Stimmung. Sie ließen sich die Snacks schmecken, die Frederika vorbereitet hatte. Dazu gab es frische Sesam-Karotten-Brötchen aus der Backstube. Mats hatte ein neues Rezept ausprobiert und brachte die Brötchen mit, als er zusammen mit Kerstin erschien. Die beiden betonten auffällig oft, sie wären sich auf dem Weg zu Frederika zufällig begegnet.

Björn grinste Mats an, und als die anderen abgelenkt waren, sagte er leise: »Aha, zufällig also.«

Mats erwiderte sein Grinsen. »Kerstin ist eine tolle Frau!«

»Ja, das ist sie«, stimmte Björn ihm zu und erkannte plötzlich, dass Mats sich ernsthaft verliebt hatte. Er dachte an das, was Kerstin ihm vor einiger Zeit am Strand erzählt hatte. Ob Mats darüber Bescheid wusste? Ob ihm klar war, dass dadurch möglicherweise neue Probleme heraufbeschworen wurden?

Björn verdrängte diese Fragen. Er wollte heute keine bedrückenden Gedanken zulassen, sondern einfach den Tag genießen. Zusammen mit den Menschen, die ihm wichtig, die seine Freunde geworden waren. In ein paar Tagen ging es zurück nach Stockholm ...

Daran wollte er erst recht nicht denken.

Nach dem Essen brachten sie alle zusammen die benutzten Teller und Platten ins Haus, nur Villiam und die Kinder blieben draußen, sodass es in Frederikas Küche ein ziemliches Gedränge gab.

Mats und Kerstin gingen betont freundschaftlich miteinander um und schienen zu glauben, dass die anderen nicht bemerkten, wie sich ihre Hände immer wieder scheinbar zufällig berührten.

Liv und Björn räumten den Geschirrspüler ein, und Frederika stellte die Essensreste in den Kühlschrank, als Emelie in die Küche kam und aufgeregt ausrief: »Der Nils, der hat schon wieder seinen Bären gesehen.«

Die Erwachsenen lachten, bis auf Liv, die ihre Tochter ermahnte: »Bitte, Emelie, ärgere ihn nicht! Nils ist davon überzeugt, dass er den Bären wirklich sieht.«

»Ja, aber heute kann ich ihn auch sehen«, sagte Emelie kleinlaut. »Der Bär ist jetzt draußen bei Nils und Opa auf der Wiese und macht auch Picknick.«

Alle waren sekundenlang wie erstarrt. Björn war der Erste, der sich in Bewegung setzte, noch erfüllt von der Hoffnung, dass Emelie plötzlich genauso viel Fantasie entwickelt hatte wie ihr Bruder und da draußen nichts war.

In seiner Aufregung achtete Björn nicht darauf, ob die anderen ihm folgten, als er in den Wintergarten lief. An der Tür blieb er so abrupt stehen, dass Liv, die direkt hinter ihm war, gegen ihn prallte.

Der Bär stand auf allen vieren auf einer der Decken, auf denen sie alle eben noch gesessen hatten, und fraß das Obst, das sie draußen gelassen hatten. Besonders die Trauben schienen ihm zu schmecken.

Nils stand neben dem Stuhl, auf dem sein Großvater saß, nur wenige Meter von dem Bären entfernt, und drehte sich um, als er die Erwachsenen hörte.

»Björn«, rief er begeistert aus und zeigte auf den Bären. »Da ist mein Schutzbär. Darf ich den streicheln?«

»Nein!«, brüllte Björn so laut, dass nicht nur Nils erschrocken zusammenzuckte, sondern auch der Bär seinen Kopf hob.

Björn hörte Liv hinter sich aufschluchzen. Er wandte nur kurz den Blick, sah Frederikas schneeweißes Gesicht, Kerstin, die erschrocken beide Fäuste vor den Mund gepresst hatte, und Mats, der nach vorn drängte, um zu helfen, aber offensichtlich auch nicht so recht wusste, was er tun sollte.

Villiam saß völlig ungerührt auf dem Gartenstuhl und schien überhaupt nicht zu begreifen, was vor sich ging.

»Nils, du bewegst dich nicht!«, rief Björn. Ein bisschen leiser als eben, um den Bären nicht zu reizen und weil Nils' Unterlippe schon verdächtig zitterte.

»Ich lenke den Bären ab«, sagte Björn zu Mats. »Du holst inzwischen Villiam und den Kleinen ins Haus.«

Mats nickte, feste Entschlossenheit, aber auch große Angst im Blick.

Björn hatte keine Ahnung, wie er vorgehen sollte. Er trat über die Schwelle und umrundete den Bären, der jetzt auf ihn aufmerksam geworden war und sich langsam um die eigene Achse drehte, um ihn nicht aus den Augen zu verlieren.

Der Bär hatte Nils und Villiam kaum den Rücken zugewandt, da eilte Mats bereits zu den beiden, bemüht, kein Geräusch von sich zu geben. Er nahm Nils auf den Arm, griff nach Villiams Arm und wollte ihn hochziehen, doch der alte Mann wehrte sich, bis Frederika dazukam und ihn bei der Hand nahm. Ihr folgte Villiam widerstandslos.

Björns Blick wanderte zwischen den Menschen und dem Bären hin und her. Endlich waren alle in Sicherheit, standen an der Tür zum Wintergarten und schauten ängstlich zu ihm heraus. Mats bedeutete ihm mit der Hand, jetzt auch wieder zurück ins Haus zu kommen.

Björn wollte das ja auch gerne, aber der Bär änderte plötzlich sein Verhalten. Er ging einen Schritt zur Seite, versperrte ihm den Rückweg zum Haus und richtete sich zu seiner vollen Größe auf.

Björn schluckte. Das Vieh war mindestens zwei Meter fünfzig groß, und die Krallen an seinen Pfoten wirkten Furcht erregend.

281

»Komm, Junge«, zischte Björn. »Tu dir und mir einen Gefallen und hau ab!«

Der Bär kam lieber einen Schritt näher, und zwar immer noch auf seinen Hinterbeinen, die Vorderbeine drohend erhoben.

Fieberhaft überlegte Björn, was er über Bären gelesen hatte. Überall dort in den schwedischen Wäldern, wo es zu Begegnungen mit Bären kommen konnte, waren Hinweistafeln mit Regeln angebracht. Hier aber nicht.

»Pass auf!«, rief Mats von der Tür des Wintergartens aus. Björn lugte vorsichtig um den Bären herum und sah, dass Mats sein Handy in der Hand hielt. »Ich habe im Internet eine Seite über Bären gefunden. Wenn sie sich aufrichten, wollen sie nur die Situation besser überblicken. Der tut nix.«

»Hoffentlich weiß der das auch«, rief Björn leise zurück, aber selbst das schien dem Bären nicht zu gefallen. Er blieb immer noch auf den Hinterbeinen, kam einen weiteren Schritt näher, während Björn gleichzeitig weiter zurückwich.

Der Bär schien genug gesehen zu haben und ließ sich wieder auf alle vier Pfoten runter.

»Nicht weglaufen!«, brüllte Mats. »Der ist auf jeden Fall schneller als du, und wenn du rennst, weckt das in ihm den Jagdtrieb. Jedenfalls steht das hier so.«

»Du hast gut reden«, murrte Björn. Er traute sich nicht mehr zu rufen und wusste genau, dass er rennen würde, sobald der Bär sich in Bewegung setzte. Eigentlich sah das Tier nicht angriffslustig aus. Vielleicht half ja gutes Zureden.

»Braver Bursche«, lobte Björn leise. »Geh schön zurück in den Wald.«

Der Bär rannte los.

Björn auch.

Ein vielstimmiger Aufschrei war zu hören, Björn achtete nicht darauf. Er sah nicht nach rechts, nicht nach links – leider auch nicht nach unten.

Und dann war da die Baumwurzel, die sich nur wenige Zentimeter über den Boden erhob. Björns Fuß verfing sich darin, er stürzte und vernahm hinter sich das Schnaufen des Bären. Sehr dicht hinter sich.

»Stell dich tot!«, schrie Mats. »Gesicht unter die Arme und tot stellen!«

Er war sowieso gleich tot. Wenn der Bär das nicht erledigte, machte garantiert sein Herz nicht mehr mit.

Die Bestie war da, direkt über ihm. Er hörte sie schnüffeln, nahm den stinkenden Atem wahr – und dann war plötzlich alles vorbei.

Bin ich tot?, fragte sich Björn.

»Er ist weg«, schrie Mats von der Tür des Wintergartens aus. »Björn, er ist weg!«

Björn hob vorsichtig den Kopf. Tatsächlich, der Bär war verschwunden. Er brauchte noch einige Sekunden, bis er den Schrecken so weit überwunden hatte, dass er aufstehen konnte.

Liv kam auf ihn zu und umarmte ihn. Ihrem tränenverschmierten Gesicht war immer noch das Entsetzen anzusehen.

Auch die anderen kamen jetzt nach draußen. Mats schaute immer wieder in dieselbe Richtung, wahrscheinlich dahin, wo der Bär zwischen den Bäumen des Waldes verschwunden war.

»Mann, du hast uns einen ganz schönen Schrecken eingejagt!« Mats klopfte Björn auf die Schulter.

»Ich?«, fuhr Björn auf. Dann lachte er plötzlich los. Er wusste selbst nicht, warum, aber er konnte nicht damit aufhören, bis er Tränen in den Augen hatte. »Klar«, japste er, »ich bin ja immer an allem schuld, was in diesem verdammten Norrfällsviken passiert!«

»Schon gut.« Liv stand neben ihm und legte ihm einen Arm um die Schulter. »Du hast Nils und meinen Vater vor dem Bären gerettet. Danke, Björn!«

Allmählich beruhigte Björn sich wieder. Er lebte. Er konnte es kaum fassen, aber er hatte das tatsächlich überstanden, und langsam begriff er, dass diese Begegnung mit dem Bären ihm gezeigt hatte, wie gerne er lebte. Wie schön er das Leben fand, hier in Norrfällsviken, zusammen mit den Menschen, die ihm so viel bedeuteten. Und in diesem Moment fasste er einen Entschluss, der sein Leben für immer verändern sollte.

Nils kam aus dem Haus, trottete mit trotziger Miene und gerunzelter Stirn auf die Erwachsenen zu. »Keiner hat mir geglaubt«, sagte er und begann zu weinen. »Und jetzt hab ich kein Schutzbär mehr, weil ihr den alle geseht habt.«

Björn nahm den Jungen in den Arm. »Ich werde immer dein Schutzbär sein«, versprach er. »Egal, ob die anderen mich sehen oder nicht.«

Der Junge legte die Arme um seinen Hals, schmiegte sein Gesichtchen an seine Schulter. »Ganz in echt und in ehrlich?«

»Ganz in echt und in ehrlich«, versicherte Björn.

– 34 –

Liv wusste selbst nicht, was mit ihr los war. Anfangs hatte sie sich so in ihren Hass auf Björn hineingesteigert, dass sie an allem, was er tat, etwas auszusetzen hatte. Aber als er eben auf dem Boden gelegen hatte und der Bär direkt über ihm stand, da – ja, da hatte sie erkannt, wie wichtig er ihr geworden war und dass sie ihn nicht verlieren wollte.

Inzwischen schämte sie sich, dass sie ihn einfach umarmt hatte, vor allen anderen. Hatte sie ihm ihre Gefühle zu deutlich gezeigt? Und was war das überhaupt, was sie für ihn empfand?

Als sie von Frederika nach Hause gekommen waren, hatten Björn und sie sich gemeinsam um die Kleinen gekümmert. Sie waren freundlich miteinander umgegangen, aber etwas zwischen ihnen hatte sich verändert. Es lag wieder eine Spannung in der Luft, aber sie rührte nicht mehr von der unterdrückten Wut und Abneigung her, mit der sie sich noch vor Kurzem begegnet waren. Das hier war neu, es war aufregend – und Liv hatte keine Ahnung, wie sie damit umgehen sollte.

Nils und Emelie lagen inzwischen in ihren Betten, oder vielmehr beide zusammen in Nils' Bett, während Björn ihnen eine Geschichte erzählte. Jonna war noch nicht zu Hause, und Liv hatte sich in ihr Schlafzimmer zurückgezogen, um ein wenig zur Ruhe zu kommen.

Eine halbe Stunde später hörte sie, wie Björn den Kindern leise »Gute Nacht« wünschte und die Türen zu den

Kinderzimmern schloss. Dann vernahm sie seine Schritte, hörte, wie er vor ihrer Zimmertür stehen blieb.

Liv hielt den Atem an.

Björn ging weiter, seine Schritte entfernten sich, und er ging die Treppe hinunter. Liv wusste nicht, ob sie erleichtert oder enttäuscht sein sollte.

Sie setzte sich auf ihr Bett. Nach ein paar Minuten stand sie auf und ging ruhelos im Zimmer auf und ab. Dann setzte sie sich wieder, bis sie es nicht mehr aushielt und erneut ihre Wanderung aufnahm.

Plötzlich blieb sie stehen, straffte ihren ganzen Körper, ballte die Hände kurz zu Fäusten und lockerte sie wieder. »Nur Mut«, sagte sie leise zu sich selbst.

Sie würde jetzt hinuntergehen, sie wollte ihn sehen, heute Abend noch. Sie wollte ergründen, was mit ihr los war und ob er ähnlich empfand. Sie wollte seine Stimme hören, seine Nähe spüren.

Sie ging zur Tür, hielt noch einmal kurz inne, holte tief Luft und öffnete sie.

Björn war auf der Veranda, aber nicht in sein Manuskript vertieft, wie sie es erwartet hatte. Er stand am Geländer, stützte sich mit beiden Händen darauf und starrte ins Wasser.

Obwohl Liv leise war, schien er zu spüren, dass er nicht mehr alleine war. Er drehte sich zu ihr um.

Liv kam langsam näher und betrachtete forschend sein Gesicht. Er schaute sie unverwandt an, aber wie so oft war seine Miene undurchdringlich.

Liv blieb in der Mitte der Veranda stehen. »Wie geht es dir?«, fragte sie leise.

Björn grinste. »Es könnte weitaus schlimmer sein«, sagte er. »Ich bin froh, dass der Bär ein ziemlich friedlicher Geselle war. Frederika hat eben übrigens angerufen. Sie hat den Bären gemeldet, und er treibt sich tatsächlich schon seit Längerem hier in der Gegend herum. Es soll sich um ein Jungtier aus dem Naturschutzgebiet handeln, und er soll jetzt behutsam dahin zurückgeführt werden.«

»Ich bin so froh, dass dir nichts passiert ist«, sagte Liv.

»Und ich erst.« Björn schmunzelte, wurde gleich darauf jedoch wieder ernst. »Ich würde gerne noch bleiben«, sagte er unvermittelt.

Liv lächelte. »Ich hätte gerne, dass du noch bleibst«, sagte sie.

Er kam auf sie zu, blieb dicht vor ihr stehen und umfasste ihr Gesicht mit beiden Händen. In seinen tiefblauen Augen lag ein Glanz, der sie erbeben ließ. Sein Gesicht kam näher, seine Lippen berührten sanft ihren Mund.

Er zögerte noch, als wäre er nicht sicher, ob es richtig war, was er gerade machte.

Liv umschlang ihn mit beiden Armen, spürte seine Zunge zwischen ihren Lippen, seine Hände, die sanft über ihren Rücken glitten. Ihr Herz schlug in einem harten Rhythmus, ihr ganzer Körper drängte sich ihm entgegen.

»Der Mensch lebt nicht vom Brot allein.«
(5. Moses 8,3)

Sesam-Karotten-Brötchen

Zutaten:

750 g Weizenmehl
1 Würfel Hefe
1 Prise Zucker
4 EL Öl
150 g Quark (Magerstufe)
1 TL Natron
1 Prise Salz
400 g Möhren
Salz
100 g Sesamsamen
Öl oder Backpapier für das Blech

Zubereitung:

Das Mehl in eine Schüssel sieben, eine Mulde in die Mitte drücken. Hefe hineinbröseln, eine Prise Zucker dazugeben und mit ca. 100 ml lauwarmem Wasser und etwas Mehl verrühren. Die Schüssel mit einem Tuch abdecken und den Vorteig an einem warmen Ort mindestens 20 Minuten gehen lassen.

Öl, Quark, Natron, eine Prise Salz und 125–250 ml lauwarmes Wasser in die Schüssel geben. Alles zu einem festen Teig verkneten. Er sollte geschmeidig sein, aber nicht an den Händen kleben. Den Teig etwa eine Stunde zugedeckt ruhen lassen.

Die Möhren schälen, in Salzwasser weich kochen, abgießen und pürieren. Sesamsamen in einer Pfanne goldbraun rösten.

Möhren und zwei Drittel der Sesamsamen unter den Teig kneten. Falls der Teig zu trocken wird, noch etwas lauwarmes Wasser unterkneten.

Backofen auf 180 °C (Umluft 160 °C) vorheizen. Ein Backblech mit Papier auslegen oder mit Öl einfetten.

Aus dem Teig 24 Brötchen formen und auf das Blech setzen. Brötchen an der Oberfläche mit Wasser bepinseln, mit dem restlichen Sesam bestreuen und im Ofen auf der mittleren Schiene 15 bis 20 Minuten backen.

– 35 –

»Emelie, der Björn liegt in Mamas Bett, und beide haben sich alle Kleider ausgezieht.«

Björn fuhr auf, als er die Kinderstimme dicht an seinem Ohr vernahm. Nils stand vor dem Bett und grinste ihn an, während Liv neben ihm auch aufwachte und zu begreifen schien, was hier gerade passierte. Sie zog sich das Bettlaken bis zum Hals.

Emelie kam ins Zimmer gestürmt, schaute Björn, der sich inzwischen ebenfalls zugedeckt hatte, und ihre Mutter fragend an und vergaß vor lauter Überraschung, ihren kleinen Bruder zu korrigieren. »Ist der Björn jetzt dein Verliebter?«, wollte sie von Liv wissen.

Björn wandte sich Liv zu. »Können wir das nächste Mal die Tür abschließen?«, fragte er leise.

Ihre Augen blitzten auf. »Gibt es denn ein nächstes Mal?«

»Worauf du dich verlassen kannst!« Er widerstand der Versuchung, sie im Beisein der Kinder zu küssen, und Nils fand glücklicherweise gerade eine eigene Erklärung für die Situation.

»Nee, der Björn ist nicht Mamas Verliebter«, sagte er zu Emelie. »Der hat bestimmt vom Bär geträumt. Wenn ich beim Träumen Angst hab, darf ich ja auch zu Mama ins Bett.«

»Genau so war es«, pflichtete Björn dem Jungen bei. »Und wenn ich mal wieder von Bären träume und hier schlafen muss, dann seid ihr morgens bitte ganz leise, okay?«

Die beiden nickten eifrig. Für sie war das Thema damit erledigt, und sie flitzten wieder aus dem Zimmer.

Björn drehte sich zu Liv, winkelte den Ellbogen an und stützte den Kopf auf seine Hand. Er schaute Liv an, ließ die letzte Nacht nachwirken und zog sanft mit dem Zeigefinger die Konturen ihrer Lippen nach. »Ich liebe deine Kinder, wirklich«, sagte er leise. »Aber jetzt wünschte ich mir, ich wäre mit dir ganz allein.«

»Ich fürchte, da stehen deine Chancen in den nächsten fünfzehn Jahren schlecht.« Liv lächelte. Sie schlug das Bettlaken zurück und stand auf.

Björn betrachtete sie sinnend. In den letzten Jahren hatte er überwiegend mit Frauen geschlafen, die sogenannte Modelmaße besaßen. Liv hatte eine reife, weibliche Figur und machte ihn viel mehr an. Vielleicht lag es auch an der Unbefangenheit, mit der sie sich nackt vor ihm bewegte. Wenn die Kinder nicht wären ...

»Ich mache dann mal Frühstück.« Liv griff nach ihren Kleidern und verließ das Zimmer.

Kurz darauf hörte Björn die Badezimmertür. Er verschränkte die Hände hinter dem Kopf, legte sich entspannt zurück und lächelte. Jetzt, nachdem die Angst ausgestanden war, war er dem Bären fast schon dankbar. Die brenzlige Situation hatte ihn und Liv zusammengebracht, und das fühlte sich verdammt gut an. Er war so zufrieden wie seit den glücklichsten Tagen mit Eivor nicht mehr.

»Eivor«, sagte er leise und lauschte dem Klang des Namens. Er versuchte, sich seine Exfrau vorzustellen, aber es gelang ihm nicht so recht. Die Züge verschwammen vor seinem inneren Auge. Aber auch die Wut in ihm war verblasst, ebenso der Schmerz, der die Wut abgelöst hatte. Es war endgültig vorbei, er hatte mit dieser Zeit abgeschlossen.

Als Björn hörte, dass Liv aus dem Bad kam und nach unten ging, stand er ebenfalls auf. Nach einer erfrischenden Dusche ging er in die Küche. Liv und die beiden Kleinen waren nicht da. Wahrscheinlich waren sie gerade auf dem Weg in den Kindergarten.

Jonna saß am Tisch und grinste ihn an. »Ich weiß alles von den Kleinen«, sagte sie. »Und erzähl mir jetzt bloß nichts von Albträumen, die dich ins Bett meiner Mutter getrieben haben.«

»Und wie lief es mit dir und Folke?«, parierte Björn.

Jonna winkte ab. »Folke ist ein Idiot. Dafür habe ich mich aber wieder mit Svea vertragen.«

»Gut so.« Björn nickte zustimmend. »Ich freue mich, dass es dir wieder besser geht. So ein Typ ist keine Sekunde Liebeskummer wert.«

»Und was ist mit dir und Mama?« Jonna blickte ihn neugierig an. »Seid ihr jetzt zusammen?«

»Quatsch!«, antwortete Björn schnell, fügte dann aber etwas kleinlaut hinzu: »Hättest du damit ein Problem?«

Jonna dachte einen Augenblick nach. »Ich weiß es nicht«, gab sie ehrlich zu. »Ich vermisse meinen Papa immer noch, und es wäre komisch, wenn du seinen Platz einnimmst.«

»Ich habe keine Ahnung, was noch kommen wird«, sagte Björn, »aber ich werde niemals den Platz deines Vaters einnehmen. Das könnte ich gar nicht. Ich finde es im Moment einfach nur schön, bei euch zu sein.«

Jonna legte den Kopf schief und lächelte ihn an. »Ich finde es auch schön, dass du noch bleibst«, sagte sie.

Björn blieb in Norrfällsviken, und seine Abreise war kein Thema mehr. Aus Tagen wurden Wochen, und aus Wochen wurden Monate. Sein Buch nahm immer mehr Gestalt an. Frederika hatte bereits eine Leseprobe an den Verlag geschickt. Noch wusste Björn nicht, wie dieser darauf reagieren würde, aber Frederika zeigte sich ziemlich optimistisch.

Die Beziehung zwischen ihm und Liv wurde intensiver. Sie hatten in den letzten Wochen lange Gespräche geführt und sich viel besser kennengelernt. Nur ein Thema durfte Björn nicht ansprechen: Lennart.

Als Mitte August die ersten Äpfel reif waren, ging Björn mit Leiter und Körben ausgerüstet in den Garten, um sie zu pflücken. Liv hatte versprochen, einen Apfelkuchen für ihn und die Kinder zu backen.

Immer wieder musste Björn über den abgeknickten Teil des Baumes klettern oder sich so weit darüber lehnen, dass die Leiter gefährlich ins Wanken geriet. Trotzdem konnte er nicht alle reifen Äpfel erreichen. Er fluchte vor sich hin und war schweißgebadet, als er die Äpfel schließlich zu Liv in die Küche brachte.

»Liv, so kann das nicht weitergehen mit dem Apfelbaum!«, sagte er wütend.

Sie stand mit dem Rücken zu ihm am Geschirrspüler und räumte das benutzte Geschirr in die Maschine. Sie richtete sich auf, und er sah, wie sie die Schultern hochzog. Sie wandte sich nicht um.

»Was meinst du damit?« Ihre Stimme klang spröde.

»Lass mich den abgestorbenen Teil entfernen!«

»Nein!« Sie sagte nur dieses eine Wort. Hart und klar, ohne weitere Erklärung.

»Warum nicht?«, fragte Björn nach kurzem Schweigen.

»Weil ich es nicht will.«

Björn spürte Ärger und Ungeduld in sich aufsteigen. »Wieso kannst du nicht einfach mit der Vergangenheit abschließen?«, fragte er.

Endlich drehte Liv sich um. Ihre Augen waren voller Tränen. »Warum machst du so ein Drama daraus? Kann nicht einfach alles so bleiben, wie es jetzt ist?«

Björn schüttelte den Kopf. »Ich will mit dir die Zukunft planen«, sagte er entschieden. »Aber wie sollen wir das schaffen, wenn du so an der Vergangenheit hängst?«

»Du verstehst das einfach nicht!«, stieß Liv hervor. »Der Apfelbaum, die Elchbackformen, all das hängt mit dieser einen Nacht ... Ach«, unterbrach sie sich wütend, »ich kann es dir einfach nicht erklären.«

»Dann lass es eben!« Björn versteckte seinen Ärger jetzt nicht mehr. Er musste hier raus, brauchte frische Luft. Ohne ein weiteres Wort verließ er das Haus.

Knut schlüpfte gerade noch hinter ihm aus der Tür, bevor er sie zuschlug.

»Dann komm halt mit«, brummte Björn.

Er steckte die Hände in die Taschen seiner Jeans und schlug den Weg in Richtung Strand ein. Den Blick hielt er auf den Boden gerichtet.

Er liebte Liv und wollte seine Zukunft mit ihr verbringen, das hatte er ihr deutlich gesagt. Die Frage war nur, was sie empfand. Warum fiel es ihr so schwer, mit allem abzuschließen und gemeinsam mit ihm nach vorn zu schauen?

»Hej!«

Björn sah auf. »Hej«, sagte er, als er Kerstin erblickte.

294

»Hier haben wir uns schon lange nicht mehr getroffen«, sagte sie.

Björn nickte, ging eine Weile schweigend neben ihr her und spürte, dass sie ihn immer wieder von der Seite anschaute.

»Liv?«, fragte sie nach einer Weile.

Björn blieb stehen, wandte sich ihr zu. »Ich werde einfach nicht schlau aus ihr«, sagte er. »In dem einen Moment habe ich das Gefühl, dass wir beide glücklich sind, und dann entzieht sie sich mir wieder völlig. Diese Sache mit Lennart ...« Er schüttelte den Kopf, starrte mutlos an Kerstin vorbei aufs Meer. »Ich bin mir nicht sicher, ob sie damit jemals abschließen kann.«

»Du musst Geduld mit ihr haben«, sagte Kerstin. »Ich habe auch ganz lange gebraucht, um mit meiner eigenen Geschichte fertigzuwerden, aber jetzt bin ich wieder glücklich.«

Björn schaute sie aufmerksam an. »Mit Mats?«

Kerstin nickte und presste kurz die Lippen aufeinander. »Ich habe ihm inzwischen alles erzählt. Leicht war es nicht für ihn.«

»Aber er kommt damit klar?«

»Besser als ich«, sagte Kerstin. »Es weiß übrigens noch niemand etwas von uns, obwohl ich glaube, dass Frederika es ahnt.« Sie lächelte, aber gleich darauf wurde ihr Blick wieder ernst. »Ich werde es Liv sagen, Björn. Ich werde ihr alles erzählen.«

Björn schaute sie an, nickte und sagte nach einer ganzen Weile: »Ja, sie hat ein Recht, es zu erfahren.« Er hatte keine Ahnung, wie Liv auf Kerstins Geschichte reagieren würde, aber vielleicht war das genau der Anstoß, den sie brauchte.

Kerstin legte eine Hand auf seinen Arm. »Es wird alles gut«, sagte sie leise. »Es muss einfach gut werden. Für dich und Liv und für Mats und mich.«

»Ja, ganz bestimmt«, sagte Björn, obwohl es ihm schwerfiel, daran zu glauben. Er zog sie an sich, schloss sie ganz fest in seine Arme.

– 36 –

Zum ersten Mal seit ihrem Unfall betrat Liv wieder die Backstube. Sie konnte noch nicht lange genug stehen, um einen ganzen Tag zu arbeiten, aber langsam wollte sie wieder damit anfangen. Sie trat ans Fenster und schaute hinaus auf den Apfelbaum. Warum ließ Björn sie damit nicht in Ruhe? Die eine Hälfte des Baumes war schon so lange tot, und bisher hatte das auch niemanden gestört.

Sie drehte sich um und sah die Elchbackformen auf einem der Regale liegen. Sie ging einen Schritt darauf zu, blieb dann stehen. In ihren Gedanken spielte sich wieder die Szene im Krankenhaus ab, als Björn ihr die gebackenen Elche gebracht hatte. Sie spürte den altbekannten Ärger in sich aufsteigen ...

Halt! Das war ungerecht. Es war nicht seine Schuld gewesen, er konnte es ja nicht wissen. Ebenso wenig wie Jonna, der Liv immer erzählt hatte, dass die Backformen verschwunden wären.

Es erschreckte sie selbst, dass es ihr immer noch so viel ausmachte, die Formen auch nur zu sehen. Sie konnte den Anblick nicht ertragen.

Liv ging zu dem Regal, nahm die Backformen heraus und stopfte sie in eine der Papiertüten, in denen das Brot verkauft wurde. Mit der Tüte in der Hand verließ sie die Backstube und stieg die Treppen hinauf bis zum Speicher.

Obwohl die Nächte immer noch nicht ganz dunkel wurden, fiel hier oben nur spärliches Licht durch die Dachluken. Suchend sah Liv sich nach einem Versteck um, wo die Backformen nicht mehr so schnell gefunden werden konnten. Sie öffnete den Kleiderschrank, in den sie nach Lennarts Tod die Sachen hineingestopft hatte, die sie nicht abgeben wollte.

Es war nicht viel, was von ihm geblieben war. Ein alter Mantel, zwei Anzüge und die Tüte, die sie aus dem Krankenhaus bekommen hatte. Darin befand sich das, was er auf seiner letzten Fahrt bei sich getragen hatte. Liv hatte nie in diese Tüte hineingesehen. Sie nahm allen Mut zusammen und öffnete sie zum ersten Mal.

Viel war nicht darin. Seine Uhr, die Manschettenknöpfe, die sie ihm zu seinem letzten Geburtstag geschenkt hatte. Die Brieftasche.

Liv griff nach der Brieftasche und öffnete sie. Sie fand ein paar Münzen, Geldscheine, Fotos von ihr und den beiden Töchtern. Liv zog die Bilder heraus und entdeckte dann noch ein Foto, das hinter den anderen versteckt war. Ein Gesicht lachte sie an. Das Gesicht einer jungen Frau, das ihr sehr bekannt vorkam.

Liv drehte das Foto um. *Ich liebe dich, Ylva* stand auf der Rückseite.

Ihr Herz raste, in ihrem Kopf schien sich alles zu drehen. War das auf dem Foto wirklich die Frau, die sie zu erkennen glaubte, oder war es nur eine zufällige Ähnlichkeit?

Sie ließ alles stehen und liegen, kümmerte sich nicht um die halboffene Schranktür und rannte mit dem Foto in der Hand nach unten in ihr Schlafzimmer. Dort eilte sie ans Fenster und schaute sich das Foto genau an. Es gab keinen Zweifel: Die Frau auf dem Bild war Kerstin.

Kerstin war Ylva!

Liv sah aus dem Fenster, und dann entdeckte sie diese Frau, die sie so sehr hasste. Sie war am Strand, aber sie war nicht allein. Sie lag in Björns Armen, und er hielt sie fest umschlungen.

Liv schloss die Tür zu ihrem Zimmer ab. Sie wollte keinen Menschen sehen, mit niemandem reden.

Irgendwann kam Björn nach Hause. Sie hörte ihn auf der Treppe, vor ihrer Tür, sah, wie er die Klinke leise herunterdrückte. Als ihm klar wurde, dass sich die Tür nicht öffnen ließ, ging er weiter ins Zimmer ihres Vaters.

Liv konnte die ganze Nacht nicht schlafen. Immer wieder schaute sie das Foto an. Sie sah Kerstin – nein, Ylva – zusammen mit Lennart, dann verschwamm Lennarts Gesicht, und er wurde zu Björn, aber das Bild blieb das Gleiche. Ylva und Lennart. Ylva und Björn.

Liv blieb auch am nächsten Morgen in ihrem Zimmer. Die Kinder sollten nichts mitbekommen. Erst als Jonna in die Schule gegangen war und Liv hörte, wie Björn das Haus mit den Kleinen verließ, wagte sie sich aus ihrem Zimmer und ging ins Bad.

Sie erschrak bei ihrem eigenen Anblick im Spiegel. Ihre Haut war blass, dunkle Schatten lagen unter ihren Augen. Morgen, das versprach sie sich selbst, würde es ihr wieder besser gehen. Sobald sie erledigt hatte, was sie erledigen musste.

Sie ging nicht ins Café, wollte dieser Frau ganz alleine und in ihren eigenen vier Wänden gegenübertreten. Deshalb rief sie im Laden an und bat Kerstin, zu ihr zu kommen.

»Bin sofort da«, rief diese fröhlich in den Hörer.

Es dauerte nicht einmal zwei Minuten, da stand sie vor Liv und starrte sie erschrocken an. »Um Himmels willen, Liv, was ist passiert? Du siehst richtig krank aus.«

»Du machst mich krank!«, stieß Liv hervor.

Voller Genugtuung beobachtete Liv, wie die andere einen Schritt zurücktrat. »Wie bitte?«, fragte sie verunsichert.

»Du hast mich schon verstanden ... Ylva!«

Ylva presste beide Hände gegen die Brust. »Ich wollte es dir sagen, Liv, ganz bestimmt. Ich wollte nur abwarten, bis wir beide uns besser kennen und du begreifst, dass ich nicht das Monster bin, für das du mich hältst.«

»Und deshalb schleichst du dich hier unter falschem Namen ein? Täuschst uns alle?«

»Liv, bitte, kannst du mir denn nicht verzeihen?«

Liv schüttelte den Kopf, immer wieder. »Ich verzeihe dir niemals. Du hast mir den Mann genommen, meinen Kindern den Vater.«

Ylva sah sie verzweifelt an. »Ich habe es doch nicht gewusst, Liv«, stieß sie hervor. Tränen liefen über ihre Wangen, aber Liv war nicht imstande, Mitleid mit ihr zu empfinden. »Lennart hat mir nicht gesagt, dass er verheiratet ist und Kinder hat. Ich habe es erst erfahren, als ich nach dem Unfall im Krankenhaus lag. Er hat mich genauso betrogen wie dich. Es tut mir so leid, Liv!«

Liv wich ihrem Blick aus. Alles in ihr war zu Eis erstarrt. »Ich kann deinen Anblick nicht mehr ertragen«, zischte sie. »Verschwinde aus meinem Haus und aus meinem Leben! Ich will dich nie wieder sehen.«

Ylva kam vorsichtig einen Schritt auf sie zu.

Liv wich zurück und schüttelte den Kopf. »Verschwinde endlich!«, fauchte sie.

Ylva schaute sie an, dann drehte sie sich langsam um und ging mit gesenktem Kopf hinaus.

Kurz darauf kam Björn zurück. »Ich habe Kerstin gerade aus dem Haus kommen sehen. Kann es sein, dass sie ziemlich verstört war?«

»Ich habe euch gestern Abend zusammen am Strand gesehen«, sagte Liv mit eisiger Stimme. »Dich und Ylva.«

Björn wirkte kein bisschen überrascht. Er hob eine Augenbraue. »Sie hat es dir also gesagt.«

»Nein, ich habe es selbst herausgefunden.« Liv hielt ihm das Foto unter die Nase. Sie wunderte sich selbst über die Ruhe, die sich in ihr ausbreitete. Eine eiskalte, zerstörerische Ruhe. »Du hast es gewusst?«

»Liv, es ist nicht so ...«

»Ich weiß«, fiel Liv ihm hart ins Wort. »Es ist alles ganz anders, als es ausgesehen hat. Ich habe Ylva rausgeschmissen, und dich will ich auch nicht mehr sehen. Pack deine Sachen und verschwinde!«

Björn wollte noch etwas sagen, aber Liv hörte nicht mehr zu. Sie ließ ihn einfach stehen und ging hinaus auf die Veranda. Sie umfasste das Geländer mit beiden Händen und starrte hinunter ins Wasser. Wie hatte sie nur einen Augenblick lang hoffen können, wieder glücklich zu werden? Wie hatte sie daran glauben können, dass sie nicht belogen und betrogen wurde?

Sie hörte, dass Björn ihr folgte. »Liv«, sagte er in ihrem Rücken.

»Verschwinde!«, sagte sie tonlos. »Ich kann dich nicht mehr ertragen.«

Seine Schritte entfernten sich. Kurz darauf fiel die Haustür ins Schloss.

Liv verharrte auf der Stelle. Sie konnte nicht weinen, fühlte nichts mehr. In ihr war alles taub und leer.

– 37 –

Björn fühlte sich wie betäubt, selbst dann noch, als er mit seinen gepackten Sachen im Wagen saß. Er konnte nicht fassen, dass Liv ihn wirklich aus ihrem Haus geworfen hatte. Nachdem er ihr nachgegangen war und einen letzten Versuch unternommen hatte, mit ihr zu reden, hatte er akzeptieren müssen, dass es vorbei war. Für immer!

Diesmal würde er nicht den gleichen Fehler machen wie damals mit Eivor, sondern sich damit abfinden, dass es für ihn und Liv keine gemeinsame Zukunft gab. Es hätte sowieso nicht funktioniert, weil der tote Lennart immer zwischen ihnen stand, weil Liv nicht loslassen konnte.

Björn nahm Abschied von Norrfällsviken, dem Ort, den er lieben gelernt hatte. Im Vorbeifahren warf er einen letzten Blick auf den Strand, wo er so gerne spazieren gegangen war. Er konnte die Felsen sehen, die bis weit ins Wasser ragten, die Bäume, die einsam am Strand standen – und dann hatte er den Ort hinter sich gelassen und wusste, dass er nie mehr zurückkehren würde.

Er fuhr die gleiche Strecke, die er auf dem Hinweg mit Frederika genommen hatte. Über drei Monate war das jetzt her. Damals hatte er noch nicht ahnen können, was ihn erwartete. Sein Bauch war voller Wut gewesen, weil ihm das ganze Leben ungerecht erschien.

Jetzt war er dankbar für das, was er erlebt hatte. Für die viel zu kurze Zeit mit Liv und für die Liebe der Kinder, mit der sie, ohne es zu wissen, die Wunden seiner Vergangenheit geheilt hatten.

Björn konnte nicht mehr weiterfahren. Er hielt am Straßenrand an, legte den Kopf aufs Lenkrad und weinte. Er weinte um das, was er verloren hatte, was unwiederbringlich war.

Björn war zu aufgewühlt gewesen, um sich auf den Verkehr zu konzentrieren. Daher hatte er sich ein Hotel ganz in der Nähe gesucht und den Tag überwiegend auf dem Zimmer verbracht. Grübelnd hatte er auf dem Bett gesessen, um kurz darauf wieder aufzuspringen und ruhelos herumzulaufen. Einmal war er hinausgegangen, aber der Ort erinnerte ihn so sehr an Norrfällsviken, dass er es nicht ausgehalten hatte.

In der Nacht hatte er sich unruhig hin und her gewälzt. Das Wissen, dass zwischen ihm und Liv nur wenige Kilometer lagen und die Entfernung trotzdem unüberwindbar war, machte ihn fertig. Er spielte sogar mit dem Gedanken, doch noch einmal zurückzufahren und zu versuchen, mit ihr zu reden.

Nein! Er verwarf diese Idee wieder. Er hatte es versucht, und er würde kein weiteres Mal riskieren, dass sie ihn wegschickte. Liv wusste, wie sie ihn erreichen konnte – und er wusste, dass sie es nie versuchen würde.

Alles, was ihm blieb, war sein Leben in Stockholm.

Björn schüttelte den Kopf. Nein, nicht sein altes Leben. In seinem Notebook war eine Geschichte abgespeichert, die ihm unendlich wichtig war, und er war sicher, dass weitere folgen würden. Das konnte ihm niemand nehmen. Das nicht, und auch nicht die Erinnerung an einen wundervollen Sommer mit drei reizenden Kindern – und deren Mutter.

Die Vorstellung, dass er die vier nie wiedersehen würde, war unendlich schmerzlich. Er hatte Nils doch versprochen, dass er ihn immer beschützen, immer für ihn da sein würde.

Björn packte seine Reisetasche und verließ das Hotelzimmer. Er musste damit aufhören, ständig an Norrfällsviken zu denken. Vielleicht gab es wenigstens die Möglichkeit, die Kinder wiederzusehen, irgendwann, wenn er zur Ruhe gekommen war. Er konnte ihnen über Frederika Nachrichten zukommen lassen ...

Verdammt, nicht einmal von Frederika hatte er sich verabschiedet! Er würde sie von Stockholm aus anrufen und versuchen, ihr alles zu erklären. Mehr konnte er nicht mehr machen.

Björn setzte seine Reise fort. Mit jedem Kilometer, den er sich weiter entfernte, wurde ihm das Herz schwerer. Dann erreichte er die Abfahrt nach Östersund. Sein Fuß tippte automatisch auf die Bremse wie schon auf der Hinfahrt, aber diesmal gab Björn seinem Impuls nach. Er setzte den Blinker und verließ die Autobahn.

Eivors Adresse hatte er im Kopf. Sie wohnte nicht direkt im Zentrum, sondern ein wenig außerhalb am Ufer des Storsjön. Überrascht erkannte er, dass es sich bei der Adresse um ein Hotel handelte. War sie damals vor ihm in dieses Hotel geflüchtet und schon lange nicht mehr hier?

Eigentlich hatte Björn nur sehen wollen, wo sie lebte, an eine Begegnung hatte er nicht gedacht, aber jetzt war er neugierig geworden. Er betrat das Hotel, durchquerte eine kleine Empfangshalle mit gemütlichen Korbstühlen und blieb vor der Rezeption stehen. In diesem Moment kam eine Frau aus dem Büro hinter der Rezeption. Sie erstarrte, als sie ihn sah.

»Eivor!«, sagte er leise. Sie hatte sich verändert in den vergangenen Jahren. Sie war reifer geworden, aber immer noch schön.

»Was willst du hier?« Ihre Stimme klang unversöhnlich und hart.

Er zuckte hilflos mit den Schultern. »Ich bin nur auf der Durchreise, und ...«

»Dann fahr am besten gleich weiter«, fiel sie ihm ins Wort.

»Das kann ich nicht«, sagte er. »Ich musste dich noch einmal sehen, weil ich dich um Verzeihung bitten will.«

Etwas in seinem Tonfall schien ihr zu verraten, dass er es ernst meinte. Nach einem langen, prüfenden Blick nickte sie und wies auf eine der Sitzgruppen in der Halle.

»Du arbeitest hier?«, fragte Björn interessiert.

»Ich bin mit dem Besitzer verheiratet«, gab sie knapp zurück.

Björn horchte tief in sich hinein, was diese Neuigkeit in ihm auslöste. Da war nichts, keine Wut, kein Schmerz.

»Bist du glücklich?«, wollte er wissen.

»Ja, sehr.«

»Hast du Kinder?«

Sie nickte und wirkte einen Augenblick lang beklommen.

»Das freut mich für dich!«, sagte Björn. Sie hatten die

Sitzgruppe erreicht, setzten sich aber beide nicht hin. »Ich weiß, was ich dir angetan habe, Eivor«, sagte er leise. »Ich habe immer gedacht, dass du die Liebe meines Lebens bist, aber wenn es wirklich so gewesen wäre, hätte ich dir nicht deinen sehnlichsten Wunsch abgeschlagen.«

»Wenn du die Liebe meines Lebens gewesen wärst, hätte ich freiwillig verzichtet«, sagte sie. »Björn, es war nicht nur wegen der Kinder, die du nicht haben wolltest. Es war ...« Sie schien nicht zu wissen, wie sie es ausdrücken sollte. »Wir haben einfach nicht zusammengepasst, ich konnte mit dir nicht mehr zusammenleben.«

»Ich verstehe«, sagte er und lächelte. »Wahrscheinlich ist es nicht so einfach, mit mir zusammenzuleben.« Er dachte an Liv, sie konnte es auch nicht.

»Du bist so ganz anders als damals«, sagte Eivor nachdenklich. »Was ist mit dir passiert, Björn?«

»Ich habe die Liebe gefunden«, sagte er, »und wieder verloren.« Er winkte ab, als sie ein betroffenes Gesicht machte. »Und ich habe festgestellt, dass ich Kinder überhaupt nicht so hasse, wie ich immer dachte.«

»Das habe ich dir doch immer gesagt.« Sie lächelte. »Ich bin davon überzeugt, dass du ein ganz wundervoller Vater sein könntest, wenn du es nur wolltest.«

»Ja.« Björn senkte den Blick und schwieg einen Moment. Dann schaute er sie wieder an. »Ich habe es dir nie erzählt, Eivor, aber meine Kindheit war die Hölle. Mein Vater war Alkoholiker und hat meine Mutter und mich geschlagen. Ich hatte vor allem Angst, so zu werden wie er. Ich wollte keinem Kind, und ganz bestimmt keinem eigenen, eine solche Kindheit zumuten, wie ich sie hatte.«

Eivor legte eine Hand auf seinen Arm. »Björn, so etwas würdest du nie tun. Warum hast du mir nie von deiner Kindheit erzählt? Wäre die Liebe und das Vertrauen zwischen uns groß genug gewesen, hättest du darüber geredet.«

Björn blickte ihr ins Gesicht. »Kannst du mir verzeihen, Eivor?«

Sie umarmte ihn, schob ihn dann ein Stück von sich und schaute ihn ernst an. »Ja, natürlich kann ich das«, sagte sie. »Björn, du bist ein wunderbarer Mensch, das habe ich immer gewusst, selbst in den ganz schlimmen Zeiten unserer Ehe. Ich wünsche dir so sehr, dass du glücklich wirst!«

»Und ich wünsche dir, dass du so glücklich bleibst, wie du bist!«

Diesmal umarmte Björn sie und hörte, wie sie leise sagte: »Danke, dass du gekommen bist!« Tränen liefen über ihre Wangen, aber sie lächelte.

Ein kleiner Junge kam durch die Halle gelaufen, direkt auf sie beide zu. Er schmiegte sich an Eivor, die sich über das Gesicht wischte und den Kleinen auf den Arm nahm. Liebevoll strich sie ihm über das blonde Haar.

»Wer ist das?« Der Junge zeigte mit dem Finger auf Björn.

»Das ist Björn, ein Freund«, sagte Eivor und fügte zu Björn gewandt hinzu: »Und das ist mein Sohn Jan.«

»Mein Freund ist der Frederik, aber der ist jetzt nicht mehr mein Freund, der hat mich nämlich gehaut«, sagte Jan.

Björn spürte einen Kloß im Hals. Jan erinnerte ihn sehr an Nils, auch wenn er ein wenig jünger war. Er griff nach der Hand des Jungen. »Das ist nicht in Ordnung«, sagte er. »Freunde sollten sich nicht wehtun.«

Eivor lächelte ihn an, in ihren Augen schimmerten immer noch Tränen. »Aber manchmal tut man sich auch weh, ohne es zu wollen«, sagte sie leise, »und dann ist es schön, wenn man hinterher immer noch oder wieder befreundet sein kann.«

Björn verstand. In diesem Augenblick verabschiedeten sie sich beide von einem Abschnitt ihres Lebens. Von schönen, aber vor allem von schmerzlichen Zeiten. Eivor besaß die Größe, ihm gleichzeitig etwas Wundervolles anzubieten: ihre Freundschaft. Und er war jetzt dazu in der Lage, das auch anzunehmen.

»Alles Gute!«, sagte er. Dann ging er. An der Tür wandte er sich noch einmal um und sah sie immer noch an derselben Stelle stehen, den Jungen auf ihren Armen. Beide lächelten. Björn lächelte zurück, und dann verließ er das Hotel. Mit dem Gefühl, dass er mit seiner Vergangenheit endgültig abgeschlossen hatte.

»Ich wünschte mir, du könntest das auch«, sagte er leise und dachte dabei an Liv.

– 38 –

»Wo ist Björn?«, wollte Jonna wissen, als sie aus der Schule kam.

»Er musste dringend nach Stockholm«, erwiderte Liv. Sie hatte sich diese Ausrede in den letzten Stunden zurechtgelegt.

Jonna betrachtete sie aufmerksam. »Du hast geweint«, stellte sie fest.

»Nein«, behauptete Liv, »ich habe nur schlecht geschlafen, und heute Morgen war es ziemlich stressig, weil Björn so schnell wegmusste.«

»Ich glaube dir kein Wort«, sagte Jonna. »Gib zu, du hast dich mit ihm gestritten!«

Liv konnte nicht mehr, das war alles zu viel für sie. »Selbst wenn es so wäre, ginge dich das nichts an!«, sagte sie streng zu ihrer Tochter.

Jonna starrte sie wütend an. »Wenn Björn nicht mehr kommt, rede ich nie wieder ein Wort mit dir!«, verkündete sie.

»Dann lässt du es eben.« Liv ging an ihrer Tochter vorbei aus dem Zimmer.

Im Flur stieß sie fast mit Mats zusammen, der gerade aus der Backstube herübergekommen war. Er folgte ihr in die Küche und knallte einen Umschlag auf den Küchentisch.

»Was ist das?«, fragte Liv überrascht.

»Meine Kündigung.«

Liv starrte ihn entsetzt an. »Du kündigst?«

310

»Ich liebe Ylva und gehe zusammen mit ihr weg.«

»Diese Frau ...«

»Sag nichts«, fiel Mats ihr mit erhobener Stimme ins Wort.

»Hast du gewusst, wer sie ist?«

»Als wir beide uns ineinander verliebt haben, hat sie es mir erzählt«, bestätigte Mats. »Sie wollte es dir auch sagen, aber das ging ja daneben.«

»Diese Frau hat mein Leben zerstört«, flüsterte Liv.

»Nein, nicht sie, sondern Lennart«, widersprach Mats. »Ylva wusste nicht, dass er verheiratet war. Sie hat ihn geliebt und seinen Lügen geglaubt. Genau wie du.«

»Sagt sie.«

»Und ich glaube ihr. Liv, kapier endlich, dass Lennart ein verdammter Mistkerl war! Schmeiß ihn aus deinem Leben, und zwar mit allem, was dazugehört, anstatt ihm immer noch nachzutrauern und an allem festzuhalten, was dich an ihn erinnert. Sonst bist *du* diejenige, die dein Leben zerstört.«

»Bitte, Mats, verlass du mich nicht auch noch!«, bat Liv verzweifelt.

Mats schüttelte den Kopf. »Ich verlasse dich nicht, du drängst uns alle aus deinem Leben. Räum endlich auf, und fang von vorne an!« Damit ging er und ließ sie verzweifelt zurück.

»Warum holt der Björn uns nicht ab?«, wollte Emelie wissen, als sie später die Kleinen vom Kindergarten abholte.

Liv benutzte die gleiche Ausrede wie bei Jonna. Im Gegensatz zu ihrer großen Schwester glaubten ihr die beiden, hörten aber nicht auf zu fragen.

»Wann kommt der Björn wieder?«, wollte Nils wissen.

»Sobald er fertig ist«, sagte Liv ausweichend.

»Ich will nicht, dass der Björn nicht da ist!«, sagte Emelie beleidigt.

»Ich will das auch nicht!«, stimmte Nils sofort zu. »Ist der denn heute Abend wieder da?«

»Ich glaube nicht«, sagte Liv vorsichtig.

Nils blieb stehen, verschränkte trotzig seine Ärmchen vor der Brust. »Aber dann kann uns ja keiner eine Geschichte erzählen, wenn der Björn weggefahrt ist.«

»Weggefahren«, sagte Emelie.

»Ich kann euch doch auch eine Geschichte erzählen«, sagte Liv.

»Nee!« Der Junge schüttelte entschieden den Kopf. »Das kann nur der Björn, und der muss sowieso wieder nach Hause kommen, weil ich sonst keinen Schutzbären hab.«

Liv hatte gewusst, dass es nicht leicht sein würde, aber sie hatte nicht damit gerechnet, dass die Kinder es ihr so schwer machten. Nur mit dem Versprechen, dass sie später alle zusammen an den Strand gehen würden, konnte Liv ihre Kinder für diesen Tag ruhigstellen.

Die nächsten Tage wurden nicht leichter. Die Kleinen fragten immer wieder nach Björn, Jonna sprach tatsächlich kein Wort mehr mit Liv, und sie selbst vermisste Björn schmerzlich. Die Tage ohne ihn waren unerträglich, die Nächte voller Sehnsucht und Tränen.

Liv wusste nicht mehr ein noch aus. Ihr ganzes Leben war in tausend Scherben zerbrochen. Immer ein bisschen mehr seit Lennarts Tod, und jetzt kam es ihr so vor, als wäre nichts mehr übrig, was noch zerbrechen konnte.

Sie fühlte sich schrecklich allein, brauchte jemanden zum Reden, und eigentlich war ihr nur noch Frederika geblieben. Als sie zu deren Haus kam und anklopfte, öffnete niemand die Tür. Sie ging ums Haus, dachte unwillkürlich an das Picknick, an den Bären und an die Angst, die sie um Björn ausgestanden hatte. An diesem Tag war ihr klar geworden, dass sie ihn liebte.

Die Tür zum Wintergarten stand weit offen. Frederika hatte zwei Stühle auf die Wiese gestellt, und dort saßen sie und Villiam. Die beiden wandten ihr den Rücken zu, sodass sie Liv nicht sehen konnten. Aber Liv sah, dass sie sich bei der Hand hielten. Es war ein so inniges, so rührendes Bild, dass sie es nicht übers Herz brachte, die beiden zu stören. Leise zog sie sich wieder zurück und traf vor dem Haus mit Ylva zusammen.

Ylva starrte sie erschrocken an. »Ich wollte mich von Frederika verabschieden«, sagte sie. »Entschuldige, wenn ich gewusst hätte, dass du hier ...« Sie brach ab, drehte sich um und wollte weggehen.

»Ylva!«, sagte Liv laut.

Langsam drehte Ylva sich um. Ihr Blick drückte Unsicherheit und Angst aus.

Liv schaute sie lange an, versuchte wieder, die Bilder in ihrem Kopf aufleben zu lassen, die sie in den vergangenen Jahren gequält hatten. Die Bilder von Lennart und seiner Geliebten, die damals noch kein Gesicht gehabt hatte.

Jetzt sah Liv ihr direkt ins Gesicht, aber sie konnte darin nicht die rücksichtslose, gewissenlose Frau erkennen, die sie in ihrer Fantasie gesehen hatte. Sie hatte es nicht wahrhaben wollen, aber Ylva war auch nur ein Opfer Lennarts gewesen. Auch ihr hatte er etwas vorgespielt.

Liv streckte die Hand aus. »Ich will nicht, dass du gehst«, sagte sie. »Ich will auch nicht, dass Mats geht. Könnt ihr nicht doch hierbleiben?«

Ungläubiges Erstaunen zeigte sich auf Ylvas Miene, dann begann sie zaghaft zu lächeln. »Bist du dir ganz sicher?«

Liv nickte. »Lass uns reden«, bat sie.

»Ja«, stimmte Ylva sofort zu. »Nichts anderes habe ich mir gewünscht. Ich will einfach nur mit dir reden.«

»Ein Stück Kuchen in Ruh ist besser als eine Pastete im Streit.«
(Dänische Redewendung)

Apfelkuchen

Zutaten:

200 g butter
3 dl Zucker
2 Eier
4 dl Mehl
2 TL Backpulver
2–3 säuerliche Äpfel
Vanilleeis oder Schlagsahne

Zubereitung:

Butter und Zucker in einen Topf geben und unter ständigem Rühren aufkochen. Anschließend abkühlen lassen.

Die Eier hinzufügen und sorgfältig verrühren. Mehl und Backpulver gut vermischen und mit der Butter-Zucker-Eier-Mischung verrühren.

Eine runde Kuchenform mit Butter einfetten und mit Paniermehl ausstreuen. Den Teig hineingeben.

Die Äpfel schälen, in dünne Scheiben schneiden und auf den Kuchen legen. Den Kuchen im vorgeheizten Ofen bei 175 °C ca. 20 bis 30 Minuten backen.

Lauwarm mit Vanilleeis oder Schlagsahne servieren.

– 39 –

Stockholm war trüb und dunkel im Winter. Die Scheibenwischer des Taxis wischten den schmutzig grauen Schnee
über die Scheibe. Die Straßen waren voll, und die Menschen hasteten geschäftig umher. Übermorgen war Heiligabend, und es herrschte das übliche vorweihnachtliche Gedränge.

Björn war froh, als das Taxi endlich vor seinem Haus
hielt. Er bezahlte den Fahrer, nahm sein Gepäck vom Rücksitz und schloss müde die Haustür auf.

Vier Monate war er weg gewesen. Er hatte Abstand gebraucht und eine möglichst große Entfernung zwischen
Schweden und sich selbst schaffen wollen. Er hatte sich für
diese Zeit ein Leben außerhalb der Zivilisation ausgesucht,
im australischen Outback. Weder Handy noch Notebook
hatte er dabeigehabt, nur einen Block, weil die Geschichte
vom kleinen Nils weitergehen sollte. Es war eine Idee seines
Verlags gewesen, der sein Buch mit Begeisterung angenommen hatte und Nils jetzt Abenteuer im Ausland erleben lassen wollte.

Doch egal, wie weit Björn die Zivilisation hinter sich gelassen hatte, Liv und die Kinder waren bei ihm gewesen. In
seinen Gedanken und in seinem Herzen.

Er hatte den Kindern Karten geschickt, wann immer das
möglich gewesen war, damit sie wussten, dass er sie nicht
vergessen hatte. Aber nicht an sie direkt, sondern über
Frederika, damit Liv nichts davon mitbekam.

Die Luft in der Wohnung war kalt und abgestanden. Die Heizung stand auf kleiner Stufe, und seine Haushaltshilfe hatte wahrscheinlich schon länger nicht mehr gelüftet. Immerhin hatte sie seinen Briefkasten geleert und die Post fein säuberlich auf seinen Schreibtisch gelegt. Drei hohe Stapel, die Björn heute nicht mehr durchsehen wollte.

Der Anrufbeantworter blinkte. Björn drückte auf den Kopf, und dann war Nils' Stimme zu hören. »Wann kommst du nach Hause, Björn? Hier ist alles ganz doof ohne dich.«

Björn lächelte und fragte sich, woher Nils seine Telefonnummer hatte.

Gleich darauf lieferte ihm Jonna die Erklärung. »Wir vermissen dich alle, Björn. Mama weiß nicht, dass wir dich anrufen. Ich hab deine Nummer aus Frederikas Handy geklaut.«

»Jonna, Jonna!«, seufzte er. »Ich vermisse euch auch alle.«

»Gib mir«, hörte er Nils im Hintergrund kreischen. »Ich muss dem Björn noch was sagen.« Kurz darauf war Nils' Kinderstimme ganz deutlich zu hören. »Björn, du bist mein allerallerallerbester Freund, und ich hab dich ganz doll lieb.«

»Ich dich auch!«, hörte er Emelie im Hintergrund schreien, und dann hatte sie offenbar den Hörer in der Hand. »Björn, wann kommst du?«, fragte sie. »Ich glaub, die Mama vermisst dich auch. Sie weint ganz oft.«

»Ich würde sofort kommen, ihr Mäuse, aber eure Mutter muss das von sich aus wollen«, murmelte Björn vor sich hin.

Das Band lief weiter. Die Kinder hatten ihn immer wieder angerufen, sie bedankten sich für seine Postkarten und versicherten, dass sie ihn auch nicht vergessen hatten.

Irgendwann, es musste in den letzten Tagen gewesen sein, hatte auch Frederika versucht, ihn anzurufen. »Bist du schon zurück, Björn?«, kam ihre Stimme vom Band. »Melde dich doch bitte, sobald du wieder zu Hause bist. Der Verlag will noch mehr Verträge mit dir abschließen.«

Eine schöne Nachricht, aber es war nicht das, was Björn wirklich hören wollte.

Und dann kam ihre Stimme. Leise, aber klar verständlich. »Hallo Björn, hier ist Liv. Frederika hat mir gesagt, dass du im Ausland bist, aber vielleicht kommst du ja vor Weihnachten nach Hause.« Sie machte eine Pause, räusperte sich.

»Die Kinder wünschen sich nichts anderes zu Weihnachten, als dass du wieder zu uns kommst.« Wieder schwieg sie sekundenlang, dann fügte sie hinzu: »Und ich auch. Verzeih mir bitte, Björn! Ich liebe dich.«

Björn spulte das Band mehrfach zurück und hörte es sich immer wieder an.

– 40 –

Er kam nicht!

Liv war das Herz schwer. Nicht nur wegen der Kinder, auch sie selbst hatte so sehr gehofft, dass Björn ihr verzeihen konnte, dass er zurückkam und sie ihm beweisen konnte, dass sich alles verändert hatte, dass sie sich geändert hatte.

In den letzten Tagen hatte es geschneit. Die roten Häuser von Norrfällsviken wirkten heimelig inmitten der weißen Pracht. Der Schnee knirschte bei jedem Schritt, die Häuser waren weihnachtlich geschmückt.

Liv war mit allen Vorbereitungen für Heiligabend fertig. Ihr Vater und Frederika würden heute Abend zum Essen kommen, und sie hatte auch Mats und Ylva eingeladen.

Die Erkenntnis, wer Kerstin wirklich war, hatte sie noch lange beschäftigt. Inzwischen hatten Ylva und sie viel und sehr offen miteinander gesprochen, und sie waren Freundinnen geworden. Richtig gute Freundinnen, die wussten, dass sie sich aufeinander verlassen konnten.

Frederika arbeitete immer noch in der Backstube mit. Hin und wieder erledigte sie auch Arbeiten für die Agentur, aber sie war nicht mehr nach Stockholm gefahren und wollte sich nach und nach aus dem Geschäft zurückziehen.

Villiam war glücklich bei Frederika, soweit Liv das beurteilen konnte. Er hatte immer wieder klare Momente, und das waren für ihn und auch für Frederika die Lichtblicke in ihrem Leben.

Liv selbst war ruhiger geworden, seit sie Lennart und die

Erinnerungen an ihn vollständig aus ihrem Leben verbannt hatte. Sie hatte sogar den Wigwam vom Speicher geholt, den Lennart vor Jahren für seinen noch ungeborenen Sohn gekauft hatte, aber es war Emelie, die hauptsächlich damit spielte.

Jonna hatte ihr Schweigen schließlich gebrochen, aber Liv wurde das Gefühl nicht los, dass ihre Tochter ihr innerlich immer noch grollte.

Wie gerne würde sie ihren Kindern das schönste Weihnachtsfest ihres Lebens bereiten!

Es war dunkel geworden und hatte wieder angefangen zu schneien. Liv hatte die Außenbeleuchtung eingeschaltet, für die Gäste, die sie eingeladen hatte. Dass Björn doch noch kam, daran konnte sie nicht mehr glauben.

Vielleicht war er auch noch nicht aus Australien zurück. Zumindest diese Hoffnung blieb ihr.

Vor dem festlichen Abendessen ging Liv noch einmal mit Knut nach draußen. Sie wollte nur eine kurze Runde durch das schneebedeckte Norrfällsviken drehen, damit er nicht später während der Bescherung dringend hinausmusste.

Als sie zum Haus zurückkamen, blieb Knut plötzlich stehen. Er spitzte die Ohren und begann zu winseln. Und dann sah Liv eine Gestalt, die sich aus der Dunkelheit löste. Die Figur, die Bewegungen ... alles war so unendlich vertraut. Ihr Herz schlug schneller, ihr Atem hinterließ kleine Wolken in der schneekalten Luft.

Und dann stand er vor ihr, schaute sie an.

»Björn«, sagte sie ergriffen.

»Ich muss dir ...«

»Nein.« Sie schüttelte den Kopf, nahm ihn bei der Hand. »Ich muss dir zuerst etwas zeigen. Komm mit!«

Liv führte ihn in den Garten, öffnete das Tor und ließ ihn eintreten.

Das Licht in der Backstube war eingeschaltet und erhellte den Garten ebenso wie die weißen Lichter im Apfelbaum. Björns Gesicht leuchtete auf, als sein Blick auf den Baum fiel, der nur noch aus einer Hälfte bestand. Er ragte gesund und kräftig in den Himmel auf, der abgestorbene Teil war entfernt worden.

Ein leichter Windstoß fegte Schneewolken von den Ästen, und die gebackenen Elche, die daran hingen, schwangen sanft hin und her.

»Herzlich willkommen zu Hause!«, sagte Liv.

Björn schloss sie in die Arme. »Ich liebe dich.«

»Ich liebe dich auch«, sagte Liv und schmiegte sich an ihn. Eine tiefe Ruhe erfüllte sie, das Gefühl, endlich angekommen zu sein.

Seine Lippen suchten ihren Mund. Liv schlang beide Arme um seinen Hals, wollte ihn nie wieder loslassen. So standen sie eng umschlungen im Garten, bis Knut sich bemerkbar machte. Der Hund wollte ins Haus.

»Komm«, sagte Björn und griff nach Livs Hand. »Lass uns zu den Kindern gehen.«

Liv nickte, blieb an seiner Seite und wusste, dass es von jetzt an für immer so sein würde.

Ende

»Ein Plätzchen heißt Plätzchen, weil für ein Plätzchen immer noch Platz ist.«
(Nanny Fine in der amerikanischen Serie *Die Nanny*)

Lussekatter

Zutaten:

150 g Butter
50 ml Milch
3 Päckchen Safran
½ TL Salz
125 g Zucker
50 g Hefe
850 g Mehl
½ Tasse Rosinen
½ Tasse gehackte Mandeln

Zubereitung:

Die Butter zerlassen und die Milch leicht erwärmen. Den Safran mit einem Teelöffel Zucker in einer halben Tasse Milch auflösen.

Die Hefe zerkleinern und in eine Rührschüssel geben. Die erwärmte Milch unter Rühren zugeben, bis die Hefe sich aufgelöst hat. Nun die zerlassene Butter und die zuvor hergestellte Safranlösung zugeben. Alles gut verrühren. Danach den restlichen Zucker und das Salz unterrühren. Zum Schluss das gesiebte Mehl zugeben.

Den Teig gut durchkneten, bis er Blasen wirft und sich vom Schüsselrand löst. Rosinen und Mandeln einarbeiten, dabei einige Rosinen für die Verzierung zurückbehalten. Den Teig zugedeckt eine Stunde an einem warmen Ort gehen lassen. Anschließend noch einmal gut durchkneten.

Aus dem Teig Stangen rollen und zu einem »S« formen. In die Mulden Rosinen geben und die Lussekatter mit geschlagenem Eigelb bepinseln. Auf ein eingefettetes, mehlbestäubtes Backblech legen und bei 225 bis 240 °C ca. 7 bis 10 Minuten backen.

Dazu trinkt man Kaffee oder Glögg.

Linnea Holmström

Sommerglück auf Reisen

Roman

Selmas Welt

Es gibt viele Themen, über die ich schreiben könnte, aber heute muss auch bei mir das Wetter herhalten.

Der Winter war lang, kalt und dunkel. Okay, liebe Leser, ich erzähle euch da nichts Neues, und ihr wisst auch, dass wegen der schweren Regenfälle in der Walpurgisnacht die Freudenfeuer zur Begrüßung des Frühjahrs nicht entzündet werden konnten. Die Rache des Frühjahrs folgte prompt – mit weiteren Regenfällen.

Aber habt ihr mal aus dem Fenster gesehen? Seit gestern scheint die Sonne über Stockholm, der Himmel ist tiefblau, und wenn einer von euch insgeheim mit dem Gedanken spielte, Noah Konkurrenz zu machen, und den Bau einer Arche plante, dann sollte er es ganz schnell vergessen …

»Deadline!«

Selma Anders sah hoch, die Augenbrauen missmutig zusammengezogen. Ihr Chefredakteur Erik Asmussen stand vor ihrem Schreibtisch und tippte auf seine Armbanduhr.

»Ja, gleich.« Selma wedelte mit der Hand, starrte wieder auf den Monitor ihres Computers und las ihren Text noch einmal durch. Der Hit war das nicht gerade, was sie da verfasst hatte.

… Wir haben uns einen schönen Sommer verdient – und ganz besonders Sören Sundloff, der an Midsommar im Rålambshovsparken auftritt. Ein junger Rocksänger, dessen Namen ihr

*euch unbedingt merken solltet. Ich werde jedenfalls da sein,
und ich würde mich freuen, den einen oder anderen von euch
dort ebenfalls zu treffen.*

»Selma, sofort!« Eriks Stimme klang unerbittlich.

In Gedanken zeigte Selma ihm den ausgestreckten Mittelfinger, während sie die letzten Worte tippte:

Wir lesen uns morgen wieder!

Sie klickte auf »Drucken« und grinste Erik an. Der Chefredakteur zog bereits das Blatt aus dem Drucker und überflog den Text.

»Ist das alles?«, fragte er unzufrieden. »Dafür hast du so lange gebraucht?«

Selma wusste, dass sie keine Meisterleistung vollbracht hatte. Es war nichts Spektakuläres passiert, nicht einmal das Königshaus produzierte derzeit Schlagzeilen.

»Sommerzeit«, sagte sie lakonisch.

»Das ist keine Entschuldigung«, sagte Erik mit gerunzelter Stirn.

»Was schlägst du vor?«, fragte Selma. »Soll ich nackt über die Västerbron laufen und damit selber einen Skandal produzieren?«

Erik Asmussen deutete ein knappes Grinsen an, wobei sein Blick über ihre üppigen Kurven wanderte. »Ist mir egal, was du machst, so etwas nehme ich jedenfalls nicht noch einmal ab. Eher nehme ich deine Kolumne ganz aus dem Programm.«

Selma presste verärgert die Lippen aufeinander. Als Reporterin des *Morgonbladet* durfte sie über so aufregende Dinge wie die Sitzung eines Kaninchenzuchtvereins oder das jährliche Treffen eines Veteranenvereins berichten. Beim letzten Treffen hatte der Vorsitzende der Veteranen sein Gebiss vergessen. Die Rede war ein einziges Genuschel gewesen, und Selma hatte nur die Hälfte des langweiligen Vortrags verstanden. Die andere Hälfte hatte sie sich zusammengereimt, in der Gewissheit, dass es eigentlich völlig egal war, was sie schrieb. Außer den Veteranen selbst würde kaum jemand diesen Artikel lesen.

Irgendwann – Selma konnte sich selbst nicht mehr genau daran erinnern, wann das gewesen war – hatte sie geglaubt, das Leben einer Reporterin sei aufregend. Immer auf der Suche nach neuen Sensationen, von Termin zu Termin hetzen und zwischendurch Berichte schreiben, für die sie bewundert würde.

Die Realität war ernüchternd, und ihre Kolumne, für die sie so sehr gekämpft hatte, war das Einzige, was ihr in ihrem Berufsleben wirklich Freude bereitete. Diese Kolumne würde sie nicht kampflos aufgeben. Sie brauchte nur endlich eine Idee, einen zündenden Funken!

– 1 –

»Ich habe auch schon bessere Kolumnen gelesen«, murmelte Kristina Ljungström am nächsten Morgen. Sie schlug die Zeitung zu und legte sie neben ihren Teller auf den gedeckten Frühstückstisch.

»Was hast du gesagt?«

Mit verstrubbeltem Haar schlurfte Finn in die Küche und ließ sich auf die Bank fallen. Er stützte die Ellbogen auf den Tisch, legte das Gesicht in beide Hände und schien seine Frage bereits vergessen zu haben. »Ich habe keine Lust auf Schule«, murrte er.

»Nächste Woche hast du Ferien«, sagte Kristina. »Kaffee?«

Ihr Sohn brummte etwas Unverständliches, was Kristina als Zustimmung deutete. Sie stand auf und ging zur Küchenzeile, die direkt an den Essbereich anschloss. Die Kanne in der Kaffeemaschine war noch halbvoll. Kristina füllte eine Tasse für Finn und goss auch ihre eigene Tasse noch einmal voll.

Finn bedankte sich knapp. Um diese Zeit war er nie besonders gesprächig.

Kristina räusperte sich. »Wegen der Ferien müsste ich noch etwas mit dir besprechen.«

»Mhm.« Finn nippte an seinem Kaffee. Er schaute sie über den Rand der Tasse an und wirkte plötzlich nicht mehr müde, sondern angespannt.

Ob er ahnte, was sie ihm sagen wollte?

Innerlich wappnete Kristina sich, weil sie mit heftigem

Protest rechnete. Sie holte tief Luft, bevor sie mit der schlechten Nachricht herausplatzte: »Ich kann diesen Sommer nicht verreisen.«

»Mhm« war auch diesmal alles, was Finn von sich gab.

»Es tut mir leid, Finn.« Sie hob entschuldigend die Hände. »Ich kann mir keinen Urlaub leisten. Nicht nur aus finanziellen Gründen. Ich habe das Restaurant gerade erst eröffnet, da kann ich es nicht für zwei Wochen schließen. Mal abgesehen davon, dass ich gerade in den Sommermonaten einiges an Umsatz erwarte.«

Völlig überraschend hatte Kristina im vergangenen Jahr von ihrem ehemaligen Ausbilder Geld geerbt. Der gute Gustav, der ihr die Kunst des Kochens und vor allem die Liebe zum Essen nahegebracht hatte, hatte sie in seinem Testament als Haupterbin eingesetzt.

Kristina wünschte sich, sie hätte sich mehr um den einsamen alten Mann gekümmert. Er hatte sie behandelt wie seine eigene Tochter, er war für sie da gewesen in den schwersten Stunden ihres Lebens. Aber nachdem sie nach Stockholm gegangen war, hatte sie ihn aus den Augen verloren. Eine Karte zu Feiertagen, hin und wieder mal ein Anruf, mehr Kontakt hatte es zwischen ihnen nicht mehr gegeben. Sie wollte zwar selbst nicht nach Göteborg fahren, wo er bis zu seinem Tod gelebt hatte, aber sie hätte ihn zu sich einladen können.

Es war zu spät!

Wie sich nach seinem Tod herausstellte, hatte Gustav sie nicht vergessen. Nur ihm hatte sie es zu verdanken, dass sie ihren Traum von einem eigenen Restaurant wahrmachen konnte. Für einen Edelschuppen am Strandvägen hatte es nicht gereicht, aber das hätte sowieso nicht zu ihr gepasst.

Kristina war stolz auf ihr *Kristinas*. Das Restaurant lag im Rålambshovsparken, direkt am Wasser, mit einer eigenen Anlegestelle. Sie war gerade dabei, sich einen Namen zu machen durch schmackhafte und bezahlbare Gerichte. Besonders beliebt war ihr tägliches Dagens Rätt, ein Mittagsmenü, das aus einem warmen Gericht, einem Salatbüfett, Mineralwasser und Lättöl, dem schwedischen Leichtbier, bestand. Abgerundet wurde die Mahlzeit von einer Tasse Kaffee, die ebenfalls im Gesamtpreis enthalten war. Das Angebot wurde vor allem von Angestellten und Arbeitern gerne angenommen. Es kamen aber auch immer mehr Touristen zu ihr, und inzwischen hatte sich ihr Konto ein bisschen erholt. Trotzdem brauchte sie Rücklagen und konnte das Geld nicht für einen Urlaub ausgeben.

»Mhm«, machte Finn zum dritten Mal. Kein Protest, er wirkte nicht mal enttäuscht. Vielleicht hatte sie ihn unterschätzt, und er war mit seinen fünfzehn Jahren verständig genug, um ihre Gründe zu verstehen.

»Das ist also okay für dich?«, hakte Kristina vorsichtig nach.

Finn hatte seine Kaffeetasse inzwischen zur Hälfte geleert. Offensichtlich reichte diese Dosis, um seine Gesprächsbereitschaft in Schwung zu bringen.

»Ich wollte dieses Jahr sowieso nicht mit dir in Urlaub fahren«, verkündete er. »Ich bin ja kein Kind mehr.«

»Aha!«

Kristina hatte diese Information noch nicht ganz verdaut, als Finn ergänzte: »Ich fahre mit Svea in die Ferien.«

Finn wollte mit seiner Freundin verreisen?

Kristina wusste im ersten Moment nicht, was sie dazu sagen sollte. Sie wollte nicht spießig sein, aber war ihr Sohn wirklich alt genug, um alleine auf Reisen zu gehen? Und dann auch noch mit einem Mädchen, von dem er erst seit Kurzem sprach und das er als seine Freundin bezeichnete? DIE Freundin, oder nur irgendeine Freundin?

Es war einer dieser Momente, in denen die ganze Last einer alleinerziehenden Mutter auf Kristinas Schultern ruhte. Mit allen Sorgen und Problemen musste sie alleine fertig werden. Immer schon. Und trotzdem war Dag der Supervater, der über allem stand. Zumindest für ihren Sohn.

Finn vergötterte seinen Vater, weil der ihm alles erlaubte. Kristina hatte ihrem Sohn nie gesagt, warum sie sich schon vor seiner Geburt von seinem Vater getrennt hatte. Sie bereute diesen Entschluss nicht, auch wenn sie oft Bitterkeit verspürte, wenn Finn seinen Vater verherrlichte – und das war immer so, wenn er von einem Wochenendausflug oder den Ferien aus Ystad zurückkehrte.

»Du sagst ja gar nichts«, beschwerte sich Finn.

Kristina, tief in Gedanken versunken, bemerkte erst jetzt, dass ihr Sohn auf eine Reaktion von ihr wartete. »Ich weiß nicht, was ich dazu sagen soll«, erwiderte sie ehrlich. »Ich kenne diese Svea nicht einmal. Wohin wollt ihr überhaupt fahren?«

Auf ihre Bemerkung über Svea ging Finn gar nicht erst ein. »Wir haben kein festes Ziel«, sagte er. »Wir fahren einfach kreuz und quer durch Schweden, und da, wo es uns gefällt, bleiben wir ein paar Tage. Wir haben mal durchgerechnet, wie viel das ungefähr kostet.«

Er nannte eine Summe, die ihr kurz die Sprache verschlug. Für diesen Betrag könnte sie sich zusammen mit ihrem Sohn eine zweiwöchige Karibikreise leisten. Okay, nur ein Drei-Sterne-Hotel, aber die Summe sprengte alles, was ihr möglich war.

»Das geht nicht, Finn.« Kristina schüttelte den Kopf. »Das kann ich mir nicht leisten.«

Finn zuckte mit den Schultern. »Dann frage ich eben Papa.«

Im Grunde konnte Kristina die Urlaubspläne ihres Sohnes abhaken. Dag zahlte zwar regelmäßig Unterhalt für Finn, aber mit Reichtümern war auch er nicht gesegnet. Sobald er etwas Geld übrig hatte, zog es ihn mit seinem Surfbrett hinaus in die Welt. Wie alle fanatischen Surfer war er immer auf der Suche nach der perfekten Welle und nahm an zahlreichen Meisterschaften teil. In den Sommermonaten lebte er in seinem kleinen Reihenhaus in Ystad, gab Surfunterricht und genoss ansonsten einfach das Leben. »Alles kommt, wie es kommen muss«, war immer schon sein Motto gewesen, und daran würde sich wahrscheinlich auch nie etwas ändern.

Kristina wusste, dass Dag bis heute kein Verständnis dafür aufbringen konnte, dass sie sich von ihm getrennt hatte. »Ich habe mich doch entschuldigt«, hatte er stets gesagt und einfach nicht begreifen wollen, dass die Enttäuschung und der Schmerz bei ihr so tief saßen, dass sie mit einer Entschuldigung nicht aus der Welt zu schaffen waren.

Verständlicherweise verschwieg Dag seinem Sohn, wieso er und Kristina nicht mehr zusammen waren, schien ihm gegenüber aber gleichzeitig durchblicken zu lassen, dass es Kristina war, die ihn verlassen hatte. Immer wenn Finn aus

Ystad nach Hause kam, spürte Kristina, dass er ihr die Schuld daran gab, dass er nicht ständig mit seinem Vater zusammen sein konnte. Es waren keine direkten Angriffe, sondern kleine, unterschwellige Anspielungen. Nichts, was sie greifen und Dag vorwerfen konnte.

Kristina drohte ihm zwar damit, Finn die Wahrheit zu sagen, aber Dag wusste wahrscheinlich nur zu gut, dass sie diese Drohung nicht wahrmachen würde. Nicht um Dag zu schützen, sondern weil sie genau wusste, wie sehr es Finn verletzen würde, wenn er erfuhr, dass sein Vater keineswegs unfehlbar war.

Die Zeit ihrer Schwangerschaft war für Kristina nicht einfach gewesen. Sie hatte nicht nur den Vater ihres ungeborenen Kindes verloren, sondern auch ihre Familie. Unmittelbar nachdem sie die Wahrheit erfahren hatte, war sie von Göteborg nach Stockholm gezogen.

Trotz ihrer Schwangerschaft fand sie eine Stelle in einem Restaurant und lebte anfangs zur Untermiete bei Anna und Nils, die damals gerade ihr erstes Kind bekommen hatten. Für Anna und Kristina war das ganz praktisch, weil sie sich mit der Betreuung der Kinder abwechseln konnten. Anna arbeitete tagsüber in einem Reisebüro, und Kristina arbeitete nach Finns Geburt überwiegend abends.

Kristina hatte ihr Leben wieder in den Griff bekommen. Nur eines hatte sie nie geschafft: nach Göteborg zurückzukehren. Nicht einmal zur Beerdigung ihres Vaters hatte sie sich dazu überwinden können.

»Du sagst ja schon wieder nichts.« Finns Stimme klang ungeduldig. »Normalerweise passt es dir doch nicht, wenn ich Papa um Geld bitte.«

»Da muss ich mir keine Sorgen machen«, erwiderte Kristina trocken. »Die Summe, die du für deine Ferien eingeplant hast, wird dein Vater ohnehin nicht zur Verfügung haben. Was habt ihr vor, du und deine Freundin? Eine Exkursion durch schwedische Luxushotels?«

»Wir haben uns im Internet Hotelpreise angesehen«, sagte Finn ein wenig kleinlaut. »Svea hat die Hotels ausgesucht. Ich kenne mich da nicht so aus.«

Natürlich nicht! In den vergangenen Sommerferien waren sie immer zwei Wochen in einem preiswerten Ferienhaus irgendwo draußen auf den Schären gewesen, die restliche schulfreie Zeit hatte Finn stets bei seinem Vater verbracht. Offensichtlich war die Freundin ihres Sohnes ein ziemlich verwöhntes Mädchen, wenn sie Hotels in dieser Preisklasse aussuchte.

Kristina hielt sich mit einer entsprechenden Bemerkung zurück und fragte stattdessen: »Was sagen eigentlich Sveas Eltern zu euren Urlaubsplänen?«

»Svea lebt bei ihrem Vater.« Finn zuckte mit den Schultern. »Und was der dazu sagt, weiß ich nicht. Ich kümmere mich um dich, und Svea kümmert sich um ihren Vater.« Finn grinste sie frech an.

Kristina grinste zurück. »Lass uns später noch einmal über deine Pläne reden. Ich muss darüber nachdenken. Aber bei dem Kostenplan, das sage ich dir gleich, kannst du das Ganze vergessen.«

Finn zog eine Grimasse, nickte aber. Wahrscheinlich war er froh, dass sie seine Urlaubsplanung nicht rundweg ablehnte.

»Ich möchte Svea natürlich vorher kennenlernen«, stellte

Kristina energisch klar. »Und ich will mit ihrem Vater reden und wissen, wie er dazu steht.«

Finn stöhnte laut auf. »Wusste ich es doch. Bisher war alles ganz einfach. Sobald man den Eltern davon erzählt, wird es kompliziert.«

»Ja, so sind wir Alten«, konterte Kristina. »Übrigens solltest du mal einen Zahn zulegen, wenn du pünktlich zur Schule kommen willst.«

Finn, der gerade sein Milchbrötchen in den Kaffee tunkte, folgte dem Blick seiner Mutter zur Küchenuhr. Er stieß einen lauten Fluch aus und warf das angebissene Brötchen auf den Teller. In den nächsten Minuten entwickelte er eine Hektik, die sich auf Kristina übertrug. Er suchte seine Schulbücher zusammen und ignorierte wie jeden Morgen den Hinweis seiner Mutter, dass er das auch schon abends hätte erledigen können. Natürlich fand er kein sauberes T-Shirt, und der linke Schuh hatte sich über Nacht von seinem rechten Gegenstück entfernt und sich irgendwo in der Wohnung versteckt.

Kristina atmete erleichtert auf, als ihr Sohn endlich auf dem Weg zur Schule war. Sie räumte die Küche auf, stellte das Geschirr in die Spülmaschine und wollte gerade aus dem Haus, als das Telefon klingelte.

»Hej Kristina!« Die Stimme am anderen Ende klang fröhlich, nicht wie die einer gestressten Mutter von zwei Kindern, die nebenher auch noch ein Reisebüro leitete.

»Hej Anna!« Kristina freute sich sehr über den Anruf ihrer besten Freundin. Sie vermisste Anna schmerzlich, seit sie vor knapp zwei Jahren mit ihrer Familie nach Ronneby gezogen war. Annas Mann Nils hatte dort eine Zweigstelle seiner Firma übernommen.

Kristina bewunderte ihre Freundin, die sich nie unterkriegen ließ. Sie wusste, dass es Anna nicht leichtgefallen war, Stockholm zu verlassen. Aber sie hatte einfach die Ärmel hochgekrempelt und den Umzug fast allein gestemmt, weil Nils schon vor ihr in die neue Filiale musste. Kaum angekommen, hatte sie die Leitung eines Reisebüros übernommen, das bis dahin nur geringen Umsatz gemacht hatte. Dabei war Nachzüglerin Inga erst zwei Jahre alt gewesen.

Anna organisierte Reisen durch ganz Schweden, und davon profitierte auch Kristina. Bei allen Touren, die Stockholm zum Ziel hatten, führte kein Weg am *Kristinas* vorbei, dafür sorgte Anna.

»Alles klar bei euch?«, wollte Anna wissen.

»Bestens«, erwiderte Kristina und berichtete gleich darauf von Finns Urlaubsplänen.

Anna lachte. »Erik hat sich zum Glück für ein Feriencamp mit seinen Freunden entschieden, und eine Freundin hat er meines Wissens noch nicht. Obwohl mein Sohn mir inzwischen auch nicht mehr alles erzählt.«

Annas und Nils' Sohn Erik war nur wenig älter als Finn. Die beiden Jungs waren eng miteinander befreundet gewesen, aber seit Anna mit ihrer Familie aus Stockholm weggezogen war, hatten sie, ganz im Gegensatz zu ihren Müttern, keinen Kontakt mehr.

»Finn kann sich doch mal bei mir melden«, schlug Anna vor. »Ich finde bestimmt eine tolle Rundreise für ihn und seine Freundin und mache den beiden einen Sonderpreis.«

»Die beiden scheinen sich auf eine Rundreise durch schwedische Luxushotels zu konzentrieren«, sagte Kristina. »Aber danke für dein Angebot, ich werde es Finn ausrichten.«

»Er muss sich allerdings beeilen«, sagte Anna. »Nächste Woche beginnen die Sommerferien, und diesmal nutzen Nils und ich die Zeit für unsere zweiten Flitterwochen. Wir beide auf einer Karibikinsel. Palmen, Strand, faulenzen, lesen, Cocktails schlürfen ...«

»Hast du es gut«, seufzte Kristina. Sie sah all das vor sich: den Strand, die Palmen, das blaue Meer, den weiten wolkenlosen Himmel. Das alles war traumhaft genug, aber es zusammen mit einem Partner zu genießen, kam ihrer Vorstellung vom Paradies ziemlich nahe.

Kristina gönnte ihrer Freundin diese Ferien von ganzem Herzen, und das sagte sie ihr auch. »Trotzdem bin ich ein bisschen neidisch«, gestand sie freimütig. »Kommen die Kinder mit?«

»Eriks Jugendcamp fällt genau in diesen Zeitraum«, sagte Anna, »und meine Mutter freut sich, Inga einmal ganz für sich zu haben. Ich werde ihr die Illusion von zwei schönen Wochen mit ihrem vierjährigen Enkelkind nicht nehmen.«

»Das musst du auch nicht, das erledigt sich ganz von selbst.« Kristina lachte. »Obwohl deine Mutter es eigentlich besser wissen müsste. Schließlich hat sie diese Zeit mit dir und deinen Schwestern selbst durchgemacht.«

»Wahrscheinlich ist das schon zu lange her, als dass sie sich an die vielen unangenehmen Details erinnern könnte.« Auch Anna musste lachen, wurde aber gleich darauf wieder ernst. »Unser Reisebüro ist in dieser Zeit allerdings auch geschlossen. Das heißt, keine Reisegruppen fürs Kristinas in den ersten beiden Ferienwochen.«

Kristina schluckte. Diese Reisegruppen machten schließlich einen Großteil ihres Umsatzes aus.

»Dafür schicke ich dir hinterher einige Fuhren mehr«, sagte Anna am anderen Ende der Leitung schnell. »Wir haben ganz viele Voranmeldungen für Rundreisen nach und durch Stockholm. Heerscharen von Touristen, die gefüttert werden wollen. Am besten nutzt du die Zeit bis dahin selbst für eine kurze Erholungspause.«

»Urlaub ist bei mir dieses Jahr nicht drin«, wiederholte Kristina, was sie eben schon ihrem Sohn gesagt hatte.

»Ich weiß, wie sehr du dein Restaurant liebst«, sagte Anna. »Ich weiß auch, dass es gerade finanziell ziemlich knapp ist bei dir. Trotzdem würde ich mir für dich wünschen, dass du mal wieder rauskommst und etwas anderes siehst als immer nur deine Küche. Ich wünschte, du würdest mal wieder einen netten Mann kennenlernen, dich verlieben ...«

»Stopp!«, fiel Kristina ihrer Freundin lachend ins Wort. »Das wünsche ich mir auch, aber es wird nicht besser, wenn du jetzt alles aufzählst, was ich nicht habe.«

»Entschuldige bitte«, sagte Anna kleinlaut. »Du weißt, ich würde dir gerne ...«

»Auf keinen Fall«, unterbrach Kristina ihre Freundin abermals. »Ich leihe mir kein Geld von dir, um ein Reise zu machen.« Darüber hatten sie vor Kurzem schon einmal diskutiert, und dabei hatte Anna ihr dieses Angebot gemacht. Damals wie heute wollte Kristina nichts davon wissen.

»Ich bin zufrieden mit meinem Leben«, versicherte sie.

»Du weißt, ich bin immer für dich da, wenn du mich brauchst.«

»Und ich für dich«, erwiderte Kristina herzlich. »Das bedeutet mir sehr viel. Ich wünsche dir und Nils wunderschöne Tage in der Karibik! Grüß deine Familie von mir.«

Das Gespräch hatte Kristina aufgehalten, aber mit einem Blick auf die Uhr stellte sie fest, dass sie immer noch früh genug im Restaurant eintreffen würde.

Kristina und Finn hatten eine Wohnung im zentralen Stadtviertel Södermalm. Mit dem Auto war sie von dort aus in einer Viertelstunde am Restaurant – vorausgesetzt, auf der Centralbron war kein Stau. Doch auf der Brücke, die Södermalm mit dem Stadtteil Norrmalm verband, staute sich auch heute der Verkehr. Kristina schaltete das Radio ein und hörte die neuesten Nachrichten, während es im Schritttempo weiterging.

Kurz vor dem Ende der Brücke löste sich der Verkehr auf. Kristina gab Gas und fädelte sich in die Blekholmsgatan ein. Ein paar Minuten später hatte sie ihr Restaurant erreicht.

Kristina stieg aus dem Wagen und schaute zu dem Gebäude, das wie ein riesiger Wintergarten anmutete. Durch die großen Glasflächen wurde ein fließender Übergang zur Natur geschaffen. Hohe Bäume spiegelten sich in den Scheiben. Die Türen zur Wasserseite waren im Sommer weit geöffnet, und auf der Terrasse standen Tische und Stühle für die Gäste bereit. Über den Riddarfjärden hinweg bot sich ein traumhafter Ausblick auf Gamla Stan, die Altstadt Stockholms.

Dieses Stück Natur inmitten der Großstadt faszinierte Kristina immer wieder aufs Neue. Sie liebte ihr Restaurant, und sie liebte diesen Standort. Im Park fanden regelmäßig Veranstaltungen statt, und er war ein beliebter Treffpunkt für Sportler. Durch die Parkbesucher erhielt Kristinas Restaurant regen Zulauf.

»Ich habe allen Grund, glücklich zu sein«, sagte Kristina leise zu sich selbst. Aber war sie das auch? War sie wirklich glücklich? Und wieso stellte sie sich ausgerechnet jetzt diese Frage?

Kristina schüttelte den Kopf, um diese unnützen Gedanken abzuschütteln. Sie war zufrieden, und das war mehr, als die meisten Menschen von sich behaupten konnten.

Sie überquerte den Parkplatz und schloss die Eingangstür auf. Sie war wie immer die Erste. Mikael, der zusammen mit ihr kochte, und die beiden Kellnerinnen Elin und Maj würden auch gleich kommen.

Kristina durchquerte das Restaurant, um in die Küche zu gelangen. Sie liebte diesen ganz besonderen Moment am Morgen. Die Stille, die sie umgab, während das Restaurant auf den ersten Ansturm zu warten schien. Die Stühle standen noch mit der Sitzfläche nach unten auf den Tischen, damit der Boden besser geputzt werden und über Nacht trocknen konnte. Durch die hohen Glasscheiben schien die Sonne, das Licht war grün gefiltert durch die Natur ringsum.

Einen Moment lang ließ Kristina die Stille im Gastraum auf sich wirken. Ein liebgewordenes tägliches Ritual. Dazu gehörten auch ihr erster Gang in die Küche und das Einschalten des Lichts, das sich in den sauberen Edelstahltöpfen und den weißen Kacheln spiegelte.

Kristina lächelte, drückte den Lichtschalter – aber alles blieb dunkel.

Automatisch drückte sie den Lichtschalter noch einmal. Es blieb dunkel.

»Na toll!«, murmelte sie genervt und dachte voller Sorge an das ganze Hackfleisch in der Tiefkühltruhe, das Mikael gestern so günstig erstanden hatte.

Durch die schmalen Lichtschächte an der Decke kam genug Licht in die Küche, um den Weg zum Lager zu finden. Der Sicherungskasten war gleich hinter der Tür, und der Schalter der Hauptsicherung war nach unten gekippt. Kristina drückte ihn hoch – und schrie erschrocken auf, als er mit einem lauten Knall wieder nach unten schnellte.

»Probleme?«

Die Hände in den Taschen seiner Jeans vergraben, stand Mikael auf einmal neben ihr. Ein buntes Tuch hatte er nach Piratenmanier um seinen Kopf gebunden. Sein raspelkurzes Haar, das an den Seiten hervorschaute, war ebenso blond wie sein Dreitagebart.

»Die verdammte Sicherung springt immer wieder raus«, sagte Kristina hilflos.

»Oh nein!« Mikael verschränkte die Arme vor der Brust und starrte in den offenen Sicherungskasten. »Ohne Strom kann ich nicht kochen.«

Toller Hinweis, darauf war sie auch schon selbst gekommen. Kristina verschluckte sich fast an der unfreundlichen Antwort, die ihr auf der Zunge lag. Mikael war nicht nur ein hervorragender Koch, er war auch eine ziemliche Mimose.

»Ole, der Schwager der Schwester meines besten Freundes, ist Elektriker«, sagte Mikael nach kurzem Nachdenken. »Soll ich den mal anrufen?«

Kristina versuchte erst gar nicht, die Verwandtschaftsverhältnisse in ihrem Kopf zu sortieren. »Ruf ihn an«, sagte sie nur und fügte kleinlaut hinzu: »Hoffentlich wird das nicht zu teuer.«

Mikael tätschelte mitfühlend ihre Schulter und zog gleichzeitig mit der anderen Hand sein Handy aus seiner Gesäßtasche. Er telefonierte eine Weile und schaffte es tatsächlich, dem Elektriker das Versprechen abzuringen, in der nächsten Stunde vorbeizukommen.

Kristina wurde trotzdem immer nervöser. Sie hätten längst mit den Vorbereitungen für das Mittagessen anfangen müssen. In der Kühltruhe bildeten sich bereits Wassertropfen.

Ole Håkansson ließ sich dann doch noch fast zwei Stunden Zeit, aber selbst das war erstaunlich schnell für einen Handwerker in Schweden. Eine weitere Stunde benötigte er für die Begutachtung, bevor er Kristina seine Diagnose mitteilte.

Inzwischen hatte Kristina bereits beschlossen, das Restaurant heute geschlossen zu lassen, und ein Schild an die Tür gehängt mit dem Hinweis: *Heute wegen technischer Probleme geschlossen*. Nicht nur der finanzielle Ausfall bereitete ihr Sorgen, sie hatte auch Angst, Stammkunden wegen der Schließung zu verlieren. Immer wieder öffnete sie die Kühltruhe mit den eingefrorenen Fleischvorräten.

»Geht es dir nicht schnell genug, bis alles aufgetaut ist?«, fragte Mikael.

Kristina arbeitete gerne mit ihm zusammen. Er behielt

die Ruhe, egal, wie hektisch es im Restaurant wurde. Genau diese zur Schau gestellte Ruhe ging ihr jetzt aber auf die Nerven.

»Ich muss mal an die frische Luft«, murmelte sie und verließ beinahe fluchtartig das *Kristinas*. Draußen standen Elin und Maj zusammen. Maj versteckte ihre rechte Hand ganz schnell hinter ihrem Rücken, als Kristina nach draußen kam.

Kristina zog die Augenbrauen zusammen, sagte aber nichts, obwohl sie ausdrücklich verboten hatte, vor dem Restaurant zu rauchen. Sie fand, dass es einen schlechten Eindruck machte, wenn ihr Personal rauchend vor der Tür stand. Drinnen war es ohnehin durch den Gesetzgeber verboten.

»Müssen wir eigentlich noch bleiben, obwohl der Laden geschlossen ist?«, fragte Maj und ließ die brennende Zigarette hinter ihrem Rücken auf den Boden fallen.

Kristina beobachtete aus dem Augenwinkel den Versuch der jungen Kellnerin, schnell den Fuß auf den qualmenden Glimmstängel zu stellen. Sie schüttelte den Kopf. »Von mir aus könnt ihr nach Hause gehen.«

»Und was ist morgen? Lohnt es sich überhaupt, zu kommen?«

»Das hoffe ich doch sehr«, erwiderte Kristina scharf. Die Vorstellung, dass sie das *Kristinas* länger schließen musste, machte ihr Angst.

Elin stieß ihre Kollegin an. Sie war eine nette junge Frau, erst seit Kurzem verheiratet und sehr beliebt bei den Gästen.

»Ich frag ja nur.« Maj zog eine Schnute. Wie üblich trug

sie einen viel zu kurzen Rock. Ihr enges Shirt zierte ein Totenkopf mit aufgeklebten Glitzersteinen. Ihre langen dunklen Haare fielen offen über ihre Schultern, und unter ihren Augen lagen dunkle Schatten, weil sie nachts oft durch die Clubs zog und zu wenig schlief. Ihre Arbeit war sehr stark von ihrer jeweiligen Laune abhängig. Ein Gefühl für Diplomatie, wie es besonders im Servicebereich erforderlich war, fehlte ihr völlig.

Kristina hatte Maj mehrfach ermahnen müssen, auch zu den weniger netten Kunden freundlich zu sein. Doch obwohl Maj sich so manche Frechheit herausnahm, mochte Kristina das Mädchen. Sie mochte Majs direkte Art, wenn auch nicht unbedingt im Umgang mit den Gästen. Sie war, wie Mikael es nannte, »brutal ehrlich« und nahm kein Blatt vor den Mund.

»Warten wir mal, was der Elektriker sagt.« Kristina brachte mühsam ein Lächeln zustande und hätte Maj am liebsten um eine Zigarette gebeten, obwohl sie ihre letzte Zigarette an dem Tag geraucht hatte, als Dag und sie geschieden worden waren.

Mikael erschien in der Tür. Ungewohnt ernst schaute er sie an. »Kristina, kommst du mal?«

Ole Håkansson schrieb gerade etwas auf ein Blatt Papier, das auf einem Klemmbrett befestigt war. Er hob den Kopf, als sie sich räusperte.

»Da muss einiges gemacht werden«, kam er gleich auf den Punkt. »Du kannst froh sein, dass bis heute alles gut gegangen ist.«

»Ich freue mich später darüber«, sagte Kristina trocken.

Ole kratzte sich mit dem Kugelschreiber den schmalen

Haarkranz, der seinen ansonsten kahlen Schädel säumte. »Die Leitungen sind marode, die Sicherungen völlig veraltet. Ihr habt ja nicht einmal einen Fehlerstromschutzschalter, und einige Leitungen sind echt abenteuerlich ...«

»Wie viel?«, fiel Kristina ihm ins Wort.

»Ich muss das noch genau durchrechnen, aber billig wird es nicht«, prophezeite Ole Håkansson.

Kristina ließ nicht locker, bis er ihr schließlich eine ungefähre Summe nannte, mit der sie rechnen musste. Für die Arbeit würde er einige Tage benötigen. Tage, an denen das *Kristinas* geschlossen bleiben musste.

Ole Håkansson versprach, ihr spätestens morgen eine genaue Kostenaufstellung vorzulegen, und riet ihr, einige der Geräte vom Strom zu nehmen, besonders den großen Herd, der das Stromnetz extrem belastete. Gut wäre es, wenn sie auch die große Kühltruhe ausschalten würde.

Kristina nickte völlig erledigt. Sie war außerstande, jetzt noch etwas zu sagen, und überließ es Mikael, Ole Håkansson zur Tür zu bringen.

»Ausgerechnet heute«, stöhnte sie, als Mikael zusammen mit Elin zurück zu ihr in die Küche kam. »Morgen kommt die deutsche Reisegruppe, und was sollen wir mit dem ganzen Hackfleisch machen, das in der großen Truhe ist?«

»Köttbullar«, antworteten Elin und Mikael synchron. Die beiden schauten sich an und lachten, was Kristina in ihrer augenblicklichen Stimmung als unpassend empfand.

»Komm schon!« Mikael stieß sie leicht an. »Wo bleibt dein Optimismus? Du bist es doch, die sonst immer sagt, dass alles wieder gut wird.«

Kristina fuhr sich mit beiden Händen durch das lange

blonde Haar. »Im Moment kann ich das nicht glauben«, sagte sie leise. »Ich habe immer gewusst, dass es ein Risiko ist, sich selbstständig zu machen. Ich habe befürchtet, dass Gäste ausbleiben, weil sie unsere Küche nicht mögen, dass ich mich verkalkuliert habe und vielleicht doch nicht alles so funktioniert, wie ich es mir ausgemalt hatte. Mit einer solchen Katastrophe habe ich allerdings nicht gerechnet.«

»Kannst du das Geld für die erforderliche Reparatur überhaupt aufbringen?«, fragte Elin besorgt.

Kristina zuckte mit den Schultern, nickte aber gleich darauf. »Ich hoffe, dass die Bank mir einen Kredit gewährt«, sagte sie, »aber dann darf wirklich nichts mehr passieren.«

»Nicht über so etwas nachdenken«, riet Mikael. »Lasst uns einfach mit den Vorbereitungen für morgen beginnen.«

Kristina seufzte tief auf.

Mikael schloss sie in die Arme. »Alles wird gut«, sagte er.

Elin kam dazu, schlang ihre Arme um sie und Mikael. »Ja, daran glaube ich auch ganz fest«, sagte sie. »Alles wird gut.«

Plötzlich war auch Maj wieder da, drängte sich in den kleinen Kreis.

»Wolltest du nicht nach Hause gehen?«, fragte Kristina überrascht.

»Ja«, sagte Maj und senkte beschämt den Kopf. »Aber dann hatte ich das Gefühl, dass ich euch im Stich lasse, und deshalb bin ich wieder zurückgekommen.«

Genau das war der Grund, weshalb Kristina ihr die ganze Schnoddrigkeit, das flippige Äußere und das freche Mundwerk nachsah. Weil sich dahinter ein mitfühlendes, liebenswertes Mädchen verbarg, auf das sie sich im Notfall verlassen konnte. Ebenso wie auf Mikael und Elin. Ihr Team hatte es verdient, dass sie sich nicht einfach hängen ließ, sondern um den Erhalt des *Kristinas* kämpfte. Die drei waren darauf ebenso angewiesen wie sie selbst.

Kristina schüttelte ihre Mutlosigkeit ab. »Also gibt es morgen nur ein Menü?« Fragend schaute sie Mikael an.

Der nickte. »Zuerst eine Tomaten-Orangen-Suppe, als Hauptgericht Köttbullar mit brauner Soße, Preiselbeeren und Kartoffelpüree und zum Dessert eine Johannisbeerpaj mit Vanillesoße. Wir erklären den Leuten, dass wir wegen technischer Probleme nur ein Gericht anbieten können, das aber zu einem besonders günstigen Preis.«

»Und du glaubst, unsere Gäste lassen sich darauf ein?«

Mikael warf sich in Positur. »Meine Köttbullar mögen alle.«

Das stimmte. Mikael war ein ausgezeichneter Koch, obwohl er keine richtige Ausbildung besaß. Er legte großen Wert auf die Feststellung, dass er Autodidakt war, und fügte ganz gerne hinzu, dass er seine Erfahrungen vor allem auf einem Kreuzfahrtschiff gesammelt hatte.

Kristina selbst hatte eine Ausbildung bei Gustav, dem ehemaligen Küchenchef im Hotel ihres Schwagers, gemacht. Kurz vor ihrem Abschluss war Dag in ihr Leben getreten. Stürmisch und überwältigend wie ein Naturereignis. Als sie dann auch noch feststellte, dass sie schwanger war, hatte sie geglaubt, der glücklichste Mensch auf der Welt zu sein – und dann war ihre ganze Welt eingestürzt. Von einem Tag auf den anderen.

Kristina schüttelte den Kopf. Das war alles so lange her. Warum konnte sie mit diesen alten Geschichten nicht endgültig abschließen? Die Erinnerung daran tat nicht einmal mehr weh. Der Schmerz war schon lange weg, und die Wut, die immer noch irgendwo tief in ihr brodelte, konnte sie gut kontrollieren.

Mikael hatte inzwischen seine Kochschürze umgebunden, Elin und Maj machten sich Gedanken über den Aushang vor der Tür, der den Gästen mitteilen sollte, dass es morgen nur ein Menü geben würde.

Kristina war gerührt. Sie hatte die besten Mitarbeiter, die sich eine Restaurantbesitzerin wünschen konnte. Sie streifte ebenfalls ihre Schürze über. Der große Herd blieb heute aus, damit die Sicherung nicht wieder raussprang. Zum Kochen und Backen hatten sie nur den kleinen Herd neben der Spüle, der sonst nur in Stoßzeiten als zusätzliche Kochstelle genutzt wurde. Die Kühlung im Kühlraum neben der Küche hatte Ole Håkansson bereits ausgeschaltet, ebenso wie die große Kühltruhe, in der das Hackfleisch lagerte.

Ein Restaurant mit einem Miniherd und ohne Kühlung?

Erneut ergriff die Panik Besitz von Kristina, bis Mikael seine Hand auf ihre Schulter legte. »Nicht denken«, sagte er, »handeln.«

Kristina nickte zögernd. »Alles klar«, sagte sie, »legen wir los.« Gemeinsam begannen sie mit den Vorbereitungen für den nächsten Tag.

Tomaten-Orangen-Suppe

600 g Tomaten
400 g Karotten
250 g Kartoffeln
1 große rote Paprika
1 Zwiebel
1 unbehandelte Orange
2 EL Rapsöl
1,5 l Gemüsebrühe
2 TL Honig
2 Lorbeerblätter
Salz
Pfeffer
Muskatnuss
100 ml Schlagsahne
Schnittlauchröllchen

Die Tomaten waschen und vierteln. Karotten und Kartoffeln schälen und würfeln. Die Paprika waschen und ebenfalls würfeln.

Die Zwiebel schälen, fein hacken und in 2 EL Rapsöl glasig dünsten. Das Gemüse und die Kartoffeln dazugeben und mit der Brühe auffüllen.

Die Orange waschen und etwas Schale abreiben. Den Saft auspressen und etwa die Hälfte davon in die Suppe geben.

Lorbeerblätter und Honig hinzufügen. Etwa 10 Minuten köcheln lassen. Die Lorbeerblätter entfernen und die Suppe pürieren.

Den restlichen Orangensaft und etwas abgeriebene Orangenschale hinzufügen. Mit Salz, Pfeffer und Muskatnuss pikant abschmecken.

Vor dem Servieren mit der geschlagenen Sahne und dem Schnittlauch verfeinern.

Köttbullar mit brauner Soße

750 g gemischtes Hackfleisch
2 Pellkartoffeln
1 Zwiebel
etwas Butter
200 ml Sahne
1 Brötchen
1 TL scharfer Senf
2 Eier
Salz
Pfeffer
250 ml Rotwein
300 ml Kalbsfond
½ Zwiebel
1 TL Weinessig
100 ml Sahne
2 EL Tomatenpüree
Dunkler Soßenbinder

Kartoffeln kochen, pellen und fein zerstampfen. Die Kartoffelmasse mit dem Hackfleisch vermischen.

Die Zwiebel ganz fein hacken, in Butter glasig andünsten, zur Kartoffel-Hack-Masse geben. Brötchen in der Sahne aufweichen, zur Hackmasse geben, die restliche Sahne, die Eier, den Senf und die Gewürze hinzufügen gut durchmengen, abschmecken und Bällchen formen.

Köttbullar von allen Seiten scharf anbraten und 30 Minuten im vorgeheizten Backofen bei 180 °C gar backen.

Für die Soße die Zwiebel klein hacken, glasig anbraten, mit dem Rotwein und einem Schuss Weinessig ablöschen, kurz kochen lassen und den Kalbsfond dazugeben.

10 bis 15 Minuten sprudelnd kochen lassen, um die Soße zu reduzieren. Sahne zufügen, das Tomatenpüree unterrühren und mit Soßenbinder eindicken, abschmecken und eventuell noch nachwürzen.

Dazu schmecken Kartoffelpüree und Preiselbeergelee.

Johannisbeerpaj
(mit Vanillesoße oder Vanilleeis)

Für den Teig:
400 g Weizenmehl
100 g Speiseöl
250 ml Milch
½ TL Salz

Für die Füllung:
Rote Johannisbeeren
100 g Zucker
5 EL Weizenmehl
½ TL Salz
1 EL Zitronensaft
2 EL Butter
1 Ei

Für den Teig:

Alle Zutaten in eine Rührschüssel geben und kurz vermengen.

Die Hälfte des Teigs zwischen zwei Backpapieren bis zu einer Dicke von 1,5 cm ausrollen. Anschließend das obere Papier entfernen und den Teig mithilfe des unteren Papiers in eine Quicheform heben. Danach mit dem restlichen Teig und zwei Backpapieren eine weitere Platte als Deckel ausrollen.

Die Form muss nicht zusätzlich gefettet werden. Der Teig mag vielleicht sehr locker erscheinen, hält aber ausgezeichnet.

Für die Füllung:

Zucker, Mehl und Salz vermischen. Die Hälfte der Mischung auf den Teigboden in der Form füllen. Anschließend die Johannisbeeren daraufgeben, darauf dann die restliche Zucker-Mehl-Mischung. Einige Zitronenspritzer darübergeben und Butterflocken darauf verteilen.

Mit dem Teigdeckel bedecken, die Ränder gut zusammendrücken. Mit einem scharfen Messer an einigen Stellen den Teigdeckel einstechen und die gesamte Oberfläche mit gequirltem Ei bestreichen. Bei 250 °C im vorgeheizten Ofen ca. 30 Minuten backen.

Warm oder kalt mit Vanilleeis oder Vanillesoße servieren.

– 2 –

»Wenn mein Vater das erfährt, gibt es Ärger«, sagte Svea besorgt.

Finn griff nach ihrer Hand. »Er wird es schon nicht erfahren«, erwiderte er.

»Und wenn doch?« Svea schmiegte sich an ihn. »Ich wollte heute mit ihm über unsere Urlaubspläne reden, aber wenn er hört, dass ich die Schule geschwänzt habe, gibt er nie seine Einwilligung dazu.«

Es war ein spontaner und gemeinschaftlicher Entschluss der Klasse gewesen. Eine Lehrerin war erkrankt, dadurch ergaben sich zwei Freistunden bis zur letzten Stunde. Geschichte bei Herrn Wallin!

Gustav Wallin verstand es, selbst spannende geschichtliche Ereignisse in langweilige Fakten zu verwandeln, die er monoton herunterleierte. Sein Unterricht war bei den Schülern sogar noch unbeliebter als der Mathematikunterricht bei dem cholerischen Herrn Björk.

Die Schüler hatten sich getrennt, weil sie einzeln unauffälliger vom Schulgelände verschwinden konnten, und wollten sich auf der Plattan wieder treffen.

»Hast du schon mit deiner Mutter gesprochen?«, fragte Svea, als sie an der Klara Kyrkan vorbeischlenderten. Die alte Kirche mit dem Friedhof aus dem siebzehnten Jahrhundert wirkte immer noch imposant, trotz der hohen, modernen Gebäude, die sie säumten.

»Heute morgen«, sagte Finn. »Begeistert war sie nicht, sie

hat aber auch nicht direkt Nein gesagt, mal abgesehen von ...« Er brach ab, wirkte verlegen.

»Abgesehen von?«, hakte Svea nach.

»Sie kann mir das Geld nicht geben«, sagte Finn leise. Es war ihm anzusehen, wie peinlich ihm das war. »Jedenfalls nicht die Summe, die wir ausgerechnet haben.«

Svea drückte ganz fest seine Hand. Sie selbst verfügte über weitaus mehr Taschengeld als er, und ihr Vater erfüllte ihr so manchen kostspieligen Wunsch. Er konnte es sich leisten, im Gegensatz zu Finns Mutter. Für Svea spielte das keine Rolle. Geld, so fand sie, war völlig unwichtig, wenn zwei Menschen sich wirklich liebten – und ja, sie glaubte fest daran, dass es die große Liebe auch in ihrem Alter schon gab.

»Vielleicht bringe ich meinen Vater ja dazu, dass er für uns beide bezahlt«, sagte sie, verschwieg aber, dass sie überhaupt Zweifel daran hatte, die Zustimmung ihres Vaters zu der geplanten Reise zu bekommen.

»Nein, das will ich nicht.« Finn schüttelte den Kopf. »Wir müssen das noch mal alles durchrechnen. Bestimmt geht es auch billiger. Aber zuerst musst du deinen Vater fragen.«

»Heute«, versprach sie. »Heute rede ich ganz bestimmt mit ihm.«

In den letzten Wochen war ihr Vater ziemlich im Stress gewesen. Je länger er den Abgabetermin seines neuen Buches überzog, desto mehr verschlechterte sich seine Laune. Außerdem war er durch diverse öffentliche Auftritte zusätzlich in Zeitdruck gewesen. Daran hatte sich eigentlich noch nichts geändert, mal abgesehen davon, dass der Abgabetermin für sein Buch ein paar Wochen nach hinten verschoben worden war. Aber das verbesserte seine Laune auch nicht gerade.

»Wir müssen doch nicht unbedingt in Hotels wohnen«, sagte Finn in ihre Gedanken hinein. »Es gibt Jugendherbergen, die sind viel preiswerter, und bestimmt ist es da auch lustiger, weil wir da eher Leute in unserm Alter treffen als in so einem steifen Hotel.«

Svea nickte, obwohl sie sich das nicht wirklich vorstellen konnte. Sie hatte noch nie in einer Jugendherberge übernachtet, sondern auf Reisen mit ihrem Vater stets in den besten Hotels gewohnt, meistens auf Einladung seines Verlages.

Na und, dachte sie. Eigentlich war es doch egal, wo sie übernachteten. Hauptsache, sie konnte die Ferien mit Finn verbringen.

Inzwischen hatten sie die Plattan, den niedriger gelegenen Fußgängerbereich am Sergelstorg, erreicht. Niemand in der Stadt fand diesen Platz besonders schön, obwohl sich hier Kultur und Wissen versammelten, mit dem Kulturhuset an der Stirnseite des Platzes sowie einem Theater und einer Bibliothek. Straßenmusiker und Kleinkünstler nutzten den Platz als Bühne.

Aber hier war auch die andere, weniger schöne Seite von Stockholm zu finden: Obdachlose, die nachts in den überdachten Eingängen der Geschäfte Schutz suchten und tagsüber in der nahen Suppenküche eine warme Mahlzeit bekamen; Dealer und Schwarzhändler, die in den dunklen Ecken ihre Geschäfte abwickelten. Ein Mikrokosmos der schwedischen Gesellschaft gab sich hier ein Stelldichein, und obwohl niemand diesen Platz besonders attraktiv fand, war er ein beliebter Treffpunkt für alle Gesellschaftsschichten.

Svea und Finn wurden von dén anderen mit lautem Hallo begrüßt. Einer der Straßenmusikanten spielte bekannte Popsongs. Die Schüler sangen mit, begannen zu tanzen. Die Sonne schien vom Himmel, und zumindest für die nächsten beiden Stunden verdrängte Svea den Gedanken an das bevorstehende Gespräch mit ihrem Vater. So ganz ließ der Gedanke sie aber nicht los, er lauerte die ganze Zeit in ihrem Hinterkopf, bis sie sich auf den Heimweg machte.

Als Svea die Haustür öffnete, kam ihr Vater ihr schon auf dem Flur entgegen, die Brauen ärgerlich zusammengezogen.

»Hallo, Papa«, sagte sie kleinlaut.

Hendrik Lundgren ignorierte ihren Gruß. »Wo kommst du her?«, verlangte er zu wissen.

Svea hatte das dumpfe Gefühl, dass er bereits Bescheid wusste. Lügen oder lieber gleich die Wahrheit sagen?

Sie starrte ihrem Vater ins Gesicht, versuchte in seiner Miene zu lesen, sah aber nichts als Ärger und schlechte Laune.

»Und?«, fragte er laut.

»Ja, gut«, stieß sie hervor. »Ich habe eine Stunde geschwänzt. Aber nur den Geschichtsunterricht bei dem langweiligen Herrn Wallin, die anderen sind ausgefallen.«

Die Miene ihres Vaters war plötzlich nicht mehr ganz so finster. »Dein Glück, dass du mich nicht angelogen hast«, brummte er. »Dieser langweilige Herr Wallin hat nämlich angerufen und sich beschwert.«

»Dann hat er wahrscheinlich alle Eltern angerufen.«

Svea dachte an Finn. Hoffentlich bekam er keinen Ärger mit seiner Mutter, und hoffentlich hatte ihr Schwänzen keine Auswirkungen auf ihre Ferienplanung. Dieser Gedanke erinnerte sie wieder an das Gespräch, dass sie mit ihrem Vater führen musste.

Svea stellte ihre Tasche auf den Stuhl neben der Garderobe, ging zu ihrem Vater und hängte sich bei ihm ein. »Bist du böse, weil ich die Schule geschwänzt habe?«

»Sollte ich wohl«, brummelte er, aber sie sah, dass es um seine Mundwinkel verdächtig zuckte.

»Jetzt sei doch nicht so.« Svea bedachte ihren Vater mit diesem ganz besonderen Blick, der ihn immer weich werden ließ. Auch diesmal verfehlte er seinen Zweck nicht.

»Ich hab früher auch die Schule geschwänzt«, knickte Hendrik ein, »und du hast ja durchweg gute Noten.« Er hob mahnend den Zeigefinger. »Mach es dir aber nicht zur Gewohnheit.«

»Bestimmt nicht, Papa«, versprach Svea schnell und beschloss, die verbesserte Stimmung gleich auszunutzen. Sie ließ den Arm ihres Vaters nicht los, als sie gemeinsam ins Wohnzimmer gingen.

»Papa, ich muss dich was fragen. Versprich mir, dass du nicht gleich Nein sagst, sondern erst mal darüber nachdenkst.«

Sofort zogen sich die Brauen ihres Vaters wieder zusammen. Er sagte kein Wort, wartete nur ab, und das machte es Svea nicht leicht, ihre Bitte vorzubringen.

»Du kennst doch Finn«, sagte sie vorsichtig.

»Nein!« Hendrik schüttelte den Kopf.

»Ach, Papa, ich hab dir doch schon so oft von ihm erzählt.«

»Ja«, nickte er, »ich habe von ihm gehört, aber ich kenne
ihn nicht.«

Es war schwieriger, als sie befürchtet hatte. Wenn es um
Geld gegangen wäre, um ein kostspieliges Kleidungsstück
oder etwas Ähnliches, hätte sie ihren Vater ohne Bedenken
fragen können, aber gleichaltrige Jungs waren für ihn ein
Reizthema, ohne dass er es zugegeben hätte.

»Selber schuld«, maulte sie. »Ich hätte dir Finn längst
vorgestellt, wenn du im letzten Jahr nicht so komisch zu
Jesper gewesen wärst.«

Svea wurde jetzt noch heiß und kalt, wenn sie an die
Szene dachte. Jesper war ebenfalls ein Mitschüler, den Svea
sehr mochte. Mehr als ein guter Freund war er nicht, selbst
heute noch, obwohl ihr Vater sich ihm gegenüber unmöglich benommen hatte. Er hatte mit ihr für eine bevorstehende Mathearbeit lernen wollen und war zu ihr gekommen. Offensichtlich hatte ihr Vater nicht so recht an die
Nachhilfe geglaubt. Er war so unfreundlich zu Jesper gewesen, dass es ihr heute noch peinlich war. Alle paar Minuten
war er in ihr Zimmer geplatzt, ohne anzuklopfen, versteht
sich. Es war Svea unmöglich gewesen, sich auf Jespers Erklärungen zu konzentrieren, und die Arbeit hatte sie hinterher gründlich verhauen.

Es wirkte immer noch, wenn sie ihrem Vater das vorhielt.
Er blickte schuldbewusst drein, und Svea nutzte sein
schlechtes Gewissen für ihre Zwecke.

»Ich möchte mit Finn in die Ferien fahren«, sagte sie
rundheraus.

Hendrik befreite sich aus ihrem Griff und trat einen Schritt zur Seite. Streng schaute er sie an. »Ein ganz klares und entschiedenes Nein«, sagte er bestimmt.

»Du hast versprochen, nicht gleich Nein zu sagen und erst einmal darüber nachzudenken«, behauptete Svea, obwohl ihr Vater nichts dergleichen gesagt hatte.

»Ich muss nicht darüber nachdenken.« Hendrik schüttelte den Kopf. »Du bist noch minderjährig und wirst ganz bestimmt nicht mit irgendeinem Schnösel in die Ferien fahren.«

»Finn ist kein Schnösel!« Svea stampfte wütend mit dem Fuß auf. Sie hatte gewusst, dass es nicht leicht sein würde, aber ihr blieb nur noch eine knappe Woche, um ihren Vater umzustimmen.

»Bitte, Papa«, bat sie und trat zu ihm. Sie schlang beide Arme um seinen Hals und sah ihn flehend an. »Willst du Finn nicht erst einmal kennenlernen? Ihn und seine Mutter?«

Hendrik sagte kein Wort, aber Svea wusste, dass sie nur noch ein bisschen betteln musste, um ihn weichzukochen.

»Bitte, Papa«, bat sie noch einmal. »Lerne Finn und seine Mutter kennen, lass uns alle zusammen darüber reden, und wenn du dann immer noch dagegen bist, werde ich nicht mehr versuchen, dich zu überreden.«

»Ein Gespräch mit Finn und seiner Mutter wird nichts an meiner Einstellung ändern«, beharrte Hendrik. »Ich lasse meine fünfzehnjährige Tochter nicht mit irgendeinem Bengel verreisen.«

»Papa, lass uns noch mal darüber reden, wenn du Finn und seine Mutter kennengelernt hast.« Svea gab nicht nach.

Immerhin milderte sich der Gesichtsausdruck ihres Vaters ein wenig.

»Bitte, bitte, mein lieber Papi«, sagte sie in dem Ton, in dem sie als Kleinkind stets ihren Willen bei ihm durchgesetzt hatte. »Darf ich ein Treffen mit Finn und seiner Mutter vereinbaren?«

Hendrik atmete tief durch.

»Bitte, bitte, bitte, bitte ...«

»Schon gut«, fiel Hendrik ihr ins Wort. »Wir werden uns mit Finn und seiner Mutter treffen, aber in Urlaub fährst du nicht mit ihm, und das ist mein letztes Wort.«

»Ja, Papa«, sagte Svea und strahlte ihn an. Sie hatte einen ersten Sieg errungen, und den Rest würde sie auch noch schaffen. Ein bisschen verließ sie sich da auf Finns Mutter, die, wie Finn immer behauptete, total nett und unkompliziert war. Wenn Finn es schaffte, seine Mutter zu überreden, und sie ihren Vater zu dritt bearbeiteten, musste er einfach nachgeben.

Vielleicht wäre ihr Plan sogar aufgegangen, aber manchmal stellt das Schicksal seine eigenen Regeln auf.

Selmas Welt

Stockholm bei Nacht laufend erleben. Der Midnattsloppet ist eine der größten und lustigsten Laufveranstaltungen Schwedens – zumindest für die Zuschauer am Rand der Laufstrecke, zu denen ich mich gesellte.

Wenn jetzt einer von euch erwartet hat, dass ich mich den Läufern anschließe, um über den Midnattsloppet zu berichten, muss ich euch leider enttäuschen, Leute. Ich finde Joggen nämlich so erheiternd wie eine proktologische Untersuchung. Ich laufe nicht mal der Bahn hinterher, wenn ich sie verpasst habe, sondern nehme lieber ein Taxi.

Aber zurück zum Midnattsloppet. Um zweiundzwanzig Uhr ging es los. Es war noch hell, als sich die Läufer versammelten und ihren Spurt quer durch Södermalm begannen. Begleitet von Zurufen, gutgemeinten Ratschlägen und lauter Sambamusik. Es war eine Stimmung wie am Zuckerhut, sogar das Wetter passte dazu. Was soll ich sagen, Leute? Es war heiß, heiß und nochmals heiß, und damit meine ich nicht nur die Außentemperatur. Im nächsten Jahr werde ich ganz bestimmt wieder am Midnattsloppet teilnehmen – am Rande der Strecke zwischen all den anderen Zuschauern, um mit ihnen dieses Event zu feiern. Ich würde mich freuen, wenn ich dann den einen oder anderen von euch dort treffe. Wir sehen uns in einem Jahr, aber wir lesen uns schon morgen wieder!

»Das ist immer noch nicht der Renner, aber auf jeden Fall besser als dein Wetterbericht von gestern«, sagte Erik

Asmussen. Er wedelte mit dem frisch ausgedruckten Artikel und grinste sie an. »Es wäre spannender gewesen, wenn du wirklich mitgelaufen wärst.«

Selma tippte sich mit dem Zeigefinger an die Stirn. »Sport ist Mord! Ich hätte nicht mal die ersten fünfhundert Meter überstanden.«

Das Grinsen auf dem Gesicht des Chefredakteurs wurde breiter, als er sie von Kopf bis Fuß musterte. Selma stellte sich vor, was er sah: dauergewellte, blondierte Locken – sie gehörte nämlich leider nicht zu den naturblonden Schwedinnen –, eine runde Nickelbrille auf der Stupsnase, die Lippen im gleichen Korallenrot wie der Nagellack. Ihr schwarzer Rock spannte zu sehr um ihre Hüften, um elegant zu wirken, und die Bluse zog sich wegen ihrer recht üppigen Oberweite an der Knopfleiste ein wenig auseinander.

Gut, sie war ein wenig überproportioniert. Sitzende Tätigkeit, zu wenig Bewegung und das Gefühl, nicht das im Leben erreicht zu haben, was sie sich als junges Mädchen vorgenommen hatte, zollten ihren Tribut. Das gab ihrem Chefredakteur aber noch lange nicht das Recht, sie mit einem derart unverschämten Blick zu mustern. So als wäre er selbst ein Adonis mit wallendem Haar und kein kleiner, dicklicher Mann mit schlecht sitzendem Anzug und schütterem Haar.

Vielleicht sollte ich einmal eine Kolumne über das Selbstbewusstsein der Männer schreiben, schoss es Selma durch den Kopf. Über diese Kerle, die es sich anmaßen, über das Äußere einer Frau zu urteilen, obwohl sie selbst mehr Ähnlichkeit mit Spongebob als mit George Clooney haben.

»Schick mir den Text dann mal rüber«, sagte Erik Asmussen mit einem Wink zu ihrem PC. »Und vielleicht fällt dir morgen ja was richtig Spannendes ein.«

Selma kniff die Augen zusammen. »Ich hab da schon so etwas im Hinterkopf«, sagte sie.

»Gut, das freut mich«, sagte er und verließ ihr Büro.

»Wenn du es liest und dich selbst erkennst, wirst du dich darüber nicht mehr freuen«, murmelte sie.

Schade nur, dass sie sich diese Arbeit sparen konnte, weil sie genau wusste, dass dieser Artikel ungedruckt im Papierkorb verschwinden würde.

Aber sollte ich jemals ein Buch schreiben, tröstete sie sich selbst, bekommt Erik ein Kapitel ganz für sich.

Ein schöner Gedanke, wäre da nicht die ernüchternde Gewissheit, dass von ihrem großartigen Roman nur fantasievolle Fragmente existierten, die wahrscheinlich nie die Augen begeisterter Leser zum Strahlen bringen würden.

Manchmal konnte das Leben richtig deprimierend sein!

– 3 –

Dank der deutschen Reisegruppe war im *Kristinas* die Hölle
los. Da war es ganz gut, dass Kristina heute nur ein Menü
anbot. Die deutschen Gäste waren laut, fröhlich und restlos
zufrieden mit dem Essen. Allerdings war ihnen die schwedische Gepflogenheit fremd, abzuwarten, bis sie vom Personal zu freien Plätzen gebracht wurden. Ungeniert suchten
sie sich ihre Plätze selbst aus.

Kristina ließ sie gewähren, zumal eine Verständigung ohnehin äußerst schwierig war. Sie selbst verstand bei ihren
deutschen Gästen nur das Wort »Köttbullar«, das sie allerdings mit einem harten »K« anstatt mit »Sch« aussprachen.
Vor allem Maj verwirrte das anfangs, bis Kristina ihr klar-
machte, was die Deutschen meinten.

»Warum sagen sie das dann nicht?«, maulte Maj, brachte
dabei aber das Kunststück fertig, weiter freundlich in die
Runde zu lächeln.

Die Deutschen wussten nicht, dass das Trinkgeld in
schwedischen Restaurants meist im Preis einkalkuliert ist,
und zeigten sich sehr großzügig.

Es klappte alles besser als erwartet – anfangs jedenfalls.

Neben den Deutschen hatten sich auch ein paar ihrer
Stammgäste eingefunden, und Kristina, die zwischen Küche und Gastraum hin- und herpendelte, klärte sie über ihr
derzeitiges Problem auf. Keiner nahm es ihr übel, alle zeigten sich verständnisvoll.

Dann bemerkte sie den neuen Gast, der an der Tür stand

368

und ziemlich missmutig dreinblickte. Er gehörte offensichtlich nicht zu der deutschen Reisegruppe, um die Elin und Maj sich gerade kümmerten. Er war auch keiner ihrer Stammgäste. Obwohl Kristina sich sicher war, dass sie ihn noch nie zuvor hier gesehen hatte, kam er ihr irgendwie bekannt vor. Sie ging zu ihm, lächelte und begrüßte ihn freundlich.

Der Mann erwiderte ihr Lächeln nicht. »Muss man immer so lange warten, bis man in diesem Laden einen Platz bekommt?«, knurrte er.

Kristina behielt ihr freundliches Lächeln bei und führte ihn an einen der freien Tische. Er begutachtete das Besteck, bevor er sich setzte. Danach fegte er imaginäre Krümel von der Tischdecke. Kristina begann in Gedanken bis zehn zu zählen. Sie kam bis vier.

»Was stehen Sie da herum?«, fuhr der Mann sie unfreundlich an. »Bringen Sie mir endlich die Karte.«

Er gehörte offensichtlich zu den Kunden, die Kristinas Geduld auf eine harte Probe stellten. Sie wusste, dass in ihrem Job eine gewisse Toleranz vonnöten war, um solche Gäste geduldig aushalten zu können und ein freundliches Gesicht zu zeigen, egal, wie sie sich verhielten. Allerdings kam ihr dabei manchmal ihr überschäumendes Temperament in die Quere. Sie spürte, wie es in ihr zu brodeln begann, aber es gelang ihr, die Beherrschung nicht zu verlieren.

»Es tut mir leid«, entschuldigte sie sich und hatte dabei das Gefühl, das Lächeln auf ihrem Gesicht müsse bereits wie eingefroren wirken. »Wir haben ein paar technische Probleme und können deshalb im Moment nicht unseren gewohnten Service bieten. Es gibt zurzeit keine Gerichte à la carte, sondern nur ein Tagesmenü.«

Insgeheim hoffte Kristina, dass dieser unhöfliche Gast einfach ablehnen und wieder gehen würde. Stattdessen stieß er einen tiefen, genervten Seufzer aus. »Und was servieren Sie als Tagesmenü?«

Kristina überlegte kurz, ob sie nicht einfach behaupten solle, es gäbe überhaupt nichts mehr. Andererseits stand die teure Reparatur bevor, und sie konnte jede Krone brauchen.

»Tomaten-Orangen-Suppe, Köttbullar und zum Dessert Johannisbeerpaj mit Vanillesoße«, zählte sie auf.

Er verzog das Gesicht zu einer schmerzlichen Grimasse und schien ihr Angebot als Zumutung zu betrachten. Trotzdem nickte er. »Dann bringen Sie mir das eben.«

Sie würde wahrscheinlich nie aufhören, sich über sonderbare Gäste zu wundern. Wobei es ihr bei diesem ganz speziellen Gast am liebsten wäre, er würde einfach gehen.

»Sehr wohl.« Kristina nickte und entfernte sich von seinem Tisch. Als sie an Maj vorbeikam, überreichte sie ihr die Bestellung. »Das ist für Tisch sieben«, sagte sie. »Kümmerst du dich bitte darum?«

Maj stöhnte. »Weißt du eigentlich, wie viele Sonderwünsche die Deutschen haben? Und ich verstehe die alle nicht.«

»Ich mach das«, sagte Kristina, »und du hast dafür nur diesen einen Gast an Tisch sieben.«

Maj schaute zu dem Tisch hinüber und fragte misstrauisch: »Wieso? Was ist denn mit dem?«

»Er ist Schwede«, erwiderte Kristina ausweichend. »Du kannst ihn also verstehen.« Noch während sie sprach, fragte sie sich, ob es wirklich eine so gute Idee war, ausgerechnet Maj auf diesen Gast loszulassen.

»Na gut«, maulte Maj. »Aber wenn er mir blöd kommt, kann er was erleben.«

»Maj!«, mahnte Kristina, jetzt mit dem sicheren Wissen, dass es keine gute Idee gewesen war, Maj zu diesem Gast zu schicken.

»Ich weiß, ich weiß«, sagte Maj ungeduldig. »Wenn dir ein Gast in den Hintern tritt, halte ihm auch noch die andere Pobacke hin.«

Kristina musste lachen. »Du bringst es mal wieder perfekt auf den Punkt«, sagte sie und beschloss, den Dingen einfach ihren Lauf zu lassen.

Maj straffte sich und grinste. »Ich nehme diese Herausforderung an, Chefin. Ich bleibe geduldig, höflich und freundlich. So schwer kann das ja nicht sein, und meine Gedanken kann der Typ zum Glück nicht hören.«

Kristina fand sich selbst gemein, weil sie Maj dazu zwang, zu einem Gast freundlich zu sein, der absolut unhöflich war. Andererseits war sie wirklich froh, dass sie sich nicht mehr selbst um diesen Mann kümmern musste. Ihre Lage war im Moment schwierig genug, auch ohne solche Kunden.

Kristina ging zu einem der Tische mit den deutschen Gästen. Die Fröhlichkeit der Reisegruppe war ansteckend. Sie verständigten sich mit den paar Brocken Deutsch, die Kristina verstand, und den wenigen Worten Englisch, die den Deutschen geläufig waren. Ein schwedisches Wort kannten alle Mitglieder der Reisegruppe: »Tack«. Das Wort für »Danke« benutzten sie viel und gern.

Als Kristina einmal zu dem Gast hinüberblickte, den sie Maj aufs Auge gedrückt hatte, löffelte der gerade die Tomaten-Orangen-Suppe und wirkte nicht mehr ganz so unzufrieden.

»Alles wird gut«, sagte Kristina leise zu sich selbst. Allerdings hatte sie sich da zu früh gefreut.

Den deutschen Gästen wurde bereits das Dessert serviert, als Maj mit einem Teller voller Köttbullar an Kristina vorbei zu Tisch sieben ging. Sie stellte den Teller vor dem Gast ab, der knapp nickte, aber auf ein Wort des Dankes verzichtete. Im Gegensatz zu Kristina bekam er glücklicherweise nicht mit, dass Maj eine abfällige Grimasse zog.

In diesem Augenblick stürmte Mikael aus der Küche und blieb in der Tür wie angewurzelt stehen, als er sah, dass Maj den Teller mit den Köttbullar bereits serviert hatte und der Gast gerade nach Messer und Gabel griff. Mikael streckte die Hand aus, seine Lippen formten Worte, die Kristina aus der Entfernung zwar nicht verstehen, aber als »Oh nein!« deuten konnte. Mit banger Faszination und der Vorahnung, dass das nichts Gutes zu bedeuten hatte, schaute sie zu, wie sich der Gast das erste Fleischbällchen in den Mund schob. Er kaute kurz darauf herum, verzog angewidert das Gesicht und spuckte das durchgekaute Teil zurück auf den Teller. Danach trank er einen Schluck Wasser, bevor er sich wütend umdrehte.

»Hallo!« Befehlend winkte er Maj mit dem Zeigefinger heran. Mikael stand immer noch in der Küchentür, eine Hand auf den Mund gepresst, während er die Szene gebannt beobachtete. Kristina warf einen kurzen Blick in seine Richtung, bevor sie sich wieder auf den Gast und Maj konzentrierte.

»Was ist das denn?«, herrschte der Gast Maj aufgebracht an und wies auf seinen Teller.

Maj stemmte eine Hand in die Hüfte. Auch wenn Kristina das Mädchen nur von hinten sah, wusste sie genau, welchen Gesichtsausdruck Maj dem unfreundlichen Gast gerade zeigte. Trotzig, die Brauen unwillig zusammengezogen. In ihrer Stimme schwang eine eindeutige Warnung mit, als sie kurz angebunden antwortete: »Köttbullar!«

»Und warum sind die noch halb roh?«

Maj ließ ihre Hand sinken. Sie drehte sich um und warf einen hilflosen Blick in Kristinas Richtung.

Kristina kam näher, gleichzeitig mit Mikael, der noch vor ihr am Tisch war.

»Es tut mir sehr leid«, sagte er lächelnd. »Wir haben zurzeit technische Probleme in der Küche.«

Der Mann schaute zwischen ihm und Kristina hin und her. Ironisch zog er eine Augenbraue in die Höhe. »Technische Probleme scheinen in diesem Restaurant die Standardausrede für Unfähigkeit zu sein.«

»Es tut mir sehr leid«, entschuldigte sich Mikael noch einmal und nahm den Teller. »Sie bekommen sofort eine neue Portion. Selbstverständlich auf Kosten des Hauses.«

»Danke«, der Mann schüttelte den Kopf. »Mir ist der Appetit gründlich vergangen.«

»Wie Sie wünschen«, sagte Kristina steif. »Wir werden Ihnen die Suppe selbstverständlich nicht berechnen.«

»Das wäre ja auch noch schöner«, fuhr der Mann sie an und wies auf den Teller in Mikaels Hand. »Sie können froh sein, dass ich Sie nicht verklage. Das da kommt einer Körperverletzung gleich.«

»Es war ein Versehen«, rechtfertigte Mikael sich noch einmal. »Ich habe nicht bemerkt, dass die Sicherung schon wieder rausgesprungen ist. Deshalb sind die Fleischbällchen nicht ganz durch.« Er schaute Kristina an, als er weitersprach. »Ich bin ja gleich hinter Maj her, als ich es bemerkt habe, aber da war es bereits zu spät.«

»Mir wurde gesagt, dieses Restaurant wäre ein Geheimtipp«, mischte sich der Gast ein. »Das sollte es auch besser bleiben, bevor Sie hier noch jemanden ernsthaft vergiften.«

Kristina hatte genug. »Und Sie gehen besser, bevor Sie wirklich einen Grund haben, uns wegen Körperverletzung zu verklagen. Auf Gäste wie Sie können wir gut verzichten.«

Die Augen des Mannes verengten sich. »Sie wissen ganz offensichtlich nicht, wer ich bin«, sagte er leise und mit einem gefährlichen Unterton.

»Zum Glück nicht«, erwiderte Kristina von oben herab, »und dabei würde ich es auch gerne belassen. Auf Wiedersehen – oder lieber nicht.« Sie trat zur Seite und wies auffordernd zur Tür.

Der Mann schenkte ihr im Vorbeigehen ein zynisches Lächeln. »Sie werden noch an mich denken«, prophezeite er.

Kristina versuchte, sein Lächeln zu erwidern und dabei kühl und abgebrüht zu wirken. »Das glaube ich nicht«, erwiderte sie. »Leute wie Sie vergesse ich in dem Moment, in dem die Tür hinter ihnen zufällt.«

Er sagte nichts mehr, schaute sie nicht einmal mehr an, als er hinausstolzierte.

»Den sind wir los«, sagte Kristina erleichtert, als die Tür hinter ihm zufiel.

»Ich weiß nicht.« Mikael sah hinter dem Mann her, dann

starrte er auf den Teller in seiner Hand. »Ich habe das Gefühl, der macht uns noch richtig Ärger.«

Kristina schaute ihn an und begann plötzlich zu lachen. »Andere Wahrsager lesen aus dem Kaffeesatz. Das jemand die Zukunft in halbgaren Köttbullar sieht, ist mir neu.«

»Du wirst schon sehen«, orakelte Mikael mit dumpfer Stimme. »Das wird ein Nachspiel haben.«

Kristina zuckte unbekümmert mit den Schultern. »Schlimmer als jetzt kann es kaum noch werden«, sagte sie und ahnte nicht einmal ansatzweise, wie sehr sie sich irrte.

Am nächsten Morgen brachte Ole Håkansson den Kostenvoranschlag. Obwohl Kristina ungefähr wusste, was auf sie zukommen würde, erschrak sie. Die Summe schwarz auf weiß auf zu sehen war etwas anderes, als sie einfach nur zu hören.

Die Rechnung stellte sie vor die vollendete Tatsache, dass sie das Geld irgendwie aufbringen musste, wenn sie ihr Restaurant, ihren Lebenstraum, erhalten wollte. Sie schluckte und lächelte Ole gequält an.

»Ich werde heute noch mit der Bank reden«, versprach sie. »Sobald die Finanzierung geklärt ist, können wir besprechen, wann die Arbeiten beginnen.«

Ole schüttelte den Kopf. »Da gibt es nichts zu besprechen«, sagte er. »Mein Terminkalender ist ziemlich voll, und es geht nur in den ersten beiden Ferienwochen. Ich brauche das Okay sofort, ich habe nämlich noch eine Anfrage für einen Neubau. Wenn das hier nichts wird, würde ich den anderen Auftrag annehmen.«

Völlig überfordert fuhr Kristina sich mit beiden Händen

durch die langen blonden Haare. Sie musste erst einen Kredit bei der Bank beantragen, um Ole den Auftrag erteilen zu können. Wenn sie den Auftrag aber nicht sofort erteilte, würde ihr möglicherweise der einzige so kurzfristig freie Elektriker, von dem sie zumindest vom Hörensagen wusste, dass er gute Arbeit leistete, nicht zur Verfügung stehen. Sie hatte keine Wahl. Wenn die elektrischen Leitungen nicht funktionierten, konnte sie das *Kristinas* auch gleich schließen.

»Okay!« Kristina nickte. »Ich werde das Restaurant nächste Woche schließen. Wie lange werden die Reparaturen dauern?«

»Ich rechne mal mit zwei Wochen«, sagte Ole ungerührt.

Kristina starrte ihn an. Wollte er sie aufziehen oder meinte er das ernst? »Zwei Wochen?«, flüsterte sie entsetzt.

Ole zuckte mit den Schultern. »Sommerferien«, erwiderte er lakonisch. »Die meisten meiner Leute sind in Urlaub. Ich muss die Arbeit selbst machen und habe nur einen Lehrling, der mir hilft. Und es kommt immer mal ein Notfall dazwischen. Wenn es ruhig bleibt, sind wir vielleicht auch früher fertig.«

Kristina war erschüttert. Zwei Wochen keine Einnahmen, stattdessen Ausgaben, die sie in diesem Jahr nicht eingeplant hatte. Zwei Wochen, und das ausgerechnet in der lukrativen Ferienzeit, wenn die Touristen über Stockholm herfielen und im Rålambshovsparken alle möglichen Events stattfanden, die ihr zusätzliche Gäste bescherten.

»Zwei Wochen ...«, stöhnte sie erneut.

Ole nickte ungerührt. Ihm konnte es ja egal sein, ihm brachten diese verflixten zwei Wochen eine Menge Geld ein.

Hör auf, ermahnte sie sich selbst, bevor sich die negativen Gedanken in ihr festsetzen konnten. Ihre Mutter hatte früher immer behauptet, dass negative Gedanken auch negative Ereignisse nach sich ziehen würden. Wieso Unerfreuliches passierte, obwohl sie vorher an nichts Böses gedacht hatte, konnte sie ihr allerdings nicht erklären.

»Okay«, sagte Kristina ergeben. »Ab Montag bleibt das *Kristinas* für zwei Wochen geschlossen. Ich kann dann wirklich nach zwei Wochen wieder öffnen? Versprochen?«

»Handwerkerehrenwort!« Ole tippte gegen den Rand seiner Schirmmütze und reichte ihr zur Bekräftigung die Hand.

Kristina atmete tief durch und versuchte die aufsteigende Angst zu unterdrücken. Sie hatte Ole den Auftrag erteilt, ohne zu wissen, ob sie die nötigen Mittel dafür überhaupt aufbringen konnte. Wichtig war jetzt erst einmal das Gespräch mit der Bank. Sie vereinbarte telefonisch einen Termin und war froh, dass der Filialleiter ihrer Bank kurz vor Mittag zwischen zwei anderen Terminen Zeit für sie hatte. Danach informierte sie Mikael, der ihr aber nur mit halbem Ohr zuzuhören schien.

»He!« Kristina stieß ihn leicht an. »Hast du gehört, was ich gesagt habe? Ich muss euch in der Mittagszeit allein lassen, weil ich so kurzfristig keinen anderen Termin bei Frits Viklund bekommen konnte.«

»Kein Problem«, murmelte Mikael und drehte sich abrupt zu ihr um. »Am Wochenende ist doch das Konzert von Sören Sundloff.«

Kristina nickte. Sie kannte den Sänger nur dem Namen nach. Ihr Sohn war ein großer Fan von ihm und freute sich, dass das Konzert ganz in der Nähe des *Kristinas* im Freien stattfand. Natürlich würde er da sein und mit ihm unzählige andere Fans. Alles potenzielle Kunden, die sie jetzt aber vergessen konnte.

»Was hältst du davon, wenn wir draußen eine Art Büfett aufbauen?«, schlug Mikael vor. »Fingerfood, kalte Speisen und alkoholfreie Getränke. Wir verlangen einen Pauschalpreis, und jeder kann sich vom Büfett nehmen, was er will.«

Die Idee war ebenso einfach wie genial. Sie konnten auch Tische und Stühle draußen aufstellen, Laternen in die Bäume und an das Geländer der Terrasse hängen, Kerzen auf die Tische stellen ...

»Du sagst ja gar nichts«, unterbrach Mikael ihre Gedanken.

»Du bist ein Genie!« Kristina schlang ihre Arme um seinen Hals und drückte einen Kuss auf seine Wange. Dazu musste sie sich ein bisschen hinabbeugen, weil Mikael einen halben Kopf kleiner war als sie.

»Gut, dass du es endlich einsiehst.« Frech grinste er sie an. »Während du dem Banker das Geld für die Reparatur aus den Rippen leierst, werde ich mir Gedanken über das Büfett machen. Einer muss hier ja schließlich arbeiten.«

Kristina wollte etwas sagen, kam aber nicht dazu. Laute Musik ließ sie erschrocken zusammenfahren. Zeitgleich mit Mikael drehte sie sich um. Maj stand am Regal gleich neben der Tür und drehte den Lautstärkeregler des uralten Radios herunter, das Kristina zusammen mit dem Restaurant übernommen hatte. Ob der alte Besitzer es vergessen oder einfach nicht mehr gewollt hatte, wusste niemand. Jedenfalls funktionierte das Radio noch einwandfrei und wurde oft und gerne eingeschaltet. Kristina hatte nichts dagegen, solange die Musik nicht so laut war, dass sich die Gäste dadurch gestört fühlen könnten. Wie alle überflüssigen elektrischen Geräte war das Radio aber seit gestern ausgeschaltet geblieben, um Strom zu sparen.

»Die bringen heute ein Interview mit Sören Sundloff.« Maj glaubte offenbar, sich rechtfertigen zu müssen. Wie immer in solchen Situationen schob sich ihre Unterlippe trotzig vor, und ihre Stimme klang rebellisch: »So viel Strom wird so ein kleines Radio ja wohl nicht brauchen.«

»Dein Problem«, sagte Kristina zu Mikael und verließ das Restaurant. Begleitet wurde sie von der rockigen Stimme Sören Sundloffs, der den Verlust seiner großen Liebe betrauerte und versicherte, alles anders zu machen, wenn er noch einmal die Chance dazu bekam. Verflixt, der Typ hatte wirklich eine gute Stimme!

Kristina machte den Fehler, als sie in ihrem Uraltauto saß und den Zündschlüssel umgedreht hatte, sofort das Radio einzuschalten. Sie hätte den Wagen erst starten müssen, alles andere nahm er ihr übel.

»Mist!«, fluchte sie vor sich hin. Sie schaltete das Radio aus und versuchte noch einmal, den Motor zu starten. Ein gurgelndes Geräusch war zu hören, gefolgt von vollkommener Stille, mit der ihr Wagen ihr deutlich zeigte, dass er es ihr verübelte, wenn sie Scheibenwischer, Licht, Heizung oder sonst etwas anmachte, bevor sie den Motor startete. In diesem Fall eben das Radio.

Wider besseren Wissens startete Kristina den Motor ein drittes Mal, und als hätte das Schicksal beschlossen, ihr endlich einmal hold zu sein, sprang der Wagen ohne weiteres Murren an.

Es war nicht weit von ihrem Restaurant bis zur Hamngatan. Sie kam über den Norr Mälarstrand zügig voran, begleitet von Sören Sundloffs Musik. Wieder beklagte er den Verlust einer großen Liebe, diesmal mit lauten, zornigen Beats, die Kristina automatisch dazu brachten, ein bisschen fester aufs Gaspedal zu treten. Rechts neben ihr fuhr ein Ausflugsdampfer gemächlich den Riddarfjärden entlang. Ein Motorboot ließ die Gischt hoch aufschäumen.

Kristinas Laune verbesserte sich schlagartig, und plötzlich funktionierte alles wie von selbst. Sie fand auf der Hamngatan sofort eine freie Parkbucht und das auch noch direkt vor ihrer Bank.

Frits Viklund erwartete sie bereits, hörte sich ihr Anliegen an und tippte etwas in den PC auf seinem Schreibtisch. Angestrengt starrte er auf den Monitor. Seine Miene war unergründlich. Er ließ sich sehr viel Zeit, gab nur hin und wieder etwas in die Tastatur ein, während Kristinas Zuversicht mehr und mehr schwand. Sie hatte zu wenig Zeit gehabt, sich auf dieses Gespräch vorzubereiten. Sie hätte Unterlagen zusammenstellen können: die Umsatzzahlen, denn die waren in letzter Zeit gar nicht so schlecht gewesen, die positiven Internetbewertungen über ihr Restaurant, die Reservierungen der Reisegesellschaft, mit der sie seit Kurzem zusammenarbeitete. Es hätte so viele Möglichkeiten gegeben, den Bankdirektor von vornherein positiv zu stimmen. Wenn er ihren Kreditantrag jetzt rigoros abschlug ...

»Das geht in Ordnung«, sagte Frits Viklund in ihre Gedanken hinein.

»Tut mir leid, aber das kann ich so nicht akzeptieren«,

sagte Kristina energisch. »Ich bin seit vielen Jahren Kundin dieser Bank, und mein Restaurant ...«

Sie brach ab, als sie die verwunderte Miene des Bankdirektors registrierte, und plötzlich drang in ihr Bewusstsein, was er gesagt hatte.

»Ich bekomme den Kredit?«

Frits Viklund lächelte. »Ich wüsste nicht, was dagegen spricht«, sagte er. »Alle finanziellen Verpflichtungen werden pünktlich erfüllt, und ich sehe ja hier die Einnahmen des Restaurants. Das sieht doch alles sehr erfreulich aus.«

Kristina war so erleichtert, dass sie dem Bankdirektor am liebsten um den Hals gefallen wäre. Sie begnügte sich jedoch mit einem einfachen »Tack« und unterschrieb bereits eine halbe Stunde später den Kreditvertrag, den der Bankdirektor ihr vorlegte. Alles ging so schnell, dass sie ihr Glück immer noch nicht fassen konnte, als sie wieder in ihren Wagen stieg und sich auf den Weg zum Restaurant machte. Heute konnte ihr nichts mehr die Laune verderben!

Die Sonne schien immer noch, und sie hatte Lust auf Musik. Sie schaltete das Radio ein, aber die Musiksendung war vorbei. Stattdessen lief »Zu Gast bei Liv«, und die Moderatorin stellte gerade ihren Studiogast vor.

»Liebe Zuhörer, bei mir ist mal wieder Hendrik Lundgren, der bekannte Gastrokritiker.«

Kristina hatte sich bereits ein wenig vorgebeugt und die Hand nach dem Regler ausgestreckt, um einen Musiksender zu suchen, hielt jedoch kurz inne. Sie kannte den Namen Hendrik Lundgren, hatte hin und wieder einen seiner Berichte in einem Magazin gelesen und wusste, dass seine Bücher Bestseller waren. Gesehen hatte sie diesen Mann noch nie, obwohl er auch schon in diversen Fernsehsendungen aufgetreten war, wie die Radiomoderatorin ihren Zuhörern gerade mitteilte.

»Es ist schön, dich mal wieder hier zu haben«, sagte Liv. »Du hast ein neues Buch geschrieben?«

Was für eine Frage! Kristina fand es ziemlich verlogen, dass die Moderatorin ebenso wie ihr Gast so tat, als wäre das purer Zufall und keine bewusste Werbestrategie des Gastrokritikers, um sein neues Buch vorzustellen.

»*Essen wie Gott in Schweden*«, hörte Kristina ihn antworten. Ihre Lippen verzogen sich zu einem leichten Lächeln. Er hatte eine angenehme Stimme, die ihr sogar irgendwie bekannt vorkam. Sie zermarterte sich das Hirn, konnte der Stimme aber kein Gesicht zuordnen.

»Klasse Titel«, sagte Liv. »Eigentlich heißt es ja *Essen wie Gott in Frankreich*. Dieser Titel passt sehr gut, da du lange in Frankreich gelebt hast. Magst du den Zuhörern und mir etwas über diese Zeit erzählen?«

»Richtig heißt es *Leben wie Gott in Frankreich*«, verbesserte Hendrik Lundgren die Moderatorin mit leichtem Spott in der Stimme, der Kristina wieder zum Lächeln brachte. Sie fand den Gastrokritiker sehr sympathisch, während sie diese Liv überhaupt nicht mochte. Dabei kannte sie diese Frau nicht einmal, hatte auch diese Sendung noch nie gehört. Es war einfach nur ein Gefühl, eine spontane Abneigung, die diese penetrante, ein wenig grelle Stimme in ihr auslöste.

»Und nein«, fuhr Hendrik Lundgren in diesem Moment fort, »ich möchte nicht über meine Zeit in Frankreich reden.«

Das war eine so deutliche Abfuhr, dass es selbst Liv für einen Moment die Sprache verschlug. Sie lachte gekünstelt, und es entstand eine peinliche Gesprächspause.

Die rebellische Antwort des Kritikers machte Kristina erst recht neugierig auf diesen Mann, und sie nahm sich fest vor, noch am Abend seinen Namen zu googeln. Vielleicht würde sie sich auch sein neues Buch zulegen.

Liv schien ihre Sprache wiedergefunden zu haben. »Du schreibst ja für verschiedene Zeitungen und empfiehlst besonders gute Restaurants. Hast du auch schon einmal genau das Gegenteil erlebt? Ein Restaurant, das so schlecht ist, dass du von einem Besuch nur abraten kannst?«

Inzwischen war Kristina wieder vor ihrem Restaurant angekommen und parkte den Wagen auf dem Kiesplatz vor dem Hintereingang. Sie ließ das Radio an, stellte nur den Motor ab und lauschte gespannt. Die Antwort interessierte sie, und sie wollte auch noch ein wenig der angenehmen Stimme Hendrik Lundgrens lauschen.

»Und ob«, hörte sie ihn in diesem Augenblick sagen. »Ich war erst gestern in einem Restaurant im Rålambshovsparken. Ein wirklich netter Laden, so auf den ersten Blick. Aber das Essen kannst du wirklich vergessen, ebenso wie das Personal.«

Kristina spürte, wie sie innerlich erstarrte. Es gab im Rålambshovsparken noch andere Restaurants, aber sie wusste instinktiv, dass dieser Hendrik Lundgren das *Kristinas* meinte, und plötzlich hatte sie auch ein Gesicht vor Augen zu der Stimme, die ihr eben noch so gut gefallen hatte. Wieso hatte sie diese Stimme nicht sofort erkannt?

»Das Restaurant wurde im Internet als Geheimtipp angepriesen.« Hendrik Lundgren lachte hart auf. »Leider stand nicht dabei, dass von dem sehr unfreundlichen Personal nichts anderes serviert wird als halbgare Köttbullar. Ich war schon in vielen schlechten Restaurants, aber das *Kristinas* übertrifft alles.«

Kristina hatte sich ein wenig vorgebeugt. Ihr Herz raste wie wild, hinter ihren Schläfen pochte es. Sie war eine ganze Zeitlang unfähig, sich zu bewegen. Diese vernichtende Kritik in aller Öffentlichkeit kam einem Todesurteil für ihr Restaurant gleich.

Plötzlich spürte sie eine ungeheure Wut in sich aufsteigen. Was fiel diesem Mistkerl ein, ihre Existenz mit wenigen Worten zu zerstören? Dabei hatte sie sich gestern noch alle Mühe gegeben, ihm freundlich und geduldig zu erklären, dass sie nur aufgrund eines technischen Problems ihren normalen Service nicht bieten konnte. Zu gerne würde sie diesem unmöglichen Gastrokritiker ins Gesicht schleudern, was sie von ihm und seiner Recherche hielt.

»Liebe Zuhörer, wenn ihr eine Frage an Hendrik Lundgren habt, könnt ihr jetzt im Sender anrufen«, sagte Liv in diesem Moment. »Mit ein bisschen Glück werdet ihr ins Studio durchgestellt.«

Kristina reagierte sofort. Als Liv die Nummer des Senders durchgab, hatte sie ihr Handy bereits in der Hand und wählte gleich mit. Bereits nach dem zweiten Freizeichen wurde ihr Anruf im Sender angenommen, und eine automatische Ansage bat sie, sich kurz zu gedulden. Es dauerte wirklich nur ganz kurz. So kurz, dass Kristina nicht dazu kam, darüber nachzudenken, was sie hier eigentlich machte, bevor sie Livs Stimme vernahm. Aus dem Radio und aus ihrem Hörer.

»Hallo, hier ist Liv. Sag uns, wer du bist, und dann kannst du deine Frage an Hendrik Lundgren stellen.«

»Ich bin die Besitzerin des Restaurants, in dem Herr Lundgren sich gestern so schlecht behandelt fühlte«, sagte Kristina erbost, »und ich habe keine Frage an ihn, sondern wollte lediglich klarstellen, dass alle unsere Gäste höflich und zuvorkommend bedient werden, sofern sie sich auch so benehmen.«

»Äh ... ja ...«, sagte Liv, und Kristina entnahm der Stimme der Radiomoderatorin, dass diese unerwartete Situation sie völlig überforderte. »Das ist ja dann eine Sache zwischen dir und Hendrik. Vielleicht klärt ihr das besser unter euch.«

»Ich habe kein Problem damit, Ihnen direkt hier und jetzt zu antworten«, klang Hendriks Stimme durch Handy und Radio ebenfalls doppelt an Kristinas Ohr. Seine Stimme klang jetzt gar nicht mehr angenehm, sondern sehr hart, was noch dadurch verstärkt wurde, dass er sie siezte. »Wenn Sie nicht kochen können, sollten Sie kein Restaurant eröffnen!«

Kristina verschlug es sekundenlang die Sprache, und vielleicht wäre es besser gewesen, sie hätte sie nicht so schnell wiedergefunden, sondern einmal kurz nachgedacht, aber dazu war sie viel zu wütend. Sie sagte genau das, was ihr auf der Zunge lag: »Und das muss ich mir ausgerechnet von einem selbstgerechten und selbsternannten Gastrokritiker sagen lassen. Ich frage mich, was Sie überhaupt zu einem solchen Urteil befähigt. Nur weil Sie sich in den Medien prostituieren«, Kristina spie dieses Wort hervor, »um Ihre

Werke zu verkaufen, heißt das nicht, dass Sie auch Ahnung von der Materie haben.«

Es war ganz still. Nicht nur in der Leitung, sondern auch im Radio, und das zeigte ihr, dass die Verbindung nicht einfach abgebrochen worden war. Sie hatte es geschafft, den Kritiker mundtot zu machen. Der kurze Moment der Genugtuung war in dem Moment vorbei, als sie ihn leise auflachen hörte. »Angriff ist nicht immer die beste Verteidigung«, sagte er, »vor allem, wenn man im Unrecht ist.«

Kristina holte tief Luft, aber Liv kam ihr zuvor. »An dieser Stelle muss ich das Gespräch unterbrechen«, sagte sie. »Wir haben noch weitere Anrufer in der Leitung, die gerne mit Hendrik Lundgren sprechen wollen.«

Kristina wollte protestieren, aber sie kam nicht mehr dazu. Das Gespräch wurde unterbrochen, und hilflos musste sie mitanhören, wie Hendrik Lundgren sich über untalentierte Köchinnen lustig machte. Er sprach nicht mehr direkt über sie und ihr Restaurant, aber jeder wusste, wen er meinte, und so sparten auch die nachfolgenden Anrufer nicht mit Häme. Die Erkenntnis, dass alle Anrufer sich auf Hendrik Lundgrens Seite schlugen, traf sie fast noch mehr als seine Kritik. Das war das Ende, und sie hatte selbst dazu beigetragen.

Tränen liefen über Kristinas Wangen, während sie selbstquälerisch der weiteren Sendung zuhörte, bis die Fahrertür plötzlich aufgerissen wurde.

Mikael beugte sich zu ihr in den Wagen. »Dem hast du es aber gegeben«, sagte er. Offensichtlich lief das Radio im *Kristinas* immer noch, und er hatte alles mitbekommen.

Kristina wischte sich die Tränen von den Wangen und

schaute ihn misstrauisch an. Machte er sich etwa über sie lustig?

Mikael schien es ganz ernst zu meinen. »Komm schon«, sagte er und griff nach ihrem Arm, um ihr beim Aussteigen zu helfen. »Mach dir nichts draus.«

»Spinnst du?«, rief Kristina unbeherrscht und befreite sich aus seinem Griff. Sie war sehr wohl dazu in der Lage, alleine aus dem Auto zu steigen. »Du hast doch gehört, was dieser Kerl gesagt hat«, schimpfte sie. »Und freundlicherweise hat er gleich den Namen des Restaurants und die Adresse bekannt gegeben, damit sich nur ja kein Gast mehr zu uns verirrt.«

Mikael zeigte wieder seine stoische Ruhe, was Kristina nur noch mehr in Rage versetzte. Sie brauchte jetzt jemanden, der sich gemeinsam mit ihr aufregte. Stattdessen zuckte Mikael ungerührt mit den Schultern. »Ja gut, es war nicht die beste Werbung für uns«, gab er zu, »aber das wäre weitaus weniger schlimm gewesen, wenn du da nicht angerufen hättest.«

Kristina starrte ihn fassungslos an. »Willst du damit sagen, dass es meine Schuld ist?«

Mikael zuckte wieder mit den Schultern, als wäre ihm eine direkte Antwort unangenehm, doch dann nickte er. »Es war nicht nett, dass er von seinem Besuch gestern bei uns berichtet hat«, gab er zu. »Aber es war ja wirklich so, wie er es geschildert hat. Das Essen war nicht richtig durch, und Maj ... Na ja, ich muss dir nichts zu Maj sagen. Wir wissen beide, dass sie nicht immer kundenorientiert arbeitet.« Mikael grinste bei dieser Untertreibung.

Kristina war allerdings nicht nach Lachen zumute. Mit zusammengezogenen Brauen schaute sie Mikael an. »Was genau willst du mir eigentlich sagen, Mikael?«, fragte sie wütend.

»Wir sind gut, Kristina«, sagte er. »Das wissen wir beide, und diese blöde Radiosendung wäre in ein paar Tagen in Vergessenheit geraten ...«

»... wenn ich blöde Kuh nicht da angerufen und eine Riesenshow veranstaltet hätte.« Kristina raufte sich mit beiden Händen die Haare. »Wie bescheuert bin ich eigentlich!«

»Jetzt mach kein Riesendrama draus«, sagte Mikael. »Auch daran denkt in ein paar Tagen kein Mensch mehr, und sobald Ole die neuen Elektroleitungen gelegt hat, machen wir ein riesiges Fest zur Neueröffnung und zeigen den Leuten, wozu wir in der Lage sind. Vielleicht sollten wir dazu auch diesen Hendrik Lundgren ...«

»Bloß nicht«, fiel Kristina ihm erbost ins Wort. »Wenn ich diesen Kerl leibhaftig in die Finger bekomme, geschieht ein Unglück.«

»Du wirst jetzt aber hoffentlich nicht losziehen, um diesem Kritiker vor dem Radiosender aufzulauern.« Mikael schmunzelte. »Ich hätte da etwas, was dich garantiert wieder aufmuntert.«

»Und das wäre?« Kristina bezweifelte, dass sie heute noch irgendetwas aufmuntern konnte.

»Du brauchst etwas Süßes«, sagte Mikael. »Das wird dir guttun, und gleichzeitig kannst du jetzt mal sehen, wie deine Leute zu dir stehen. Elin hat heute Morgen zu Hause Apfelkuchen gebacken, damit wir ein anderes Dessert anbieten können, ohne die elektrischen Leitungen mit unserem Backofen zu belasten. Du musst diesen Kuchen unbedingt probieren!«

Kristina war gerührt. Was konnte dieser Hendrik Lundgren ihr schon anhaben? Sie hatte den Kredit für die Sanierung der Elektroleitungen bekommen, sie hatte ihre Stammgäste, die wussten, dass es normalerweise im *Kristinas* ausgezeichnet schmeckte, und sie hatte die besten Mitarbeiter der Welt. Alles würde gut werden.

Kristinas Welt sah schon deutlich freundlicher aus, als sie ein Stück von Elins Apfelkuchen probierte.

»Der schmeckt supergut!«, lobte sie.

Elin wurde vor Freude ganz rot. »Und die Zubereitung geht ganz einfach und schnell«, sagte sie.

»Das wäre doch auch was für unsere Speisekarte.« Kristina nahm sich noch ein Stück Kuchen und sagte zu Elin: »Ich hoffe, es handelt sich nicht um ein geheimes Rezept deiner Familie.«

Elin schüttelte lachend den Kopf. »Ich schreibe es dir gleich auf«, versprach sie.

Kristina nickte ihr dankbar zu. Aber sie war nicht nur ihr, sondern vor allem Mikael dankbar. Er hatte recht gehabt, etwas Süßes war jetzt genau richtig. Und wahrscheinlich hatte er auch damit recht, dass diese ganze unerfreuliche Geschichte mit Hendrik Lundgren morgen schon vergessen sein würde. Wer interessierte sich schon für die Nachrichten von gestern?

»Alles wird gut«, flüsterte sie leise vor sich hin und konnte jetzt sogar selbst daran glauben.

Elins Apfelkuchen

6 bis 7 saure Äpfel
200 g Paniermehl
100 g Zucker
3 EL Butter
50 ml Wasser

Die Äpfel schälen, halbieren, entkernen und mit einer Reibe grob raspeln.

Das Paniermehl (am besten aus alten Brötchen selber machen) und den Zucker zugeben und alles gut vermengen. Eine Auflaufform einfetten und die Masse einfüllen.

Die Apfelmasse verteilen und das Wasser darübergießen. Ein paar Butterflocken darauf verteilen und im vorgeheizten Backofen auf mittlerer Schiene bei 200 °C ca. 30 Minuten garen lassen.

Heiß servieren.

- 4 -

»Also, ich habe meinen Vater so weit«, sagte Svea am Handy zu Finn.

»Er ist einverstanden, dass wir zusammen durch Schweden reisen?« Finn klang aufgeregt und ungläubig zugleich.

»Nee«, gab Svea daraufhin auch sofort zu. »Er ist damit einverstanden, dich und deine Mutter erst mal kennenzulernen, bevor er eine endgültige Entscheidung trifft.« Sie verschwieg, dass ihr Vater eine Zusage zur gemeinsamen Reise eigentlich schon ausgeschlossen hatte. »Ich hoffe, die beiden verstehen sich«, sagte sie nachdenklich.

»Dein Vater und meine Mutter?«

»Ja, darüber reden wir doch gerade«, erwiderte Svea ungeduldig.

Finn schwieg.

»Bist du noch da?«, fragte Svea.

»Ja, bin ich.« Er klang ein bisschen eingeschnappt.

Svea ahnte, dass es an ihrem Tonfall lag. Sie neigte hin und wieder dazu, schnippisch zu werden, obwohl sie inzwischen wusste, dass Finn damit überhaupt nicht umgehen konnte. »Ich habe Angst«, sagte sie deshalb schnell, um ihn wissen zu lassen, dass es nichts mit ihm zu tun hatte.

»Schon gut«, wiegelte er ab. »Meine Mutter ist ganz okay, das wird schon mit den beiden.«

Finns Zuversicht beruhigte Svea. »Mein Vater ist auch in Ordnung«, sagte sie. »Und eigentlich haben die beiden eine Menge gemeinsam. Deine Mutter kocht, und mein Vater schreibt Bücher übers Kochen. Wir müssen uns also überhaupt keine Sorgen machen.« Trotz ihrer Worte bemerkte Svea, dass ihr Lachen reichlich nervös klang.

»Du hast recht«, bestätigte Finn. »Die beiden haben so viel gemeinsam, die können gar nicht anders, als sich gut zu verstehen.«

Svea schickte Küsschen durchs Telefon und verabschiedete sich von Finn.

Selmas Welt

Liebe Leser, wer hat gestern Radio gehört? Ja, ich meine »Zu Gast bei Liv«.

Ihr habt es nicht gehört? Leute, da habt ihr echt was verpasst!

Eigentlich schien es eine ziemlich langweilige Sendung zu werden. Hendrik Lundgren war zu Gast, ihr wisst schon, dieser Gastrokritiker, der immer wieder mal in den Medien auftaucht, wenn er glaubt, etwas Sensationelles geschrieben zu haben. Er wollte in der Sendung sein neues Buch präsentieren. Natürlich nicht vordergründig, das läuft alles viel subtiler. Dabei erzählte er von einem Restaurant im Rålambshovsparken, das er erst am Vortag aufgesucht hatte und das durch besonders schlechten Service aufgefallen war. Es war eigentlich nicht mehr als das, was wir Zeitungsleute als Randnotiz bezeichnen.

Offensichtlich hat die Besitzerin des Restaurants, eine gewisse Kristina, die Sendung auch gehört, und sie war nicht bereit, diese Kritik ohne Weiteres hinzunehmen. Sie rief also beim Sender an, und was wir dann zu hören bekamen, war ein Streitgespräch vom Feinsten, und das zur besten Radiosendezeit.

Liebe Leser, es war köstlich! Wobei ich mit köstlich eher akustisch als kulinarisch meine. Für die Zuhörer selbstredend, nicht für Kristina, der ich an dieser Stelle mein Beileid aussprechen möchte. Es ist sicher kein Vergnügen, von einem Kritiker wie Hendrik Lundgren derart auseinandergenommen zu werden.

Mal sehen, ob wir von dieser Geschichte noch etwas hören. Ich halte euch auf dem Laufenden.

»Das ist doch mal eine gute Geschichte!« Erik Asmussen grinste. »Und ich nehme dich beim Wort. Ich will wissen, wie sie weitergeht.«

»Ich glaube nicht, dass die Besitzerin des *Kristinas* großen Wert darauf legt«, sagte Selma schmunzelnd. »Wahrscheinlich ärgert sie sich jetzt schon über ihren Anruf beim Sender.«

»Wahrscheinlich«, stimmte Erik ihr zu. »Trotzdem könnte sich daraus eine nette Story entwickeln. Am besten siehst du dich selbst mal in diesem Restaurant um.«

Selma verzog das Gesicht. »Solange ich da nichts essen muss. In der Hinsicht vertraue ich ganz auf Hendrik Lundgren.«

»Es ist ja nicht so, dass ich dich zum Heuschreckenessen in ein exotisches Abenteuerrestaurant schicke«, wandte Erik Asmussen ein und machte ihr damit gleich klar, dass mit seinem Auftrag sehr wohl ein Probeessen im *Kristinas* verbunden war.

Selma dachte kurz darüber nach und zuckte schließlich mit den Schultern. »Das geht aber aufs Spesenkonto.«

»Klar«, stimmte Erik Asmussen sofort zu, was bei ihm nur selten vorkam. Er schien wirklich an der Story interessiert zu sein, was Selma sehr erleichterte, nachdem es ihr in den letzten Wochen immer schwerer gefallen war, ein Thema zu finden, das ihm zusagte.

Ich werde mich selbst einmal im Kristinas *umsehen*, schrieb sie unter ihren Artikel.

Ich werde sozusagen persönlich überprüfen, ob das, was der Herr Gastrokritiker da behauptet hat, auch stimmt, und euch natürlich darüber berichten. Wünscht mir einen guten Appetit und einen robusten Magen!

Wir lesen uns morgen wieder!

– 5 –

»Auch das noch«, murmelte Kristina genervt und spielte mit dem Gedanken, das Abo des *Morgonbladet* zu kündigen.

»Was denn?«, murmelte Finn, der gerade in die Küche kam und eigentlich in Zeitdruck sein sollte, auch wenn ihm davon nichts anzumerken war. Er setzte sich auf die Bank hinter dem Küchentisch, stützte den Kopf in eine Hand und trank einen Schluck Milchkaffee. Seine ganze Haltung drückte aus, dass er keine Antwort auf seine Frage erwartete.

»Ich soll nächste Woche eine Portion Köttbullar auf den Mond liefern«, sagte Kristina und beobachtete ihren Sohn amüsiert. Wie sie es erwartet hatte, bekam er überhaupt nicht mit, was sie sagte.

»Ach so«, murmelte er desinteressiert.

»Deshalb soll ich diese Woche noch an einer Astronautenausbildung teilnehmen«, fuhr sie fort.

»Mhm«, machte Finn und trank einen weiteren Schluck Kaffee.

»Vorher drehe ich diesem Hendrik Lundgren aber noch den Hals um.«

War es ihr Tonfall, oder hatte sie ein bestimmtes Codewort verwendet, das Finn aus seinem Wachschlaf holte?

Sein Kopf flog hoch, seine Augen waren plötzlich hellwach. »Was hast du gesagt?«

»Dass ich diesem Hendrik Lundgren den Hals umdrehe«, wiederholte Kristina.

»Warum? Was ist denn passiert?« Finn wirkte so aufgeregt, wie Kristina ihn noch nie zuvor um diese Tageszeit erlebt hatte. »Ist es wegen Svea? Weil wir zusammen in die Ferien fahren wollen?«

Kristina schüttelte verblüfft den Kopf. »Was hat denn deine Freundin mit Hendrik Lundgren zu tun?«

»Er ist ihr Vater«, erwiderte Finn in einem Tonfall, als müsse sie das eigentlich wissen.

»Svea ist die Tochter von diesem Gastrokritiker?!?« Kristina starrte ihren Sohn völlig entgeistert an. »Und das sagst du mir erst jetzt?«

»Ich wusste nicht, dass es für dich wichtig ist.« Finns Augen verengten sich zu schmalen Schlitzen. »Und wieso bist du sauer auf Hendrik Lundgren?«

Kristina erzählte ihrem Sohn die ganze Geschichte und hatte auf einmal seine volle Aufmerksamkeit. Sein Gesicht wurde mit jedem Wort länger. Kristina konnte das verstehen, sie fand das Verhalten von Hendrik Lundgren ebenfalls unglaublich.

»Spinnst du?«, fuhr Finn sie aufgebracht an, als sie fertig war. »Hendrik Lundgren erlaubt es Svea jetzt bestimmt nicht mehr, mit mir zu verreisen.«

Kristina schnappte nach Luft. »Entschuldige bitte, dass ich einen Augenblick lang nicht an dich und deine Urlaubspläne gedacht habe«, erwiderte sie spitz.

Finn sprang wütend auf. »Sieh bloß zu, dass du das wieder in Ordnung bringst!«, schrie er sie an.

Kristina zog die Augenbrauen zusammen. »Was genau erwartest du von mir?«, fragte sie und war sich durchaus bewusst, dass in ihrer Stimme ein drohender Unterton mitschwang.

»Du wirst dich natürlich bei Hendrik Lundgren entschuldigen.«

Kristina lachte böse auf. »Wenn sich jemand zu entschuldigen hat, dann ist das dieser Hendrik Lundgren. Und was
deine Ferienpläne betrifft, mein Sohn: Ich werde mir mei-
nerseits gut überlegen, ob die Tochter dieses Mannes der
richtige Umgang für dich ist.«

Finn schüttelte den Kopf. »Das kannst du nicht machen!«

»Und ob ich das kann.« Kristina wusste selbst, dass sie im
Augenblick ziemlich ungerecht war, weil sie ihre Wut an
Finn ausließ. Allerdings war sie ziemlich enttäuscht, dass
ihr Sohn nicht zu ihr hielt, sondern ihr sogar noch Vorwürfe machte.

»Du bist minderjährig«, fuhr sie fort, »und ich entscheide,
mit wem du deine Zeit verbringst oder in die Ferien fährst.«

»Das werden wir ja noch sehen!« Finn stürmte aus der
Küche und knallte die Tür so laut hinter sich zu, dass Kristina
erschrocken zusammenzuckte.

Na toll! Jetzt hatte sie auch noch ihren Sohn gegen sich
aufgebracht. Kristina überlegte, ob sie ihn aufhalten und
noch einmal mit ihm reden sollte. In aller Ruhe, sofern ihnen das in diesem aufgebrachten Zustand überhaupt möglich war. Während sie noch überlegte, wurde die Wohnungstür zugeschlagen. In der gleichen Lautstärke wie eben
die Küchentür.

»Prima«, sagte Kristina in einem Anflug von Sarkasmus
zu sich selbst. »Zumindest muss er heute nicht rennen, um
pünktlich in der Schule zu sein.«

Seufzend erhob sie sich und räumte den Küchentisch ab.
Danach machte sie sich selbst fertig. Der Streit mit Finn be-

398

lastete sie ebenso wie die Angst vor der Zukunft. Sie fragte sich, inwieweit Hendrik Lundgren es geschafft hatte, ihrem Restaurant zu schaden. Morgen würde das Konzert im Park stattfinden, zu dem sie ein Büffet anbieten wollten. Würde nach dieser öffentlichen Auseinandersetzung überhaupt jemand kommen?

Kristina hielt es mit all diesen Fragen und Sorgen allein in der Wohnung nicht mehr aus. Beinahe fluchtartig stürmte sie nach draußen und atmete tief durch, als sie in ihrem Wagen saß. »Alles wird gut«, flüsterte sie vor sich hin. »Es muss einfach alles gut werden.«

Als jemand von außen an ihr Seitenfenster klopfte, zuckte sie zusammen. Neben ihrem Wagen stand eine Frau mit üppigen Formen, die in ein zu enges Kostüm gequetscht waren, und dauergewellten blonden Locken.

Kristina kurbelte das Fenster hinunter. »Ja, bitte?«

»Sind Sie nicht die Besitzerin des Kristinas?«

»Doch«, erwiderte Kristina gedehnt.

»Selma Anders vom *Morgonbladet*. Dürfte ich Ihnen ein paar Fragen stellen?«

Die Selma Anders, deren Kolumne sie eben noch gelesen hatte? Die diese ganze unerfreuliche Geschichte in die Zeitung gebracht und damit Kristinas Hoffnung, dass alles ganz schnell in Vergessenheit geraten würde, zunichtegemacht hatte? Sie würde den Teufel tun und irgendwelche Fragen beantworten.

»Lassen Sie mich in Ruhe«, sagte Kristina grob und kurbelte das Fenster wieder hoch.

Leider ließ sich die Pressetante so schnell nicht abwimmeln. Sie klopfte wieder gegen die Seitenscheibe.

Kristina presste die Lippen fest aufeinander, starrte stur geradeaus und drehte den Zündschlüssel herum. Was für ein Glück, ihr Wagen sprang diesmal sofort an. Sie trat so fest aufs Gaspedal, dass die Frau links neben ihr schnell einen Schritt zurücktrat. Im Rückspiegel sah Kristina, dass sie auf der Straße stand und hinter ihr herblickte. Kristina hatte keine Erfahrung mit Presseleuten, aber das dumpfe Gefühl, dass dies erst der Anfang war, ließ sie nicht los. Eigentlich war es mehr als ein Gefühl, denn Selma hatte in ihrer Kolumne ja schon angedroht, dass sie sich das *Kristinas* genauer ansehen wollte.

»Ausgerechnet die«, sagte sie laut zu sich selbst. »Das fehlt mir gerade noch, dass ich jetzt auch noch in diesen Kolumnen verrissen werde.«

Alles Mögliche schoss ihr durch den Kopf, und zuletzt überlegte sie, ob es sich lohnte, einen Anwalt einzuschalten und jede Berichterstattung über ihr Restaurant verbieten zu lassen. Aber so ein Anwalt, das wusste sie vom Hörensagen und nicht zuletzt durch ihre eigene Scheidung, kostete richtig viel.

»Scheint so, als hätte ich gerade eine tiefschwarze Pechsträhne erwischt«, sprach sie weiter vor sich hin. Plötzlich lachte sie bitter auf. »Kristina, du bist schon viel zu lange alleine. Deshalb hältst du auch ständig Selbstgespräche. Es dauert nicht mehr lange, bis Finn aus dem Haus ist, dann wirst du wahrscheinlich richtig schrullig.«

In Gedanken sah Kristina sich mit ihrem Strickzeug vor einer einsamen Blockhütte sitzen. Irgendwo draußen auf dem Land, weil sie ihr Restaurant längst verloren hatte. Wahrscheinlich strickte sie dann, um mit dem Verkauf bunter Ringelsocken ihre Schulden zu begleichen, und um ihre Einsamkeit zu vertreiben, hatte sie die Katzen. Minky, Pinky und Lottchen ...

Kristina parkte ihren Wagen hinter dem Restaurant. »Du wirst nicht schrullig, du bist es bereits«, sagte sie zu sich selbst. Sie konnte sich keine Katzen anschaffen, weil sie auf Katzenhaare allergisch reagierte. Und stricken konnte sie auch nicht. Also würde sie sich etwas anderes einfallen lassen müssen, um nach dem Ruin ihres Restaurants die Schulden zu bezahlen.

Ausnahmsweise war Kristina nicht die Erste im Restaurant. Mikael stand bereits in der Küche und tüftelte an den Büfettideen für den nächsten Tag und dem Menü für heute.

»Was hältst du von gegrillter Wurst mit Kartoffelbrei und Krabbensalat?«, fragte er, schien aber ihr Einverständnis bereits vorausgesetzt zu haben. »Ich habe heute Morgen auf dem Großmarkt verschiedene Wurstsorten gekauft, und wenn wir die draußen grillen, brauchen wir den Ofen nicht. Außerdem lockt der Geruch die Leute an.«

Kristina nickte, war aber in Gedanken noch nicht ganz bei der Sache.

»Und zum Dessert gibt es Frischkäseeis mit Erdbeeren. Da muss ebenfalls nichts gekocht werden.«

Kristina seufzte tief, und jetzt schien auch Mikael zu bemerken, dass mit ihr etwas nicht stimmte. Er sah von den Rezepten, die er durchblätterte, auf. »Was ist?«

»Hast du heute Morgen keine Zeitung gelesen?«

Als Mikael den Kopf schüttelte, berichtete ihm Kristina

von der Kolumne und dem anschließenden Treffen mit Selma Anders an ihrem Wagen.

Mikael zuckte mit den Schultern, schien das Ganze nicht allzu tragisch zu finden. Nur eines wunderte ihn offensichtlich. »Wieso hat diese Pressetante dich an deinem Wagen angesprochen? Kannte sie dich?«

»Nein. Ich bin ihr noch nie begegnet.«

»Und wie hat sie dich erkannt?«

»Sie hat mich ja nicht erkannt, sondern gefragt, ob ich die Besitzerin des *Kristinas* bin.«

»Aber sie hat dich gezielt angesprochen.« Mikael wirkte sehr nachdenklich. »Das heißt, sie hat Informationen über dich eingeholt und wahrscheinlich dein Foto auf unsrer Website gesehen.«

»Ja, und?« Kristina zuckte mit den Schultern, wusste nicht, worauf Mikael hinauswollte.

»Du scheinst ihr Interesse geweckt zu haben.« Mikael grinste. »Wenn wir ganz großes Glück haben, taucht sie hier auf, und dann werden wir sie mit unserer Küche und unserem Service total umhauen.«

Kristina schaute ihn zweifelnd an. »Ja, sie hat sogar im *Morgonbladet* angekündigt, dass sie sich selbst einen Eindruck vom *Kristinas* verschaffen will. Aber was soll das bringen?«

»Wir müssen ihr einfach nur zeigen, dass unser Essen und unser Service erstklassig sind«, erklärte Mikael mit wachsender Begeisterung. »Dann kann sie gar nicht anders, als positiv über uns berichten. Eine bessere Werbung als in Selmas Kolumne kann es für uns kaum geben.«

»Ich finde ihre Kolumne grottenschlecht«, sagte Kristina düster.

»Das finden alle, trotzdem wird sie jeden Morgen gelesen«, erwiderte Mikael trocken. »Deshalb sollten wir die Gunst der Stunde nutzen und Selma Anders positiv überraschen, wenn sie hier auftaucht.«

»Das müssen wir vor allem Elin und Maj sagen.« Allmählich konnte sich Kristina für Mikaels Idee erwärmen.

»Beschreib den beiden genau, wie sie aussieht. Vielleicht findest du im Internet ein Foto von ihr«, sagte Mikael und begann zu grinsen. »Und sorg vor allem dafür, dass Maj nicht in die Nähe dieser Zeitungstante kommt.«

Kristina nickte mit düsterer Miene. Sie hatte keine Lust mehr auf Probleme, Sorgen oder andere Dinge, die ihr die Laune verdarben. Es gab nur eines, womit sie sich wirklich ablenken konnte.

»Lass uns kochen«, sagte sie zu Mikael.

Grillwürstchen mit Krabbensalat und Kartoffelbrei

2 Äpfel
2 Schalotten
1 Bund Koriander
1 Eigelb
1 Knoblauchzehe
2 EL Essig
300 ml Öl
300 g Krabben
500 g Kartoffeln
1 Schalotte
Salz
100 ml Milch
200 g Butter
1 Prise Muskatnuss
Grillwürstchen nach Geschmack

Die Äpfel schälen, entkernen und in kleine Stücke schneiden. Die Schalotten schälen und ebenfalls klein schneiden. Den Koriander hacken.

Das Eigelb mit der ausgepressten Knoblauchzehe und dem Essig in einer Schüssel vermischen. Unter Rühren das Öl tröpfchenweise zugeben, bis die Masse eine Mayonnaise-ähnliche Konsistenz hat.

Die Eimasse mit den Äpfeln, den Schalotten und dem Koriander vermischen. Nach Geschmack salzen. Zum Schluss die Krabben dazugeben und den Salat kühl stellen.

Die Kartoffeln waschen, schälen und in Salzwasser kochen. Eine Schalotte schälen und fein hacken. Das Wasser abgießen, Milch, Butter und Schalotte zu den Kartoffeln geben und alles zu einem Brei stampfen. Mit Salz und Muskatnuss abschmecken.

Würstchen grillen, mit dem Kartoffelbrei und dem Krabbensalat servieren.

Frischkäseeis mit Erdbeeren

300 ml Schlagsahne
100 g Frischkäse
3 Eier
150 g Zucker
1 TL Vanillezucker
10 Kekse
500 g frische Erdbeeren

Eier trennen, Eiweiß steif schlagen. Die Sahne mit Vanille-zucker ebenfalls steif schlagen.

Eigelbe mit Zucker und Frischkäse schaumig schlagen. Sahne und Eiweißmasse vorsichtig unterheben.

Kekse in einer Plastiktüte zerkrümeln und die Hälfte in eine Form geben. Die Masse darauf verteilen, dann die restlichen Kekskrümel darüberstreuen.

Über Nacht ins Gefrierfach stellen.

Eine Viertelstunde vor dem Servieren aus dem Gefrierfach nehmen. Das Eis mit Erdbeeren (nach Geschmack gezuckert oder auch ohne Zucker) servieren.

– 6 –

»Mann, Mann, Mann!« Svea stampfte wütend mit dem Fuß auf. »Deine Mutter spinnt ja wohl.«

Sie zuckte erschrocken zurück, als Finn sie anfuhr: »Geht's noch? Wenn hier einer spinnt, dann ja wohl dein Vater.«

Eben noch hatte er ihr selbst voller Empörung erzählt, was seine Mutter gemacht hatte, und jetzt war er sauer auf sie, weil sie sich auch darüber ärgerte. Sie wiederum nahm ihm die Bemerkung über ihren Vater übel.

»Mein Vater spinnt nicht«, gab sie wütend zurück. »Er ist ein anerkannter Gastrokritiker, und wenn er sagt, dass das Essen im Restaurant deiner Mutter schlecht ist, dann ist das eben so.«

»Du hast doch noch nie im Restaurant meiner Mutter gegessen«, sagte Finn aufgebracht. »Du machst das wohl genauso wie dein Vater: Du bildest dir ein Urteil über etwas, was du nicht kennst.«

Die beiden starrten sich an, und Svea wurde plötzlich bewusst, dass sie ihren ersten richtigen Streit mit Finn hatte. Bis vor einer halben Stunde war sie davon überzeugt gewesen, dass er die Liebe ihres Lebens war, die, wie sie in ihrem jugendlichen Optimismus hoffte, für immer halten würde. Tatsächlich liebte sie ihn gerade ein kleines bisschen weniger als sonst. Oder sogar sehr viel weniger, wenn sie es recht bedachte.

Ob Finn ähnlich dachte wie sie?

Jedenfalls war er es, der plötzlich einlenkte. »Ich finde es nicht gut, dass wir uns wegen unserer Eltern streiten«, sagte er mit zusammengezogenen Brauen, und es klang so, als würde er ihr die Schuld geben.

Sie schob trotzig die Unterlippe vor und schaute auf ihre Schuhspitzen.

»Komm schon, Svea«, bat er, und diesmal hörte es sich versöhnlicher an. »Das ist doof. Sollen unsere Eltern das unter sich klären.«

Svea hob ruckartig den Kopf. »Und unsere Ferien? Du glaubst doch nicht, dass mich mein Vater jetzt noch mit dir verreisen lässt.«

Finn presste kurz die Lippen aufeinander, und es sah so aus, als läge ihm eine heftige Erwiderung auf der Zunge. Er sagte aber nichts.

Svea schluckte ihren Ärger hinunter, jedenfalls so gut es ging, umfasste seinen linken Arm mit beiden Händen und legte ihr Kinn auf seine Schulter. »Wir müssen überlegen, wie wir unsere Eltern miteinander versöhnen können.«

»Super Vorschlag«, brummte Finn. »Weißt du auch, wie das funktionieren soll? Die beiden hassen sich.«

Svea ließ Finn wieder los. Nachdenklich kaute sie auf ihrer Unterlippe herum. »Wir müssen die beiden irgendwie zusammenbringen und ihnen klarmachen, dass alles nur ein riesengroßes Missverständnis war.«

Finn sagte nichts. Das war auch nicht nötig. Die Art, wie er sie ansah und dabei den Kopf schüttelte, sprach für sich. Es wirkte ganz und gar nicht freundlich.

»Bist du sauer auf mich?«, fragte Svea und gab sich keine Mühe, zu verbergen, dass sie sauer auf ihn war.

»Ich bin sauer auf deinen Vater«, brach es aus Finn heraus. »Weil er meine Mutter in der Öffentlichkeit so bloßgestellt hat und sie im Radio beschimpft hat. Und ich ärgere mich über meine Mutter, weil sie dann auch noch bei diesem Radiosender angerufen und den ganzen Mist erst recht hochgepuscht hat.«

Sveas eigener Unmut legte sich, als Finn die ganze Situation wieder in die richtige Relation brachte. Es waren ihre Eltern, die ein Problem miteinander hatten, und sie durften nicht zulassen, dass ihre Liebe dadurch belastet wurde. Sie griff nach Finns Hand und lächelte ihn liebevoll an. »Wir lassen uns etwas einfallen«, sagte sie leise.

»Dann müssen wir uns aber beeilen«, sagte Finn und sah dabei immer noch unzufrieden aus. »Wir haben heute den letzten Schultag, und eigentlich wollen wir nächste Woche losfahren.«

»Ich sorge dafür, dass mein Vater morgen in den Rålambshovsparken kommt«, versprach Svea. »Irgendwie bringen wir ihn dann mit deiner Mutter zusammen und machen den beiden klar, dass wir uns lieben.«

Finn schüttelte den Kopf. »Das geht nicht gut«, prophezeite er.

»Lass es uns wenigstens versuchen«, bat Svea eindringlich.

Finn starrte eine Weile schweigend vor sich hin. Schließlich nickte er. »Okay, aber sag hinterher nicht, ich hätte dich nicht gewarnt.«

»Ich habe meinen Vater ganz gut im Griff«, behauptete Svea. »Es hängt also alles nur davon ab, ob du deine Mutter dazu bringst, nicht gleich wieder auf meinen Vater loszugehen.«

Finn nickte erneut, wirkte aber noch immer nicht überzeugt. Es war ihm deutlich anzusehen, dass er von Sveas Plan nicht viel hielt, und auch Svea war keineswegs so zuversichtlich, wie sie sich nach außen hin gab. Aber etwas Besseres fiel ihr auch nicht ein.

Wenn sie ganz ehrlich war, ahnte Svea bereits, dass sie die Zustimmung ihres Vaters zu der geplanten Reise mit Finn niemals erhalten würde. Sie hatte noch eine andere Idee, eine weitaus drastischere, aber solange Finn so schlecht gelaunt war wie im Augenblick, behielt sie ihren Plan B lieber für sich. Außerdem wollte sie ihrem Vater und auch Finns Mutter eine Chance geben, sich zu versöhnen und ihren Urlaubsplänen doch noch zuzustimmen.

Selmas Welt

Midsommar! Endlich ist es so weit!

Wir Schweden haben da ja unsere ganz eigenen Traditionen, zu denen unbedingt das Schmücken und Aufstellen eines Baumstammes gehört, der Midsommarstången. Wir ziehen uns fein an, essen viel und gut und tanzen zu fortgeschrittener Stunde um den Baum. Einige von uns sind dazu vielleicht nicht mehr in der Lage, weil sie mehr getrunken als gegessen haben, andere verführt der Alkoholgenuss zu Tanzeinlagen, die etwas von einem Regentanz haben. Ich müsste mal die Statistiken kontrollieren, ob es wirklich am Tag nach Midsommar öfter regnet als an anderen Tagen des Jahres.

Aber Leute, wisst ihr, welche Tradition mich am meisten interessiert? Die Tradition der sieben Blumen!

Unverheiratete Mädchen pflücken in der Midsommar-Nacht sieben Sorten Wildblumen von sieben verschiedenen Wiesen, legen sie unter ihr Kopfkissen und träumen dann von dem Mann, den sie einmal heiraten werden.

Aber Achtung, Mädchen, ihr müsst beim Pflücken absolut still sein und dürft niemandem erzählen, von wem ihr geträumt habt, sonst geht der Traum nicht in Erfüllung!

»Das ist dann schon mal nichts für dich«, sagte Erik Asmussen hinter ihr.

Selma fuhr erschrocken herum. Sie hasste es, wenn er sich so leise ins Büro schlich und ihr über die Schulter sah.

411

»Was meinst du?«, fragte sie stirnrunzelnd.

»Beim Pflücken absolut still sein!« Er grinste. »Ich kann mir nicht vorstellen, dass du es schaffst, so lange den Mund zu halten, bis du über sieben Wiesen gewandelt bist. Mal abgesehen davon, dass du ganz bestimmt auch nicht verheimlichen könntest, wen du im Traum gesehen hast. Du könntest gar nicht anders, als das in deiner nächsten Kolumne zu verbraten.«

Selma schenkte ihm ein verächtliches Lächeln. »Du kennst mich lange nicht so gut, wie du zu glauben scheinst.«

Erik Asmussen ging nicht darauf ein, ihn schien etwas ganz anderes zu beschäftigen und vor allem zu belustigen. »Wäre ja der Hammer, wenn du mit deinen sieben Blumen von sieben verschiedenen Wiesen von mir träumst.«

Ein entsetzlicher Gedanke! »Wenn das passiert«, sagte sie, »erhänge ich mich an der erstbesten Midsommarstången, die ich finden kann.«

»Ich weiß doch, dass du heimlich von mir träumst«, sagte Erik Asmussen, tätschelte ihr die Schulter und zeigte auf den Monitor ihres Computers. »Ich brauche den Text in einer halben Stunde.«

Er verließ Selmas Büro und nahm ihr damit die Möglichkeit, ihm zu sagen, dass er lediglich in ihren Albträumen auftauchte. Ihr ganzer Berufsalltag schien sich zu einem einzigen Albtraum zu entwickeln, und sie hatte keine Ahnung, wie sie das durchhalten würde, wenn sie ihre Kolumne nicht hätte. Ein kleiner Lichtblick im Leben einer gelangweilten Reporterin.

Selma seufzte tief und beendete ihre Kolumne:

*Vielleicht treffen wir uns ja heute Nacht auf einer der sieben
Wiesen. Ansonsten gilt:*
  Wir lesen uns morgen wieder!

– 7 –

»Wir haben es geschafft!« Kristina schaute zufrieden über das Büfett. Es war perfekt. »Hoffentlich geht heute alles gut.«

Mikael warf ihr einen finsteren Blick zu. »Kommst du mal langsam wieder von dieser Negativ-Welle runter? Wenn du immer nur Schlechtes erwartest, wird auch nur Schlechtes passieren.«

»Hast du kürzlich mit meiner Mutter telefoniert?«, fragte Kristina. »Du hast ja recht«, gab sie dann zu. »Ich sollte endlich aufhören, mir über das Gedanken zu machen, was passiert ist, und stattdessen wieder nach vorne schauen.«

»Schlimmer kann es ja jetzt auch nicht mehr kommen«, sagte Mikael.

Kristina stieß ihn erschrocken an. »Beschrei es bitte nicht«, bat sie. »Genau das habe ich nach Oles Kostenvoranschlag auch gedacht, und dann kam die Sendung mit diesem blöden Gastrokritiker.«

»Was soll denn jetzt noch großartig passieren?«, fragte Mikael schulterzuckend.

»Keine Ahnung.« Kristina schüttelte mit düsterer Miene den Kopf. »Und ich will auch gar nicht erst versuchen, es mir vorzustellen.«

Maj und Elin kamen dazu. Die beiden hatten Lampions in die Bäume gehängt, die den Platz vor dem *Kristinas* säumten. Die Tische und Stühle aus dem Restaurant hatten sie nach draußen geholt und auf dem Platz und der Wiese aufgestellt. Auf allen Tischen standen kleine Blumensträuße und Kerzen.

Der Wetterbericht hatte eine sternenklare, warme Nacht versprochen. Sören Sundloff spielte nicht weit vom *Kristinas* entfernt. Die Rhythmen und vor allem die Bässe waren nicht nur zu hören, Kristina konnte sie sogar spüren. Sie gingen unter die Haut und beschwingten sie. Oder lag es einfach nur daran, dass sie inzwischen wirklich wieder ein bisschen positiver in die Zukunft blickte?

Viele junge Leute hatten die Anlegestelle des Kristinas benutzt, um zum Konzert zu kommen, als Kristina und ihre Leute gerade dabei waren, draußen alles aufzubauen. Kristina hatte mitbekommen, dass einige von ihnen beschlossen hatten, später hier vorbeizukommen, um noch etwas zu essen und zu trinken.

Maj wirkte missmutig. Sie wäre gerne zum Konzert gegangen, und Kristina hätte ihr auch freigegeben, aber Maj hatte keine Karte mehr bekommen. Der Newcomer schien sich bereits einen sehr guten Namen gemacht zu haben, denn sein Konzert war ausverkauft.

Mikael stellte sich vor Maj, presste seine Zeigefinger in ihre Mundwinkel und zog sie nach oben. »Freundlich lächeln, gleich kommen die Gäste.«

Maj blieb stocksteif stehen. Ihre Augen blickten finster, die hochgezogenen Mundwinkel wirkten grotesk.

»Wenn du nicht sofort deine Finger wegnimmst, beiße ich dich«, nuschelte sie.

Mikael zog seine Finger daraufhin ganz schnell weg. Er zweifelte wahrscheinlich ebenso wenig wie Kristina daran, dass Maj ihre Drohung wahrmachen würde. Immerhin hatte Mikael es geschafft, dass Maj nicht mehr ganz so schlechtgelaunt aussah, und als nach dem Konzert die ersten Gäste bei ihnen eintrudelten, lachte sie sogar schon wieder.

Kristina hatte alle Hände voll zu tun. In der Küche, wo sie mit Mikael zusammen für Nachschub sorgte, und zwischendurch auch im Service, weil Maj und Elin es beim besten Willen nicht mehr allein schafften. Mit einem solchen Ansturm hatte Kristina nach ihrer öffentlichen Auseinandersetzung mit Hendrik Lundgren nicht gerechnet.

Als sie eine der Platten aus der Küche brachte und aufs Büfett stellte, sah sie Finn. Er war nicht allein, ein hübsches Mädchen mit langen dunkelblonden Haaren und einer niedlichen Stupsnase stand neben ihm und starrte zur Anlegestelle. Das musste Svea sein. Kristina fand, dass das Mädchen sehr angespannt wirkte.

Kristina war unsicher, ob sie die beiden begrüßen sollte. Wenn ihr Sohn ihr schon die Schuld an der Auseinandersetzung mit Hendrik Lundgren gab, würde das Mädchen wahrscheinlich erst recht hinter seinem Vater stehen.

Noch während sie dastand und überlegte, schaute Finn in ihre Richtung. Seine Miene verdüsterte sich sekundenlang, entspannte sich jedoch gleich darauf. Kristina sah, wie er etwas zu dem Mädchen sagte, das daraufhin ebenfalls in ihre Richtung blickte.

Kristina blieb einfach stehen und wartete ab. Sie sah, wie Finn nach der Hand des Mädchens griff. Beide kamen jetzt auf sie zu.

»Mama, das ist meine Freundin Svea«, sagte Finn.

Kristina lächelte das Mädchen freundlich an. Es konnte

schließlich nichts für seinen unmöglichen Vater. »Schön, dich mal kennenzulernen, Svea«, sagte sie freundlich.

»Ja, ich freue mich auch«, erwiderte Svea mit unverbindlicher Stimme, aber nicht unfreundlich. Kristina hatte nicht das Gefühl, dass sie wütend auf sie war, und das nahm sie für sie ein. Allerdings schaute Svea auch jetzt immer wieder in Richtung Anlegestelle.

»Wartet ihr auf jemanden?«, wollte Kristina wissen.

Svea schaute sie an, schien nicht zu wissen, was sie darauf sagen sollte, und auch Finn schaute plötzlich sehr unbehaglich drein.

»Können wir was essen?«, fragte er statt einer Antwort.

»Wenn ihr keine Angst habt, euch zu vergiften.« Kristina antwortete mal wieder schneller, als sie denken konnte, und bereute ihre Worte, kaum dass sie sie ausgesprochen hatte. Ein wütender Blick Finns belohnte sie für diese Antwort.

Svea hingegen lachte plötzlich. »Ich finde, das sieht alles sehr lecker aus«, sagte sie.

Kristina hätte das Mädchen umarmen können. Wie kam ein Mann wie Hendrik Lundgren nur zu einer solchen Tochter? Die Frage lag ihr bereits auf der Zunge, aber diesmal schaffte sie es noch rechtzeitig, sich zu beherrschen. »Greift zu«, sagte sie stattdessen und wies zum Büfett.

Svea schaute wieder zur Anlegestelle, nickte dann und zog Finn hinter sich her. »Vielen Dank!«, rief sie Kristina zu, als sie schon fast am Büffet war. »Ich habe wirklich Hunger.«

Kristina wollte gerade zurück in die Küche, als das nächste Wassertaxi anlegte. Innerlich stöhnte sie laut auf, als sie in einem der beiden Fahrgäste Selma Anders er-

417

kannte. Sie hatte ja geahnt, dass diese Frau nicht aufgeben würde, aber musste sie ausgerechnet heute Abend hier erscheinen?

Kristina schaffte es gerade noch, Elin und vor allem Maj vorzuwarnen, bevor Selma mit einem strahlenden Lächeln auf sie zukam. Sie tat so, als fiele ihr Kristinas abweisender Blick überhaupt nicht auf.

»Was für ein schönes Restaurant!«, rief Selma Anders aus. »Und das Essen sieht wirklich köstlich aus.« Ihr Blick flog über das Büfett. »Schade, dass Hendrik Lundgren das nicht sehen kann, heute würde er bestimmt ganz anders urteilen.«

Kristina ertappte sich bei dem Wunsch, dieser Frau den Mund zuzuhalten, oder noch besser, ihr gleich den Hals umzudrehen. Sie erregte die Aufmerksamkeit der anderen Gäste, und auch Finn und Svea sahen in ihre Richtung.

»Ich habe Ihnen gesagt, dass ich kein Interview geben will«, zischte Kristina. »Also verschwinden Sie bitte.«

»Ich bin heute ganz privat hier.« Selma Anders schenkte ihr ein Lächeln, das Kristina nicht überzeugte. Es erschien ihr falsch und hinterhältig. Kein Wort glaubte sie dieser Frau, die jetzt am Büfett vorbeistolzierte und alles prüfend betrachtete. Der Mann, der zusammen mit ihr aus dem Wassertaxi gestiegen war, betrachtete das Büfett von der anderen Seite. Die beiden taten so, als würden sie sich nicht kennen, doch Kristina bemerkte den verstohlenen Blickkontakt zwischen ihnen.

Kristina war hin- und hergerissen. Sie wusste, dass Mikael ihre Hilfe in der Küche dringend benötigte, gleichzeitig wollte sie ihren Beobachtungsposten hier draußen nicht

418

verlassen. Sie hatte das Gefühl, dass etwas Schreckliches passieren würde, sobald sie Selma Anders den Rücken kehrte.

»Mikael rotiert in der Küche«, sagte Maj, die gerade mit einem Tablett voller Getränke an ihr vorbeiging. »Er fragt, wo du bleibst.«

Kristina nickte ergeben und ging nach drinnen. Doch das ungute Gefühl ließ sie nicht los.

»Endlich!«, stieß Mikael hervor. Sein Kopf unter dem Piratentuch war hochrot.

»Tut mir leid, ich wurde aufgehalten«, sagte Kristina. »Selma Anders ist hier.«

»Ein Grund mehr, heute unser Bestes zu geben«, erwiderte Mikael knapp. Er war nicht sauer, das wusste Kristina. Wenn sie viel Stress hatten, war er einfach wortkarg und konzentrierte sich in erster Linie auf die Arbeit. Das Ergebnis sprach für sich, die Besucher langten tüchtig zu und lobten das Büfett in den höchsten Tönen.

»Selbst diese Zeitungsziege frisst wie ein Scheunendrescher«, verkündete Maj, als sie Nachschub holte.

»Wenn sie in ihrem Schmierblatt dann auch noch darüber berichtet, wie gut es ihr geschmeckt hat, können wir alle zufrieden sein«, sagte Mikael.

Kristina spürte, wie ihre innere Anspannung allmählich nachließ. Alles schien gut zu laufen. Keine Katastrophen, keine Beschwerden. Ihr Büfett kam gut an, und wenn Selma Anders wirklich so tüchtig zulangte, konnte sie auf keinen Fall etwas Negatives über ihre Küche schreiben.

Am liebsten wäre Kristina selbst noch einmal hinausgegangen, um sich davon zu überzeugen, dass alles in Ordnung war. Im Augenblick war aber so viel zu tun, dass sie Mikael nicht noch einmal alleine lassen wollte.

Plötzlich stand Maj aufgeregt neben ihr. »Du kommst besser mal raus!«, stieß sie hervor.

Kristina, die gerade Schnittlauch schnitt, schaute alarmiert auf. »Was ist denn?«

»Dieser Typ ist wieder da«, sagte Maj. »Dieser komische Kritiker, und er ist ziemlich sauer.«

»Verdammt, was hat der denn hier zu suchen?«, fluchte Kristina.

Maj zuckte mit den Schultern. »Er steht bei Finn und dem Mädchen und regt sich ziemlich auf«, sagte sie. »Keine Ahnung, worum es geht.«

Kristina ließ alles stehen und liegen und rannte nach draußen. In ihrer Vorstellung tobte Hendrik Lundgren draußen herum, während sich die anderen Gäste schaulustig um ihn versammelten und Selma Anders sich fleißig Notizen machte. Kristina war sicher, dass ihr Restaurant einen weiteren Skandal kaum verkraften würde.

Umso erleichterter war sie, als sie nach draußen kam, und eigentlich alles ganz ruhig war. Alle Tische waren besetzt, einige der Gäste spazierten mit ihren Tellern um das Büfett herum und bedienten sich. Ihren Sohn, Svea und Hendrik Lundgren konnte Kristina nicht sofort sehen. Erst als ihr Blick auf Selma Anders fiel, die ein wenig abseits vom Büfett stand, erkannte sie in der Nähe ihren Sohn und seine Freundin.

Svea diskutierte aufgeregt mit einem Mann, der Kristina den Rücken zuwandte. Erst als er ein wenig zur Seite trat, konnte Kristina sein Profil erkennen. Es war Hendrik

Lundgren, und er sah sehr wütend aus. Als er sich Finn zuwandte, aufgebracht und wild gestikulierend, setzte Kristina sich in Bewegung. Dieser Kerl sollte ihren Sohn gefälligst in Ruhe lassen, und das würde sie ihm jetzt auch unmissverständlich klarmachen.

In ihrer Erregung dachte Kristina schon gar nicht mehr an Selma Anders. Vielleicht wäre sie eher zur Besinnung gekommen, wenn sie die Klatschkolumnistin noch einmal gesehen hätte, aber die hatte es irgendwie verstanden, aus dem Sichtfeld zu verschwinden und doch nahe genug zu bleiben, um jedes Wort mitzubekommen.

»... bestimmt deine Idee«, hörte Kristina den Gastrokritiker sagen, als sie nahe genug herangekommen war. »Meine Tochter würde nie auf so eine absurde Idee kommen.«

»Was ist hier los?« Kristina würdigte den Mann keines Blickes, schaute nur zwischen Finn und Svea hin und her.

»Was geht Sie das an?«, empörte sich Hendrik Lundgren.

Bevor Kristina das sagen konnte, was ihr spontan auf der Zunge lag, antwortete Svea schnell: »Sie ist Finns Mutter.«

»Ach, dieses missratene Früchtchen ist also Ihr Sohn?« Hendrik Lundgren richtete sich zur vollen Größe auf. Er wies mit dem Zeigefinger auf Finn und schaute Kristina gleichzeitig strafend an.

Alles an diesem Mann regte sie auf, ganz besonders natürlich seine Worte. Ihren Sohn ein missratenes Früchtchen zu nennen, das ging eindeutig zu weit. Leider fiel Kristina nicht sofort die passende Antwort ein. Es ihm gleichzutun, indem sie abfällig über seine Tochter sprach, war ihr zu billig. Außerdem war ihr das Mädchen, soweit sie es nach dem kurzen Kennenlernen beurteilen konnte, nicht unsympathisch.

»Papa!«, rief Svea aus und legte eine Hand auf den Arm ihres aufgebrachten Vaters. »Jetzt sei doch nicht so.«

Kristina kämpfte immer noch damit, nicht die Beherrschung zu verlieren. Sie schaute ihren Sohn mit einem Blick an, der ihm sagen sollte: »Jetzt siehst du selbst, wie unmöglich sich dieser Mann aufführt.«

Kristina bewunderte ihren Sohn dafür, dass er ganz ruhig bleiben konnte. Er griff nach Sveas Hand und sagte zu Hendrik Lundgren: »Warum beschimpfen Sie mich denn jetzt? Svea hat doch nur gesagt, dass wir zusammen durch Schweden reisen wollen.«

Hendrik schaute Kristina wütend an. »Haben Sie das gewusst?«, blaffte er sie an.

Es war kindisch, so etwas wie Genugtuung darüber zu empfinden, dass sie über Finns und Sveas Pläne Bescheid wusste. »Mein Sohn muss eben keine Angst haben, mir von seinen Wünschen und Plänen zu erzählen«, sagte sie ebenso anzüglich wie spitz.

Hendrik Lundgren schnappte nach Luft wie ein Fisch auf dem Trocknen. Leider erholte er sich aber schnell von diesem verbalen Tiefschlag. »Wahrscheinlich versagen Sie bei der Erziehung ebenso wie bei der Führung Ihres Restaurants.«

Kristina hatte noch nie das Bedürfnis gehabt, einem anderen Menschen gegenüber handgreiflich zu werden. Jetzt aber spürte sie, wie ihre rechte Hand zuckte. Sie riss sich zusammen. Eines ihrer wichtigsten Erziehungsprinzipien bestand darin, ihrem Sohn beizubringen, dass Gewalt niemals eine Lösung sein konnte. Nun erlebte sie, wie schwer es sein konnte, die Beherrschung nicht vollends zu verlieren. Kein

Mensch, nicht einmal Dag, hatte es bisher geschafft, sie so wütend zu machen. In Gedanken begann sie langsam bis zehn zu zählen, weil das angeblich beruhigen sollte. Sie kam bis vier.

»Du fährst mit diesem Kerl nirgendwohin«, sagte Hendrik Lundgren zu seiner Tochter. »Ich will überhaupt nicht, dass du dich mit ihm abgibst. Das ist kein Umgang für dich.«

Svea wollte protestieren, doch diesmal kam ihr Kristina zuvor. Sie ließ sich nicht zu einem Wutanfall hinreißen, obwohl es in ihr brannte und tobte. Indem dieser Gastrokritiker ihren Sohn beschimpfte, traf er sie mehr, als er es mit jedem persönlichen Angriff vermocht hätte. Wahrscheinlich wusste er das ganz genau. Er war selbst Vater und würde umgekehrt genauso empfinden.

Kristinas schluckte alles an Beleidigungen herunter, was ihr durch den Kopf schoss. »Wir sind es, die mit Leuten wie Ihnen nichts zu tun haben wollen.« Kristina war stolz auf sich, weil genau die richtige Mischung aus Verachtung und Eiseskälte in ihrer Stimme lag.

Leider schienen ihre Worte an Hendrik Lundgren abzuprallen. Er ignorierte sie vollkommen, griff nach der Hand seiner Tochter und verlangte kategorisch: »Du wirst dich nie wieder mit diesem Jungen treffen.«

»Das kannst du nicht von mir verlangen!«, rief Svea empört aus und stemmte sich gegen den Griff ihres Vaters, als der sie hinter sich herziehen wollte.

»Oh doch, das kann ich«, erwiderte Hendrik Lundgren. »Noch bestimme ich, mit wem du dich abgibst. Und jetzt kommst du gefälligst sofort mit nach Hause.« Er ließ seiner Tochter keine Wahl, zog sie einfach hinter sich her.

Svea schaute sich hilflos nach Finn um, aber Kristina hielt ihn zurück, als er sich instinktiv in Bewegung setzte. »Mach es nicht noch schlimmer«, warnte sie ihren Sohn leise.

Finn fuhr herum. Seine ganze Wut entlud sich über Kristina. »Das ist deine Schuld!«, fuhr er sie an. »Wenn du dich bei diesem Radiosender nicht so unmöglich benommen hättest, wäre das alles nicht passiert.«

Kristina starrte ihren Sohn entgeistert an. Er hatte gerade mitbekommen, was für ein Mensch dieser Hendrik Lundgren war, und machte dennoch sie für alles verantwortlich? »Das meinst du jetzt nicht wirklich so!«, brach es aus ihr heraus.

»Ich lasse mir weder von dir noch von sonst jemandem den Kontakt mit Svea verbieten«, sagte Finn aufgebracht. »Sie ist meine Freundin, und ich liebe sie.«

Sosehr Kristina sich über Finn ärgerte, hatte sie auch Mitleid mit ihm. Er hielt Svea für die große Liebe, und sie konnte sich noch gut an die Zeit ihrer eigenen ersten Verliebtheit erinnern.

»Ich verbiete dir den Kontakt mit Svea nicht«, sagte sie. »Ich bitte dich nur, dich in nächster Zeit etwas zurückzuhalten, bis sich alles wieder ein bisschen beruhigt hat. Dieser Hendrik Lundgren ist imstande, das *Kristinas* weiter in der Öffentlichkeit schlechtzumachen, wenn du dich nicht von seiner Tochter fernhältst.«

Finn starrte sie an. In seinen Augen loderte etwas, was Kristina noch nie bei ihrem Sohn gesehen hatte. »Es geht dir also nur um dein dämliches Restaurant«, sagte er mit einer Ruhe, die ihr mehr Unbehagen einflößte, als es jeder Wutausbruch vermocht hätte.

»Nein, natürlich nicht«, sagte sie schnell. Sie hob beide Hände, ließ sie hilflos wieder fallen. »Aber es geht mir natürlich auch um das Restaurant«, gab sie zu. »Es ist unsere Existenz, Finn. Wir leben davon.«

Finn sah nicht so aus, als wäre er einsichtig. Wahrscheinlich war jetzt auch nicht der richtige Zeitpunkt für vernünftige Argumente. Sie mussten sich beide erst beruhigen.

Kristina legte eine Hand auf die Schulter ihres Sohnes. »Lass uns später noch einmal darüber reden«, bat sie.

Finn schüttelte ihre Hand ab. »Was gibt es da noch zu reden?«, fragte er. »Du und Hendrik Lundgren habt beschlossen, einen Kleinkrieg zu führen, ohne jede Rücksicht auf Svea und mich.«

»Aber Finn, das stimmt doch so nicht!«, rief Kristina verzweifelt, aber ihr Sohn wollte offensichtlich nicht mehr zuhören. Er ließ sie einfach stehen und rannte zur Anlegestelle hinunter. Sie wusste, dass es keinen Sinn machte, ihm jetzt zu folgen. Finn war viel zu aufgebracht.

Es fiel Kristina nicht leicht, ihren Sohn ziehen zu lassen. Nicht aus dieser Situation heraus und nicht in dieser Stimmung. Vielleicht wäre es ganz gut, wenn er die Ferien in diesem Jahr bei seinem Vater verbringen würde? Ein bisschen Abstand würde ihnen beiden guttun und ihn hoffentlich auch über seine zerplatzten Ferienträume mit Svea hinwegtrösten.

Kristina musste sich nicht einmal mehr Gedanken darüber machen, ob es ihr recht wäre, wenn Finn zusammen mit Svea auf Reisen ging. Sie war sich hundertprozentig sicher, dass Hendrik Lundgren es seiner Tochter niemals erlauben würde, zusammen mit Finn zu verreisen. Sie hätte diesem

425

Mann dafür fast schon dankbar sein können, wenn sie nicht gleichzeitig so schrecklich wütend auf ihn gewesen wäre.

»Ich weiß überhaupt nicht, was der Herr Gastrokritiker an der Küche des *Kristinas* auszusetzen hat.« Plötzlich stand Selma Anders wieder neben ihr. Kristina schaute sie an, war aber mit ihren Gedanken immer noch bei der Auseinandersetzung, während die Reporterin weiter auf sie einredete. »Ich habe fast alles probiert, und es schmeckt einfach hervorragend!«

Dieses Lob riss Kristina aus ihren Gedanken, und sie empfand einen Anflug von Dankbarkeit, den die Reporterin aber mit ihren nächsten Worten gleich wieder zunichtemachte.

»Wären Sie jetzt bereit, mir ein Interview zu geben? Ich habe eben alles mitbekommen. Ganz zufällig natürlich.«

»Natürlich«, echote Kristina ironisch.

»Es wäre schön, Ihre Sicht der Dinge zu hören.« Selma Anders sah sie erwartungsvoll an.

Eigentlich kam sie Kristina gerade sehr gelegen. Sie brauchte ein Ventil, um ihren Dampf abzulassen. »Scheren Sie sich ...«

Kristina kam nicht dazu, ihren Satz zu Ende zu sprechen. Mikael stand neben ihr, griff nach ihrem Arm und zog sie weg, während Elin sich gleichzeitig um Selma Anders kümmerte.

»Lass mich!« Kristina wollte sich aus Mikaels Griff befreien, aber er ließ nicht locker, bis sie in der Küche standen.

»Spinnst du?«, fuhr er sie an. »Du kannst dich doch nicht auch noch mit dieser Zeitungstante anlegen. Was glaubst du, was dann am Montag über uns in ihrer Kolumne steht?«

Kristina atmete tief durch. »Danke«, sagte sie und umarmte Mikael. »Wenn ich dich nicht hätte ...«

»Ich weiß auch nicht, wie du dann zurechtkommen würdest.« Mikael grinste frech. »Elin sorgt übrigens gerade dafür, dass die Anders mit dem besten Wein versorgt wird ...«

Kristina nickte.

»... als Gast des Hauses«, ergänzte Mikael.

Kristina schluckte schwer. »Von mir aus auch das.«

»Und du bleibst für den Rest des Abends in der Küche und bereitest Nachschub fürs Büfett vor.«

Kristina nickte ergeben. Mikael hatte recht, noch mehr Ärger konnte sie sich einfach nicht leisten. Während sie den Schnittlauch für die Lachsröllchen mit Forellenkaviar hackte, die am Büfett neben dem Matjestatar und dem Krabbensalat besonders reißenden Absatz fanden, dachte sie wieder an Hendrik Lundgren.

So fein gehackten Schnittlauch wie heute hatte sie noch nie zustande gebracht.

Lachsröllchen mit Forellenkaviar

250 g Räucherlachs
2 TL Forellenkaviar
150 ml Sahne
250 g Mascarpone
Saft einer Zitrone
2 EL Wodka
1 Bund Schnittlauch
Pfeffer
Salz

Die Sahne steif schlagen, mit Mascarpone, Zitronensaft und Wodka vermischen. Schnittlauch fein hacken und unter die Creme rühren (etwas zur Verzierung zurückbehalten). Mit Pfeffer und Salz abschmecken. Im Kühlschrank drei Stunden ziehen lassen.

Die Lachsscheiben einzeln auf ein Stück Klarsichtfolie legen. Etwas von der Creme darauf geben und zu einer Rolle formen. Bis zum Servieren in den Kühlschrank stellen.

Vor dem Servieren wegen der besseren Optik die Enden der Lachsröllchen mit einem scharfen Messer abschneiden. Lachsröllchen auf einer Platte anrichten, Forellenkaviar darüber geben und mit Schnittlauch garnieren.

Matjestatar

400 g Matjesfilets
1 unbehandelte Zitrone
1 EL weißer Balsamessig
1 TL Senf
Salz
Pfeffer
2 Gewürzgurken
1 EL Kapern
125 g Crème fraîche
Zucker
20 Cracker

Die Matjesfilets trockentupfen und in feine Würfel schneiden. Die Zitrone heiß abspülen, trocken reiben, dünn schälen und die Schale in Streifen schneiden.

1 EL Saft aus der Zitrone pressen, mit Essig, ½ TL Senf, Salz
und Pfeffer verrühren und mit den Matjesstücken vermischen. Die Gewürzgurken fein würfeln, Kapern hacken
und beides unter die Matjes mischen. Mit Zitronensaft,
Salz und Pfeffer abschmecken. Tatar im Kühlschrank mindestens eine Stunde ziehen lassen.

Crème fraîche mit etwas Zitronensaft, dem restlichen Senf, Salz, Pfeffer und einer Prise Zucker verrühren.

Das Matjestatar auf den Crackern anrichten. Den Dip mit den Zitronenschalenstreifen garnieren und dazu servieren.

– 8 –

»Das lasse ich mir nicht gefallen!« Svea sprach leise ins Handy, damit ihr Vater sie nicht hörte. Sicherheitshalber hatte sie sich auch noch die Bettdecke über den Kopf gezogen.

Es war kurz vor Mitternacht, und ihr Vater hatte es endlich aufgegeben, alle paar Minuten den Kopf ins Zimmer zu stecken, um …

Ja, warum eigentlich? Glaubte er, Finn würde an der Hausfassade bis in die vierte Etage hinaufklettern, um zu ihr ins Zimmer zu steigen?

Svea hatte mit ihrem Vater kein Wort mehr gesprochen und ihn mit Nichtachtung gestraft, wenn er den Kopf ins Zimmer steckte. Das schien ihm allerdings nicht viel auszumachen. Seine Miene verriet nur allzu deutlich, dass er stinksauer war. Svea war das egal. Sie war auch sauer.

»Mein Vater ist so ein Idiot!«, sagte sie am Handy zu Finn. Ihr Vater musste vergessen haben, dass sie ihr Handy immer in der Hosentasche hatte. Svea war sich ganz sicher, dass er es ihr sonst weggenommen hätte, damit sie keinen Kontakt zu Finn aufnehmen konnte. Sie sprach ganz leise, damit Hendrik sie nicht hörte.

»Meine Mutter ist auch nicht besser«, erwiderte Finn im Flüsterton und brachte Svea damit zum Lachen.

»Warum lachst du?«, wollte er wissen.

»Weil du auch flüsterst«, sagte sie. »Du bist doch alleine zu Hause.«

»Ja, stimmt.« Finn konnte offenbar nicht lachen. »Den Urlaub können wir knicken«, sagte er mit enttäuschter Stimme. »Wer weiß, ob wir uns in den Ferien überhaupt sehen können.«

Svea verschwieg, dass ihr Vater ihr auf der Heimfahrt angedroht hatte, sie während der Ferien zu ihrer Großmutter nach Frankreich zu schicken. Er hatte sogar angedeutet, dass er mit dem Gedanken spielte, sie für immer dort zu lassen. Auch wenn er ihr für die Zeit der Sommerferien den Umgang mit Finn strikt verboten hatte, konnte er nicht verhindern, dass sie sich in der Schule wiedersehen würden. Doch für Svea war das kein Trost. Endlos lagen die Wochen der Schulferien vor ihr, und wenn sie jetzt auch noch nach Frankreich musste ... vielleicht sogar für immer ...

»Ich lasse mir die Ferien von meinem Vater nicht vermiesen«, sagte sie und vergaß in ihrem Ärger sogar, leise zu sein.

»Pst«, zischte Finn am anderen Ende sofort.

Svea schlug erschrocken die Decke zurück und verharrte sekundenlang mucksmäuschenstill. Es blieb still. Ihr Vater hatte sie glücklicherweise nicht gehört.

»Bist du noch da?«, wollte Finn wissen und brachte sie damit wieder zum Lachen. Leise und glucksend, immer die Tür im Augenwinkel, weil sie damit rechnete, dass sie jeden Moment aufgerissen wurde.

»Ich habe eine Idee«, flüsterte sie ins Handy. »Lass uns abhauen.«

Diesmal war es am anderen Ende still. Offenbar musste Finn ihre Worte verarbeiten, bevor er vorsichtig fragte: »Abhauen? Und dann? Wovon sollen wir leben?«

»Doch nicht für immer und ewig«, sagte Svea. »Wir machen unsere Ferien wie geplant, und danach fahren wir wieder nach Hause. Dann haben unsere Eltern ein paar Wochen Zeit, sich wieder zu beruhigen, und müssen einsehen, dass wir uns nicht einfach trennen lassen.«

»Ich glaube nicht, dass sie sich beruhigen, wenn wir einfach abhauen«, erwiderte Finn trocken.

»Dann ist es mir auch egal«, sagte Svea trotzig. »Wenn sie uns dann immer noch den Kontakt zueinander verbieten, hatten wir wenigstens gemeinsame Ferien.«

Finn schwieg.

»Das wäre so romantisch. Nur du und ich«, versuchte Svea ihn zu überzeugen.

Finn sagte immer noch kein Wort.

»Mein Vater will mich in den Ferien zu meiner Großmutter nach Frankreich schicken«, sagte Svea. »Ich traue ihm zu, dass er mich auch danach dort lässt und in einer französischen Schule anmeldet.«

»Gut, wir hauen ab«, sagte Finn da sofort, aber in seiner Stimme schwang eine gehörige Portion Unsicherheit mit. Svea ließ nicht zu, dass sich in ihrem Kopf Bedenken breitmachten.

»Wir müssen nur überlegen, wo wir das Geld für unsere Reise herbekommen«, sagte Finn.

»Ich habe hin und wieder etwas von meinem Taschengeld gespart«, sagte Svea, gab aber gleich darauf zu: »Viel ist es nicht.«

»Ich habe auch nur ein paar Kronen. Wir können unsere Eltern ja jetzt schlecht um Geld bitten.« Noch während Finn sprach, schien ihm die Lösung einzufallen. »Wir fahren zuerst nach Ystad«, schlug er vor. »Ich kann meinen Vater um Geld bitten.«

»Und du glaubst, er gibt es dir, wenn er erfährt, dass wir abgehauen sind?« Svea setze sich aufs Bett.

Finn lachte. »Mein Vater ist nicht so ein Spießer wie meine Mutter oder dein Vater, der hilft uns bestimmt.«

Sveas aufkeimende Erleichterung bekam einen Dämpfer, als Finn einschränkte: »Allerdings ist mein Vater meistens selber ziemlich klamm. Viel wird er uns nicht geben können.«

Finn schien nun seinerseits fieberhaft über die Lösung ihres Geldproblems nachzudenken. »Vielleicht können wir unterwegs Jobs annehmen«, schlug er vor. »Auf einem Bauernhof aushelfen oder in einer Kneipe kellnern. Es werden sich bestimmt Möglichkeiten ergeben, etwas zu verdienen.«

Das war nicht unbedingt das, was Svea sich unter schönen Ferien vorstellte. Sie wollte durch das Land reisen, ihre Heimat kennenlernen und romantische Stunden mit Finn verbringen – Aushilfsjobs passten nicht so ganz zu ihren Vorstellungen. Die Alternative, nach Frankreich geschickt zu werden und Finn nicht zu sehen, gefiel ihr aber noch weniger, und so stimmte sie zu.

»Wann hauen wir ab?«, wollte Finn wissen, der jetzt weitaus begeisterter klang, als Svea selbst es war.

Svea schaffte es gerade noch, sich hinzulegen und die Decke über das Handy zu ziehen, als die Tür zu ihrem Zimmer aufgerissen wurde. Sie hatte die Augen zwar geschlossen, blinzelte aber ein wenig und konnte die Silhouette ihres Vaters im Türrahmen erkennen. Er hat mich gehört, schoss es ihr durch den Kopf. Ihre Hand unter der Bettdecke umklammerte fest das Handy. Wenn er es ihr wegnehmen wollte, müsste er schon Gewalt anwenden.

»Ich weiß, dass du nicht schläfst«, sagte Hendrik Lundgren mit harter, lauter Stimme. »Ich habe eben einen Flug gebucht. Morgen Nachmittag fliegst du nach Nizza. Deine Großmutter weiß Bescheid, sie wird dich am Flughafen abholen.« Er drehte sich um und schloss die Tür hinter sich.

Svea war still liegengeblieben. Ihr Herz klopfte wie verrückt – vor Erleichterung, dass ihr Vater nichts von dem Telefonat mitbekommen hatte, vor Wut, weil er so eigenmächtig über sie und ihr Leben entschied, und vor Aufregung, weil ihr Vater in diesen Minuten etwas in Gang gesetzt hatte, das bis dahin nur ein vager Plan gewesen war und möglicherweise nie ausgeführt worden wäre. Wenn sie eine Nacht darüber geschlafen und morgen noch einmal in aller Ruhe darüber nachgedacht hätte, hätte sie es sich vielleicht doch noch anders überlegt.

Svea wartete eine Zeitlang, um sicherzugehen, dass ihr Vater nicht noch einmal zurückkommen würde. Dann setzte sie sich wieder auf und presste das Handy ans Ohr. »Bist du noch da?«, wollte sie flüsternd wissen.

»Ich habe alles gehört«, sagte Finn. Auch er sprach automatisch wieder leise. »Morgen früh hauen wir ab.«

»Ja, morgen früh hauen wir ab!«, bekräftigte Svea. Die Angst vor diesem Schritt war völlig verschwunden, so groß war die Wut auf ihren Vater.

Geschieht ihm ganz recht, dachte Svea trotzig und mit einem winzigen Hauch von Schadenfreude, die ihr aber sofort verging, als sie sich das Gesicht ihres Vaters vorstellte, wenn er herausfinden würde, dass sie mit Finn durchgebrannt war.

Selmas Welt

Wenn zwei sich streiten, freut sich nicht immer der Dritte. In diesem Fall sind es vielmehr der Dritte und die Vierte. Ein junges Paar, nennen wir ihn Romeo und sie Julia, das seine erste Liebe auskosten will und es nicht darf.

Warum nicht?, werden meine geneigten Leser und Leserinnen fragen.

Die Antwort ist ganz einfach: Weil Romeos Mutter ein Restaurant im Rålambshovsparken betreibt, das wiederum Julias Vater so schlecht findet, dass er seine Abneigung öffentlich kundtun musste. Ihr erinnert euch, meine lieben Leser?

Dumme Frage, natürlich wisst ihr genau, über wen ich hier schreibe. Und weil die Eltern sich nicht verstehen, dürfen die Kinder sich nicht lieben.

Romeo und Julia in Stockholm! Liebe Leser, wer hätte so etwas gedacht? Ich kann nur hoffen, dass unser Stockholmer Liebespaar sich etwas anderes einfallen lässt als das legendäre Paar aus Verona. Die Sache mit dem Giftbecher und dem Dolch mag romantisch erscheinen, aber ich plädiere auf eine moderne Lösung, die es den beiden erlaubt, ihre Liebe zu leben.

In diesem Sinne verabschiede ich mich für heute.

Wir lesen uns morgen wieder!

Selma schlug die Zeitung zu, als sie Finn aus dem Haus auf der anderen Straßenseite kommen sah. Der Junge hatte einen schweren Rucksack auf dem Rücken und sah sich vorsichtig nach allen Seiten um, als wolle er sich vergewissern, dass ihn niemand sah.

Selma hatte kaum geschlafen und stattdessen über Nacht eine Strategie entwickelt, weil sie glaubte und vor allem hoffte, dass sie hier einer tollen Story auf der Spur war. Ganz früh am Morgen hatte sie ihren Beobachtungsposten eingenommen, ohne wirklich zu wissen, was sie eigentlich beobachten wollte oder worauf sie warten sollte. Jetzt wusste sie es.

Es konnte kein Zufall sein, dass der Junge nach dem heftigen Streit gestern am frühen Morgen mit einem großen Rucksack das Haus verließ und sich dabei immer wieder schuldbewusst umsah. Was ein bisschen lästig war, weil Selma sich in einen Hauseingang zwängen musste, um nicht gesehen zu werden.

Ob sie ihn stellen sollte?

Selma verwarf diesen Gedanken wieder. Der Junge würde ihr nichts sagen, und sie selber konnte unerkannt besser agieren. Sie wartete, bis der Junge die Straßenecke erreicht hatte. Als sie vorsichtig aus dem Hauseingang hervorlugte, sah sie ihn gerade noch um die Ecke verschwinden. Ihr journalistischer Jagdinstinkt war geweckt, ließ während der Verfolgung aber rapide nach. Der Junge war schnell, trotz des Rucksacks.

Selma wusste, dass sie sich vollkommen lächerlich machte, wie sie hinter dem Jungen herhastete, immer wieder Deckung suchte und dabei heftig keuchte. Zu allem Überfluss klingelte auch noch ihr Handy.

Nur Erik Asmussen schafft es, ein Telefon so penetrant klingeln zu lassen, dachte Selma mit einem Blick auf das

Display, und im falschesten aller falschen Momente anzurufen. Sie wollte den jungen Romeo nicht entwischen lassen, musste das Gespräch aber annehmen und gleichzeitig weiter darauf achten, dass der Junge sie nicht sah.

Okay, sie hatte sich ein bisschen mehr Aufregung in ihrem Leben gewünscht, aber das war jetzt schon ein bisschen viel auf einmal.

Sie nahm das Gespräch an und presste das Handy ans Ohr. »Ja?«, sagte sie ungeduldig.

»Deine Kolumne war großartig«, vernahm sie die Stimme ihres Chefs. Ein Kompliment aus seinem Mund war selten.

»Die Telefone stehen kaum noch still. Die Leser wollen wissen, wie es mit dem Stockholmer Liebespaar weitergeht.«

»Das wüsste ich vielleicht, wenn du mich nicht gerade mit diesem Anruf gestört hättest«, sagte Selma, obwohl sie sich insgeheim geschmeichelt fühlte. »Ich verfolge unseren Romeo. Ich glaube, unser Liebespaar will abhauen.«

»Bleib dran!«, rief Erik Asmussen aufgeregt.

»Genau das habe ich vor«, erwiderte Selma und beendete das Gespräch, ohne sich zu verabschieden.

– 9 –

»Verdammt, warum geht er denn nicht ans Handy?«, fluchte Kristina.

»Schon wieder Probleme?« Mikael war ebenso wie Maj und Elin damit beschäftigt, die Reste des vergangenen Abends zu beseitigen und das Restaurant auf die kommende Schließung vorzubereiten. Ole würde gleich kommen und erste Vorbereitungen treffen, was immer darunter zu verstehen war.

»Finn meldet sich nicht«, sagte Kristina. »Vergangene Nacht, als ich nach Hause gekommen bin, hat er schon geschlafen oder zumindest so getan als ob. Und heute Morgen lag er immer noch im Bett, als ich das Haus verlassen habe.«

»Es sind Sommerferien.«

»Genau.« Kristina nickte. Sie hätte gerne noch einmal mit Finn über den vergangenen Abend gesprochen. Vor allem darüber, dass aus seinen Ferienplänen nun nichts mehr wurde. Sie gestand sich ein, dass sie darüber sogar ganz froh war. Sie wollte keine Gluckenmutter sein, aber sie hätte sich die ganze Zeit Sorgen gemacht, wenn ihr Sohn einfach so ins Blaue gefahren wäre – und das auch noch ausgerechnet mit Hendrik Lundgrens Tochter.

Kristina wählte noch einmal Finns Nummer. Zweimal hörte sie das Freizeichen, dann drückte er sie einfach weg. Immerhin, er war zumindest wach.

»Wenn du uns hilfst, werden wir schneller fertig!«, rief Maj ihr vorlaut zu.

»Maj«, mahnten Mikael und Elin gleichzeitig.

Kristina grinste. »Ist schon gut, sie hat ja recht.«

Kristina schloss sich ihrem Team an, und zusammen arbeiteten sie Hand in Hand. Die noch vorhandenen Lebensmittel wurden aufgeteilt. Kristina erlaubte ihren Mitarbeitern, alles mitzunehmen, was sie haben wollten. In zwei Wochen würden sie ohnehin alles frisch einkaufen müssen.

Zwischendurch versuchte Kristina noch zweimal, ihren Sohn zu erreichen. Er schien jedoch sehr beleidigt zu sein und drückte sie jedes Mal weg.

Kristina musste sich gedulden, bis sie nach Hause kam. Allerdings würde das noch ein bisschen dauern. Während die anderen sich in ihren Zwangsurlaub verabschiedeten, musste sie hierbleiben und auf Ole warten.

Mikael und Elin verabschiedeten sich mit einer Umarmung, und auch Maj umarmte Kristina herzlich. »Ich werde dich vermissen«, sagte sie.

Kristina spürte einen Kloß im Hals.

»Ich habe hier noch etwas für dich.« Maj zog zwei zusammengefaltete und verknitterte Zettel aus der Gesäßtasche ihrer Jeans. »Ich weiß ja, wie gerne du neue Rezepte ausprobierst. Das eine Rezept habe ich in einem Kochbuch gefunden und selbst ausprobiert. Das ist total lecker. Das andere ist das Rezept für einen Kuchen, den meine Oma immer für mich gebacken hat. Sie nannte ihn Majs Traumkuchen.«

»Du kochst und backst?« Das war eine völlig neue Seite, die Kristina da gerade an ihrer Mitarbeiterin entdeckte.

Maj errötete. »Sogar ziemlich gerne«, gab sie zu.

»Ich werde die Rezepte auf jeden Fall zu Hause ausprobieren«, sagte Kristina und schloss das Mädchen noch einmal in die Arme.

Ein paar Minuten später war sie allein. Sie wartete auf Ole, aber von dem war noch nichts zu sehen, und so vertiefte sie sich in Majs Rezepte.

Pfifferling-Hack-Auflauf

Für den Teig:
50 g Butter
240 g Mehl
150 ml Milch
2 TL Backpulver

Für die Füllung:
500 g Rinderhackfleisch
250 g Pfifferlinge
2 große Schalotten
2 Knoblauchzehen
1 EL Olivenöl
Pfeffer und Salz

Für die Soße:
250 g Crème fraîche
250 g saure Sahne
4 EL Mayonnaise
200 g Parmesan
1 EL Speisestärke
Petersilie und Schalotte zum Verzieren

Für den Teig:

Alle Zutaten mischen und zu einem glatten Teig verkneten. Eine Arbeitsfläche mit Mehl bestäuben, den Teig darauf ausrollen. Rand und Boden einer Springform von 24 cm Durchmesser mit dem Teig auskleiden.

Für die Füllung:

Die Pfifferlinge säubern. Die Schalotten schälen und in dünne Ringe schneiden. Die Knoblauchzehen schälen und hacken.

Öl in einer hohen Pfanne erhitzen. Zwiebeln, Knoblauch und Pilze darin gut anbraten. Einige Pilze zum Verzieren herausnehmen. Hackfleisch in einer zweiten Pfanne anbraten, mit dem Inhalt der ersten Pfanne vermengen und mit Pfeffer und Salz würzen. Alles auf dem ungebackenen Teig verteilen.

Für die Soße:

Crème fraîche, saure Sahne, Speisestärke und Mayonnaise in einer Schüssel verrühren, salzen und pfeffern. Auf der Hackfleischmischung verteilen und mit Parmesan bestreuen. Den Auflauf bei 200 °C 30 bis 40 Minuten backen.

Mit fein gehackter Schalotte, den beiseitegelegten Pfifferlingen und Petersilie garnieren.

Majs Traumkuchen

Für den Boden:
300 g Mehl
250 g Butter
250 g Zucker
5 Eier
1 Päckchen Backpulver
1 Päckchen Vanillinzucker

Für die Streusel:
150 g Mehl
150 g Zucker
150 g Butter oder Margarine
50 g Kakao
4–6 EL Puderzucker

Butter, Zucker und Vanillinzucker schaumig rühren. Die
Eier einzeln unterrühren. Mehl und Backpulver miteinander vermischen und ebenfalls einrühren. Den Teig auf
einem gefetteten Blech verteilen.

Alle Streuselzutaten miteinander verkneten und gleichmäßig auf dem Teig verteilen.

Kuchen bei 180 °C Umluft 20 Minuten backen, abkühlen
lassen und mit Puderzucker bestreuen.

– 10 –

Ihre Handys klingelten gleichzeitig, und gleichzeitig drückten sie die Anrufer weg.

»Dein Vater?«, fragte Finn.

Svea nickte. »Deine Mutter?«, stellte sie die Gegenfrage.

Diesmal nickte Finn, schaute wieder auf das Display seines Handys und dann die Gleise entlang in die Richtung, aus der sie den Zug erwarteten. »Bist du sicher, dass wir das Richtige tun?«, fragte er.

»Klar«, sagte Svea mit weitaus mehr Überzeugung in der Stimme, als sie wirklich empfand. »Deine Mutter und mein Vater müssen endlich einsehen, dass sie uns nicht mehr wie Kleinkinder behandeln können.«

»Ja.« Finn nickte und schaute weiter die Gleise entlang.

Svea fragte sich, ob er die Ankunft des Zuges kaum noch erwarten konnte oder ob er vielmehr Angst vor ihrer geplanten Flucht hatte.

Das heißt, geplant hatten sie eigentlich gar nichts.

In der vergangenen Nacht war die Wut auf ihren Vater übermächtig gewesen, der Wunsch, ihm zu zeigen, dass sie sich sein selbstherrliches Verhalten nicht mehr gefallen ließ. Heute Morgen hatte sie zum Nachdenken keine Zeit gehabt, weil sie möglichst schnell ihre Sachen zusammenpacken und zusehen musste, dass sie ungesehen aus der Wohnung kam.

Jetzt meldeten sich die ersten Zweifel, die Frage, wie sie das durchstehen sollten. Noch war es nicht zu spät, wieder umzukehren.

445

»Willst du wieder zurück?«, fragte sie Finn mit ängstlicher Stimme. Sie hoffte fast, dass er ja sagen würde, aber offensichtlich deutete er den Klang ihrer Stimme ganz falsch. Vermutlich dachte er, sie hätte Angst, dass er es sich anders überlegen könnte.

Mit großen Augen sah er sie an und schüttelte den Kopf. »Nein!«, sagte er.

»Ich dachte nur ...« Svea verstummte, fuhr aber gleich darauf fort. »Weil du so still bist.«

Sie gab ihm eine letzte Chance, zuzugeben, dass er Stockholm eigentlich nicht verlassen wollte, aber zu Sveas Enttäuschung ergriff Finn sie nicht. »Ich rede so früh am Morgen nie viel«, sagte er stattdessen.

Der Zug fuhr ein. Die aussteigenden Reisenden vermischten sich mit denen, die einsteigen wollten. In dem Gedrängel und Geschubse konnten sie nicht mehr miteinander reden. Finn zwängte sich in den Zug, Svea folgte ihm – und jetzt gab es kein Zurück mehr.

Selmas Welt

In Selmas Welt sind Romeo und Julia zwei moderne junge Menschen, die gar nicht daran denken, sich das Leben zu nehmen, nur weil ihre Eltern verfeindet sind und ihrer Liebe nicht zustimmen wollen. In Selmas Welt beschließen diese beiden jungen Menschen einfach, ihr Geschick selbst in die Hand zu nehmen, und reißen aus.

Keine Ahnung, wie die Entwicklung dieser Geschichte Shakespeare gefallen hätte, aber mir gefällt sie außerordentlich gut. Meine Julia und mein Romeo stehen gerade am Bahnhof, und anstatt einen komplizierten Scheintod zu inszenieren, der am Ende nur mit dem wirklichen Tod der Hauptfiguren endet, lösen die beiden eine Fahrkarte nach Ystad.

»Warum sie ausgerechnet dorthin wollen und was sie weiter vorhaben, das entzieht sich leider meiner Kenntnis ...«

»... darüber werde ich morgen berichten«, fiel Erik Asmussen ihr ins Wort. Selma hatte ihm den Text vorgelesen, den sie ihm gleich über ihr Smartphone schicken wollte, während sie Romeo und Julia aus sicherem Abstand beobachtete. Die beiden jungen Leute wirkten sehr nervös. Romeo machte auf Selma sogar den Eindruck, als wäre er unschlüssig, ob er das Richtige tat. Julia hingegen machte trotz aller Nervosität einen entschlossenen Eindruck und redete immer wieder auf ihn ein. Selma überlegte, ob sie sich den beiden ungesehen nähern konnte, um zu hören, was sie miteinander besprachen.

»Wir lesen uns morgen wieder!«, verbesserte Selma ihren Chefredakteur.

Die Halle des Stockholmer Hauptbahnhofs – Stockholm C, wie er kurz und bündig von den Stockholmern genannt wurde – bot trotz aller Geschäftigkeit der umhereilenden Reisenden eine romantische Bühne für ihre Julia und ihren Romeo. Das geschwungene Dach bildete einen Bogen über der Halle. Die beiden standen bei dem Brunnen mitten in der Halle und vermittelten Selma einen Hauch des romantischen Veronas, wo Romeo und Julia ein heimliches Stelldichein hatten.

Selma selbst lehnte an einer der vielen Säulen an der Längswand der Halle. Zwischen den Schaltern und Geschäften wirkte sie wie eine der anderen Reisenden und konnte die beiden jungen Leute beobachten, ohne dass die sie bemerkten. Dazu waren sie wahrscheinlich auch viel zu sehr mit sich selbst beschäftigt.

»Du bleibst dran!«, verlangte Erik Asmussen.

»Die beiden sind auf dem Weg nach Ystad«, erklärte Selma ihrem Chef, obwohl sie ihm das eben erst vorgelesen hatte.

»Genau!« Erik Asmussens Stimme klang richtig fröhlich. »Und da fährst du jetzt auch hin.«

»Ystad«, sagte Selma noch einmal, diesmal leicht hysterisch. »Ich müsste doch erst mal ein paar Sachen einpacken, und außerdem ... «

»Kauf dir unterwegs, was du brauchst«, fiel Erik Asmussen ihr ins Wort. »Ich lasse dir ein Spesenkonto einrichten.«

Spesenkonto? Das klang nicht schlecht. Selma fand langsam Gefallen an dieser ganz besonderen Story, die, wie Erik

Asmussen jetzt noch einmal versicherte, genau den Nerv der Leser traf.

»Mach was draus«, verlangte er. »Und ich will ab sofort mehrere Kolumnen am Tag. Wir müssen das Sommerloch füllen.«

»Ich muss los«, sagte Selma hastig, als Romeo und Julia ihre Sachen packten und sich in Bewegung setzten. Wie die beiden in Wirklichkeit hießen, wusste Selma nicht, aber sie würde es schon noch herausfinden. Sie unterbrach ihr Telefonat und besorgte sich in aller Eile selbst ein Ticket nach Ystad, bevor sie ganz in der Nähe des jungen Paares auf dem Bahngleis auf den Zug wartete.

– 11 –

»Wo ist meine Tochter?«

Mit diesen Worten stürmte Hendrik Lundgren ins Restaurant. Wütend starrte er Kristina an, die sich gerade schrecklich langweilte, weil sie aus purer Höflichkeit Ole Håkanssons Erklärung über den Unterschied zwischen Wechselstrom und Drehstrom lauschte. Ihr war nur wichtig, dass ihre elektrischen Geräte funktionierten, mit welcher Art von Strom war ihr völlig egal. Das einzig Positive, das sie diesem Vortrag abgewinnen konnte, war Oles offensichtliche Hingabe an seinen Job. Er schien sich in seinem Metier ebenso wohlzufühlen wie sie selbst sich am Herd.

Die ganze Zeit hatte sie sich gewünscht, dass Ole durch irgendetwas in seinem Monolog unterbrochen würde, aber jetzt wurde ihr klar, dass man sich gut überlegen sollte, was man sich wünscht, weil Wünsche in Erfüllung gehen können.

Hatte sie in einem früheren Leben etwas Schlimmes angestellt und wurde jetzt dafür bestraft? Oder warum sonst lief ihr ständig dieser übelgelaunte Mann über den Weg? Da war ihr Oles Vortrag noch lieber.

»Woher soll ich das wissen?«, erwiderte sie mürrisch.

Ole Håkansson hatte aufgehört zu reden und schaute neugierig zwischen Kristina und Hendrik hin und her.

»Reden Sie keinen Unsinn!«, fuhr Hendrik sie an. »Meine Tochter treibt sich garantiert wieder mit Ihrem Sohn herum. Ich will wissen, wo meine Tochter ist.« Mit jedem Wort wurde er lauter.

»Ich sagte Ihnen bereits, dass ich das nicht weiß«, gab Kristina in gleicher Lautstärke zurück.

Hendrik Lundgren lachte höhnisch auf. »Meine Tochter ist heute Morgen verschwunden. Sie hat mir eine Nachricht hinterlassen, dass sie sich den Kontakt zu Ihrem Sohn nicht verbieten lassen würde. Ich will sofort wissen, wo die beiden sind!«

Kristina wurde unsicher. »Vielleicht ist sie ja wirklich bei Finn. Ich habe keine Ahnung, ich bin seit dem frühen Morgen hier. Ihre Tochter hat doch bestimmt ein Handy.«

»Als ob ich das nicht schon versucht hätte. Sie geht nicht ran.«

»Warum wohl nicht?«, murmelte Kristina.

Ole verfolgte noch immer gespannt das Gespräch und blickte erwartungsvoll zu Hendrik, doch der sagte diesmal nichts, sondern starrte Kristina weiter wütend an.

»Na gut«, sagte Kristina und zog ihr eigenes Handy aus der Tasche ihrer Jeans. »Ich versuche noch einmal, Finn anzurufen.« Sie wählte und lauschte anschließend dem Freizeichen. Finn meldete sich auch diesmal nicht, nur seine Mailbox schaltete sich ein.

»Finn, wenn du das abhörst, dann ruf mich sofort an.«

»Habe ich von Svea auch verlangt«, sagte Hendrik Lundgren mit zusammengezogenen Brauen. »Auf den Rückruf warte ich immer noch.«

Ole sah wieder zu Kristina, und diesmal wandte sie sich an ihn. »Wir haben ja hier alles geklärt«, sagte sie.

Ole nickte, aber es war ihm deutlich anzusehen, dass er es sehr bedauern würde, wenn das Gespräch zwischen Kristina und Hendrik jetzt ohne ihn fortgesetzt werden sollte.

451

»Gut!« Kristina sprach jetzt vor allem zu sich selbst, während sie gleichzeitig versuchte, das ungute Gefühl, das sich mehr und mehr in ihr breitmachte, zu unterdrücken. »Das Restaurant bleibt in den nächsten beiden Wochen geschlossen, und Sie können in Ruhe arbeiten.«

Dann wandte sie sich wieder an Hendrik Lundgren und nickte ihm knapp zu. »Und ich fahre jetzt nach Hause, um nach meinem Sohn zu sehen. Sollte Svea wirklich bei ihm sein, werde ich Sie informieren.«

Hendrik Lundgren stieß einen undefinierbaren Laut aus. »Das könnte Ihnen so passen. Ich komme mit und kontrolliere höchstpersönlich, ob Svea bei Ihrem Sohn ist.«

Kristina war müde und erschöpft. Der vergangene Abend war erfolgreich, aber auch sehr anstrengend gewesen, und vor ihr lagen zwei Wochen, in denen sie keine Einnahmen erzielen konnte. Sie hätte Hendrik Lundgren gerne gesagt, dass er sich zum Teufel scheren sollte, aber sie hatte keine Kraft, sich noch länger mit ihm auseinanderzusetzen. Sie nickte ihm einfach nur knapp zu und ging nach draußen. Sie spürte, dass er ihr folgte, sah sich aber nicht nach ihm um. Auf dem Parkplatz setzte sie sich in ihren Wagen und schaute kurz in den Rückspiegel. Er stand hinter ihrem Auto, wirkte unentschlossen, ging dann aber zu seinem eigenen Wagen, den er direkt vor dem Eingang geparkt hatte, und stieg ein.

Kristina startete den Motor und fuhr los. Inständig hoffte sie, dass Svea nicht bei Finn war, weil das diesen nervigen Kleinkrieg mit Hendrik Lundgren nur noch verschlimmern würde. Auch wenn sie nichts dafür konnte, würde er sie garantiert für das Verhalten seiner eigenen Tochter verantwortlich machen und ihr Restaurant alleine aus diesem Grund in aller Öffentlichkeit schlechtreden.

Kristina stöhnte laut auf. Bilder aus ihrer eigenen Jugend waren plötzlich wieder da. Ihre Liebe zu Dag, der erbitterte Widerstand ihrer Eltern. Ihr Vater hätte damals alles getan, um sie und Dag zu trennen – und Hendrik Lundgren war letztendlich auch nur ein Vater, der sich Sorgen um seine Tochter machte.

»Nein!«, sagte sie laut und schlug mit der rechten Faust auf das Lenkrad. Sie musste kein Verständnis haben. Finn würde eine Frau nie so behandeln, wie sein Vater es mit ihr getan hatte. Sie hatte ihn erzogen, die ganzen Jahre um sich gehabt, und sie war sich sicher, dass ihn ihre Erziehung mehr prägte als die Gene seines Vaters.

Immer wenn sie in den Rückspiegel sah, war Hendrik Lundgren ganz dicht hinter ihr. Ob er Angst hatte, dass sie Gas gab und versuchte, ihn in einer wilden Verfolgungsjagd durch Stockholm loszuwerden? Als ob sie ihm mit ihrem Uraltauto entkommen konnte. Natürlich fuhr ein erfolgreicher Kritiker wie Hendrik Lundgren eine schwere Limousine, und Kristina fühlte sich durch die Art und Weise, wie er sie verfolgte, geradezu bedrängt. Ihre Blicke begegneten sich kurz in ihrem Rückspiegel, seine Lippen verzogen sich zu einem höhnischen Grinsen. Zumindest kam es Kristina so vor, und wieder brach eine Welle der Abneigung gegen diesen Mann über sie herein.

Sie hatte Svea gestern erst kennengelernt und sie war ihr nicht unsympathisch, ganz im Gegenteil. Trotzdem hoffte Kristina, dass ihr Sohn sich ganz schnell in ein anderes Mädchen verlieben und Hendrik Lundgren damit endgültig aus ihrem Leben verschwinden würde. Dieser Mann setzte einfach zu viel negative Energie in ihr frei. Immer wenn er sie aufsuchte oder vielmehr heimsuchte, zeigte sie sich von einer ganz neuen Seite, die ihr nicht besonders sympathisch war.

Es gab nur noch eine Parklücke vor ihrem Haus. Kristina stellte ihren Wagen dort ab und sah, wie Hendrik Lundgren langsam an ihr vorbeifuhr und nach einem freien Parkplatz suchte. Ihre Schadenfreude gehörte eindeutig zu der neuen Kristina.

Sie stieg aus dem Wagen, schaute sich nicht nach ihm um und wartete auch nicht auf ihn. Trotzdem stand er plötzlich wieder neben ihr, als sie gerade die Haustür aufschloss, und folgte ihr unaufgefordert durchs Treppenhaus bis zu ihrer Wohnungstür. Sogar in ihre Wohnung folgte er ihr. Laut und fordernd rief er den Namen seiner Tochter. Eine Antwort erhielt er nicht.

Ungeniert riss Hendrik die Tür zum Badezimmer auf und eilte gleich darauf auf ihre Schlafzimmertür zu. Kristina hatte endgültig genug. Sie drängte sich an ihm vorbei und stellte sich ihm in den Weg. »Es reicht!«, fauchte sie. »Das hier ist meine Wohnung.«

Möglicherweise sollte es ein entschuldigendes Lächeln sein, das Hendrik Lundgren ihr zeigte, aber für Kristina sah es so aus, als würde er die Zähne fletschen. Sie stand mit dem Rücken zur Schlafzimmertür, er angelte an ihr vorbei nach der Klinke und drückte sie herunter.

Die Tür flog auf und gab den Blick auf das Chaos frei, das sie am Morgen hinterlassen hatte. Kristina hatte das Bett nicht gemacht, sie wusste, dass ihr dünnes Nachthemd irgendwo auf dem Boden lag und wahrscheinlich auch der BH, den sie gestern getragen hatte. Seinem Blick, der über ihre Schulter hinweg durch den Raum glitt, schien nicht das kleinste Detail zu entgehen.

»Sie sind unverschämt!«, fuhr sie ihn an, aber das schien ihn nicht zu stören. Er ging weiter zu Finns Zimmertür und riss sie auf. Kristina folgte ihm schnell, wusste nicht, womit sie zu rechnen hatte. Normalerweise schlief Finn an den Wochenenden und in den Ferien bis in die Mittagsstunden. War er alleine? Oder war Svea bei ihm?

Kein Wunder, dass das Mädchen weggelaufen war, bei einem solchen Vater. Ob er bei sich zu Hause auch ohne anzuklopfen in das Zimmer seiner Tochter stürmte?

Hendrik Lundgren war stehengeblieben und verdeckte ihr die Sicht ins Zimmer. Als Kristina sich an ihm vorbeidrängte, sah sie, dass das Zimmer leer war. Einen Sekundenbruchteil vor ihm bemerkte sie den Zettel auf Finns Schreibtisch. Schnell nahm sie ihn an sich und las Finns kurze Nachricht:

Ich weiß, dass du jetzt sauer bist, aber Svea und ich lieben uns, und weil wir wissen, dass ihr gegen unsere Liebe seid und alles unternehmen werdet, um uns zu trennen, wollen wir wenigstens die Ferien gemeinsam verbringen. Such nicht nach mir, du wirst mich sowieso nicht finden.

Kristina übersah die ausgestreckte Hand Hendrik Lundgrens und ließ den Zettel sinken. »Sie sind weg«, murmelte sie tonlos.

Hendrik Lundgren riss ihr einfach den Zettel aus der

Hand und las die wenigen Zeilen. »Hab ich mir doch gedacht«, sagte er wütend, als er Kristina den Zettel zurückgab. »Daran ist allein Ihr Sohn schuld. Er hat meiner Tochter den Kopf verdreht und sie dazu gebracht, abzuhauen. Sie hat überhaupt kein Geld, und abgesehen davon wäre sie auch nie auf eine solche Idee gekommen.«

»Reden Sie sich das nur weiter ein«, sagte Kristina böse, »anstatt sich darüber zu wundern, dass sie nicht schon längst weggelaufen ist. Welches Kind kann es schon bei einem Vater wie Ihnen aushalten?«

Sie sah ihm an, dass sie ihn diesmal richtig getroffen hatte. Die neue Kristina registrierte das mit Genugtuung, während sich gleichzeitig Mitleid in der alten Kristina regte. Zwei Gefühle, die miteinander rangen.

Möglicherweise hätte die alte Kristina, die Hendrik Lundgren in ihrer eigenen mütterlichen Sorge sogar verstand, gesiegt, wenn er nicht in seiner gewohnt überheblichen Art gekontert hätte: »Was wollen Sie mir eigentlich vorwerfen? Immerhin hat es Ihr eigener Sohn auch nicht mehr bei Ihnen ausgehalten.«

»Gehen Sie jetzt bitte!«, forderte Kristina ihn auf. Ein ganzer Tag im Hochsommer hinter dem Herd machte sie nicht so fertig wie die Auseinandersetzungen mit diesem Mann. Er sollte einfach nur gehen, damit sie in Ruhe nachdenken konnte.

»Ich will wissen, wo meine Tochter ist.«

»Sie konnten sich gerade selbst davon überzeugen, dass mein Sohn auch verschwunden ist«, sagte sie mit erhobener Stimme, »und ich weiß ebenso wenig wie Sie, wo die beiden sind.«

»Wirklich nicht?«, hakte er sofort nach und sah ihr dabei unverwandt ins Gesicht.

Nein, Kristina wusste es wirklich nicht. Sie hatte nur eine vage Ahnung, aber das würde sie diesem Mann gewiss nicht verraten. Erst wollte sie sich selbst vergewissern. Doch es gelang ihr nicht, seinem Blick standzuhalten. Sie wich ihm aus, und er schien daraufhin zu glauben, dass sie den Aufenthaltsort ihrer Kinder kannte. Hart gruben sich seine Finger in ihren Oberarm.

»Sie sagen mir sofort, wo meine Tochter ist!«

Kristina schaute auf die Hand, die ihren Arm umfasste, dann sah sie ihm ins Gesicht.

Seine Miene veränderte sich schlagartig. Er ließ sie los, trat einen Schritt zurück. »Entschuldigen Sie bitte.«

Kristina hätte ihn nicht für fähig gehalten, eine Entschuldigung auszusprechen. Er überraschte sie damit, aber es besänftigte sie nicht. Sie konnte seine Anwesenheit einfach nicht mehr ertragen.

»Verschwinden Sie«, sagte sie mit erstickter Stimme. »Sofort!«

Er kam ihrer Aufforderung tatsächlich nach und überraschte sie damit ein zweites Mal. Sie sah ihm nach, als er Finns Zimmer verließ, und hörte kurz darauf die Haustür ins Schloss fallen. Sie atmete auf, aber erleichtert fühlte sie sich nicht. Nur sehr alleine mit all ihren Sorgen.

Kristina stand mitten im Zimmer ihres Sohnes, den Zettel mit seiner Nachricht immer noch in der Hand, und dachte nach. »Finn, was machst du nur?«, murmelte sie.

Kristina wusste, dass ihr Sohn so gut wie kein Geld hatte, und Hendrik Lundgren hatte ihr eben gesagt, dass seine

Tochter auch kaum Ersparnisse hatte. Die beiden mussten sich aber irgendwie ihre Ferien finanzieren. Finn hatte seinen Vater um Geld bitten wollen. Ob er ihn angerufen hatte?

Kristina ließ den Zettel fallen und angelte das Handy aus ihrer Jeanstasche. Auch wenn sie nur selten mit ihm telefonierte – und wenn, dann nur, um über ihren gemeinsamen Sohn zu sprechen –, hatte sie Dags Nummer eingespeichert. Bereits nach dem zweiten Klingelzeichen meldete sich jemand am anderen Ende der Leitung. Es war aber nicht Dag.

»Hallo«, sagte eine sehr junge weibliche Stimme, und Kristina hatte sofort ein Bild vor ihrem inneren Auge. Höchstens zwanzig, langbeinig, lange blonde Haare. Das war genau der Typ, auf den Dag stand.

»Kann ich bitte Dag sprechen?«

»Dag ist nicht da«, kam es verhalten zurück.

»Wann ist er zurück?«, wollte Kristina wissen.

»Keine Ahnung.« Eifersucht schlug ihr aus jedem Wort entgegen. Kristina seufzte tief auf.

»Ich will nur wissen, ob sich Finn, sein Sohn, bei ihm gemeldet hat«, versuchte Kristina die Situation zu entschärfen, indem sie den Grund ihres Anrufs erklärte. »Es ist wirklich wichtig.«

»Keine Ahnung«, kam es um keinen Deut freundlicher zurück. »Ich kann Dag ja sagen, dass er sich melden soll.«

»Ja, bitte«, sagte Kristina und fügte noch hinzu: »Es ist wirklich sehr wichtig.«

»Okay.« Das Mädchen hatte es offenbar eilig, das Telefonat zu beenden. Es würde Dag nichts von ihrem Anruf sagen, davon war Kristina überzeugt.

Sie schaute auf ihre Armbanduhr. Es war jetzt kurz vor Mittag. Bis Ystad würde sie sieben bis acht Stunden brauchen. Sollte sie wirklich auf gut Glück losfahren? Oder lieber später noch einmal versuchen, Dag anzurufen? Andererseits kam es oft vor, dass Dag mit seinen Surfschülern bis zum Abend am Wasser blieb und anschließend mit den hübschesten Mädchen aus seiner Gruppe durch die Clubs zog. Wenn Finn seinen Vater vor ihr antraf und Geld von ihm bekam, würden er und Svea möglicherweise mit einem gehörigen Vorsprung weiterziehen, und sie hatte keine Ahnung, wo sie dann noch nach ihrem Sohn suchen sollte.

Kristina hatte noch immer ihr Handy in der Hand und wählte jetzt die Nummer ihres Sohnes. Auch diesmal meldete sich nur seine Mailbox am anderen Ende.

»Bitte, Finn«, bat sie eindringlich. »Ich mache mir Sorgen. Ruf mich bitte an!«

Kristina wartete nicht mehr. Sie packte ein paar Sachen in ihre Reisetasche, nicht nur für die Übernachtung in Ystad, die sich wohl nicht vermeiden lassen würde, sondern gleich ein paar Sachen mehr. Das *Kristinas* war geschlossen, und vielleicht konnte sie doch ein paar Ferientage dranhängen, wenn sie ihren Sohn erst einmal gefunden hatte.

Was dann mit Svea passieren sollte, darüber konnte und wollte sie jetzt nicht nachdenken. Das Mädchen musste natürlich zurück zu seinem Vater, aber Kristina wusste bereits jetzt, dass Finn ihr das nicht so einfach verzeihen würde. Umgekehrt würde es ihr wahrscheinlich gelingen, seine Zuneigung zurückzugewinnen, wenn sie Svea nicht nach Hause schickte, und gleichzeitig konnte sie es Hendrik Lundgren damit so richtig heimzahlen.

Auch wenn dieser Gedanke sehr reizvoll war, wusste Kristina, dass sie dazu nicht fähig wäre. So unsympathisch ihr Sveas Vater auch war, seine Sorge um das einzige Kind konnte sie nachvollziehen.

Kristina konzentrierte sich nur noch auf das, was unmittelbar vor ihr lag: Reisetasche packen, online ihren erschreckend niedrigen Kontostand checken, nachsehen, ob alle Elektrogeräte ausgeschaltet waren, und sich auf den Weg machen. Sie warf die Reisetasche auf den Rücksitz ihres Wagens und setzte sich hinter das Lenkrad. Sie hatte den Schlüssel des Restaurants dabei und wollte zuerst zu Mikael fahren, um ihn zu bitten, die Reparaturarbeiten während ihrer Abwesenheit zu beaufsichtigen.

Ihre ganze blitzschnelle Planung geriet in Gefahr, als sie den Zündschlüssel ins Schloss steckte und herumdrehte. Der Motor gurgelte kurz und verstummte dann mit einem gequälten Stöhnen.

»Nein«, jammerte Kristina. »Das nicht auch noch.«

Und als wäre das alles nicht schon schlimm genug, klopfte Hendrik Lundgren gegen die Seitenscheibe und blickte stinksauer zu ihr in den Wagen.

Kristina kurbelte das Fenster herunter. »Was ist?«, herrschte sie ihn an.

»Hab ich es mir doch gedacht! Sie wissen, wo die beiden sind.«

Kristina schwieg, hielt seinem verärgerten Blick stand.

»Ich will sofort wissen, wo meine Tochter ist.«

»Ich-weiß-es-nicht«, sagte sie langsam und sehr betont, dann drehte sie noch einmal den Zündschlüssel herum. Sie war überrascht und erleichtert zugleich, dass der Motor diesmal ohne weiteres Murren ansprang. Sie setzte den Blinker, konnte aber nicht aus der Parklücke fahren, weil Hendrik Lundgren immer noch neben dem geöffneten Seitenfenster stand.

»Ich gehe keinen Schritt zur Seite, bis Sie mir sagen, wo meine Tochter ist.«

Kristina sagte nichts, schaute ihn mit zusammengezogenen Brauen an und trat ein paar Mal aufs Gaspedal. Der Motor heulte auf.

Hendrik Lundgren bewegte sich nicht vom Fleck. »Sie müssten mich schon umfahren, um hier wegzukommen.«

»Führen Sie mich nicht in Versuchung«, sagte Kristina drohend.

Vielleicht lag etwas in ihrem Blick, dass ihn umstimmte, vielleicht hatte er es sich aber auch aus anderen Gründen anders überlegt. Jedenfalls trat er tatsächlich zur Seite und ließ sie fahren.

Mikael wohnte in einer kleinen Einzimmerwohnung auf Langholmen. Unterwegs rief Kristina ihn an und kündigte ihr Kommen an.

Auf der Västerbron, die Södermalm und Langholmen miteinander verband, sah Kristina im Rückspiegel, dass sich ein Auto rasant näherte und unmittelbar hinter ihr das Tempo drosselte. Sie stöhnte laut auf, als sie Hendrik Lundgren erkannte, der an ihrer Stoßstange zu kleben schien. Wie ein Bluthund hatte er sich auf ihre Fährte gesetzt, und Kristina erkannte die Entschlossenheit in seinem Blick. Er würde nicht aufgeben, bis er seine Tochter gefunden hätte, und sie war die einzige Spur, die ihn zu Svea führen konnte.

Kristina war gespannt, ob er ihr auch in Mikaels Wohnung folgen würde, aber er parkte lediglich hinter ihr und blieb in seinem Wagen sitzen, als sie ausstieg und auf das Haus zuging. Sie drehte sich nicht nach ihm um, aber sie spürte seine Blicke in ihrem Rücken.

Mikael öffnete sofort die Tür, als sie klingelte. Er trat zur Seite und ließ sie in sein Reich eintreten: ein großer, heller Raum, unterteilt in einen Schlaf- und einen Wohnbereich. Große Fenster und eine gläserne Balkontür auf der rechten Seite ließen das helle Sonnenlicht in den Raum. Über der Küchenzeile auf der linken Seite befand sich ein großes, rundes Fenster in Form eines Bullauges. Von hier aus konnte Mikael über den Riddarfjärden schauen, eine Aussicht, um die Kristina ihn jedes Mal beneidete, wenn sie bei ihm war.

Im Augenblick nahm sie aber vor allem das wahr, was sich auf der Küchenzeile befand. Sie hatte Mikael offenbar bei der Zubereitung seines Mittagessens gestört, und prompt meldete sich ihr Magen. Sie hatte heute noch nichts zu sich genommen außer einer Tasse Kaffee.

Es war ihr peinlich, dass Mikael das verräterische Grummeln ihres Magens hörte. Er lachte. »Hast du Hunger?«

»Und wie!« Kristina seufzte. »Aber das ist jetzt auch egal. Ich habe es eilig und werde mir unterwegs irgendwo einen Snack besorgen.«

»Kommt überhaupt nicht infrage.« Mikael wies auffordernd auf den kleinen Tisch mit den beiden Stühlen, der vor der Küchenzeile stand. »Du isst jetzt zusammen mit mir, und dabei erzählst du mir, warum du überhaupt hier bist und wohin du so eilig willst. Ich probiere übrigens gerade ein neues Rezept für das *Kristinas* aus. Einen Sommersalat. Da kannst du gleich mal testen, ob wir den so übernehmen.«

Während Mikael den Salat vorbereitete, berichtete ihm Kristina, was an diesem Morgen schon wieder alles vorgefallen war. Mikael erklärte sich sofort bereit, die Reparaturarbeiten im *Kristinas* zu beaufsichtigen, bis sie wieder nach Hause kam. Er riet ihr, sich noch ein paar Tage Erholung zu gönnen, sobald sie Finn gefunden hatte.

»Mach dir keine Sorgen, alles wird gut«, sagte er.

Kristina hätte sich gerne von seiner Zuversicht anstecken lassen, aber sie hatte das Gefühl, dass alles immer nur noch schlimmer wurde und sie von einer Katastrophe in die nächste schlidderte.

Als sie erzählte, dass Hendrik Lundgren unten auf sie wartete, wahrscheinlich in der Absicht, sie nicht mehr aus den Augen zu lassen, lachte Mikael laut auf.

»Ich finde das gar nicht lustig!« Kristina schüttelte den Kopf. »Am liebsten würde ich ... Ach, ich weiß gar nicht, was ich am liebsten würde. Ich habe diesen Kerl so satt.«

»Probieren.« Mikael stellte einen Teller mit seinem Sommersalat vor sie, holte Besteck, legte ein frisches Baguette mitten auf den Tisch und stellte zwei gefüllte Wassergläser dazu.

Kristina probierte den Salat. Er schmeckte hervorragend. Fruchtig, mit einer pikanten Note. Ihre Leidenschaft als Köchin war geweckt, und so vergaß sie wenigstens für eine halbe Stunde alle Probleme, während sie mit Mikael aß und sein Rezept besprach.

Mikaels Sommersalat

2 Scheiben Ananas aus der Dose
1 säuerlichen Apfel
1 Birne
1 Apfelsine
1 Tomate
100 g tiefgefrorene Erbsen
2 hartgekochte Eier
50 g Weintrauben
100 g Mayonnaise
100 ml Schlagsahne
1–2 EL Ananassaft
Salz
Pfeffer
Blattsalat zum Garnieren

Den Apfel, die Birne und die Apfelsine schälen, das Fruchtfleisch und die Ananasscheiben in kleine Würfel schneiden. Die Tomate in Achtel teilen. Alles in einer Schüssel vermischen.

Weintrauben halbieren und entkernen und mit den aufgetauten Erbsen in die Schüssel geben.

Die Eier schälen, in Scheiben schneiden und vorsichtig mit dem Obst-Gemüsesalat vermischen.

Die Sahne schlagen, mit der Mayonnaise und ein wenig Ananassaft vermischen. Mit Salz und Pfeffer abschmecken. Vorsichtig die Soße unter den Salat heben.

Mit Blattsalat garnieren.

– 12 –

Voller Elan war Svea in ihr Abenteuer gestartet. Jetzt war sie nur noch müde und sehr hungrig. Leider reichte ihr Geld nicht aus, um irgendwo etwas essen zu gehen. Fast alles, was sie zusammengelegt hatten, war für ihre beiden Zugtickets draufgegangen.

Mit dem Hochgeschwindigkeitszug waren sie von Stockholm nach Malmö gefahren, und jetzt standen sie schon wieder am Bahngleis und warteten auf den Regionalzug, der sie nach Ystad bringen würde. Sie waren beide recht still geworden.

Svea betrachtete Finn von der Seite. Er starrte vor sich hin und schien mit seinen Gedanken ganz woanders zu sein. Offensichtlich waren es keine erfreulichen Gedanken, die ihn bewegten. Ob er Angst vor den Konsequenzen ihrer überstürzten Flucht hatte?

»Hoffentlich ist mein Vater überhaupt zu Hause«, sagte Finn in diesem Moment.

Svea runzelte die Stirn. »Das fällt dir aber ziemlich früh ein«, sagte sie.

Finn zuckte mit den Schultern. »Es ging eben alles so schnell, dass ich nicht daran gedacht habe, ihn anzurufen. Aber ich glaube nicht, dass er auf Reisen ist. Meistens ist er nur im Winter unterwegs. Dorthin, wo es warm ist und wo hohe Wellen sind.«

»Wenn er sich das leisten kann«, sagte Svea und verzog die Lippen zu einem vorsichtigen Lächeln, »dann kann er dir ja bestimmt auch Geld geben.«

»Ich hoffe es«, sagte Finn. »Mein Vater ist nicht geizig, aber irgendwie lebt er immer von der Hand in den Mund, wie man so schön sagt.«

Sveas Zuversicht schwand. Das alles klang überhaupt nicht gut, und allmählich befürchtete sie, dass ihre gemeinsame Flucht vielleicht doch ein wenig überstürzt gewesen war.

Sie schüttelte den Kopf, um die trüben Gedanken loszuwerden. Sie hatten keine andere Möglichkeit gehabt. Wären sie nicht abgehauen, säße sie jetzt schon im Flugzeug nach Frankreich.

»Was ist eigentlich mit deiner Großmutter?«, fragte Finn, als ahnte er, woran sie gerade dachte. »Kannst du sie nicht bitten, dir ein wenig Geld zu schicken?«

Svea dachte an ihre Großmutter in Frankreich, die sich jetzt wahrscheinlich schon große Sorgen um sie machte, und schüttelte den Kopf. »Da sie heute mit meiner Ankunft rechnet, wird mein Vater ihr bestimmt erzählt haben, dass ich nun doch nicht komme und abgehauen bin. Meine Großmutter ist der liebste Mensch der Welt, aber was meine Erziehung angeht, waren sich die beiden immer einig. Sie würde mir keine Öre schicken, sondern verlangen, dass ich sofort nach Hause zurückfahre.«

Finn nickte, sah sie dabei aber nicht an. Svea bekam allmählich Gewissensbisse, weil sie ihn in diese Situation gebracht hatte. Sie war es gewesen, die unbedingt abhauen wollte, und jetzt hatte sie selbst schon fast die Lust auf ihr Abenteuer verloren.

»Was ist eigentlich mit deinem Vater?«, fragte sie. »Deine Mutter hat ihn doch bestimmt auch schon informiert.«

»Keine Ahnung«, sagte Finn. »Ich glaube nicht, dass sie darüber überhaupt nachgedacht hat. Jedenfalls hat sie ihn bisher noch nie informiert, wenn es irgendwelche Probleme gab, und sie weiß ja nicht, dass wir auf dem Weg zu ihm sind. Ich glaube, meine Mutter hält meinen Vater für ziemlich unzuverlässig.«

»Hat sie damit recht?«, wollte Svea wissen.

»In gewisser Weise schon.« Ein Lächeln zeigte sich auf Finns Gesicht, und Svea verstand, dass er eher stolz auf seinen Vater war. »Er ist ziemlich cool«, fuhr Finn fort, »und er findet es bestimmt gut, dass wir eine Tour durch unser Heimatland machen wollen, er ist ja selbst so oft wie möglich unterwegs. Die Frage ist nur, ob er uns Geld geben kann.« Finn zog eine Grimasse. »Davon hat er nämlich meistens nicht sehr viel.«

»Irgendwie passt es nie richtig zusammen.« Svea versuchte zu lächeln, merkte aber selbst, dass es ihr nicht so richtig gelang. »Mein Vater hat Geld genug, aber er ist ziemlich uncool.« Sie schwieg kurz, bevor sie ergänzte: »Wie du ja selber gesehen hast.«

»Viel besser ist meine Mutter auch nicht«, sagte Finn.

»Ich fand sie eigentlich ganz nett«, wandte Svea vorsichtig ein.

»Ist sie ja auch ... eigentlich ...« Finn presste kurz die Lippen zusammen. »Aber es ist ihre Schuld, dass alles so weit gekommen ist. Wenn sie sich nicht mit deinem Vater angelegt hätte ...«

»Stop!«, fiel Svea ihm ins Wort und legte eine Hand auf seinen Mund. »Ich kann deine Mutter verstehen«, sagte sie. »Mein Vater kann ziemlich eklig sein, wenn ihm etwas nicht passt, und in seiner Eigenschaft als Kritiker ist er besonders schlimm.«

468

»Es ist sein Job«, sagte Finn, als Svea die Hand wieder von seinem Mund genommen hatte.

Svea lachte laut auf. »Den beiden würde es bestimmt gefallen, wenn sie wüssten, dass ich hier Partei für deine Mutter ergreife und du für meinen Vater.«

»Und noch besser würde es ihnen gefallen, wenn wir uns wegen ihnen streiten.« Finn grinste.

Svea rückte ganz dicht an ihn heran, umfasste seinen Arm mit beiden Händen und legte ihren Kopf an seine Schulter. »Das wird nie passieren«, versicherte sie.

Sie spürte, dass Finn ein wenig angespannt war, und ahnte, dass er noch etwas auf dem Herzen hatte. Dann stellte er die Frage, vor der sie sich gefürchtet hatte, seit sie zusammen waren. »Was ist eigentlich mit deiner Mutter? Du sprichst nie über sie.«

Svea hob den Kopf, spürte den Kloß in ihrem Hals. »Bist du böse, wenn ich nicht über sie reden will?«

»Nein«, sagte Finn, aber sie hatte das Gefühl, dass er enttäuscht war. Sie konnte es nicht ändern. Sie liebte Finn, aber über ihre Mutter konnte sie nicht einmal mit ihm reden.

Sie standen schweigend nebeneinander, bis der Regionalzug einfuhr. Die Abteile waren nur mäßig besetzt. Finn und Svea setzten sich nebeneinander in Fahrtrichtung und stellten ihre Rucksäcke auf der freien Sitzbank gegenüber ab. Eine blonde, ein wenig mollige Frau ging vorbei, schaute sie aber nicht an. Als sie vorbei war, drehte Finn sich um und schaute ihr nach.

Svea kicherte. »Stehst du neuerdings auf dicke, alte Frauen?«

»Quatsch!« Finn lehnte sich wieder zurück und schüttelte den Kopf. »Ich könnte schwören, ich hätte die schon in Stockholm am Bahnhof gesehen.«

»Hu!«, alberte Svea und fuchtelte mit beiden Händen vor seinem Gesicht herum. »Wahrscheinlich hat mein Vater den Geheimdienst eingeschaltet.«

»Quatsch«, sagte Finn und schaute noch einmal um die Lehne herum hinter sich. »Sie ist weg«, sagte er. »Aber komisch ist das schon.«

»Vielleicht liegt es ja daran, dass Menschen, die im selben Zug sitzen, zwangsläufig in die gleiche Richtung fahren«, zog Svea ihn auf.

Finn drehte ihr den Kopf zu. »Du willst mich unbedingt ärgern, ja?«

Svea lachte und schmiegte sich wieder an ihn. »Irgendwas muss ich ja tun, damit ich meinen Hunger vergesse.«

»Sobald wir bei meinem Vater sind, gibt es was zu essen«, versprach Finn.

Vierzig Minuten dauerte die Fahrt von Malmö nach Ystad. Svea kam es so vor, als würde ihr Magenknurren sogar die Fahrgeräusche übertönen, und sie ärgerte sich darüber, dass sie zu Hause nicht wenigstens ein bisschen Proviant für unterwegs eingepackt hatte. Sie war so damit beschäftigt gewesen, schnell abzuhauen, dass sie daran nicht gedacht hatte.

Als der Zug in Ystad einlief, war Finn eingeschlafen, und Svea musste ihn wecken. Er war wieder ziemlich wortkarg, als sie ausstiegen. Er ging vor, Svea folgte ihm und ärgerte sich insgeheim über seine schlechte Laune. Wenn sie sich nicht wohlfühlte, und jetzt gerade fühlte sie sich ganz und gar nicht wohl, wollte sie reden. Bei Finn schien es genau

umgekehrt zu sein. Er verfiel in dumpfes Schweigen und
schien jede Rücksichtnahme auf Svea vergessen zu haben.
Er hielt seinen Rucksack in der Hand und ging einfach los,
ohne darauf zu achten, ob sie mit ihm Schritt halten konnte.

Sveas Rucksack war viel schwerer als Finns Rucksack,
und sie kam kaum hinter ihm her. Als er durch die Bahn-
hofshalle ging, behielt sie seinen Rücken im Auge – doch
plötzlich war er weg.

Svea blieb stehen. Sie war müde, sie war hungrig, und auf
einmal hatte sie Angst, dass es Finn ebenso ging und er einfach keine Lust mehr auf sie hatte. Weil sie es gewesen war,
die sie beide in diese Situation gebracht hatte.

Sie eilte durch die große Ausgangstür und atmete erleichtert auf, als sie ihn dort neben einem der Fahnenmaste, an
denen die schwedische Flagge wehte, stehen sah. Gleich
gegenüber war der Hafen.

Schwer atmend erreichte sie ihn. »Ich bin mit dem Rucksack nicht so schnell«, beschwerte sie sich.

»Soll ich deinen Rucksack tragen?«, bot er an.

Gott sei Dank, seine schlechte Laune hatte nichts mit ihr
zu tun.

»Ich schaff das schon.« Svea schaute ihn flehend an. »Aber
lauf mir nie wieder weg, ja?«

In seinem Blick lag Überraschung. »Ich bin doch nicht
weggelaufen.«

Mit großen Augen schaute sie ihn an und kam sich plötzlich albern vor. Aber die Panik eben war echt gewesen. Das
Gefühl, verlassen zu werden und völlig alleine dazustehen.
Sie hatte keine Ahnung, was sie dann machen würde. Sie
hatte ja nicht mal Geld, um wieder nach Hause zu fahren.

Wir hätten das nicht tun sollen, schoss es ihr durch den Kopf. Wir hätten nicht einfach abhauen sollen.

Aber dann wäre sie inzwischen in Frankreich und könnte Finn nicht mehr sehen. Die Sommerferien waren lang, möglicherweise hätte er ein anderes Mädchen kennengelernt, und dann war da noch die Drohung ihres Vaters, sie für immer in Frankreich zu lassen. Svea fühlte sich völlig überfordert. Tränen liefen über ihre Wangen.

Finn schaute sie erschrocken an. »Was hast du?«

Svea hatte keine Ahnung, wie sie ihm erklären sollte, was in ihr vorging. Diese Gedanken, die Ängste, das Gefühl, ihn in etwas hineingezogen zu haben, und gleichzeitig die Gewissheit, dass es eigentlich keine andere Möglichkeit gegeben hatte, als zu fliehen. Sie konnte das alles nicht in Worte fassen, und so sagte sie einfach das, was zu allem anderen noch hinzukam: »Ich habe Hunger.«

Finn lachte auf und zog sie kurz an sich. »Hör auf zu heulen, du kriegst ja gleich was.«

Wie unsensibel er doch war. Bemerkte er denn nicht, dass sie weitaus mehr quälte als der Hunger? Aber wenigstens war er ein Gentleman und griff nach dem Träger ihres Rucksacks.

»Meine Güte, was hast du denn da drin?« Finn unterstrich seine Frage, indem er in die Knie ging. Völlig übertrieben, wie Svea fand.

»Nur das Wichtigste«, sagte sie und ging neben ihm her, als er über den Bahnhofsvorplatz ging und sich nach links wandte. »Ist es weit?«, fragte sie und ignorierte sein Schnaufen.

»Geht so.« Finn war es offensichtlich zu anstrengend, beide Rucksäcke zu tragen und sich dabei auch noch mit ihr zu unterhalten. Also schwieg Svea ebenfalls und starrte einfach vor sich hin. Sie hatte keine Lust mehr, wollte nach Hause und hatte von allem die Nase gestrichen voll.

Svea tat sich selbst so leid, dass sie fast schon überrascht war, als Finn vor einem der einstöckigen Häuser Halt machte, die auf dieser Straße eng nebeneinander standen. Auf der anderen Straßenseite standen zweistöckige Fachwerkhäuser, ebenfalls dicht an dicht, die ihre Schatten auf die schmale Straße warfen.

Finn drückte auf die Klingel. Zweimal kurz, einmal lang. Svea vermutete, dass es sich um das Erkennungszeichen zwischen Vater und Sohn handelte. Als niemand öffnete, klingelte Finn erneut. Zweimal kurz, einmal lang.

»Wir hätten anrufen sollen«, sagte Svea mit einem leicht vorwurfsvollen Unterton. »Vielleicht ist er gar nicht da.«

Bevor sie sich ausmalen konnte, was das für sie beide bedeuten würde, wurde die Tür aufgerissen. Eine langbeinige Blondine in kurzen Shorts und einem Top, das ihren Bauchnabel frei ließ, stand in der Tür. Svea registrierte eifersüchtig, dass Finns Augen bei diesem Anblick aufleuchteten.

»Ja?« Die Frau sah befremdet zwischen ihr und Finn hin und her.

»Ist Dag da?«, fragte Finn.

Die Blondine schüttelte den Kopf.

»Wo ist er?«

»Was willst du denn von ihm?«, fragte die Frau misstrauisch.

»Ich bin sein Sohn«, erwiderte Finn. Er schien sich nicht im Geringsten über die Frau zu wundern, die ihnen im Haus seines Vaters die Tür geöffnet hatte, obwohl er sie offensichtlich nicht kannte.

»Zuerst seine Ex und jetzt sein Sohn«, entfuhr es der Frau, so als würde sie mehr mit sich selbst als mit Finn sprechen.

Finn wirkte ebenso erschrocken, wie Svea es war. »Meine Mutter war da?«, stieß er hervor.

»Nein.« Die Frau schüttelte den Kopf. »Sie hat angerufen, aber Dag war nicht da und hat sein Handy hier liegen lassen. Deshalb bin ich rangegangen.«

»Weiß Dag inzwischen, dass meine Mutter angerufen hat?«

Die Frau schüttelte wieder den Kopf. »Er kommt meist erst sehr spät nach Hause.«

»Danke«, sagte Finn. Er packte Sveas Rucksack und wandte sich um. Svea folgte ihm.

»Dein Vater ist in der Surfschule«, rief die Blonde ihnen nach.

Finn wandte nur kurz den Kopf. »Weiß ich.«

Obwohl Finn sowohl seinen eigenen als auch Sveas Rucksack trug, ging er so schnell, dass Svea Mühe hatte, mit ihm Schritt zu halten.

»Was ist denn los?«

»Du hast es doch gehört«, sagte Finn. »Meine Mutter ahnt wahrscheinlich, dass wir zu meinem Vater unterwegs sind, und da sie ihn telefonisch nicht erreichen konnte, wette ich, dass sie schon auf dem Weg hierher ist.«

»Oh«, sagte Svea erschrocken.

»Das heißt, wir können nicht in Ystad bleiben«, fuhr Finn fort. »Wir müssen meinen Vater vor meiner Mutter erwischen, ihm ein bisschen Geld abquatschen und sofort weiterziehen.«

»Vorher aber etwas essen«, quengelte Svea.

Finn warf ihr einen Blick zu, als könne er sich nicht entscheiden, ob er amüsiert oder verärgert sein sollte. »Wir essen unterwegs etwas«, sagte er.

»Okay!« Damit war Svea einverstanden.

Eine ganze Weile gingen sie schweigend nebeneinander her. Dann fragte Svea: »Weißt du, was gut ist?«, und beantwortete ihre Frage gleich darauf selbst: »Dass nur deine Mutter ahnt, wo wir sind, und nicht mein Vater. Wenn der sich auf unsere Spur heften würde ...« Svea beendete den Satz nicht. Trotz der sommerlichen Wärme spürte sie eine Gänsehaut auf ihrem ganzen Körper. Irgendwann würde sie ihrem Vater gegenübertreten müssen, aber daran durfte sie im Moment nicht denken.

Selmas Welt

Meine Welt ist gerade ziemlich chaotisch, weil ich nicht genau weiß, wohin ich eigentlich unterwegs bin, was aus dieser ganzen Geschichte wird und wie es dazu kommen konnte.

Rekapitulieren wir einmal, liebe Leser: Angefangen hat alles mit einem Gastrokritiker, der ein Restaurant besuchte, in dem es ihm nicht schmeckte. Was ich nicht so ganz nachvollziehen kann, denn mir hat es an Midsommar im selben Restaurant ganz ausgezeichnet geschmeckt, und ich bin froh, dass ich dort gegessen habe. Nicht nur wegen der kulinarischen Köstlichkeiten, sondern vor allem wegen der ganz besonderen Szene, die mir dort geboten wurde und die der Anlass für die Reise war, auf der ich mich jetzt befinde.

Das heißt, für mich ist es eine Reise, für unseren Romeo und unsere Julia ist es eine Flucht. Und ihr, liebe Leser, seid mittendrin im Geschehen, ihr könnt teilhaben an dieser romantischen Geschichte.

Puh, Selma fiel beinahe nichts mehr ein, was sie noch schreiben konnte. Romantik konnte ziemlich langweilig sein, und das ganze Abenteuer bestand bisher darin, im Zug zu sitzen und darauf zu warten, dass sie ihr Ziel erreichten, oder hinter dem jungen Glück herzulaufen und aufzupassen, dass die beiden sie nicht bemerkten. Und zwischendurch musste sie auch noch schreiben, so wie Erik es ihr befohlen hatte, damit die Leser mehrere Kolumnen am Tag zu lesen bekamen.

Nach ein paar Minuten des Nachdenkens schrieb Selma
weiter:

*Wäre ich eine Schriftstellerin, wäre das sicher eine Geschichte,
die als Ausgangspunkt für ein Buch dienen könnte.*
*Aber ich bin keine Schriftstellerin, sondern nur die Kolum-
nistin des* Morgonbladet.

Nur die Kolumnistin des *Morgonbladet*, wiederholte sie in
Gedanken. Was ist aus deinen hochtrabenden Zukunftsplä-
nen geworden, Selma Anders?
Selma seufzte tief auf und schrieb den letzten Satz:

Wir lesen uns später wieder!

– 13 –

Mikael brachte Kristina zum Auto. Durch Mikaels Gesellschaft, das leckere Essen und die gemeinsame Planung, wie es demnächst im *Kristinas* weitergehen sollte, hatte sie es geschafft, für eine Weile abzuschalten. Als sie jetzt nach draußen kam und sah, dass Hendrik Lundgren tatsächlich die ganze Zeit auf sie gewartet hatte, machten sich sofort wieder die Wut auf den unverschämten Gastrokritiker und die Sorge um ihren Sohn in ihr breit.

Hendrik Lundgren starrte sie durch die Windschutzscheibe an. Kristina starrte zurück, bis sie Mikael neben sich leise lachen hörte.

»Das scheint spannend zu werden«, sagte Mikael. »Schade, dass ich nicht mitkommen kann.«

»Kannst du wirklich nicht?« Hoffnungsvoll schaute Kristina ihn an. Mit Mikael an ihrer Seite würde sie sogar ihren unausstehlichen Verfolger ertragen können. Mikael war mehr als nur ein Angestellter. Im Laufe der Zeit war er ihr bester Freund geworden, nur war Kristina viel zu beschäftigt gewesen, um das zu merken.

»Geht nicht.« Mikael schüttelte den Kopf und grinste sie an. »Unter anderem muss ich auf das *Kristinas* aufpassen. Oder willst du diese Aufgabe lieber Maj übertragen?«

Kristina stimmte in Mikaels Lachen mit ein, und zufällig schauten sie dabei beide in Hendrik Lundgrens Richtung. Kristina sah, wie sich sein Gesicht verhärtete. Wahrscheinlich glaubte er, dass sie über ihn lachten.

Gut so, sollte er sich zur Abwechslung doch mal über sie ärgern. Kristina schaute ihn provozierend an, bevor sie sich mit einer Umarmung und einem Kuss auf die Wange von Mikael verabschiedete. Plötzlich kamen ihr die Tränen. Sie hatte Angst vor dem, was vor ihr lag, und fühlte sich schrecklich allein.

Mikael wirkte überrascht durch ihren plötzlichen Stimmungsumschwung, aber auch besorgt. »Vielleicht sollte ich doch mitkommen«, sagte er.

»Schon gut.« Kristina winkte ab. »Die letzten Tage waren einfach zu viel für mich. Sobald ich Finn gefunden habe, mache ich ein paar Tage Urlaub. Danach geht es mir bestimmt wieder besser.« Sie umarmte Mikael noch einmal. »Vielen Dank für alles.«

Mikael winkte, als sie in den Wagen stieg und losfuhr. Im Rückspiegel sah sie Hendrik Lundgren, der auch jetzt wieder an ihrer Stoßstange zu kleben schien. Obwohl sie es eilig hatte, machte sie sich einen Spaß daraus, im Schneckentempo über die Långholmsbron zu kriechen. Voller Freude beobachtete sie, wie ihr Verfolger wütend auf das Lenkrad schlug.

Am Ende der Brücke gab sie Gas und bog ohne zu blinken links in die Högalidsgatan ab. Bevor sie nach etwa zweihundert Metern in die Långholmsgatan einbiegen konnte, war Hendrik Lundgren schon wieder hinter ihr. Die Wut in seinem Gesicht entschädigte Kristina für seine penetrante Verfolgung. Auch wenn sie wenig Hoffnung hatte, ihm zu entkommen, so würde sie es doch immer wieder versuchen, auch wenn es nichts weiter brachte, als seinen Blutdruck noch mehr in die Höhe zu treiben.

Eigentlich hatte Kristina vorgehabt, bis nach Ystad durchzufahren, aber da machte ihr Auto nicht mit. Sie hatte ja gewusst, dass es längere Strecken nicht mehr gut verkraftete, aber dass der Motor gleich so heiß lief, damit hatte sie nicht gerechnet. Kurz vor Gränna erreichte die Nadel der Temperaturanzeige den roten Bereich, sodass sie das Tempo stark drosseln musste. Wahrscheinlich hielt Hendrik Lundgren das wieder für eine Provokation, aber Kristina konnte sich nicht einmal mehr darüber freuen. Sie achtete mehr auf die Anzeige als auf die Straße vor ihr und schaltete die Heizung und das Gebläse ein, weil sie mal irgendwo gelesen hatte, dass sich der Motor dadurch wieder abkühlen würde.

Der Motor blieb unverändert heiß. Möglicherweise wurde er sogar noch heißer, das konnte Kristina nicht mehr kontrollieren, weil die Nadel jetzt am Anschlag war. Ihr selbst wurde durch die eingeschaltete Heizung auch immer heißer. Da nützte auch das heruntergekurbelte Seitenfenster nicht viel.

Ausgeschlossen, mit diesem Wagen heute noch bis nach Ystad zu fahren. Sie hatte gerade mal die Hälfte der Strecke hinter sich. Sie würde eine Übernachtung einlegen müssen, damit der Wagen sich abkühlen konnte, und morgen die restliche Strecke fahren. Wenn sie ganz großes Glück hatte, blieben Finn und Svea über Nacht in Ystad – sofern sie überhaupt da waren.

Kristina beschloss, sich ein Hotel zu suchen und von dort aus noch einmal zu versuchen, Dag anzurufen.

In Gränna fuhr sie ab. Sie war vor Jahren auf der Durchreise in die Ferien einmal mit Finn hier gewesen. Ein hübsches Städtchen am östlichen Ufer des Vätternsees. Weiße

480

Holzhäuser, zwischen denen die wenigen pastellfarbenen Häuser wie bunte Farbkleckse wirkten.

Kristina fuhr langsam, was ihrem Wagen offensichtlich noch mehr zu schaffen machte als die gleichmäßige Geschwindigkeit auf der Autobahn. Hendrik Lundgren war weiterhin dicht hinter ihr. Wie ein Schatten, an den sie sich allmählich gewöhnte.

Kristina hätte gerne gegrinst bei dem Gedanken, dass er sich gleich wahrscheinlich am Ziel ihrer Suche wähnte, wenn sie anhielt und aus dem Wagen stieg, und dann eine herbe Überraschung erleben würde. Sie traute sich aber nicht zu grinsen, weil sie Angst hatte, dass jeder Anflug von Schadenfreude sofort damit bestraft würde, dass ihr Auto vollständig den Geist aufgab. Bildete sie sich das ein, oder kamen da kleine Qualmwolken unter der Motorhaube hervor?

Als sie das Hinweisschild zu einem Hotel sah, bog sie kurzentschlossen ab.

Das Hotel lag unweit des Seeufers. Ein kantiger, heller Bau mit zwei Türmen rechts und links. Dazwischen ein langgestrecktes Gebäude, aus den gleichen hellen Steinen erbaut wie die beiden Türme. Das hellrote Dach mit den Fenstergauben lockerte die Strenge des Baus auf. Das Hotel wirkte heimelig, erinnerte an ein kleines Landschloss, und Kristina hatte die vage Ahnung, dass ihre Übernachtung nicht preiswert sein würde.

Direkt vor dem Eingang war ein großer Parkplatz. Als Kristina anhielt, ausstieg und ihre Reisetasche vom Rücksitz nahm, registrierte sie das überraschte Gesicht Hendrik Lundgrens, der gleich neben ihr geparkt hatte. Er sprang aus dem Auto und herrschte sie über das Dach ihres Wagens hinweg an: »Was soll das? Verdammt noch mal!«

Kristina grinste ihn nur an, bevor sie sich umwandte und ins Hotel ging. Sie musste sich nicht umdrehen, um zu wissen, dass Hendrik Lundgren ihr folgte. An der Rezeption erkundigte sie sich nach einem freien Einzelzimmer. Sie fragte nicht nach dem Preis, weil Hendrik Lundgren hinter ihr stand und sie sich sein abfälliges Grinsen nur allzu gut vorstellen konnte, auch wenn sie ihm den Rücken zuwandte. Sie ignorierte diesen Mann völlig und war froh, als sie kurz darauf allein in ihrem Zimmer war.

Das Zimmer war ansprechend und gemütlich. Eine helle, meterhohe Holzvertäfelung an den Wänden, darüber eine gelb gestreifte Tapete. Unter dem Fenster neben der Balkontür stand ein kleiner, runder Tisch zwischen zwei blauweiß karierten Ohrensesseln. An der gegenüberliegenden Wand stand das Bett. Die Tagesdecke hatte die gleichen Farben wie die Sessel. Ein einfacher Schrank stand neben der Tür, die ins angrenzende Bad führte.

Kristina gab dem Pagen, der sie aufs Zimmer gebracht hatte, ein weitaus höheres Trinkgeld, als es eigentlich üblich war. Das lag zum einen daran, dass dieser Junge sie an Finn erinnerte und wahrscheinlich auch nur zwei oder drei Jahre älter war als er, vor allem aber lag es daran, dass sie endlich alleine sein und ihre Ruhe haben wollte.

Der Page bedankte sich überschwänglich und ging. Als sie allein war, atmete Kristina tief durch, bevor sie zur Balkontür ging und sie weit aufriss.

Das Panorama war atemberaubend. Direkt hinter dem Hotel fielen grüne Wiesen mit einzelnen Baumgruppen

482

sanft zum Seeufer hin ab. Der See glänzte blau, und dieser blaue Lichtschein schien die ganze Landschaft mit Klarheit und Weite zu erfüllen.

Kristina ließ sich gefangen nehmen von diesem Anblick und genoss die innere Ruhe, die sie dabei erfasste. Ihre Gedanken wanderten zurück in die Vergangenheit. Das letzte Mal, als sie auf dem Weg in den Urlaub am Vätternsee Rast gemacht hatte, war Finn gerade erst vier Jahre alt gewesen. Er hatte damals nicht genug bekommen können von den Polkagris, den süßen Zuckerstangen, die traditionell in Gränna hergestellt und an jeder Ecke verkauft wurden. Er war so ein lieber kleiner Junge gewesen, voller Begeisterung für all die neuen Eindrücke und dankbar für die Zeit, die seine Mutter gemeinsam mit ihm verbrachte.

Kristina, die bis an den Rand der Brüstung getreten war, umklammerte das Balkongeländer mit beiden Händen. »Wo bist du nur, Finn?«, fragte sie leise.

»Ich hätte geschworen, dass Sie wissen, wo die beiden sind.«

Kristina fuhr herum. Hendrik Lundgren stand auf dem Nachbarbalkon und musterte sie mit einem Blick, der ihr neu war. Bisher hatte sie nur seinen wütenden Gesichtsausdruck und dieses zynische Lächeln gesehen.

»Sie gehen mir schrecklich auf die Nerven«, sagte sie mit erzwungener Ruhe.

Hendrik Lundgren zuckte mit den Schultern, und dann war es wieder da, dieses Grinsen, das sie so sehr verabscheute. »Bedauerlicherweise sind wir aufeinander angewiesen, wenn wir unsere Kinder finden wollen«, sagte er.

»Ich bin keineswegs auf Sie angewiesen«, gab Kristina

von oben herab zurück. Sie drehte sich um, ließ ihn einfach stehen und ging zurück ins Zimmer.

Kristina verbrachte die nächste Stunde mit dem Versuch, sich auszuruhen und dabei angestrengt nach nebenan zu lauschen. Sie wartete auf ein Geräusch, das ihr verriet, dass Hendrik Lundgren sein Zimmer verließ. Sie hatte selbst nicht vor, den ganzen Abend in ihrem Zimmer zu verbringen, weil sie die Einsamkeit, nach der sie sich bei ihrer Ankunft so sehr gesehnt hatte, inzwischen erdrückte. Eine erneute Begegnung mit ihrem Zimmernachbarn wollte sie jedoch vermeiden.

Leider waren die Wände ziemlich massiv, und sie hörte nicht das Geringste. Aber wenn sie ihn nicht hörte, konnte er sie auch nicht hören. Wenn er nicht gerade auf dem Gang vor ihrem Zimmer Stellung bezogen hatte, um sie zu bewachen, konnte sie sich unbemerkt davonschleichen.

Bevor sie das Zimmer verließ, versuchte sie noch einmal, ihren Sohn auf dem Handy zu erreichen. Natürlich ging er auch jetzt wieder nicht dran.

»Bitte, Finn, melde dich«, bat Kristina inständig. Dann fiel ihr ein, dass er möglicherweise versuchte, sie über das Festnetz in ihrer Wohnung zu erreichen. »Ich bin allerdings nicht zu Hause«, sagte sie, »sondern in einem Hotel in Gränna.« Sie nannte ihm den Namen des Hotels und wusste bereits jetzt, dass ihr Sohn sich nicht melden würde. Seufzend beendete sie das Gespräch.

Kristina öffnete leise die Tür und schaute vorsichtig nach rechts und links. Kein Mensch war zu sehen. Sie huschte auf den Gang, schloss leise die Tür hinter sich und lief zur Treppe. Ungesehen kam sie in der Hotelhalle an. Auch hier war niemand zu sehen außer dem Portier hinter dem Tresen, der nicht einmal aufsah, als sie zum Ausgang huschte.

Das Hotel lag ein wenig außerhalb von Gränna. Trotzdem ließ Kristina ihren Wagen lieber stehen und ging zu Fuß in das kleine Städtchen. Auch jetzt befürchtete sie immer noch, dass Hendrik Lundgren ihr folgen könnte. Immer wieder schaute sie sich um, aber die Straße hinter ihr blieb leer.

»Ich entwickle noch einen richtigen Verfolgungswahn wegen diesem Idioten«, sagte sie und stellte fest, dass sie schon wieder Selbstgespräche führte. Allmählich wurde das zu einer dummen Angewohnheit.

Durch eine schmale Gasse erreichte sie den Marktplatz von Gränna. Ein unscheinbarer Platz, leicht abschüssig, aus grauem Kopfsteinpflaster. Interessanter waren die kleinen Geschäfte mit den rotweiß gestreiften Markisen, die ihn säumten. Dazwischen entdeckte Kristina ein winziges Restaurant. Es lag nicht direkt am Marktplatz, sondern in einer der kleinen, verwinkelten Nebenstraßen, und es war vor allem der köstliche Duft, der sie in das Lokal lockte.

Das Innere des Restaurants hielt nicht, was der aromatische Duft versprach: ein langer schmaler Raum mit Tischen und Stühlen rechts und links an der Wand. Kein Mensch war zu sehen.

Kristina nahm an einem der leeren Tische Platz und wartete. Mindestens zehn Minuten saß sie da, bis ein attraktiver Mann mit einem dichten blonden Bart durch den Hintereingang hereinkam und sie erstaunt anschaute.

»Willst du hier sitzen?«

Kristina erhob sich zwar, fragte aber überrascht: »Wo denn sonst?«

485

Er grinste sie an. »Draußen. Da sitzen alle.« Er machte eine einladende Handbewegung, und Kristina folgte ihm bereitwillig. Ein langer, schmaler Gang führte zu einer schweren Holztür. Der köstliche Duft kam aus einer weiteren Tür auf der rechten Seite, und als Kristina vorbeiging, konnte sie einen schnellen Blick in die Küche erhaschen.

Der Mann öffnete die Holztür. Kristina stockte der Atem, so schön war das, was sie hier sah. Die Aussicht auf die sanfte, hügelige Landschaft bis zum See, die Terrasse, eingefasst von blühenden Pflanzen, die kleinen Bistrotische, die alle besetzt waren. Allerdings stand an einem der Tische gerade ein älteres Paar auf.

Der Mann führte sie an den Tisch und verabschiedete kurz das Ehepaar, bevor er Kristina den Stuhl zurechtrückte. »Ich heiße übrigens Bengt.«

»Kristina«, sagte sie und bemerkte selbst, dass sie ihn anstrahlte. Es war das erste Mal an diesem Tag, dass sie gute Laune hatte.

Bengt machte es ihr allerdings auch leicht. Er kümmerte sich ganz besonders hingebungsvoll um sie und zeigte ihr, dass sie ihm gefiel. Auf seine Empfehlung hin bestellte sie seine »kleinen Spezialitäten«, eine Art knuspriger Röstis mit Hering, Lachs und Shrimps belegt. Ihre Portion fiel ziemlich üppig aus. Es schmeckte ausgezeichnet, und nur zu gerne hätte sie das Rezept für ihr *Kristinas* gehabt.

Sie nutzte die Gelegenheit, als Bengt später zu ihr an den Tisch kam. Inzwischen waren die meisten Gäste gegangen, und es war etwas ruhiger geworden. Nur ein junges Pärchen, das die Welt um sich herum scheinbar ausgeschaltet hatte und sich völlig zu genügen schien, saß noch mit ihr auf der Terrasse.

Als Kristina die beiden beobachtete, musste sie an Finn und Svea denken. Sie sah kaum auf, als Bengt noch ein Glas des hervorragenden Weißweins vor sie hinstellte, den er ihr auch schon zum Essen serviert hatte.

»Danke«, sagte sie abwesend.

Bengt setzte sich ihr gegenüber. Als er leise auflachte, schaute sie ihn irritiert an. Mit einer Kopfbewegung in Richtung des jungen Paars fragte er: »Kann es sein, dass du dich einsam fühlst? Oder warum beobachtest du die beiden die ganze Zeit?«

Kristina nippte an ihrem Wein, sah ihn an und lächelte. »Ja«, sagte sie, »ich fühle mich einsam. Das ist aber nicht der Grund, weshalb ich die beiden beobachte. Der Junge erinnert mich an meinen Sohn Finn, und der ist mit seiner Freundin ausgerissen.«

Auch der Page im Hotel hatte sie an Finn erinnert. Ob sie jetzt in allen Jungs, die ungefähr in Finns Alter waren, ihren Sohn sehen würde?

»Warum bist du einsam?« Bengt sah sie aufmerksam an. »Und wieso ist dein Sohn ausgerissen?«

Kristina winkte ab. »Das ist eine lange Geschichte.«

Bengt nahm sein Weinglas in die Hand und lehnte sich zurück. Er trank nichts, sondern drehte den Stiel zwischen seinen Fingern, ohne sie aus den Augen zu lassen. »Ich habe Zeit«, sagte er.

Kristina erwiderte seinen Blick und bedauerte, dass sie keine Zeit hatte. Keine Zeit, um länger in Gränna zu bleiben und die Bekanntschaft mit diesem interessanten und attraktiven Mann zu intensivieren.

»Ich möchte heute Abend eigentlich nicht über Einsamkeit und Probleme reden«, sagte sie.

Seine tiefblauen Augen machten sie völlig schwach. Oder lag es am Wein? Kristina hatte für ihr Restaurant zwar auch eine Schankgenehmigung, aber sie trank nur ganz selten Alkohol und spürte jetzt jeden Schluck.

»Erzähl mir etwas über dein Restaurant«, sagte sie. »Wieso hast du nirgendwo ein Hinweisschild auf diese traumhafte Terrasse hier angebracht?«

Bengt lachte. »Das sollte ich wohl. Ich nehme es mir immer wieder vor, aber eigentlich kennt jeder hier in Gränna die Terrasse, und bei den Touristen spricht es sich auch schnell herum.«

»Kann ich das Rezept für deine ›kleinen Spezialitäten‹ haben?«, fragte Kristina unumwunden.

Bengt lachte wieder. »Kennst du einen Gastronomen, der seine Rezepte verrät?«

»Nein.« Kristina schüttelte den Kopf und lachte ebenfalls. »Ich würde es jedenfalls nicht tun.«

Als sie seinen fragenden Blick auffing, erklärte sie: »Ich habe ein Restaurant in Stockholm und würde deine Spezialitäten gerne in unser Angebot aufnehmen. Ich würde das Gericht auf der Karte ›Bengts kleine Spezialitäten‹ nennen.« Kristina zwinkerte ihm zu. »Und wenn du mal nach Stockholm kommst, würde ich mich freuen, wenn du mich im *Kristinas* besuchst. Du kannst probieren, was immer du willst, und wenn du das Rezept dazu haben möchtest, gebe ich es dir auch.«

Bengt hatte ihr schmunzelnd zugehört. Er trank einen Schluck Wein, bevor er antwortete. »Ich komme dich sehr gerne in Stockholm besuchen. Ich war lange nicht mehr da und würde mich freuen, wenn du dann ein bisschen Zeit für mich hättest.«

»Die werde ich haben«, versprach Kristina, »und ich freue mich jetzt schon auf deinen Besuch!«

Manchmal, hörte sie ihre Mutter sagen, kommt alles so, wie es kommen muss. Vielleicht war es ja wirklich so. Vielleicht musste Finn ausreißen, damit sie sich auf die Suche nach ihm machte, um unterwegs einen Mann wie Bengt kennenzulernen. In den letzten Jahren war ihr Leben ausgefüllt gewesen. Als Restaurantbesitzerin, als Köchin und als Mutter hatte sie stets mehr als genug zu tun. Sie hatte sich lange nicht mehr so sehr als Frau gefühlt wie heute. In Bengts Gegenwart fühlte sie sich wohl, und sie bedauerte, nicht länger bleiben zu können.

Als Bengt die Weinflasche holte und ihre inzwischen geleerten Gläser noch einmal füllte, kicherte Kristina leicht angeheitert. »Willst du mich abfüllen?«

Er setzte sich wieder und schüttelte den Kopf. »Ganz bestimmt nicht. Ich möchte, dass du dich an jede Minute erinnerst und den Abend so schön findest, dass du mich auf jeden Fall wiedersehen willst.«

»Das will ich«, sagte Kristina voller Überzeugung.

Bengt stand auf, als das junge Paar bezahlen wollte, und brachte die beiden nach vorn. Als er zurückkam, hatte er ein Blatt in der Hand, das er vor Kristina hinlegte. Oben rechts stand seine Handynummer, darunter das Rezept, um das sie ihn gebeten hatte.

»Danke«, sagte sie leise und erhob sich. »Es ist wohl besser, wenn ich jetzt gehe.«

Bengt trat einen Schritt auf sie zu. Ganz dicht stand er vor ihr. Mit dem Zeigefinger strich er sanft über ihre Wange. »Bist du sicher, dass du gehen willst?«

»Nein, bin ich nicht«, erwiderte sie, »aber es ist besser so. Ich habe dich erstens eben erst kennengelernt und bin zweitens nicht mehr ganz nüchtern. Aber ich will dich auf jeden Fall wiedersehen.«

»Das wirst du«, versicherte er. »Ganz bestimmt.«

Bengt brachte sie zurück zum Hotel. Sie sprachen kaum, das war auch nicht nötig. Sie spürte seine Hand zwischen ihren Schulterblättern. Warm, stark, beschützend.

Gut, dass er mich nicht berührt hat, als wir noch auf seiner Terrasse standen, schoss es ihr durch den Kopf. Eine kurze Berührung hätte sie schwach gemacht. Wahrscheinlich wäre sie dann nicht mehr gegangen. Aber sie war nicht der Typ für einen One-Night-Stand. Morgen, bei Tageslicht und wieder nüchtern, hätte sie es bereut. Und das, was da gerade so hoffnungsvoll mit Bengt und ihr begann, wäre mit einem Schlag vorbei gewesen.

Vor dem Eingang blieben sie stehen. Kristina drehte sich zu ihm um. »Da sind wir«, sagte sie leise.

Bengt nickte, sagte aber kein Wort. Er beugte sich vor und berührte ihren Mund kurz mit seinen Lippen. »Schlaf gut«, sagte er. Seine Stimme klang heiser.

»Ich melde mich bei dir, sobald ich meinen Sohn gefunden habe und wieder in Stockholm bin«, versprach Kristina.

»Du kannst mich anrufen, wann immer du willst, und wenn du meine Hilfe brauchst, mache ich meinen Laden sofort zu und eile zu dir«, sagte er mit einem belustigten Lächeln, aber Kristina erkannte am Klang seiner Stimme, dass er es durchaus ernst meinte.

»Ich rufe dich an, sobald ich in Ystad bin«, sagte sie leise.

Er berührte ihre Wange mit seiner rechten Hand, streichelte mit dem Daumen sacht über ihre Lippen. Dann drehte er sich um und ging.

Kristina schaute ihm nach. Sie wollte ihn nicht gehen lassen, wäre am liebsten hinter ihm hergelaufen, aber sie blieb stehen. Weil sie diesen Mann erst wenige Stunden kannte, weil ihr Kopf über ihr Herz siegte.

Erst als sie ihn nicht mehr sehen konnte, ging Kristina ins Hotel. Hinter dem Tresen stand ein anderer Portier als zuvor. Er nickte ihr zu, als sie leise grüßte und an ihm vorbei zur Treppe ging.

In ihrem Zimmer schaltete sie das Licht ein, obwohl es draußen immer noch nicht ganz dunkel war. Sie zog das zusammengefaltete Blatt mit Bengts Telefonnummer und seinem Rezept aus der Tasche ihrer Jeans. Sanft strich sie mit dem Zeigefinger darüber, bevor sie es auseinanderfaltete. Sie lächelte, als sie das Rezept las.

Bengts kleine Spezialitäten

100 g Graved Lachs
100 g gekochte, geschälte Garnelen
250 g Matjesfilet
180 g süßer Senf
1 EL Zucker
2 EL Weißwein-Essig
4 EL Öl
1 Bund Dill
1 kleine Zwiebel
½ Bund Schnittlauch
700 g festkochende Kartoffeln
1 EL Butter
150 g saure Sahne
Salz
Schwarzer Pfeffer

Senf, Zucker, Essig und 3 Esslöffel Öl verrühren. Dill waschen, trocken tupfen, etwas zum Garnieren beiseitestellen. Den Rest fein schneiden und unter die Soße rühren.

Die Matjesfilets in Stücke schneiden, in eine Schale geben und die Soße darübergießen. Zwiebel schälen, in Ringe schneiden und über den Matjes verteilen.

Schnittlauch waschen, trocken tupfen und klein hacken. Die Kartoffeln schälen, waschen und grob raspeln. Den

Schnittlauch untermischen, mit Salz und Pfeffer würzen. Einen Esslöffel Öl und Butter in einer Pfanne erhitzen. Für ein Rösti (Masse ergibt etwa 20 Stück) einen großen Esslöffel Kartoffelmasse in die Pfanne geben und flach drücken. Von jeder Seite 2–3 Minuten goldbraun braten. Warm stellen, restliche Rösti ebenso backen.

Rösti mit saurer Sahne, Matjes, Graved Lachs und Garnelen servieren. Mit dem restlichen Dill garnieren.

– 14 –

Die Surfschule lag am Strand, war ja eigentlich logisch. Dummerweise war der Strand mindestens hundert Kilometer entfernt von dem Haus, in dem Finns Vater mit Blondie wohnte. Zumindest kam es Svea so vor.

Der Anblick des Strandes versöhnte sie dann endlich mit den Strapazen des Tages. Leuchtend weiß lag er vor ihr und erinnerte sie ein bisschen an die Côte d'Azur. Heftige Sehnsucht nach ihrer Großmutter erfasste sie, obwohl sie es gestern noch als Strafe empfunden hatte, dass ihr Vater sie dorthin schicken wollte. Heute erschien ihr ein Urlaub in Frankreich wie der Himmel auf Erden: die alten Freunde wiedersehen, mit ihnen am Strand liegen, abends die Strandpromenade entlangflanieren und sich tagsüber mit Großmutters mediterranen Köstlichkeiten verwöhnen lassen.

»Dahinten ist mein Vater.« Finn wies mit dem Zeigefinger auf die kleine Strandbar, wo ein muskulöser blonder Mann auf einem Barhocker saß. Eine Horde Jungvolk umgab ihn, als wären sie seine Jünger. Sie lauschten seinen Erklärungen über die perfekte Haltung auf dem Surfbrett.

Als Finn mit dem Finger auf ihn zeigte, wurde der Mann auf sie aufmerksam. Er stieß einen überraschten Laut aus, sprang vom Barhocker und kam mit ausgebreiteten Armen auf sie zugelaufen. Er umarmte Finn, der immerhin einen halben Kopf größer war als Svea, und hob ihn mühelos hoch. Er wirbelte ihn herum wie einen kleinen Jungen, und während es Svea eher peinlich war, schien Finn das auch noch zu gefallen.

»Das ist mein Papa«, sagte er stolz zu Svea. »Und das ist meine Freundin Svea«, fügte er an seinen Vater gerichtet hinzu.

Svea fühlte sich von Kopf bis Fuß gemustert, dann lachte der Mann anerkennend. »Mein Sohn hat einen guten Geschmack.«

Gleich darauf lag auch sie an der Brust des Mannes. Von der typisch schwedischen Zurückhaltung hatte er offensichtlich noch nie etwas gehört.

»He, Leute, Schluss für heute!«, rief er seinen Jüngern zu. »Wir machen morgen weiter. – Und was machen wir drei Hübschen jetzt?«, wandte er sich wieder an Finn und Svea.

»Ich habe Hunger!«, war das Erste, was Svea daraufhin einfiel.

»Kein Problem.« Der Mann hakte sie unter, griff mit der anderen Hand nach Finns Arm und zog sie beide mit sich zur Strandbar. Dort bestellte er drei große Hamburger.

»Also, ihr beiden, wie kommt ihr hierher, was macht ihr hier, und wie lange bleibt ihr?«

»Zug, Durchreise, nur ein paar Stunden«, antwortete Finn kurz und knapp in der gleichen Reihenfolge. »Wir machen Ferien«, sagte er dann. »Eigentlich wollen Svea und ich durch ganz Schweden reisen.«

»Coole Idee.« Finns Vater nickte.

Svea fand, dass diese Art zu reden zu einem Mann in seinem Alter nicht wirklich passte. Er schien sich alle Mühe zu geben, jünger zu wirken, als er wirklich war.

»Leider gibt es da ein Problem«, fuhr Finn vorsichtig fort. »Wir haben nicht genug Kohle.«

»Verstehe!« Sein Vater nickte erneut und zog die Stirn kraus.

»Mama hat gerade nichts, wegen des Restaurants und so. Und da wollte ich dich fragen, ob du mir nicht ein bisschen was geben kannst.«

»Klar, Junge!« Dag schlug seinem Sohn auf die Schulter und zückte gleich darauf die Geldbörse. »Viel ist es nicht, aber was ich habe, gebe ich dir.«

Finns Augen leuchteten begeistert auf, als sein Vater ihm ein paar Scheine in die Hand drückte. Für Finn schien das eine Menge Geld zu sein, aber Svea war eher entsetzt. Sie hatte auf mehr gehofft und wusste bereits jetzt, dass sie mit dem bisschen Geld nicht weit kommen würden.

Sie sagte nichts, wollte Finn nicht die Freude verderben und auch nicht unbescheiden erscheinen.

Kurz darauf kamen die Burger, und zumindest mit ihnen war Svea uneingeschränkt zufrieden. Wenigstens war sie jetzt satt.

Selmas Welt

Romeo und Julia sind in Ystad gelandet. Ich gebe gerne zu, dass Ystad sich grundlegend von Verona unterscheidet, aber romantische Plätze gibt es auch hier. Immerhin hat die Stadt über dreihundert Fachwerkhäuser und besteht überwiegend aus Kopfsteinpflaster, was mich daran erinnert, dass ich mir unbedingt unterwegs ein Paar flache Schuhe kaufen muss.

Leider haben unser Romeo und unsere Julia aber offensichtlich keine Zeit, die romantischen Plätze zu erkunden. Nach einer opulenten Mahlzeit, die hauptsächlich aus Burgern bestand und sich sehr von den Ernährungsgewohnheiten im Shakespeare'schen Verona unterscheiden dürfte, haben die beiden einen muskulösen blonden Surflehrer nach Hause begleitet. Keine Ahnung, wer das war und was sie dort zu suchen hatten, aber das ist wahrscheinlich auch nicht wichtig, weil dieser Hüne keine Anstalten machte, die beiden an ihrer weiteren Reise zu hindern. Ein Komplize vielleicht ...?

Okay, Leute, ein bisschen neugierig bin ich ja schon und ihr wahrscheinlich auch, aber wenn ich in Ystad versucht hätte, das Rätsel zu lösen, hätte ich Romeo und Julia aus den Augen verloren, und das wollen wir ja alle nicht.

Nach einer für mich viel zu kurzen Nacht haben die beiden ihre Flucht fortgesetzt, und als treue Berichterstatterin folge ich ihnen natürlich.

Wir sind jetzt auf dem Weg nach Trelleborg, und das junge Paar fünf Sitzreihen vor mir wirkt eher müde als romantisch verklärt. Was ich gut verstehen kann. Ich bin auch müde, und ich hoffe, dass Trelleborg das Endziel des heutigen Tages ist. Ich sehne mich nach einem schönen Hotelzimmer, einer Dusche und zehn Stunden Schlaf. Mindestens!

Wir lesen uns später wieder!

Den Text schickte Selma mit ihrem Smartphone an Erik Asmussen. Sie hielt das Handy in der Hand und wartete auf seine Bestätigung, dass der Text angekommen war.

Selma gähnte ungeniert. Sie hatte kaum geschlafen, weil sie das Haus des Mannes beobachten musste, in dem das junge Glück die Nacht verbracht hatte. Sie lehnte das Gesicht kurz an die kühle Fensterscheibe, ohne dabei das Paar vor ihr aus den Augen zu lassen. Als Romeo den Kopf wandte, beugte sie sich vor, damit er ihr Gesicht nicht sehen konnte.

Verflixt, hatte der Junge bemerkt, dass sie ihnen folgte?

Als Selma den Kopf hob, schaute der Junge wieder geradeaus, und sie atmete auf. Sie musste vorsichtig sein. Am besten besorgte sie sich morgen nicht nur ein Paar bequeme Schuhe, sondern auch eine Perücke für die weitere Verfolgung. Ein Piepston ihres Handys kündigte eine SMS an. Selma las Eriks kurze Nachricht: *Text okay, weiter so.*

Selma lächelte. Dieser Auftrag begann ihr allmählich richtig Spaß zu machen.

– 15 –

Kristina hatte von Bengt geträumt und war mit einem Lächeln im Gesicht aufgewacht. Es war noch sehr früh, aber draußen dämmerte es bereits.

Sie setzte sich auf. Für ein Frühstück im Hotel war es noch zu früh, aber sie konnte unterwegs irgendwo frühstücken. Sie stand auf, presste ihr Ohr gegen die Wand, konnte aber nichts hören. Entweder waren die Wände zu dick oder Hendrik Lundgren schlief noch tief und fest.

Kristina grinste, als sie an den Gastrokritiker dachte. Ob er bemerkt hatte, dass sie das Hotel gestern heimlich verlassen hatte?

Ganz leise verließ sie ihr Zimmer und stellte sich dabei Hendrik Lundgrens Gesicht vor, wenn er später feststellen musste, dass sie bereits abgereist war. Während sie an der Rezeption die Übernachtung bezahlte – einen Preis, der glücklicherweise nicht ganz so hoch war, wie sie befürchtet hatte –, schaute sie immer wieder zur Treppe. Offenbar war sie der einzige Gast, der um diese Zeit schon auf war, und selbst der Nachtportier, der ihre Abrechnung fertig machte, wirkte ziemlich schläfrig.

Als Kristina ihre Reisetasche auf dem Rücksitz ihres Wagens verstaut hatte und hinter dem Lenkrad saß, fühlte sie sich sicher. Sie war ihrem Verfolger entkommen, und jetzt konnte er sie auch nicht mehr einholen. Bis er registriert hätte, dass sie nicht mehr da war, würde sie schon einige Kilometer zurückgelegt haben.

Kristina dachte angestrengt nach, während sie ihren Wagen vom Parkplatz steuerte. Auf der Autobahn würde Hendrik Lundgren sie mit seiner Angeberkutsche zweifellos einholen, also nahm sie besser die Landstraße.

Der Tag begann so gut, wie der letzte geendet hatte. Kristina mochte den südlichen Teil Schwedens, sie genoss die Fahrt durch endlos scheinende Wälder, durch hügelige Landschaften und vorbei an kleinen Seen, von denen sie nicht einmal die Namen kannte.

Sie steuerte die erste Tankstelle an, ließ Benzin und Kühlwasser nachfüllen und holte sich am Automaten einen heißen Kaffee, der besser roch, als er schmeckte. Während sie die heiße Brühe schluckweise trank, versuchte sie noch einmal, Dag zu erreichen. Eigentlich hatte sie ihn gestern Abend noch anrufen wollen, aber dann war die Begegnung mit Bengt dazwischengekommen, und sie war viel zu spät zum Hotel zurückgekehrt, um noch irgendwo anrufen zu können.

Du hättest eine SMS schicken können, flüsterte eine kleine, gehässige Stimme ihr zu.

Okay, antwortete Kristina dieser Stimme in Gedanken. Ich habe es vergessen, und ich schäme mich, dass ich meinen eigenen Sohn vergessen habe, weil mich die Begegnung mit einem Mann in meine Teenagerzeit zurückversetzt hat. Mit allem, was dazugehört: Schmetterlinge im Bauch, weiche Knie ...

Selbst jetzt, wo sie an Bengt dachte, verzog sich ihr Gesicht zu einem Lächeln, das auf andere wahrscheinlich sehr albern gewirkt hätte.

Bevor sie ihre Fahrt fortsetzte, kaufte Kristina noch einen Schokoriegel für unterwegs. Immer wieder schaute sie in den Rückspiegel, aber die Straße hinter ihr blieb meist leer, und wenn einmal ein Auto näher kam, war es zum Glück nie der Wagen, den sie befürchtete.

Kristina fuhr so langsam, dass sie von allen nachfolgenden Fahrzeugen überholt wurde. Sie drosselte das Tempo weniger wegen der schönen Landschaft, sondern weil sie ihr Auto schonen wollte. Gestern, auf der ersten Etappe, hatte sie ihrer armen alten Kiste ziemlich viel abverlangt und prompt die Quittung dafür erhalten.

Mit jedem Kilometer, den sie zurücklegte, fühlte Kristina sich sicherer. Erst einmal musste Hendrik Lundgren überhaupt bemerkt haben, dass sie abgereist war. Und dann würde er wahrscheinlich wieder auf die E 4 fahren, um sie einzuholen, und sich an jeder Abfahrt verzweifelt fragen, ob sie die Autobahn wohl verlassen hatte.

Kristina lachte vor Schadenfreude laut auf und schlug mit der Hand aufs Lenkrad – und als wollte das Schicksal oder wer auch immer sie dafür bestrafen, quollen unmittelbar darauf dunkle Wolken unter ihrer Motorhaube hervor.

»Verdammt! Verdammt! Verdammt!« Kristina war das Lachen vergangen. Die Geschwindigkeit musste sie diesmal nicht drosseln, das machte ihr Wagen von selbst. Sie schaffte es gerade noch, auf den Grünstreifen zwischen Wald und Straße zu fahren, bevor der Motor nach einem gequälten Röcheln vollständig erstarb. Die Nadel der Temperaturanzeige war bis zum Anschlag nach oben geschnellt.

Kristina blieb sitzen, versuchte, ruhig zu bleiben. »Der Wagen muss nur abkühlen«, machte sie sich selbst Mut und hoffte, danach wenigstens bis zur nächsten Tankstelle zu kommen.

Nach ein paar Minuten versuchte sie, den Motor zu starten. Nichts!

»Nun komm schon!«, sagte sie, wartete aber weitere fünf Minuten, bevor sie es noch einmal probierte. Der Motor gab keinen Ton mehr von sich.

Kristina fiel nichts Besseres ein, als die Motorhaube zu öffnen, obwohl sie keine Ahnung vom Innenleben eines Autos hatte. Ihre hypnotischen Blicke, die den Motor beschwören sollten, und die aufmunternden Worte: »Jetzt stell dich nicht so an«, halfen jedoch nicht weiter. Sie versuchte ein letztes Mal, den Motor zu starten. Er gab noch nicht mal mehr gurgelnde Geräusche von sich. Nur ein leises Klicken war zu hören, als sie den Schlüssel herumdrehte.

Kristina musste Hilfe holen, und das würde ihr schmales Budget noch weiter belasten. Als sie ihr Handy aus der Handtasche fischte und feststellte, dass der Akku leer war, fluchte sie laut. »Verdammter Mist! Du kannst was erleben, wenn ich dich erwische, Finn.«

Ihr ganzer Ärger richtete sich gegen ihren Sohn. Wäre er nicht mit Hendrik Lundgrens Tochter abgehauen, säße sie nicht mitten im Wald auf einer einsamen Straße fest. Wenn wenigstens ein anderes Fahrzeug kommen würde ...

Sie hatte diesen Gedanken kaum zu Ende gedacht, da hörte sie einen Motor. Irgendwo hinter der Kurve näherte sich ein Fahrzeug mit hoher Geschwindigkeit.

Kristina war fest entschlossen, den Fahrer des anderen Autos zum Anhalten zu zwingen und ihn zu überreden, Hilfe zu holen. Hoffentlich hatte er auch ein Handy dabei!

Sie stellte sich mitten auf die Straße und hob beide Hände. Der Wagen kam um die Kurve. Entsetzt ließ Kristina die Hände sinken, aber es war zu spät. Der Fahrer hatte sie bereits erkannt. Er ging vom Gas, bremste und stellte sein Auto hinter ihrem ab.

Mit einem niederträchtigen Grinsen stieg Hendrik Lundgren aus seinem Auto. »Will er nicht mehr?«, fragte er mit einem süffisanten Unterton und wies auf ihren Wagen.

»Was geht Sie das an?«, erwiderte Kristina hochnäsig. Leisten konnte sie sich das eigentlich nicht, aber bevor sie sich ausgerechnet von diesem Mann helfen ließ, würde sie lieber die ganze Strecke bis Ystad zu Fuß gehen.

»Ist er wieder heiß gelaufen?«, fragte Hendrik Lundgren, ganz so, als hätte er ihre unterschwellige Aggressivität nicht bemerkt.

Kristina antwortete nicht.

»Ach so.« Das Grinsen auf seinem Gesicht wurde breiter. »Sie haben mir gestern nur mittels Rauchzeichen mitteilen wollen, dass Sie in Gränna einen Zwischenstop einlegen.«

Kristina riss die Wagentür auf, nahm ihre Handtasche vom Beifahrersitz und schloss ihren Wagen ab.

»Überflüssig«, kommentierte Hendrik Lundgren ihr Tun. »Den klaut keiner mehr.«

Kristina warf ihm einen wütenden Blick zu, fest entschlossen, auf seine Provokationen nicht einzugehen. Sie wechselte die Straßenseite und lief los. Einfach nur geradeaus. Nur weg von diesem unausstehlichen Typen, bevor sie die Kontrolle über sich verlor.

Wieso war er überhaupt hier? Woher hatte er gewusst, dass sie die Landstraße genommen hatte?

Da sie beschlossen hatte, ihn zu ignorieren, konnte sie ihn schlecht fragen. Außerdem hatte sie sich inzwischen einige Meter von ihrem Auto und von Hendrik Lundgren entfernt. Als sie ein Auto heranfahren hörte, drehte sie sich nicht um.

Hendrik Lundgren fuhr langsam neben ihr her, das Seitenfenster hatte er geöffnet. »Wenn Sie mir verraten, wo Sie hinwollen, fahre ich Sie gerne!«, rief er ihr zu.

Hoch erhobenen Hauptes ging Kristina weiter. Kein Wort kam über ihre Lippen. Nicht einmal aus den Augenwinkeln sah sie zu ihm hin. Hendrik Lundgren war einfach Luft für sie.

»Sie benehmen sich albern!«, rief er ihr zu.

Kristina ging schneller. Er quittierte das mit einem höhnischen Lachen und trat einfach ein bisschen fester aufs Gaspedal, das hörte sie ganz deutlich.

Die Sonne hatte noch tief im Osten gestanden, als sie in Gränna losgefahren war. Der Himmel war tiefblau gewesen, ein schöner Sommertag hatte sich angekündigt. Vielleicht schien in Gränna tatsächlich die Sonne, aber hier waren graue Wolken am Himmel. Kristina war das bisher nicht aufgefallen, weil die Straße durch einen dichten Wald führte und die hohen Bäume das Licht filterten. Aber es war nicht nur wegen der Bäume so dunkel, der Himmel hatte sich zugezogen.

Kristina stöhnte auf, als sie die ersten Regentropfen spürte. Warum jetzt? Warum ich? Warum klappt überhaupt nichts mehr? Warum geht alles schief in meinem Leben?

»Sie werden nass!«, rief Hendrik Lundgren durch das geöffnete Autofenster.

Das war mehr, als Kristina schweigend hinnehmen konnte. Sie blieb stehen und wandte sich um. »Vielen Dank, ohne Ihren Hinweis hätte ich das gar nicht bemerkt.«

Hendrik Lundgren war mit laufendem Motor ebenfalls stehen geblieben. »Jetzt steigen Sie schon ein«, sagte er.

»Lieber krieche ich auf allen vieren nach ... « Gerade noch rechtzeitig brach sie ab.

»Ja?« Seine Augen verengten sich zu schmalen Schlitzen.

Kristina schüttelte den Kopf, verärgert über sich selbst, und setzte ihre stumme Wanderung fort. Der Regen wurde stärker, Wind kam auf. Sie hörte, wie Hendrik Lundgren Gas gab, und ohne den Kopf zu drehen oder aus den Augenwinkeln nach rechts zu schauen, wusste sie, dass er auf der anderen Straßenseite wieder neben ihr herfuhr. Das Motorgeräusch von Hendrik Lundgrens Wagen übertönte das Motorgeräusch des anderen Fahrzeugs, das hinter ihm auftauchte und ihn mit einem ärgerlichen Hupen überholte.

Kristina hielt kurz inne, ärgerte sich, weil sie diese Chance verpasst hatte.

Hendrik Lundgren sagte etwas, was sie wegen des Regens und Windes nicht verstehen konnte. Sie wollte es auch gar nicht hören, ging einfach weiter und schrie plötzlich erschrocken auf. Ein greller Blitz zerteilte die Wolken und schien direkt vor ihr auf der Straße zwischen den Bäumen einzuschlagen.

Wenn es etwas gab, wovor Kristina panische Angst hatte, dann waren es Gewitter. Das war schon als Kind so gewesen, und es hatte sich bis heute nicht geändert. Im vergangenen Sommer hatte sie einmal angstschlotternd in der Kühlkammer gesessen, weil sie dort die Blitze nicht sehen und den Donner nicht hören konnte. Niemals wäre sie auf die Idee gekommen, bei einem Gewitter ins Freie zu gehen. Verglichen mit dem Gewitter war Hendrik Lundgren das geringere Übel.

Kristina hechtete über die Straße und zwang ihn, abrupt zu bremsen. Sie rannte zur Beifahrerseite, riss die Tür auf, ließ sich auf den Sitz fallen und zog die Tür hastig hinter sich zu. Sie starrte angestrengt nach vorn, ihr Puls raste. Langsam wandte sie den Kopf nach links.

Hendrik Lundgren grinste sie an. »Schön, dass ich Sie umstimmen konnte«, sagte er anzüglich. »Ich ...«

Ein greller Blitz, dicht gefolgt von einem Donnerschlag, unterbrach ihn.

»Machen Sie das Fenster zu.« Kristina bemerkte selbst, dass sie hysterisch klang. »Machen Sie sofort das Fenster zu.« Sie wies auf das Seitenfenster neben ihm.

Hendrik Lundgren grinste immer noch. Er konnte den automatischen Fensterheber direkt am Lenkrad betätigen. Mit aufreizender Langsamkeit ließ er die Scheibe nach oben. Erst als das Fenster geschlossen war, atmete sie auf und fühlte sich sicher. Sie schaute wieder nach vorn, weil sie sein Grinsen nicht mehr ertragen konnte.

»Und jetzt?«, fragte Hendrik Lundgren.

»Keine Ahnung.« Kristina zuckte mit den Schultern und sah ihn an. »Wieso sind Sie überhaupt hier?«

»Ich hatte die Wahl zwischen Autobahn und Landstraße. Ich habe mir gedacht, dass Sie die Landstraße nehmen. Weil Ihr Wagen gestern schon Rauchzeichen von sich gegeben hat und weil Sie mich in die Irre führen wollten.«

»Stimmt«, gab Kristina unumwunden zu. »Aber ich hätte auch irgendwo abfahren können.«

»Unwahrscheinlich, nach Ystad geht's da lang.« Er wies mit dem Zeigefinger nach vorn und schaute sie dabei unverwandt an.

Kristina verschluckte sich fast vor Überraschung. »Woher wissen Sie, dass ich nach Ystad will?«

»Ich war ganz in der Nähe, als Sie sich gestern von Ihrem blonden Wikinger verabschiedeten.«

»Sie haben mir nachspioniert und mich belauscht?«

»Es dürfte Ihnen nicht entgangen sein, dass ich Ihnen gestern schon den ganzen Tag gefolgt bin, und Sie kennen auch genau den Grund. Sagen Sie mir, wo meine Tochter ist, und Sie sind mich los.«

Kristina überhörte den letzten Satz. »Tagsüber sind Sie mir offensiv gefolgt. Gestern Abend habe ich Sie aber nicht gesehen.«

»Aha?« Er zog die Stirn kraus. »Sie haben nichts dagegen, wenn ich Sie verfolge, solange Sie mich sehen können?«

»Reden Sie keinen Unsinn!«, fuhr Kristina ihn an. »Sie sind unerträglich und lästig!«

»Und neugierig«, fügte er amüsiert hinzu. »Kannten Sie diesen blonden Hünen vorher schon, oder haben Sie ihn gestern erst kennengelernt?«

Kristina sah ihn wütend an. »Das geht Sie überhaupt nichts an!«, erwiderte sie hochmütig und schrie leise auf, als es wieder blitzte. Der Donner folgte diesmal mit einigem Abstand. Das Gewitter verzog sich langsam.

Hendrik lachte leise auf. »Sie dürfen sich gerne an mich klammern, wenn Ihnen das hilft.«

»Ja, wenn ich Ihren Hals umklammern und ganz fest zudrücken darf.«

»Lieber nicht.« Er schüttelte grinsend den Kopf. »Also, was ist jetzt? Wollen Sie hier nur das Gewitter abwarten und dann zu Fuß weiterlaufen, soll ich Sie zu Ihrem Wagen zurückbringen, oder sollen wir die Suche nach unseren Kindern gemeinsam fortsetzen?«

Er wirkte sehr umgänglich, fast schon freundlich, und damit konnte Kristina überhaupt nichts anfangen.

»Fahren wir zusammen nach Ystad?«, fragte er.

Kristina zuckte mit den Schultern. Eigentlich war sein Angebot sehr großzügig. Er kannte ihr Ziel, hätte sie einfach hier stehenlassen können, und genau das war der Punkt, den sie nicht verstand.

»Warum?«, fragte sie.

»Warum was?« Seine Verständnislosigkeit war offensichtlich nicht gespielt.

Kristina verengte die Augen, schaute ihm prüfend ins Gesicht. »Wieso bieten Sie mir an, gemeinsam nach Ystad zu fahren? Sie kennen das Ziel. Umgekehrt hätte ich Sie einfach stehenlassen.«

Hendrik Lundgren lächelte. »Vielleicht bin ich nicht ganz so übel, wie Sie glauben. Außerdem bin ich inzwischen zu der Überzeugung gekommen, dass wir aufeinander angewiesen sind. Ich habe einen funktionierenden Wagen, und Sie kennen das Ziel unserer Kinder.«

»Nein, das kenne ich nicht«, sagte Kristina und schüttelte den Kopf.

Diesmal war er es, der kein Wort sagte, sie aber erwartungsvoll anschaute.

Kristina nickte schwach. »Ich habe eine Ahnung«, gab sie zu.

»Okay«, sagte er gedehnt. »Fahren wir also zusammen weiter?«

Er hatte recht, es war die vernünftigste Lösung. Trotzdem

widerstrebte es ihr, die Reise mit diesem Mann fortzusetzen. Er wirkte heute vernünftig, er war ruhig, sogar richtig freundlich. Das passte nicht zu dem Bild, das sie sich inzwischen von ihm gemacht hatte, und sie wollte dieses Bild nicht korrigieren. Er hatte ihr nicht nur geschadet, er hatte sie verletzt mit seiner Kritik am *Kristinas*.

»Sie mögen mich nicht, und ich mag Sie nicht«, sagte er nach ein paar Minuten des Schweigens. »Ich biete Ihnen auch keinen Frieden an, sondern nur einen Waffenstillstand, bis wir unsere Kinder gefunden haben.«

Dass sie ihn nicht mochte, war die Untertreibung des Jahrhunderts. Es gab nur einen Menschen, den sie noch mehr verabscheute als Hendrik Lundgren. Trotzdem konnte sie sich der Vernunft seines Vorschlags nicht entziehen. »Also gut.« Sie nickte und bat ihn nach kurzem Schweigen: »Kann ich mal Ihr Handy haben?«

Hendrik Lundgren fragte nichts, sagte kein Wort, als er ihr sein Handy reichte. Sie wählte Dags Nummer, aber auch heute Morgen meldete sich nur die Mailbox. »Dag, ruf mich bitte sofort an, wenn du meine Nachricht abhörst. Und wenn Finn mit einem Mädchen bei dir auftaucht, halte die beiden bitte auf, bis ich da bin.«

Sie gab Hendrik Lundgren das Handy zurück. Er steckte es wortlos wieder ein und startete den Motor.

»Ich kann mein Auto nicht ewig am Straßenrand stehenlassen«, wandte Kristina ein.

»Es ist nicht mehr weit bis Växjö«, sagte Hendrik Lundgren. »Wir werden eine Werkstatt beauftragen, den Wagen abzuholen.«

Das würde weitere Kosten für das Abschleppen bedeuten, die sie nicht eingeplant hatte, ganz zu schweigen von der notwendigen Reparatur. Doch Kristina sagte nichts, nickte nur niedergeschlagen. Sie hatte keine andere Wahl.

Trotzdem musste Hendrik Lundgren noch einmal wenden und sie zu ihrem Wagen zurückbringen, damit sie ihre Reisetasche mitnehmen konnte. Ohne große Hoffnung versuchte Kristina noch einmal, ihren Wagen zu starten. Immerhin röhrte der Motor kurz auf, erstarb dann aber sofort wieder.

»Ich kann durchaus verstehen, dass Sie nur ungern mit mir weiterfahren.« Hendrik Lundgren war aus seinem Wagen gestiegen und beugte sich neben der offenen Fahrertür zu ihr hinab. »Und glauben Sie mir, auch ich kann mir Schöneres vorstellen, als meine Zeit mit Ihnen zu verbringen. Aber es bringt nichts, mit dieser Kiste weiterzufahren, bevor sie gründlich durchgecheckt wurde. Sonst stehen Sie nach ein paar Kilometern wieder am Straßenrand.« Er grinste sie frech an. »Und ich bin nicht sicher, ob ich dann noch einmal anhalte, um Sie mitzunehmen.«

Kristina schloss die Augen und zählte in Gedanken ganz langsam bis zehn. Wie sollte sie ihn stundenlang ertragen, wenn es ihr schon in den ersten Minuten schwerfiel? Sie stieg aus dem Wagen und musste sich an ihm vorbeidrängen, weil er nicht zur Seite trat. Er lächelte sie an, als wüsste er genau, was gerade in ihr vorging.

Kristina schlug die Fahrertür zu, nahm ihre Reisetasche vom Rücksitz und schloss den Wagen ab. »Fahren wir«, sagte sie kühl zu Hendrik Lundgren und stapfte vor ihm her zu seinem Wagen, den er direkt vor ihrem abgestellt hatte.

Hendrik Lundgren nahm auf dem Fahrersitz Platz. Kristina

setzte sich neben ihn. Sie spürte, dass er sie anschaute, und wappnete sich innerlich für eine erneute Provokation. Sie sah stur geradeaus und war fest entschlossen, nicht zu antworten. Zu ihrer Überraschung sagte er aber nichts mehr, sondern startete einfach den Wagen und fuhr los.

Die nächste halbe Stunde sagten sie beide kein Wort, und die Spannung zwischen ihnen wuchs mit jedem Kilometer, den sie zurücklegten. Es war unerträglich.

Unbewusst seufzte Kristina laut auf, als endlich die ersten Häuser von Växjö zu sehen waren. Sie hörte Hendrik Lundgren leise lachen, er sagte aber noch immer nichts.

Erst als er vor einer Autowerkstatt anhielt, ohne unterwegs nach dem Weg zu fragen, brach Kristina das Schweigen. »Sie kennen sich hier aus?«

»Ich komme viel herum«, sagte er. »Ich bin Gastrokritiker.«

»Das habe ich nicht vergessen«, erwiderte sie und stieg aus dem Wagen.

Ein Mann im blauen Overall trat aus dem offenen Tor der Werkstatt. Kristina sah hinter ihm eine Hebebühne, auf der ein Auto stand, und einen weiteren Mechaniker, ebenfalls im Overall, der daran herumschraubte.

Der Mann, der jetzt herausgekommen war, und Hendrik Lundgren begrüßten sich wie alte Bekannte.

»Hej, Emil!« Hendrik ergriff die ausgestreckte Rechte des Mannes mit beiden Händen.

»Hej, Hendrik! Schön, dich mal wieder zu sehen. Bist du wieder auf Fresstour, um anschließend die armen Restaurantbesitzer in der Luft zu verreißen?«

Sein neugieriger Blick fiel auf Kristina. Ein vielsagendes

Grinsen erschien auf seinem Gesicht. »Sieht wohl doch eher nach einer ganz privaten Tour aus.«

»Ich suche Svea, sie ist abgehauen«, sagte Hendrik.

Kristina wunderte sich, dass er so offen darüber sprach.

»Das ist übrigens Kristina Ljungström«, stellte er sie dem Mechaniker vor. »Svea ist mit ihrem Sohn durchgebrannt. Und das ist mein Cousin Emil.«

Das erklärte Hendriks Offenheit und auch seine hervorragende Ortskenntnis. Kristina hatte den Eindruck, dass die beiden Männer sich sehr gut leiden konnten, obwohl sie völlig unterschiedlich waren.

Emil war ihr auf Anhieb sympathisch. Er gab ihr die Hand zur Begrüßung und schaute ihr prüfend in die Augen. Jetzt erkannte sie eine schwache Ähnlichkeit mit Hendrik Lundgren, obwohl Emil im Gegensatz zu Hendrik blonde Haare und blaue Augen hatte. Dieser abschätzende Blick, die Art, wie er sie anschaute, war der gleiche.

Emil wandte sich wieder Hendrik zu und klopfte ihm lachend auf die Schulter. »So viel Mumm hätte ich der Kleinen überhaupt nicht zugetraut.«

Hendrik Lundgren zog die Stirn in Falten. »Das ist nicht lustig.«

Ausnahmsweise war Kristina mal seiner Meinung.

»Also, bei mir war sie nicht.« Emil schaute zwischen Hendrik und Kristina hin und her. »Ich weiß auch nicht, ob sie hierherkommen würde. Svea kennt mich ja kaum.«

»Daran habe ich auch nicht gedacht.« Hendrik Lundgren schüttelte den Kopf. »Wir haben den Verdacht, dass die beiden nach Ystad unterwegs sind.«

Emil wollte wissen, worauf sich dieser Verdacht begründete, und Kristina rückte mit der Sprache raus. »Mein Ex-mann, Finns Vater, lebt in Ystad. Leider konnte ich ihn tele-fonisch nicht erreichen, und deshalb bin ich auf dem Weg zu ihm, damit ich Finn erwische, bevor er mit Svea weiter-zieht.«

»Wir sind deshalb unterwegs«, berichtigte Hendrik.

»Wir.« Kristina nickte und merkte selbst, dass ihre Miene verriet, wie wenig begeistert sie von Hendriks Gesellschaft war.

Emil schaute sie an, grinste plötzlich. »Ist es so schlimm?«

Kristina zuckte mit den Schultern. »Ich habe ein Restau-rant in Stockholm«, sagte sie. Ihr Blick flog kurz zu Hendrik. Als sie Emil wieder anschaute, konnte sie sich ein Lächeln nicht verkneifen. »Unsere erste Begegnung kann man nicht unbedingt als erfreulich bezeichnen.«

»Verstehe.« Emil nickte. »Als Kritiker kann Hendrik ziemlich ätzend sein, aber privat ist er ein ganz netter Kerl.«

Vielleicht musste Emil das ja so sehen, Hendrik Lundgren gehörte schließlich zur Familie. Allerdings gab es in ihrer eigenen Familie eine Person, die sie selbst überhaupt nicht ausstehen konnte.

Kristinas Gedanken waren kurz abgeschweift, und sie hatte das Gespräch der beiden Männer nicht verfolgt. Erst als Hendrik Lundgren sie nach ihrem Autoschlüssel fragte, hörte sie wieder zu.

Emil versprach, den Wagen abzuholen, genau durchzuche-cken und sie anzurufen, um sie über die Kosten zu informie-ren, bevor er mit einer eventuellen Reparatur begann.

Ein Trost war das für Kristina nicht. Sie konnte sich keine kostspielige Reparatur leisten, und schon gar keinen neuen

Wagen. Nicht einmal einen gebrauchten. Im Grunde konnte sie sich überhaupt nichts mehr leisten. Das Budget, das ihr für Reparaturen zur Verfügung stand, brauchte gerade Ole Håkansson im *Kristinas* auf.

Sie musste dringend Mikael anrufen und fragen, wie es im *Kristinas* voranging. Es machte sie verrückt, hinter ihrem Sohn herzujagen, während sie nicht wusste, was gerade in ihrem Restaurant passierte. Gleichzeitig hatte sie Angst, Finn in Ystad nicht mehr anzutreffen.

»Können wir weiterfahren?«, drängte sie.

Hendrik Lundgren nickte und schüttelte gleich darauf den Kopf. »Ich muss etwas essen«, sagte er. »Haben Sie keinen Hunger?«

Doch, jetzt, wo er es sagte, hörte sie das leise Knurren ihres Magens. Ihre Ungeduld hatte es übertönt, und eigentlich wollte sie lieber direkt weiterfahren.

Hendrik Lundgren schien ihr Schweigen als Zustimmung zu deuten. »Kommst du mit?«, wandte er sich an Emil. »Ich lade dich ein.«

Emil hatte keine Zeit, und als sie sich kurz darauf von ihm verabschiedeten und weiterfuhren, hoffte Kristina, dass sich das Mittagessen dadurch erledigt hatte. Sie schlug vor, irgendwo einen Snack zu besorgen, den sie unterwegs essen konnten. Sie nahm an, dass Hendrik Lundgren damit einverstanden war, bis er vor einem kleinen Restaurant außerhalb Växjös anhielt.

Kristina spürte, wie sie sich innerlich sträubte, und wahrscheinlich sah er ihr das an.

»So viel Zeit muss sein«, sagte er. »Ihr Magenknurren halte ich nicht bis Ystad aus.«

»Wir könnten irgendwo eine Kleinigkeit besorgen und unterwegs essen«, wiederholte sie ihren Vorschlag von gerade eben.

»Könnten wir.« Hendrik Lundgren lächelte. »Aber dann entgehen Ihnen die besten Garnelen des Universums.«

»Dass Sie zu Übertreibungen neigen, ist mir nicht neu«, erwiderte Kristina trocken und spielte damit auf das Radiointerview an.

Hendrik Lundgren schien genau zu wissen, was sie damit meinte, aber er ging nicht darauf ein, sondern fragte lediglich: »Warum lassen Sie sich nicht einfach überraschen?«

»Weil ich so schnell wie möglich nach Ystad fahren will.«

»Sie haben Ihrem Mann doch eine Nachricht auf der Mailbox hinterlassen, dass er die Kinder aufhalten soll, wenn sie zu ihm kommen.«

Hendrik Lundgren kannte Dag nicht, wusste nicht, wie verantwortungslos er war. Auch wenn Dag die Nachricht abhörte, bedeutete das nicht, dass er Finn und Svea nicht weiterziehen ließ. Sofern die beiden überhaupt bei ihm auftauchten. Davon war Kristina allerdings überzeugt. Die beiden hatten kein Geld, und wenn man Dag auch alles Mögliche nachsagen konnte, kleinlich war er nicht. Sofern er gerade Geld hatte.

Kristinas tiefer Seufzer wurde vom Knurren ihres Magens übertönt.

»Sie haben Hunger«, stellte Hendrik Lundgren mit einem amüsierten Unterton fest.

Kristina warf ihm einen finsteren Blick zu. »Also gut, wenn Sie mich unbedingt zum Essen zwingen wollen, bleibt mir wohl nichts anderes übrig.« Sie hörte sein Lachen, als sie aus dem Wagen stieg.

Das Restaurant war klein und unscheinbar und sah irgendwie nicht so aus, wie sie sich die Restaurants vorstellte, die ein Gastrokritiker wie Hendrik Lundgren besuchte.

Der Wirt kam freudestrahlend auf sie zu und begrüßte Hendrik überschwänglich. Dieser stellte sie einander vor: »Kristina Ljungström – Morton Claesson.«

Morton führte sie an einen der freien Tische direkt am Fenster. Er brachte keine Karte, schaute auch nur Hendrik an, als er fragte: »Wie immer?«

Hendrik bejahte, und Morton verschwand daraufhin, ohne Kristina zu fragen, ob sie nicht vielleicht etwas anderes wünschte.

»Machos unter sich«, murmelte sie leise vor sich hin. Aber nicht leise genug. Hendrik Lundgren grinste sie nur an.

Es dauerte nicht lange, bis das Essen serviert wurde. Spargel mit Garnelen, dazu Petersilienkartoffeln.

Kristina probierte einen Bissen und registrierte, dass der Gastrokritiker sie dabei aufmerksam beobachtete. Eigentlich hatte sie vor, keine Regung zu zeigen, egal, wie gut oder schlecht es ihr schmeckte. Doch als ihr der erste Bissen auf der Zunge zerging, verdrehte sie die Augen und stöhnte genussvoll auf.

»Wie Sie sehen oder vielmehr schmecken, habe ich Ihnen nicht zu viel versprochen.«

Morton kam wieder an den Tisch. » Braucht ihr noch etwas?«

Hendrik schüttelte den Kopf. »Es ist alles perfekt.«

Kristina schluckte hastig den nächsten Bissen hinunter. »Ja«, sagte sie zu Morton. »Ich habe noch eine Bitte.« Sie holte ein bisschen weiter aus und begann umständlich: »Ich besitze auch ein Restaurant.«

Morton schaute sie mit hochgezogenen Augenbrauen an.

»In Stockholm«, fügte sie schnell hinzu, um ihm klarzumachen, dass sie keine Konkurrenz für ihn war. »Und diese Garnelen sind so fantastisch, dass ich sie meinen Gästen auch gerne anbieten würde. Kann ich das Rezept haben?«

Morton schaute sie einen Moment schweigend an, als könnte er es nicht begreifen, dass sie mit einer solchen Bitte an ihn herantrat. »Bedaure«, sagte er abweisend, »aber es handelt sich um ein altes Familienrezept.« Damit drehte er sich um und ging.

Hendrik aß schweigend weiter und lächelte dabei still vor sich hin. Nach ein paar Minuten zog er einen Kugelschreiber aus der Innentasche seiner Jacke und notierte etwas auf der Papierserviette neben seinem Teller. Als er fertig war, faltete er die Serviette zusammen und reichte sie ihr über den Tisch. »Morton hat das Rezept von mir«, sagte er dabei. »Und ich würde es sehr begrüßen, wenn Sie den Gästen in Ihrem Restaurant auch einmal etwas Anständiges anbieten würden.«

Kristina verschluckte sich beinahe an ihrer Garnele, suchte nach einer möglichst kraftvollen Antwort und faltete dabei die Serviette auseinander. Sie begann zu lesen und beschloss, dass sie ihm als Dank für das Rezept diese eine Frechheit durchgehen lassen konnte.

Spargel mit Garnelen

1,5 kg Spargel
12 Riesengarnelen
2 Schalotten
3–4 kleine Knoblauchzehen
4 EL Olivenöl
1 EL Butter
60 ml Weißwein
125 ml Spargelfond
125 g Crème fraîche
1 EL Dill
1 Scheibe Weißbrot
Salz
Pfeffer
Zitronensaft
Zucker

Spargel schälen, holzige Enden entfernen. Wasser mit je 1 TL Salz und Zucker aufkochen, Weißbrot zugeben. Spargel darin ca. 10 Min kochen.

Backofen auf 50 °C vorheizen. Die Schalotten schälen und fein hacken. Die Garnelen putzen, Darm entfernen.

Knoblauch schälen, in kleine Stücke schneiden. Olivenöl und Butter erhitzen, Knoblauch in die Pfanne geben und die Garnelen darin von beiden Seiten 1–2 Min braten, mit Salz und Pfeffer würzen.

Die Garnelen aus der Pfanne heben, zudecken und im Backofen warm stellen.

Im Bratrückstand Schalotten glasig anbraten, mit Wein und Spargelfond aufgießen. Die Flüssigkeit auf ein Drittel einkochen lassen. Crème fraîche einrühren, mit Salz, Pfeffer und Zitronensaft würzen. Dill dazugeben.

Spargel vorsichtig aus dem Kochfond heben und gut abtropfen lassen. Auf Tellern anrichten, mit Dillsoße übergießen und mit den Garnelen belegen.

Als Beilage passen besonders gut Petersilienkartoffeln.

– 16 –

»Dreh dich nicht um«, zischte Finn ihr zu, »aber hinter uns sitzt wieder die Frau, die ich schon in Stockholm auf dem Bahnhof und im Zug nach Malmö gesehen habe.«

Prompt flog Sveas Kopf nach hinten.

»Du sollst nicht hingucken«, zischte Finn ihr zu.

Svea hatte nur einen kurzen Blick erhascht. Die Frau hatte den Kopf gesenkt und schien mit irgendetwas beschäftigt zu sein, das durch die Sitzlehnen verdeckt wurde.

»Glaubst du, sie verfolgt uns?«, fragte Svea leise. Beim ersten Mal hatte sie Finn noch ausgelacht, aber wenn es wirklich immer dieselbe Frau war, dann fand sie das schon komisch.

Finn zuckte mit den Schultern und schaute jetzt selbst noch einmal hinter sich, obwohl er es Svea verboten hatte. Svea wagte es daraufhin auch noch einmal, sich nach der Frau umzusehen.

Die blonde Frau hatte den Kopf immer noch gesenkt, schien sich überhaupt nicht für sie zu interessieren. Als sie aufblickte, flogen die Köpfe der beiden jungen Leute nach vorn.

Svea beugte sich zu Finn und legte ihren Kopf auf seine Schulter, um möglichst unauffällig zu wirken, falls die Blonde sie wirklich verfolgte. »Bist du dir ganz sicher, dass du sie schon in Stockholm gesehen hast?«, wisperte sie. »Vielleicht war das eine ganz andere Frau, die so ähnlich aussah.«

520

»Keine Ahnung«, gab Finn zu. »Aber komisch ist das schon. Wir müssen echt aufpassen. Vielleicht hat dein Vater uns ja eine Detektivin auf den Hals gehetzt.«

Svea lachte trocken auf und hob den Kopf wieder. »Wenn diese Frau wirklich im Auftrag meines Vaters hinter uns her wäre, säße ich schon längst im Flugzeug nach Frankreich. Mein Vater hätte mich erst gar nicht bis hierher kommen lassen. Vielleicht hat deine Mutter eine Detektivin eingeschaltet.«

Finn schüttelte den Kopf. »Dazu hat sie kein Geld.«

Beide hingen sekundenlang ihren Gedanken nach, bis Finn schließlich sagte: »Vielleicht bilde ich mir das wirklich nur ein, und sie sieht der Frau aus Stockholm nur sehr ähnlich.«

»Bestimmt.« Svea nickte, aber sie spürte, dass Finn an seinen eigenen Worten zweifelte, und das machte auch sie unsicher. Sie wandte erneut den Kopf, schaute hinter sich und direkt in die Augen der Blonden. Als ihre Augen sich trafen, wirkte die Frau unangenehm berührt und blickte schnell zu Boden.

»Wir müssen sie abhängen«, flüsterte Svea Finn zu.

Ein breites Grinsen zog über Finns Gesicht. »Das dürfte nicht schwer sein. Sie ist dick und alt.«

»Pst«, flüsterte Svea. Finn hatte ziemlich laut gesprochen, aber jetzt war es zu spät. Noch einmal sah sie sich um. Vorsichtig, verstohlen, aber die Blonde beachtete sie nicht mehr, hielt den Kopf gesenkt und war wieder mit etwas beschäftigt, das die Rückenlehnen der Bänke zwischen ihnen vor Sveas Blicken verbarg.

Selmas Welt

Die Jugend hat ihre eigenen Gesetze. Das war im alten Verona schon so, und es ist im modernen Schweden nicht anders. Zwei junge Menschen verlieben sich ineinander und trotzen ihren Eltern, die von dieser Liebe nichts wissen wollen. Doch ich frage mich allmählich, ob die Sache nicht auch einmal aus einem anderen Blickwinkel betrachtet werden muss: nämlich aus der Sicht der Eltern.

Im alten Verona inszenieren zwei Jugendliche ihren Tod, wodurch sie – und das musste ihnen bewusst sein – ihre Familien verzweifelt zurücklassen. Es war nicht mehr als ein unglücklicher Zufall, dass diese Inszenierung danebenging und die beiden Liebenden am Ende tatsächlich ihren Tod fanden.

Und was ist mit unseren Stockholmer Teenagern? Hauen einfach ab, weil ihre Eltern mit ihrer Liebe nicht einverstanden sind. Was unterscheidet sie von dem Liebespaar im alten Verona?

Nun, in der modernen Zeit werden junge Mädchen aus unserem Kulturkreis nicht zur Ehe mit einem ungeliebten Mann gedrängt, und eigentlich hatte selbst Julias Vater Capulet Bedenken, dass seine erst vierzehnjährige Tochter für die Ehe noch zu jung sein könnte. Genauso sehen es wahrscheinlich auch die Eltern unseres modernen Paares: Die beiden sind einfach noch zu jung.

Streng genommen hat sich nicht viel geändert, und ich komme zwangsläufig zu dem Schluss, dass die jungen Leute damals wie heute zwar glauben, alt genug für die Liebe zu sein, aber letztendlich nichts anderes als trotzige Teenager sind.

Wir lesen uns später wieder!

Selma hatte den Text in ihr Smartphone eingetippt und schickte ihn ohne lange zu überlegen an Erik Asmussen. Schließlich hatte ihr Chefredakteur sie aufgefordert, laufend zu berichten.

Selma wagte einen vorsichtigen Blick nach vorn. Die beiden rotzfrechen Gören, die vor ein paar Minuten noch ihr romantisches Liebespaar gewesen waren, schienen aber nicht mehr auf sie zu achten.

Von wegen dick und alt! Selma hatte die Worte von diesem Rotzlümmel genau gehört und sofort gewusst, dass sie ihr galten. Von wegen Romantik, von wegen Liebespaar. Am liebsten würde sie die Eltern der beiden informieren, wo sich ihre Brut gerade aufhielt. Aus Verantwortungsbewusstsein natürlich, nicht aus Rache ...

Ihr Smartphone kündigte eine SMS an.

Das werden wir auf keinen Fall drucken, hatte Erik Asmussen geschrieben. *Unsere Leser wollen Romantik und Abenteuer, nicht so einen Mist!*

Selma presste die Lippen aufeinander, doch es kam noch schlimmer. Eine weitere SMS, wieder von ihrem Chef: *Wenn du die Story in den Sand setzt, bist du draußen!*

Selma schaltete das Handy aus. Für heute hatte sie die Schnauze gestrichen voll.

523

– 17 –

Das Rezept nahm Kristina gerne an, aber sie ließ sich von Hendrik Lundgren nicht zum Essen einladen, sondern bestand darauf, ihren Teil der Rechnung selbst zu bezahlen.

Es hatte ausgezeichnet geschmeckt, und der Stopp hatte ihr gutgetan, aber Kristina war froh, als sie endlich wieder unterwegs waren. Sie versuchte noch einmal mit Hendrik Lundgrens Handy, Dag zu erreichen. Es meldete sich wieder nur die Mailbox.

»Wieso hast du überhaupt ein Handy?«, besprach Kristina wütend die Mailbox. »Verdammt, Dag, ich mache mir Sorgen, und ich will endlich wissen, ob Finn bei dir aufgetaucht ist!«

»Irgendwann wird er schon die Mailbox abhören«, sagte Hendrik Lundgren, als Kristina ihm das Handy zurückgab.

Kristina sah ihn an. Er schien es nicht zu bemerken, schaute konzentriert nach vorn auf die Straße.

»Wenn ich bedenke, wie sehr Sie sich über das Verschwinden unserer Kinder aufgeregt haben, wundere ich mich jetzt doch sehr über Ihre Ruhe«, sagte Kristina.

Er warf ihr einen kurzen Blick zu, schaute wieder nach vorn und schien über ihre Worte nachzudenken. »Stimmt. Zuerst war ich fassungslos, aber jetzt bin ich nicht mehr sonderlich beunruhigt.« Er schaute wieder kurz zu ihr hinüber und lächelte. »Vielleicht liegt das daran, dass ich Sie inzwischen etwas besser kennengelernt habe. Wenn Ihr Sohn ein bisschen was von Ihnen hat, muss ich mir um meine Tochter keine großen Sorgen machen.«

Kristina zog die Stirn kraus. Solche Anbiederungsversuche konnte er sich sparen. »Vielleicht hätten Sie sich das früher überlegen sollen«, erwiderte sie spitz. »Dann wären die beiden erst gar nicht abgehauen.«

Hendrik Lundgren trat hart auf die Bremse. Zum Glück befand sich kein anderes Fahrzeug hinter ihnen auf der Straße.

Er drehte sich zu ihr um. Seine Stimme klang ganz ruhig, aber seine dunklen Augen funkelten drohend. »Wollen Sie behaupten, es wäre meine Schuld, dass die beiden abgehauen sind?«

»Natürlich ist es Ihre Schuld!«, entgegnete Kristina sofort. »Das ist doch alles nur passiert, weil Sie Ihrer Tochter den Kontakt zu meinem Sohn verboten haben.« Provozierend schaute sie ihn an. »Warum eigentlich? Was haben Sie gegen meinen Sohn?«

»Meine Tochter hat nie die Schule geschwänzt, und sie wäre auch nie auf die Idee gekommen, von zu Hause wegzulaufen, bevor Sie Ihren Sohn kennengelernt hat«, knurrte Hendrik.

»Haben Sie nicht eben noch behauptet, Sie müssten sich keine Sorgen um Ihre Tochter machen, weil sie mit meinem Sohn zusammen ist?« Genau so hatte er es eigentlich nicht gesagt, aber das war Kristina egal. Seine Bemerkungen in den letzten fünf Minuten waren widersprüchlich gewesen, und wahrscheinlich bemerkte er das jetzt selbst.

»Ich wollte nur nett sein, um die gemeinsame Fahrt für uns beide erträglicher zu machen«, sagte er.

»Lassen Sie es einfach!«, fuhr Kristina ihn an. »Ich weiß, dass Sie nicht nett sind, und Sie werden mich auch nicht mehr vom Gegenteil überzeugen können.«

525

Hendrik Lundgren sagte nichts mehr. Er schaute wieder nach vorn, dann in den Rückspiegel, und fuhr langsam an. »Nachtragend wie ein Elefant«, hörte Kristina ihn leise murmeln.

Sie schnappte nach Luft. »Ja, das bin ich«, sagte sie mit gefährlicher Ruhe. »Sie mögen es albern finden, aber ich nehme es sehr persönlich, wenn jemand versucht, meine Existenz zu zerstören, und genau das haben Sie getan.«

»Irrtum«, widersprach er prompt. »Das haben Sie ganz alleine geschafft. Wenn Sie nicht dazu in der Lage sind, ein Restaurant so zu führen, dass Ihre Gäste freundlich bewirtet werden und das Essen genießbar ist, sind Sie in diesem Metier fehl am Platz.«

Darauf fiel Kristina keine passende Antwort ein. Später, das wusste sie genau, würden ihr tausend passende Erwiderungen einfallen, aber jetzt war sie so wütend, dass ihr nur ein einziger Satz über die Lippen kam: »Ich hasse Sie!«

Hendrik Lundgren schien das ziemlich gelassen aufzunehmen. Er fuhr unbeirrt weiter, zuckte nur kurz mit den Schultern und sagte: »Ich finde Sie auch nicht besonders sympathisch.«

Kristina sagte kein Wort mehr. Sie drehte den Kopf nach rechts und schaute aus dem Seitenfenster, weil sie diesen Widerling nicht einmal mehr ansehen mochte. Warum hatte sie sich nur darauf eingelassen, zusammen mit ihm nach Svea und Finn zu suchen? Die Nähe im Auto machte seine verhasste Gegenwart unerträglich.

Es folgten drei spannungsgeladene Stunden, die sie schweigend nebeneinander verbrachten. Jedes falsche Wort konnte die Eskalation herbeiführen, und Kristina wusste genau, dass sie das Pulverfass war, dessen Docht bereits glimmte.

Als sie in Ystad ankamen, musste sie zwangsläufig wieder mit ihm reden, weil sie ihm den Weg zu Dags Haus erklären musste. So knapp wie möglich erteilte sie ihre Anweisungen.

Kristina war froh, dass sie den Weg noch wusste. Sie war nur wenige Male bei Dag gewesen, wenn sie Finn in den Ferien zu ihm gebracht oder wieder abgeholt hatte. Sie fand das Haus auf Anhieb, obwohl in dieser Straße alle Häuser gleich aussahen.

Ohne ein Wort zu sagen, sprang Kristina aus dem Wagen, kaum dass Hendrik angehalten hatte. Sie wartete nicht auf ihn, sondern lief zur Haustür und klingelte Sturm.

Dag höchstpersönlich machte ihr die Tür auf. Ihr Anblick schien ihn nicht zu überraschen, er grinste über das ganze Gesicht.

»Warum gehst du nicht an dein Handy?«, fuhr Kristina ihn an.

»Hallo, Kristina«, erwiderte er übertrieben freundlich. »Ich freue mich auch, dich zu sehen.«

Kristina ging nicht darauf ein. »Ist Finn bei dir?«, wollte sie wissen.

»Nicht mehr. Er hat mit seiner Freundin hier übernachtet, die beiden sind aber schon weitergefahren.«

»Oh Mann, Dag, warum hast du sie nicht aufgehalten?«

Dags Überraschung wirkte nicht gespielt. »Warum sollte ich?«

»Weil dein Sohn erst fünfzehn ist, weil er so gut wie kein

Geld hat und weil er viel zu unerfahren ist, um alleine durchs Land zu ziehen.«

»Komm mal wieder runter«, sagte Dag halb amüsiert, halb verärgert. »In Finns Alter bin ich um die halbe Welt gereist, und Geld hat der Junge auch. Ich habe ihm welches gegeben.«

»Du hast ihm Geld gegeben?« Kristina sah ihn zweifelnd an. Dag war so gut wie immer pleite.

»Viel war es nicht«, gab er zu. »Du kennst mich ja.«

Aus dem Haus kam ein Mädchen, und hinter sich hörte Kristina Hendrik Lundgren näher kommen. Wären sie allein gewesen, hätte Kristina ihrem Ex eine Menge dazu sagen können, wie gut sie ihn kannte, und es war nicht viel Freundliches dabei. So aber entlud sich ihr ganzer Ärger über die langbeinige Blondine, die sich neben Dag gestellt und besitzergreifend nach seiner Hand gegriffen hatte.

»Warum hast du Dag nicht gesagt, dass er mich anrufen soll?«, fuhr sie das Mädchen an.

Die Blonde zuckte gleichgültig mit den Schultern. »Hab ich vergessen«, erklärte sie lapidar. »Ich bin ja nicht deine Sekretärin.«

Dag schien das lustig zu finden. Er lachte über die Worte des Mädchens, trat dann aber zur Seite und sagte mit einer einladenden Geste: »Kommt doch erst mal rein.«

Während Kristina noch unschlüssig in der Tür stand, nahm Hendrik Lundgren die Einladung an und drängte sich an ihr vorbei ins Haus. Es waren wahrscheinlich Blondies Reize, die ihn lockten. Kristina bemerkte, wie er das Mädchen anschaute.

Die Kerle sind doch alle gleich, dachte sie. Kaum steht

eine blonde Beauty mit knappen Shorts und bauchfreiem Top vor ihnen, setzt der Verstand aus.

»Das ist übrigens Lilli«, stellte Dag seine Freundin vor. »Lilli, das ist meine Exfrau Kristina.«

»Hab ich mir schon gedacht«, murmelte Lilli und bedachte Kristina mit einem abschätzigen Blick. Hendrik Lundgren hingegen schenkte sie ein strahlendes Lächeln.

Kristina war die Lust auf Höflichkeiten gründlich vergangen. Sie überließ es ihrem Begleiter, sich Lilli und Dag selbst vorzustellen, und folgte den dreien ins Wohnzimmer.

Das ganze Haus war Dag, angefangen bei den bunt zusammengewürfelten Möbeln, die nur der Zweckmäßigkeit dienten, bis hin zu den Surfbrettern, die an der Wand lehnten.

Vom Wohnzimmer führte eine Tür nach draußen auf eine Steinterrasse. Dahinter war eine winzig kleine, völlig verwilderte Grünfläche.

Dag war Kristinas Blick gefolgt. Er grinste wieder. »Wie du dich wahrscheinlich erinnern kannst, hab ich keinen grünen Daumen.«

»Ich habe mich bemüht, vieles aus meiner Erinnerung zu verbannen«, sagte Kristina missmutig.

Dag schien das eher zu erheitern. Er lachte laut auf, und Kristina bemerkte, dass auch Hendrik Lundgren sie amüsiert musterte.

Lediglich Lilli schien ebenso schlechter Laune zu sein wie sie selbst, und das lag ganz offensichtlich an Kristinas Anwesenheit. Kristina entging nicht, dass das Mädchen immer wieder Körperkontakt zu Dag suchte. Nicht, weil sie ihm nahe sein wollte, sondern um ihr Revier zu markieren. Dieser Mann gehört mir, gab sie Kristina mit jeder Geste und jedem Blick zu verstehen.

Lilli war völlig grundlos eifersüchtig. Kristina würde eher barfuß über glühende Kohlen gehen, als ihren Ex zurückzunehmen. Sie war inzwischen immun gegen seinen Charme und wunderte sich sogar darüber, dass ein junges Mädchen wie Lilli darauf hereinfiel. Dags neue Freundin war erheblich jünger als Kristina und kaum älter als Finn und Svea. Gerade mal volljährig, schätzte Kristina und beobachtete, wie Lilli trotz ihrer offensichtlichen Eifersucht ungeniert mit Hendrik Lundgren flirtete. Sie strich sich durch das lange blonde Haar, warf es mit Schwung zurück, befeuchtete ihre Lippen mit der Zunge und fragte Hendrik, ob er etwas trinken wolle. Kristina übersah sie geflissentlich.

Hendrik Lundgren bat um ein Glas Wasser, und Lilli verließ sofort das Zimmer.

»Bringst du uns auch etwas mit?«, rief Dag ihr nach.

Eine Antwort erhielt er nicht, aber als Lilli zurückkam, hielt sie ein Tablett mit einer Flasche Mineralwasser und vier Gläsern in den Händen. Sie schenkte zuerst Hendrik ein, beugte sich dabei tief über den Tisch und lächelte ihm zu. Er lächelte zurück und fühlte sich sichtlich geschmeichelt.

Nachdem Lilli ihr eigenes Glas gefüllt hatte, schob sie das Tablett mit den beiden leeren Gläsern und der halbvollen Mineralwasserflasche zu Dag und Kristina hinüber.

Kristina hatte keine Lust auf solche Spielchen. Sie war gereizt und wollte endlich etwas über ihren Sohn erfahren.

»Was ist jetzt mit Finn?«, fragte sie Dag ungeduldig. »Weißt du, wohin er und Svea gefahren sind?«

Dag füllte ihr Glas gerade mit Mineralwasser und hielt einen Augenblick inne, die Stirn nachdenklich gerunzelt. »Die beiden wollten eine Tour durch Schweden machen. Svea kennt das Land überhaupt noch nicht.« Er sah zu Hendrik Lundgren hinüber.

»Stimmt«, nickte der. »Wir haben bis vor einem Jahr in Frankreich gelebt.«

Kristina sah ihn überrascht an, erinnerte sich aber dann daran, dass er das bereits während des Radiointerviews erwähnt hatte. Sie versuchte sich einzureden, dass es ihr eigentlich völlig egal war. Nichts, was mit Hendrik Lundgren zusammenhing, interessierte sie auch nur ansatzweise ...

... und doch war sie neugierig. Zumindest sich selbst konnte sie nichts vormachen.

Hendrik erwiderte ihren Blick, gab aber keine weitere Erklärung ab, sondern wandte sich Lilli zu, die sich jetzt neben ihn setzte. So dicht, dass ihr Oberschenkel den seinen berührte.

»Ich stelle es mir aufregend vor, als Gastrokritiker unterwegs zu sein«, säuselte Lilli. »Ständig unterwegs zu sein, in den besten Restaurants einzukehren und überall besonders zuvorkommend behandelt zu werden.«

Ganz langsam wandte sich Hendriks Gesicht Kristina zu. Mit einem breiten Grinsen sagte er: »Leider sieht die Realität nicht immer so aus. Ich habe auch schon das genaue Gegenteil erlebt. Schlechter Service, grausiges Essen.«

Kristina funkelte ihn an. »Vielleicht haben Sie genau die Behandlung erfahren, die Sie verdienen.«

Die Spannung lag greifbar in der Luft, und selbst Dag,

der nicht besonders sensibel für die Stimmungen anderer Leute war, weil er sich hauptsächlich für sich selbst interessierte, schaute irritiert zwischen Kristina und Hendrik hin und her.

Lillis Augen verengten sich zu schmalen Schlitzen. Das Mädchen kapierte spätestens jetzt, dass Kristina und Hendrik, obwohl gemeinsam unterwegs, sich nicht besonders leiden konnten. Das machte Kristina erst recht zu einer potenziellen Gegnerin um Dags Gunst.

Kristina wurde das allmählich alles zu anstrengend. Ihr Hals war trocken, sie fühlte sich müde und ausgelaugt und wollte nur noch wissen, wo sie ihren Sohn finden konnte, bevor sie Dags Haus verließ. Hastig trank sie ihr Wasser und verschluckte sich daran. Sie hustete, spürte Dags Hand, die behutsam zwischen ihre Schulterblätter klopfte, und fing Hendriks interessierten sowie Lillis hasserfüllten Blick auf.

Kristina sprang auf. »Lass das!«, fuhr sie den sichtlich verwirrten Dag an. »Und überleg endlich, was Finn und Svea gesagt haben. Wo wollten sie hin?«

Dag runzelte Stirn, schüttelte den Kopf und schien wirklich nichts zu wissen, doch plötzlich strahlte sein Gesicht auf. »Finn hat Svea erzählt, dass seine Großmutter in Göteborg wohnt. Vielleicht sind sie zu ihr unterwegs, um sich da noch mehr Geld zu leihen.«

Kristina schüttelte den Kopf. »Niemals! Meine Mutter würde die beiden garantiert nicht weiterziehen lassen, wenn sie bei ihr auftauchen.«

»Und was ist mit deiner Schwester?«

Lächerlich. Finn kannte Ulrika überhaupt nicht, er

würde sich ganz gewiss nicht an sie wenden – und Ulrika war sicher der letzte Mensch, der ausgerechnet ihrem Sohn helfen würde.

Wie immer, wenn sie an ihre Schwester dachte – und normalerweise gab Kristina sich alle Mühe, das zu verhindern –, erfüllte sie die alte Bitterkeit, die sie wahrscheinlich niemals loswerden würde. Egal wie groß die zeitliche und räumliche Trennung zwischen ihr und ihrer Schwester war. Die emotionale Kluft war ohnehin unüberwindbar. Gerade Dag müsste wissen, dass ihre Schwester kein Zufluchtsort für ihren Sohn war.

Kristina atmete tief durch. »Ich kann mir nicht vorstellen, dass Finn sich ausgerechnet an Ulrika wendet. Er weiß, dass sie ihm nicht helfen würde.«

Dag schaute sie einen Moment bekümmert an. Aber gleich darauf lachte er schon wieder. »Vielleicht bittet er sie gar nicht um Hilfe, sondern taucht einfach nur so bei ihr auf. Als Verwandtschaftsbesuch sozusagen, um eine Nacht dort zu schlafen und etwas zu essen. Deine Schwester hat doch ein Hotel.«

Eigentlich gehörte das Hotel ihrem Schwager Gunnar, und Finn kannte weder ihn noch ihre Schwester Ulrika. Aber es konnte sein, dass Dag mit seiner Vermutung trotzdem richtig lag.

Finn war immer neugierig gewesen, was seine Göteborger Verwandtschaft betraf. Er hatte nie verstanden, dass Kristina nicht mit ihm dorthin fahren wollte und alle Gespräche über seine Tante Ulrika und deren Familie abgeblockt hatte.

Kristina klammerte sich an diesen Gedanken, und gleichzeitig erfüllte er sie mit Panik. Es war nur ein winziger Anhaltspunkt, der einzige, den sie hatten – aber sie wollte nicht, dass es so war. Sie wollte auf keinen Fall, dass ihr Sohn sich ausgerechnet an Ulrika wandte.

»Verdammt, Dag, warum hast du ihn denn nicht gefragt, was er vorhat?«, fuhr sie ihren Exmann an. »Finn ist doch auch dein Sohn. Es kann dir doch nicht egal sein, was er tut und wohin er unterwegs ist.«

Dag wirkte gekränkt. »Natürlich ist mir das nicht egal! Ich finde es aber gut, dass der Junge seinen Horizont durch eigenständiges Reisen erweitert und nicht immer unter dem schützenden Flügel seiner Gluckenmutter bleibt.«

Kristina verschlug es sekundenlang die Sprache. Sie sah Lilli hämisch grinsen. Natürlich freute die kleine Gans sich über den Ton, in dem Dag mit ihr sprach, ohne überhaupt wirklich zu begreifen, worum es ging. Hendrik Lundgrens Miene hingegen war undurchdringlich.

»Finn ist erst fünfzehn«, brach es aus Kristina heraus.

»Na und?«, gab Dag zurück. »Er macht eine Tour durch Schweden, nicht durch den Nahen Osten.«

Lilli kicherte albern.

Für Kristina war das zu viel. »Kein Wunder, dass sich dein eigener Horizont kein bisschen erweitert, wenn du dich nur mit so jungen Gänsen umgibst«, sagte sie wütend und rannte aus dem Zimmer und durch den Hausflur nach draußen. Laut knallte sie die Tür hinter sich zu und stand dann hilflos auf der Straße. Und jetzt? Sie hatte kein Auto, ihre Handtasche lag noch auf dem Beifahrersitz von Hendrik Lundgrens Auto, und das stand gut abgeschlossen vor Dags Haus. Zurückgehen kam für Kristina nicht infrage.

Sie wäre sich nach diesem Abgang lächerlich vorgekommen.

Es dauerte ein paar Minuten, dann kamen auch Dag und Hendrik Lundgren nach draußen.

»Mann, Kristina!«, Dags Stimme war ebenso vorwurfsvoll wie seine Miene, »musst du immer gleich so einen Aufstand machen? Lilli ist stinksauer.«

Kristina schloss die Augen und zählte in Gedanken langsam bis zehn. Doch es half nichts.

Als sie die Augen wieder öffnete, war sie immer noch so wütend wie vorher. »Dag, du bist ein Idiot!«

Typisch für ihren Ex, dass er sich nicht aufregte, sondern eher gekränkt wirkte. Kristina wusste noch von früher, dass Dag nur schwer damit zurechtkam, wenn jemand sauer auf ihn war. Streiten war mit ihm unmöglich gewesen. Er wurde nicht laut, schimpfte nicht, sondern zog sich einfach nur gekränkt zurück. Es sah ganz so aus, als hätte er das auch jetzt am liebsten gemacht. Er wandte sich halb um, doch dann schien ihm plötzlich etwas einzufallen. Von einer Sekunde zur nächsten strahlte er wieder über das ganze Gesicht. »Sie sind zur Bushaltestelle gegangen.«

Endlich ein brauchbarer Hinweis. »Wann? Und wohin wollten sie fahren?«

Dag zuckte mit den Schultern. »Irgendwann heute Morgen. Keine Ahnung.«

»Fahren wir zur Bushaltestelle und finden es heraus«, schlug Hendrik Lundgren vor.

»Sei nicht böse auf mich«, bat Dag leise. »Ich weiß, ich hätte mal nachdenken sollen, aber ich habe es nur gut gemeint.«

»Schon gut.« Kristina nickte halbwegs versöhnt.

Hendrik Lundgren verabschiedete sich von Dag und sah Kristina dann abwartend an.

Sie zögerte. »Ich möchte noch kurz unter vier Augen mit Dag sprechen.«

Hendrik Lundgren nickte. »Ich warte dann im Wagen auf Sie.«

Kristina wartete, bis er außer Hörweite war. Dabei entging ihr nicht, dass Dag sie angespannt anschaute. Das Lächeln auf seinem Gesicht war verschwunden. »Willst du mir jetzt noch eine Szene machen?«

Kristina schüttelte den Kopf und presste kurz die Lippen aufeinander. Es war ihr peinlich, ihr Anliegen vorzubringen, nachdem sie ihn eben noch so angeschrien hatte.

»Kannst du mir Geld leihen?«, presste sie schließlich hervor.

Dag entspannte sich. Er lachte sogar wieder, schüttelte den Kopf, nickte aber gleich darauf. »Das meiste habe ich Finn gegeben«, sagte er, »aber ich habe da noch eine eiserne Reserve. Viel ist es allerdings nicht.«

»Du bekommst es so schnell wie möglich zurück«, versprach Kristina.

»Es eilt nicht.« Dag schüttelte den Kopf und lächelte sie dabei so treuherzig an, dass sie ihm einfach nicht mehr böse sein konnte. Dag war nun einmal Dag. Ein liebenswerter, hilfsbereiter Chaot, ohne jegliches Verantwortungsgefühl.

Er ging zurück ins Haus, kam kurz darauf zurück und drückte ihr ein paar Scheine in die Hand. Dabei überraschte er sie mit den Worten: »Wenn etwas ist, wenn du Hilfe brauchst, dann melde dich sofort bei mir.«

»Danke!« Kristina umarmte ihn, und als sie die offensichtlich wütende Lilli in der Tür sah, presste sie sich noch ein bisschen länger und fester an Dag, als sie es normalerweise getan hätte.

Es schien ihm zu gefallen. Er umfasste sie, hielt sie ganz fest und strahlte sie an. »Vielleicht sollte ich gleich mitkommen«, schlug er vor.

Kristina lächelte. »Und deine Freundin? Willst du die auch mitnehmen?«

Dag sah sich kurz nach Lilli um, die immer noch mit aufgebrachtem Gesicht in der Tür stand. Als er Kristina wieder anschaute, grinste er. »Ist wohl keine so gute Idee. Zwei Frauen, die sich wegen mir eifersüchtig bekriegen, halte ich nicht aus.«

Bildete er sich ernsthaft ein, dass sie auf dieses dumme Ding eifersüchtig war? Glaubte er ernsthaft, dass sie immer noch an ihm interessiert war?

Kristina war sprachlos. Sie schaute Dag nur an und las in seinem Gesicht ein bedingungsloses Ja auf ihre unausgesprochenen Fragen. Eben noch war sie ganz gerührt gewesen, jetzt war sie eher amüsiert.

Das hielt aber nicht lange an. Die Enttäuschung über den Abstecher zu Dag, der sie kein bisschen weitergebracht hatte, überwog. Sie hatte so sehr gehofft, Finn bei seinem Vater anzutreffen und die Suche nach ihm und Svea damit zu beenden.

»Melde dich, wenn du ihn gefunden hast«, bat Dag.

Kristina lag die Erwiderung auf der Zunge, dass es jetzt zu spät war, um den besorgten Vater herauszukehren. Das hätte er tun sollen, bevor er Finn weiterziehen ließ. Doch sie ersparte sich diese Bemerkung, die nur zu weiteren unergiebigen Diskussionen führen würde.

Kristina verabschiedete sich von Dag und winkte Lilli zu, die wie festgeklebt in der Tür stand und sie mit Argusaugen beobachtete. »Keine Sorge!«, rief sie dem Mädchen zu. »Ich will ihn nicht zurück. Du kannst ihn behalten!« Zumindest diese Bemerkung hatte sie sich nicht verkneifen können.

Kristina stieg zu Hendrik Lundgren in den Wagen. Als er den Motor startete und losfuhr, drehte sie sich nicht um. Kristina schaute nicht zurück. Das hatte sie noch nie getan.

Auf der kurzen Fahrt bis zur Bushaltestelle sagte Hendrik Lundgren kein Wort, und Kristina war ihm dankbar dafür. Sie wollte jetzt nicht reden.

Dann standen sie vor der Haltestelle und überlegten, welchen Bus die Kinder genommen haben mochten. Richtung Norden?

»Naheliegend wäre es«, überlegte Kristina laut. »Vielleicht sind die beiden wirklich auf dem Weg nach Göteborg.« Sie merkte selbst, dass ein seltsamer Unterton in ihrer Stimme mitschwang, und Hendrik Lundgren bemerkte ihn offenbar auch. Er warf ihr einen prüfenden Blick zu, dem sie krampfhaft auswich.

»Sie waren sich eben noch so sicher, dass Ihr Sohn dort auf keinen Fall hinfahren wird«, erwiderte er.

»Wir sollten jede Möglichkeit in Betracht ziehen«, sagte sie lahm und spürte, dass er sie weiterhin anschaute. Es war ihr unangenehm.

»Sie wollen nicht nach Göteborg fahren«, stellte Hendrik Lundgren in diesem Moment fest.

»Nein, will ich nicht!«, erwiderte sie spontan und ärgerte sich gleich darauf. Es war zu spät, sie konnte ihre Worte nicht mehr zurücknehmen. »Ich will nicht darüber reden«, knurrte sie, um eventuelle Fragen von vornherein zu verhindern.

Hendrik Lundgren zuckte mit den Schultern und hob beide Hände. »Okay«, sagte er gedehnt. »Darf ich denn fragen, ob wir trotzdem nach Göteborg fahren? Das heißt«, verbesserte er sich selbst, »ich werde auf jeden Fall nach Göteborg fahren und meine Tochter suchen, da wir keinen anderen Anhaltspunkt haben. Die Frage ist, ob Sie mitkommen.«

»Natürlich komme ich mit.« Er hatte es nicht verdient, dass sie so unfreundlich mit ihm sprach, aber Kristina konnte gerade nicht anders. Alles in ihr sträubte sich dagegen, nach so langer Zeit in ihre Heimatstadt zurückzukehren. Der Widerwille erschwerte ihr das Atmen und lähmte ihre Beine.

Wie lange war es her, dass sie Göteborg verlassen hatte? Mit dem festen Entschluss, nie wieder dorthin zurückzukehren? Anderthalb Jahrzehnte, eine Ewigkeit. Göteborg war zu einer anderen Zeit, in einem anderen Leben gewesen.

Hendrik Lundgren schaute auf seine Armbanduhr. Als er wieder aufschaute, begegneten sich ihre Blicke. »Können wir?«, fragte er, und Kristina bemerkte, dass er sehr müde aussah.

Es war früher Abend, und sie hatten einen langen, anstrengenden Tag hinter sich. »Wie wäre es, wenn wir über Nacht in Ystad bleiben und morgen weiterfahren, wenn wir ausgeruht sind?«, schlug sie vor.

»Wollen Sie wirklich das Risiko eingehen, dass die Kinder uns noch einmal entwischen? Nur weil Sie zu feige sind, nach Göteborg zu fahren?«

»Ich bin nicht feige!«, widersprach sie mit erhobener Stimme, drehte sich um und stieg in seinen Wagen, um ihm zu beweisen, dass sie es durchaus ernst meinte. Sie wandte nicht den Kopf, sah stur geradeaus, als er sich hinter das Lenkrad fallen ließ und den Motor startete.

Sie schwiegen sich auch diesmal wieder an. Kristina bemerkte, dass Hendrik Lundgren immer wieder verstohlen gähnte, und fragte sich, ob sie nicht doch auf der Übernachtung in Ystad hätte beharren sollen. Das Gähnen steckte allerdings an, und irgendwann schlief sie ein.

Kristina wusste nicht, wie lange sie geschlafen hatte, und brauchte nach dem Aufwachen ein paar Minuten, um sich zu orientieren. Hendrik Lundgren hatte seinen Wagen vor einer Autobahnraststätte geparkt und war ausgestiegen. Sie richtete sich auf, schaute sich suchend um, aber er war nirgendwo zu sehen.

Als sie die Beifahrertür öffnete, kam er gerade aus dem Restaurant, mit zwei runden Plastikbechern auf einem Tablett, daneben zwei Teller mit Schwarzbrot, die dick mit Schweinefleisch belegt waren.

»Ich habe uns etwas zu essen besorgt«, sagte er.

»Sie essen an einer Autobahnraststätte?« Kristina staunte.

»Probieren.« Hendrik Lundgren drückte ihr den Becher in die Hand.

Kristina zuckte im ersten Moment zurück. Der Becher war heiß, aber die dicke gelbe Suppe darin roch verführerisch. Sie balancierte ihre Suppe und das Schwarzbrot vorsichtig zu einem der kleinen Stehtische, die neben dem Restaurant standen. Es tat ihr gut, ihre Beine zu strecken, und es machte ihr nichts aus, im Stehen zu essen.

Hendrik Lundgren folgte ihr und stellte seinen Becher ebenfalls auf dem Tisch ab.

»Wo sind wir?« Kristina tauchte ihren Löffel in die dickflüssige Suppe und probierte vorsichtig. »Das ist hervorragend«, sagte sie.

»Ich weiß«, bemerkte er, bevor er ihre Frage beantwortete. »Wir sind kurz hinter Kungsbacka.«

Kristina nickte und beugte ihren Kopf tief über die Suppe. Schweigend aß sie und versuchte zu ergründen, was diese Information in ihr auslöste. Noch eine knappe halbe Stunde bis Göteborg.

Es überraschte sie ein bisschen, dass die Nähe zu ihrer Heimatstadt nicht nur unangenehme Gefühle in ihr auslöste. Sie freute sich zumindest auf das Wiedersehen mit ihrer Mutter.

Die Suppe weckte ihre Lebensgeister. »Das Rezept hätte ich gerne«, sagte sie.

Hendrik Lundgren lachte leise. »Sind Sie wirklich auf der Suche nach Ihrem Sohn, oder wollen Sie auf dieser Reise nur Ihre Rezeptsammlung vergrößern?«

Kristina führte noch einen Löffel Suppe zum Mund und wartete auf den Zusatz, dass ihr Restaurant eine neue Rezeptsammlung nur zu gut gebrauchen könnte, aber er kam nicht.

Sie hob den Kopf. »Das eine schließt das andere ja nicht aus. Glauben Sie, ich bekomme das Rezept?«

»Ich bin davon überzeugt.« Er lächelte und zog eine zu-

541

sammengefaltete Serviette aus der Gesäßtasche seiner Jeans. »Ich wusste, dass Sie danach fragen.«

»Sie haben das Rezept einfach so bekommen?«, fragte Kristina überrascht.

»Nicht einfach so.« Hendrik schüttelte den Kopf. »Ich habe dem Koch versprochen, ihn dafür in einem meiner nächsten Artikel lobend zu erwähnen.«

Infam, wie er seine Macht als Gastrokritiker ausnutzte! Ein lobendes Wort reichte, um ein Restaurant in den Olymp zu erheben, eine niederschmetternde Aussage konnte Existenzen vernichten. Und doch, er hatte es für sie getan. Kristina wusste nicht, was sie sagen sollte.

»Ein einfaches Danke reicht«, sagte der Gastrokritiker mit einem anzüglichen Grinsen, als könnte er ihre Gedanken erraten.

Kristina schaute ihn an. Lange, schweigend. »Danke«, sagte sie schließlich und faltete die Serviette auseinander.

Schwedische Erbsensuppe mit Schweinefleisch

500 g gelbe Erbsen
400 g gepökelter Schweinenacken oder -bauch
3 l Fleischbrühe
2 Zwiebeln
1 TL Majoran
1 TL Thymian
1 kleine Ingwerknolle
Salz
Butter
1 Möhre
¼ Sellerie
½ Stange Lauch (Kleingewürfelt)
Frisch gemahlener Pfeffer
½ Bund Petersilie (gehackt)
1 Knoblauchzehe (gehackt)
Süßer Senf

Die Erbsen einen Tag vorher in Wasser einweichen.

Zwiebeln und Knoblauch in kleine Stücke hacken, Ingwer und das klein geschnittene Gemüse in zerlassener Butter anschwitzen. Die Erbsen abtropfen lassen und kurz mit anschwitzen. Mit der Brühe auffüllen. Majoran, Thymian und Fleisch zugeben.

Die Suppe aufkochen lassen und ca. 3 Stunden bei mittlerer Hitze köcheln lassen, bis die Erbsen weich geworden sind.

Achtung: Immer wieder umrühren, die Erbsen brennen auch bei kleiner Hitze schnell an.

Fleisch aus der Suppe nehmen, in Scheiben schneiden und auf Schwarzbrot zur Suppe servieren. Das Fleisch mit süßem Senf bestreichen.

Die Suppe mit Salz und Pfeffer abschmecken und mit Petersilie bestreuen.

– 18 –

»Meine Mutter wird vermuten, dass wir mit dem bisschen Geld nach Göteborg fahren, um von meiner Oma noch mehr Geld zu leihen«, überlegte Finn laut.

Svea hörte nur mit halbem Ohr zu. Sie sah sich in dem billigen Hotelzimmer um, dass sie für diese Nacht gemietet hatten. Es war klein, wirkte auf den ersten Blick sauber und war doch ziemlich schäbig. Nicht gerade das, was sie gewohnt war.

»... deshalb bleiben wir mindestens zwei Tage hier«, hörte sie Finn jetzt weiterreden. Irgendwie war ihr der Mittelteil seines Monologs entgangen.

Der letzte Satz entsetzte sie. »Aber nicht in diesem Hotel. Okay, diese Nacht geht das, aber wenn du länger hierbleiben willst, suchen wir uns ein schönes Hotel.«

Finn wirkte befremdet. »Etwas anderes können wir uns nicht leisten«, sagte er. »Wir haben fast kein Geld mehr.«

Svea presste die Lippen aufeinander. Sie war müde, sie hatte Hunger und überhaupt, so hatte sie sich ihre Ferien mit Finn nicht vorgestellt. Auf der Flucht, gehetzt, billige Hotels und hastige Burger, die sie im Gehen essen mussten.

Keine schönen Momente im Sonnenuntergang, keine gemeinsamen Besichtigungstouren, damit sie ihre Heimat kennenlernte, keine Romantik. Sie waren noch keine zwei Tage unterwegs, und sie hatte bereits genug.

Finn hatte aufgehört zu reden. Sie bemerkte es erst, als er vom Bett herunterrutschte und sie fragend anschaute. »Was hast du?«, wollte er wissen.

»Nichts«, log sie.

Finn zog die Augenbrauen zusammen. »Ich merke doch, dass du was hast. Bist du sauer auf mich?« Seine Stimme klang leicht gereizt. Verstand er denn wirklich nicht, was mit ihr los war?

»Ich bin müde«, sagte sie, »das ist alles.« Sie wollte sich jetzt nicht mit Finn streiten, und sie wusste, dass es unweigerlich zum Streit kommen würde, wenn sie versuchte, ihm zu erklären, was gerade in ihr vorging. Sie spürte, dass er es nicht verstehen würde, und wunderte sich gleichzeitig darüber, dass er nicht ebenso empfand wie sie. Er konnte doch mit dieser Situation nicht wirklich zufrieden sein.

Finn nickte, sah aber nicht so aus, als würde er ihr glauben. »Dann gehen wir jetzt am besten schlafen und überlegen morgen, wie es weitergeht. Wenn wir ausgeruht sind.«

Plötzlich entstand eine merkwürdige Spannung zwischen ihnen. Es war das erste Mal, dass sie gemeinsam in einem Zimmer übernachteten, und bisher hatten sie sich beide keine großen Gedanken darüber gemacht.

Die letzte Nacht hatten sie bei Dag verbracht. Eigentlich hatten sie noch am Abend weiterreisen wollen, aber dann kam diese Nachricht von Finns Mutter. Sie hatte ihm auf die Mailbox gesprochen, dass sie die Nacht in einem Hotel in Gränna verbringen wollte. Beiden war sofort klar gewesen, warum Kristina in einem Hotel übernachtete. Sie ahnte wohl, wo sich ihr Sohn befand, und war auf dem Weg Richtung Ystad. Aber immerhin verschaffte ihnen Kristinas Nachricht etwas Luft, und sie konnten die Nacht über bei Dag bleiben. Svea in dem sogenannten Gästezimmer, das aber nicht mehr als eine kleine Abstellkammer mit einer

Matratze auf dem Boden gewesen war, Finn auf dem Sofa im Wohnzimmer.

Svea spürte einen Kloß im Hals, als sie das Doppelbett in ihrem Hotelzimmer betrachtete. Das war alles so unwirklich, so ganz anders als in ihren Träumen. Ihr erstes Mal hatte sie sich nicht in einem heruntergekommenen Hotel vorgestellt. Sie wusste nicht, ob Finn schon einmal mit einem Mädchen geschlafen hatte. Das war ein Thema, über das sie bisher noch nicht gesprochen hatten, und jetzt, in dieser Situation, erschien es ihr zu intim. Die Überschreitung einer Grenze, zu der sie eigentlich noch nicht bereit war. Dabei wusste sie nicht einmal, ob es nur an ihrer Unzufriedenheit lag, oder ob sie generell noch nicht bereit dazu war.

»Ich gehe zuerst ins Bad«, sagte sie mit belegter Stimme.

Finn nickte nur. Auch er wirkte plötzlich befangen. Mit einem Mal lag etwas zwischen ihnen, was sich nicht in Worte fassen und noch weniger überbrücken ließ.

Svea schnappte ihren Rucksack und zwängte sich damit in das kleine, enge Bad. Sie duschte ausgiebig und putzte ihre Zähne viel gründlicher als sonst, bis Finn rief: »Brauchst du noch lange? Ich muss mal!«

Svea war froh, dass sie ihren alten Schlafanzug mit den aufgedruckten Hasen mitgenommen hatte. Hochgeschlossen und kindlich wirkte er an ihr, und eigentlich hatte sie ihn nur deshalb eingepackt, weil sie es eilig hatte und er gerade griffbereit lag. Niemals, das hatte sie sich geschworen, würde Finn sie in diesem Ding sehen. Heute Abend musste es genau dieser Schlafanzug sein, der ihn hoffentlich davon abhielt, sich ihr zu nähern.

Finn sagte kein Wort, als sie mit ihrem Rucksack wieder aus dem Bad kam, sondern drückte sich eilig an ihr vorbei.

Svea stellte den Rucksack auf den Stuhl neben dem Kleiderschrank und legte sich ins Bett. Sie rollte sich zusammen und zog die Decke bis ans Kinn.

Finn brauchte nicht so lange wie sie, und es schien ihm auch nichts auszumachen, sich zu ihr ins Bett zu legen. »Ich bin hundemüde«, sagte er und löschte das Licht auf seiner Seite.

»Ich auch«, stimmte Svea ihm zu. Erleichtert, weil er offenbar nichts anderes wollte als schlafen. Sie knipste ihre Nachttischlampe aus. »Gute Nacht«, sagte sie.

Eine Antwort erhielt sie nicht, stattdessen fühlte sie plötzlich Finns Hand. Vorsichtig tastend.

Svea versteifte sich. Sie drehte sich nicht um, blieb zusammengerollt liegen und verschränkte die Arme vor der Brust. »Ich kann das nicht«, sagte sie erstickt. »Nicht hier, nicht in dieser Umgebung.«

»Okay«, sagte Finn, und sie glaubte, in seiner Stimme Erleichterung zu hören. »Gute Nacht.«

Svea atmete tief ein und aus. »Gute Nacht!«

Selmas Welt

Unser Romeo und unsere Julia schlafen nur zwei Zimmer weiter. Obwohl, schlafen werden sie wahrscheinlich nicht. Ein junges Paar, ein Hotelzimmer, jeder von uns kann sich ausmalen, was in einer solchen Situation passiert. Ich frage mich, was die Eltern der beiden, der Herr Gastrokritiker und die Frau Restaurantbesitzerin, dazu sagen würden, wenn sie wüssten, wo ihre Kinder gerade sind.

Ja, seufzt nur, liebe Leser, genau das mache ich auch gerade. Weil ich alleine bin und in meiner Einsamkeit feststellen muss, was für eine üble Kaschemme das ist, die sich unser verliebtes Paar ausgesucht hat. Meinen Chefredakteur wird es freuen, weil es die Spesenkasse nicht allzu sehr belastet, und genau das war wahrscheinlich auch der Grund, der Romeo und Julia dazu bewogen hat, sich hier ein Zimmer zu nehmen.

Wir sind in Trelleborg, der südlichsten Stadt Schwedens. Um ihre Lage zu betonen, lässt die Stadt jeden Sommer Kübel mit Palmen an der Hafenstraße aufstellen. Trelleborg hat aber noch sehr viel mehr zu bieten, und ich würde mich freuen, wenn unser Pärchen beschließen würde, ein wenig länger hierzubleiben und die Stadt zu erkunden.

Ich werde mich anschließen. Heimlich natürlich, spionagemäßig. Agent oo-Selma!

Wir lesen uns später wieder!

Selma drückte auf »Senden« und beschloss gleichzeitig, sich gleich morgen ein Notebook anzuschaffen, falls sie länger in Trelleborg bleiben sollten. Vom Spesenkonto, versteht sich, dafür blieben ja die Hotelkosten erfreulich niedrig.

Missmutig schaute sie sich in ihrem Zimmer um. Von Komfort und Luxus konnte hier wirklich keine Rede sein. Vielleicht brachte sie Erik Asmussen ja dazu, dem jungen Paar ein paar Kronen zukommen zu lassen, damit die beiden sich auf ihrer weiteren Reise bessere Domizile leisten konnten – was ihr natürlich auch zugutekommen würde, weil sie dicht bei den beiden bleiben musste.

Allerdings musste sie dabei ab sofort sehr vorsichtig sein. Sie war den jungen Leuten aufgefallen. Die beiden waren misstrauisch geworden – und unverschämt. Selma hatte die aufgeschnappte Bemerkung immer noch nicht ganz verdaut. Trotzdem wollte sie an dieser Sache dranbleiben. Sie befürchtete, dass Erik Asmussen sie von dieser Geschichte abziehen würde, wenn er erfuhr, dass sie aufzufliegen drohte.

Ist jetzt auch nicht so der Hit, meldete der Chefredakteur sich per SMS. *Die Leser wollen mehr. Ein Liebespaar auf der Flucht, das birgt doch Potenzial für eine ganz große Story. Der Leser soll die Stimmung spüren, das Gehetzte einer Flucht, und er soll die romantischen Momente auffangen. Kriegst du das hin?*

In diesen wenigen Zeilen war eine unterschwellige Drohung enthalten. Selma antwortete nicht sofort, sondern dachte lange und gründlich nach, bis sie eine Idee hatte, wie es weitergehen könnte.

Klar kriege ich das hin, schrieb sie, *aber dazu benötige ich wenigstens eine halbe Seite pro Tag und einen Fotografen. Dann können wir eine richtige Geschichte daraus machen.*

Selma drückte erneut auf »Senden«. Sie hielt das Smartphone in der Hand, wartete gespannt auf Antwort. Wenn Erik ihr einen Fotografen schickte, konnte sie diesen auf die Spur des Pärchens ansetzen und selbst mehr aus dem Hintergrund agieren, und sie konnte ihm die Schuld in die Schuhe schieben, falls sie auffliegen sollten.

Erik Asmussen antwortete nicht.

Außerdem brauche ich ein Notebook, schob sie hinterher, nicht nur, weil es sowieso auf ihrer Wunschliste stand, sondern um ihn endlich zu einer Antwort zu bewegen.

Erik Asmussen reagierte immer noch nicht. Das Smartphone in ihren Händen wurde schwer, ihr Kopf sank langsam aufs Kissen. Ruckartig fuhr sie hoch, als das unverkennbare Piepsen den Eingang einer SMS ankündigte.

Ingvar Ström trifft morgen bei dir ein und bringt ein Notebook mit. Halt Romeo und Julia bloß so lange auf.

»Der spinnt ja«, murmelte Selma und simste gleichzeitig zurück: *Ich kann die beiden schlecht in ihrem Hotelzimmer einsperren.*

Lass dir was einfallen, kam es diesmal prompt zurück.

Selma warf das Handy neben sich aufs Bett und verwünschte ihren Chef in Gedanken. Das brachte sie zwar auch nicht weiter, aber es erleichterte ungemein. Der Geistesblitz traf sie irgendwo zwischen »Ignoranter Idiot« und »Lass dir doch selber mal etwas Kreatives einfallen«. Erik Asmussen würde zwar noch ein bisschen tiefer in die Spesenkasse greifen müssen, aber sie wusste wenigstens, wie sie Romeo und Julia ein bisschen länger in Trelleborg festhalten konnte.

– 19 –

Kristina schlug das Herz bis zum Hals, als Hendrik Lundgren seinen Wagen parkte. Prächtige alte Bäume standen auf der Rasenfläche vor dem Haus. Sie starrte durch das Seitenfenster auf ihr Elternhaus. Hier war sie aufgewachsen, hier hatte sie gelebt und geliebt, und von hier war sie irgendwann geflüchtet.

Und jetzt war sie wieder da.

Sie hatte sich das Heimkommen schlimmer vorgestellt und war überrascht, dass sich beim Anblick des gelb gestrichenen Holzhauses mit den rot leuchtenden Schindeln und der weißen Veranda ein warmes Gefühl in ihr ausbreitete. Das Dach der Veranda wurde von zwei weißen Säulen getragen. Hinter den hohen Gaubenfenstern im tief gezogenen Dachgeschoss verbargen sich Kristinas und Ulrikas frühere Kinderzimmer.

Hendrik Lundgren räusperte sich, sagte aber nichts.

Kristina hatte das Gefühl, dass es albern wäre, noch länger im Auto sitzen zu bleiben und ihr Elternhaus anzustarren. Als sie die Beifahrertür öffnete, stieg Hendrik Lundgren auf der anderen Seite ebenfalls aus. Er folgte ihr über die Straße und schien dann plötzlich Bedenken zu bekommen.

»Ist es nicht schon zu spät für einen Überraschungsbesuch? Wir hätten Ihre Mutter besser von unterwegs angerufen.«

Kristina war stehengeblieben. »Ich glaube nach wie vor nicht, dass Finn und Svea bei ihr sind«, sagte sie mit belegter Stimme. »Sie macht sich nur Sorgen, wenn sie erfährt, was passiert ist.«

Noch mehr Sorgen, nach allem, was sie mit mir durchmachen musste, dachte Kristina beklommen. Sie drehte sich zu Hendrik Lundgren um. »Sie haben recht«, sagte sie dabei. »Es ist zu spät.«

Sie wollte gerade zurück zum Auto, als sie hinter sich ein Geräusch hörte. Dann vernahm sie die Stimme ihrer Mutter: »Kristina, bist du das?«

Langsam drehte Kristina sich wieder um. Ihre Mutter stand in der offenen Tür, die Hand über die Augen gelegt, als würde die Mitternachtssonne sie blenden.

Kristina ging auf das Haus zu. Ihre Mutter kam ihr mit ausgebreiteten Armen entgegen, und Kristina stürzte sich hinein.

»Ich freue mich so, dass du endlich mal nach Hause kommst«, flüsterte ihre Mutter und drückte sie ganz fest an sich.

Kristina hätte gerne erwidert, dass sie sich auch freute, aber das wäre nicht ganz ehrlich gewesen. Es war schön, ihre Mutter zu sehen, sie zu umarmen, aber da war auch die Angst, dass die Fußabdrücke, die sie in Göteborg hinterlassen hatte, immer noch zu tief waren.

Ihre Mutter hob den Kopf, sah an ihr vorbei und lächelte plötzlich. »Dein Freund?«, wollte sie wissen.

Kristina wandte den Kopf und spürte dabei, dass sie rot wurde. Ihre Mutter meinte Hendrik Lundgren. »Nein«, sagte sie hastig.

Hendrik Lundgren stellte sich selbst vor, und Anita Arvidsson nannte ebenfalls ihren Namen. »Kommt doch rein«, sagte sie und hängte sich bei ihrer Tochter ein.

Durch den schmalen Flur gingen sie direkt ins Wohnzimmer. Kristina schaute sich um. Die Wände waren immer noch in dem zarten Pastellgelb gehalten wie damals. Blaue Vorhänge hingen an den Fenstern, bunt gemusterte Teppiche lagen auf dem Holzboden.

»Es hat sich nichts verändert«, sagte sie.

»Wir haben uns verändert«, sagte Anita Arvidsson. Sie schwieg eine Weile, bevor sie leise hinzufügte: »Und das ist gut so. Aber setzt euch doch.« Sie wies auf das Sofa mit dem hellen Holzgestell. »Und dann erzählst du mir, wieso du so plötzlich nach Hause gekommen bist.«

»Hat Finn sich bei dir gemeldet?«, fragte Kristina.

Ihre Mutter schüttelte den Kopf, ein besorgter Ausdruck trat in ihr Gesicht. Sie ließ sich in einen der beiden Sessel auf der anderen Seite des Couchtisches fallen. »Was ist passiert?«, fragte sie.

Kristina und Hendrik schauten sich an. Sie saßen nebeneinander auf dem Sofa. Er ganz rechts, sie ganz links, dazwischen so viel Abstand wie möglich.

Kristina schaute wieder zu ihrer Mutter und senkte den Kopf. »Finn ist abgehauen. Zusammen mit Herrn Lundgrens Tochter.«

Kristina wagte es nicht, ihre Mutter anzusehen. Sie glaubte zu wissen, was sie in diesem Moment dachte: Alles wiederholte sich, und jetzt erlebte Kristina genau das, was ihre Mutter damals durchgemacht hatte. Dabei spielte es keine Rolle, dass Kristina damals etwas älter gewesen war als ihr Sohn heute. Die Sorgen einer Mutter blieben die gleichen.

Anita erwähnte Kristinas eigene Flucht mit keiner Silbe. Sie stellte ein paar Fragen, die abwechselnd von Kristina und Hendrik beantwortet wurden. Beide verschwiegen allerdings, was der Auslöser für die Flucht der Kinder gewesen war, nämlich die Auseinandersetzung zwischen ihren Eltern.

Es war Hendrik, der nicht auf ihren Streit einging, sondern behauptete, Finn und Svea wären weggelaufen, weil sie die Erlaubnis für ihren gemeinsamen Urlaub nicht erhalten hätten.

Kristina schwieg ebenfalls, nicht, um ihn zu schonen, sondern weil sie ihre Mutter mit der ganzen Vorgeschichte nicht zusätzlich belasten wollte. Es war nicht wichtig. Nicht jetzt.

Anita wirkte sehr nachdenklich und sagte schließlich: »Finn kommt schon zurecht.« Sie lächelte Kristina herzlich an. »Er hat ja schließlich eine Menge von dir.«

Kein Wort des Vorwurfs. Nicht einmal eine Anspielung auf früher. Kristina glaubte sogar, aus der Stimme ihrer Mutter so etwas wie Stolz herauszuhören. Sie wäre am liebsten aufgestanden, um ihre Mutter in den Arm zu nehmen. Hendrik Lundgrens Anwesenheit hinderte sie daran, weil sie befürchtete, womöglich in Tränen auszubrechen.

»Habt ihr schon etwas gegessen?«, wollte Anita wissen.

»Eine Erbsensuppe«, nickte Kristina und dachte an das Rezept in ihrer Tasche. Sie würde es vor ihrer Abreise für ihre Mutter abschreiben. »Eigentlich bin ich nur noch müde.«

Hendrik Lundgren stand auf. »Ich verabschiede mich am besten mal. Können Sie mir ein gutes Hotel empfehlen?«

Kristina und ihre Mutter schauten sich an und brachen gleichzeitig in Lachen aus. Hendrik schaute fragend zwischen ihnen hin und her.

»Das könnte ich durchaus«, sagte Anita, »aber Sie bleiben selbstverständlich hier. Du schläfst in deinem Zimmer«, sagte sie zu Kristina, »und Hendrik kann in Ulrikas Zimmer schlafen.«

Kristina wunderte sich darüber, wie leicht ihrer Mutter der Vorname des Gastrokritikers über die Lippen kam. Auch wenn es in Schweden üblich war, sich zu duzen, bevorzugte sie es, ihn weiterhin mit Nachnamen anzusprechen, und sie wusste nicht, was sie davon halten sollte, dass er im Kinderzimmer ihrer Schwester übernachten sollte. Sie hoffte, dass er ablehnen würde, aber er schien ganz angetan von dieser Möglichkeit.

»Übrigens gehört dem Ehemann meiner Tochter Ulrika das Parkhotel nicht weit von hier. Deshalb mussten wir eben so lachen«, klärte Anita Hendrik auf.

»Das Hotel ist durchaus empfehlenswert und auch gar nicht teuer«, sagte Kristina in der Hoffnung, dass er sich doch noch verabschieden würde.

Er schien den Wink mit dem Zaunpfahl zu verstehen, grinste sie frech an, sagte aber keinen Ton. Wahrscheinlich blieb er jetzt erst recht, weil er genau wusste, dass sie das nicht wollte.

Kristina wäre gerne ein bisschen alleine gewesen mit ihrer Mutter, aber für Anita war es selbstverständlich, dass Hendrik Lundgren über Nacht blieb. »Das Hotel ist nicht teuer«, bestätigte sie lachend, »aber bei mir ist die Übernachtung kostenlos.«

»Ich danke Ihnen sehr!« Hendrik deutete eine leichte Verbeugung an. »Ich ziehe mich dann mal zurück. Dann haben Sie ein bisschen Zeit allein mit Ihrer Tochter.«

Er holte seine Reisetasche aus dem Wagen und brachte Kristinas gleich mit. Danach ließ er sich von Anita das Zimmer zeigen.

Obwohl Kristina eben noch behauptet hatte, sie wäre müde, blieb sie jetzt doch unten und wartete auf ihre Mutter.

Anita lächelte, als sie wieder nach unten kam. »Was für ein reizender Mann, und so rücksichtsvoll.«

»Wenn du wüsstest«, murmelte Kristina.

»Was sagst du?« Fragend schaute Anita sie an.

»Schon gut.« Kristina winkte ab. »Sag mir lieber, wie es dir geht.«

»Gut«, behauptete ihre Mutter, aber Kristina bemerkte, dass ihre Stimme dabei belegt klang. Sie schaute ihrer Tochter auch nicht ins Gesicht.

»Ganz sicher?«, vergewisserte sich Kristina. Die vielen Jahre, die sie nicht zu Hause gewesen war, hatten sie nicht entfremdet. Sie spürte immer noch sofort, wenn ihre Mutter etwas quälte, sie aber nicht mit der Sprache herausrücken wollte.

»Ganz sicher«, beharrte Anita und schaute ihr diesmal fest in die Augen. Auch das hatte sie früher schon getan, und Kristina wusste genau, dass sie nicht sagen würde, was sie bedrückte.

»Und ... wie geht es Ulrika?« Es fiel Kristina nicht leicht, sich nach dem Befinden ihrer Schwester zu erkundigen. Sie war sich nicht einmal sicher, ob es sie wirklich interessierte.

»Du kennst doch Ulrika.« Ihre Mutter lächelte, wich dabei aber wieder ihrem Blick aus.

Aha, dachte Kristina, da lag also das Problem. Irgendetwas trübte das Verhältnis zwischen ihrer Mutter und ihrer Schwester. Sie schämte sich ein wenig, weil sie das mit Schadenfreude erfüllte. Bisher war sie das schwarze Schaf der Familie gewesen, das Kind, das Kummer und Sorgen bereitete, die »Schmarotzerin«, wie Ulrika sie genannt hatte. Besonders diesen Ausdruck hatte Kristina ihrer Schwester bis heute nicht verziehen.

Kristina war verwirrt von ihren eigenen Gedanken und Gefühlen. Sie hatte in den ganzen Jahren kaum an Ulrika und ihren Mann Gunnar gedacht. Aber jetzt war alles wieder da Vielleicht war es ein Fehler gewesen, nach Göteborg zu kommen. Sie wusste es nicht, aber sie freute sich, ihre Mutter zu sehen.

Anita war ein paar Mal bei ihr und Finn zu Besuch in Stockholm gewesen, aber das war anders, als selbst wieder zu Hause zu sein.

»Wie lange bleibt ihr?«, fragte Anita in ihre Gedanken hinein.

»Keine Ahnung. Ich weiß nicht, wo wir jetzt noch suchen sollen«, sagte Kristina hilflos.

Ihre Mutter strich ihr liebevoll über die Wange. »Schlaf erst einmal eine Nacht, Kind. Morgen sieht alles schon wieder anders aus, und dann können wir gemeinsam überlegen, wie es weitergeht.«

Kristina nickte. Ihre Mutter hatte recht. Sie war im Moment zu müde und zu deprimiert, um noch einen klaren Gedanken zu fassen. Selbst für ein Gespräch mit ihrer Mutter war sie zu erschöpft. Schade, sie hätte die Zeit gerne genutzt, denn morgen würde dieser unsägliche Hendrik Lundgren wieder dabei sein.

Kristina spürte wieder heißen Ärger in sich aufsteigen. Seit dieser Mann in ihr Leben getreten war, ging einfach alles schief. Er hätte wenigstens an diesem Abend etwas Anstand zeigen und einfach verschwinden können. Von ihr aus gerne zu Ulrika und Gunnar ins Hotel. Die beiden würden sich bestimmt hervorragend mit Hendrik Lundgren verstehen.

»Was ist los?«

Kristina sah auf und bemerkte, dass ihre Mutter sie beobachtete. »Was meinst du?«, antwortete sie mit einer Gegenfrage.

»Du konntest deine Gefühle noch nie verbergen. Ich sehe dir doch an, dass da etwas in dir tobt.«

Kristina lächelte schwach. »Ich weiß auch nicht«, wich sie aus. »Lass mich erst einmal richtig ankommen.«

Anita nickte. »Du gehst jetzt nach oben und legst dich ins Bett, und ich komme gleich noch mal zu dir und bringe dir ein Glas heiße Milch mit Bienenhonig.«

Heiße Milch mit Bienenhonig, das setzte Erinnerungen an ihre Kindheit frei, und auf einmal spürte Kristina ein warmes, vertrautes Gefühl des Heimkommens.

Sie ging nach oben. Hendrik Lundgren hatte ihre Reisetasche vor der Tür ihres Kinderzimmers abgestellt. Aus Ulrikas Zimmer war nichts zu hören, aber Kristina sah den schmalen Lichtspalt unter der Tür. Er war also noch wach.

Kristina öffnete die Tür zu ihrem ehemaligen Kinderzimmer und schaltete das Licht ein. Auch hier war alles unverändert, genau wie im Rest des Hauses. An der Wand neben ihrem Bett hingen sogar noch die Poster von Niklas Strömstedt, ihrem Schwarm aus Mädchentagen. Sie hörte seine Popsongs heute noch sehr gerne.

An der Pinnwand über dem Schreibtisch waren Zettel und Bilder mit kleinen, bunten Nadeln festgesteckt. Sie trat näher und sah eine Kinokarte, die bereits ziemlich vergilbt war. Die Karte musste ihr etwas bedeutet haben, sonst hätte sie sie nicht aufgehängt, aber Kristina konnte sich nicht mehr an den Film erinnern und auch nicht daran, mit wem sie da im Kino gewesen war.

Ein Foto von Dag am Strand. Mit der einen Hand hielt er das Surfbrett neben sich fest, mit der anderen fuhr er sich durch das sonnengebleichte Haar. Er lachte in die Kamera, und Kristina erinnerte sich gut an das Gefühl, das der Anblick dieses Fotos damals in ihr ausgelöst hatte. Sie war so verliebt gewesen – davon zeugten noch die ganzen Klebeblümchen, die das Foto rundum zierten – und sie war sich so sicher gewesen, dass das immer so bleiben würde, ihr ganzes Leben lang. Wenn ihr damals jemand gesagt hätte, dass sie dieses Foto einmal betrachten würde, ohne das Geringste zu fühlen, sie hätte es als unmöglich abgetan.

Unter dem Foto von Dag hingen Zettelchen mit Notizen, und rechts, auf eine freie Fläche der Pinnwand, hatte sie mit rotem Filzstift die Worte *Ulrika ist doof* geschrieben. So groß, dass ihre Schwester es auf jeden Fall sehen musste, wenn sie ins Zimmer kam.

Der Satz war mit schwarzem Filzstift durchgestrichen, darunter hatte Ulrika geschrieben: *Du bist selber doof!* Der Beweis, dass Ulrika tatsächlich in ihrem Zimmer herumgeschnüffelt hatte, wenn sie nicht zu Hause war.

Kristina hatte sich gerächt, indem sie den Lieblingspullover ihrer Schwester heimlich zur Kochwäsche in die Waschmaschine gegeben hatte. Der Lohn war eine ganze Woche Hausarrest gewesen.

Ganz oben an der Pinnwand war ein mehrfach zusammengefalteter Zettel festgepinnt. Kristina löste die Nadel und faltete das Blatt auseinander. Sie lächelte, als sie das Rezept erkannte, dass sie von ihrem Ausbilder bekommen hatte. Das war ganz am Anfang ihrer Lehre als Köchin gewesen. Gustav hatte ihr sein Geheimrezept gegeben, weil sie angeblich der beste Lehrling in seiner Gruppe gewesen war. Kristina hatte sich etwas darauf eingebildet, bis sie erfuhr, dass er jedem guten Lehrling sein Geheimrezept gab und es eigentlich gar nicht mehr so geheim war.

Der gute Gustav! Er hatte das gefördert, was ihre Eltern ihr mitgegeben hatten: die Liebe zum Kochen. Ihre Eltern waren beide Köche gewesen, und für Kristina hatte ziemlich früh festgestanden, dass sie in ihre Fußstapfen treten wollte. Schon als kleines Mädchen hatte sie immer mit Mama und Papa zusammen in der Küche gestanden. Die schönsten Erinnerungen an ihren Vater waren die an das gemeinsame Kochen mit ihm – egal ob zu Familienfesten oder einfach nur, um neue Rezepte auszuprobieren, die sie beide hinterher ganz alleine verzehrten oder heimlich in der Mülltonne entsorgten, wenn sie danebengegangen waren.

Das waren Erinnerungen, die Kristina gerne zuließ, aber sie befürchtete, dass auch die anderen wieder hochkommen würden, die sie bis jetzt erfolgreich verdrängt hatte.

Sie setzte sich mit dem Rezept in der Hand auf ihr Bett, las es durch und fand es richtig gut. Das wäre doch auch etwas für ihre Rezeptsammlung, die auf dieser Reise immer umfangreicher wurde.

Pytt y Panna

2 dicke Scheiben durchwachsener Räucherspeck
2 geräucherte Würstchen
300 g gekochte Fleischreste
80 g Salami
2 kleine Zwiebeln
3 große Möhren
1 kg Kartoffeln
Rosmarin
Salz
Schwarzer Pfeffer
4 Wachteleier
Dillgurken zum Garnieren

Für das Dressing:
1 Tl Senf
2 El Apfelessig
3 El Olivenöl
Schnittlauch
Petersilie
Dill

Den Räucherspeck klein schneiden und zwei bis drei Minuten in einer großen Pfanne braten. Würstchen, Fleisch und Salami in Würfel schneiden und dazugeben.

Zwiebeln, Möhren und Kartoffeln schälen und ebenfalls würfeln, Rosmarin hacken, und alles zum Fleisch in die Pfanne geben. Mit Salz und Pfeffer würzen.

Alles etwa zwanzig Minuten unter Rühren braten, bis die Kartoffeln und die Möhren weich sind.

Die Zutaten für das Dressing in ein verschließbares Glas geben, kräftig schütteln und in die Pfanne gießen.

Pytt y panna auf Teller verteilen, eine Mulde hineindrücken. Die Wachteleier vorsichtig trennen und je ein Eigelb in die Mulde auf den Tellern geben.

Dillgurken getrennt dazu servieren.

– 20 –

Svea hatte kaum ein Auge zugemacht, während ihr Finns gleichmäßige Atemzüge verrieten, dass er tatsächlich tief und fest schlafen konnte. Entgegen aller Vernunft ärgerte sie sich darüber. Sie wälzte sich von einer Seite auf die andere, aber nicht einmal das störte Finn in seinem tiefen Schlaf.

Irgendwann fielen ihr vor lauter Erschöpfung die Augen zu. Als jemand heftig an ihrer Schulter rüttelte, hatte sie das Gefühl, sie wäre gerade erst eingeschlafen.

»Aufstehen«, sagte Finn. »Es gibt nur bis zehn Uhr Frühstück.«

»Noch fünf Minuten«, murmelte Svea.

»Ich gehe dann mal zuerst ins Bad.« Finn hörte sich frisch und ausgeruht an, und auch darüber ärgerte Svea sich wieder. Sie fand es ungerecht, dass es ihm so gut ging, während sie …

Sie überlegte, und das brachte sie endgültig um den Schlaf. Sie wusste nicht einmal, warum sie so sauer auf Finn war. Sie kochte vor Wut, aber sie durfte es nicht zeigen, weil Finn sie sonst fragen würde, was los sei, und sie ihm keinen Grund nennen könnte. Oder doch? War es denn kein Grund, dass sie das hier alles so richtig satthatte? Dieses ziellose Rumgondeln, ohne dass wirklich Ferienstimmung aufkam! Sie hatten sich noch nichts angesehen auf der Reise, keine anderen Jugendlichen kennengelernt, so wie sie sich das vorher ausgemalt hatten. Stattdessen übernachteten sie in einem miesen Hotel, hatten kaum Geld zur Verfügung und wussten beide nicht, wie es weitergehen sollte.

Finn kam aus dem Bad. »Du kannst jetzt rein.«

»Ja«, sagte sie kurz angebunden.

»Schlechte Laune?«, fragte er zurück.

Svea setzte sich auf, und obwohl sie gerade noch beschlossen hatte, sich nichts anmerken zu lassen, sprudelte es geradezu aus ihr heraus: »Ich finde das alles so doof! Mensch, Finn, wir wollten schöne Ferien haben, und jetzt ...« Es war genau, wie sie befürchtet hatte. Ihr fehlten die richtigen Worte, um das zu beschreiben, was sie empfand. »... und jetzt haben wir das hier«, schloss sie hilflos und zeigte auf die Wände, von denen der Putz abblätterte, auf die schäbige Einrichtung und die Aussicht aus dem Fenster, die eigentlich gar keine Aussicht war, sondern nur den Blick auf die Mauer des Nachbarhauses bot.

»Ist doch alles okay«, sagte Finn. »Ich weiß gar nicht, was du hast.«

Sie hatte doch gleich gewusst, dass er sie nicht verstehen würde. Diesmal war sie nicht verärgert, sondern einfach nur enttäuscht. Wortlos stand sie auf und ging ins Bad. Sie schloss die Tür und lehnte sich dagegen.

Was will ich eigentlich?, fragte sie sich, wollte die Antwort aber nicht wirklich wissen. Im Grunde war es ganz einfach. Am liebsten würde sie die Zeit zurückdrehen und wieder in Stockholm sein. Wohlbehütet in ihrem Zuhause. Am einfachsten wäre es, den Rucksack zu packen und zurück nach Stockholm zu fahren. Den Ärger ihres Vaters konnte sie aushalten, der wäre in ein paar Tagen bestimmt verraucht, und inzwischen war es ihr auch egal, wenn er sie zu ihrer Großmutter nach Frankreich schickte. Das war immer noch besser als das hier.

Svea war fest entschlossen, diese Reise abzubrechen, als sie aus dem Bad trat.

»Endlich«, sagte Finn und lächelte sie an. »Ich habe tierischen Hunger.«

Svea öffnete den Mund, und dann brachte sie es doch nicht über sich, ihn zu enttäuschen. Sie hatte ihn zu dieser Reise – nein, Flucht, verbesserte sie sich in Gedanken – angestachelt, sie hatte nicht das Recht, sie hier und jetzt abzubrechen. Sie lächelte Finn schwach an und verließ gemeinsam mit ihm das Zimmer. Ihre Rucksäcke wollten sie nach dem Frühstück abholen.

Der Speisesaal befand sich gleich neben dem Eingang, ein Büfett war in der Mitte des Raumes aufgebaut. An der Fensterfront standen Vierertische, von denen einige durch Säulen verdeckt wurden.

»Ist das dahinten nicht wieder die Blonde?«, fragte Finn und wies auf einen Tisch hinter einer Säule.

Sveas Blick folgte seinem ausgestreckten Finger, sie konnte aber niemanden sehen. »Du entwickelst wohl langsam einen Verfolgungswahn«, sagte sie und merkte selbst, dass ihre Stimme immer noch keinen Deut freundlicher klang als nach dem Aufstehen.

»Und deine Laune wird auch nicht besser«, konterte Finn prompt.

Svea spürte, wie ihr Tränen in die Augen schossen. Sie sagte aber nichts mehr, sondern folgte Finn zum Büfett. Lustlos packte sie ein Milchbrötchen auf den Teller, den sie von dem Stapel am unteren Ende des Büfetts genommen hatte.

Finn hingegen konnte offenbar nichts den Appetit verderben. Er packte sich den Teller so voll, dass nichts mehr draufpasste, und steuerte dann den einzigen freien Tisch an.

Svea folgte ihm mit ihrem Milchbrötchen und nahm ihm gegenüber Platz. Während Finn sich über sein Frühstück hermachte, kaute sie lustlos auf ihrem Brötchen herum und starrte dabei aus dem Fenster, um ihn nicht ansehen zu müssen.

Finn kümmerte sich überhaupt nicht um sie, futterte seinen Teller leer und ging wieder zum Büfett, um sich noch eine Riesenportion zu holen. Den Kopf tief über den Teller gebeugt, mampfte er alles in sich hinein.

Svea beobachtete ihn aus den Augenwinkeln, während sie weiter aus dem Fenster starrte, obwohl da nicht viel mehr zu sehen war als der Hinterhof des Hotels, auf dem Müllcontainer standen, gleich neben dem alten Volvo, der vor dem Hintereingang parkte. Keine sehr ansprechende Aussicht für die Hotelgäste, aber außer Svea schaute auch niemand aus dem Fenster.

Endlich war Finn fertig. Svea hatte ihr Milchbrötchen längst gegessen und registrierte, dass Finn schon wieder zum Büffet hinüberschielte.

»Wir könnten uns doch etwas für unterwegs mitnehmen«, flüsterte er.

Das wurde ja immer schlimmer. Svea hatte sich im letzten Urlaub mit ihrem Vater über die Touristen lustig gemacht, die sich beim Frühstück im Hotel Brote schmierten und mit an den Strand nahmen. Sie wollte nicht so sein wie diese Leute, sie wollte überhaupt nicht hier sein ...

Finn wartete nicht auf eine Antwort von ihr. Er ging zum dritten Mal zum Büffet, packte seinen Teller voll, nahm ein paar Papierservietten von dem Stapel neben den Tellern und kam zurück. Dann begann er, Brote zu schmieren und sie in die mitgebrachten Servietten zu packen. Fassungslos schaute Svea ihm zu, bis er sich fragend an sie wandte: »Nimmst du nichts mit für später?«

»Du bist einfach nur peinlich«, zischte Svea.

»Lieber peinlich als hungrig«, gab Finn ungerührt zurück.

Svea schüttelte unwillig den Kopf, woraufhin Finn lediglich mit den Schultern zuckte und weiter Brote einpackte. Svea kam es so vor, als würden alle Anwesenden nur sie und Finn beobachten. Verstohlen schaute sie sich um, aber keiner der Gäste an den anderen Tischen schien ihnen Beachtung zu schenken. Das Gefühl bohrender Blicke in ihrem Rücken blieb dennoch.

Als Svea sich erneut umdrehte, hatte sie den Eindruck, dass an einem der Tische am Ende des Speisesaals ein Kopf schnell hinter einer Säule verschwand. Sie behielt diese Säule im Auge, aber es tat sich nichts mehr. Sie hatte es sich nur eingebildet, und das war Finns Schuld. Ihr ganzer Ärger richtete sich gegen hin.

»Kannst du endlich damit aufhören!«, fuhr sie ihn an. Leise, damit die anderen Gäste nichts mitbekamen, aber doch so laut, dass ihm ihr Ärger unmöglich entgehen konnte.

Finn sah auf. »Boah, wenn ich vorher gewusst hätte, was für ein Morgenmuffel du bist ...« Er brach ab.

Svea kniff die Augen zusammen. »Ja, was wäre dann?«,

fragte sie gefährlich ruhig. Sie wartete förmlich auf die falsche Antwort von ihm, um das hier abzubrechen und nach Hause zu fahren.

Ihre Blicke trafen sich, und Svea sah nichts von dem in Finns Augen, was sie bisher so geliebt hatte, was ihr Herz schneller klopfen ließ. Sie erkannte ihn nicht wieder, und sie hatte das sichere Gefühl, dass es ihm nicht anders ging.

»Ich will mich nicht mit dir streiten«, murmelte Finn. Er griff nach seinen eingepackten Broten, drehte sich einfach um und ging, ohne darauf zu achten, ob sie ihm folgte.

Svea starrte ihm mit offenem Mund nach. Erst als er den Ausgang fast erreicht hatte, setzte sie sich ebenfalls in Bewegung. An der Rezeption holte sie ihn ein und bekam mit, wie der Portier auf ihn einredete.

Klar, dachte sie, wegen der ganzen Brote, die er aus dem Speisesaal geschleppt hatte. Sie hätte es nicht für möglich gehalten, dass das alles hier noch peinlicher werden könnte.

Finn drehte sich zu ihr um, als sie neben ihm stand, und überraschend drückte sein Gesicht Freude aus. Er grinste sie an und schien die letzten Minuten völlig vergessen zu haben. »Wir haben gewonnen«, sagte er triumphierend, als wäre es sein ganz persönlicher Verdienst.

»Den Preis für den besten Frühstücksabstauber?«, fragte Svea und wies auf die Päckchen in seiner Hand.

Der Portier lächelte sie über den Tresen hinweg an. »Ihr beide habt den Preis für eine weitere und diesmal kostenlose Übernachtung gewonnen.«

Svea starrte den Portier an, dann Finn. Langsam schüttelte sie den Kopf. »Ich will hier keine weitere Nacht bleiben«, sagte sie.

Das triumphierende Lächeln auf Finns Gesicht machte ärgerlicher Ungeduld Platz. »Dir kann man es auch nie recht machen«, sagte er.

»Ich wollte Urlaub mit dir machen!«, rief sie aus und spürte, dass sie die Tränen nicht mehr lange zurückhalten konnte. »Das hier ist ein Albtraum!«

Finn wirkte völlig verständnislos. »Du hast es doch so gewollt«, sagte er nicht ganz zu Unrecht und brachte sie damit erst recht aus der Fassung.

»Mach doch, was du willst!«, schluchzte Svea auf. Sie drehte sich um und lief davon. Bevor sie den Ausgang erreichte, hörte sie noch, wie Finn zum Portier sagte: »Wir bleiben. Die beruhigt sich schon wieder.«

Selmas Welt

Jetzt hängen wir in Trelleborg fest, und das ist gut so. Romeo und Julia haben beschlossen, noch zu bleiben. Nicht ganz freiwillig, wie ich zugeben muss, ich habe da ein bisschen nachgeholfen.

Ja, liebe Leser, das kann ich hier sehr freimütig verraten, denn unser Romeo und unsere Julia lesen das Morgonbladet *nicht und sind deshalb im Gegensatz zu unseren Lesern nicht so gut informiert.*

Selma hielt inne. Ein dämlicher Satz, aber den hatte ihr Erik Asmussen aufs Auge gedrückt. Er fand, das zunehmende Interesse der Leser an der romantischen Lovestory könnte mit ein bisschen Werbung für die Zeitung noch angekurbelt werden.

Selma überlegte, was sie noch schreiben könnte. Es passierte gerade nicht wirklich viel. Das Liebespaar, das heute Morgen beim Frühstück im Speisesaal gar nicht so verliebt ausgesehen hatte, war unerfreulich inaktiv und hatte sich auf sein Zimmer zurückgezogen.

Selma legte den Zeigefinger an ihre Lippen, starrte aus dem Fenster und dachte nach. Als sie auf dem Gang eine Tür schlagen hörte, warf sie das Smartphone neben sich, sprang auf und eilte zur Tür, die sie vorsichtig einen Spaltbreit öffnete. Erleichtert atmete sie auf. Nein, es waren nicht Romeo und Julia, und sie musste sich auch nicht auf eine schnelle Verfolgung einstellen.

Es war ein bisschen mühsam, die beiden im Auge zu behalten, zumal sie ausschließlich auf die Geräusche auf dem Gang angewiesen war. Jedes Mal, wenn eine Tür schlug, musste sie sich vergewissern, ob die beiden sich auf den Weg machten. Wohin auch immer.

Es wäre einfacher gewesen, sich in die Hotellobby zu setzen und die Halle zu beobachten. Dann hätten die beiden zwangsläufig an ihr vorbeigemusst, wenn sie das Hotel verließen. Das traute Selma sich aber nicht, weil sie ohnehin schon aufgefallen war. Sobald der Fotograf Ingvar Ström aufgetaucht wäre, würde sie es ihm überlassen, den beiden auf den Fersen zu bleiben.

Sie kehrte zurück zu ihrem Bett, setzte sich und nahm das Smartphone wieder in die Hand. Unzufrieden überflog sie den Text, den sie bisher eingetippt hatte. Er gefiel ihr nicht. Genauso wenig wie die Art und Weise, wie sie arbeiten musste.

Okay, mit dem Smartphone musste sie auskommen, bis Ingvar ihr das Notebook brachte, aber am Text konnte sie feilen, und wenn ihr Liebespaar ihr keinen Stoff lieferte, musste sie sich eben etwas einfallen lassen.

»... *denn unser Romeo und unsere Julia lesen das* Morgonbladet *nicht und sind deshalb im Gegensatz zu unseren Lesern nicht so gut informiert«*, las sie sich selbst halblaut vor und tippte dann entschlossen weiter:

Wir alle verstehen das natürlich. In dem Alter hätten wir nicht anders gehandelt, und was ist wichtiger als die Liebe? Besonders wenn sie von einem herrschsüchtigen Vater und einer dominanten Mutter verboten wird. Was mag in diesen beiden jungen Menschen vorgehen, die sich so sehr lieben und ihre Liebe nur ausleben können, weil sie vor ihren Eltern aus ihrer Heimatstadt geflüchtet sind?

Ich habe die beiden heute Morgen beim Frühstück gesehen. Hand in Hand saßen sie im Speisesaal, in dem kleinen Hotel am Stortorget, bekamen kaum einen Bissen hinunter und schauten sich mit Blicken an, die Steine erweichen könnten – aber nicht die Herzen ihrer Eltern, die sich gegen diese Liebe stemmen und ihre Kinder durch das Land jagen.

Eine erfreuliche Nachricht gibt es aber doch für unser Liebespaar. Sie haben eine weitere Übernachtung in diesem hübschen kleinen Hotel gewonnen. Pst, verratet es nicht weiter!

Wir lesen uns später wieder!

– 21 –

Als Kristina aufwachte, schien die Sonne hell durchs Fenster. Sie wusste nicht genau, was sie geweckt hatte, bis sie es erneut vernahm. Das Piepsen ihres Handys. Sie hatte den Akku über Nacht aufgeladen.

Finn, war ihr erster Gedanke. Vielleicht hatte er in der Zwischenzeit angerufen oder eine SMS geschickt und fragte sich, warum sie nicht antwortete.

Sie griff nach dem Handy. Keine Nachricht von Finn. Dafür eine SMS von Bengt, der wissen wollte, wo sie gerade war und wie es ihr ging. Auf der Mailbox waren eine Nachricht von Mikael, der sinngemäß die gleiche Frage stellte, und eine von Ole Håkansson, der um ihren dringenden Rückruf bat. Kristina schrie erschrocken auf. Es war zu viel passiert, als dass dieser Anruf sie nicht sofort in Alarmbereitschaft versetzen würde. Wahrscheinlich hatte Ole weitere Defekte festgestellt, die die ohnehin schon horrende Reparaturrechnung noch weiter in die Höhe treiben würden.

Kristina atmete tief durch. Sie wollte keine schlechten Nachrichten auf nüchternen Magen hören. Nein, verbesserte sie sich selbst, eigentlich wollte sie überhaupt keine schlechten Nachrichten mehr hören. Trotzdem erledigte sie den Rückruf sofort. Sie musste wissen, was im *Kristinas* los war.

»Gut, dass du dich so schnell meldest!«, rief Ole Håkansson am anderen Ende in den Hörer. »Wir haben da ein Problem.«

Obwohl sie damit gerechnet hatte, wurden Kristinas Knie weich. Schwer ließ sie sich aufs Bett fallen.

»Wie viel?«, fragte sie schwach.

»Hä?«, kam es ziemlich verständnislos zurück.

»Was ist noch kaputt, und wie viel muss ich dafür bezahlen?«, präzisierte Kristina ihre Frage.

»Ach so.« Ole lachte amüsiert auf. »Da bleibt alles beim Alten, aber wir haben ein anderes Problem. Einer meiner Mitarbeiter ist ausgefallen, wir brauchen ein paar Tage länger für die Reparatur.«

Eigentlich eine Katastrophe, dass das *Kristinas* noch länger geschlossen bleiben musste, und doch lachte Kristina erleichtert auf. Keine weiteren Kosten. Das hätte ihr finanziell das Genick gebrochen.

»Ein paar Tage sind okay«, sagte sie, wollte es aber genau wissen. »Wie viel Tage mehr sind das denn?«

»Höchstens drei«, versprach Ole Håkansson, der ebenso erleichtert klang, wie sie sich fühlte. Wahrscheinlich überraschte es ihn, dass sie so schnell zustimmte.

Kristina verabschiedete sich von Ole und beantwortete gleich darauf Bengts SMS. Jetzt, nach dem Gespräch mit Ole, konnte sie sich über seine Nachricht freuen.

Ich bin in Göteborg, schrieb sie, *und es geht mir ganz gut. Mal abgesehen davon, dass ich meinen Sohn immer noch nicht gefunden habe.*

Die Antwort kam, noch bevor sie aufstehen und ins Bad gehen konnte: *Soll ich kommen?*

Kristina lächelte. Wie schön wäre es, wenn Bengt an Hendrik Lundgrens Stelle wäre. Andererseits würde sich Bengt seiner Tochter gegenüber wohl kaum so verhalten, wie Hendrik es mit Svea gemacht hatte. Aber hatte Bengt überhaupt Kinder?

Kristina wurde bewusst, wie wenig sie über den Mann wusste, der sie so sehr beeindruckt hatte, und wie gerne sie ihn näher kennenlernen wollte.

Schön wäre es, schrieb sie zurück, *aber ich weiß ja, dass es leider nicht geht.*

Mit einem tiefen Seufzer legte sie das Handy auf den Nachttisch. Aus dem Haus waren Geräusche zu hören. Ihre Mutter werkelte wahrscheinlich schon unten in der Küche herum und bereitete das Frühstück zu. Auch nebenan hörte sie Schritte, Ulrikas Zimmertür fiel ins Schloss. Gleich darauf hörte sie die Badezimmertür.

Kristina wartete in ihrem Zimmer, bis Hendrik wieder aus dem Bad kam, und ärgerte sich wieder darüber, dass er am vergangenen Abend nicht ins Hotel gegangen war. Sie hatte keine Lust, ihm heute Morgen zu begegnen, und sie wäre auch gerne beim Frühstück mit ihrer Mutter alleine gewesen. Sie hatten sich so lange nicht gesehen, hatten sich so Vieles zu erzählen.

Als sie Hendrik Lundgrens Schritte auf der Treppe hörte, huschte Kristina ins Badezimmer und duschte ausgiebig, bis auch der letzte Rest Müdigkeit verschwunden war. Eingewickelt in ein Badetuch ging sie zurück in ihr Zimmer und zog sich an. Jetzt fühlte sie sich bereit für diesen neuen Tag – aber sie wusste ja auch noch nicht, was sie erwartete.

Als sie in die Küche kam, stand ihre Mutter an der Anrichte und schnitt Brot. Hendrik Lundgren saß auf der Bank hinter dem Esstisch, und neben ihm saß – Ulrika!

Ausgerechnet Ulrika! Die Spannung im Raum war unerträglich.

Kristina starrte ihre Schwester an. »Was willst du denn hier?«, wollte sie fragen, konnte ihre Zunge aber gerade noch im Zaum halten.

Anita räusperte sich. Ihr gezwungenes Lächeln verriet, dass auch sie die Spannung im Raum deutlich spürte. »Ich habe Ulrika angerufen«, sagte sie. »Ihr habt euch doch auch schon lange nicht mehr gesehen.«

»Hat ja lange gedauert, bis es dich mal wieder nach Hause treibt«, sagte Ulrika. »Ich habe gehört, Finn ist abgehauen.«

Keine Freude, keine Herzlichkeit. In den Augen ihrer Schwester las Kristina nur dieselbe Frage, die sie gerade hinuntergeschluckt hatte.

»Ich hatte meine Gründe, nicht nach Hause zu kommen«, erwiderte sie knapp und ignorierte Ulrikas Bemerkung über Finn.

»Wie lange bleibst du?«, fragte Ulrika.

»Ich bleibe so lange, wie ich eben bleibe«, sagte Kristina und empfand eine kindische Genugtuung über das verärgerte Gesicht ihrer Schwester.

»Wir haben einen Gast«, erinnerte Anita streng.

Als ob Kristina das vergessen hätte. Immerhin entschädigte sie Hendrik Lundgrens Gesichtsausdruck ein wenig für ihren Ärger. Er schien sich sehr unwohl zu fühlen. Das hat er verdient, dachte Kristina schadenfroh. Er hätte ja gestern ins Hotel gehen können.

Ihre Blicke begegneten sich. Er stand auf und verließ mit einer gemurmelten Entschuldigung, die niemand richtig zur Kenntnis nahm, die Küche.

Ulrika stand ebenfalls auf. »Ich gehe wohl auch besser.«
Sie sah nur Kristina an, als sie hinzufügte: »Es war ein Fehler, hierherzukommen. Ich hätte wissen müssen, dass du nicht verzeihen kannst. Auch nicht nach so vielen Jahren.«

Das war typisch Ulrika. Ihre Stimme klang wehleidig, verletzt, und sie schaffte es, dass Kristina sich schuldig fühlte.

Kristina fragte sich, ob Ulrika sich je verantwortlich gefühlt hatte, ob sie irgendwann auch einmal ein schlechtes Gewissen verspürt hatte. Sie schloss kurz die Augen, atmete tief durch, bevor sie die Augen wieder öffnete und ihre Schwester ansah. Sie schaffte es, ruhig zu antworten: »Nein, ich kann dir nicht verzeihen.«

Ulrika verließ wortlos die Küche.

»Musste das sein?«, fragte Anita vorwurfsvoll.

»Was erwartest du von mir?«, fragte Kristina bitter. »Du hättest sie nicht hierherholen sollen.«

»Es ist so lange her«, sagte Anita aufgebracht.

»Und es tut trotzdem noch weh«, flüsterte Kristina. »Jedes verdammte Mal, wenn ich daran erinnert werde. Und hier werde ich auf Schritt und Tritt daran erinnert. Ich hätte es wissen müssen, ich hätte niemals nach Hause kommen dürfen.«

Anita eilte auf sie zu, schloss sie in die Arme. »Es tut mir leid«, sagte sie leise. »Ich habe wirklich gehofft, du hättest damit abgeschlossen und wärst bereit, deiner Schwester die Hand zur Versöhnung zu reichen.«

Kristina erwiderte kurz die Umarmung ihrer Mutter, löste sich und trat einen Schritt zurück. Sie schüttelte den Kopf. »Es muss dir nicht leidtun«, sagte sie leise. »Ulrika ist diejenige, die sich entschuldigen müsste, und das hat sie nicht getan. In all diesen Jahren nicht, und deshalb kann ich ihr auch nicht verzeihen.«

»Könntest du es denn, wenn sie sich entschuldigen würde?«, wollte ihre Mutter wissen.

Kristina dachte darüber nach. »Ich weiß es nicht«, sagte sie leise. »Ulrika hat mein Leben zerstört.«

Das Ticken der blauen Wanduhr zerschnitt die einsetzende Stille in kleine, sekundengenaue Stücke. Dieser eine Satz, den Kristina nie zuvor ausgesprochen hatte, erfüllte den Raum, und unmittelbar nachdem Kristina ihn ausgesprochen hatte, spürte sie, dass er so nicht stimmte. Jedenfalls jetzt nicht mehr. Damals hatte sie wahrscheinlich so empfunden. Sie hatte dieses Gefühl in sich getragen, konserviert und gepflegt und sich nie damit auseinandergesetzt, dass ihr Leben in Ordnung war, so wie es war. Wie ihr Leben heute wohl aussähe, wenn Ulrika damals nicht …

»Es ist nicht nur Ulrika gewesen«, sagte ihre Mutter sanft in ihre Gedanken hinein.

»Ich weiß, aber trotzdem …« Es gab kein Ende für diesen Satz. Trotz ihrer eigenen Erkenntnis, trotz der Worte ihrer Mutter, konnte Kristina ihrer Schwester nicht verzeihen, und sie fragte sich heute noch, wie Gunnar dazu in der Lage gewesen war.

Anita seufzte tief auf. »Ihr seid beide meine Töchter, und ich liebe euch beide.«

Kristina trat zu ihrer Mutter und nahm sie in die Arme. »Das weiß ich doch«, sagte sie. »Ich verlange doch gar nicht von dir, dass du meinetwegen mit Ulrika brichst, aber bitte versuch du auch nicht, eine Versöhnung zu erzwingen.«

Anita lächelte unter Tränen. »Angenommen«, sagte sie leise. »Ich habe ja gesehen, dass es keinen Zweck hat.«

Hendrik Lundgren kam zurück in die Küche und wedelte aufgeregt mit einer Zeitung. Er hat ein sicheres Gespür dafür, im unpassendsten Moment aufzutauchen, dachte Kristina.

»Sie sind in Trelleborg«, stieß er hervor. »Finn und Svea«, fügte er erklärend hinzu, als wäre Kristina nicht sofort klar gewesen, wen er meinte.

Hendrik Lundgren faltete das *Morgonbladet* auf dem Tisch auseinander und tippte auf einen Satz in Selmas Kolumne.

»Wir sind in Trelleborg, der südlichsten Stadt Schwedens«, las Kristin laut vor. Fragend schaute sie Hendrik an. »Ja und?«

Hendrik stieß einen ungeduldigen Laut aus und zeigte jetzt mit dem Finger ein Stückchen höher. Diesmal war er es, der laut vorlas: »Unser Romeo und unsere Julia schlafen nur zwei Zimmer weiter. Obwohl, schlafen werden sie wahrscheinlich nicht. Ein junges Paar, ein Hotelzimmer, jeder von uns kann sich ausmalen, was in einer solchen Situation passiert. Ich frage mich, was die Eltern der beiden, der Herr Gastrokritiker und die Frau Restaurantbesitzerin, dazu sagen würden, wenn sie wüssten, wo ihre Kinder gerade sind.«

Kristina konnte es kaum fassen. Sie beugte den Kopf tief über die Zeitung, um die Worte selbst noch einmal zu lesen. Auch Hendrik Lundgren lehnte sich über die Zeitung. Dabei stand er ganz dicht links neben Kristina. Sie nahm den Geruch seines Aftershaves wahr, spürte seinen Arm an ihrem Arm. Es störte sie. Sie bewegte sich ein bisschen nach rechts, aber da stand schon ihre Mutter.

Hendrik Lundgren schien zu spüren, dass ihr seine Nähe unangenehm war. Er schaute kurz auf, zog die Augenbrauen zusammen und trat wortlos zur Seite.

Kristina konzentrierte sich auf Selmas Kolumne, die von einem jungen Paar handelte, das aus Stockholm geflüchtet war, weil ihre Eltern gegen ihre Liebe waren.

Kristina richtete sich auf. »Ja, das sind eindeutig Finn und Svea.«

»Wissen Sie, was das bedeutet?«, fragte Hendrik grinsend.

Diesmal schüttelte Kristina den Kopf.

»Wenn Selma Anders unseren Kindern folgt, finden wir sie früher oder später.«

»Wir müssen dieser Zeitungstante also auch noch dankbar sein?«

Kristina und Hendrik schauten sich an, schnitten beide eine Grimasse, schüttelten den Kopf und sagten unisono: »Nein!«

Hendrik lachte. »Wir müssen ihr wirklich nicht dankbar sein. Selma Anders handelt nicht selbstlos, sondern benutzt unsere Kinder für ihre eigenen Zwecke.«

»Dann sind wir nicht nur für unsere Kinder, sondern auch für Selma Anders die Spielverderber, wenn wir die beiden finden.«

Hendrik Lundgren nickte. »Auf nach Trelleborg.«

»Aber nicht ohne Frühstück«, sagte Anita sehr bestimmt, und der Duft aus der Küche verriet, dass sie bereits dabei war, die in ganz Schweden so beliebten Kanelbullar, frische Zimtschnecken, zu backen.

Das wäre doch auch etwas für das Kristinas, schoss es ihr durch den Kopf. Als sie ihre Mutter nach dem Rezept fragte, lachte Hendrik laut auf.

»Was ist?« Verwirrt schaute sie ihn an.

»Eben hatten Sie es noch so eilig wegzukommen, aber wenn es um Ihre Rezepte geht ...«

»Wenn wir sowieso zum Frühstück bleiben, kann ich die Rezepte schnell notieren«, sagte sie.

Als Hendrik erneut lachte, stimmten Kristina und Anita mit ein.

Schwedische Zimtschnecken (Kanelbullar)

Für ca. 30 Stück
1 kg Mehl
150 g Butter
40 g Hefe
450 ml Milch
140 g Zucker
1 TL Salz
1 TL Kardamom

Für die Füllung:
100 g Butter
120 g Zucker
½ EL Zimt
1 Ei
Hagelzucker

Die Hefe zerbröseln, mit einer Prise Zucker in der leicht erwärmten Milch auflösen. Das Mehl sieben, mit Zucker, Salz und Kardamom mischen und eine Mulde hineindrücken. Dort hinein die Hefemilch sowie die zerlassene Butter geben. Von der Mitte her alles gut miteinander verarbeiten.

Den Teig zugedeckt an einem warmen Ort eine Stunde gehen lassen. Danach nochmals gut durchkneten.

Den Teig in drei Teile teilen und jeweils rechteckig ausrollen. Mit der handwarmen Butter bestreichen und dick mit Zucker und Zimt bestreuen. Aufrollen und in etwa 3 Zentimeter dicke Scheiben schneiden.

Die Scheiben mit großem Abstand auf ein mit Backpapier belegtes Backblech legen und nochmals gehen lassen. Vor dem Backen mit einem verquirltem Ei bepinseln und mit Hagelzucker bestreuen. Bei 220 °C 15 bis 20 Minuten backen.

Schwedische Zimtschnecken schmecken lauwarm am besten!

– 22 –

Mitten im Spiel mit dem Ungeheuer war die Meerjungfrau
zu Stein erstarrt. Der Schwanz des Ungeheuers bildete den
Beckenrand, von dem das Wasser aus dem weit aufgerisse-
nen Maul der Kreatur aufgefangen wurde.

Svea hatte sich auf dem Rand niedergelassen und starrte
trübe vor sich hin. Wenn sie könnte, würde sie weinen, aber
es kamen keine Tränen. Sie fühlte sich einfach nur leer.

Was war das, was da gerade mit Finn und ihr passierte?

»Wir bleiben! Die beruhigt sich schon wieder.« Nicht nur
Finns Worte, vor allem der geringschätzige Klang seiner
Stimme hatte sie verletzt. Hatte Finn sich verändert, oder
hatte sie ihn vorher nicht so gesehen, wie er wirklich war?

Als er langsam über die Straße auf sie zuschlenderte, sah sie
bewusst in eine andere Richtung. Sie hatte vorausgesetzt, dass
er ihr folgen würde, als sie aus dem Hotel gestürmt war, hatte
sich darüber geärgert, dass er nicht sofort kam, und war jetzt
sauer, dass er kam. Sie war nicht bereit, darüber nachzudenken, wie widersprüchlich diese Gefühle waren.

»Hej«, sagte Finn, und Svea glaubte, so etwas wie ein
schlechtes Gewissen aus seiner Stimmer herauszuhören.

»Hej!«, sagte sie und schaffte es, ihre ganze Wut in dieses
kleine Wort zu packen.

Finn setzte sich neben sie. Nicht dicht an dicht, sondern
mit einem deutlichen Abstand zwischen ihnen. »Sei doch
nicht so sauer«, sagte er. »Du verdirbst uns die ganzen Ferien mit deiner schlechten Laune.«

Das war zu viel. Svea sprang auf. »Ich – habe – keine – schlechte – Laune!«, sagte sie laut und betonte jedes einzelne Wort. »Ich – bin – stinksauer!«

»Ja, das hab ich gemerkt.« Finn stand auch auf, hielt aber auch jetzt den Abstand zwischen ihnen ein. »Und ich weiß immer noch nicht warum.«

»Weil ... weil ...« Wieso verstand er es nicht? Wieso musste sie ihm das noch erklären?

»Da«, stieß er triumphierend hervor. »Du weißt es ja selber nicht.«

Natürlich wusste sie es. Es war nur so schwer in Worte zu fassen. Die Umstände der Reise gefielen ihr nicht, aber noch mehr störte sie das, was sich zwischen ihnen abspielte – oder vielmehr nicht mehr abspielte. Gestern um diese Zeit hatte sie noch geglaubt, dass ihre Gefühle füreinander mehr waren als die Verliebtheit zweier Teenager. Vor einer Woche war sie sogar noch davon überzeugt gewesen, dass Finn die Liebe ihres Lebens war. Jetzt wusste sie nicht einmal mehr, ob sie überhaupt noch etwas für ihn empfand. Und so wie er sich ihr gegenüber in den letzten vierundzwanzig Stunden verhalten hatte, zweifelte sie zu recht an seinen Gefühlen. Glaubte sie jedenfalls. Oder doch nicht? Verflixt, seit Finn und sie auf sich allein gestellt waren, war das Leben so schrecklich kompliziert geworden.

»Ich finde es nicht fair, dass du mich so behandelst und mir nicht einmal sagst, was überhaupt los ist«, beschwerte sich Finn.

Svea wusste, dass er recht hatte, aber das machte es für sie nicht besser. Sie zog die Augenbrauen zusammen. »Das habe ich dir gestern schon gesagt. Ich habe mir unsere Ferien anders vorgestellt, und jetzt willst du auch noch länger in diesem blöden Hotel bleiben.«

»Aber wenn es uns doch nichts kostet«, wandte Finn ein. Seine ganze Miene drückte pure Verständnislosigkeit aus. »Wir können uns nichts anderes leisten, wir haben kaum noch Geld.«

Svea nickte und ließ sich mutlos wieder auf den Rand des Brunnens fallen. Sie wusste das ja alles selber, und ihr war auch klar, dass sie sich Finn gegenüber ungerecht verhielt.

Finn setzte sich neben sie, diesmal ganz dicht. Er legte sogar einen Arm um ihre Schulter. »Hör zu«, sagte er mit versöhnlicher Stimme. »Vielleicht ist es ja ganz gut, dass wir noch eine Nacht kostenlos im Hotel übernachten können. Das war ja alles ein bisschen viel, mit der Flucht aus Stockholm und so. Wir machen uns einen schönen Tag hier in Trelleborg, ruhen uns aus, und du darfst bestimmen, wohin wir dann morgen fahren.«

Das klang vernünftig, und es war ziemlich nett, dass er ihr die Wahl des nächsten Ziels überlassen wollte. Svea lächelte matt. »Ich möchte gerne die Väderöarna-Inseln sehen«, sagte sie.

Finn nickte. »Okay, morgen fahren wir weiter in die Region Bohuslän und dann mit dem Schiff auf die Inseln.«

Svea legte ihren Kopf auf seine Schulter. »Tut mir leid, dass ich so zickig war«, flüsterte sie.

»Schon gut«, sagte Finn versöhnlich.

Svea spürte wieder ein kleines bisschen von der Liebe zu ihm, die sie eben noch verloren geglaubt hatte. Vielleicht wäre sie sogar noch stärker gewesen, wenn er sich ebenfalls für sein Verhalten entschuldigt hätte. Das machte er aber nicht, fühlte sich möglicherweise nicht einmal schuldig, und so blieb trotz aller Versöhnlichkeit ein winziger, aber dennoch giftiger Stachel zurück.

Selmas Welt

Romeo und Julia im Glück!
  Liebe Leser, das sind doch die Bilder, auf die wir gewartet haben. Hier sehen sie unser Pärchen engumschlungen auf dem Sjöormen-Brunnen in Trelleborg. Liebe kann so schön sein.

Selma stieß einen tiefen Seufzer aus. Ihr Text berührte sie selbst, außerdem war sie mit sich und ihrem Leben halbwegs versöhnt. Sie hatte Verstärkung bekommen. Ingvar Ström war vor einer Stunde bei ihr im Hotel eingetroffen, gerade rechtzeitig, um Romeo und Julia auf dem Brunnen zu fotografieren. Auch das versprochene Notebook hatte er dabeigehabt, und jetzt konnte sie in aller Ruhe ihren Text formulieren, während Ingvar dem jungen Paar durch Trelleborg folgte.

Wenn ich mir die beiden so ansehe, bekomme ich direkt Lust, mich auch mal wieder zu verlieben. Mit weichen Knien, Schmetterlingen im Bauch und beschleunigtem Herzschlag.

Selma hielt wieder inne, seufzte ein zweites Mal abgrundtief auf. Wie lange war es her, dass sie selbst so empfunden hatte? Sie konnte sich kaum daran erinnern.
  Selma fragte sich nicht zum ersten Mal in ihrem Leben, ob sie etwas verpasst hatte. Beruflich ganz bestimmt, da machte sie sich schon lange nichts mehr vor. Als sie vor vielen Jahren – meine Güte, endlos war das schon her – Ge-

schichte und Germanistik studiert hatte, war es ihr Ziel gewesen, eine berühmte und erfolgreiche Schriftstellerin zu werden. Und wenn ihr das schon nicht gelingen sollte, dann wenigstens eine anerkannte Journalistin.

Keines ihrer Ziele hatte sie erreicht. Der große Roman blieb ungeschrieben, und mehr als ihre Kolumne, die zugegebenermaßen ziemlich beliebt war, hatte sie journalistisch auch nicht auf die Beine gestellt.

Aber was war mit ihrem Privatleben? Wieso war sie da genauso erfolglos geblieben wie in ihrem Beruf? Selma hatte keine Ahnung, warum und an welchem Punkt in ihrem Leben so einiges schiefgelaufen war.

Sie zog die Stirn kraus. Nein, das war nicht richtig so. In ihrem Leben war nichts schiefgelaufen, es war einfach nur so ruhig vor sich hingeplätschert, und sie hatte selbst nichts unternommen, um die Richtung zu ändern oder einen tieferen Wellengang zu verursachen. Warum nicht? Aus Angst vor der Veränderung? In der Hoffnung, dass von selbst kam, worauf sie hoffte?

»Selma Anders«, hielt sie halblaut Selbstgespräche. »Diese Sache hier wirst du besonders machen. Wenigstens etwas in diesem Leben wirst du so hinkriegen, dass du hinterher stolz darauf sein kannst.«

Sie strich die letzten beiden Sätze, die sich auf sie selbst bezogen, wieder durch. Es ging niemanden etwas an, wie es um ihr eigenes Liebesleben bestellt war. Entschlossen hämmerte sie wieder in die Tasten.

Nichts ist so schön wie die erste Liebe. Weiche Knie, Schmetterlinge im Bauch und stets den Gesang der Nachtigall im Ohr.

Selma hielt wieder inne. Irgendwie flutschte es heute nicht so richtig. Sie musste die Verirrung der eigenen Gefühle hintanstellen und sich auf das Wesentliche konzentrieren. Am besten würde ihr das nach einer kurzen Pause und einem doppelten Espresso gelingen. Also brach sie ihre Arbeit an dieser Stelle ab, griff nach ihrer Handtasche und verließ ihr Zimmer. Sie hatte sich noch nicht festgelegt, ob sie den Espresso im Hotel oder irgendwo außerhalb trinken wollte. Ein kleiner Spaziergang ...

Erregte Stimmen aus der Lobby ließen sie aufhorchen. Sie stand noch auf der Treppe und beglückwünschte sich dazu, dass sie nicht den Aufzug genommen hatte, denn dann hätten die beiden Personen an der Rezeption sie wahrscheinlich sofort bemerkt.

Selma trat eine Stufe zurück in den Schatten des Treppenhauses und lugte vorsichtig um die Ecke. Der Mann und die Frau an der Rezeption wandten ihr den Rücken zu, aber Selma ahnte auch so, um wen es sich bei den beiden handelte. Sie redeten auf den hilflos wirkenden Rezeptionisten ein, und zwar beide gleichzeitig, sodass er kein Wort verstand.

Der Portier hob eine Hand. »Bitte«, fuhr er laut dazwischen, und tatsächlich verstummten die beiden. »Wir haben hier ein junges Paar«, sagte er, »aber ich weiß nicht, ob es sich dabei um Ihre Kinder handelt.«

»Dann sehen Sie in Ihrem verdammten Computer nach!«, fuhr der Mann ihn an.

Der Portier blieb ruhig und höflich. »Bedaure, aber ich gebe keine Auskünfte über unsere Gäste. Es steht Ihnen aber frei, hier zu warten. Wenn es sich bei den jungen Leuten um Ihre Kinder handelt, werden Sie sie ja erkennen, sobald sie zurück ins Hotel kommen.«

»Die beiden sind minderjährig!«, fuhr der Mann den Portier an.

Der Portier hob beide Hände. »Unsere Richtlinien gelten auch für minderjährige Gäste.«

Der Mann wollte wieder auffahren, aber diesmal kam ihm die Frau zuvor. Obwohl auch ihre Stimme erregt klang, bemühte sie sich, ruhig zu bleiben. »Er hat recht. Setzten wir uns doch dahinten hin und warten, bis Svea und Finn kommen.«

Selma trat noch eine Stufe höher, als die beiden sich umdrehten. Jetzt konnte sie die Gesichter erkennen. Tatsächlich, Hendrik Lundgren und Kristina Ljungström!

Die beiden suchten sich einen Platz auf einer der vielen Sitzgelegenheiten in der Lobby, von dem aus sie den Eingang beobachten konnten, ohne selbst sofort gesehen zu werden. Sie diskutierten noch darüber, ob die Sitzgruppe hinter der künstlichen Palme vorteilhafter wäre oder die neben dem Eingang im Schatten der Tür.

Selma wartete die Entscheidung erst gar nicht ab. Sie drehte sich um und eilte wieder nach oben. Ihre schöne Story, von der sie gehofft hatte, dass sie sich noch eine ganze Weile mit zunehmender Spannung hinziehen würde, drohte bereits zu enden. Das konnte, das durfte sie nicht zulassen! Aber was sollte sie tun?

Auf dem Gang sah sie den Wagen des Zimmermädchens. Das Mädchen selbst befand sich gerade im Zimmer des jungen Liebespaars, und Selma sah durch die offene Tür, dass es gerade die Betten machte. Daneben standen die gepackten Rucksäcke.

Selma kombinierte, dass die beiden am Morgen noch nichts von ihrem angeblichen Gewinn, der das Spesenkonto des *Morgonbladet* zusätzlich belastete, gewusst hatten. Sie waren auf Abreise eingestellt gewesen und hatten ihre Sachen bereits zusammengepackt. Wie praktisch!

Selma zögerte nicht lange. Als das Zimmermädchen ins Bad ging und dort beim Putzen leise vor sich hinsang, huschte sie ins Zimmer, packte die beiden Rucksäcke und gelangte unbemerkt wieder nach draußen. Sie schleppte die Rucksäcke zu ihrem eigenen Zimmer und überlegte, wie sie mit dem ganzen Gepäck an den beiden wartenden Menschen da unten in der Lobby vorbeikommen sollte.

Das Hotel hatte doch bestimmt einen Hinterausgang!

Was für ein Glück, dass an der Zimmertür ein Plan des Hotels hing, auf dem die Fluchtwege eingezeichnet waren. Es gab eine Treppe am Ende des Ganges, die hinter einer Tür verborgen lag und in den Keller des Hotels führte. Selma konnte nur hoffen, dass ihr auf diesem Weg kein Bediensteter des Hotels begegnete. Wenn doch, konnte sie immer noch behaupten, sie hätte sich verlaufen.

Bevor sie ihr Zimmer verließ, schickte sie Ingvar eine SMS: *Wo sind die beiden gerade?*

Die Antwort kam prompt: *Sie besichtigen die Trelleborgen.*

Selma wollte gerade das Zimmer verlassen, als ihr Blick auf das Notebook fiel. Sie konnte nicht widerstehen, setzte sich kurz hin und las die letzten beide Sätze:

Nichts ist so schön wie die erste Liebe. Weiche Knie, Schmetterlinge im Bauch und stets den Gesang der Nachtigall im Ohr.

Aber jetzt wird es gefährlich für unsere Julia und unseren

Romeo, fuhr sie fort. *Die beiden stehen kurz vor der Entde-
ckung, wissen noch nicht, dass ihre Eltern unten in der Hotellobby auf sie warten. Jetzt kommt es darauf an, ob Romeo und
Julia rechtzeitig gewarnt werden. Es wird eng, drückt unserem
jungen Paar bitte beide Daumen!*
Wir lesen uns später wieder!

– 23 –

Kristina konnte es nicht fassen. Sie waren ihrem Ziel so nah, und jetzt waren sie dazu verdammt, zu warten. Sie hatte das Gefühl, schon seit Stunden hier zu sitzen, aber ein Blick auf ihre Armbanduhr zeigte, dass gerade mal eine knappe Stunde vergangen war. Dabei konnte sie froh sein, dass sie überhaupt herausgefunden hatten, in welchem Hotel Selma Anders und damit wahrscheinlich auch ihre Kinder abgestiegen waren.

Kristina hatte sich durchgesetzt, und sie hatten den Platz hinter den künstlichen Palmen gewählt. Von hier aus konnten sie den Eingang überblicken, ohne Gefahr zu laufen, sofort gesehen zu werden.

Hendrik Lundgren saß sprungbereit neben ihr auf der Kante des Sofas. Kristina beobachtete ihn aus den Augenwinkeln. Sein Blick war unverwandt auf die Tür gerichtet, sein Kiefer mahlte. Kristina fragte sich, wie er reagieren würde, wenn Finn und Svea ins Hotel kamen. Bei seinem Blick und seiner angespannten Haltung bekam sie Angst um ihren Sohn.

»Sie werden es nicht wagen, meinem Sohn irgendwelche Vorwürfe zu machen«, zischte sie ihm zu.

Sein Kopf flog herum, finster starrte er sie an.

»Sie kümmern sich ausschließlich um Ihre Tochter. Finn ist meine Sache«, sagte sie mit leicht erhobener Stimme.

Hendrik Lundgren entspannte sich. Er brachte sogar ein Lächeln zustande, auch wenn ihm das sichtlich schwerfiel.

»Schon gut«, sagte er beschwichtigend. »Ich gebe Ihrem Sohn nicht alleine die Schuld. Svea weiß sehr genau, was sie will und was nicht. Ihr Sohn hätte sie nie überreden können, mit ihm zu kommen, wenn sie es nicht selbst gewollt hätte.«

Das waren ja völlig neue Töne. Kristina konnte nicht anders, als sein Lächeln zu erwidern. Zum ersten Mal fühlte sie sich der Situation und damit auch seiner Gesellschaft nicht zwangsweise ausgeliefert, sondern als seine Verbündete auf der gemeinsamen Suche nach ihren Kindern.

Leider machte Hendrik Lundgren diesen kurzen Moment der Verbundenheit sofort wieder zunichte. »Was stimmt da nicht zwischen Ihnen und Ihrer Schwester?«, fragte er.

Kristina hörte schlagartig auf zu lächeln. Sie rutschte auf dem Sofa ein Stück von ihm weg. So weit, bis sie die Armlehne auf ihrer rechten Seite berührte. »Ich will nicht darüber reden«, sagte sie kalt. »Und es geht Sie auch nichts an.«

»Schon okay!« Er hob abwehrend beide Hände, wandte den Kopf und starrte erneut zur Tür.

Unangenehme Stille breitete sich aus. Kristina suchte nach Worten, um die Stimmung aufzulockern, aber ihr fiel nichts ein, und so schaute auch sie wieder zur Tür. Immer wenn ein Schatten hinter der Glasscheibe auftauchte, zuckte sie zusammen. Aber es waren nie ihr Sohn oder Svea, die das Hotel betraten. Sie konnten ja nicht einmal sicher sein, dass es sich bei dem jungen Paar, das hier im Hotel wohnte, tatsächlich um ihre Kinder handelte.

»Und wenn es doch nicht Finn und Svea sind?«, sprach sie ihre Gedanken laut aus.

»Sie sind es, das geht aus der Kolumne doch eindeutig hervor«, sagte Hendrik Lundgren ohne sie anzusehen.

»Aber wenn sie es trotzdem nicht sind?«, beharrte Kristina. Die Warterei machte sie mürbe und verunsicherte sie. »Dann sitzen wir hier Stunde um Stunde herum, und die beiden ziehen irgendwo durchs Land.«

Jetzt wandte Hendrik Lundgren ihr das Gesicht zu. »In dem Fall bleibt uns ohnehin nichts anderes übrig, als darauf zu hoffen, dass wir irgendeinen Anhaltspunkt über ihren Aufenthaltsort bekommen. Das hier ist der einzige Hinweis, den wir haben.«

Kristina seufzte tief. Sie wusste genau, dass er recht hatte, aber es machte sie verrückt, untätig hier herumzusitzen und zu warten. Sie sprang auf. »Es reicht doch, wenn einer hier aufpasst«, sagte sie. »Sie warten hier, und ich mache mich auf die Suche nach den beiden.«

Hendrik Lundgren schaute zu ihr auf, eine Augenbraue ironisch in die Höhe gezogen. »Trelleborg ist nicht gerade ein Dorf. Wo wollen Sie denn nach den beiden suchen?«

»Ich weiß es nicht!«, rief Kristina ungeduldig aus. »Ich kann nur nicht länger hier rumsitzen und warten.«

»Ich halte Sie nicht auf«, sagte Hendrik Lundgren. Er wirkte genervt, war wahrscheinlich froh, wenn er sie für ein paar Stunden los war.

»Bis später«, sagte Kristina und wandte sich um. Sie fragte ihn nicht, ob er hier im Hotel auf sie warten wollte, besprach auch nicht mit ihm, wie er sich mit ihr in Verbindung setzen konnte, wenn Finn und Svea in der Zwischenzeit auftauchen sollten. Das alles fiel ihr erst ein, als sie schon an der gläsernen Eingangstür stand. Kurz zögerte sie, hatte aber keine Lust, noch einmal zu ihm zurückzugehen. Sie musste einfach raus, eine Weile alleine sein. Irgendwie, irgendwo würden sie sich schon wieder treffen.

Kristina ging einfach los, vom Hotel aus in Richtung Bryggaregatan, ohne sich große Gedanken darüber zu machen, warum sie ausgerechnet diesen Weg einschlug. Sie passierte den Sjöormen-Brunnen, schenkte ihm aber wenig Beachtung, weil sie durch das Klingeln ihres Handys abgelenkt wurde. Sie zog es aus der Tasche und meldete sich.

»Ich musste gerade an dich denken«, sagte Bengt.

Kristina freute sich, seine Stimme zu hören. »Ich freue mich, dass du anrufst. Im Moment kann ich jede Aufmunterung gebrauchen.«

»So schlimm?«, fragte er mit einem leisen Lachen in der Stimme.

»Eigentlich nicht. Wir haben sogar einen Hinweis erhalten, wo sich Finn und Svea aufhalten könnten.«

»Ich hoffe, ihr habt Glück«, sagte Bengt. Eine Weile war es still am anderen Ende. »Ich denke sehr viel an dich«, sagte er dann leise.

Kristina spürte ein warmes Gefühl, das sich bei seinen Worten in ihr ausbreitete. Gerne hätte sie erwidert, dass es ihr genauso ging, aber das wäre nicht ehrlich gewesen. Es passierte einfach zu viel, die Ereignisse schienen sich regelrecht zu überschlagen, und sie hatte kaum Zeit, an Bengt zu denken.

»Schon gut«, sagte Bengt. »Du musst nichts sagen, und ich wollte dich mit meinem Anruf auch nicht überrumpeln.«

»Das hast du nicht«, sagte Kristina herzlich. »Ich freue

mich sehr über deine Worte, und ich wünschte, ich hätte den Kopf frei, um mich damit zu befassen.«

»Wir haben Zeit«, sagte Bengt sanft. »Ein ganzes langes Leben lang, und ich freue mich darauf, dich richtig kennenzulernen.«

»Darauf freue ich mich auch!«, sagte Kristina. »Aber es wird nicht einfach. Du in Gränna, ich in Stockholm ...«

»Wir werden einen Weg finden«, versprach Bengt. »Lass mich bitte wissen, wie eure Suche in Trelleborg ausgeht.«

»Ich ruf dich an«, versprach Kristina.

Als sie das Gespräch beendet hatte, wunderte sie sich kurz darüber, dass Bengt wusste, wo sie gerade war. Hatte sie es ihm erzählt? Ja, wahrscheinlich. Woher sollte er es sonst wissen? Kristina zuckte mit den Schultern, steckte das Handy ein und setzte ihren ziellosen Weg fort. Welche Orte würde Finn in dieser Stadt aufsuchen? Was interessierte ihn besonders?

Sie wusste es nicht! Erschrocken blieb Kristina stehen. Sie wusste ja, dass das *Kristinas* viel Raum in ihrem Leben einnahm, aber hatte sie dadurch ihren eigenen Sohn aus den Augen verloren?

Während sie dastand und über diese schwerwiegende Frage nachdachte, sah sie Selma Anders auf der anderen Straßenseite. Die Reporterin ging schnell, dann wurde ihr Schritt auf einmal langsamer, und sie sah sich um. Kristinas und Selmas Blicke trafen sich. Kristina winkte, doch Selma Anders nickte nur knapp in ihre Richtung.

»Du entkommst mir nicht«, flüsterte Kristina vor sich hin, konnte die Straße aber nicht überqueren, weil zu viel Verkehr war. Hinter den beiden PKW kam noch ein LKW, der ihr die Sicht versperrte. Dann war er vorbei – und Selma Anders war verschwunden.

»Das gibt es doch nicht!«, sagte Kristina laut zu sich selbst.

»Wie bitte?« Ein Passant, der gerade an ihr vorbeiging, blieb stehen und schaute sie fragend an.

»Sie hat doch gerade noch da gestanden«, sagte Kristina aufgeregt und wies mit dem Finger über die Straße. Der Mann sah sie an, als hätte sie nicht alle Tassen im Schrank, und Kristina konnte es ihm nicht verdenken, Zeit für Erklärungen hatte sie aber auch nicht. Sie ließ den Mann einfach stehen, rannte über die Straße und eilte in die Richtung weiter, in die Selma Anders unterwegs gewesen war. Dabei schaute sie in jeden Hauseingang, in jede Seitenstraße, die sie passierte. Die Reporterin war nirgends zu sehen. Kristina wunderte sich darüber, dass sie so schnell verschwunden war. Sie war selbst nicht besonders sportlich, aber Selma Anders hatte mindestens fünf Kilo zu viel auf den Rippen, und wahrscheinlich war das noch eine viel zu schmeichelhafte Vermutung.

Früher als sie vorgehabt hatte, ging Kristina ins Hotel zurück. Hendrik Lundgren saß immer noch auf seinem Beobachtungsposten und wirkte überrascht, sie so schnell wiederzusehen.

»Haben Sie Selma Anders gesehen?«, stieß Kristina hervor, bevor er etwas sagen konnte.

Hendrik Lundgren schüttelte den Kopf.

»Sind Sie ganz sicher? Ist keine dickliche blonde Frau ins Hotel gekommen?«

»Nein!« Hendrik Lundgren stand auf. »Was ist denn los? Wieso sind Sie so aufgeregt?«

600

»Ich habe Selma Anders auf der Straße getroffen, aber bevor ich sie ansprechen konnte, ist sie verschwunden. Ich habe das Gefühl, sie ist regelrecht vor mir geflohen.«

Hendrik Lundgren kam zu dem gleichen Schluss wie Kristina: »Das beweist doch, dass es sich bei Romeo und Julia tatsächlich um Finn und Svea handelt.«

»Genau!« Kristina nickte. Sie strahlte Hendrik Lundgren an, und er strahlte zurück. Sie hatten ihr Ziel schneller erreicht, als sie es für möglich gehalten hätten. »Wir müssen jetzt nur noch hier warten, bis unsere Kinder zurück ins Hotel kommen.«

Hendrik nickte grinsend und setzte sich wieder. Kristina nahm neben ihm Platz und behielt wie er die Tür im Auge. Eigentlich hätte sie ja jetzt ganz ruhig abwarten können, aber die Ungeduld zerrte an ihren Nerven.

Stunde um Stunde verging, doch ihre Kinder kamen nicht, und auch Selma Anders ließ sich nicht blicken. Dabei musste sie auch hier wohnen, zumindest war ihre Kolumne so zu deuten. Zu Kristinas Nervosität kamen jetzt auch noch Hunger und Durst hinzu. Als ihr Magen laut und vernehmlich knurrte, stand Hendrik Lundgren auf.

»Diesmal passen *Sie* auf«, sagte er bestimmt. »Im Gegensatz zu mir erkennen Sie diese Anders, wenn sie ohne unsere Kinder hier auftaucht. Ich besorge uns etwas zu essen.«

»Ich kann doch auch ...«

»Nein«, fiel er ihr ins Wort. Sein Gesicht verzog sich zu einem breiten Grinsen. »Ich weiß besser, wo es schmeckt ...« Er machte eine kurze Pause und fügte vielsagend hinzu: »... und wo nicht.«

Diesmal ließ sie die Anspielung kalt. Sie erwiderte sogar

sein Grinsen. Warum sollte sie sich noch über ihn ärgern? Ihre gemeinsame Zeit würde bald zu Ende sein. Sobald die Kinder ins Hotel kamen, würden sich ihre Wege trennen. Hoffentlich für immer!

»Okay«, stimmte sie zu und sah ihm nach, als er das Hotel verließ. Ihre Aufmerksamkeit ließ nicht nach. Immer wenn die Tür geöffnet wurde, zuckte sie kurz zusammen, um dann enttäuscht festzustellen, dass es keine der Personen war, auf die sie wartete. Selbst über eine Begegnung mit Selma Anders hätte sie sich jetzt gefreut. Kristina ballte die Hände zu Fäusten. Dieser penetranten Zeitungstante hatte sie so einiges zu sagen. Aber auch Selma Anders kam nicht, und Hendrik Lundgren ließ ebenfalls auf sich warten.

Wieder betrat jemand das Hotel. Kristina beugte sich aufmerksam vor und ließ sich gleich darauf wieder zurücksinken, weil es keine der Personen war, auf die sie wartete. Ein junger Mann mit einer Kamera in der Hand. Ein Tourist wahrscheinlich. Kristina sah, dass er mit dem Portier sprach, konnte die Worte aus der Entfernung aber nicht verstehen. Der Portier nickte ihm zu, woraufhin der Mann sich umwandte und zur Treppe ging.

Sportlich, fand Kristina, denn die meisten anderen Hotelgäste, die sie bisher beobachtet hatte, hatten den Aufzug bevorzugt.

Es dauerte nicht lange, bis der Mann wieder nach unten kam. Er hatte zwei Reisetaschen in der Hand, und die Kamera hing jetzt um seinen Hals. Sie wirkte ziemlich professionell. Der Portier schob dem Mann etwas über den Tresen zu, woraufhin dieser seine Brieftasche zückte und eine Kreditkarte herausnahm. Ein Gast, der abreiste. Das war auch nicht besonders spannend.

Kristina lenkte ihre Aufmerksamkeit wieder auf die Eingangstür. Ein älteres Ehepaar reiste soeben an. Die beiden erledigten ihre Formalitäten an der Rezeption, während der junge Mann mit der Kamera und den beiden Reisetaschen das Hotel verließ.

Als die Tür wieder aufging, war es Hendrik Lundgren, der zurück ins Hotel kam. In der Hand hielt er eine Plastiktüte, aus der es köstlich duftete.

Kristina sah, dass der Portier einen misstrauischen Blick auf die Tüte warf.

Hendrik wartete, bis die beiden älteren Leute ihre Zimmerschlüssel bekommen hatten und mit ihrem Gepäck vor dem Aufzug standen, bevor er dem Portier etwas zuflüsterte und einen Schein über den Tresen schob.

Der Portier nickte und lächelte.

»Haben Sie den Mann bestochen?«, wollte Kristina wissen, als Hendrik Lundgren zu ihr kam.

»Was soll ich machen?« Hendrik hob die freie Hand. »Natürlich sieht es das Hotel nicht gerne, wenn die Gäste ihr Essen selbst mitbringen, anstatt im Speisesaal zu essen. Aber Sie werden sehen, das hat sich gelohnt.« Hendrik hob die Hand mit der Tüte. Der Duft war jetzt so stark, dass Kristinas Magen erst recht laut knurrte.

Hendrik hatte sogar Geschirr, Besteck und zwei Flaschen Wasser dabei. »Ich kenne den Restaurantbesitzer ganz gut«, erklärte er. »Ich bringe es nachher wieder zurück.«

Das Baguette brach Hendrik in zwei Stücke, dann öffnete er eine Dose und legte Kristina eine Portion Dillfleisch auf ihren Teller. Sie probierte es und verdrehte schwärmerisch die Augen. »Köstlich!«

»Ich weiß.« Er nickte und begann selbst mit sichtlichem Appetit zu essen.

»Ich hätte gerne ...«

»... das Rezept«, unterbrach er sie. »Das habe ich dabei. Der Besitzer des Restaurants hat es mir kopiert.«

»Einfach so?«, wunderte sich Kristina.

»Wie gesagt, er ist ein guter Bekannter.«

Sie aßen weiter, behielten dabei aber weiter den Eingang des Hotels im Blick. Allerdings fühlte Kristina sich jetzt bedeutend wohler. Sie war satt und zufrieden, und Finn würde auch irgendwann kommen. Sie warteten jetzt schon so lange, da mussten er und Svea doch jeden Moment ins Hotel zurückkehren. Oder zumindest Selma Anders, und die schien ja auch genau zu wissen, wo sich ihre Kinder aufhielten.

Als sie mit dem Essen fertig waren, gab Hendrik Lundgren ihr das Rezept. Kristina überließ in den nächsten Minuten ihrem Begleiter den Beobachtungsposten und studierte neugierig die Zutatenliste und die Zubereitung des köstlichen Gerichts.

Dillfleisch

600 g Kalbsbrust, ohne Knochen
12 schwarze Pfefferkörner
250 ml süße Sahne
2 Zwiebeln
2 Bund Dill
2 EL Mehl
3 TL Essig
1 EL Zucker
Salz
Einige Dillzweige zum Garnieren

Die Kalbsbrust in kochendes Wasser legen. Salz, Pfefferkörner und klein geschnittene Zwiebeln dazugeben. Den Dill entstielen, die Stiele der Brühe zufügen. Etwa eine Stunde kochen. Das Fleisch herausnehmen und in Würfel schneiden.

Die Brühe durchsieben, auf etwa 375 ml Flüssigkeit ergänzen und aufkochen lassen. Das Mehl in kaltem Wasser anrühren und die Soße damit binden. Die Dillblätter hacken und mit den Fleischwürfeln in die Soße geben. Sahne dazugeben, mit Essig, Zucker und Salz würzen. Mit Dillzweigen garnieren.

– 24 –

Schon wieder unterwegs! Svea hütete sich, etwas zu sagen. Sie selbst hatte nicht in dem Hotel in Trelleborg bleiben wollen. Nicht einmal umsonst! Und sie selbst hatte sich das Ziel, die Väderöarna vor der Küste Bohusläns, ausgesucht.

Finn saß neben ihr. Er schlief tief und fest. Überhaupt schien ihn nur sehr wenig zu erschüttern, wie Svea wieder einmal feststellte, während sie selbst noch Schwierigkeiten hatte, die jüngsten Ereignisse zu verarbeiten.

Sie hatte zusammen mit Finn die Trelleborgen besichtigt, eine Ringfestung der Wikinger aus dem zehnten Jahrhundert. Sie selbst war fasziniert gewesen von der Palisadenbefestigung und dem alten Holztor, auch wenn ein Großteil davon rekonstruiert worden war. Inmitten des Walls konnte ein mittelalterliches Haus besichtigt werden. Aber Finn hatte deutlich gezeigt, dass ihn das alles schrecklich langweilte. Er war still neben ihr hergetrottet, hatte kaum noch ein Wort von sich gegeben – und war dann plötzlich ganz aufgeregt geworden.

»Da ist die blonde Frau wieder«, hatte er ihr zugezischt, und dann, laut und ziemlich verwundert: »Sie hat unsere Rucksäcke!«

Es waren tatsächlich ihre Rucksäcke, und die Frau war direkt auf sie zugekommen, aufgeregt und ziemlich hektisch. »Ihr müsst weg!«, hatte sie hervorgestoßen. »Dein Vater«, dabei hatte sie Svea angesehen, um sich gleich darauf an Finn zu wenden, »und deine Mutter sind im Hotel und warten da auf euch.«

»Aber woher wissen ...«

»Nicht lange fragen«, hatte die Frau sie unterbrochen. »Ihr müsst hier weg!«

Svea fragte sich immer noch, wer diese seltsame Frau war, die auf keine ihrer Fragen geantwortet, sondern sie lediglich dazu gedrängt hatte, sofort aufzubrechen.

Als die Frau gefragt hatte, wo sie als Nächstes hinwollten, hatte Finn, dieser vertrauensselige Trottel, ihr sofort erzählt, dass die Väderöarna ihr nächstes Ziel waren. Sveas Vorwürfe, als sie später alleine waren, ließ er nicht gelten. Immerhin hatte diese fremde Frau ihnen sogar die Tickets bezahlt und versprochen, dass sie sich auch um die Rechnung des Hotels kümmern würde. Dann war sie einfach verschwunden.

Svea warf einen finsteren Blick auf den schlafenden Finn, der neben ihr im Bus saß. Fragte er sich denn gar nicht, warum sie das gemacht hatte? Woher hatte sie überhaupt gewusst, dass sie beide auf der Flucht vor ihren Eltern waren? Und wie war diese Frau an ihre Rucksäcke gekommen?

Finn räkelte sich auf dem Sitz neben ihr und schlug die Augen auf. Svea schaute ihn an, hielt ihren Gesichtsausdruck für völlig normal, doch er sah das offenbar anders. »Was hast du denn jetzt schon wieder?«, fragte er gereizt.

Na gut, wenn er Streit wollte ...

»Warum hast du dieser Frau gesagt, dass wir auf die Väderöarna wollen? Und wieso hast du sie nicht gefragt, woher sie unser Gepäck hat?«

»Das habe ich sie doch gefragt«, sagte Finn, schien aber

jetzt erst über die absonderliche Situation nachzudenken. »Sie hatte es so eilig und hat uns so gedrängt, das hat mich total nervös gemacht. Ich dachte die ganze Zeit, dein Vater und meine Mutter tauchen jeden Moment auf.«

Svea fragte sich insgeheim, ob das nicht das Beste gewesen wäre. Ja, wenn sie es recht bedachte, sie hätte gar nichts dagegen gehabt, auf ihren Vater zu treffen und diese blöde Reise endlich abzubrechen. Das hier, das waren keine Ferien, das war ein Albtraum.

»Jetzt reg dich mal ab«, sagte Finn ganz gelassen und rollte sich wieder auf dem Sitz zusammen. »Es ist doch alles gut gegangen.« Er drehte ihr den Rücken zu, und kurz darauf bewegten sich seine Schultern in gleichmäßigem Rhythmus auf und ab.

Svea konnte es nicht fassen. Sie war völlig fertig mit den Nerven, und er saß neben ihr und schlief. Tatsächlich, er schlief tief und fest!

Selmas Welt

Leute, gerade noch einmal geschafft! Romeo und Julia sind in Sicherheit und auf dem Weg nach Bohuslän.

Selma war eigentlich dagegen, das Ziel der beiden zu erwähnen, aber Erik Asmussen war anderer Meinung. Er fand, es erhöhe die Spannung für die Leser, wenn die Eltern einen Hinweis auf den Aufenthaltsort ihrer Kinder bekamen und ihnen folgen konnten. Selma hatte dafür zu sorgen, dass Romeo und Julia rechtzeitig flüchten konnten.

»Und was ist, wenn es nicht klappt?«, hatte sie ihren Chefredakteur gefragt.

»Du solltest diese Möglichkeit erst gar nicht in Betracht ziehen«, hatte er mit gefährlicher Ruhe geantwortet.

Na toll! Sie war mal wieder für alles verantwortlich und sollte gleichzeitig noch gute Artikel schreiben. Wenn alles so lief, wie Erik Asmussen sich das vorstellte, würde sie bei ihrer Rückkehr eine gehörige Gehaltserhöhung verlangen. Diese Aussicht erheiterte sie so sehr, dass sie sich wieder auf das Wesentliche konzentrieren konnte. Selma las die beiden Sätze, die sie bisher geschrieben hatte, noch einmal durch und fuhr dann fort:

Ebenso wie ihr, liebe Leser, bin ich gespannt, wohin uns die Reise noch führen wird. Spannend wird es allemal, zumal wir jetzt auch Bilder unserer Reise liefern können.

Selma hielt wieder inne. Sie wusste nicht, welche Fotos Ingvar Ström in Trelleborg geschossen hatte, konnte sich also nicht darauf beziehen, und eigentlich waren diese Fotos auch längst überholt, weil es ja jetzt weiterging.

Mit Ingvar würde sie sich morgen treffen. Irgendwo in der Region Bohuslän. Er hatte ihr vor einer Stunde per SMS mitgeteilt, dass er ihr Gepäck aus dem Hotel geholt und die Rechnung beglichen hatte. Ein Hoch auf die Technik, die es ihnen ermöglichte, ständig in Verbindung zu bleiben! Selma war sehr froh, dass der Chef ihr Ingvar zur Verstärkung geschickt hatte. So war es einfacher, Romeo und Julia im Auge zu behalten und sie rechtzeitig zu warnen, wenn die Eltern eintreffen sollten – und ganz abgesehen davon war der Fotograf auch noch ein außerordentlich attraktiver Mann ...

Selmas Gedanken beflügelten ihre Finger und führten sie wie von allein über die Tasten:

Ich freue mich auf romantische Tage an der Küste, auf Nächte voller Leidenschaft ...

Nein, das ging gar nicht. Das passte nicht zu zwei verliebten Teenagern, und eigentlich hatte sie auch ein ganz anderes Bild vor Augen. Oder besser gesagt, zwei andere Personen. Aber auch die passten nicht zusammen, weil der männliche Part mindestens zehn Jahre jünger war als der weibliche und sich ausschließlich für ganz junge und vor allem sehr schlanke Mädchen interessierte.

Selma strich den letzten Satz aus ihrem Text und die beiden ineinander verschlungenen Personen aus ihrer Fantasie und konzentrierte sich wieder auf Romeo und Julia.

Ein junges Paar, eine dramatisch schöne Küstenlandschaft und das ganz besondere Licht, das diese Ecke Schwedens zum Leuchten bringt, sind die Zutaten für eine Liebesgeschichte, die uns alle in Atem hält.

Ich wünschte, wir wären bereits da, liebe Leser, könnten die Romantik gemeinsam mit unserem jungen Paar genießen. Stattdessen sind wir auf der Flucht. Verfolgt, gejagt, den Blick immer nach hinten gerichtet, weil wir jeden Moment damit rechnen müssen, erwischt zu werden. Die Angst ist zu einem ständigen Begleiter geworden, aber unser junges Paar wird durch die Gefühle füreinander entschädigt. Wie die beiden sich ansehen, wie sie miteinander umgehen, das ist Romantik pur!

Wir lesen uns später wieder!

– 25 –

»Mietet gefälligst ein Zimmer, wenn ihr hier übernachten wollt!«

Verwirrt schlug Kristina die Augen auf und sah sich um. Sie war auf der gepolsterten Bank in der Hotellobby eingeschlafen. Ihr Kopf war zur Seite gerutscht und ruhte auf etwas, das sie nicht sofort einordnen konnte. Auf einer Schulter.

Auf Hendrik Lundgrens Schulter!

Sie riss den Kopf hoch. Entgeistert starrte sie in Hendriks grinsendes Gesicht, während der Nachtportier vor ihnen immer noch wetterte, obwohl sie ihm nicht zuhörten.

»Wo gibt es denn so was? Sich einfach in die Hotellobby zu legen und zu schlafen ...«

»Gut geschlafen?«, übernahm Hendrik Lundgren dieses Stichwort und grinste Kristina dabei immer noch an.

»Warum haben Sie mich nicht geweckt?«, fuhr sie ihn an.

»Ich dachte, Sie brauchen den Schlaf, und ehrlich gesagt, bin ich auch eingeschlafen.« Gleich darauf wandte er sich dem Nachtportier zu. »Ist ja schon gut. Wir warten hier nur auf unsere Kinder. Vielleicht sind sie in der Zwischenzeit ja ins Hotel gekommen und wir haben sie verpasst, weil wir beide eingeschlafen sind.«

Der Portier beruhigte sich ein wenig, während Hendrik Lundgren ihm die Situation erklärte. Im Gegensatz zu seinem Kollegen aus der Tagesschicht war er sogar bereit, ihnen Auskunft zu erteilen – aber die war für Kristina und Hendrik niederschmetternd.

»Tut mir leid«, sagte der Portier nach einem Blick in seinen Computer, »aber die beiden sind abgereist.«

»Verdammt!« Hendrik Lundgren schlug mit der Faust so hart auf den Tresen, dass Kristina und der Portier erschrocken zusammenzuckten. Hendrik entschuldigte sich sofort, wirkte aber immer noch verärgert. »Die beiden sind zum Hotel gekommen, und wir haben es verschlafen«, sagte er mit einem Blick in Kristinas Richtung, den sie sofort als Vorwurf deutete.

Der Nachtportier kam ihr zuvor, bevor sie darauf reagieren konnte. »Nein!« Er schüttelte den Kopf. »So wie ich das hier sehe, sind die beiden nicht zurück ins Hotel gekommen. Die Rechnung wurde von einem gewissen Ingvar Ström beglichen.«

Wer war das denn schon wieder? Und was hatte dieser Ingvar Ström mit ihren Kindern zu tun? Kristina konnte Hendrik Lundgren ansehen, dass er sich dieselben Fragen stellte wie sie selbst. »Sie kennen diesen Mann also auch nicht?«, stellte sie fest.

Er schüttelte den Kopf, schaute dabei aber den Portier an. »War dieser Ingvar Ström auch ein Gast des Hotels?«

Der Mann nickte. »Er hat übrigens auch die Rechnung einer gewissen Selma Anders bezahlt und deren Gepäck hier abgeholt.«

» Selma Anders«, nickte Hendrik Lundgren.

Dass diese Frau dahintersteckte, erklärte vieles. Jetzt wusste Kristina auch, dass sie ihr am späten Nachmittag ganz bewusst aus dem Weg gegangen war. Noch war nicht ganz klar, wie dieser ominöse Ingvar Ström in die Geschichte passte, aber er schien zu Selma Anders zu gehören.

»Wissen Sie, wohin unsere Kinder oder Selma Anders und Ingvar Ström weitergereist sind?«, fragte sie.

Der Portier schüttelte mit bedauernder Miene den Kopf.

»Und jetzt?«, fragte Kristina müde und resigniert.

»Wir nehmen uns am besten ein Zimmer und schlafen uns gründlich aus. Morgen sehen wir dann weiter.«

Kristina nickte. »Zwei Zimmer«, sagte sie, wobei sie das Wort »zwei« besonders betonte.

Wahrscheinlich war Hendrik Lundgren inzwischen ebenso erschöpft wie sie. Er ersparte sich jeden Kommentar, grinste sie nicht einmal an.

Eine halbe Stunde später lag Kristina in ihrem Hotelbett. Ihr Kopf sank bleischwer auf das Kissen, und trotzdem konnte sie nicht einschlafen. Was würde noch alles passieren, bis sie ihren Sohn endlich gefunden hatte? Wie sollte sie künftig mit Finn umgehen?

Kristina hatte sich bisher noch keine Gedanken darüber gemacht, welche Auswirkungen Finns Flucht von zu Hause auf ihr Verhältnis zueinander haben würde. Bisher war sie in erster Linie von der Sorge um ihren Sohn beherrscht gewesen, aber allmählich spürte sie auch zunehmenden Ärger wegen seines Verhaltens. Sie war keine strenge Mutter, hatte ihm stets das Gefühl gegeben, dass er über alles mit ihr reden konnte. Warum tat er ihr das jetzt an? Warum lief er einfach weg, ließ sie im Ungewissen, wie es ihm ging, und antwortete nicht einmal auf ihre SMS oder die Nachrichten, die sie ihm auf der Mailbox hinterlassen hatte?

Kristina war mit einem Mal wieder hellwach. Sie konnte sich nicht erinnern, dass sie schon jemals so wütend auf ihren Sohn gewesen war, und konnte einfach nicht anders, sie musste ihn das wissen lassen.

Kristina schlug die Decke zurück, schwang die Beine über die Bettkante und schaltete gleichzeitig die Nachttischlampe ein, obwohl es nicht wirklich dunkel im Zimmer war. Sie hatte die Gardinen nicht zugezogen, obwohl es in den Sommernächten draußen nie ganz dunkel wurde.

Sie sah, dass sie eine Nachricht von Bengt bekommen hatte. Sie las sie aber nicht sofort, weil sie wusste, dass Bengts liebevolle Worte sie besänftigen würden, und genau das wollte sie jetzt nicht. Sie musste ihrem Sohn einmal unmissverständlich klarmachen, dass es so nicht weitergehen konnte.

Aus dem Speicher ihres Handys suchte sie Finns Nummer. Das Freizeichen war zu hören, aber ihr Sohn nahm das Gespräch auch diesmal nicht an. Sie hatte damit gerechnet und wartete, bis sich die Mailbox einschaltete.

»Ich bin es«, sagte sie mit erzwungener Ruhe. Sie schloss die Augen und stellte sich vor, ihr Sohn würde vor ihr stehen, weil sie so eher die richtigen Worte fand, als wenn sie das Gefühl hatte, mit einem seelenlosen Automaten zu sprechen.

»Ich bin sauer und enttäuscht, weil du mich im Ungewissen darüber lässt, wie es dir geht. Ich frage mich, womit ich ein solches Verhalten verdient habe, und ich weiß nicht, wie wir beide in Zukunft miteinander umgehen sollen. Wie ich dir je wieder vertrauen soll ...«

Kristina holte tief Luft und beschloss dann, dass sie damit alles gesagt hatte, was sie gerade empfand. Keine Abschiedsworte, überhaupt nichts mehr. Sie beendete das Gespräch einfach, blieb minutenlang reglos auf dem Bett sitzen. Ihre Hände, die noch immer das Handy hielten, lagen in ihrem Schoß. Sie schaute aus dem Fenster in den samtblauen Himmel mit den vom letzten Sonnenlicht rosa gefärbten Wolken und wünschte sich, nicht allein hier in einem billigen Hotel in Trelleborg zu sein, sondern irgendwo in einer schönen Landschaft an einem See oder am Meer, zusammen mit einem Menschen ... Mit einem ganz bestimmten Menschen ... Sie öffnete Bengts SMS.

Ich will nicht mehr warten. Wann können wir uns sehen?

Am liebsten sofort, schrieb Kristina zurück. *Ich weiß aber nicht, wo wir morgen sind.*

Sie wartete ein paar Minuten, bekam aber keine Antwort mehr. Wahrscheinlich schlief Bengt bereits. Sie legte ihr Handy zurück auf den Nachttisch, löschte das Licht und legte sich wieder ins Bett. Schlafen konnte sie immer noch nicht. Sie hatte das Gefühl, dass Hendrik Lundgren und sie an einem Punkt angelangt waren, an dem es nicht mehr weiterging. Wo sollten sie ihre Suche jetzt noch ansetzen? Sie konnten nur hoffen, dass es morgen wieder einen Hinweis im *Morgonbladet* gab.

Unruhig drehte Kristina sich auf die andere Seite und versuchte erneut, Schlaf zu finden. Erst als sie es schaffte, die negativen Gedanken zu verbannen und sich auf Erfreuliches zu konzentrieren, wobei Bengt eine zentrale Rolle spielte, tauchte sie allmählich in die Welt zwischen Tag und Traum ein – bis der Klingelton ihres Handys sie wieder aufschrecken ließ.

Bengt, war ihr erster Gedanke. Sie setzte sich erneut auf, schaltete die Nachttischlampe ein und las die eingegangene SMS.

Es tut mir leid, schrieb Finn. *Mach dir keine Sorgen, es geht uns gut.*

Kristina schüttelte den Kopf. Finn machte es sich ein bisschen zu einfach.

WO BIST DU?, schrieb sie in Großbuchstaben zurück, aber darauf erhielt sie keine Antwort mehr. Sie hatte auch nicht wirklich damit gerechnet.

Seufzend legte sie sich ein drittes Mal hin, obwohl sie nicht mehr wirklich daran glaubte, in dieser Nacht noch schlafen zu können. Sie dachte darüber nach, welche Rolle Selma Anders in dieser ganzen Geschichte spielte, und ob Finn und Svea überhaupt wussten, dass die Reporterin sie zu den Hauptfiguren ihrer Kolumne auserkoren hatte. Hatten sie und Hendrik überhaupt eine Chance, ihre Kinder zu finden? Auch wenn sie morgens im *Morgonbladet* lesen konnten, wo sich ihre Kinder tags zuvor aufgehalten hatten, wären ihnen die beiden dank Selma Anders immer einen Schritt voraus.

Kristina grübelte lange über diese Fragen nach, doch irgendwann schlief sie doch noch ein.

Als sie aufwachte, schien helles Sonnenlicht durchs Fenster. Die Uhr in ihrem Handy zeigte an, dass es bereits kurz vor zwölf war.

Kurz vor zwölf! Kristina sprang mit einem Satz aus dem Bett. Nach einer hastigen Dusche zog sie sich an, nahm ihre Reisetasche und eilte nach unten.

Hendrik Lundgren saß bereits wieder in der Hotellobby. Eine Tasse Kaffee stand auf dem kleinen Tisch vor ihm, in der Hand hielt er eine aufgeschlagene Zeitung, die er sinken ließ, als Kristina ihn begrüßte. Er schaute sie über den Rand der Zeitung hinweg an und erwiderte ihren Gruß.

»Svea und Finn sind in Bohuslän«, sagte er gleich darauf.

Kristina erkannte, dass er das *Morgonbladet* in der Hand hielt. »Also auf nach Bohuslän«, sagte sie voller Tatendrang.

Hendrik Lundgren wirkte weitaus weniger unternehmungslustig. Umständlich faltete er die Zeitung zusammen, legte sie beiseite und trank einen Schluck aus seiner Tasse. »Ja«, sagte er schließlich lahm, »und wo sollen wir die beiden dann suchen? Wenn sie auf einer der Inseln sind, finden wir sie nie.«

Kristina setzte sich neben ihn. »Dann warten wir in Bohuslän auf das nächste *Morgonbladet*. Irgendwann erwischen wir die beiden schon.«

Hendrik Lundgren nickte.

Kristina fiel jetzt erst auf, dass er sehr müde aussah. »Schlecht geschlafen?«, erkundigte sie sich.

»Fast gar nicht«, sagte er mit einem gequälten Lächeln. »Ich habe mich die ganze Nacht gefragt, was ich falsch gemacht habe, dass meine Tochter vor mir weglaufen muss.«

Ähnliche Gedanken, wie sie selbst sich gemacht hatte. Kristina fühlte sich mit ihm verbunden, sie teilten dieselben Ängste und Sorgen. Sie suchte noch nach tröstenden Worten, als er alles mit einem Satz wieder zunichte machte: »Wahrscheinlich liegt es nicht an mir. Ihr Sohn hat meine Tochter aufgestachelt, eine andere Erklärung gibt es nicht.«

Kristina sprang auf. »Kein Wunder, dass Ihre Frau abgehauen ist«, zischte sie ihn an. »Sie ... Sie selbstgerechter, überheblicher Idiot!«

Hendrik Lundgren war schneeweiß geworden. Auch er

618

stand jetzt auf, und Kristina rechnete mit einer heftigen Erwiderung, aber er sagte nur leise: »Wir treffen uns in einer halben Stunde an meinem Wagen.« Er wandte sich um und ging zur Treppe.

Kristina sah ihm nach, mit einer Mischung aus Ärger und schlechtem Gewissen. War sie zu weit gegangen? Ganz offensichtlich hatte sie einen wunden Punkt berührt.

Hendrik Lundgren hatte Sveas Mutter nie erwähnt, und Kristina war davon ausgegangen, dass er ebenso wie sie selbst geschieden war. Wahrscheinlich hatte sie mit ihrer Bemerkung genau ins Schwarze getroffen und seine Frau war ihm wirklich davongelaufen. Es musste ihn schwer belasten, dass seine Tochter dem Beispiel ihrer Mutter folgte.

»Selber schuld«, murmelte sie leise vor sich hin. Die Frauen in seinem Umfeld hatten bestimmt ihre Gründe, weshalb sie vor ihm davonliefen.

Hendrik Lundgren wartete bereits an seinem Wagen, als Kristina ihre Reisetasche geholt und die Hotelrechnung beglichen hatte. Er trommelte mit einer Hand ungeduldig auf das Autodach, sah sie aber nicht an.

Kristina schwieg ebenfalls. Sie öffnete die hintere Tür und stellte ihre Reisetasche auf den Rücksitz. Danach nahm sie auf dem Beifahrersitz Platz.

Hendrik Lundgren setzte sich hinter das Lenkrad. Er schaute sie noch immer nicht an, als er leise sagte: »Meine Frau ist gestorben.«

Kristina war entsetzt, wusste im ersten Moment nicht, was sie sagen sollte. Eine Entschuldigung war mehr als fällig, doch als sie den Mund öffnete, um etwas zu sagen, kam

Hendrik Lundgren ihr grob zuvor: »Ich will nicht darüber reden, und ich will auch nichts mehr dazu hören.«

Kristina schloss den Mund wieder, schaute wie er durch die Windschutzscheibe nach draußen auf die Straße und schämte sich in Grund und Boden.

Die erste Stunde der Fahrt verlief in eisigem Schweigen, bis Kristina es nicht mehr aushielt. Sie schaute Hendrik von der Seite an. »Ich will nicht darüber reden«, sagte sie, »aber ich will mich wenigstens entschuldigen dürfen.«

»Okay«, sagte er knapp, »Entschuldigung angenommen.«

Viel war das nicht, aber die Spannung ließ merklich nach. Kristina spürte, wie er sich neben ihr entspannte, und das übertrug sich auch auf sie. Sie sah ihn immer noch von der Seite an. Sein Profil wirkte nicht mehr ganz so kantig, und als er einmal kurz den Kopf wandte und ihrem Blick begegnete, da lächelte er sogar ein bisschen.

Kristina atmete tief durch und lehnte sich entspannt zurück. Sie schwiegen auch jetzt beide, aber es war nicht mehr dieses feindselige Schweigen.

Sie fuhren die gleiche Strecke zurück, die sie gestern erst nach Trelleborg gefahren waren.

Kurz vor Göteborg brach Hendrik Lundgren das Schweigen. »Was halten Sie davon, wenn wir noch einmal zu Ihrer Mutter fahren? Sie hatten ja nur wenig Zeit füreinander.« Er machte eine kurze Pause und fügte dann hinzu: »Ich gehe auch ins Hotel, damit Sie mit Ihrer Mutter alleine sein können.«

»Und was ist mit Finn und Svea?«

»Wollen Sie die ganze Küste entlangfahren und die beiden suchen? Vielleicht sind sie ja auch auf einer der Inseln. Unmöglich, sie ohne weitere Hinweise zu finden. Also schlage ich vor, wir warten auf das nächste *Morgonbladet* und hoffen, dass die gute Selma Anders uns morgen bessere Hinweise liefert.«

Sein Vorschlag hatte was. Auch Kristina hatte wenig Lust, ziellos durch die Gegend zu fahren. »Okay«, sagte sie und machte ein Zugeständnis, über das sie sich selbst wunderte: »Aber Sie müssen sich kein Hotel suchen.« Sie lachte. »Meine Mutter würde das sowieso nicht zulassen.«

Er schaute kurz zu ihr herüber, lächelte und konzentrierte sich wieder auf den Verkehr. »Also Ausfahrt Göteborg«, sagte er, und es klang so, als würde er sich darüber freuen. »Ich mag Ihre Mutter.«

Kristina hatte das Gefühl, dass es ihrer Mutter umgekehrt ebenso ging. Zumindest wirkte sie sehr erfreut, als sie eine halbe Stunde später wieder bei ihr vor der Tür standen.

»Wie schön!«, sagte Anita Arvidsson. Sie umarmte Kristina und schüttelte Hendrik Lundgren herzlich die Hand. »Ich freue mich, dass Sie mir meine Tochter noch einmal zurückgebracht haben.«

»Und es macht dir wirklich nichts aus, wenn wir noch eine Nacht bleiben?«, vergewisserte sich Kristina.

»Ihr könnt so lange bleiben, wie ihr wollt«, versicherte Anita und wollte absolut nichts davon wissen, als Hendrik Lundgren noch einmal anbot, ins Hotel zu gehen.

Er bestand jedoch darauf, Anita und Kristina wenigstens für ein paar Stunden alleine zu lassen, und behauptete, er hätte noch etwas Wichtiges vor.

Anita kochte für sich und Kristina Kaffee und ließ sich danach erzählen, was in den letzten vierundzwanzig Stunden passiert war.

Gegen Abend sagte Anita bedauernd zu Kristina: »Kann ich dich gleich für eine Stunde alleine lassen? Ich ... ich ...«, sie zögerte einen Moment. »Ich hole Emma einmal die Woche um diese Zeit von der Musikschule ab.«

Emma war Ulrikas Tochter, und Kristina spürte, wie sich in ihrer Magengegend kurz etwas verkrampfte, als ihre Mutter den Namen aussprach. Sie gab sich alle Mühe, sich nichts anmerken zu lassen, und nickte. »Natürlich, das ist kein Problem.« Gleich darauf fiel ihr etwas ein. »Bringst du sie mit?«, fragte sie erschrocken.

Ihre Mutter schüttelte den Kopf. »Ich hole sie nur ab, weil Ulrika um diese Zeit immer die Rezeption im Hotel übernimmt, und bringe sie dann gleich nach Hause.«

Kristina atmete erleichtert auf.

Ihre Mutter schaute sie traurig an. »Erstreckt sich dein Hass sogar auf Emma?«

Kristina schüttelte hastig den Kopf. »Nein, nein«, sagte sie schnell. »Natürlich nicht«, versicherte sie. »Das Kind kann ja nichts dafür.«

»Aber sehen willst du sie auch nicht.«

Kristina senkte den Kopf, konnte ihre Mutter nicht ansehen und fand auch keine Worte. Es klang so hart, wenn sie die Worte ihrer Mutter jetzt bestätigte, aber sie konnte ihr auch nicht widersprechen. Nein, es war ganz bestimmt nicht Emmas Schuld. Nichts von dem, was damals passiert war, trug sie dem Mädchen nach, aber sie wollte es auch nicht sehen. Selbst wenn sie mit ihrem Leben damals abgeschlossen hatte, die Erinnerung an den Schmerz und das Leid von damals lauerte immer noch unter der scheinbar ruhigen Oberfläche.

Wenige Minuten nachdem ihre Mutter das Haus verlassen hatte, kam Hendrik Lundgren zurück. Er war beladen mit Einkaufstüten. Kristina war überrascht.

»Ich habe mir überlegt, dass ich heute Abend etwas koche. Als Dankeschön für die Gastfreundschaft Ihrer Mutter.«

»Das ist eine schöne Idee«, sagte Kristina herzlicher, als sie jemals zuvor mit ihm gesprochen hatte. Er hätte sich wahrscheinlich darüber gewundert, wenn er gewusst hätte, wie sehr sie sich freute, ihn zu sehen. Es ging dabei nicht um ihn persönlich, aber seine Anwesenheit hinderte sie daran, in schwermütigen Erinnerungen zu versinken.

Ihre Herzlichkeit schien ihn angenehm zu überraschen. Er lächelte. »Wir können auch zusammen kochen«, schlug er vor.

Das Wort »zusammen«, entfachte eine ganz eigentümliche Magie, und die passte überhaupt nicht zu ihr und Hendrik Lundgren. Wäre es Bengt, der zusammen mit ihr kochen wollte, sie würde keine Sekunde zögern. Andererseits wollte sie nicht alleine sein mit sich und ihren Gedanken. Vielleicht war es ja sogar ganz unterhaltsam, mit einem Gastrokritiker zu kochen und zur Abwechslung mal dessen Fehler aufzudecken.

»Okay«, sagte sie gedehnt und half ihm, die Tüten in die Küche zu bringen und alles auszupacken. Das frische Gemüse und die Kräuter, der Fisch, das warme Brot, die Gewürze – ihr juckte es in den Fingern, das alles zu verarbeiten, ein köstliches Essen daraus zu zaubern. Kristina bemerkte zuerst gar nicht, dass sie wie selbstverständlich mit der Zubereitung begann, ohne Hendrik zu fragen, was er

623

überhaupt vorgesehen hatte. Sie wusste es anhand der Zutaten und schaute überrascht auf, als sie sein leises Lachen hörte.

»Vielleicht war es ein Fehler, dass ich Ihre Küche so schlecht beurteilt habe«, sagte er. »Es sieht ganz so aus, als verstünden Sie durchaus Ihr Handwerk.«

»Es sieht nicht nur so aus, es ist so«, gab Kristina von oben herab zurück. »Und es war nicht nur *vielleicht* ein Fehler, es war ganz sicher einer.«

Die beiden schauten sich an und brachen gleichzeitig in Lachen aus. Dann kochten sie weiter, gemeinsam, und Kristina ertappte sich bei dem Gedanken, dass gemeinsames Kochen eine sehr intime Angelegenheit sein konnte. Sie spürte, wie sich ihre Wangen bei diesem Gedanken rot verfärbten, hoffte, dass er es nicht sah, und konzentrierte sich ausschließlich auf ihre Arbeit. So dumme Gedanken würde sie auf keinen Fall noch länger zulassen!

Als ihre Mutter nach Hause kam, roch es im ganzen Haus verführerisch nach *Bosses Hecht*, der Tisch war gedeckt, und das Schokoladenmousse stand im Kühlschrank.

Anita freute sich, genau wie Kristina es erwartet hatte.

Hendrik servierte das Essen, und Kristina machte sich in der Zwischenzeit Notizen zu den Rezepten.

Bosses Hecht

1 Hecht, ca. 2,5 kg, küchenfertig
30 g Butter
4 Tomaten
1 Bund Petersilie
1 Zwiebel
1 TL süßer Senf
5 EL Curry – Ketchup
200 ml Sahne
100 ml Milch
Saft einer Zitrone
Salz
Pfeffer

Den Hecht abspülen und trocken tupfen, mit dem Saft der Zitrone beträufeln, salzen und pfeffern.

Eine Fettpfanne diagonal mit Butterstückchen auslegen, darauf Zwiebel- und Tomatenwürfel sowie die gehackte Petersilie verteilen.

Den Hecht mit der Bauchseite auf das Gemüsebett setzen, anschließend mit süßem Senf und Curry-Ketchup bestreichen, im vorgeheizten Backofen auf der mittleren Schiene bei 160 bis 180 °C etwa 50 bis 55 Minuten garen.

Sahne und Milch vermischen, den Fisch während des Garens ab und zu damit beträufeln.

Den Fisch auf einer vorgewärmten Platte anrichten. Die Gemüsesoße, Salzkartoffeln und Salat dazu reichen.

Weißes Schokoladenmousse

150 g weiße Schokolade
200 g Crème fraîche
½ TL geriebene Orangenschale
1 EL Orangenlikör
3 Kiwi

Kiwi pürieren und den Boden von Dessertschalen damit bedecken. Einen Rest zum Garnieren übriglassen.

Die Schokolade im Wasserbad schmelzen lassen und mit allen übrigen Zutaten vermischen.

Das Mousse vorsichtig auf das Kiwipüree geben und die Gläser gleichmäßig füllen.

Mit dem restlichen Kiwipüree garnieren.

– 26 –

Ursprünglich und traumhaft schön, so präsentierte sich die Küste von Bohuslän. Kleine Felseninseln, farbenprächtige Bootshäuser zwischen großen Felsbrocken, rote und weiße Holzhäuschen, die sich vor der Kulisse des glitzernden Wassers eng aneinanderschmiegten.

Die Anspannung der letzten Tage fiel von Svea ab, als sie neben Finn im Boot saß.

Finn hatte bis Göteborg geschlafen, dort mussten sie in den Bus umsteigen, der sie bis nach Hamburgsund brachte. Alles Weitere war bereits für sie organisiert. Die blonde Frau hatte ihnen gesagt, sie sollten sich bei einem gewissen Björn Alander melden, und ihnen seine Adresse mitgeteilt.

Björn Alander war ein großer Mann, dessen Alter nur schwer zu schätzen war. Ein dichter blonder Bart zierte die untere Hälfte seines Gesichts. Er wartete bereits auf sie und hatte, wahrscheinlich ebenfalls von der blonden Frau, den Auftrag erhalten, sie über Nacht zu beherbergen und am nächsten Morgen zur Insel Storön zu bringen.

Nach der Nacht in Björns Gästezimmer fühlte Svea sich frisch und erholt. Finn dagegen sprach kaum, auch schien ihn die Landschaft nicht besonders zu interessieren. Er wirkte müde und versprühte heute Morgen die schlechte Laune, die er gestern noch Svea vorgeworfen hatte.

Svea beachtete ihn nicht weiter. War es ihr inzwischen egal, dass sie sich immer weiter voneinander entfernten? Jedenfalls bedrückte es sie heute nicht mehr so wie gestern.

»Findest du das denn nicht alles komisch?«, flüsterte Svea Finn zu. »Wer ist diese Frau, warum hilft sie uns, und wer ist Björn Alander?«

»Keine Ahnung.« Finn zuckte ungerührt mit den Schultern. »Aber es kostet nichts. Und du wolltest doch unbedingt hierher.«

Ja, das war ihr Wunsch gewesen, seit sie das erste Mal einen Bericht über die Väderöarna im Fernsehen gesehen hatte. Schon damals hatte sie die Schönheit dieser Landschaft gefesselt, doch sie jetzt real zu sehen war viel beeindruckender, als eine Fernsehaufnahme es je sein konnte.

Die pittoreske Küste sah aus, als würde das Meer versuchen, sich zwischen den Felsen ins Land zu schieben. Das kleine Boot schoss über das Wasser, Gischt spritzte auf. Svea spürte den Salzgeschmack auf ihren Lippen.

Finn saß neben ihr auf der schmalen Bank des Motorbootes. Er hatte seinen Rucksack auf dem Schoß mit beiden Armen umfasst, als würde er ihn umarmen, und schaute stur geradeaus. Svea hatte keine Ahnung, was er gerade dachte oder fühlte. Gab es denn wirklich keine Verbindung mehr zwischen ihnen? In Stockholm hatte sie immer geglaubt, zu wissen, was er fühlte oder dachte. Sie war davon überzeugt gewesen, seine Mimik deuten zu können. Aber in Stockholm war das Leben auch viel leichter gewesen. Die größte Sorge war gewesen, wie die nächste Klassenarbeit ausfallen würde.

»Ich habe Hunger«, sagte Finn neben ihr.

»Ich auch«, sagte Svea, dann schwiegen sie sich wieder an, bis das kleine Motorboot sein Ziel erreicht hatte.

Die blonde Frau – zumindest vermutete Svea, dass sie es

gewesen war – hatte ihnen sogar ein Zimmer in einem Vandrarhem, einer Mischung aus Jugendherberge und einfachem Gasthaus, organisiert. Ein hübsches Zimmer, mit blauweißer Tapete, einem riesigen Doppelbett und einem Gemeinschaftswaschraum für alle Gäste.

Svea hätte lieber ein Zimmer für sich alleine gehabt, am liebsten eins mit einem eigenen Bad, traute sich aber nicht, etwas zu sagen.

Finn schien es egal zu sein. Er warf seinen Rucksack aufs Bett und verschwand dann aus dem Zimmer, um die Toilette zu suchen, die sich irgendwo auf dem Gang befand.

Svea trat ans Fenster. Die beiden Flügel standen offen und ließen die frische Seeluft herein. Die Aussicht war traumhaft und entschädigte sie wenigstens ein bisschen für den mangelnden Luxus. Felsen ragten aus dem Meer, das sie glitzernd umspülte. Weiße Schäfchenwolken zogen über den tiefblauen Himmel, das ständige Rauschen der Nordsee lag in der Luft.

Irgendwann, so fand Svea, wurde aber auch die tollste Aussicht langweilig. Vor allem, wenn das Knurren des Magens sogar das Meeresrauschen übertönte.

Finn war noch nicht zurück. Sie verließ das Zimmer und ging in den Waschraum, um sich frisch zu machen. Als sie zurückkam, war Finn auch endlich wieder da und kramte ein frisches Shirt aus seinem Rucksack. Verknittert wie es war, zog er es zu seiner nicht mehr ganz sauberen Jeans an.

Svea wusste, dass sie selbst nicht sehr viel besser aussah. Trotzdem störte sie Finns schmuddeliger Anblick, während er sie nicht einmal mehr anschaute. Er wirkte still und in sich gekehrt, und obwohl sie sich gestern nicht anders verhalten hatte, ärgerte sie sich jetzt darüber.

»Was hast du?«, fragte sie angriffslustig.

»Hunger«, war alles, was er darauf antwortete. Er verließ das Zimmer, drehte sich nicht nach ihr um, als wäre es ihm egal, ob sie hinterherkam oder nicht.

Svea presste die Lippen aufeinander, folgte ihm aber schließlich nach unten.

Im Speisesaal war außer ihnen nur noch ein weiterer Gast, der sich als Ingvar vorstellte. Svea und Finn nannten ebenfalls nur ihre Vornamen. Gemeinsam mit Ingvar und den Herbergseltern aßen sie einen Imbiss aus fangfrischem Hering und selbst gebackenem Brot, dessen Duft durch das ganze Haus zog.

Nach dem Essen fragte Ingvar, ob sie Lust hätten, ihn zum Aussichtsturm, dem höchsten Punkt der Insel, zu begleiten.

Svea stimmte sofort zu und bemerkte dann erst, dass Finn kein Wort sagte und ihr und Ingvar abwechselnd finstere Blicke zuwarf. Als Ingvar sich kurz mit den Wirtsleuten unterhielt, beugte sie sich zu ihm. »Was hast du denn? Es ist doch nett, dass er gefragt hat«, flüsterte sie.

»So wie der dich die ganze Zeit anguckt, will der lieber mit dir allein gehen«, knurrte Finn.

»Bist du etwa eifersüchtig?« Svea war ehrlich überrascht, so wie sie und Finn seit Trelleborg miteinander umgingen.

»Quatsch!«, widersprach Finn. »Ich hab nur keine Lust, mit dem Lackaffen auf Felsen rumzuklettern.«

»Was willst du denn stattdessen machen?«, fragte Svea verstimmt. »Hier rumsitzen?«

Finn zuckte bockig mit den Schultern.

Ingvar, der die schlechte Stimmung offenbar bemerkte, verließ den Raum.

Svea schaltete jetzt auch auf stur. »Ohne mich«, sagte sie, »dann kannst du hier alleine abhängen.«

Finn schwieg, sein Blick war finster und nicht zu deuten. Svea war froh, dass Ingvar in diesem Moment zurückkam. In der Hand hatte er eine Kamera, die sehr professionell aussah.

»Können wir?«

Svea nickte und ging zu ihm. Zu ihrer Überraschung schloss Finn sich ebenfalls an. Immer noch schweigend trottete er mit düsterer Miene hinter ihr und Ingvar her.

Inzwischen ärgerte Svea sich so sehr über ihn, dass sie ihn einfach ignorierte. Dafür unterhielt sie sich umso angeregter mit Ingvar. Nicht nur, um Finn zu ärgern, obwohl sie es vor allem deswegen tat, sondern auch, weil sie Ingvar interessant fand. Er sah auch sehr gut aus, und sie fühlte sich geschmeichelt, als er ihr sagte, dass sie überaus fotogen sei.

»Kennst du dich hier aus?«, wollte Svea wissen.

Ingvar nickte, schüttelte aber gleich darauf den Kopf. »Ich war mal im Urlaub hier, aber das ist schon eine Weile her.«

»Was machst du denn beruflich?«, wollte Svea wissen.

Ingvar hob die Hand, in der er die Kamera hielt. »Ich bin Fotograf.«

Svea fühlte sich jetzt doppelt geschmeichelt, dass er sie für fotogen hielt. Als Fotograf hatte er schließlich Ahnung.

»Und was macht ihr beide so?«, fragte Ingvar.

Svea wandte sich kurz zu Finn um, aber der trottete immer noch mit gesenktem Kopf hinter ihnen her und hatte offensichtlich nicht die Absicht, auf Ingvars Frage zu antworten.

»Ferien«, sagte Svea schnell. »Wir machen eine Rundreise durch Schweden.«

»Auf eigene Faust? Und eure Eltern haben nichts dagegen?«

Svea spürte eine nie da gewesene Wut auf Finn, weil er immer noch nichts sagte. Sie fühlte sich von ihm im Stich gelassen und spielte sogar kurz mit dem Gedanken, Ingvar klipp und klar zu sagen, dass sie und Finn zu Hause ausgerissen waren. Einfach nur so, weil dann alles vorbei wäre, weil sie dann wieder nach Hause könnte – und um Finn so richtig eins reinzuwürgen, weil ihr dessen trotziges Schweigen allmählich zum Hals raushing.

»Aber es ist eine gute Idee, das Land so kennenzulernen«, kam Ingvar ihrer Antwort zuvor. »Habt ihr eine bestimmte Route festgelegt?«

»Bohuslän stand ganz oben auf meiner Liste«, sagte Svea, »aber ich möchte auch noch rauf in den Norden.«

»Was für ein Zufall!« Ingvar schien sich ehrlich zu freuen. »Da will ich auch hin. Ich kann euch gerne mitnehmen. Mein Auto steht in Hamburgsund«

»Das wäre toll!« Svea freute sich ebenfalls und überhörte Finns empörtes Schnaufen hinter sich.

Diesmal dachte Finn aber offensichtlich nicht daran, den Mund zu halten. »Kommt überhaupt nicht infrage«, knurrte er. »Wir kennen dich doch überhaupt nicht.«

Ingvar blieb stehen und drehte sich zu ihm um. »Sehr vernünftig, junger Mann«, lobte er. Svea spürte jedoch, dass Finn sich über dieses Lob kein bisschen freute. Die Bezeich-

633

nung »junger Mann« schien ihn vielmehr richtig zu verärgern, und selbst Svea musste zugeben, dass es leicht gönnerhaft und von oben herab geklungen hatte.

»Wie wäre es, wenn ich ein tolles Foto von euch mache?«, schlug Ingvar vor, und bevor einer von ihnen protestieren konnte, gab er schon Anweisungen, wie sie sich nebeneinander auf den glatt geschliffenen Felsen setzen sollten. Er hatte eine so bestimmende Art, dass weder Svea noch Finn dagegen aufbegehrten.

Svea spürte, dass Finn sich ebenso unwohl fühlte wie sie selbst, was vor allem daran lag, dass Ingvar großen Wert darauf zu legen schien, sie als glückliches Pärchen abzulichten. Er war nicht zufrieden, forderte sie ständig auf, die Haltung und vor allem den Gesichtsausdruck zu verändern. Trotzdem spürte Svea, dass ihr Lächeln gekünstelt war. Auch Finns Grinsen wirkte eher gequält als glücklich. Kein Wunder, dass Ingvar nicht zufrieden war, auch wenn Svea nicht verstand, wieso ihm das Foto eigentlich so wichtig war.

Ingvar, der die ganze Zeit durch den Sucher geschaut hatte, ließ die Kamera sinken. »Mensch, Kinder, ihr seid doch ein Liebespaar. Könnt ihr euch nicht ein bisschen freundlicher anlächeln?«

Finn stand auf. »Ich hab die Schnauze voll!«, verkündete er, drehte sich um und ging.

Sprachlos starrte Svea ihm nach. Nachdem er eben noch Bedenken geäußert hatte, zusammen mit diesem Fremden die Reise fortzusetzen, ließ er sie nun mit genau diesem Mann allein. So als wäre es ihm völlig egal, was mit ihr passierte.

Große Liebe! Für immer und ewig!

Dieser Typ konnte ihr gestohlen bleiben, und sie würde nicht eine Träne wegen ihm vergießen. Dann heulte sie los – und dieser blöde Ingvar fotografierte sie auch noch dabei.

Selmas Welt

Es gibt schlechte Nachrichten, liebe Leser. Seit wir alle Romeo und Julia auf ihrer Reise begleiten, uns an ihrem Liebesglück erfreuen und darauf hoffen, dass sie ihre Flucht unbehelligt fortsetzen können, bis es irgendwann ein Happy End für sie gibt, sind wir beeindruckt von dem Mut und der Entschlossenheit unseres jungen Paares. Und nun das! Julia, aufgelöst in Tränen, wie sie unten auf dem Foto sehen können.

Was ist passiert?

Ganz ehrlich, wir wissen es nicht. Trotz aller Freude an der Berichterstattung über Romeo und Julia respektieren wir doch auch die Privatsphäre der beiden.

Selma drehte sich um, als sie hinter sich ein amüsiertes Hüsteln vernahm. Ingvar schaute ihr über die Schulter und grinste.

»Ist was?«, fragte sie ungehalten und klappte das Notebook zu.

»Finde ich schon witzig, dass ausgerechnet du den Begriff Privatsphäre überhaupt kennst.«

Selma war nicht mehr gut auf Ingvar zu sprechen. Zuerst hatte er Julia, die in Wirklichkeit Svea hieß, wie Selma inzwischen wusste, als »scharfe Braut« bezeichnet. Als Selma ihn darauf hinwies, dass dieses Mädchen doch viel zu jung für ihn sei, hatte er grinsend gemeint, dass es zu jung nicht gäbe, sehr wohl aber zu alt. Kurz darauf hatte er ihren Fantasien, die je nach Stimmung zwischen romantisch und leidenschaftlich schwankten und in denen die Hauptdarsteller deutliche Ähnlichkeit mit Ingvar und ihr selbst aufwiesen, den Todesstoß versetzt mit der unverschämten Bemerkung: »Ist schon gut, dass Erik mich zu deiner Unterstützung geschickt hat. Die Wanderung über Storön ist nichts für ältere Damen, die ein paar Pfund zu viel mit sich herumschleppen.«

Selma schnappte schon wieder nach Luft, als sie daran dachte. »Ich bin nicht alt, sondern im besten Alter«, hatte sie heftig erwidert, »und ich bin nicht dick, sondern wohlproportioniert.«

»Wenn du meinst«, hatte Ingvar geantwortet, aber sein Grinsen verriet, dass er selbst ganz anderer Meinung war.

»Es wäre nett, wenn du mich in Ruhe weiterarbeiten lassen würdest«, nutzte Selma jetzt die Gelegenheit zur verbalen Rache. »Bei mir reicht es nicht, ein paar verwackelte Bildchen zu knipsen, ich muss für meine Arbeit mein Gehirn einschalten.«

Falls er sich ärgerte, ließ er sich zumindest nichts anmerken. Selma hatte den Eindruck, dass er sich sogar eher amüsierte. Das Grinsen auf seinem Gesicht blieb unverändert breit, als er konterte: »Ich wette, dass ich immer noch verwackelte Bildchen für das *Morgonbladet* knipse, wenn deine Kolumne längst eingestellt worden ist.«

Selma fragte sich, was sie an diesem jungen Schnösel je attraktiv gefunden hatte. Trotzdem musste sie einen entsagungsvollen Seufzer unterdrücken, als er sich umdrehte und ging. Sie versuchte, sich wieder auf ihren Artikel zu konzentrieren, aber es gelang ihr nicht wirklich. Vielleicht lag es auch daran, dass sie diesen schönen Ort heute Abend schon wieder verlassen musste. Dabei gefiel es ihr gut in Strömstad. Ein schöner Badeort, alt und stimmungsvoll, mit einem wunderschönen Hafen. Es wäre schön, wenn Romeo und Julia mal ein paar Tage an einem Ort ausharren würden, am besten auf einer der Inseln, während sie selbst es sich hier gemütlich machen könnte.

Selma war auf dem Festland geblieben, vorgeblich, damit Romeo und Julia sie nicht sahen. In Wirklichkeit aber wollte sie ein bisschen mehr Luxus genießen, als Storön bieten konnte. Ein anständiges Hotel, guter Service und keine Felsen, auf denen sie höchstpersönlich herumklettern musste, um das junge Paar zu beobachten. Dazu war ja jetzt Ingvar da. Vor einer halben Stunde war er mit den neusten Fotos von der Insel gekommen, die Selma allerdings wenig begeisterten.

Sie verzog das Gesicht. Es war sinnlos, Wünschen nachzuhängen, die sich niemals erfüllen würden – und das bezog sich nicht nur auf ihr Bedürfnis, mal etwas länger an einem Ort zu bleiben.

Vielleicht bin ich inzwischen wirklich zu alt für solche Abenteuer, dachte sie, und verdrängte gleich darauf auch diesen Gedanken. Denn, das musste sie ehrlich zugeben, so abenteuerlich war es bisher noch gar nicht gewesen, und wenn sie diese Reise bereits überforderte, musste sie sich ernsthaft Gedanken darüber machen, ob sie nicht wirklich zu alt war.

Selma konzentrierte sich wieder auf ihre Kolumne:

Okay, Leute, eigentlich können wir uns ja alle denken, warum unsere Julia unglücklich ist. Getrieben durchs Land, ständig in der Angst, erwischt zu werden, ist bestimmt kein schönes Gefühl.

Selma hielt wieder inne. Wie oft habe ich das eigentlich schon geschrieben?, überlegte sie. Langsam müsste wirklich mal etwas passieren, was die ganze Sache interessanter macht. Immerhin, Erik Asmussen hatte bisher noch nicht protestiert, und auch den Lesern schienen ihre Texte zu gefallen. Angeblich waren sogar die Zahlen der verkauften Auflagen gestiegen, und es gab Leserbriefe zu Romeo und Julia, in denen den beiden viel Glück für ihre Flucht gewünscht wurde. Es gab sogar ganz konkrete Hilfsangebote. Erik Asmussen wollte sie darüber noch ausführlich informieren. Vielleicht konnte man dem Pärchen das eine oder andere Angebot übermitteln, um der Story ein wenig Pep zu geben.

Auf dem Bild unten links ist zu sehen, dass es auch glückliche Momente für unsere Julia und unseren Romeo gibt.

Zweifelnd betrachtete Selma das Foto. Sie fand, dass es sehr gestellt aussah, und das Paar blickte sich auch nicht verliebt an, sondern bleckte die Zähne in der Andeutung eines Lächelns, das Ingvar wahrscheinlich verlangt hatte, als wenn es im nächsten Augenblick übereinander herfallen würde. Nicht leidenschaftlich, sondern bissig und voller Wut.

Selma beließ es dabei. Sollte Erik Asmussen sich mit diesem ignoranten Möchtegernfotografen auseinandersetzen.

Ich hoffe, es gibt noch viele glückliche Momente für die beiden, an denen wir teilhaben können. Morgen geht die Reise weiter. Ich darf nicht zu viel verraten, nur dass es in den Norden Schwedens geht.
Wir lesen uns später wieder!

Kristina und Hendrik stöhnten unisono auf, als sie am nächsten Morgen das *Morgonbladet* lasen. Sie hatten die Köpfe über die auf dem Tisch ausgebreitete Zeitung gebeugt und richteten sich jetzt gleichzeitig auf.

»In den Norden«, sagte Kristina. »Noch vager ging es wohl nicht.«

»Haben Sie eine Ahnung, wie die beiden das finanzieren?«, fragte Hendrik.

Kristina beugte sich ein wenig vor und tippte auf Selma Anders Kolumne. »Ich wette, die weiß das.«

Hendrik nickte und wirkte sehr nachdenklich. »Warum bin ich nicht schon früher auf die Idee gekommen?«, murmelte er und hatte das Handy bereits in der Hand. Noch bevor er das Impressum des *Morgonbladet* gefunden hatte, ahnte Kristina, dass er die Redaktion anrufen wollte. Auf die Idee hätte sie auch selbst kommen können.

Letztendlich war es egal, wessen Idee es war. Erfolg hatte Hendrik Lundgren nicht. Zuerst dauerte es eine ganze Weile, bis er endlich mit dem Chefredakteur verbunden wurde, und dann stellte der sich unwissend. Angeblich hatte Erik Asmussen gerade den Kontakt zu Selma Anders verloren und wusste selbst nicht, wohin genau die Reise nach Nordschweden führen sollte. Selmas Handynummer wollte er partout nicht rausrücken.

»Und jetzt?«, hatte Kristina in den letzten Tagen immer wieder gefragt, wenn sie an einem toten Punkt angelangt waren. Diesmal schluckte sie die Frage hinunter, aber Hendrik beantwortete sie trotzdem. »Wir fahren einfach los, Richtung Norden«, schlug er vor.

»Ohne überhaupt zu wissen, wo wir mit der Suche anfangen sollen?«, fragte Kristina zweifelnd.

»Wenn die beiden bis ganz oben in den Norden wollen, nach Kiruna vielleicht, werden sie mindestens zwanzig Stunden brauchen, um dort anzukommen«, überlegte Hendrik laut. »Es kommt natürlich darauf an, mit welchem Verkehrsmittel sie unterwegs sind. Sind die beiden auf öffentliche Verkehrsmittel angewiesen, oder spielt Selma Anders den Chauffeur für sie? Wenn wir uns jetzt sofort auf den Weg nach, sagen wir mal ...«, Hendrik dachte kurz nach, »... nach Östersund machen, sind wir heute Abend da. Wir warten morgen auf das *Morgonbladet*, legen sofort den Rest der Strecke zurück und sind den beiden dann vielleicht mal einen Schritt voraus. Wenn sie heute in den Norden fahren, werden sie nicht gleich morgen die ganze Strecke wieder zurückfahren.«

Kristina nickte nachdenklich. Das konnte funktionieren, nur hatte sie nicht wirklich Lust, schon wieder stundenlang im Auto zu sitzen.

»Ich bin auch froh, wenn es endlich vorbei ist.« Hendrik Lundgren schien ihre Gedanken zu erraten. Fragend schaute er sie an. »Oder sollen wir die Verfolgung ganz aufgeben und einfach warten, bis die beiden freiwillig wieder nach Hause kommen?«

»Ich weiß es nicht.« Kristina schüttelte langsam den Kopf. »Zuerst habe ich mir Sorgen gemacht, weil ich so gar nichts von Finn gehört habe, aber es gefällt mir auch nicht, dass diese Selma Anders die beiden möglicherweise manipuliert.«

Hendrik nickte. »Ich weiß genau, was Sie meinen. Mir geht es genauso.«

»Hat Svea sich inzwischen mal bei Ihnen gemeldet?«, wollte Kristina wissen.

Hendrik Lundgren verneinte und beugte sich wieder über die Zeitung. Kristina tat es ihm nach, studierte jetzt gründlicher die Fotos unter Selma Anders' Bericht. »Sehr glücklich sehen die beiden nicht aus«, stellte sie fest.

»Kein Wunder, bei den Eltern«, erwiderte Hendrik Lundgren trocken.

Sie schauten sich an und lachten laut auf. Sie standen so dicht beieinander, dass sie seinen Atem auf ihrem Gesicht spürte. Ihr Lachen verebbte, sein Gesicht kam näher, seine Augen blickten unverwandt in ihre ...

»Gibt es etwas Neues?«

Kristina und Hendrik fuhren auseinander, als wären sie bei etwas Verbotenem erwischt worden. Kristina war verwirrt. Sie sah Hendrik an, dass es ihm genauso ging.

Wenn ihre Mutter etwas bemerkt hatte, so ließ sie sich zumindest nichts anmerken. Arglos schaute sie Kristina und Hendrik an.

Aber was gibt es auch schon zu bemerken?, schoss es Kristina durch den Kopf. Da war nichts gewesen. Gar nichts! Sie musste sich zweimal räuspern, bevor sie sprechen konnte. »Finn und Svea sind auf dem Weg in den Norden. Wir haben gerade überlegt, dass wir sofort losfahren wollen, um die beiden morgen irgendwo abzufangen.«

Anita sah enttäuscht aus. »Immer wenn ich mich darüber

freue, dich bei mir zu haben, musst du auch schon wieder weg.«

»Es tut mir leid, Mama.« Kristina trat zu ihrer Mutter und küsste sie liebevoll auf die Wange.

»Warum kommst du nicht mit Finn für ein paar Tage zu mir, sobald du ihn gefunden hast?«, schlug Anita eifrig vor. Wahrscheinlich glaubte sie, dass Kristina ihr Trauma überwunden hatte, nachdem sie einmal den Anfang gemacht und nach Göteborg zurückgekehrt war, jetzt sogar schon zum zweiten Mal.

»Mal sehen«, erwiderte Kristina ausweichend. Das hier war eine Ausnahme. Sie war sozusagen auf der Durchreise, es war nicht mehr als ein Zwischenstopp auf der Suche nach ihrem Sohn – und dennoch war sie schon stärker mit ihrer Vergangenheit konfrontiert worden, als ihr lieb war.

Andererseits musste sie zugeben, dass der Schmerz nicht mehr so stark war, dass ihr der Aufenthalt in ihrem Elternhaus unerträglich gewesen wäre. Aber ob sie sich einen längeren Aufenthalt hier vorstellen konnte? Zusammen mit Finn, der wahrscheinlich viele Fragen stellen würde, nach ihrer Kindheit, ihrer Jugend, was passiert war und wieso sie bisher nie mit ihm die Großmutter besucht hatte? Oder vielleicht auch mit einem beleidigt schweigenden Finn, weil sie ihm die Ferien mit seiner Svea verdorben hatte?

Kristina dachte an die Zeitungsfotos. Sah nicht so aus, als könne sie da noch viel verderben.

»Ich verstehe«, murmelte Anita. Kristina hatte das Gefühl, dass ihre Mutter die Tränen nur mit Mühe zurückhalten konnte.

»Sei mir nicht böse, Mama«, bat sie leise. »Ich kann gerade nicht darüber nachdenken. Es passiert so viel, und jetzt die Fahrt nach Östersund ...«

Das Piepsen ihres Handys unterbrach sie. Kristina zog es aus der Tasche ihrer Jeans, lächelte unwillkürlich, als sie sah, dass die eingegangene SMS von Bengt stammte.

Wo bist du? Was machst du gerade?, wollte er wissen.

Wir fahren heute nach Östersund, schrieb sie zurück. *Ich melde mich, sobald wir angekommen sind.*

Sie steckte das Handy zurück in die Tasche ihrer Jeans und bemerkte, dass ihre Mutter und Hendrik Lundgren sie aufmerksam beobachteten.

Sie gab keine Erklärungen, sondern fragte an Hendrik Lundgren gewandt: »Soll ich meine Reisetasche holen?«

Hendrik nickte, aber ihre Mutter bestand darauf, dass sie wenigstens eine Kleinigkeit frühstückten, bevor sie losfuhren. Erst danach verabschiedeten sie sich.

Kristina war ihrer Mutter dankbar, dass sie sie nicht weiter drängte, mit Finn nach Göteborg zu kommen. Anita umarmte sie nur und wünschte ihnen viel Glück für ihre Suche. Sie lächelte dabei, aber Kristina bemerkte trotzdem den traurigen Ausdruck ihrer Augen.

Als sie aus dem Haus traten, stand ein Mann vor der Tür, die Hand erhoben, als wollte er gerade anklopfen. Kristina starrte ihn an.

»Kristina!« Seine Stimme klang überrascht.

»Gunnar!« Kristina registrierte, dass ihr Schwager sich in den Jahren kaum verändert hatte. Ein wenig fülliger war er geworden, die Lachfältchen um seine blauen Augen hatten sich tiefer eingegraben. Sein Haar war dünner geworden, aber so kurz geschnitten, dass es kaum auffiel.

644

»Ich wusste nicht, dass du noch hier bist«, sagte Gunnar. Er lächelte, griff nach Kristinas Hand. »Aber ich freue mich sehr, dich endlich mal wiederzusehen.«

»Wir sind schon *wieder* hier«, berichtigte Kristina, »und eigentlich auch schon wieder weg.«

»Schade.« Es klang aufrichtig und war bestimmt auch so gemeint, wenn Gunnar sich in den vergangenen Jahren nicht grundlegend verändert hatte. Kristina hatte seine Ehrlichkeit stets geschätzt und nie verstanden, wieso er …

Nein, sie wollte sich nicht schon wieder in Erinnerungen verlieren.

»Ja«, erwiderte sie lahm. Bei ihr klang es ganz und gar nicht aufrichtig.

Gunnars feines Lächeln zeigte ihr, dass er sie durchschaut hatte. Er begrüßte Hendrik Lundgren, der gleich hinter ihr stand, und schien erfreut, den Gastrokritiker persönlich kennenzulernen. Anita umarmte er, und Kristina spürte die Vertrautheit zwischen Schwiegersohn und Schwiegermutter. Sie schaffte es kaum, die Verbitterung darüber zu unterdrücken, dass sie die Entwicklung ihrer Familie in den vergangenen Jahren nicht mitbekommen hatte und sich wie eine Außenstehende fühlte. Die Schuld daran gab sie nach wie vor Ulrika.

»Wir müssen los«, sagte sie hastig. Sie wollte einfach nur weg, Göteborg den Rücken kehren. Sie verabschiedete sich von Gunnar, umarmte ihre Mutter ein letztes Mal.

Doch Anita ließ sie nicht so schnell los. »Du solltest nicht immer weglaufen, mein Kind«, sagte sie so leise, dass nur Kristina sie hören konnte. »Irgendwann wirst du dich der Vergangenheit stellen müssen.«

Kristina befreite sich aus der Umarmung und schaute ihre Mutter mit gespielter Überraschung an. »Ich laufe nicht weg«, beteuerte sie, obwohl sie wusste, dass es nur die halbe Wahrheit war. »Ich will einfach nur meinen Sohn wiederfinden.«

»Ja, aber wenn du ihn gefunden hast, solltest du dich selbst wiederfinden«, erwiderte ihre Mutter ernst. »Es würde dir bestimmt guttun, wenn du einige Dinge klärst.« Anita machte eine kurze Pause, bevor sie leise hinzufügte: »Und Ulrika auch. Ich weiß, dass sie genauso leidet wie du.«

Kristina drehte sich abrupt um und ging zum Auto. Nichts interessierte sie weniger als der emotionale Zustand ihrer Schwester.

Hendrik Lundgren ließ sich Zeit mit der Verabschiedung. Zuerst ärgerte sich Kristina darüber, weil sie so schnell wie möglich hier wegwollte und weil sie in Erwägung zog, dass er sie mit dieser Verzögerung provozieren wollte. Doch dann erkannte sie, dass er einfach nur höflich war und es überhaupt nichts mit ihr zu tun hatte. Sie hatte überempfindlich reagiert. Nur weil es Hendrik Lundgren war, oder weil sie generell zu Übertreibungen neigte?

Göteborg tut mir nicht gut! Das war der Schluss, zu dem sie kam und der einen Punkt unter ihre verwirrenden Gedanken setzen sollte. Wenn sie sich nur so einfach abstellen ließen ...

Kristina kämpfte immer noch damit, als sie endlich unterwegs waren. Zuerst fiel ihr gar nicht auf, dass Hendrik Lundgren kein Wort sagte. Als sie es bemerkte, war sie ihm dankbar für seine Rücksichtnahme. Je länger sie mit ihm zusammen unterwegs war, umso mehr wurde ihr klar, dass er keineswegs so eiskalt und gefühllos war, wie sie anfangs geglaubt hatte. Und noch etwas fiel ihr auf: Er wusste inzwischen eine ganze Menge von ihr und kannte sogar ihre Familie, während sie so gar nichts von ihm wusste. Mal abgesehen von seinem Beruf, dass er verwitwet war und eine Tochter hatte.

Wie war die Frau gewesen, mit der er verheiratet gewesen war? Hatte er sie sehr geliebt und deshalb nicht mehr geheiratet? Wie lange war es her, dass seine Frau gestorben war? Viele Fragen lagen ihr auf der Zunge, aber sie traute sich nicht, sie zu stellen.

Kristina schaute aus dem Fenster. Die Landschaft veränderte sich ständig. Dichte Wälder wechselten sich mit blühenden Wiesen und endlosen Rapsfeldern ab, die unter dem blauen Himmel gelb zu glühen schienen. Idyllische Seen, Bauernhöfe, die zwischen Bäumen und Sträuchern rot schimmerten.

»Wie schön unser Heimatland ist!«, sagte Kristina.

»Ja«, antwortete Hendrik einsilbig. Er schien mit seinen Gedanken ganz woanders zu sein. Kristina warf ihm von der Seite einen Blick zu. Er schien nicht einmal zu bemerken, dass sie ihn anschaute.

»Darf ich Sie etwas Persönliches fragen?«

Diesmal warf er ihr einen kurzen Blick zu. »Nur zu!«

»Wie lange sind Sie schon alleinerziehend? Ich meine ... wann ist ...« Sie geriet ins Stammeln,

»Wann meine Frau gestorben ist?« Erneut ein kurzer Seitenblick zu ihr, dann schaute er wieder nach vorn auf die Straße. »Marguerite kam vor fünf Jahren bei einem Unfall ums Leben.«

Kristina war geschockt. Wie schrecklich für ihn, für Svea und auch für seine Frau Marguerite, der es nicht vergönnt gewesen war, ihr eigenes Kind aufwachsen zu sehen. »Das tut mir sehr leid«, sagte sie leise. »Wie schrecklich, dass Svea ihre Mutter so früh verloren hat.«

»Das ist ganz gut so«, erwiderte er so spontan, dass sie sofort wusste, diese Bemerkung war unbedacht über seine Lippen gekommen.

Sie schaute ihn erschrocken an und sah, dass er die Lippen fest aufeinanderpresste. Waren es ungute Erinnerungen, die ihm gerade durch den Kopf gingen, oder ärgerte er sich über sich selbst, weil er etwas gesagt hatte, was er möglicherweise lieber für sich behalten hätte?

»Ich hätte das nicht sagen sollen«, beantwortete er ihre unausgesprochene Frage und schüttelte dabei leicht den Kopf.

»Sie werden Ihre Gründe haben«, murmelte Kristina und gestand sich ein, dass sie neugierig war. Trotzdem hätte sie ihn niemals danach gefragt, aber er begann von sich aus zu erzählen.

»Marguerite und ich haben keine sehr glückliche Ehe geführt. Meine Frau hat sich nie sonderlich für Svea interessiert, und ich weiß nicht, was ich damals ohne meine Schwiegermutter gemacht hätte. Durch Fleur hat Svea all die Liebe erfahren, die ein Kind braucht.«

Hendrik verstummte kurz, und Kristina, die ihn immer noch von der Seite anschaute, sah, dass er die Lippen wieder fest zusammenpresste.

»In der Nacht, als Marguerite verunglückte, war sie zusammen mit ihrem Liebhaber unterwegs«, sagte er schließlich.

648

Kristina war erschüttert. Sie ahnte nur zu gut, was Hendrik durchgemacht haben musste, und konnte nicht anders, als ihn sanft zu berühren. Sie legte kurz eine Hand auf seinen Unterarm, sagte aber kein Wort.

»Ich habe ihr den Tod nicht gewünscht«, fuhr Hendrik nach einer Weile fort. »Natürlich nicht, sie war immer noch meine Frau und die Mutter meines Kindes. Aber ich konnte auch nicht so um sie trauern, wie man es vermutlich von mir erwartet hätte.«

»Aber warum sind Sie nach Marguerites Tod in Frankreich geblieben?«, wollte Kristina wissen.

»Wegen Svea. Ich bin beruflich sehr viel unterwegs und war froh, dass Fleur sich während meiner Abwesenheit um das Kind kümmerte. Außerdem hängt meine Schwiegermutter sehr an Svea, und sie war ihr der einzige Trost nach Marguerites Tod. Es war für die beiden nicht leicht, als ich mit Svea vor einem Jahr ganz nach Stockholm umgezogen bin. Es war mir wichtig, dass Svea auch ihre schwedische Heimat kennenlernt.«

»Und was ist mit Ihrer Schwiegermutter?« Kristina hatte großes Mitleid mit der ihr unbekannten Fleur, die sie jetzt ganz alleine in Frankreich glaubte.

Hendrik lächelte, und Kristina spürte, welche Zuneigung er für seine Schwiegermutter empfand. »Fleur hat noch zwei Söhne, und die haben für reichlich Enkelkinder gesorgt. Sie hat also eine ganze Menge zu tun.«

Kristina war erleichtert. Keine einsame Großmutter, die sich nach dem einzigen Enkelkind in einem fernen Land sehnte. »Haben Sie es je bereut, dass sie zurück nach Schweden gekommen sind?«, fragte sie.

649

Hendrik schüttelte den Kopf. »Ich war ja nie ganz weg, hatte selbst während meiner Ehe mit Marguerite eine kleine Wohnung in Stockholm. Anders hätte ich es mir kaum vorstellen können.« Er wandte den Kopf, lächelte sie spitzbübisch an. »Verraten Sie bloß niemandem, dass der angeblich so weltgewandte Gastrokritiker in Wirklichkeit ziemlich heimatverbunden ist und Heimweh hat, wenn er längere Zeit nicht in Stockholm ist.«

Kristina lachte und erwartete, dass er als Gegenleistung jetzt von ihr ein paar Antworten forderte. Sie rechnete mit seinen Fragen, aber er schwieg, und sie erzählte auch nichts von sich aus. Obwohl sie in diesem Moment und in dieser ganz besonderen Stimmung, die sich in den letzten Minuten zwischen ihnen aufgebaut hatte, durchaus dazu bereit gewesen wäre.

Inzwischen war Mittagszeit, und sie hatten gut die Hälfte der Strecke hinter sich gebracht.

»Hunger?«, fragte Hendrik Lundgren kurz vor der Abfahrt nach Mora und Rättvik.

»Und wie!« Kristina nickte, dabei hatte sie nach dem üppigen Frühstück heute Morgen geglaubt, bis zum Abend keinen Bissen mehr essen zu können.

»Ich kenne da ...«

»... ein nettes Restaurant«, fiel Kristina ihm ins Wort.

Beide lachten.

»Genau«, bestätigte Hendrik. »Es wird Ihnen gefallen, und Claras Elchfilet mit Pflaumensoße ist ein Gedicht. Sie müssen es unbedingt probieren, und wenn ich Clara ganz lieb darum bitte, gibt Sie Ihnen bestimmt das Rezept.«

»Wenn wir noch lange nach Finn und Svea suchen, kann

ich einen kulinarischen Reiseführer schreiben.« Kristina hob lachend die Hand und schrieb den Titel, der ihr spontan einfiel, mit dem Zeigefinger in die Luft: »Essen, kreuz und quer durch Schweden.«

»So etwas Ähnliches habe ich bereits geschrieben«, erwiderte Hendrik Lundgren.

»Dann bleibe ich eben beim Kochen«, sagte Kristina immer noch lachend. »Das kann ich sowieso besser.«

Er antwortete nicht, aber Kristina sah, dass es in seinem Mundwinkel zuckte. Als er den Kopf wandte und sie wieder anschaute, brachen sie beide in lautes Lachen aus.

Als sie die Ausfahrt erreichten, setzte Hendrik den Blinker und fuhr Richtung Mora. Von dort aus nahm er die kleine Landstraße, die parallel zum Ufer des Siljansees verlief.

Kristina ließ die Umgebung auf sich wirken. Zwischen den Bäumen hindurch erhaschte sie immer wieder einen Blick auf den See, der in der Sonne glitzerte. Eine herrliche Ruhe umgab sie, die sie in Stockholm manchmal vermisste. Auf der ganzen Strecke bis Rättvik kamen ihnen nur zwei Autos entgegen.

Claras Restaurant war ein ehemaliger Bauernhof, von außen ein dunkles Blockhaus, von innen eine Kombination aus Holzböden, weißen Balken und einem traumhaften Panoramablick auf den Siljansee. Eine Frau stand hinter dem Tresen am Eingangsbereich. Als Hendrik und Kristina das Restaurant betraten, hielt sie inne, kam mit einem lauten Juchzen hervorgeschossen und fiel Hendrik um den Hals.

Irgendwie hatte Kristina sich eine »alte« Freundin von Hendrik anders vorgestellt. Clara war alles andere als alt. Sie

651

war ausgesprochen hübsch und so bezaubernd, dass auch Kristina sie sofort mochte. Das Leuchten in Hendriks Augen entging ihr nicht, und mit einem Mal war da eine kleine, boshafte Stimme in ihren Gedanken: Ich wette, über Clara hätte er sich nie so abfällig in aller Öffentlichkeit ausgelassen, wenn ihr das Gleiche passiert wäre wie mir. Wahrscheinlich hatte Clara aber noch nie halbrohe Köttbullar serviert.

Kristina musste Hendrik später zustimmen, ihr Elchfilet war wirklich hervorragend. Aber auch die Brennnesselsuppe vorher und der krönende Abschluss, das Himbeerdessert, zergingen geradezu auf der Zunge.

Hendrik erzählte Clara, dass Kristina ein Restaurant in Stockholm besaß und auf ihrer Reise durch Schweden Rezepte sammelte. Clara holte einen Block und einen Stift, setzte sich neben Hendrik und schmiegte sich an ihn. Die beiden wirkten so vertraut miteinander, dass Kristina sich ausgeschlossen fühlte. Wie ein Störfaktor zwischen zwei Menschen, die sich mehr als nur gut zu verstehen schienen.

Das Gefühl blieb, auch als Clara begann, ihr die Rezepte zu diktieren.

Brennnesselsuppe

250 g Brennnesseln (nur junge Blätter)
4 El Crème fraîche
15 g Butter
1 l Fleischbrühe
500 g Kartoffeln
Salz
Pfeffer aus der Mühle

Kartoffeln schälen, in Stücke schneiden und kochen.

Brennnesseln 10 Minuten in Butter schwenken, danach mit der Fleischbrühe löschen.

Gekochte Kartoffeln dazugeben, alles pürieren. Crème fraîche unterheben, mit Pfeffer und Salz würzen.

Elchfilet mit Pflaumensoße

600 g Elchfilet
Majoran
Thymian
Salz
Grob gemahlener Pfeffer
Butter
100 g geriebener Schnittkäse
1 Zwiebel
200 g Pflaumen
100 ml Rotwein
250 ml Fleischbrühe
Soßenbinder
100 ml Sahne
1 EL Honig
2 EL Obstessig
Zimt

Das Elchfilet waschen, trocken tupfen, pfeffern und salzen. Anschließend mit Majoran und Thymian einreiben. Butter in einer Pfanne erhitzen, Filet von allen Seiten anbraten. Mit dem Schnittkäse bestreuen und im Backofen überbacken, bis der Käse geschmolzen ist.

Inzwischen die Zwiebel hacken und in Butter glasig dünsten. Pflaumen entsteinen, klein schneiden und mit der

Zwiebel kurz andünsten. Wein und Fleischbrühe dazugeben, mit dem Soßenbinder abbinden. Mit Sahne, Honig, Essig, Zimt, Pfeffer und Salz nach Geschmack würzen.

Elchfilet in Scheiben schneiden, mit der Soße servieren.

Himbeerdessert mit Krokant

1 kg Himbeeren
500g Quark
100 g Zucker
500 ml Sahne
170 g Zucker
1 Prise Salz
½ EL Honig
50 g Butter
100 g Mandelstifte

170 g Zucker, Salz und Honig in einem Topf miteinander vermischen und erhitzen. Butter und Mandelstifte dazugeben, weiter erhitzen, bis eine cremige Masse entstanden ist. Auf Backpapier geben und abkühlen lassen.

Beeren putzen. Quark mit 100 g Zucker verrühren. Sahne steif schlagen und unterheben.

Beeren und Quarksahne in Dessertgläser schichten. Abgekühlte Krokantmasse klein stoßen und den Krokant zum Schluss über das Dessert geben.

– 28 –

Svea hatte sich durchgesetzt. Diesmal waren sie nicht mit öffentlichen Verkehrsmitteln unterwegs, sondern in Ingvars schnittigem Sportwagen. Sie saß vorn neben Ingvar auf dem Beifahrersitz, Finn auf der schmalen Rückbank, die so gut wie keine Beinfreiheit bot. Auch wenn Svea sich nicht umdrehte, wusste sie, dass er ein langes Gesicht zog. Sie spürte regelrecht, wie sich seine finsteren Blicke durch die Lehne ihres Sitzes in ihren Rücken bohrten. Seit sie in den Wagen gestiegen waren, hatte er nichts mehr gesagt. Svea war es egal. Wenn sie es recht bedachte, war ihr Finn inzwischen komplett egal. Verglichen mit Ingvar, kam er denkbar schlecht weg.

Ingvar war in ihren Augen ein erwachsener, erfahrener Mann, und natürlich imponierte ihr nicht nur sein Sportwagen, sondern vor allem sein Verhalten. Er tat so, als würde er Finns Benehmen überhaupt nicht bemerken, konzentrierte sich nur auf sie und ließ immer wieder Komplimente einfließen.

Es war spät, als sie Umeå erreichten. Ingvar hatte ein Chalet für sie und Finn gemietet, das mit mehreren anderen Häusern zu einem großen Campingplatz gehörte.

Svea war ein bisschen enttäuscht. Eigentlich hatte sie gehofft, in einem guten Hotel zu übernachten – natürlich nicht in einem Doppelzimmer mit Finn –, den Abend in einem netten Restaurant zu verbringen – am liebsten auch ohne Finn – und sich von Ingvar mit einem guten Abendessen und weiteren Komplimenten verwöhnen zu lassen.

Ingvar erledigte die Formalitäten, fuhr sie zum Chalet, lud Sveas Rucksack aus und verabschiedete sich, während Finn seinen eigenen Rucksack in die Hütte brachte, ohne sich umzusehen oder sich bei Ingvar für dessen Mühe zu bedanken.

»Bis morgen«, sagte Ingvar.

Svea überlegte, wie sie ihn zum Bleiben überreden konnte, oder noch besser dazu, sie mitzunehmen. Sollte Finn doch allein in der Hütte vor sich hinschmollen.

»Ich dachte, wir essen noch zusammen zu Abend«, sagte sie mit sehr enttäuschter Stimme.

Ingvar tätschelte ihr die Wange, als wäre sie ein kleines Mädchen, und Svea beschlich in diesem Augenblick der Verdacht, dass sie genau das für ihn auch war. »Ein anderes Mal vielleicht«, wich er aus. Nicht mehr als eine vage Aussage, die mehr Ablehnung als Zustimmung enthielt. Hatte sie seine Komplimente überbewertet?

Svea, die sich den ganzen Tag wie eine erwachsene und sehr attraktive Frau gefühlt hatte, wurde schlagartig wieder zum verunsicherten Teenager. »Schade«, sagte sie und kam sich dabei sehr kindisch vor. Wie würde eine erwachsene Frau in einer solchen Situation reagieren? Souverän, kühl und sehr selbstbewusst. Okay, das klang gut, aber wie stellte eine Frau so etwas an?

Svea fühlte sich hilflos, sie war unglücklich und musste sich zusammenreißen, um nicht in Tränen auszubrechen. Aber das wäre natürlich noch kindischer. Sie riss sich zusammen, straffte sich und probierte einen Augenaufschlag, wie sie ihn neulich in der Werbung für Mascara gesehen hatte.

Svea hatte keine Ahnung, wie sie auf Ingvar wirkte, aber zumindest strich er ihr nicht mehr über die Wange, sondern beugte sich zu ihr hinunter und küsste sie auf die Stirn. Das war auch nicht das, was sie sich erhofft hatte, aber vielleicht ein vielversprechender Anfang.

»Sehen wir uns morgen?« Sie versuchte, sehr erwachsen und abgeklärt zu klingen, so als wäre ihr die Antwort nicht wirklich wichtig.

»Das weißt du doch.« Ingvar lachte. Lachte er sie etwa aus? »Wir haben morgen einen Termin für unsere Fotosession. Du und Finn.«

Ach ja, das hatte sie total vergessen. Dafür, dass er sie in seinem Wagen mitgenommen hatte, wollte er sie und Finn am nächsten Tag fotografieren. Für eine Zeitung hatte er gesagt. Landschaftsfotos wollte er machen, und sie beide sollten als Paar dekorativ herumstehen, damit die Fotos nicht so eintönig würden.

Finn hatte zuerst gestreikt, bis sie richtig sauer geworden war. Svea fand, ein bisschen dankbar konnten sie sich schon zeigen, dass Ingvar sie in seinem Wagen mitgenommen hatte und sie so die Fahrtkosten sparen konnten. Sogar das Chalet hier bezahlte er – als Honorar sozusagen, hatte er gesagt.

Diese Argumentation hatte Finn, diesen Geizkragen, der sich bei jeder Öre, die sie ausgeben wollte, anstellte, als hinge sein Leben davon ab, schließlich überzeugt. Hätte sie doch nur vorher gewusst, wie Finn wirklich war. Nie wäre sie mit ihm ...

... aber dann hätte ich auch Ingvar nicht kennengelernt, schloss sie folgerichtig, noch bevor sie den ersten Satz zu

659

Ende gedacht hatte. Mit sehnsuchtsvollen Augen blickte sie dem Fotografen nach, als er in seinen Sportwagen stieg und davonbrauste. Was für ein Mann!

Svea stieß einen tiefen Seufzer aus und ging ins Chalet.

»Ist der Angeber endlich weg?« Unfreundlich sah Finn sie an.

»Du kannst mich mal.« Svea schnappte sich ihren Rucksack und verschwand hinter der ersten Tür gleich neben dem Eingang, ohne zu wissen, welcher Raum sich dahinter befand.

Ein Schlafzimmer. *Mein* Schlafzimmer, beschloss sie gleich darauf. Sie wusste nicht, ob es einen zweiten Schlafraum in dem Chalet gab. Wenn nicht, musste Finn eben auf dem Sofa im Wohnraum übernachten. Sie würde jedenfalls nicht mit ihm in einem Bett schlafen. Nie wieder!

Selmas Welt

Ich bin müde! Ich habe Hunger! Ich habe einfach keine Lust mehr!

Erik würde ihr fristlos kündigen, wenn sie das so veröffentlichte, und wenn es tausendmal genau dem entsprach, was sie gerade empfand.

Selma hatte wirklich keine Lust mehr! Die Reiselust von Romeo und Julia wurde allmählich zum Albtraum für sie. Sie stieß einen tiefen Seufzer aus, schaute aus dem Fenster ihres Zugabteils und beschloss, dass sie endgültig genug hatte von tiefen Wäldern, angeblich pittoresken Landschaften und idyllischen Seen. Sie wollte zurück nach Stockholm, dorthin, wo das Leben pulsierte. Wo sie Menschen traf und keine Elche, Wölfe oder sogar Bären. Wobei Selma zugeben musste, dass ihr solche Begegnungen bisher erspart geblieben waren, weil sich diese Tiere wohl eher selten in Hotels oder Zügen herumtrieben. Jedenfalls nicht die vierbeinigen.

Einen zweibeinigen Wolf gab es in ihrer Nähe, einen Wolf im Schafspelz sozusagen. Selma hatte das sichere Gefühl, dass der auf die weibliche Protagonistin ihrer Kolumne ziemlich scharf war. Sie hatte sich genötigt gesehen, ihn darauf hinzuweisen, dass Julia erstens zu Romeo gehörte und zweitens viel zu jung für einen knipsenden Möchtegern-Don-Juan war. Was ihn wiederum zu der Frage veranlasst hatte, ob sie womöglich eifersüchtig war.

Eifersüchtig, pah!

Na ja, vielleicht schon. Ein wenig mehr männliche Beachtung würde ihr Leben bereichern. Oder war es vielleicht doch mehr, was ihr fehlte?

Selma spürte tief in sich eine Unzufriedenheit, die stetig zunahm, mit jedem Tag, jedem Kilometer, den sie zurücklegte. Das hier war nicht ihr Leben, das war nicht das, was sie wollte. Sie schaute aus dem Fenster, sah die Bäume des dichten Fichtenwaldes vorbeiziehen und nahm doch nichts wahr.

Auch wenn junge Männer wie Ingvar sie für alt hielten und sie in Sveas und Finns Augen das Verfallsdatum wahrscheinlich schon längst überschritten hatte, so war sie doch immer noch jung genug, um ihr Leben in eine andere Richtung zu lenken. Es war an der Zeit, Entscheidungen zu treffen. Diesen Auftrag wollte sie noch zu Ende bringen, gut zu Ende bringen, aber danach musste sich einfach etwas ändern.

Ein Lächeln flog über Selmas Gesicht. Das erste Mal seit langer Zeit fühlte sie sich gut. So richtig gut. Sie hatte sich schon oft vorgenommen, ihr Leben zu ändern, aber diesmal wusste sie ganz tief in ihrem Inneren, dass sie ihren Vorsatz in die Tat umsetzen würde. Kein leeres Gerede mehr, kein Verschieben auf später. Dieser Auftrag, die Geschichte über Romeo und Julia, waren sozusagen der Anfang vom Ende.

Neue Energie durchflutete sie. Sie schaute nicht mehr nach rechts, nicht mehr nach links. Spürte nicht mehr das Ruckeln des Zuges, der sie in den hohen Norden Schwedens brachte, und hörte auch nicht mehr das Rattern der Räder auf den Gleisen. Sie löschte die Zeilen, die sie bereits geschrieben hatte, ließ nur noch den Titel stehen und begann von vorn:

Romeo und Julia sind auf dem Weg nach Kiruna. Was gibt es über Kiruna zu berichten, außer dass wir dort den höchsten Berg des Landes haben, den Kebnekaise? Vielleicht etwas über die Menschen in Kiruna, die dem Leben und allen Ereignissen gelassen gegenüberstehen und deshalb den Spitznamen »Kein-Problem-Volk« haben.

Okay, liebe Leser, das wollt ihr alles nicht wissen. Ihr wollt lesen, wie es mit Romeo und Julia weitergeht, mit unserm jungen Liebespaar, das sich nach wie vor auf der Flucht befindet.

Wahrscheinlich fragen sich jetzt alle, warum die beiden ausgerechnet auf dem Weg nach Kiruna sind. Offen gestanden, ich habe keine Ahnung. Möglicherweise wollen sie eine möglichst große Entfernung zwischen sich und ihre Verfolger bringen, um den Vorsprung ein wenig zu vergrößern.

Vielleicht haben die Eltern der beiden ja bald ein Einsehen und akzeptieren die junge Liebe. Bis es so weit ist, bleibt uns nur die Hoffnung – und die Freude daran, wie sehr unser Paar zusammenhält. Es gibt nichts und niemanden, der diese Liebe zerstören könnte.

Selma hielt inne, dachte an Ingvar und an die kleine Svea alias Julia, an der er Gefallen gefunden hatte. Während sie bisher verletzte Eitelkeit und sogar so etwas wie Eifersucht empfunden hatte, entwickelte sich plötzlich Schadenfreude. Wenn ausgerechnet Ingvar das Liebespaar auseinanderbrachte – und Svea und Finn schienen längst nicht so glücklich miteinander, wie sie es in ihrer Kolumne darstellte –

würde das für den Fotografen ein heftiges Donnerwetter bedeuten. In Gedanken notierte sie bereits, Erik Asmussen einen entsprechenden Hinweis zukommen zu lassen.

Und dann hatte sie eine, wie sie fand, geniale Idee, um diese verflixte Tour durch Schweden entscheidend abzukürzen ...

Selma lachte befreit auf. Wenn sie es so machte, erhielt sie die Chance auf ein neues Leben schneller, als sie es noch vor einer halben Stunde für möglich gehalten hatte.

In diesem Sinne verabschiede ich mich fürs Erste.
Wir lesen uns später wieder!

– 29 –

Clara verabschiedete sich mit einem Händedruck von Kristina, wünschte ihr alles Gute für die weitere Suche nach den Kindern und versprach, sie im *Kristinas* zu besuchen, wenn sie das nächste Mal in Stockholm war.

Kristina hatte das Gefühl, dass das nicht allzu lange dauern würde, so ausgiebig, wie sich Clara danach von Hendrik verabschiedete. Mit einer Umarmung und einem Kuss, der sich, wie Kristina fand, so gar nicht schickte. Jedenfalls nicht in aller Öffentlichkeit. Es war ihr peinlich, und sie wusste nicht, wohin sie schauen sollte. Sie sagte kein Wort mehr und schwieg auch auf den ersten Kilometern, als sie endlich wieder unterwegs waren.

»Was ist los?«, fragte Hendrik schließlich.

»Nichts«, behauptete sie steif.

Hendrik lachte. »Sie können mir nichts vormachen, dazu kenne ich Sie inzwischen zu gut. Also, raus damit, was ist los?«

»Musste das eben sein? Diese Küsserei vor meinen Augen?«

Eine Weile war es still.

»Wenn ich es nicht besser wüsste, würde ich vermuten, dass Sie eifersüchtig sind«, sagte Hendrik dann.

Kristina schnappte hörbar nach Luft. »Bilden Sie sich nur ja nichts ein. Ich fand es nur ziemlich peinlich. Wir Schweden sind immerhin dafür bekannt, dass wir uns mit Gefühlsäußerungen zurückhalten.«

»Aha«, sagte Hendrik erst einmal, dann sagte er lange Zeit überhaupt nichts mehr. Schließlich stimmte er ihr zu: »Sie haben recht, so etwas machen wir Schweden nicht!«

Es war das unterdrückte Lachen in seiner Stimme, das sie misstrauisch machte. Sie schaute ihn an, sah das Zucken um seine Mundwinkel. Er wandte ihr aber nicht den Kopf zu, sondern sah starr geradeaus durch die Windschutzscheibe.

»Sie nehmen mich nicht ernst«, beschwerte sich Kristina.

»Doch«, behauptete er und schüttelte gleichzeitig den Kopf. »Schweden küssen sich nicht in der Öffentlichkeit, und sie brüllen sich während einer Live-Schaltung auch nicht durchs Telefon an.«

»Nicht zu vergessen, dass wir Schweden auch nicht in Restaurants herumpöbeln«, ergänzte Kristina trocken.

Diesmal wandten sie beide den Kopf, schauten sich an und lachten laut auf.

Hendrik konzentrierte sich wieder auf die Straße vor ihnen. »Ich finde, wir sollten uns endlich duzen«, schlug er wie beiläufig vor.

»Warum nicht?«, antwortete Kristina ebenso betont beiläufig, obwohl ihr selbst dieser Gedanke auch schon gekommen war. Hendrik war ihr vertraut geworden, und dieses überflüssige »Sie« stand immer noch zwischen ihnen und erinnerte an die unangenehmen Umstände ihrer ersten Begegnung.

Stille machte sich breit. Kristina wusste nicht, was sie sagen sollte, und Hendrik ging es wahrscheinlich genauso.

Sie war richtig erleichtert, als ihr Handy den Eingang einer SMS ankündigte.

Weißt du schon, wo du in Östersund übernachtest?, fragte Bengt.

»Wissen wir schon, wo wir in Östersund übernachten?«, gab sie die Frage gleich an Hendrik weiter. »Ich meine, hast du eine Idee, wo wir übernachten könnten?« Sie machte eine kurze Pause und fügte kleinlaut hinzu: »Möglichst preiswert.«

»Ich kann dir ...«

»Nein«, fiel Kristina ihm ins Wort.

»Schon gut«, sagte er. »Also, ich kenne da ein günstiges Vandrarhem.«

»Gut«, sagte Kristina schnell. Vandrarhem waren meistens sehr preiswert, wenn auch unterschiedlich im Komfort. Sie vertraute da allerdings ganz auf Hendrik.

Es war bereits Abend, als sie Östersund erreichten. Ihre Unterkunft befand sich innerhalb des Freilichtmuseums Jamtli, einer ganz besonderen Attraktion Östersunds. Ein Museum, das Geschichte belebte, indem Schauspieler in den passenden Trachten regionale Traditionen erklärten und einige Szenen aus der jeweiligen Zeit vorspielten.

Kristina hatte schon viel davon gehört, und Hendrik bestätigte ihr, dass es wirklich beeindruckend war, aber sie würden kaum dazu kommen, es sich anzusehen. Heute Abend waren die Führungen vorbei, und morgen wollten sie schon ganz früh wieder aufbrechen. Sobald sie wussten, wo sich ihre Kinder aufhielten.

Kristina stand allerdings noch eine ganz besondere Überraschung bevor.

Nachdem sie im Vandrarhem eingecheckt hatten, stand

sie in ihrem Zimmer, einem einfachen, zweckmäßig einge-
richteten Raum, als es an der Tür klopfte.

In dem Glauben, dass Hendrik davorstand, riss sie die
Tür auf. »Schön, dass ...« Sie brach ab, als sie erkannte, wer
da vor der Tür stand und sie fröhlich angrinste.

»Überraschung!«, rief Bengt laut und schwenkte eine einzelne rote Rose vor ihrer Nase.

»Was machst du denn hier?«

Er zog eine Augenbraue in die Höhe. »Ich dachte, du
freust dich.«

»Ich freue mich«, erwiderte sie und fragte sich insgeheim,
ob das wirklich stimmte oder ob sie es einfach nur sagte, um
ihm eine Freude zu machen. Sie war müde von der Fahrt
und erschöpft von der Suche nach ihrem Sohn. Wäre alles
ganz anders, wäre das ein normales Treffen zwischen einem
attraktiven Mann und einer Frau, die sich oft sehr einsam
fühlte, könnte sie sich auch richtig freuen. Über seine SMS
oder seine Anrufe hatte sie sich immer gefreut, dass er jetzt
leibhaftig vor ihr stand, war aber eine ganz andere Nummer.

Sie standen voreinander, schienen beide nicht so recht zu
wissen, was sie jetzt tun und wie sie miteinander umgehen
sollten.

»Was hältst du davon, wenn wir erst mal etwas essen gehen?«, schlug Bengt schließlich vor.

»Gute Idee«, stimmte Kristina zu. »Ehrlich gesagt, ich
bin ziemlich hungrig.«

»Ich kenne da ein nettes Restaurant«, sagte Bengt lächelnd.

Bei diesen Worten musste sie automatisch an Hendrik

denken. Es waren seine Worte, mit denen er sie schon in viele gute Restaurants gelockt und denen sie ihre stetig wachsende Rezeptsammlung zu verdanken hatte.

Als hätten ihre Gedanken ihn herbeigerufen, trat Hendrik aus der Tür zum Nachbarzimmer. Sein Blick pendelte zwischen Bengt und Kristina hin und her. Was er dachte, konnte Kristina seiner Miene nicht entnehmen. Sie stellte die beiden Männer einander vor. Höflich und distanziert reichten sie einander die Hand.

»Wir wollten gerade essen gehen«, sagte Kristina zu Hendrik. »Kommst du mit?« Erst nachdem sie die Frage ausgesprochen hatte, fiel ihr ein, dass Bengt damit auch einverstanden sein musste. »Du hast doch nichts dagegen?«, fragte sie ihn.

Das war wahrscheinlich auch die falsche Frage. Bengt konnte gar nicht anders, als zuzustimmen, auch wenn sein säuerlicher Gesichtsausdruck verriet, dass es ihm überhaupt nicht passte. »Ja klar, kommen Sie mit.« Seine Stimme klang wenig einladend.

»Vielen Dank, aber ich habe schon etwas anderes vor«, sagte Hendrik schnell. Er verabschiedete sich, reichte Bengt diesmal nicht die Hand, drehte sich um und ging. Er ließ Kristina mit einem Gefühl zurück, dass sie nicht richtig einordnen konnte. Ob Bengt spürte, was in ihr vorging?

»War es ein Fehler, dass ich zu dir gekommen bin?«, fragte er.

Er hatte wahrscheinlich mit mehr Freude, mehr Begeisterung gerechnet, und Kristina verstand sich selbst nicht mehr. Sie hatte so viel an Bengt gedacht, hatte sich so darauf gefreut, ihn besser kennenzulernen, sobald die Suche nach Finn beendet und sie wieder in Stockholm wäre. Sobald ihr Leben ganz normal und entspannt verlaufen würde ...

Also nie!

Ihr Leben würde nie entspannt und normal verlaufen, und wenn sie wirklich auf den perfekten Moment warten wollte, bis aus ihr und Bengt etwas wurde, konnte sie ihn auch gleich wieder wegschicken.

»Tut mir leid, dass ich so unentspannt bin«, sagte sie und hängte sich bei ihm ein. »Ich finde es schön, dass du die weite Fahrt auf dich genommen hast, nur um mich zu sehen. Sobald ich etwas gegessen habe, bin ich auch wieder besser drauf.«

Sie schien genau den richtigen Ton getroffen zu haben. Bengt strahlte sie an, und zusammen zogen sie los.

Östersund war eine trubelige Stadt mit vielen Cafés und Kneipen am Wasser. Bengts Ziel war die Insel Frösön, eine der größten Inseln im See Storsjön.

Als sie über die Fußgängerbrücke spazierten, die von Östersund über den See nach Frösön führte, sah Kristina zum ersten Mal den nördlichsten Runenstein Schwedens. Sie fand ihn jedoch weniger spektakulär als die Geschichte, die sie mit ihm verband: Er erinnerte an die Ankunft des Christentums in Schweden.

Bengts erstes Ziel war der Aussichtsturm von Frösön. Kristina, ein wenig genervt durch die lange Wanderung und ihren knurrenden Magen, sagte nicht, dass sie dazu eigentlich keine Lust hatte, und als sie dann auf dem Turm stand und bis zu den schneebedeckten Bergen Norwegens blicken konnte, war sie froh, dass sie sich darauf eingelassen hatte.

Das Restaurant, von dem Bengt ihr erzählt hatte, lag nicht weit vom Aussichtsturm entfernt, und auch diesmal hatte er ihr nicht zu viel versprochen. Das Essen, serviert von einem sehr knurrigen Wirt, war hervorragend.

Nach Hagebuttensuppe, Schweinerücken und einem köstlichen Käsekuchen zum Dessert war Kristina so papp-satt, dass sie sich kaum noch bewegen konnte. »Keine Ah-nung, wie ich jetzt zurück zum Vandrarhem kommen soll«, sagte sie und rieb sich den Bauch. Am liebsten hätte sie den obersten Knopf ihrer Jeans geöffnet.

Bengt griff über den Tisch nach ihrer Hand. »Es gibt ganz in der Nähe ein sehr schönes Hotel mit Seeblick.«

Kristina ahnte, was er damit sagen wollte. Sie schüttelte den Kopf und widerstand der Versuchung, ihre Hand aus seiner zu ziehen.

»Sei mir nicht böse, Bengt, aber das geht mir dann doch zu schnell.«

Er war nicht böse, drückte ihre Hand und lächelte. »Na-türlich. Ich hoffe vielmehr, dass du mir meinen Vorschlag nicht übel nimmst. Ich habe nur an dich gedacht, seit wir uns kennengelernt haben, und ich muss zugeben, ich hatte ziemliche Sehnsucht nach dir.«

Kristina fand das alles ein bisschen übertrieben, sie kann-ten sich doch kaum. Sie wusste nicht, was sie sagen sollte, und war froh, dass der Wirt in diesem Augenblick zu ihnen an den Tisch kam, um die leeren Dessertteller abzuräumen.

»Das war ausgezeichnet!«, lobte Kristina, obwohl er sie überhaupt nicht gefragt hatte, ob es ihnen geschmeckt hatte.

»Ja«, war alles, was der Wirt daraufhin mürrisch antwor-tete.

Das Restaurant war gut besetzt, und das konnte nur an der exquisiten Küche liegen. Die unfreundliche Art des Wirtes wirkte jedenfalls wenig einladend, und dafür schien er bekannt zu sein, wie Bengt ihr beim ersten Gang anvertraut hatte.

Kristina musste allen Mut zusammennehmen, um ihre Bitte zu äußern. »Könnte ich vielleicht die Rezepte haben? Ich habe ein Restaurant in Stockholm und ...«

»Nein!«, fiel der Wirt ihr barsch ins Wort. Mehr sagte er nicht. Er schaute sie dabei nicht mal an, sondern räumte in aller Seelenruhe die Teller vom Tisch.

»Ich verspreche Ihnen, ich ...«

»Nein!«, sagte er wieder.

Kristinas Ehrgeiz war geweckt. »Darf ich bitte ausreden?«, fragte sie streng. »Ich ...«

Diesmal schaute ihr der Wirt direkt in die Augen. »Du kannst dir jedes weitere Wort sparen! Du bekommst die Rezepte nicht.«

Bengt sagte kein Wort, blickte nur ziemlich unbehaglich drein. Erst als der Wirt gegangen war, atmete er tief durch und fragte: »Musste das sein? Das war richtig peinlich.«

»Tut mir leid, dass ich dir peinlich bin!« Kristina war eingeschnappt und ließ ihn das auch merken.

»Nein, nein!« Er fuhr sich mit beiden Händen durchs Haar. »Mir tut es leid. Ich glaube, das läuft hier alles irgendwie aus dem Ruder.« Er blickte sie an, eine gewisse Verzweiflung lag in seiner Stimme, als er fragte: »War es ein Fehler, dass ich heute zu dir gekommen bin?«

»Ich weiß es nicht«, erwiderte Kristina ehrlich. »Möglicherweise war es einfach nur der falsche Zeitpunkt.«

»Ich bringe dich jetzt zurück und fahre danach nach Hause«, sagte Bengt niedergeschlagen. »Lass es uns einfach zu einem anderen Zeitpunkt noch einmal versuchen.«

»Du willst heute Nacht noch nach Hause fahren?«, fragte Kristina besorgt. Sie hielt das für keine gute Idee.

Bengt aber nickte. »Ich kann sowieso noch nicht schlafen. Keine Sorge, ich werde nicht die ganze Nacht durchfahren. Sobald ich müde werde, suche ich mir unterwegs ein Quartier.«

Kristina hätte beim Hinausgehen gerne noch einen Versuch gewagt, den Wirt um die Rezepte zu bitten, und hatte sich sogar überlegt, ihn in ihr Restaurant nach Stockholm einzuladen, aber sie hatte Angst, dass es Bengt wieder peinlich sein könnte, und verzichtete zum ersten Mal auf ihrer Irrfahrt auf die Rezepte zu einem wirklich köstlichen Gericht.

Als sie die Mitte der Fußgängerbrücke erreicht hatten, blieb Kristina stehen. Es dämmerte bereits, und der Blick auf Östersund war unglaublich. Die vielen Lichter, die flanierenden Menschen, eine ganz besondere Stimmung schien die Stadt einzuhüllen.

»Das ist so schön!«, sagte Kristina und wandte sich Bengt zu. Ganz dicht stand er vor ihr, und plötzlich war sie wieder da, die Magie zwischen ihnen, die sie schon in Gränna empfunden hatte.

Seine Hand legte sich sanft auf ihre Wange, seine Augen forschten ängstlich in ihrem Gesicht, als würde er befürchten, dass sie ihn zurückstieß. Als er sie küsste, war es so schön wie beim ersten Mal.

Kristina schloss die Augen und ließ sich gefangen nehmen von der Zärtlichkeit des Augenblicks.

»Genau so habe ich es mir vorgestellt«, flüsterte er ihr ins Ohr.

Kristina öffnete die Augen und lächelte ihn an. »Genau so habe ich mir unser Wiedersehen auch vorgestellt«, sagte sie leise. »Lass uns die letzten Stunden einfach vergessen.«

Eng aneinandergeschmiegt gingen sie langsam weiter.

»Ist dein Restaurant heute geschlossen?«, wollte Kristina wissen. Es wäre ein ganz besonderes Zeichen seiner Zuneigung, wenn er seinen Laden nur wegen ihr geschlossen hätte. Gerade sie selbst konnte ermessen, was das bedeuten würde.

»Nein«, sagte er. »Meine Frau führt das Restaurant heute alleine.«

Kristina blieb abrupt stehen und befreite sich aus seiner Umarmung. Sie trat einen Schritt zurück, starrte ihn entsetzt an. »Du hast mir nicht gesagt, dass du verheiratet bist!«

»Ja ... Nein ...« Er geriet ins Stammeln und schien völlig überrascht, dass sie diese Tatsache so sehr aus der Fassung brachte.

»Meine Ehe besteht eigentlich nur noch auf dem Papier«, sagte er hilflos.

Kristina lachte böse auf. »Natürlich! Die übliche Ausrede aller untreuen Ehemänner.«

Er hob beschwichtigend beide Hände. »Bitte, Kristina, du musst mir glauben. Meine Frau und ich, wir sind nur noch gute Freunde. Wir führen das Restaurant zusammen. Ich habe nicht daran gedacht, dir von ihr zu erzählen, weil es einfach nicht wichtig ist.«

Vielleicht stimmte es, vielleicht auch nicht. Für Kristina spielte es keine Rolle. Niemals, das hatte sie sich damals nach der Sache mit Dag geschworen, würde sie sich mit einem verheirateten Mann einlassen. Selbst wenn er wirklich nur noch auf dem Papier verheiratet war, blieb immer noch die Frage offen, warum er es ihr nicht erzählt hatte. Dass er es einfach vergessen hatte, fand sie wenig glaubhaft. Man vergaß doch keine Ehefrau, mit der man Tag für Tag zusammenarbeitete.

»Hast du vielleicht auch noch Kinder?«, fragte sie scharf. »Hast du die auch vergessen?«

Bengt senkte den Kopf, er sagte nichts mehr.

Kristina wandte sich um und ließ ihn einfach stehen. Nach ein paar Metern hörte sie hastige Schritte hinter sich. Eine Hand griff nach ihrer Schulter. »Kristina, warte!«

Sie blieb stehen, wandte sich aber nicht um. Seine Hand lag immer noch auf ihrer Schulter. Schwer, belastend.

»War es das jetzt?« Seine Stimme klang unsicher. »Ich könnte es nicht ertragen, dich wegen so einer dummen Sache zu verlieren.«

Langsam wandte Kristina sich um. »Du kannst nichts verlieren, was du nicht besitzt«, sagte sie leise. »Und ja, das war es.«

»Ich hätte wirklich nicht hierherkommen sollen«, stieß er hervor. »Dieser Abend hat alles verändert.«

»Nein«, widersprach Kristina. »Deine Unehrlichkeit hat alles verändert.« Sie holte tief Luft. »Leb wohl, Bengt, und ruf mich bitte nicht mehr an.«

Kristina drehte sich um und ging. Dabei zog sie ihr Handy aus der Tasche und löschte seine Nachrichten und seine Nummer.

Kristina war völlig erschöpft, als sie zum Vandrarhem zurückkam. Sie wollte nicht sofort reingehen, sondern setzte sich auf die kleine Bank vor dem Haus und genoss die Stille, die ringsum herrschte. Irgendwo trillerte eine Amsel ihr einsames Abendlied.

Kristina versuchte, nicht mehr an Bengt zu denken, doch es gelang ihr nicht. Als ein dunkler Schatten auf sie fiel, zuckte sie erschrocken zusammen. Sie schaute hoch und erkannte Hendrik, der sie besorgt anblickte.

»Das Date mit deinem blonden Hünen ist wohl nicht so gut gelaufen«, sagte er leise.

»Er ist nicht mein blonder Hüne und wird es auch niemals werden.«

Hendrik zog eine Augenbraue hoch.

»Der gute Bengt hat vergessen zu erwähnen, dass er verheiratet ist.« Die Worte brachen voller Verachtung aus Kristina heraus.

»Autsch, das tut weh.« Hendrik setzte sich neben sie.

Kristina dachte kurz über seinen Kommentar nach und stellte verwundert fest: »Nein, überhaupt nicht.«

»Wirklich nicht?« Hendrik schaute sie von der Seite an. Er hatte wieder dieses freche Grinsen im Gesicht, das sie am Anfang so verabscheut und an das sie sich jetzt gewöhnt hatte. So sehr, dass es ihr wahrscheinlich fehlen würde, wenn sie es nicht mehr jeden Tag sah.

Kristina musste ebenfalls grinsen. »Dass mir der unfreundliche Wirt die Rezepte nicht gegeben hat, macht mir mehr zu schaffen.«

Sie berichtete Hendrik von dem Restaurant auf Frösön und schilderte gerade die barsche Ablehnung des Wirtes, als ihr Handy klingelte. Die Nummer war ihr fremd. Sie meldete sich und hörte am anderen Ende Gunnars Stimme.

»Kristina, ich habe ein großes Problem. Unser Koch ist ausgefallen, und wir sind in den nächsten Wochen ausgebucht.«

»Das tut mir sehr leid für dich«, sagte sie steif und ahnte bereits, worauf das Gespräch hinauslaufen würde.

»Du hast doch gerade nichts zu tun. Anita hat mir erzählt, dass dein Restaurant wegen Reparaturarbeiten geschlossen ist.«

»Das heißt aber nicht, dass ich nichts zu tun habe«, erwiderte sie.

»Bitte, Kristina, ich brauche deine Hilfe«, sagte Gunnar flehend.

»Wieso kommst du ausgerechnet auf mich? Wir haben bis gestern seit Jahren nichts mehr voneinander gehört.«

»Ich hätte wahrscheinlich nicht an dich gedacht, wenn wir uns nicht zufällig bei Anita begegnet wären.«

»Wie auch immer, ich will es nicht«, sagte Kristina entschieden. »Ich habe damals beschlossen, nie wieder nach Göteborg zu kommen. Diesen Vorsatz habe ich leider gebrochen, aber ich werde ganz bestimmt nie wieder in euer Hotel kommen, um zu kochen.«

»Schlaf erst einmal eine Nacht darüber«, sagte Gunnar niedergeschlagen, »vielleicht überlegst du dir es ja doch noch anders. Ich würde dich auch gut bezahlen.«

Kristina atmete tief durch. Natürlich konnte sie das Geld gebrauchen, aber für eine Hilfeleistung für ihre Familie oder für Freunde würde sie sich nie bezahlen lassen. Trotzdem konnte sie Gunnar einfach nicht helfen. Er wusste ganz genau, dass sie ihrer Schwester nicht begegnen wollte, was zwangsläufig passieren würde, wenn sie im Hotel arbeitete.

»Tut mir leid, Gunnar, ich kann dir wirklich nicht helfen. Vielleicht findest du ja schnell einen Aushilfskoch.«

Kristina beendete das Gespräch und steckte das Handy ein. Nachdenklich starrte sie vor sich hin.

»Du würdest ihm aber gern helfen«, sagte Hendrik neben ihr.

Kristina schüttelte unschlüssig den Kopf. »Ja«, gab sie aber schließlich zu. »Gunnar ist ein netter Kerl. Es tut mir leid, dass ich ihm nicht helfen kann.«

»Warum eigentlich nicht?«

»Das ist eine lange Geschichte«, sagte sie zögernd. Sie machte eine wegwerfende Handbewegung. »Ich will nicht darüber reden.«

»Verstehe.« Hendrik nickte, aber sie sah ihm an, dass er überhaupt nichts verstand. Nach ein paar Sekunden des Schweigens sagte er leise: »Wir könnten deinem Schwager beide helfen.«

»Du willst im Hotel meines Schwagers kochen?«

»Warum nicht?« Er lächelte. »Es hat mir Spaß gemacht, mit dir zusammen zu kochen. Dir doch auch, oder?«

»Ja, es war toll.« Sie nickte und schüttelte gleich darauf den Kopf. »Aber es geht trotzdem nicht. Göteborg, das Hotel, Ulrika ...«

»Manchmal muss man mit den Dingen, die einen belasten, auch abschließen können«, sagte er leise. »Und das gelingt nur, wenn du verzeihst.«

»Es gibt aber Dinge, die unverzeihbar sind«, widersprach

sie. »Oder hast du deiner Frau je verzeihen können, was sie dir angetan hat?«

Zu ihrer Überraschung nickte Hendrik. »Ja, das habe ich. Es hat gedauert, und zuerst waren da nur Schmerz und Wut, aber irgendwann kamen auch die Erinnerungen an schöne Zeiten zurück. Und ich bin ihr dankbar für das wundervolle Kind, das sie mir geschenkt hat.« Seine Stirn umwölkte sich. »Auch wenn mir besagtes Kind gerade eine ganze Menge Ärger bereitet.«

»Ich kann nicht einfach so verzeihen.« Kristina schüttelte den Kopf.

»Einfach so geht das auch nicht«, widersprach Hendrik. »Aber vielleicht fällt es dir leichter, wenn du dir klarmachst, dass du dich mit deiner Haltung selber einschränkst. Wenn du es erst einmal geschafft hast, zu verzeihen, dann ist es so, als würde dir eine Zentnerlast von der Seele fallen.«

Kristina dachte noch über seine Worte nach, als Hendrik ihr einen Vorschlag machte. »Wenn ich es schaffe, dir die Rezepte von diesem unfreundlichen Wirt zu beschaffen, dann fährst du mit mir zurück nach Göteborg, und wir kochen zusammen im Hotel deines Schwagers.«

Kristina sah ihn zweifelnd an. »Das schaffst du nie«, prophezeite sie.

Hendrik stand auf und streckte ihr die Hand entgegen. »Wenn du dir so sicher bist, kannst du ja unbesorgt auf diesen Deal eingehen.«

Kristina sah ihn misstrauisch an. »Du kennst den Wirt«, sagte sie.

Hendrik schüttelte den Kopf. »Noch nie gesehen, noch

nie bei ihm gegessen. Ich hatte noch nie mit ihm zu tun. Ehrenwort.«

Kristina dachte kurz nach, rief sich das unfreundliche Verhalten des Wirts noch einmal vor Augen, und weil sie sich sicher war, dass Hendrik nicht die geringste Chance hatte, schlug sie ein.

Während Hendrik sich auf den Weg zum Restaurant machte, blieb Kristina noch eine Weile auf der Bank vor dem Haus sitzen und ließ ihre Gedanken schweifen. Es kam ihr vor, als wäre sie schon seit Wochen mit Hendrik unterwegs, dabei waren es erst ein paar Tage. Nichts war mehr so wie vorher, und Kristina hatte das Gefühl, dass es auch nie mehr so werden würde. War es schlecht, war es gut?

Das Klingeln ihres Handys riss sie aus ihren Gedanken. Es war Ole Håkansson.

»Wir werden in drei Tagen fertig«, sagte er.

»In drei Tagen schon?« Kristina fragte nicht, wieso es auf einmal doch so schnell ging. »Ach, Ole, ich freue mich so!«

»Na ja, hoffentlich freust du dich auch dann noch, wenn ich dir die Rechnung schicke«, sagte Ole. »Aber bald ist alles okay. Du kannst wieder kochen, ohne dass dir die Sicherungen um die Ohren fliegen.«

Kristina rief Mikael an, unterhielt sich eine Weile mit ihm und erzählte ihm, was sie auf ihrer Reise erlebt hatte. Dann informierte sie ihn über Oles Anruf, aber Mikael wusste bereits von Ole, dass die Arbeiten in ein paar Tagen abgeschlossen sein würden, und war bereits voller Pläne für die Neueröffnung des *Kristinas*.

»Ich bringe tolle Rezepte mit«, versprach Kristina. Sie

war voller Elan. Am liebsten wäre sie sofort nach Stockholm aufgebrochen, aber das ging ja noch nicht.

»Ich rufe Elin und Maj an«, versprach Mikael. »Wir bringen das *Kristinas* gemeinsam auf Vordermann, damit wir nächste Woche wieder eröffnen können.«

Kristina war fast glücklich, als sie das Gespräch beendete. Was ihr jetzt noch fehlte, war ihr Sohn. Sie nahm sich fest vor, demnächst mehr Zeit mit Finn zu verbringen und mehr auf ihn einzugehen.

Sie ging hinauf in ihr Zimmer, setzte sich aufs Bett und überlegte, ob es Sinn machte, noch länger auf Hendrik zu warten. Sie döste allmählich ein, als es an der Tür klopfte. Sie fuhr hoch und rief laut: »Herein!«

Hendrik kam ins Zimmer und schwenkte triumphierend einige Blätter über seinem Kopf.

»Nein!« Kristina schüttelte den Kopf. »Du hast das nicht wirklich geschafft!«

»Wir werden zusammen kochen!« Er strahlte, als würde er sich richtig darauf freuen. Er kam näher und reichte Kristina die Blätter. Tatsächlich, es waren genau die Gerichte, die sie gegessen hatte.

»Rufst du deinen Schwager an, oder soll ich das machen?«, fragte Hendrik.

Bevor Kristina antworten konnte, meldeten ihre Handys gleichzeitig den Eingang einer SMS. Kristina nahm ihres vom Nachtisch, Hendrik zog seines aus der Tasche seiner Jeans.

»Unbekannte Nummer!« Sie sprachen gleichzeitig, schauten sich überrascht an und öffneten ihre SMS.

»Ihre Tochter fährt morgen weiter nach Jönköping. Beste Grüße von Selma Anders«, las Hendrik laut vor.

»Ihr Sohn fährt morgen weiter nach Jönköping. Beste Grüße von Selma Anders«, las nun auch Kristina. Sie sah auf. »Und jetzt? Holen wir die Kinder?«

Hendrik dachte eine Weile nach, schüttelte den Kopf und grinste. »Ich finde, wir sollten die beiden noch ein bisschen sich selbst überlassen. Selma Anders passt ja gut auf sie auf.«

Kristina grinste. »Wahrscheinlich hat sie die Nase voll von ihrem Babysitterjob. Jedenfalls deute ich die Nachricht mal so.«

»Und unsere Sprösslinge haben möglicherweise die Nase voll voneinander. Du hast doch auch die Fotos im *Morgonbladet* gesehen. Sehr glücklich sahen sie nicht aus.«

»Also lassen wir sie noch ein bisschen schmoren?« Kristina konnte sich durchaus mit dem Gedanken anfreunden.

»Und wir werden zusammen kochen«, sagte Hendrik.

»Wir kochen zusammen«, seufzte Kristina. »Ich rufe Gunnar gleich zurück, aber zuerst will ich die Rezepte lesen.«

Hagebuttensuppe

600 g Hagebutten
1,5 l warmes Wasser
Saft von einer Zitrone
100 g Zucker
½ Zimtstange
1 Prise Salz
2,5 EL Speisestärke
125 ml Weißwein
50 g gemahlene Mandeln
1 Eigelb
1 EL Butter

Die Hagebutten in warmem Wasser mehrere Stunden einweichen.

Zitronensaft, Zucker, Zimt und Salz zufügen. Aufkochen und danach bei mittlerer Hitze köcheln lassen, bis die Beeren weich sind.

Die Beerenmasse durch ein Sieb passieren. Mit Speisestärke binden und mit Weißwein abschmecken. Die gemahlenen Mandeln unterziehen und nochmals abschmecken. Mit Eigelb legieren und zum Schluss mit Butter verfeinern.

Die Hagebuttensuppe kann sowohl heiß als auch kalt gegessen werden.

Schwedischer Schweinerücken

600 g Schweinerücken
150 g Trockenpflaumen
Salz
Pfeffer
Olivenöl
2 EL Crème fraîche
125 ml Weißwein
2 EL Preiselbeermarmelade

Den Schweinerücken mit einem Messer der Länge nach aufschneiden. Die Trockenpflaumen hineinfüllen und andrücken, damit sich das Fleisch nicht zu hoch wölbt. Mit Salz und Pfeffer würzen, mit Olivenöl beträufeln und im Ofen bei 220 °C ca. 35 Minuten garen.

Den Bratfond mit Weißwein ablöschen, umfüllen und mit Preiselbeeren und der Crème fraîche verkochen. Ebenfalls mit Salz und Pfeffer würzen.

Schwedischer Käsekuchen Ostkaka

4 Eier
50 g Zucker
100 g gemahlene Mandeln
50 g Mehl
400 g Hüttenkäse
300 g Schlagsahne
Butter
Kompott nach Geschmack
Schlagsahne

Die Eier schlagen, den Zucker dazugeben und so lange rühren, bis eine cremige Masse entstanden ist. Nach und nach die gemahlenen Mandeln, das Mehl und den Hüttenkäse einrühren. Die Sahne steif schlagen und unter den Teig heben. Eine Springform (26 cm) mit Butter einfetten. Den Teig hineingießen.

Den Ostkaka auf der mittleren Schiene im vorgeheizten Ofen bei 175 °C ca. eine Stunde backen, bis die Oberfläche angebräunt ist. Serviert wird er warm mit Kompott und geschlagener Sahne.

– 30 –

»Ausgerechnet Jönköping!« Finn schäumte vor Wut. »Da willst du doch nur hin, weil dieser Angeber dir erzählt hat, dass er aus Jönköping stammt.«

»Na und?«, gab Svea ebenso wütend zurück. Finn ging ihr inzwischen so entsetzlich auf die Nerven, dass sie am liebsten alleine weitergezogen wäre. Wenn sie nur Geld gehabt hätte ...

Unvorstellbar, dass sie in diesen Typen mal verliebt gewesen war!

»Du kannst mitkommen oder du kannst es lassen«, sagte sie von oben herab. »Ingvar und ich werden dich ganz bestimmt nicht vermissen.«

Finn starrte sie an und schüttelte langsam den Kopf. »Du bist so fies! Ich bin nur deinetwegen zu Hause abgehauen.«

»Och, der arme kleine Finn. Heul doch!«, verhöhnte sie ihn. »Ruf deine Mami an, und kriech ganz schnell zurück unter ihre Schürze.«

»Du blöde, verwöhnte Pute!« Finn wurde jetzt richtig wütend. »Ohne Papis Kohle kriegst du doch überhaupt nichts auf die Reihe. Und wenn du glaubst, du kannst mich einfach so abschieben, dann hast du dich getäuscht. Ich komme mit nach Jönköping.«

Mist! Sie wäre lieber alleine mit Ingvar gefahren. Der Fotograf beeindruckte sie immer mehr. Er war ein richtiger Mann, nicht so ein lächerlicher kleiner Junge wie Finn.

»Vielleicht wollen Ingvar und ich dich aber nicht dabeihaben«, konterte sie böse.

»Das ist mir egal«, sagte Finn bestimmt. »Ich kann dich
zwar nicht mehr ertragen, und sobald wir wieder in Stockholm
sind, war es das mit uns beiden, aber ich lass dich nicht mit
einem fremden Typen alleine fahren. Wer weiß, was dann
passiert.«

Er kam mit, weil er sich Sorgen um sie machte? Gegen
ihren Willen war Svea gerührt, aber Finn zerstörte dieses
positive Gefühl ganz schnell wieder.

»Und wenn ihr mich hier einfach sitzenlasst«, drohte er,
»rufe ich deinen Vater an und sage ihm, mit wem du wohin
unterwegs bist. Ich bin sicher, das wird ihn sehr interessieren.«

Svea fiel darauf keine Antwort mehr ein. Sie hob einfach
die Hand und zeigte ihm den Mittelfinger.

Selmas Welt

Teenager sind anstrengend!

Das werden wahrscheinlich die letzten Worte einer genervten Kolumnistin sein, die kreuz und quer durch Schweden gehetzt wird, nur weil es zwei pubertierenden, unreifen Teenangern und einem gewissenlosen Chefredakteur so gefällt!

Ich habe keine Lust mehr!

Kiruna könnt ihr übrigens vergessen, liebe Leser. Es geht wieder in den Süden, nach Jönköping genauer gesagt.

Warum? Ich habe keine Ahnung, und wenn ich ehrlich sein soll, interessiert es mich auch nicht.

Ich habe genug, ich mache nicht mehr mit, ich steige aus! Und nie wieder werde ich über irgendwelche blöden Kaninchenzuchtvereine schreiben, es sei denn, der preisgekrönte Rammler stürzt sich auf den gebisslosen Vorsitzenden.

Ob wir uns später wieder lesen, weiß ich noch nicht!

Selma drückte auf »Senden« und hätte es am liebsten sofort wieder rückgängig gemacht. Doch es war zu spät.

War ja klar, dass es keine fünf Minuten dauerte, bis ihr Handy klingelte. Am anderen Ende war aber kein völlig aufgebrachter Erik Asmussen, wie sie es erwartet hatte, sondern dessen Sekretärin Monica.

»Erik hatte eine akute Blinddarmentzündung«, klärte Monica sie auf. »Er liegt im Krankenhaus und wird heute operiert.«

»Das tut mir leid«, behauptete Selma, obwohl es nicht stimmte.

»Sag mal, soll der Artikel wirklich so erscheinen?«, fragte Monica völlig verunsichert.

Es war an der Zeit, eine Entscheidung zu treffen. Hier und jetzt. Entweder machte sie weiter wie bisher, oder sie begann endlich damit, ihr Leben neu zu ordnen.

»Genau so soll er gedruckt werden«, sagte sie entschlossen. »Wort für Wort!«

»Okay, dann gebe ich ihn in den Druck.«

Die Würfel waren gefallen!

– 31 –

Seit zwei Tagen kochten sie jetzt miteinander – und es bereitete Kristina sehr viel Freude. Endlich wieder am Herd stehen, Gäste verwöhnen, Zuspruch erhalten. Aber ganz besonders genoss sie die Zusammenarbeit mit Hendrik.

Kristina war so entspannt wie lange nicht mehr, zumal Ulrika ihr aus dem Weg ging. Nur einmal war sie ihrer Schwester im Hotelfoyer begegnet, und da hatte Ulrika sofort kehrtgemacht. Wahrscheinlich hatte Gunnar ihr entsprechende Anweisungen erteilt, denn er war Kristina wirklich sehr dankbar für ihre Hilfe – und überglücklich, dass sogar der berühmte Gastrokritiker Hendrik Lundgren bei ihm kochte.

Hendrik hatte inzwischen seine Beziehungen spielen lassen und dafür gesorgt, dass Gunnar in der nächsten Woche einen neuen Koch bekam. Das war auch nötig, denn Kristina wollte ihr Restaurant unbedingt wieder eröffnen. Mikael hatte ihr mitgeteilt, dass sie für die nächsten Wochen vollkommen ausgebucht waren, offenbar eine Reaktion auf die Berichterstattung im *Morgonbladet*.

Heute Morgen war Kristina besonders früh in der Küche. Hendrik und sie wollten ein völlig neues Gericht ausprobieren.

Hendrik kam ein paar Minuten später. In der Hand hielt er frische Kräuter, die er im Garten ihrer Mutter gepflückt hatte. Sie wohnten beide wieder bei Anita.

»Du solltest dir auch einen Kräutergarten hinter deinem Restaurant anlegen«, schlug Hendrik vor.

»Gute Idee!« Kristina nickte. Sie hatte in den vergangenen beiden Tagen einiges von Hendrik gelernt.

Er stellte die Kräuter in ein Glas Wasser, drehte sich um, und plötzlich standen sie ganz dicht voreinander. In den letzten Tagen war es schon einige Male passiert, dass ihr Herzschlag sich beschleunigte, wenn er sie ansah. So wie jetzt.

»Kristina, ich ...«

»Hendrik ...«, begann sie gleichzeitig und musste lachen, bis er ihr Gesicht mit beiden Händen umfasste. Seine Lippen suchten ihren Mund.

»Oh, Entschuldigung!«

Hendrik und Kristina fuhren auseinander. In der Tür stand ein Mädchen mit blondem Lockenkopf. Es war ungefähr in Sveas und Finns Alter und kam jetzt langsam näher.

»Ich wollte dich unbedingt kennenlernen«, sagte das Mädchen mit weicher, melodischer Stimme. »Papa hat zwar gesagt, ich darf dich nicht stören, aber ich war trotzdem neugierig.«

»Emma?«, fragte Kristina und ihr Herz klopfte heftig.

Das Mädchen nickte und streckte ihr lächelnd die Hand entgegen. »Hallo, Tante Kristina.«

Kristina spürte, wie etwas von ihr abfiel. Nicht der ganze Brocken, aber ein Stück davon. Ihre Mutter hatte sie vor ein paar Tagen gefragt, ob sich ihr Hass auch auf das Mädchen erstrecken würde. Kristina hatte es nicht gewusst. Sie war Emma noch nie begegnet, aber hier und jetzt wusste sie, dass sie dieses Mädchen nicht hassen konnte.

»Ich will nicht länger stören«, sagte Emma und ging wieder.

»Du kanntest sie nicht?« Ungläubig schaute Hendrik Kristina an.

Kristina seufzte. »Das ist ...«

»Ich weiß«, fiel Hendrik ihr ins Wort, »eine lange Geschichte. Erzählst du sie mir trotzdem irgendwann?«

»Versprochen!« Sie nickte und lächelte ihn an.

Er kam wieder näher, umfasste ihre Taille und zog sie an sich. Sein Lächeln war verheißungsvoll, alles war so, wie es sein sollte ...

... und genau in diesem Moment piepsten ihre Handys. Alle beide.

Hendrik stöhnte auf. »Wenn das wieder diese Selma Anders ist ...« Er ließ den Satz unvollendet.

Kristina schaute bereits auf ihr Handy. »Von Finn«, sagte sie und las die Nachricht vor. *»Ich bin in Jönköping. Ich halte es nicht mehr aus! Kannst du mich abholen?«*

Die Nachricht von Svea an ihren Vater lautete ähnlich.

»Die Sache erledigt sich ganz von selbst«, sagte Kristina. »Wir hätten uns den ganzen Stress sparen können.«

Hendrik sah sie mit einem langen und sehr zärtlichen Blick an. »Ich möchte keine Sekunde missen.«

Kristina erwiderte seinen Blick. »Und jetzt?«, fragte sie.

»Kommst du ein paar Stunden ohne mich klar? Ich fahre nach Jönköping und hole die beiden Ausreißer. In drei bis vier Stunden müsste ich wieder zurück sein.«

Kristina nickte.

Als Hendrik weg war, begann sie mit den Vorbereitungen für das Abendessen. Gunnar bot zurzeit keinen Mittagstisch an, bis sein neuer Koch da war. So blieb Kristina ein wenig mehr Zeit, und sie beschloss, für die beiden Ausreißer einen Kuchen zu backen. Sie hatte hier in der Küche ein Rezept gefunden, dass sie gerne ausprobieren und dann gleich für sich abschreiben wollte.

Eigentlich haben Finn und Svea keinen Kuchen verdient, dachte Kristina. Trotzdem war sie froh, dass sie ihren Sohn bald wiederhaben würde, und Hendrik ging es mit seiner Tochter bestimmt nicht anders.

Die Arbeit ging ihr schnell und leicht von der Hand. Immer wieder schaute sie auf die Uhr. Sie konnte es kaum erwarten, Finn endlich wiederzusehen. Als der Kuchen im Ofen war, war die Zeit beinahe um. Jeden Moment konnte sie mit Hendrik und den Ausreißern rechnen ...

»Es ist mir egal, wenn du mich behandelst wie eine Verbrecherin, aber halte dich gefälligst von meiner Tochter fern!« Wie eine Furie kam Ulrika in die Küche gestürmt.

Kristina spürte, wie ihr Blutdruck stieg. In ihrem Kopf pochte es.

»Lass mich in Ruhe, Ulrika!« Sie wandte ihrer Schwester den Rücken zu.

Ulrika griff heftig nach ihrer Schulter und grub ihre Finger so tief hinein, dass Kristina vor Schmerz aufschrie und sich wieder umdrehte.

»Ich habe es satt!«, schleuderte Ulrika ihr entgegen. »Ich habe auch die ganzen Jahre gelitten. Ich habe mich geschämt, und ich leide heute noch unter dem, was ich dir angetan habe.«

»Du hast mit meinem Mann geschlafen!«, brüllte Kristina sie an. »Du hast ein Kind von ihm bekommen! Weiß Emma eigentlich, dass Dag ihr Vater ist?«

693

»Papa ist Emmas Vater?«, kam es von der Tür. »Das heißt, ich habe eine Schwester?«

Kristina sah auf. Hendrik stand mit Finn und seiner Tochter in der Tür. Vor allem Finn und Hendrik schauten sie und Ulrika entgeistert an.

»Ja, das war das große Geheimnis«, sagte Kristina später zu Hendrik. »Dag hat mich mit meiner Schwester betrogen, sie wurde schwanger, und das zu einer Zeit, als ich gerade mit Finn schwanger war.«

»Das ist übel«, sagte Hendrik. »Aber mir kommt es so vor, als würdest du in erster Linie deiner Schwester die Schuld daran geben.«

»Ja, das tue ich wohl auch«, sagte Kristina leise.

»Kristina, das alles ist lange her. Vergifte nicht dein Leben damit. Dag bedeutet dir doch nichts mehr, und das, was damals passiert ist, hat dich zu der Frau gemacht, die du heute bist: alleinerziehende Mutter und stolze Restaurantbesitzerin. Ist es wirklich unmöglich für dich, deiner Schwester zu verzeihen?«

Kristina dachte über seine Worte nach, dann sprang sie auf. »Warte hier auf mich, ich bin gleich wieder da«, sagte sie.

Sie fand Ulrika in dem kleinen Büro hinter der Rezeption. Ihre Schwester saß am Schreibtisch, das Gesicht in beiden Händen vergraben. Ihre Schultern zuckten.

Auf einmal hatte Kristina Mitleid mit ihrer Schwester. »Ulrika, ich ...«

Als Ulrika aufsah, wusste Kristina nicht mehr, was sie eigentlich sagen wollte.

»Weißt du eigentlich, dass ich seit Jahren nur einen Wunsch habe?«, flüsterte Ulrika. »Ich wünsche mir so sehr, dass du mir irgendwann einmal verzeihen kannst.«

»Ich verzeihe dir«, sagte Kristina, und dann geschah genau das, was Hendrik ihr prophezeit hatte. Der ganze Brocken löste sich, eine Last fiel ihr von der Seele.

Ulrika stand auf. Sie schien nicht glauben zu können, was sie da eben gehört hatte. »Kannst du mir wirklich verzeihen? Bist du dir ganz sicher?«

Kristina nickte und lächelte ihre Schwester an. »Das mit Dag ist so lange her. Es tut nicht mehr weh, und wenn ich ihm verzeihen konnte, dann kann ich auch dir verzeihen.«

Ulrika flog auf sie zu und fiel ihr um den Hals. Sie hatte Tränen in den Augen, und dann konnte auch Kristina nicht mehr an sich halten. All das, was die ganzen Jahre zwischen ihnen gestanden hatte, spülten ihre Tränen weg.

»Was für ein aufregender Tag!«, sagte Kristina leise zu Hendrik. Sie standen auf dem Balkon des Hotels, unten im Garten saß die ganze Familie vereint und aß die letzten Reste des hervorragenden Kuchens, den Kristina gebacken hatte.

Auch Anita hatte geweint, als sie von der Versöhnung ihrer Töchter erfahren hatte. Gunnar hatte den Speisesaal zur Feier des Tages geschlossen, und sie hatten die Rückkehr von Finn und Svea sowie die Versöhnung von Kristina und Ulrika mit einem leckeren Essen gefeiert.

»Der Kuchen war toll!«, sagte Hendrik.

»Stimmt, ich muss mir noch schnell das Rezept aufschreiben«, sagte Kristina und wollte an ihm vorbei. Er aber hielt sie fest und zog sie in seine Arme.

»Das hat später auch noch Zeit«, sagte er. »Ich will mit dir jetzt endlich über uns sprechen. Ich habe noch so viel mit dir vor!«

»Du willst mit mir kochen?«, neckte ihn Kristina.

»Das auch«, sagte er zärtlich.

»Was denn noch?«

»Unaussprechliche Dinge«, flüsterte er ihr ins Ohr, und dann suchten seine Lippen ihren Mund.

Prinzessinnentorte

Für den Teig:
4 Eier
200 dl Zucker
60 g Weizenmehl
60 g Kartoffelstärke
2 TL Backpulver

Für die Füllung:
200 g Johannisbeergelee
4 Blatt Gelatine
½ Packung Vanillepudding-Pulver
200 ml Milch
1–2 EL Zucker
2 TL Vanillezucker
300 ml Schlagsahne

Für die Verzierung:
300 g Marzipan
Grüne Lebensmittelfarbe
Puderzucker

Für den Teig:

Die Eier mit dem Zucker schaumig schlagen. Mehl, Kartoffelstärke und Backpulver mischen, zur Ei-Zucker-Mischung geben und gut verrühren. Den Teig in eine gefettete runde

Backform geben. Im vorgeheizten Ofen auf der unteren Schiene bei 175 °C ca. 40 Minuten backen. Den Teig aus der Form holen, abkühlen lassen und anschließend in 3 Böden teilen. Der oberste Boden sollte ca. 1 cm dick sein.

Für die Füllung:

Die Blattgelatine in kaltes Wasser legen. Den Vanillepudding gemäß Packungsanleitung zubereiten. Die Blattgelatine auswringen und in den warmen Pudding rühren. Die Sahne steif schlagen und zusammen mit dem Vanillezucker unter den Pudding geben, bevor dieser fest wird. Den Pudding fast steif werden lassen.

Einen Tortenboden gleichmäßig mit Johannisbeergelee bestreichen. Den zweiten Tortenboden darauflegen und mit einem Teil der Vanillepuddingmasse bestreichen. Den dritten Boden darauflegen und mit der restlichen Vanillepuddingmasse bestreichen, ebenso den gesamten Rand.

Für die Verzierung:

Das Marzipan mit Lebensmittelfarbe grün einfärben und zu einem flachen, runden Fladen ausrollen, bis dieser so groß ist, dass er die gesamte Torte bedecken kann. Den Fladen auf die Teigrolle aufrollen und vorsichtig über der Torte ablegen, ohne dass sich Falten bilden. Mit Puderzucker bestreuen.

– 32 –

»Und dieser Ingvar ist von der Zeitung und wollte nur Fotos von euch? Ist ja krass!«, sagte Emma.

»Ich finde es viel krasser, dass ihr beide Bruder und Schwester seid.« Svea schaute neugierig zwischen Finn und Emma hin und her. »Ich finde, ihr seht euch auch ein bisschen ähnlich.«

»Ich freue mich jedenfalls, dass ich einen Bruder habe«, sagte Emma.

»Hast du das eigentlich gewusst?«, fragte Finn. »Ich meine, vorher?«

»Ja.« Emma nickte. »Ich habe mal gehört, wie Papa und Mama sich darüber unterhalten haben. Dann wollte ich es natürlich wissen, und sie haben mir die Wahrheit gesagt.«

»Aber trotzdem nennst du Gunnar ›Papa‹?« Svea war neugierig, und Emma schien keine Scheu zu haben, darüber zu reden.

»Er *ist* mein Papa«, sagte sie schlicht. »Dag habe ich nur einmal gesehen. Ich finde ihn nett, aber wenn ich Probleme habe, gehe ich zu meinem Papa.«

Svea, Finn und Emma schlenderten gemeinsam durch den Garten des Hotels. Als Svea den Blick hob, sah sie ihren Vater und Finns Mutter eng umschlungen auf dem Balkon stehen.

Sie blieb stehen und begann plötzlich laut zu lachen. »Also, wenn das was gibt mit Finns Mama und meinem Papa, sind wir dann alle drei Geschwister?«

Auch Finn und Emma sahen jetzt zum Balkon.

Emma stimmte in Sveas Lachen mit ein. »Cool, dann kriege ich an einem Tag nicht nur einen Bruder, sondern auch gleich eine Schwester!«

»Und ich bin mal wieder in der Minderheit«, stöhnte Finn. »Zwei Schwestern, konnte nicht wenigstens ein Bruder dabei sein?«

Emma zuckte mit den Schultern. »Warte doch mal ab, vielleicht präsentiert unser Erzeuger uns da noch die eine oder andere Überraschung. Ich freue mich jedenfalls, dass du die ganzen Ferien über in Göteborg bleibst und wir uns richtig kennenlernen können.«

Kristina hatte dem Drängen von Anita und Ulrika nachgegeben und Finn erlaubt, die restlichen Ferien in Göteborg zu verbringen. Sie würde in ihrem Restaurant in nächster Zeit ohnehin sehr viel zu tun haben.

Emma wandte sich Svea zu. »Bleib doch auch, das würden bestimmt coole Ferien!«

Svea zögerte. »Ich würde ja gerne«, sagte sie und sah Finn an. »Hast du damit ein Problem?«

Finn schüttelte den Kopf.

»Es tut mir leid, dass ich so fies zu dir war«, entschuldigte sie sich.

»Ich war ja auch nicht immer nett«, erwiderte Finn, »und ich würde mich freuen, wenn du hierbleibst. Solange du nie wieder von mir verlangst, mit dir abzuhauen.«

Svea streckte ihm die Hand entgegen. »Freunde?«

Finn ergriff sie. »Freunde!«, bestätigte er.

Emma hängte sich rechts und links bei den beiden ein. »Ich zeige euch mal, wo wir in den nächsten Tagen abhängen. Und dann müsst ihr mir alles über eure Reise erzählen.«

Svea schaute sich noch einmal um und sah ihren Vater immer noch mit Kristina auf dem Balkon stehen. Ist schon komisch, dachte sie. Finn und ich, wir dachten, wir hätten die große Liebe gefunden, und Papa und Kristina, die sich anfangs nicht ausstehen konnten, verstehen sich auf einmal bestens.

»Kommst du?«, rief Emma, die mit Finn schon weitergegangen war.

Svea lief hinter den beiden her. »Wisst ihr, was das Beste ist?«, fragte sie freudestrahlend. »Dass wir noch ganz, ganz lange Ferien haben.«

Selmas Welt

Liebe Leser, manchmal geht das Leben seltsame Wege, und manchmal braucht es genau diese Wege, um zu erkennen, dass man irgendwo vergessen hat, eine Abbiegung zu nehmen. Weil man nicht weiß, was sich hinter der Abbiegung verbirgt oder Angst vor der Ungewissheit hat, und weil der gerade Weg, der vor einem liegt, so schön übersichtlich erscheint

Ich habe beschlossen, eine dieser Abzweigungen zu nehmen und endlich das zu tun, was ich schon immer wollte: einen Roman schreiben!

Es ist also kein Abschied für immer, nur einer auf Zeit, und damit ihr wisst, worauf ihr euch freuen könnt: Es geht um eine Restaurantbesitzerin und einen Gastrokritiker, die auf der Suche nach ihren Kindern und vor allem auf der Suche nach sich selbst sind.

Wir lesen uns also wieder – irgendwann!

Selma las den Text noch einmal durch, nickte zufrieden und schickte ihn an Monica. Danach las sie die Notizen durch, die sie sich auf der Reise gemacht hatte, legte die Finger auf die Tasten und begann, die Geschichte aufzuschreiben, die in ihrem Kopf steckte, in ihrem Herzen saß und in ihren Fingern kribbelte:

Sommerglück auf Reisen ...

Ende